Captives of the Night

밤의 포로

로레타 체이스 | 장원희 옮김

큰나무

장 원 희

서울대 농화학과 졸업. 현재 미국 Rice University에서 생화학 박사과정 중.
역서로는 『이 정도면 괜찮지 않아』, 『사랑의 향기』,
『맥그리거의 신부』 등 다수.

밤의 포로

초판 인쇄 / 2002년 6월 10일
초판 발행 / 2002년 6월 15일

지은이 / 로레타 체이스
옮긴이 / 장원희
펴낸이 / 한익수
펴낸곳 / 도서출판 큰나무

등록 / 1993년 11월 30일(제5-396호)
주소 / 120-837 서울시 서대문구 충정로 3가 3-95 2층
전화 / 02) 365-1845 · 1846   팩스 / 02) 365-1847
e-mail / btreepub@chollian.net
홈페이지 / www.bigtreepub.co.kr

값 9,000원

ISBN 89-7891-136-6 03840

나는 책을 내려놓을 수가 없었다.
이스말과 라일라는 내가 예전에 읽었던 그 어느 책의 커플보다
가장 완벽하게 어울리는 한 쌍이다.
— 아마존 독자평

라일라 보몬트는 비밀을 간직하고 사는 여자이다. 그녀의 아버지는 10년 전 조국인 영국에서 군수품을 빼돌려 외국에 팔다가 누군가에게 살해당한다. 라일라는 아버지가 유언으로 정해 준 후견인이자 변호사 앤드루 헤리어드의 도움으로 신분을 바꾸고, 그때 아버지를 죽인 자들에게서 자신을 구해 준 프란시스 보몬트와 결혼을 한다.

10년 후, 라일라는 꽤 유명한 초상화가가 되어 파리에 살고 있다. 방종과 타락으로 빠져드는 남편과의 관계는 이미 소원해진 지 오래였다. 남편이 데려온 남자, 콩트 에스몽. 그는 명장의 그림에서 빠져나온 것처럼 아름다운 남자였다. 두 사람은 서로에게 강렬하게 끌리지만, 라일라는 아버지처럼 악의 구렁텅이로 빠지지 않겠다고 작정한 몸, 그를 거부한다.

어느 날 남편은 무작정 파리를 떠나자고 하고, 라일라는 나름대로의 이유로 남편 없이 살 수 없다. 그래서 두 사람은 파리를 떠나 런던에 정착한다. 하지만 10개월 후 콩트 에스몽과 라일라는 다시 재회하게 되는데……

이 이야기는 <라이언의 딸>의 후편격이다. 천사의 얼굴을 한 남자 콩트 에스몽의 이야기가 펼쳐진다. 추리가 가미된 일반적인 로맨스와는 달리, 상당히 치밀한 플롯에 책 전편에 걸쳐 작가가 던져놓은 실마리를 찾는 것도 꽤 재미있다. 아마존의 어느 독자평처럼 에스몽과 라일라 사이에 이글거리는 긴장감이 책장을 태울 것 같았다.

　로레타 체이스, 여러 역자들이 말했듯 대단한 작가이다. 하지만 절대로 친절한 작가는 아니다―혹시라도 원본을 본 독자들이라면 이 말의 뜻을 이해할 것이다. 그래서 역자인 나라도 친절하려고 애를 썼다…….

　범인이 누구인지, 한 번 맞혀 보시길 바란다.

2002년, 5월 휴스턴에서

장 원 희

프롤로그

1819년 1월, 베니스.

땅거미가 깔리며 저택의 대리석 복도에도 어둠이 내려앉았다. 낯선 남자들의 목소리에 17살 라일라는 계단 끝머리에 멈춰 섰다. 그들이 무슨 말을 하는지 제대로 분간할 수는 없었지만, 낮게 웅얼거리는 대화의 운율에서 영어로 말하는 게 아님을 알 수 있었다.

정교하게 조각된 난간 아래를 내려다보았다. 아빠가 서재에서 걸어 나오시자 남자들 중 한 명이 앞으로 나섰다. 그녀가 서 있는 이층 계단 참에선 열린 서재 문에서 흘러나오는 불빛을 받아 눈부신 금색으로 빛나는 남자의 머리 정수리밖에 보이지 않았다. 그가 편안하고 친근한 어투로 뭐라고 말했다. 부드럽고 매끄럽기가 비단 같은 목소리. 하지만 아빠의 대꾸는 그렇질 못했다. 아빠의 목소리에서 묻어나오는 날카로움에 그녀는 불안감을 느꼈다. 얼른 모퉁이를 돌아 복도를 지나서는 응접실로 도망갔다.

떨리는 손으로 스케치북을 꺼내든 라일라는 정교하게 조각된 책상 장식을 열심히 베껴 그리기 시작했다. 아래층에서 일어나는 일에 신경 쓰지 않으려면 그림에 몰두하는 게 제일 좋다. 어차피 아빠를 도와드릴 수는 없으니까. 어쩌면 도움이 필요하신 게 아닐지도 모른다. 그저 티타임을 방해받아 당황하셨던 것일 수도 있다. 어쨌건 자신은 모습을 드러내지 말아야 한다. 정부를 위해 일하시는 것도 힘드실 텐데, 내 걱정까지 하시게 만들 수야 없지.

그녀 곁을 지켜주는 것은 언제나처럼 스케치북과 연필뿐이다.

라일라 브리지버튼은 하녀가 홍차를 가져오길 기다렸다. 오늘도 어제처럼, 그리고 그저께처럼 혼자 홍차를 마시게 되겠구나.

왠지 모를 서글픔이 느껴졌다.

눈부신 금발의 사내는 올해 스물두 살이 된 이스말 델비나였다. 알바니아를 떠나 최근 베니스에 도착하기까지 정말이지 그는 끔찍한 여정을 겪었다. 여행 내내 청산 중독에서 회복하느라 힘들었기에 별로 기분 좋은 상태가 아니었다. 하지만 지금 그의 천사 같은 얼굴만큼은 온후하기 그지없는 표정이다.

이스말의 하인인 리스토는 스커트 자락이 바스락거리는 소리에 고개를 들었고, 막 뒤돌아선 여자의 모습을 보았다. 조너스 브리지버튼을 따라 서재로 들어가며 리스토는 낮은 목소리로 주인에게 여자의 존재를 알렸다.

이스말은 자신의 방문을 못마땅해하는 브리지버튼에게 서늘한 미소를 지었다.

"위층에 여자가 한 명 있는 것 같은데, 내 하인을 보내 그녀가 누군지 한 번 밝혀 볼까요?"

그 말에 브리지버튼이 움찔했다.

"아니면 내 하인의 수고를 덜게 직접 말씀해 주시겠습니까?"

"여자라니, 난 전혀……."

"여자가 없다느니, 하녀였다느니 하는 말로 우리의 인내심을 시험하지 않는 편이 좋을 것 같군요."

이스말이 가볍게 말을 잘랐다.

"이 녀석들이 인내심을 잃으면 애초부터 우아함과 거리가 먼 매너가 더욱더 형편없어지지요."

브리지버튼은 190센티미터가 넘는 육중한 체구의 메흐메와 그보다 키는 작지만 공공연히 적개심을 드러내고 있는 리스토의 검은 얼굴을 번갈아 바라보았다. 영국인의 얼굴에서 핏기가 가셨다. 브리지버튼이 그들의 주인을 돌아보았다.

"부탁입니다."

그가 까칠한 목소리로 말했다.

"그 애는 아직 어려요. 설마…… 절대……."

"아, 그러니까 당신의 아이다 이거군요."

이스말은 한숨을 쉬며 엉망으로 어질러진 브리지버튼의 책상 앞에 앉았다.

"참으로 어리석은 아버지로구만. 딸을 옆에 끼고 이런 일을 하면 어쩌자는 건지."

"원래는 멀리 떨어진 학교에 보냈는데 학비를 낼 수가 없어 데리고 올 수밖에 없었어요. 당신은 이해 못해요. 그 아이는 아무것도 모른단 말입니다. 그 아이는……."

브리지버튼은 서재 안에 서 있는 무자비한 얼굴의 이스말의 하인들을 번갈아 바라보고는 다시 이스말을 노려보았다.

"딸아이는 내가 정부 요원이라고 생각한단 말입니다, 영웅인 줄 알아요. 그 아이는 당신들에게 아무런 쓸모도 없어요. 빌어먹을, 이 더러운 자식들을 내 딸에게 보내기만 해봐, 아무 말도 하지 않을 거야."

이스말은 리스토에게 가볍게 눈짓을 했다. 리스토가 문가로 움직이자 브리지버튼은 얼른 그에게 달려들었다. 하지만 그 순간 메흐메 역시 몸을 움직여 영국인을 다시 원래 자리로 끌어다 놓았다.

이스말은 브리지버튼의 책상 위에 쌓여 있는 편지들 중 하나를 집어올렸다.

"걱정할 필요는 없을 겁니다. 리스토는 그저 아편제를 먹이러 간 것뿐이니까요—우리가 사업 얘기를 마무리지을 때까지 방해하지 못하게 잠시 재워 놓자는 거죠. 그러니 쓸데없는 소란은 피우지 맙시다. 나야 당신 딸을 고아로 만들고 싶지도, 죽이고 싶지도 않은 사람이니까요. 하지만 리스토와 메흐메는……."

그는 한숨을 내쉬었다.

"이렇게밖에 말할 수 없어 나조차도 안타깝지만, 저 녀석들은 야만인입니다. 당신이 신속 정확하게 협조하지 않는다면, 나 역시 저 녀석들의 격한 성정을 달랠 방법이 없답니다."

이스말은 여전히 편지를 훑어보며 슬픈 표정으로 고개를 저었다.

"딸을 둔 아버지야 항상 마음 편할 날이 없겠죠. 눈에 넣어도 안 아픈 게 딸 아닙니까?"

라일라는 어렴풋이 자신이 깨어나고 있다고 생각했다—어쩌면 잠에서 깨어나는 꿈을 꾼 것일지도 모른다. 그 순간 욕지기가 밀려들었다. 움직임, 그리고 남자의 목소리. 다정하게 달래는 목소리는 아빠의 것이 아니었다. 그 목소리를 들어도 울렁거리는 속은 가라앉질 않았다. 꿈속의 밤인지, 아니면 실제로도 밤인지 정확하게 알 수는 없었지만, 마차가 멈춰 서자마자 그녀는 비틀거리며 밖으로 기어나가 무릎을 꺾고 주저앉았다. 구역질이 멈춘 후에도 도저히 일어날 수가 없었다. 차라리 이대로 죽고 싶다는 느낌밖에 없었다.

마차로 어떻게 기어들어 갔는지는 기억이 나지 않지만, 어떻게건 다시 탄 모양이었다. 또다시 깨어났을 때도 삐걱거리고 덜컹거리는 게 여전히 마차 안인 듯싶었다. 그에 맞춰 온몸의 뼈도 잘그럭잘그럭, 뱃속은 울렁울렁. 아아, 역시 이탈리아의 길은 자갈을 간 평탄한 영국 길과는 달라. 이런 생각까지 하는 걸 보면 정신이 돌아온 모양이다.

라일라는 갑자기 우스운 생각이 들어 미소를 지었다. 그때 누군가가

쿡쿡 웃는 소리가 들렸다. 그리곤 남자의 목소리가 말했다.

"드디어 정신이 돌아오는 모양이군요?"

그녀의 뺨이 까칠한 모직천에 닿아 있었다. 눈을 떠보니 그것은 담요가 아니라 남자의 망토였다. 조금 더 위를 쳐다보았다. 그 간단한 행동에도 아찔한 현기증이 밀려들어 그녀는 쓰러지지 않으려고 남자의 망토를 꼭 움켜쥐었다. 한참 후에야 그녀는 자신이 쓰러질래야 쓰러질 수 없음을 깨달았다. 그녀는 남자의 무릎 위에 앉아 품안에 꼭 끌어안겨 있었으니까.

내가 왜 여기 있는 걸까. 뭔가 이상하다는 것을 천천히 깨달았다. 어떻게 된 일이지. 하지만 무엇을 해야 좋을지 알 수 없었기에, 라일라는 울음을 터뜨렸다.

남자가 커다랗고 뽀송뽀송한 손수건을 그녀의 떨리는 손에 쥐어 주었다.

"아편제에 익숙하지 않으면 속이 뒤집히게 마련이지요."

울음 중간중간 그녀는 훌쩍거리며 미안하다고 우물거렸다.

그는 그녀가 울음을 완전히 검출 때까지 꼭 끌어안은 채 토닥토닥 등을 두드려 주었다. 상황이 그렇고 보니, 이 낯선 남자가 두렵다는 생각은 전혀 들지 않았다.

"아, 아편제요?"

마침내 그녀는 더듬거리며 말문을 열었다.

"하, 하지만 저, 전 먹지 않았는데요. 저는 저, 절대로……."

"약효가 오래 가진 않으니 걱정 말아요."

그는 젖어서 얼굴에 달라붙은 그녀의 머리카락을 쓸어넘겨 주었다.

"곧 여관에 도착하게 될 거예요. 얼굴을 씻고 차를 마시면 다시 원래대로 회복될 겁니다."

이 질문은 하고 싶지 않았다, 돌아올 대답이 두려웠기에. 하지만 지금 이 상황에서 겁만 내고 있을 수는 없잖아.

"아, 아빠는 어, 어디 계시죠?"

그의 미소가 사그러들었다.

"불행히도 아버님께서는 커다란 사건에 휩쓸리신 것 같습니다."

그녀는 눈을 감고 다시 한 번 그의 어깨에 머리를 댔다. 이 모든 것이 악몽이었으면……. 하지만 현기증이 잦아들자 머리 속에 소름 끼치는 광경이 떠올랐다. 아래층 복도에 서 있던 세 명의 외국인들, 아버지의 날이 선 목소리, 홍차 쟁반을 들고 오며 떨고 있던 하녀, 홍차에서 느껴졌던 이상한 맛, 그러고 나서 찾아든 현기증……. 그렇게 정신을 잃었다.

더 이상 듣지 않아도 이해가 되었다. 그 남자들이 아빠를 살해한 거야. 그렇지 않고서야 자신이 평생 처음 보는 영국인 남자와 마차를 타고 있을 리가 없지 않은가?

남자는 그녀의 손을 꼭 잡고 용기를 내라고 격려했다. 라일라는 묵묵히 남자의 설명을 들었다.

그가 친구의 편지를 아빠에게 전하려고 들렀는데 마침 그때 집안에서 도망쳐 나오던 한 하인과 마주쳤다고 했다. 맞아서 엉망이 된 하인에게서 외국인들이 쳐들어와 집주인을 살해했다는 말을 듣고 있는데 범인 중 한 명이 다시 되돌아오는 광경을 목격했다고 한다.

"그 짐승 같은 놈을 뒤에서 덮쳐서 잡았어요."

남자는 말을 이었다.

"당신을 찾아 돌아오는 길이었다고 하더군요."

"제가 그 사람들을 보았거든요."

라일라의 심장이 마구 두근거렸다. 아마도 남은 그녀마저 처치하기 위해 돌아온 것이리라.

그가 그녀의 손을 꼭 쥐었다.

"이젠 괜찮아요. 그곳에서 멀리 떨어졌으니까. 절대 당신을 찾지 못할 거예요."

"하지만 경찰에…… 누군가는 신고를……."

"하지 않는 편이 좋을 겁니다."

날카로운 그의 목소리에 그녀는 고개를 들었다.

"저는 당신 아버님을 잘 알지 못합니다만, 짐작컨대 아주 위험한 사람들과 관계하신 모양이더군요. 베니스의 경찰들이 젊은 영국인 아가씨 한 명을 보호하자고 애쓸 것 같지는 않습니다."

그는 잠시 뜸을 들였다.

"듣자 하니 베니스에 아는 사람도 없다면서요."

그녀는 침을 꿀꺽 삼켰다.

"베니스뿐 아니라 어딜 가나 마찬가지예요. 제겐…… 아빠밖에 없었어요."

그녀의 목소리가 갈라져 나왔다.

아버지가 돌아가셨다. 정부를 위해 일하시다 살해당한 것이다. 맨 처음 정부 일을 하고 계시다는 말을 들었을 때부터 이런 날이 올까 봐 두려웠었다. 용감해지고 싶었다. 숭고한 일에 목숨을 바치신 아버지를 자랑스럽게 여기고 싶었다. 하지만 흘러내리는 눈물은 어쩔 수가 없다. 가슴을 쥐어뜯는 슬픔도 어쩔 수가 없었다. 이 세상에 혼자만이 살아남은 기분이었다. 이제 그녀에겐 아무도 없었다.

"걱정 말아요. 내가 당신을 돌봐줄게요."

남자는 그녀의 턱을 치켜올려 눈물 범벅인 얼굴을 들여다보았다.

"파리에 가보고 싶지 않아요?"

마차 안은 어두웠지만, 남자의 얼굴을 식별할 정도는 되었다. 그는 그녀가 맨 처음 예상했던 것보다 훨씬 더 젊고 잘생긴 얼굴이었다. 빛을 발하는 까만 눈동자에 그녀는 뜨거움과 혼란을 느꼈다. 또다시 메스꺼움이 찾아오지 않기만을 빌었다.

"파, 파리요?"

그녀가 멍하니 되풀이했다.

"지, 지금요? 왜, 왜요?"

"지금 당장은 아니에요. 아마 몇 주가 걸릴 거예요. 왜냐, 왜냐면 그곳이라면 당신이 안전할 테니까요."

"안전해요?"

그녀는 남자의 부드러운 손가락에서 고개를 돌렸다.

"왜요? 왜 제게 이런 친절을 베푸시는 거죠?"

"왜냐면 당신은 곤경에 빠진 아가씨니까."

남자의 입술은 웃고 있지 않았지만 그녀는 그 목소리에서 웃음기를 느꼈다.

"프란시스 보몬트는 절대로 곤경에 빠진 아가씨를 외면하는 인간이 아니니까요. 특히나 당신처럼 예쁜 아가씨라면요."

"프란시스 보몬트."

그녀가 눈물을 훔치며 입으로 되뇌어 보았다.

"그래요. 난 절대 당신을 버리지 않아요. 그러니까 날 믿어요."

어차피 이 사람 말고는 믿고 의지할 데가 없었다. 그의 말이 진심이 기만을 바랄 수밖에.

파리에 도착한 후에야 프란시스 보몬트는 하인에게 들은 말의 나머지 부분을 들려주었다. 그녀가 그토록 숭배했던 아버지는 영국 정부에서 무기를 훔쳐 외국에 밀매하던 범죄자에 지나지 않았으며, 불만을 품은 거래 상대에게 살해당한 것임을. 라일라는 거짓말이라고 비명을 지르다가 프란시스의 품안에 안겨 이성을 잃고 울었다.

하지만 몇 주 후, 변호사 앤드루 헤리어드가 도착하자 그녀도 더 이상 진실을 외면할 수만은 없었다. 변호사가 가져온 아버지의 유언장에 따르면 앞으로 자신이 그녀의 후견인이 된다고 했다. 그는 아버지의 사적인 서류들 외에도 경찰 조서 사본을 가지고 왔다. 그것을 보니 하인이 보몬트 씨에게 했던 말들이 사실임을 다시 한 번 확인할 수 있었다. 베니스 경찰들은 라일라의 실종 역시 살인범들이 저지른 짓이라 결론짓고 있었다. 헤리어드 씨는 굳이 그녀가 살아 있다는 걸 밝혀 봐야 하나 도움될 것 없으니 그냥 이대로 묻어두자고 했다.

그는 부드러운 목소리로 구구절절 옳은 소리만 했다. 그녀는 조용히 경청한 뒤 조언을 따르겠노라고 했다. 수치심으로 뜨겁게 달아오른 얼굴을 감추려고 고개를 푹 숙였다. 차라리 이 세상에 혼자가 되었다고 생각하던 때가 나았다. 이제 그녀는 세상에서 버림받은 것이다.

헤리어드 씨는 신속하게 그녀에게 새 신분을 만들어 주고 새로운 삶을 시작할 수 있게 도와주었다. 보몬트 씨는—헤리어드 씨와는 달리 아무런 법적인 의무가 없었음에도 불구하고—파리에 사는 유명한 화가에게 그림을 배울 수 있게 조처해 주었다. 비록 그녀가 역적의 딸이긴 하지만, 두 남자는 그녀 곁을 지키고 돌봐 주었다. 그녀는 두 사람에게 최대한 감사를 표현했다.

그리고 결국 순진하기 짝이 없던 그녀는 프란시스 보몬트에게 그 이상의 것을 주게 되었다.

1

1828년 3월, 파리.

"만나고 싶지 않다니까요."

라일라는 남편의 손에서 거칠게 팔을 뺐다.

"그림을 마무리지어야 해요. 당신이 술을 퍼마시는 동안 타락한 귀족 나으리와 한가하게 잡담을 나눌 시간 따위는 없다구요."

프란시스는 어깻짓을 했다.

"마담 브래세의 초상화 따위야 좀 있다 그리면 되잖아. 콩트 에스몽(에스몽 백작)이 당신을 얼마나 만나 보고 싶어하는데, 여보. 당신 작품을 몹시 좋아한대."

그가 그녀의 손을 잡았다.

"이리 와요, 괜히 투정부리지 말고. 딱 십 분만. 그러고 나선 아틀리에로 도망가든가 말든가 하라고."

그녀는 자신의 손을 잡고 있는 남편의 손을 차가운 시선으로 노려보았다. 프란시스는 멋쩍은 웃음소리를 내며 손을 놓았다.

그의 느물거리는 얼굴에서 고개를 돌리고 그녀는 복도에 걸린 거울 앞으로 다가섰다. 거울 속에 비치는 자신의 모습에 얼굴을 찡그렸다. 아틀리에에서 그림을 그릴 생각이었기에 드문드문 금발이 섞인 숱 많은 머리카락을 너덜거리는 리본으로 아무렇게나 묶어놓았었다.

"손님에게 창피한 꼴을 보이지 않으려면 난 가서 몸단장을 좀 해야겠어요."

그리고는 계단을 향해 돌아서려는데 프란시스가 앞을 막아섰다.

"이대로도 아름다워. 몸단장이 무슨 필요가 있어? 난 당신의 흐트러진 모습이 좋아."

"당신이야 둔하니까 그렇죠."

"아니, 이런 모습일 때 당신의 진면모를 볼 수 있거든. 격정적이고 열정적이야."

그가 조롱하듯 말했다. 그의 시선이 그녀의 풍만한 가슴과 볼륨감 있는—그녀로선 좀 작았으면 좋겠다 싶은—엉덩이를 훑었다.

"언젠가—어쩌면 오늘밤이 될지도 모르겠군, 내 사랑—내 이런 마음을 당신에게 증명할 날이 있겠지."

그녀는 치밀어 오르는 혐오감과 비이성적인 두려움을 꾹 참았다. 남편이 자신의 몸에 손가락 하나 못 대게 한 지도 벌써 몇 년째. 마지막으로 억지로 포옹하려 들었을 때는 그가 애지중지하던 동양 항아리를 머리 위로 내리쳐 주었다. 굴복하느니 죽는 한이 있어도 싸울 것이다, 그 점은 남편 역시 잘 알고 있었다. 헤아릴 수조차 없이 수많은 여자들과 뒹굴었던 남편과 남들이 사랑의 행위라 부르는 수치스러운 짓거리를 할 수는 없다.

"어디 한번 해봐요, 당신이 그러고도 살 수 있나."

흘러내린 머리카락을 귀 뒤로 꼭꼭 넘기며 냉소를 지었다.

"그거 알아요, 프란시스? 프랑스 배심원들은 매력적인 여자 살인범에게 상당히 후한 편이란 거?"

그는 가만히 미소만 지을 뿐이다.

"당신이 어쩌다가 이런 괴물이 되었는지. 한때는 너무도 사랑스런 새끼 고양이 같았는데. 앞을 가로막는 사람이 있으면 그냥 밟고 지나갈 사람이야, 당신은. 그래도 헤픈 것보다야 차라리 그 편이 낫지. 하지만 정말 아쉽군, 이렇게나 사랑스러운 여자인데."

그가 그녀 쪽으로 몸을 숙였다.

바로 그때 문에서 고리쇠 두드리는 소리가 들렸다.

프란시스는 욕을 내뱉으며 몸을 바로했다. 라일라는 비어져 나온 핀을 다시 머리에 꽂아 넣으며 얼른 응접실로 달려갔다. 남편이 그녀 뒤를 바짝 따라왔다. 집사가 손님이 도착했음을 알릴 즈음에는 두 사람 모두 침착함을 되찾고 타의 모범이 될 만한 완벽한 영국인 부부 역할에 몰입했다. 곧게 등을 펴고 의자에 앉은 라일라 옆에 프란시스가 믿음직한 남편처럼 버티고 섰다.

손님이 응접실로 안내되어 들어왔다.

그 순간 라일라는 모든 것을 잊었다. 숨쉬는 것조차…….

콩트 에스몽은 그녀가 평생 본 그 어떤 남자보다 아름다웠다. 그림에서나 볼 수 있는 미모다. 심지어 이탈리아의 거장 보티첼리도 이런 모델을 봤으면 감격의 눈물을 흘리지 않았을까 싶다.

완전히 제 기능을 잃어버린 그녀의 머리 위로 두 남자가 서로 인사를 주고받았다.

"마담."

프란시스가 등을 쿡 찌르자 라일라는 그제서야 현실로 돌아올 수 있었다. 그녀는 여전히 얼떨떨한 표정으로 손을 내밀었다.

"무슈."

백작이 그녀의 손 위로 허리를 굽혔다. 남자의 입술이 그녀의 손가락 관절 부근을 가볍게 쓸었다. 그의 머리카락은 실크처럼 매끄러운 연한 금색이었다. 요새 유행보다는 좀 살짝 길다 싶은 감이 있긴 했다.

그는 예법이 허용하는 시간보다 조금 더 오래 그녀의 손을 잡고 있었다. 그리고는 마침내 손을 놓았지만, 얽힌 시선만은 풀지 않았다.

"대단한 영광입니다, 마담 보몬트. 러시아에서 부인의 작품을 보았답니다—리벤 공주의 사촌을 그린 초상화였지요. 그 그림을 사려고 무척이나 애를 썼건만, 소유주도 그림의 가치를 잘 아는지 절대 팔려고 하질 않더군요. '파리로 가봐요,' 그가 그렇게 말했습니다. '가서 자신의 초상화를 그려 달라고 해요.' 그래서 이렇게 오게 된 겁니다."

"러시아에서요?"

마구 두근거리는 심장을 손으로 꾹 누르고 싶은 기분이었다. 세상에나, 이 남자가 러시아에서 여기까지 찾아왔다니—상트페테르부르크에서 길이라도 한번 건널라 치면 제발 그림의 모델을 서달라고 애원하며 달라붙는 화가 수백 명은 물리쳐야 할 것같이 생긴 이 남자가!

모름지기 화가들이란 이런 얼굴을 그릴 기회만 잡을 수 있다면 자기 자식이라도 내다 팔고도 남을 족속들이 아니든가.

"설마 초상화 하나 때문에 오신 건 아니실 테지요?"

관능적인 그의 입술이 천천히 나른한 미소를 그렸다.

"아, 파리에 볼일이 좀 있어서요. 제가 무슨 심각한 나르시시스트도 아닌데, 설마 그림 때문에 그 먼 길을 왔기야 하겠습니까? 겸사겸사죠. 하지만 원래 영원한 것을 갈망하는 게 인간 아니겠습니까. 화가를 찾는 이유나 신을 찾는 이유나 다 매한가지 아닐까요? 불멸을 원하는 거죠."

"참으로 옳은 말씀이십니다. 이렇게 말하는 지금 이 순간에도 우리 모두는 천천히 죽어가고 있으니까요. 인생의 전성기에 다다른 잘생긴 남자를 비추던 거울이 바로 그 다음 순간에는 검버섯이 핀 늙은 두꺼비를 비추는 법이죠."

라일라는 남편의 목소리에서 희미한 적개심 같은 것을 느꼈지만, 그보다는 백작이 더 관심을 끌었다. 이글거리듯 강렬한 그의 푸른 눈동자 속에서 뭔가가 번쩍였다. 한순간에 지나지 않았지만 그 반짝임 때문에 그의 얼굴 전체뿐 아니라 방안 공기마저 완전히 바뀌어져 버렸다. 짧디짧은 그 순간, 천사의 얼굴이 악마의 얼굴로 보였다. 부드럽게 킬킬거리는 그의 웃음소리에서 마성(魔性)이 느껴졌다.

"그리고 그 다음 순간에는,"

에스몽이 라일라에게서 시선을 떼어 프란시스에게로 옮기며 말했다.

"구더기들의 잔칫상이 되는 거겠죠."

그는 여전히 미소짓고 있었다. 눈까지 번진 웃음기에 조금 전 악마 같던 느낌이 완전히 사라졌다. 하지만 방안을 감돌던 긴장감은 아까보다 한층 더 팽팽해졌다.

"아무리 초상화라 할지라도 영원히 남지는 못해요. 영원히 변하지 않는 물질은 없기 때문에 그림도 언젠가는 삭아 없어져요."

"하지만 이집트 무덤의 벽화들을 좀 보십시오. 수천 년이 흘러도 그대로 남아 있잖습니까. 부인의 작품이 몇 세기를 버틸 수 있는지 어차피 우린 알 수 없을 테니까, 이런 대화는 무의미하지요. 우리에게 중요한 것은 현재 아닙니까? 그러니 시간을 좀 내서서 눈 한번 깜짝하면 날아가 버릴 나의 현재를 화폭에 좀 담아 주셨으면 하고 부탁드리는 바입니다, 마담."

"안타깝지만 인내심을 가지고 기다리셔야 할 겁니다."

프란시스가 술병을 올려둔 탁자 쪽으로 다가가며 말했다.

"아내가 지금 그리고 있는 작품은 거의 마무리 단계지만, 그걸 다 그리고 나서도 주문이 두 개나 더 밀려 있거든요."

"내가 원래 인내심으로 유명한 사람입니다. 차르께서도 나처럼 인내심 강한 사람은 처음 보셨다고 말씀하실 지경이니까요."

쨍 하고 크리스털끼리 부딪히는 소리가 나더니 잠시 후 프란시스가 말했다.

"고귀하신 분들을 지인(知人)으로 두셨나 봅니다, 무슈. 차르 니콜라이와도 관계가 돈독하시다니 말입니다."

"그저 가끔 대화를 나누는 정도이지, 돈독하다고까지 할 관계는 못 됩니다."

설득력 풍부한 푸른 눈동자가 다시 한 번 라일라에게로 향했다.

"제게 있어 돈독한 관계는 그보다 훨씬 더 친밀한 단계를 뜻하지요."

갑자기 방안 온도가 마구잡이로 올라가는 기분이 들었다. 라일라는 이제 그만 일어서야겠다고 생각했다. 약속했던 십 분이 지났건 말건 상관없었다. 그녀는 백작이 프란시스가 건네는 와인잔을 받아들 때 일어섰다.

"전 이만 물러가서 일을 해야겠어요."

"그렇게 하구려, 내 사랑. 백작님께서도 분명 이해하실 거요."

프란시스가 말했다.

"이해는 합니다만, 아쉬움은 어쩔 수가 없군요."

에스몽의 강렬한 푸른 시선이 그녀를 머리에서 발끝까지 한번 훑었다.

이런 일을 한두 번 당한 게 아닌지라 라일라는 그 의미를 정확하게 알고 있었다. 하지만 지금처럼 몸 전체로 그 의미를 느낀 것은 처음이었다. 문제는 그의 매력이 자신을 끌어당기고, 자신 역시 의지와는 상관없이 자꾸만 그에게 끌려든다는 것이었다.

그러나 겉으로는 평소와 다름없는 척, 흠잡을 데 하나 없이 정중한 표정을 짓고 오만할 정도로 도도한 자세를 취했다.

"불행히도 초상화가 늦어지면 마담 브래세가 더 아쉬워하실 게 분명하거든요. 그분은 백작님과는 달리 세상에서 인내심 없기로 아마 1, 2위를 다투실 분이에요."

"그러시는 부인께서도 그 못지 않으신 분인 것 같군요."

그가 한 발자국 다가오자 맥박이 미친 듯이 뛰기 시작했다. 처음에 생각했던 것보다 훨씬 큰 키에 몸도 더 강인했다.

"암호랑이의 눈을 가지셨습니다, 마담. 무척 특이하군요, 그저 금색 눈동자가 흔치 않아서 하는 말만은 아닙니다. 부인께서는 화가이시니만큼 다른 이들보다 훨씬 더 많은 것을 보실 테지요."

"아마 백작님께서 수작을 걸고 계시다는 것을 볼 정도는 될 겝니다."

프란시스가 그녀 곁으로 다가서며 말했다.

"당연한 일 아닐까요? 이런 방법이 아니라면 유부녀인 여성에게 어떻게 찬사를 바칠 수 있겠습니까?"

백작은 프란시스에게 천진난만한 표정을 지어 보였다.

"걱정하지 마세요, 이이는 화난 게 아니니까요."

라일라가 경쾌하게 말했다.

"저희가 비록 영국인이긴 해도, 파리에 산 지도 벌써 9년 가까이 된 걸요. 하지만 저는 일을 하는 여자이다 보니, 무슈……."

"에스몽."

그는 이름을 불러 달라는 투로 말했다.

"무슈."

그녀는 단호하게 말했다.

"어쨌거나 그렇다 보니 이젠 이만 양해를 구하고 하던 일을 계속해야 할 것 같습니다."

이번에는 손을 내밀지 않았다. 대신 라일라는 그에게 최대한 오만하게 절을 해보였다. 그 역시 우아하게 절을 했다.

그녀가 문가로 다가가자 딱딱하기 그지없는 억지미소를 짓고 있던 프란시스가 얼른 달려와 문을 열어주었다. 뒤에서 에스몽의 목소리가 들렸다.

"다음 번에 또 뵐 때까지, 마담 보몬트."

머리 속 저 아래에서 뭔가가 메아리를 치는 바람에 그녀는 문지방에서 잠시 멈칫 했다. 기억의 파편. 누군가의 목소리. 아냐, 전에는 이 남자를 만난 적이 없는걸. 만났더라면 분명 기억했을 것이다. 이런 얼굴을 잊는다는 건 불가능하니까.

그녀는 희미하게 목례를 해보인 뒤 방에서 나갔다.

새벽 4시, 한번 보면 잊을 수 없는 얼굴을 지녔다는 푸른 눈의 남자는 자신의 응접실, 값비싼 능라를 씌운 소파 위에 드러누워 쉬고 있었다. 오래 전에도 이와 똑같은 포즈로 장의자에 드러누워 교활한 알리 파샤를 끌어내릴 계획을 세우곤 했었다. 그때 남자는 이스말 델비나라 불렸었다. 요새는 편의에 따라 아무렇게나 이름을 바꿨다.

지금 이 순간 그는 콩트 에스몽이다.

그의 고용주인 영국 정부는 프랑스 정부의 도움을 받아 그의 혈통과 작위를 서류상 완벽하게 조작했다. 이스말의 불어 실력은 그가 구사하는 다른 11개국 언어와 마찬가지로 흠잡을 데 없었다. 프랑스식 액센트를 섞어 영어를 하는 것 역시 전혀 어려울 게 없었다. 언어 구사 능력은, 그 어떤 형태이건, 그의 수많은 재능 가운데 하나였으니까.

모국어인 알바니아어를 제외하면 영어를 제일 좋아했다. 무척이나 불규칙적이긴 하지만 반면에 놀라울 정도로 융통성이 있는 언어라고 생각했다. 그는 말을 가지고 장난치는 것을 좋아했다. 또한 '친밀함'을 내세워 장난치는 것도 좋아했다. 마담 보몬트가 자신의 말에 발칵 화를 내는 것이 어찌나 재미있었던지.

너무나도 짧았던 그녀와의 만남을 떠올리며 그는 미소를 지은 뒤 하인 닉이 만들어 온 진한 터키식 커피를 맛보았다.

"완벽하군."

"당연히 완벽하지요. 그 동안 연습한 게 얼마인데요, 안 그렇습니까?"

말은 그렇게 했지만 그래도 긴장을 했었던지, 그의 말에 닉이 긴장을 푸는 것이 보였다. 닉이 이스말을 모신 것도 벌써 6년째, 스물한 살의 닉은 인내심이나 고분고분한 맛이 조금 모자란 편이긴 했지만, 그래도 다른 이들 앞에선 깍듯했으니 상관없었다. 닉의 혈통 중 절반은 영국계이니까 약간 거만한 것도 당연할지 모른다. 여태껏 아첨하며 알랑대는 하인은 지겨울 정도로 많이 거느려 봤으니까 상관없었다.

"이제는 아주 경지에 올랐어. 어쨌거나 그 동안 나와 내 새 친구 뒤를 따라 밤이면 밤마다 여기저기 다니느라 수고했어, 지겨웠을 텐데."

닉은 어깻짓을 했다.

"주인님이 만족하셨다면 저도 됐습니다."

"그래, 소득은 있었지. 한달 정도면 보몬트를 제거할 수 있을 것 같아. 위에서 자꾸 재촉만 하지 않았어도 아마 자연히 흘러가게 내버려뒀을 거야. 어차피 무슈 보몬트는 자기 손으로 제 목숨을 갉아먹고 있으니까. 오늘밤만 해도 장정 셋은 너끈히 죽일 양의 아편을 해치우더군."
　닉의 검은 눈동자가 번득였다.
　"아편을 먹습디까, 아니면 피웁디까?"
　"둘 다 하더군."
　"그러면 훨씬 더 일이 쉬워지겠네요. 아편에다가 스트리키니네*나 청산을 조금 떨어뜨리기만 하면 되지 않겠습니까? 아예 그냥 복숭아나 살구나 사과 간 것에 조금 섞어서……."
　"굳이 그럴 필요 없어. 그리고 정말 꼭 그래야 할 때가 아니면 내 손에 피 묻히긴 싫다구. 또 독은 정정당당하지 못하다는 느낌이 들잖아."
　"정정당당하지 못하고 비열한 것으로 따지면 그자만한 사람이 있나요? 독을 쓰면 별로 힘들이지 않고 쉽게 제거할 수 있을 텐데요."
　"난 그자가 고통에 떨며 괴로워하길 원해."
　"뭐, 그렇다면 어쩔 수가 없지요."
　이스말이 잔을 내밀자 닉이 커피를 더 따라주었다.
　"이자 하나를 찾기 위해 몇 달이 걸렸었다구. 그자의 탐욕스러운 성품을 이용해 간신히 내 손안에 넣을 수 있었어. 좀더 가지고 놀고 싶어."
　이스말은 다른 임무 수행중 차르의 긴급 연락을 받고 이 일에 끼어들었다. 터키의 술탄이 무슨 편지를 입수한 덕에 러시아와 터키 간의 평화조약 체결에 문제가 생겼다고 하며 차르는 도대체 어떻게, 그리고 왜 그 편지가 콘스탄티노플로 흘러 들어갔는지 알고 싶어했다.
　이스말도 터키 제국 내에서 술탄의 스파이들이 심심찮게 편지를 가로챘다는 사실을 알고 있었다. 하지만 문제의 그 편지는 술탄의 입김이 전혀 미치지 않는 파리에, 그것도 영국 외교관의 극비문서 전달함 속에 안전하게 보관되어 있었다. 결국 그 사건 때문에 외교관보 하나가 심문을 받기 전 총으로 자결하는 일까지 벌어졌다고 한다.
　그 후 몇 달간 이스말은 런던과 파리를 오가며 여러 비슷한 이야기

---

* strychnine. 예전에 쥐약의 원료로 쓰인 맹독.

를 들었다—누가 뭔가를 도둑맞았다거나 파산했는데 도무지 이유를 설명할 수가 없었다느니, 전혀 뜻하지 않게 큰 액수를 손해봤다는 둥.

알고 보니 그 모든 사건들이 연관되어 있었다. 사건들에는 모두 한 가지 공통점이 있었는데 피해자들은 한때 파리의 한적한 구석에 위치한, 전혀 눈에 띄지 않는 평범한 건물에 드나들었던 사람들이었다.

그곳은 간단하게 뱅뜨위뜨라 불렸다. 불어로 28번이란 의미의 그곳에서는 가격만 맞으면 고객들은 세상에 존재하는 모든 쾌락을 경험할 수 있었다. 아주 사소한 것에서부터 엄청난 상상력을 짜내야 하는 일까지. 단순한 매음굴이라기보다는 쾌락의 궁전이었다. 세상에는 돈이라면 무슨 짓이건 하는 사람들이 있다는 걸 이스말도 알고 있었다. 또한 그런 일에 기꺼이 돈을 지불할 사람들이 있다는 것도.

돈으로 연결된 그 먹이사슬 맨 꼭대기에 위치하는 사람이 바로 프란시스 보몬트였다.

물론 그들은 돈이 보몬트에게 간다는 사실을 몰랐을 것이다. 이스말 역시 확실한 물증은 없었다. 한마디로 말해 법정에서 증거물로 채택될 만한 것은 없다는 뜻이다. 어차피 프란시스 보몬트를 법정에 세우는 것은 불가능하다. 피해자들 대다수는 대중들 앞에 자신의 치부를 드러내느니 차라리 그 젊은 외교관보처럼 자살하는 쪽을 택할 테니까. 하다 못해 증인석에 서는 것조차 거부할 것이다.

이스말의 임무에는 프란시스를 처벌하는 것 역시 들어가 있다—조지 4세나 수상, 그의 수하 각료들을 위해 여태껏 처리했던 다른 문제들과 마찬가지로 은밀히.

닉의 목소리에 이스말은 상념에서 깨어났다.

"이번에는 어떤 식으로 하실 예정이십니까?"

이스말은 섬세하게 칠해진 찻잔 속을 들여다보았다.

"아내가 아주 정조관념이 투철하더군."

"신중한 거겠죠. 어떤 미친 여자가 그렇게 썩어빠진 돼지에게 정조를 지킨답니까."

“아아, 살짝 미친 여자라고 생각되긴 해. 그리고 정말 예술적 재능만큼은 대단한 여자야. 원래 천재란 범인(凡人)들의 눈에는 괴팍하게 비치는 법이잖아. 어쨌건 하루 종일 일 생각밖에 안 하는 여자 같더군. 그래서 많은 남자들이 자신의 관심을 끌려고 애를 써도 눈에 안 들어오는 모양이야.”

닉의 눈이 휘둥그레졌다.

“설마 주인님까지 본체만체한 건 아닐 테죠?”

이스말이 씁쓸한 웃음소리를 냈다.

“그래서 눈에 띄어 주려고 애를 좀 써줬지.”

“이야, 정말 기절초풍할 일인데요. 그 장면을 못 본 게 안타깝네요.”

“기묘한 느낌이었어. 날 마치 대리석 조각이나 유화 보듯 하더라고. 형태, 선, 색깔 그러한 것들을 하나하나 따져보는 기분이었어.”

이스말은 손을 내저었다.

“그녀의 아름다운 얼굴에서 내가 본 것은 욕망이었어, 예술가로서의 욕망. 날 그림 모델 정도로만 보더군. 참을 수가 없어서 수작을 좀 걸었지. 남편이란 작자가 옆에 버티고 있는데 지분대기도 쉽지 않더군. 마침내 그녀가 뭔가 반응을 보이니까 보몬트도 반응을 하더라고. 아마 소유욕이 강한 사내인 것 같아. 아내의 반응을 아주 못마땅해하는 눈치더군.”

“히야, 참 뻔뻔스런 작자로군요. 파리에 사는 웬만한 유부녀를 한 번쯤은 품어 봤을 돼지 주제에.”

이스말은 상관없다는 손짓을 했다.

“흥미로운 건, 아내가 희미하게나마 반응을 보이자 그자가 놀라더란 거지. 아마 아내의 그런 모습에 익숙지 않은 모양이야. 어쨌거나 불신의 씨앗을 심어놓고 왔으니, 이제부터는 그 싹을 한 번 틔워 볼까 해. 밤낮 의처증에 시달리며 괴로워하는 것도 봐줄 만하겠지. 거기서부터 시작하는 거야.”

닉이 씩 웃었다.

"그러시는 와중에 틈틈이 재미를 보시는 것도 괜찮겠네요."

이스말은 찻잔을 내려놓고 눈을 감은 뒤 푹신한 쿠션에 머리를 기댔다.

"재미 보는 쪽은 내가 알아서 할 테니까 넌 다른 쪽이나 신경 써 줘. 파리 정치계 윗선에 보몬트의 돈을 받아먹는 작자들이 있어. 하나씩 차례대로 그들에게 사고가 일어나게 해 보몬트가 경계를 하도록 만들라구. 자꾸만 사고가 일어나면 뱅드위뜨에 드나드는 고객들 중 마음 약한 사람들은 겁을 먹고 떨기 시작할 거야. 그들은 비밀이 보장된다는 이유 하나만으로 그렇게 어마어마한 액수의 돈을 척척 냈던 거거든. 위험하다는 기분이 들면 발걸음을 끊을 테지. 그 외에도 몇 가지 아이디어가 더 있긴 한데, 그건 내일 의논하도록 하자구."

"알겠습니다. 한마디로 주인님이 그 여류 화가와 즐거운 시간을 보내시는 동안 저는 더러운 일을 하라는 거군요."

"당연한 것 아닌가? 마담을 너에게 맡길 수는 없잖나. 너에겐 영국인의 피가 흐르기 때문에 과격한 성격의 여성을 이해하지도, 다루지도 못해. 도대체 뭘 어떻게 하면 좋을지 몰라 쩔쩔맬걸. 설령 방법을 안다 한들 너에겐 인내심이 없어서 안 돼. 그 반면 난 세상에서 제일 인내심 강한 남자잖아. 차르께서도 그 점만큼은 인정하셨지."

이스말은 감고 있던 눈을 떴다.

"내가 차르 얘기를 꺼냈더니 보몬트가 놀라서 하마터면 술병을 떨어뜨릴 뻔했다는 얘기, 해줬던가? 그 순간 나도 이제야 제대로 짚었구나 싶었지."

"아뇨, 말씀하지 않으셨습니다. 별로 놀랄 일도 아니네요, 뭐. 그런데 주인님을 잘 모르는 사람이 오늘 이 얘기를 들었다면 주인님께서 그 여자분에게만 관심을 가지고 있는 줄 알았을 겁니다."

"무슈 보몬트 역시 그렇게 생각해 주기를 바라고 있는 거지."

이스말은 다시 한 번 눈을 감으며 중얼거렸다.

캐롤 자작 미망인인 피오나는 호기심을 느꼈다.

"에스몽이 나쁜 영향을 끼친다구? 진심이니, 라일라?"

까마귀 깃털처럼 새카만 머리카락의 피오나는 고개를 돌려 마담 브래세의 초상화 발표회에 모인 사람들과 담소를 나누고 있던 백작을 바라보았다.

"도무지 믿어지지가 않는군."

"아마 루시퍼와 그의 추종자들 역시 아름다웠을 거야. 그들도 한때는 다 천사였잖니."

"난 항상 루시퍼가 검은머리에 음침한 분위기일 거라고 생각했어, 프란시스와 비슷한 스타일일 거라고 생각했다구."

피오나는 녹색 눈을 반짝이며 친구에게 고개를 돌렸다.

"오늘따라 네 남편 평소보다 더 음침해 보이네. 지난번 파리에 들렀을 때보다 십 년은 더 나이 들어 보인다."

"지난 3주간 갑자기 늙더라구."

라일라가 딱딱하게 말했다.

"콩트 에스몽과 죽이 맞아 붙어 다니기 시작한 이래 행실이 더 나빠졌어. 거기서 더 나빠질 수 있는지 몰랐지 뭐야. 거의 일주일 내내 집에서 잠을 잔 적이 없어. 오늘 아침만 해도 새벽 네 시에 들어왔, 아니 실려왔다고 하는 편이 더 옳겠구나. 오늘 저녁에도 일곱 시나 되어서야 침대에서 기어나오더라구. 정말이지 마음 같아선 집에 내버려두고 혼자 오고 싶었어."

"그렇게 하지 왜 안 그랬어?"

왜냐면 그럴 만한 용기가 없기 때문이야. 그것은 단 하나뿐인 친구에게도 고백할 수 없는 말이다. 그녀는 초연한 척 계속 말했다.

"남편을 깨워서 목욕하게 만드는 데만 20분이 걸렸어. 도대체 매춘부들은 어떻게 참아주는지 모르겠어. 아편에 술에 향수 냄새가 뒤범벅이 되어 골이 다 지끈거리더라. 물론 그이야 자기 몸에서 냄새가 나는지 안 나는지 전혀 모르더군."

"도대체 왜 쫓아내지 않고 참고 사는 거야? 남편에게 경제적으로 의

존하는 것도 아니겠다, 남편에게 뺏길 자식이 있는 것도 아니겠다. 게다가 네 남편, 게을러서 네가 그런 말을 한다고 한들 네 버릇 고친다고 손찌검할 사람도 아니잖아. 뭐가 무서워?"

내가 두려워하는 것은 폭력이 아니거든, 그보다 더 끔찍한 결과……. 라일라는 그것 역시 말할 수가 없었다.

"말도 안 되는 소리 마."

그녀는 지나가는 하인에게서 샴페인 잔을 받아들며 말했다. 보통 때는 파티가 끝날 때쯤이나 되어서야 딱 한 잔 마시는 게 전부였지만 오늘밤은 긴장이 되어 어쩔 수가 없었다.

"난 절대 남편과 따로 살고 싶지 않아. 지금도 몰려드는 남자들이 귀찮아 죽겠다구. 프란시스가 내 옆에서 질투심 강한 남편 역을 해주지 않으면 내 손으로 그 남자들을 물리쳐야 해. 그러면 아마 일에 몰두할 시간이 없을걸."

피오나는 웃음을 터뜨렸다. 엄밀하게 따져서 예쁜 얼굴은 아니지만 웃을 때만큼은 예뻐 보이는 피오나였다. 그녀가 웃으면 몸에서 빛이 나는 기분이랄까. 고르게 난 새하얀 이, 반짝이는 녹색 눈, 새카만 곱슬머리에 감싸인 상아빛의 계란형 얼굴.

"대부분의 여자들은 고분고분한 남편을 좋아한다구. 특히나 파리에 살려면 그런 남편이 편하지. 콩트 에스몽 같은 남자가 나타나면 더더욱 그렇고. 저 정도 남자라면 나쁜 영향을 끼친 데도 좋겠다. 그런데 저 얼굴, 가까이에서 한 번 구경 좀 했으면 좋겠네."

피오나가 장난스럽게 눈을 반짝였다.

"어디 한 번 저 사람 주의를 끌어 볼까?"

라일라의 심장이 쿵 하고 떨어지는 소리를 냈다.

"하지 마."

하지만 피오나는 벌써 에스몽 쪽을 보며 부채를 살랑거렸다.

"피오나, 제발 이러지 마. 그러면 나 다른 곳으로 갈 거야."

그 순간 에스몽이 고개를 돌렸고 피오나와 시선이 마주친 모양이었다. 피오나는 부채로 다가오라는 신호를 보냈다. 에스몽은 조금의 망설임도 없이 방을 가로질러 두 사람에게 다가왔다. 라일라는 원래 얼굴을 잘 붉히는 편이 아니었다. 하지만 오늘만큼은 어쩔 수가 없었다.

"정말이지 대담하기 이를 데 없는 짓이었어, 피오나."

그녀는 친구에게 그렇게 말한 뒤 슬금슬금 뒷걸음을 치기 시작했다. 피오나가 그녀의 팔을 잡았다.

"처음 보는 사람과 뭘 어쩌라구? 내가 나서서 내 소개를 하기라도 하리? 날 대담하다 못해 뻔뻔스러운 여자로 보지 않겠어? 달아나지 마, 라일라. 저 남자가 무슨 마왕이라도 되니, 적어도 외모만 놓고 보면 천사잖아."

백작이 다가오자 피오나는 목소리를 바짝 낮췄다.

"세상에, 정말 대단한 얼굴이다. 기절할 것 같아."

피오나가 기절할 리 없다는 것을 잘 아는지라, 라일라는 걱정하지 않았다. 대신 턱을 치켜들고 뻣뻣하지만 정중한 태도로 콩트 에스몽을 구제불능 친구에게 소개시켜 주었다.

십 분이 채 지나지 않아 라일라는 그와 함께 왈츠를 추고 있었다. 그동안 피오나는—에스몽을 가까이에서 관찰하고 싶다고 생난리를 쳐놓고선—웃고 있는 프란시스와 함께 춤을 추었다.

도대체 누가 댄스 파트너를 이렇게 정한 것일까, 라일라가 한참 생각에 빠져 있는데 머리 위에서 백작의 부드러운 목소리가 들려왔다.

"재스민……. 그리고 또 다른 게 섞여 있군요. 좀 색다른 건데 아, 그래, 몰약*이로군. 무척 흥미로운 조합의 향이군요, 마담. 그림을 그릴 때 색을 특이하게 섞으시던데 향도 아주 독특하게 섞으시네요."

라일라는 향수를 한 시간도 전에 정말 뿌린 듯 만 듯 살짝 뿌렸었다. 보통 사람이라면 훨씬 더 가까이 다가와야 간신히 향을 분간해 낼 수 있었을 텐데. 그와의 거리는 약 30센티미터 정도, 사실 이 정도도 영국

---

* myrrh. 식물에서 추출한 수지로 독특한 향을 가졌음.

식 예법으론 지나치게 가까운 편이긴 했지만 프랑스 식 예법으로는 충분히 허용되는 거리였다.

하지만 그녀에겐 너무도 가깝게 느껴졌다. 맨 처음 만났을 때 그가 손에 키스한 것을 제외하곤 한 번도 그와 신체적인 접촉을 한 적이 없었다. 그랬기에 허리에 닿아 있는 따스한 손, 우아하게 자신을 리드하며 무도장을 돌 때마다 드레스에 슬쩍슬쩍 부딪히는 장갑의 느낌이 더더욱 강렬하게 의식될 수밖에 없었다.

"향수야 저 즐겁자고 뿌린 것인데, 굳이 다른 이들까지 고려할 필요는 없으니까요."

"남편분도 즐거우실 겁니다."

"프란시스는 후각이 거의 마비되었기 때문에 소용없어요."

"차라리 후각이 마비된 편이 더 좋겠다 싶을 때가 있어요. 예를 들어 뜨거운 여름날 파리의 골목길을 걷거나 할 때 말입니다. 하지만 보통은 아주 안타까울 겁니다. 이 좋은 것을 모르고 산다니 말이에요."

말 자체는 하나하나 뜯어 봐도 전혀 위험할 게 없었다. 하지만 그 목소리의 어조랄지 하는 것이 문제였다. 에스몽은 맨 처음 만났던 날을 빼고는 공공연하게 수작을 부린 적이 없었다. 라일라에게 유혹적으로 들린 조금 전의 말도 어쩌면 그런 의도로 한 게 아닐지도 모른다.

하지만 그게 의도적이었건 아니건 간에, 그녀는 그의 부드러운 목소리를 들을 때마다 속으로 조바심 같은 것을 느꼈다. 그리고 그 뒤엔 항상 불안감이 뒤따랐다.

"얼마나 안타까운 일인지는 잘 모르겠지만,"

그녀가 건조하게 말했다.

"식욕에 악영향을 끼치긴 해요. 점점 더 심해지는 것 같더군요. 지난 한달 동안 몸무게가 아마 6, 7킬로그램 정도는 빠졌을 거예요."

"내가 봐도 그런 것 같습디다."

그녀는 그 말에 고개를 들었고, 그 순간 고개를 들지 말걸 하는 후회를 느꼈다. 이제는 많이 봐서 익숙해질 만도 하건만, 그녀는 매번 그 눈동자를 볼 때마다 넋을 잃고 사로잡힌다.

색깔이 희귀해서 그런 거야, 그녀는 스스로에게 말했다. 인간의 눈이라곤 믿어지지 않을 정도로 진한 푸른색. 저 눈을 그대로 화폭에 옮겨놓으면 그를 한 번도 만난 적이 없는 사람들은 아마 그녀가 색깔을 과장해서 쓴 거라 생각할 테지.

그가 미소를 지었다.

"정말 생각이 그대로 얼굴에 다 나타나시는군요. 부인께서 물감을 고르고 색을 혼합하시는 광경이 눈에 선합니다."

그녀는 시선을 돌렸다.

"말씀드렸잖아요, 저는 일하는 여자라고요."

"항상 그렇게 일 생각만 하십니까?"

"여자 화가는 남자보다 두 배 더 열심히 일해야 겨우 남자들의 반 정도를 따라가지요. 성공이건 유명세이건 말예요. 제가 항상 일 생각만 하지 않았다면 마담 브래세의 초상화를 그려볼 기회조차 얻지 못했을 거예요. 그랬더라면 오늘의 초상화 발표회에서 사람들은 남자 화가에게 박수를 보냈을 테구요."

"안타깝군요, 남자와 이젤조차 구분할 줄 모르는 여성과 춤을 추고 있구나 하는 생각이 들어서요."

그녀가 뭐라 반박하기도 전에 그는 그녀를 빙글 돌렸다. 예기치도 못하게 빨리 돌리는 바람에 라일라는 스텝을 놓치고 발을 헛디뎌 그의 발을 밟고 말았다. 그 눈 깜짝할 사이, 그의 한 팔이 마치 채찍처럼 뻗어와 그녀의 허리를 감아 다시 일으켜 세우며 딱딱한 근육질의 남성적인 몸에 끌어당겼다.

순식간의 일이었다. 백작은 박자 한 번 흐트러뜨리지 않고 아무 일도 없었다는 듯 왈츠를 추는 다른 남녀들 사이로 그녀를 인도했다. 하지만 라일라의 가슴 양 계곡 사이론 땀방울이 흘렀다. 심장이 너무도 요란하게 두근거려 음악조차 제대로 들을 수가 없었다. 어차피 그녀는 음악을 들을 필요도, 스텝을 생각할 필요도 없었다. 파트너의 리드가 시종일관 워낙 출중했으니까.

뒤늦게 그와의 거리가 아까보다 몇 센티미터 더 줄어든 것 같다는 생각이 들었다.

머리 속이 맑아지며 희뿌옇게 보이던 광경들이 다시 원상태로 돌아왔다. 프란시스가 자신을 바라보고 있는 게 보였다. 남편은 더 이상 웃고 있지 않았다. 예의상의 미소조차 띄우고 있지 않았다.

라일라는 에스몽의 손이 허리를 살며시 압박해 오며 좀더 끌어당기는 것을 느꼈다. 아까도 똑같은 자극을 느끼고 별 생각 없이 반응했다는 것이 떠올랐다. 뭐랄까, 아주 살짝만 고삐를 당기거나 옆구리를 무릎으로 압박해도 반응하는 잘 훈련된 말처럼 행동했달까.

갑자기 목덜미가 뜨거워졌다. 난 암말이 아니야. 다시 거리를 벌리려 했지만 그녀의 허리를 잡은 그의 손이 전혀 반응을 보이질 않았다.

"무슈."

"네, 마담?"

"더 이상 제가 넘어질 염려는 없는 것 같습니다."

"그 말을 들으니 다행이군요. 일순 우리가 파트너로선 잘 맞지 않는 게 아닌가 하는 생각을 했었답니다. 하지만 마담께서도 느끼셨겠지만, 그건 착각이죠. 우린 완벽하게 어울립니다."

"좀더 거리를 두면 더 잘 어울릴지도 모릅니다."

"하지만 제가 거리를 드리면 마담께선 또 머리 속으로 초록색과 남색과 암갈색을 섞고 계실 테지요. 그런 생각은 나중에 혼자 계실 때나 마음껏 해주시기 바랍니다."

그가 그런 말을 했다는 게 도저히 믿겨지지 않아 고개를 번쩍 들어 시선을 맞췄다.

"아, 마침내 마담의 주의를 온전하게 끌었군요."

그가 말했다.

그날 밤, 프란시스는 콩트 에스몽과 밤나들이를 나가지 않고 라일라를 따라 집으로 돌아왔다. 그는 뭔가 마음의 결정을 하듯 라일라의 침실 앞 문턱에서 잠시 머뭇거리다가 방안으로 들어와 침대 끝에 걸터앉았다.

"여기서 잘 생각하지 말아요."

그녀가 옷장에 외출용 망토를 걸며 말했다.

"혹시라도 내게 설교를 늘어놓을 생각으로 왔다면……."

"그자가 당신을 원한다는 건 진작부터 알고 있었어. 겉으로는 안 그런 척하지만 난 알았어. 맨 첫날부터 알아봤지. 망할, 그 빌어먹게 순진한 얼굴이라니. 온갖 인간들을 다 만나 봤지만 그자는, 맙소사, 가끔씩은 그자도 인간일까 하는 생각마저 든다니까."

"당신 취했군요."

"독이야. 무슨 말인지 이해해, 내 사랑? 콩트 에스몽은 독약이라구. 뭐랄까……."

그가 손을 빙빙 돌렸다.

"인간 아편이랄까. 아주 달콤하고…… 즐거울 따름이지. 함께 있다 보면 온갖 근심을 다 잊고 남는 건 쾌락뿐이야. 적당량을 먹으면 그렇지. 하지만 그자와 함께 있다 보면 도대체 어디까지가 적당량인지 잊게 돼. 그렇게 되면 아편은 더 이상 즐겁지 않아, 과용하면 독약이라고. 우리가 베니스를 떠나던 때 당신이 아팠던 거 기억해? 지금 내 기분이 딱 그렇다고. 위가 아주 뒤집힐 것 같아."

프란시스가 베니스 이야기를 꺼낸 것은 정말 몇 년만이었다. 그녀는 불안한 시선으로 그를 바라보았다. 전에도 뭔가에 잔뜩 취해 집에 돌아온 적은 있었지만 이렇게까지 망가진 상태였던 적은 한번도 없었다. 평소에는 자신만의 환상에 틀어박혀 있어 알아듣지도 못할 말을 중얼거리긴 해도, 적어도 그 목소리만큼은 행복하게 들렸었다. 남는 것은 쾌락뿐이라고 그가 말했다.

하지만 지금의 그는 우울하고 감상적이다. 거의 병자의 모습을 하고 있었다. 홀쭉해진 뺨은 혈색 하나 없이 잿빛이었고, 핏발 선 눈은 퉁퉁

부었다. 마흔밖에 안 되었지만 모르는 사람은 예순이라고 해도 믿을 지경이었다. 한때는 그토록 잘생겼던 남자였는데…….

그런 생각을 하자 그녀는 욕지기가 치밀었다.

남편을 사랑하진 않았다. 소녀적 동경에서 깨어난 지도 벌써 몇 년이 지났다. 그리고 얼마 지나지 않아 남아 있던 일말의 애정마저 죽어 버렸다. 하지만 그녀는 그의 과거를 기억했기에, 지금과는 다를 수도 있었을 남편의 모습을 상상할 수 있었기에, 빛나는 젊음을 잃어버린 그를 동정했고 이 지경으로 타락하게 만든 그의 나약함을 슬퍼했다. 그녀 또한 그와 함께 망가져 버렸을 수도 있었다. 하지만 신께선 그녀에게 재능을 주셨고, 꿈을 쫓을 의지력 또한 주셨다. 뿐더러 현명하고 인내심 많은 후견인까지 주셨다. 앤드루 헤리어드가 아니었다면 아무리 재능과 의지력이 있었다 한들 꽃을 피우지 못하고 시들었을 것이다.

라일라는 남편에게 다가가 이마에 달라붙은 젖은 머리카락을 쓸어 넘겨주었다.

"가서 얼굴을 씻어요. 내가 차를 끓여 줄게요."

그는 그녀의 손을 잡아 자신의 이마에 가져다댔다. 미열이 있었다.

"에스몽은 안 돼, 라일라. 제발, 아무라도 좋아, 그자만 아니면 돼."

남편은 자신이 무슨 말을 하는지도 모른다. 그러니까 그의 헛소리에 화를 내지 말자.

"프란시스, 내 옆엔 아무도 없어요."

그녀는 어린아이를 달래듯 침착하게 말했다.

"애인 따윈 없어요. 난 그 누구의 창녀도 되지 않아요. 당신의 창녀 역시 되지 않아요."

그녀는 손을 뗐다.

"그러니까 그런 말은 하지 말아요."

"당신은 이해하지 못하고, 어차피 내 말을 믿지도 않을 테니까 설명하려고 애써 본들 소용이 없겠지. 나조차도 정말 믿기 어려우니까. 하지만 그런 건 중요하지 않아. 명확한 건 딱 하나야, 우린 파리를 떠나야 해.”

그녀는 대야에 물을 부어 주려고 몸을 움직이다가 마구 두근거리는 가슴을 누르며 돌아섰다.

“파리를 떠나요? 당신, 오늘 평소보다 약을 더 많이 해서 그런 소리를 하는 거죠? 정말이지, 프란시스…….”

“떠나기 싫으면 당신은 여기 남아, 난 떠날 거야. 싫더라도 한번쯤 고려해 봐, 여보. 내가 없으면 달려드는 남자들을 막아 줄 사람도 없어. 그래, 어차피 내 이용가치는 그게 전부겠지. 빌어먹을 보디가드. 하지만 이젠 그 정도 이용가치도 없다고 생각할지 모르지. 오늘밤만 해도 그랬잖아. 정말 창녀가 따로 없더군.”

그가 내뱉듯 말했다.

“당신도 결국 그렇게 될 거야. 수백 명 중 한 명이 될 거라구. 아름다운 콩트 에스몽을 본 창녀들이 무슨 짓을 하는지 당신도 좀 봐야 돼. 잘 익은 치즈에 구더기가 꼬이는 것 같다니까. 그가 원하는 건 뭐든, 누구든 다들 오케이야. 그 인간은 땡전 한푼 낼 필요가 없지. 당신도 마찬가지야.”

그가 그녀를 올려다보았다.

“당신도 그에게 공짜로 초상화를 그려줄 거지, 그렇지?”

프란시스의 묘사는 너무도 역겨웠다. 하지만 그게 절대 틀린 말이 아님을 라일라는 잘 알고 있었다. 자신에 대한 남편의 평가 역시 틀리지 않았다. 프란시스는 바보가 아니다. 그녀를 속속들이 알고 있는 사람이다.

그녀는 남편의 눈을 똑바로 들여다보았다.

“설마 내가 무슨 사고라도 칠까 봐 걱정하는 건 아닐 테죠?”

“걱정 정도가 아니라, 그럴 거라 단언할 수 있어. 당신은 그자가 얼마나 위험한지 몰라. 설령 안다 하더라도 인정하지 못할 테지. 어쨌든 선택은 당신이 하는 거야, 강요할 순 없으니까. 난 런던으로 떠날 거야. 당신이 나와 함께 가줬으면 좋겠어.”

그가 일어나 쓸쓸한 미소를 지었다.

"왜 당신을 데려가고 싶은 건지 나도 그 이유를 알았으면 좋겠군. 당신 역시 독약인가 봐."

라일라 역시 이유를 알았으면 좋겠다고 생각했지만, 어차피 남편을 이해하려는 노력은 몇 년 전에 포기했다. 그와 결혼한 것부터가 실수였지만, 결국 그와 함께 사는 방법을 체득하게 된 것이다. 또한 그와 결혼하지 않았다 해도 지금보다 더 나은 삶을 살았을 거라 장담할 수는 없다. 프란시스가 베니스에서 그녀를 구출해 주지 않았더라면 상상하기도 싫을 정도로 끔찍한 일이 일어났었을 테니까.

지금은 앤드루 헤리어드 덕에 돈 걱정은 하지 않을 수 있었다. 여자치곤 화가로서도 상당한 명성을 쌓았다. 친구 피오나도 있다. 일을 할 때는 즐겁다.

한마디로 말해, 비록 남편이 가망 없는 탕아라 할지라도 그녀는 자신이 아는 대다수 여성보다 훨씬 행복한 삶을 살고 있다. 남편도 나름대로 최선을 다해 그녀에게 잘해 준다고 말해야 할까?

아무튼 파리건 어디건 남편 없이 혼자 살 수는 없다. 보몬트 역시 말은 그렇게 하지만 절대로 자신을 놓아줄 인물이 아님을 그녀는 알고 있었다.

"당신이 꼭 떠나야겠다면, 나 역시 당신과 함께 가겠어요."

그녀가 조심스럽게 말하자 그의 표정이 단박에 누그러졌다.

"아는지 모르겠지만, 단순한 변덕으로 이 말을 한 건 아니야. 진심이야. 런던으로 가겠어, 늦어도 이번 주말엔 떠날 거야."

그녀는 터져나오는 신음을 억눌렀다. 이번 주말이라, 이미 주문받은 세 점의 그림을 포기해야 한다. 하지만 주문은 나중에라도 들어올 거야, 그녀는 스스로에게 말했다.

그러나 콩트 에스몽은 한 명뿐인데. 그런 얼굴은 아마 죽을 때까지 다시 보지 못할 테지. 그에 대한 욕심은 그게 전부였다—그림의 모델. 어차피 그 얼굴을 캔버스에 완벽하게 옮겨놓을 자신도 없었다.

차라리 시도조차 하지 않는 편이 나을지도 모르지.

"시간이 더 필요해?"

프란시스가 물었다. 그녀는 고개를 저었다.

"이틀이면 아틀리에를 정리할 수 있어요. 당신이 도와주면 하루면 충분할 거예요."

"그럼 내가 도와주지. 떠나는 게 빠르면 빠를수록 좋으니까."

2

1828년 런던.

다행히도 그녀를 원하는 게 프랑스 귀족들만은 아니었다. 퀸즈 스퀘어에 위치한 얌전한 타운하우스에 정착한 지 일주일이 채 지나지 않아 라일라는 다시 초상화를 그리기 시작했다. 계절은 봄, 여름을 지나 가을이 되었고 그 사이 주문은 디친 듯이 몰려들었다. 일 때문에 전혀 파티나 모임에 참석할 짬이 없었다. 어차피 참석하고 싶어도 그럴 수 없었다. 런던의 귀족들은 파리의 귀족들보다 훨씬 더 배타적이었으니까. 여기에선 중산층 출신의 여류 화가를 높이 쳐주는 사람이 없었다. 게다가 난봉꾼으로 소문난 남편을 둔 것 역시 마이너스 요인이었다.

남편에겐 친구가 많았다. 영국 상류층에도 무시 못할 수의 탕아들이 있었으니까. 하지만 그들은 평민 탕아에 불과한 프란시스가 고귀한 자신들의 집에서 귀족가의 여성들과 춤을 추고 식사하는 것을 원치 않았다. 남편이 초대받지 못하는데 아내인 그녀가 초대받는 경우는 정말 극히 드물었다.

라일라는 어차피 너무 바빠서 외로움을 느낄 겨를이 없었고, 점점 더 심해지는 프란시스의 난봉질을 걱정해 봐야 아무 소용없음도 너무나 잘 알고 있었다. 세상 문을 닫고 나니 남편의 나쁜 짓과 악행을 모르는 척하기도 더 쉬웠다.

적어도 크리스마스를 한 주 남겨둔 시점까진 그렇다고 생각했었다. 그날 셔번 백작—프란시스와 늘상 붙어 다니는 자로, 최근 그녀가 그리고 있는 초상화 모델의 남편이었다—이 그녀의 아틀리에로 불쑥 쳐들어왔다.

아침에 막 끝낸 레이디 셔번의 초상화는 아직 물감조차 마르지 않은 상태였다. 셔번 백작은 그래도 꼭 돈을 지불해야겠다고 고집했다. 그리고 지불이 끝나자마자, 라일라는 그가 크러뱃 장식용 핀을 꺼내들고 아내의 초상화를 분노에 가득 찬 몸짓으로 난도질하는 광경을 공포심으로 얼어붙은 채 지켜볼 수밖에 없었다.

하지만 그녀가 머리 속까지 얼어붙은 건 아니었다. 그가 지금 찢어 발기는 것은 자신의 작품이 아니라 부도덕한 그의 아내임을 이해할 수 있었다. 프란시스가 레이디 셔번에게 손을 댄 모양이다. 이번만큼은 프란시스도 넘어선 안 될 선을 넘은 것이다.

이젠 더 이상 자신과 남편의 삶 사이에 벽이 존재하지 않는다는 것을 깨달았다. 셔번의 심기를 건드린 덕에 프란시스는 그녀까지 위험에 빠뜨린 것이다…….

덫에 걸린 기분이었다. 계속 남편과 함께 산다면 남편이 일으키는 스캔들 때문에 그녀의 일이 치명타를 입을 것이고, 그렇다고 남편에게서 달아난다면 아마 영원히 그림을 그리지 못하게 될지도 모른다. 남편이 아버지에 대한 비밀을 슬쩍 흘리기만 해도 그녀는 파멸하게 될 테니까.

그가 단 한 번도 드러내 놓고 그녀를 협박한 적은 없었다. 그럴 필요도 없었으니까. 라일라는 그와 암묵적인 협약을 맺고 있었다. 그녀와 매번 싸우기 귀찮아서인지 남편은 잠자리를 함께 하자고 억지로 강요하지 않았다. 그러나 그녀는 그만의 소유물로 남는다. 다른 그 누구와도 잠자리를 함께 해선 안 되며, 그의 곁을 떠나서도 안 된다.

이제 그녀가 내릴 수 있는 선택은 후퇴뿐이다.

그 사건에 대해서는 아무 말도 하지 않았다. 셔번 역시 자존심 때문에 침묵을 지켜주기만을 바랐다. 그녀는 그 동안 일을 너무 열심히 해서 휴식이 필요하다며 그림 그리는 것을 그만 두었다.

프란시스는 술독과 아편 연기에 빠져 아무런 눈치도 채지 못했다.

새해 전날은 피오나의 열 명이나 되는 형제자매 가운데 하나인 필립 우들리의 켄트 지방 영지에서 피오나와 함께 보냈다.

새해 첫날 집으로 돌아와 보니 프란시스가 소리를 지르며 하인들을 찾고 있었다. 오늘은 하인들을 쉬게 한 걸 잊었냐는 말을 해주려고 그의 방으로 올라간 라일라는 남편 역시 자기만의 방식으로 송구영신 행사를 치렀음을 알게 되었다. 방문 앞에서부터 벌써 값싼 향수에 담배, 아편 연기, 포도주 냄새가 코를 찔렀다.

그녀는 역겨움을 느끼고 집에서 나와 산책을 하기로 했다. 그레이트 오몬드 가를 지나 컨듀이트 가를 거쳐 파운들링 병원에 다다랐다. 병원 뒤쪽으로 나란히 붙은 공동 묘지터 두 곳이 나타났다. 이곳에 있으면 그 누구도 그녀를 귀찮게 하지 않을 테지. 전에도 머리가 복잡하면 자주 찾던 곳이었다.

한 시간여 동안 비석들 사이를 초조하게 오가고 있는데 데이비드가 그녀를 발견했다. 랭포드 공작의 후계자이자 에이버리 후작인 데이비드 이브스. 그는 스물네 살의 핸섬하고 부유하며 지적인 남자로, 라일라는 이런 남자가 프란시스 뒤를 그토록 열심히 쫓아다닌다는 것 자체가 참으로 안타까운 일이라고 생각했다.

"내가 방해하는 게 아닌가 모르겠습니다."

서로 정중한 인사말을 주고받은 후 그가 말했다.

"프란시스가 부인께서 산책을 나가셨다고 하기에 여기 계실 거라 짐작했죠. 내가 만나고 싶은 분은 부인이거든요."

그의 잿빛 시선이 흔들렸다.

"사과하려고 왔어요. 필립 우들리의 영지에 가겠다고 약속했었는데 가지 않아서요."

어차피 아무 의미 없는 약속을 믿었던 그녀가 바보였던 것이다. 그가 새해를 착실한 사람들과 함께 맞을 수 있길 바랐던 것이…… 그가 자신에게 어울릴 만한 젊은 레이디나 좀 덜 방종한 친구들과 함께 새해 새 시작을 할 수 있길 바랐던 것이 바보였다.

"나타나지 않으셔서 놀라진 않았습니다. 후작님 기준으로는 시시한 파티였을 테니까요."

그녀가 딱딱하게 말했다.

"좀…… 아팠어요. 저녁 내내 집에 누워 있었습니다."

스스로 자멸의 길을 택한 어리석은 바보에게 동정심 따위는 느끼지 말자 다짐했건만, 점점 마음이 풀리는가 싶더니 얼어붙은 듯하던 그녀의 태도도 녹아버렸다.

"아팠다니 가슴이 아프군요. 하지만 어떤 면에선 내 소원대로 된 것 같아 차라리 다행이네요. 적어도 프란시스와 함께 어울려 다니진 않은 모양이니까."

"아예 내가 자주 앓아 눕기를 바라시죠? 이참에 요리사더러 소화하기 힘든 음식만 자주 식탁에 올리라고 부탁해야겠어요."

그녀는 몇 걸음 걷다가 고개를 저었다.

"정말이지 내가 당신을 얼마나 걱정하는지 알기나 해요, 데이비드? 당신을 보면 모성애를 느껴요. 원래 난 모성애 따윈 없다는 데 큰 자부심을 가지고 사는 여자인데도 말이에요."

"그럼 모성애라 하지 말고 형제간의 우애라고 하세요."

그는 미소를 지으며 그녀 곁에 따라붙었다.

"차라리 그 편이 듣기가 편하네요. 당신이 내게 모성애를 느낀다는 말을 하면 왠지 남자로서의 자존심이 상하니까요."

"그거야 생각하기 나름 아닐까요? 피오나만 해도, 자기 형제들의 남자로서의 자존심이니 뭐니에 전혀 신경 쓰지 않던 걸요. 손가락 끝으로

모두를 부리죠—심지어 형제들 가운데 제일 나이 많은 노버리 경까지
요. 그 반면 피오나의 어머님께서 아무리 잔소리를 늘어놓으셔도 자식
들은 눈 하나 깜짝하지 않는다더군요."

그녀는 그것 보란 표정으로 데이비드를 바라보았다.

"그러니까 난 역시 모성애 쪽이에요."

그가 울상을 지었다.

"우들리 가(家) 사람들은 아주 예외적인 케이스라고요. 그 집안 사람
들을 예로 들 수는 없어요. 레이디 캐롤이 그 집안의 진짜 수장이란 사
실은 모두가 다 안다구요."

"그래서 그 집안을 좌지우지하는 사람이 여자란 사실이 불만이다 이
건가요?"

"그럴 리가요."

그가 짧게 웃었다.

"단지 나와 수작을 부릴 시간에 우들리 가(家) 얘기만 늘어놓으시니
좀 너무하다 싶은 기분이 들어서요. 세상에 묘지보다 더 음울하고 로맨
틱한 장소가 또 어디에 있겠어요?"

데이비드는 그녀가 마음놓고 지분거리는 몇 안 되는 남자들 가운데
하나였다. 그는 안전하고 믿을 수 있는 상대이다. 그의 잘생긴 얼굴에
욕망 비슷한 빛이 떠오른 적은 단 한 번도 없었다.

"날 안 지 꽤 되었으니만큼 화가란 족속들이 세상에서 제일 로맨틱하
지 않다는 것쯤은 알 텐데요? 그림과 화가 자체를 혼돈해선 안 되죠."

"그런가요? 그렇다면 난 한 덩어리 물감이 되고 싶습니다. 아니, 그
보다는 텅 빈 캔버스가 더 좋겠군요. 그렇다면 부인이 원하시는 대로
날 칠하실 수 있을 테니까."

'남자와 이젤조차 구분할 줄 모르는 여성과 춤을 추고 있구나 하는
생각이 들어서요.'

그 기억이 떠오르자 그녀의 몸이 뻣뻣하게 굳었다. 낮고 의미심장한
목소리, 저항할 수 없는 흡인력, 어쩔 수 없이 자꾸만 의식할 수밖에

없었던 남자의 힘…… 압도감…… 그 열기.

"보몬트 부인? 괜찮으세요?"

데이비드가 걱정스런 목소리로 물었다.

"아, 아무것도 아니에요. 그저 시간이 이렇게 늦었구나 하고 깨달은 것뿐이에요. 이만 집으로 돌아가 봐야겠어요."

그녀는 기억을 뒤로 밀었다.

1829년 영국의 서리, 1월 중순.

이스말은 사람들로 가득 찬 노버리 경의 볼룸 문 앞에서 잠시 멈춰섰다. 방안을 쓱 둘러본 것만으로 자신의 먹잇감을 발견할 수 있었다. 라일라 보몬트가 테라스로 향해 난 문가에 서 있었다.

그녀는 진한 감청색으로 단을 댄 황갈색이 감도는 드레스를 입고 있었다. 금색이 군데군데 섞인 그녀의 머리카락은 정수리 위에 아무렇게나 틀어 올려져 있었으며, 금방이라도 흘러내릴 듯 아슬아슬해 보였다.

이스말은 그녀가 지금도 똑같은 향을 쓰고 있을지, 아니면 새로 혼합한 향을 쓰고 있을지 궁금했다.

어느 쪽이 더 좋을지, 그는 판단을 내릴 수가 없었다. 그녀 생각만 하면 마음의 갈피를 잡을 수가 없었다. 그래서 화가 났다.

적어도 불쾌하기 짝이 없는 남편은 오지 않은 것 같아 다행이었다. 보몬트는 지금쯤 아마 얼굴에 분을 떡칠하고 숨이 막힐 정도로 향수를 처바른 매춘부의 품안에서 몸을 꿈틀거리고 있을 테지—아니면 런던의 아편굴 어딘가에서 아편에 취해 환상을 보고 있을지도 모른다. 최근 그가 받은 보고서에 따르면 파리를 떠나 영국에 정착한 이래 보몬트의 육체와 지성은 급속도로 무너지고 있다고 했다.

이스말이 예상했던 그대로였다. 보몬트는 자신의 손으로 세워 올린 타락의 제국에서 쫓겨나면 눈 깜짝할 사이에 침몰할 인간이었다. 뱅뜨 위뜨는 이스말의 손에 완전히 공중분해되었다. 이제 보몬트에게 뱅뜨위뜨 같은 곳을 다시 만들 의지력이나 지력은 남아 있지 않았다. 또다시 그런 곳을 만들려면 무에서부터 다시 시작하는 수밖에 없는데, 그에겐 그럴 만한 힘이 없었다. 이제 여러 나라를 괴롭히던 문제들은 사라졌고, 보몬트로서는 어쩔 도리 없이 가만히 앉아 썩어문드러질 수밖에 없는 것이다.

보몬트 때문에 괴로워하고 두려움에 떨어야 했던 수많은 사람들을 생각해 보면, 그 짐승 같은 자는 천천히 고통스런 죽음을 맞이해도 싸다는 생각이 든다. 그에 의해 망가진 다른 이들과 똑같이, 병과 독약에 그의 정신과 육체가 천천히 무너지는 모습을 지켜봐 주는 것도 나쁘진 않을 것이다.

하지만 그의 아내 문제는 어쩌면 좋은가. 이스말은 그녀가 남편과 함께 파리를 떠날 거라고는 상상조차 하지 못했었다. 어차피 형식에 불과한 결혼이었으니까. 보몬트도 자기 입으로 아내와 잠자리를 함께 한 지가 5년도 넘었다는 말을 하지 않았던가. 자신이 아내에게 손을 대면 거세게 반항한다고도 했었다. 심지어 그를 죽이겠다고 협박까지 했다고 한다. 그는 아무렇지도 않다는 듯, 아내가 아니면 다른 여자를 안으면 된다는 투로 말했었다.

물론 그녀가 평범한 여자였다면 그 말도 틀린 말이 아니다. 하지만 라일라 보몬트는…… 아, 정말이지 그녀는 커다란 골칫거리였다.

머리 속으로는 그 문제를 고민하면서도, 겉으로는 노버리 경을 따라 이 사람 저 사람들과 태연하게 인사를 나눴다. 셀 수도 없이 많은 사람들과 인사를 나눈 뒤에야 그는 다시 한 번 테라스 문을 바라보았다. 황갈색 드레스 자락이 얼핏 보이는 듯했지만, 마담 보몬트의 모습을 온전히 분간할 수는 없었다. 평소처럼 그녀는 수많은 남자들에게 둘러싸여 있었다.

원래 그녀의 곁을 지키는 여자는 레이디 캐롤뿐인데, 노버리 경의 말에 의하면 레이디 캐롤은 아직 도착하지 않았고, 라일라 보몬트는 어제 레이디 캐롤의 사촌 중 한 명과 함께 이곳에 왔다고 한다.

이스말은 마담이 자신을 봤을까 생각해 보았다. 아직은 눈치채지 못한 듯했다. 수탉 같은 머리를 한 뚱뚱한 멍청이가 두 사람 사이를 가로막고 있었다.

저런 닭대가리는 지옥으로 떨어지라고 욕을 퍼붓고 있는데 그자가 친구와 얘기를 하려고 살짝 몸을 돌렸다. 그 순간 라일라 보몬트가 무도회장 안을 한 번 쓱 훑어보았고, 그 시선이 이스말을 스치고 지나갔다가…… 다시 돌아왔다가…… 그녀의 몸이 뻣뻣하게 경직되었다.

이스말은 미소짓지 않았다. 그 순간만큼은 아무리 노력해도 웃을 수가 없었다. 그녀를 너무도 강하게 의식하고 있었다. 방 반대편에 서 있는 그녀가 느낀 충격을 고스란히 느꼈다. 그 역시 마음속이 어지러웠다.

이스말은 함께 있던 사람들 모르게 조용히 자리를 떴다. 그녀 곁에 서 있던 남자들도 똑같은 방법으로 처리했다. 가장 외곽을 둘러싼 이들과 시시콜콜한 잡담을 나누다가 어느새 라일라 보몬트가 등을 곧게 펴고 턱을 치켜들고 있는 그 그룹의 중앙으로 스며들어갔다.

그는 절을 했다.

"마담."

그녀는 짧게 화난 몸짓으로 절을 했다.

"무슈."

주위 사람들에게 그를 소개하는 그녀의 목소리에선 간신히 억누른 수많은 감정들이 완전히 여과되지 않은 채 묻어나왔다. 주변을 둘러싸고 있던 남자들이 하나둘씩 떨어져나갈 때마다 그녀의 가슴은 몹시도 두근거렸다. 하지만 그녀는 달아날 수가 없었다. 모두가 떨어져 나갈 때까지 이스말은 예법을 무시하고 오직 그녀와만 대화를 나누었다.

"설마 나 때문에 친구들이 떨어져 나간 건 아니겠지요?"

그는 짐짓 당혹스럽다는 표정을 지으며 말했다.

"가끔은 의도와는 다르게 다른 이들의 기분을 상하게 하는 때가 있어요. 역시 내 영어가 형편없어서 그런 게 아닌가 싶더군요."

"과연 그럴까요?"

그는 얼른 그녀의 눈을 쳐다보았다. 그녀는 화가답게 꿰뚫어보는 듯한 시선으로 그의 얼굴을 집요하게 관찰했다.

갑자기 에스몽은 불편함을 느꼈고, 그런 자신에게 화가 났다. 화를 내서는 안 된다고 생각하며, 그녀 못지 않게 이글이글 타오르는 시선으로 그녀의 얼굴을 바라봐 주었다.

그녀의 뺨에 희미한 홍조가 피어올랐다.

"무슈 보몽트는 잘 계실 테지요?"

"네."

"일도 잘되고 있는지요?"

"네."

"런던에는 잘 적응하셨습니까?"

"네."

짧고 격렬하게 발음되는 그 한 마디 말에, 마침내 그녀의 머리 속에서 그림 생각을 완전히 몰아내는 데 성공했음을 알 수 있었다. 그는 미소를 지었다.

"나 같은 건 악마에게 물려가라고 생각하시지요?"

그녀의 얼굴이 더욱 붉어졌다.

"무슨 말씀을."

그의 시선이 장갑을 낀 그녀의 손으로 움직였다. 오른손 엄지손가락이 초조한 듯 왼손 손목을 문지르고 있었다. 그녀는 눈으로 그의 시선을 쫓았다. 그리고는 금세 손 움직임을 멈췄다.

"부인께선 우리가 처음 만난 순간부터 나 같은 건 악마에게 물려가라고 생각하셨을 겁니다. 심지어 파리에서 도망치신 게 나 때문이 아닌가 하는 생각마저 드는군요."

"난 도망치지 않았어요."

"내가 부인의 기분을 어떤 식으로건 상하게 한 것만은 사실인 듯싶네요. 일언반구도 없이 떠나셨잖아요―아듀란 말 한 마디 없이."

"시간이 없어서 아무에게도 인사하지 못했어요. 남편이 아주……."

갑자기 그녀가 조심스런 눈빛을 했다.

"남편은 이미 떠나겠다는 결심을 굳힌 상태였고, 원래 그이는 결심을 하면 조금도 지체하지 못하는 성격이라서요."

"내게 초상화를 그려 주겠다고 약속하시지 않았습니까?"

이스말이 부드럽게 말했다.

"이만저만 실망한 게 아니었습니다."

"지금쯤이면 극복하셨을 텐데요."

그가 한 걸음 가까이 다가왔다. 그녀는 움직이지 않았다. 그는 양손을 뒤로 돌려 뒷짐을 지고 고개를 숙였다. 희미하게나마 그녀의 체향을 맡을 수 있었다. 전과 똑같았다. 두 사람 사이에는 기억하던 것과 똑같은 긴장감이 흘렀다. 인력(引力)…… 그리고 저항.

"약속하신 초상화를 받으러 영국까지 왔습니다. 적어도 부인의 친구이신 레이디 캐롤께는 그렇게 말씀드렸지요. 날 딱하게 여기신 모양인지 이곳까지 초대해 주시더군요."

그는 고개를 들었다. 그녀의 황갈색 눈동자에서 그는 복잡한 감정을 읽었다—분노, 초조함, 의심…… 그리고 쉽게 읽혀지지 않는 또 다른 무엇.

"그랬군요. 손님까지 초대해 놓고 피오나는 무슨 일인지 모르겠네요. 벌써 몇 시간 전에 도착했어야 되는데 아직까지 소식이 없어요."

"안타까운 일이군요, 댄스 타임을 안전히 놓치겠는데요. 벌써 음악이 시작되는군요."

그가 주위를 둘러보았다.

"혹시나 누군가가 부인과 첫번째 댄스를 추기 위해 이쪽으로 다가올까 봐 염려했는데, 아무도 이쪽으로 오질 않는군요."

그는 그녀를 바라보았다.

"물론 왈츠 약속은 무도회가 끝날 때까지 잡혀 있을 테죠?"

"저는 제 한계를 압니다. 지금부터 춤을 추기 시작하면 밤늦게까지 버틸 수가 없어요. 댄스는 하룻밤에 네 번으로 정해 놓고 있어요."

"오늘밤만은 다섯 번으로 하시죠."

그가 손을 내밀며 말했다. 그녀는 가만히 그의 손만 바라보았다.

"나중에…… 보고요."

"나중에는 거절을 하실 테죠. 발이 아프다느니, 피곤하시다느니 하면서요. 나 역시 그때가 되면 피곤해질지도 모르는 노릇입니다. 혹시라도…… 발을 헛딛을지도 모르죠. 전에도 한 번 그런 적이 있는 것 같은데, 그 이후론 부인과 함께 춤을 춰본 적이 없군요."

그가 목소리를 낮췄다.

"내가 부인을 구슬리고 달래게 만들고 싶으신 건 아니겠지요?"

그녀는 그의 손을 잡았다.

"지금? 이 아침에?"

피오나가 되풀이했다.

"설마 진심은 아니겠지. 아직 온 지 이틀밖에 안 됐잖아. 나도 방금 도착했고"

"그러길래 진작 일찍 오지 그랬어."

라일라는 황갈색 가운을 여행용 가방 안에 쑤셔 넣으며 말했다.

그들은 지금 라일라에게 할당된 방에 있었다. 아침 여덟 시밖에 안 된 시간이었다. 파티는 거의 동틀 녘이 다 되어서야 끝이 났었지만, 라일라는 아주 죽은 듯이 한잠 자고 난 후였다. 어찌 보면 당연하달까, 저녁 내내 혹독한 노예 상인 밑에서 한 5년 동안 중노동에 시달린 기분이었다. 매분 매초가 전쟁이었다. 차라리 진짜 무기를 들고 대놓고 싸웠더라면 훨씬 더 나았을 것이다. 도대체 그림자나 빈정거림이나 암시 따위와 어떻게 싸우란 말인가? 도대체 그 남자는 무슨 수로 예법에 어긋난 행동 하나 하지 않으면서 상대방을 얼굴이 화끈거릴 정도로 당황스럽게 만들 수 있는 걸까?

피오나가 침대 위에 앉았다.

"지금 에스몽에게서 달아나는 거 맞지?"

"그렇게 물어 보니 대답해 주지. 응."

"바보구나."

"그 남자와는 상대를 할 수가 없어, 피오나. 내 능력 밖이라구. 그 누구도 그와 맞서 싸울 수는 없을 거야. 프란시스 말이 구구절절 옳았어."

"프란시스 같은 주정뱅이 변태의 말은 듣지 마."

라일라는 페티코트를 집어들어 돌돌 만 뒤 가방 한구석에 집어넣었다.

"하지만 바보는 아냐, 특히 사람 보는 눈은 정확해."

"자기는 가지지 못한 것을 에스몽이 다 가졌기에 질투를 하는 것뿐이야. 아니, 정확히 말하자면 자신도 한때 가졌었지만 영원히 되찾을 수 없는 것을 에스몽이 가졌기 때문이랄까. 그런 개망나니에겐 네가 너무 아까워. 그런 남자에게 정조를 지킨다는 것도 우습구. 이미 예전에 애인을 들이지 왜 안 그랬어?"

라일라는 친구를 노려봐 주었다.

"그러는 넌?"

"그저 아직까지는 마음에 드는 남자를 만나지 못해서 그런 것뿐이야. 바보같이 원리원칙만 따져서 그런 건 아니라구."

"난 그 누구의 창녀도 되지 않을 거야."

"'창녀'는 남자들이 쓰는 단어야. 여자에게만 쓰는 단어이지. 남자는 난봉꾼이니 바람둥이니 하고 부르지. 그런 단어들은 듣기만 해도 멋지잖아. 그런데 똑같은 행동을 하는 여자는 창녀니 매춘부니 화냥년이니—세상에, 끝도 없다구. 한번은 그런 단어들을 하나씩 꼽아 본 적이 있어. 그거 알아, 쾌락을 쫓는 남자를 묘사하는 단어보다 그런 여자를 묘사하는 나쁜 말들이 열 배는 넘는다는 거? 도대체 왜 그런 건지 궁금하다는 생각이 들지 않니?"

"난 별로 궁금하지 않아. 생각하고 싶지도 않고. 그 단어들이 뭔지도 상관없어. 난 프란시스와 똑같은 수준으로까지 떨어지고 싶지 않은 것뿐이야."

피오나는 한숨을 내쉬었다.

"사랑스런 백작님과 지분거린 적도 없으면서 왜 그러는 거야? 그렇다고 싫다는 널 억지로 침대에 끌어들일 사람도 아니잖니. 내가 보장할게, 우리 오라버니의 집은 범죄소굴이 아니라구. 일주일 내내 여기 묵는다고 누가 널 노예로 내다 팔기라도 한대? 걱정 놓으라니까."

"아니, 그게 아니라…… 그 사람은 아주 교활해. 난, 아, 도대체 뭐라고 설명하면 좋지?"

라일라는 얼굴로 쏟아진 머리카락을 쓸어올렸다.

"네 눈에는 안 보여? 프란시스 말이 옳았다고, 언제나처럼 말이야. 에스몽은 사람들에게 뭔가 영향을 끼쳐. 뭐랄까, 아, 모르겠어. 최면술이라고나 해야 할까?"

피오나는 눈썹을 치켜올렸다.

라일라 역시 그런 피오나를 탓할 수 없었다. 자신이 한 말이지만 정신 나간 소리였다. 그녀는 친구 옆에 앉았다.

"그와는 절대 춤을 추지 않겠다고 맹세했었어. 정말이지 그것만큼은 무슨 일이 있어도 피하려고 했어. 아, 나도 우스운 소리라는 건 알아. 그런데 그게 그렇지가 않더라고. 그가 딱 한 마디 했었거든, 날 구슬려 달래겠다고 말이야."

"널 구슬려 달래?"

피오나는 무표정한 얼굴로 그 말을 되풀이했다.

라일라는 고개를 끄덕였다.

"그 말 딱 한 마디를 듣자마자, 진짜 그런 일만큼은 무슨 일이 있어도 피해야겠다는 생각이 드는 거야."

그녀는 고개를 푹 숙였다. 고개를 숙여보니 자신이 어느새 엄지손가락으로 손목을 문지르고 있었다는 것을 깨달았다. 그녀는 얼굴을 찡그렸다. 그는 이런 사소한 것도 놓치지 않고 포착했었다. 아마 그가 눈치채지 못하는 것은 없으리라. 아무리 사소한 몸놀림이라도 놓치지 않는다. 그녀의 몸짓에서 그녀가 불안해한다는 것을 눈치챘을 것이다. 그리고 서슴지 않고 그 점을 이용했다. 그녀를 구슬리고 달랠 거라 협박했었다. 왜냐면 에스몽은—그 망할 철면피는—자신이 그녀를 그 이상 괴롭힐까 봐 그녀가 두려워한다는 것을 알았던 것이다.

"난 그게 에스몽의 탓이라곤 생각하지 않아. 네 신경은 이미 있는 대로 곤두서 있어. 그 대부분은 프란시스 탓이고, 나머지는 몇 주 전 네 입으로도 인정했듯 과로했기 때문이야."

"프란시스가 무슨 짓을 하건 나는 아무런 신경도 쓰지 않는데, 뭐. 어차피 그 사람 분위기를 맞춰 주다 보면 내가 미칠 게 뻔하니까. 그이 기분이 항상 안 좋은 건 아편과 술 때문이란 걸 아니까 그냥 무시해 버려. 신경이 곤두선 사람은 내가 아니라 프란시스야. 내 아틀리에만 건드리지 않는다면 집안을 온통 뒤집어엎든지 말든지 난 신경 안 써. 어차피 얼굴 마주치는 일도 드물고. 그 사람 뒤치다꺼리하라고 하인들에게 돈을 후하게 주거든."

"그런데도 넌 그런 집으로 돌아가고 싶은 거야? 네가 손가락만 까닥해도 콩트 에스몽 같은 남자를 가질 수 있는데도?"

"그 사람은 여자가 부른다고 움직일 사람이 아니야. 오히려 그 반대겠지. 그는 자기가 원하는 대로, 마음대로 할 사람이야."

라일라는 일어서서 다시 짐을 싸기 시작했다.

피오나가 옆에서 끊임없이 투덜거리며 붙잡았지만, 라일라는 30분 뒤 짐 싸기를 마쳤다. 그리고 얼마 지나지 않아, 그녀는 전세마차에 몸을 싣고 런던으로 향했다.

집에 도착한 것은 정오가 조금 넘은 시각이었다. 그녀는 여행용 드레스를 벗고 낡은 평상복으로 갈아입었다. 그 위에 작업복을 걸치고 아틀리에로 들어갔다. 그제서야 간신히 노버리 하우스의 볼룸에서 에스몽을 처음 발견한 순간부터 커져갔던 혼란을 토해낼 수 있었다.

다행히 무엇을 해야 할지 고민할 필요는 없었다. 집을 떠나기 전 정물화를 그리기 위해 배치해 둔 소품들이 그 누구의 손도 타지 않은 채 자리를 지키고 있었다. 날마다 출퇴근하는 두 명의 하인들은 그녀의 지시가 없는 한 절대 아틀리에 안을 청소하지 않는다.

쌓아놓은 병이니 항아리니 유리잔들은 얼핏 보면 정신 없어 보였지만, 그림 연습을 하기에는 더없이 좋은 상태였다. 뚫어져라 관찰을 하고 완벽하게 집중을 해야만 눈에 들어오는 그대로를 그릴 수 있었다.

그녀는 열심히 들여다보고 집중을 해서 물감을 섞은 뒤 그림을 그렸다. 그러나 화폭에 펼쳐진 건…… 얼굴이었다.

그녀는 붓을 멈추고 믿어지지 않는다는 표정으로 캔버스를 응시했다. 그녀를 달아날 수밖에 없게 만든 남자의 얼굴이었다.

심장이 미친 듯이 쿵쿵 울렸다. 그녀는 유화 나이프로 물감을 긁어내고 다시 그림을 그리기 시작했다. 다시 한 번 병과 항아리에 정신을 집중해 봤건만, 그녀의 손이 그린 것은 또다시 얼굴이었다.

이유는 알고 있었다. 에스몽의 얼굴이 자꾸만 그녀를 사로잡는 것은 그란 인간 자체가 수수께끼였기 때문이다. 그녀는 본래 직관적으로 사람의 얼굴을 읽을 수 있었다. 하지만 그의 얼굴만큼은 도저히 읽을 수가 없었다.

파리에서부터 그 미스터리에 시달렸었다. 지난 열 달 동안 그를 한 번도 본 적이 없었고 그의 생각을 하는 것 자체를 거부했었다. 하지만 그와 딱 십 분을 함께 보내고 나서 다시 한 번 그 퍼즐 속으로 빠져든 것이다. 그의 눈은 진실을 말한 걸까, 아니면 거짓을 말한 걸까. 그의 입술이 그렸던 달콤하고 나른한 곡선은 현실이었나, 아니면 환상이었나. 싫어도 생각을 멈출 수가 없었다.

그는 그녀가 자신의 가면 뒤를 넘본다는 것을 정확하게 간파했었다. 그것이 마음에 들지 않아 눈빛 하나만으로 그녀를 제압했다. 타오를 듯 강렬한 시선…… 그녀는 화상을 입고 뒤로 물러설 수밖에 없었다.

하지만 그녀 마음속의 사악한 부분은 다시 한 번 화상을 입길 원했다.

왜 그에게 등을 돌리지 않았던 건가. 인사만 하고 무시해 버리지 않은 이유는 뭔가. 그럴 수가 없었기 때문이었다. 그러고 싶었고, 동시에 그러고 싶지 않았다.

원래는 우유부단하거나 불안정한 여자가 아니었다. 하지만 그와 함께 있을 때면 제대로 말하는 것은 고사하고 생각조차 할 수가 없었다. 온몸이 둘로 찢어지는 기분이랄까. 좋아. 싫어. 가버려. 가지 마.

아무리 노력을 해도 머리 속에서 그를 지울 수가 없었다. 심지어 그리고 있던 그림에까지 침범해 들어오는 그를 몰아낼 수가 없었다.

집중력이 사라지고 분노가 밀려들었다. 관자놀이가 두근거리기 시작했다. 그녀는 붓을 내려놓고 팔레트를 캔버스에 던졌다. 유화용 기름이니 용매니 하는 것들이 바닥으로 쏟아졌다. 분노의 눈물이 얼굴을 타고 줄줄 흘렀다. 그녀는 이쪽저쪽을 뛰어다니며 아틀리에 안을 뒤집어 놓기 시작했다. 그녀가 원하는 것은 파괴였다. 창문에 걸린 커튼을 잡아뜯고 있는데 남편의 목소리가 들렸다.

"제기랄, 라일라. 당신 목소리가 어디까지 들리는 줄 알아?"

그녀는 휙 돌아섰다. 프란시스가 문가에서 이마를 누르고 서 있었다. 그의 머리카락은 헝클어져 있었고, 턱가엔 거뭇거뭇 수염이 돋았다.

"이렇게 난리를 치는데 나보고 어떻게 잠을 자라는 거야?"

그가 버럭 외쳤다.

"당신이야 자건 말건 내가 알 바가 아니에요."

그녀가 울음이 가득 섞인 목소리로 되받아쳤다.

"다 상관없어, 특히나 당신은."

"맙소사, 정말이지 왜 하필 이럴 때 발작을 일으키는 건지. 그건 그렇고 도대체 집에서 뭘 하는 거야? 이번 주 내내 노버리 하우스에서 묵겠다고 하지 않았던가? 짜증을 내려고 집으로 돌아온 거야?"

그는 아틀리에 안으로 들어서 주위를 둘러보았다.

"보아하니 오늘은 평소보다 상태가 더 안 좋은 것 같군."

그녀는 마구 두근거리는 가슴 위로 주먹을 꾹 누르며 자신이 뒤집어 놓은 아틀리에 안을 둘러보았다. 그래, 또다시 발작을 했군. 도대체 난 왜 이러는 걸까.

그가 캔버스를 집어올리는 것을 보았다.

“내려놔요.”

지나치게 날카롭게 반응했다.

“그것 내려놓고 그만 나가요.”

그는 몸을 굽힌 상태에서 그녀를 올려다보았다.

“그래, 이게 다 그 때문이었군. 예쁘장한 백작 나으리 때문에 몸이 달은 거였어?”

그는 캔버스를 옆으로 던졌다.

“다시 파리로 돌아가 그의 주위를 맴도는 구더기들 중 하나가 되고 싶은 거야?”

머리 속에서 치던 천둥은 사라졌지만 분노와 범벅이 된 욕구불만만은 그대로였다. 그녀는 이를 악물었다.

“나가요. 혼자 있고 싶어요.”

“도대체 그자는 변덕스런 예술가 마님을 어떻게 처리할지 궁금하구만. 당신을 진정시키기 위해 무슨 방법을 쓸지 알고 싶어. 그 인간의 방법이야 아마 뻔하겠지. 당신을 때릴 거야. 그건 어때, 내 사랑? 혹시 또 알아, 당신이 좋아할지. 그런 걸 좋아하는 여자들도 가끔 있거든.”

그녀는 욕지기가 치미는 것을 느꼈다.

“그만해요. 날 좀 혼자 내버려둬요. 더러운 얘기는 당신 창녀들에게나 해요.”

“한때는 당신도 내 창녀들 중 하나였지.”

그가 그녀를 위아래로 훑어보았다.

“기억 안 나? 난 나는데. 어릴 때의 당신은 내 비위를 못 맞춰 안달이었어. 처음에는 좀 수줍어하더니만 금세 만족할 줄을 몰랐지. 하지만 놀랄 거 하나 없지, 안 그래? 그 아버지에 그 딸이야.”

얼음으로 만들어진 발톱이 온몸을 움켜쥐는 것 같았다. 맨 처음 아버지가 돌아가셨음을 전한 그날 이래, 프란시스는 단 한 번도 그녀의 아버지 얘기를 입에 올리지 않았었다.

“아, 왜 내가 그런 말을 해서 놀랐어?”

프란시스의 시선이 캔버스에서 그녀에게로 움직였다. 그의 방종한 입술이 조소를 머금었다.

"전에는 왜 그 말을 단 한 번도 안 했었을까, 나도 참 바보로군. 하긴 프랑스인들이야 당신 아버지가 누군지, 무슨 짓을 했는지 무슨 상관이었겠어? 하지만 영국인들은—이건 전혀 다른 문제이지, 안 그래?"

"이 개자식."

"그러니까 내가 질투하게 만들지 말았어야지, 라일라. 거의 일년 동안 보지 못한 남자의 얼굴을 그리지 말았어야 했어. 아니면 그를 다시 만났나? 나 몰래 뒤로 그자를 만나 왔었나? 노버리 하우스에 왔던가? 지금 털어놓는 게 좋을 거야. 그쯤이야 쉽게 알아낼 수 있으니까. 거기 왔었어?"

그가 물었다.

"네, 그 사람이 왔더군요!"

그녀가 버럭 외쳤다.

"그래서 난 떠났어요. 그러니 역겨운 추측 따위는 그만 둬요. 그걸로 당신의 더러운 마음이 흡족하지 않다면 당신 친구들에게 물어 봐요. 아무나 붙잡고 물어 보라고요. 그 사람은 얼마 전에 영국에 왔대요."

"그자가 어떻게 노버리 하우스에 있었지?"

"그걸 내가 어떻게 알아요? 초대를 받았겠죠. 초대를 못 받을 이유가 없잖아요? 그 사람이야 귀족이니까, 어차피 한 다리 건너면 다 알 것 아니에요?"

비틀린 조소가 굳어졌다.

"피오나가 초대를 했나 보군. 언제나처럼 포주 짓을……."

"감히 그렇게 말하지……."

"아, 그년이 무슨 꿍꿍이인지는 내가 알지. 당신을 간통녀로 만들려고 아주 안달이 났지, 까만 머리의 암늑대 같은 년."

"간통녀?"

그녀가 쓰디쓰게 되뇌었다.

“당신이 무슨 자격이 있어 날보고 간통녀라는 거죠? 그게 아내에게 할 소리인가요? 하긴, 이 상황에선 ‘아내’라는 말 자체가 우습군요.”

“그게 싫으면 뭐라고 불리고 싶은데? 이혼녀?”

그가 껄껄 웃었다.

“우리가 이혼을 할 수 있다 한들, 당신은 이혼을 원치 않잖아. 안 그래? 어디 한 번 해보지 그래? 스캔들이 생기면 당신 일에 도움이 될지도 모르잖아?”

“그런 일이 일어나면 내 일은 완전히 끝이란 걸 당신도 알잖아요.”

“어디 한번 다른 놈팽이와 놀아나 보라구, 내가 가만히 있나.”

그는 발로 캔버스를 차낸 뒤 방을 가로질러 그녀에게 다가왔다.

“집안에서도 그 대가를 톡톡히 치르게 해주겠어. 어떤 방식으로 대가를 치르게 될지 짐작이 가, 여보?”

그는 몇 센티미터 떨어지지 않은 곳에 서 있었다. 뱃속이 울렁거리며 욕지기가 치밀었지만 그녀는 뒤로 물러서지 않았다. 단 한 순간이라도 힘과 의지력이 약해진 내색을 하면 남편은 그 기회를 놓치지 않을 것이다. 그녀는 턱을 치켜들고 차가운 시선으로 그를 바라보았다.

“다시는 그자를 만나지 마.”

프란시스가 말했다.

“피오나도 안 돼.”

“당신에겐 나보고 누굴 만나라 마라 명령할 권리가 없어요.”

“권리 따위 내가 알게 뭐야? 내가 말하면 당신은 무조건 듣는 거야!”

“그러는 당신은 지옥의 유황가마에서 불타버려! 내게 이래라저래라 하지 마. 매춘부와 놀아나는 짐승의 명령 따윈 듣지 않겠어!”

“독사의 혀를 가진 위선자! 네 마음대로 하게 내버려뒀더니—침대에서 날 거부해도 가만히 내버려뒀더니 이제 이런 짓을 해? 그 자식에게 다리를 벌려 주려고 서리로 간 거지?”

“그 더러운 입 닥쳐!”

눈에 뜨거운 눈물이 고이기 시작했다.

"나가! 나가서 곤드레만드레 취할 때까지 술이나 처마셔! 그렇게 좋아하는 독약이나 더 먹어! 약과 술에 취해 죽어버려! 날 좀 내버려두란 말이야!"

"제기랄, 머리가 이렇게 아프지만 않았어도 널……."

그가 손을 치켜들었다. 한계에 달해 이제 자신을 때리려 한다는 것을 알 수 있었다. 하지만 그의 앞에서 주눅든 모습은 보이지 않으리라.

잠시 후 그는 치켜든 자신의 손을 바라보았다.

"하지만 내가 당신 목을 조를 수야 있나, 안 그래? 내가 당신을 얼마나 숭배하는데."

그는 그녀의 턱 아래를 손가락으로 장난스럽게 찔렀다.

"정말 못된 아이야. 이 얘기는 나중에 당신이 좀 진정되고 나면 다시 하자구. 설마 내가 자는 사이에 내 방으로 들어와 둔기로 내 머리를 때리거나 하진 않겠지, 내 사랑? 여기는 프랑스가 아니란 걸 기억하라고. 영국의 배심원들은 여자라고 호락호락하게 봐주지 않아. 수많은 여자들을 교수대로 보냈다는 걸 잊지 마. 얼굴이 반반하다고 봐주지 않지."

그녀는 대답하지 않았다. 프란시스가 아틀리에에서 나가는 동안 뻣뻣하게 서서 침묵을 지키며 바닥만 바라보고 있었다. 그의 발걸음 소리가 복도 저편으로 멀어져 가는 동안 그녀는 그렇게 가만히 서 있었다. 마침내 그의 침실 문이 쾅 하고 닫히는 소리가 들리자 그녀는 어정어정 방을 가로질러 소파에 앉았다.

라일라는 눈을 훔치고 코를 풀었다.

겁나지 않아, 그녀는 스스로에게 말했다. 그녀의 비밀을 폭로하면 프란시스 역시 타격을 입는다. 정신이 들고 나면 그도 분명 그 사실을 깨달을 것이다. 물론 정신이 들 거란 가정 하에서 하는 말이지만 말이다. 술과 아편으로 이성이 완전히 마비된 게 아니라면 말이다.

런던으로 이사온 이래 지난 십 개월 동안 그의 상태는 점진적으로 악화되어 왔다. 어떤 날은 저녁 식사 시간이 될 때까지 일어나지 않은 적도 있었다. 잠을 자려고 아편제를 삼켰으며, 잠에서 깨어나면 침대에서 일어나야 하는 고통을 달래기 위해 또다시 아편제를 삼켰다. 프란시스는 항상 뭔가를 필요로 했다—초조함이나 화를 달래기 위해, 또 두통과 다른 통증을 없애기 위해 술이나 아편을 했다. 삶이라 부르기도 우스운 자신의 존재를 계속 유지해 나가기 위해 항상 뭔가를 필요로 했다.

그와 말다툼을 하는 게 아닌데 잘못했다는 생각이 들었다. 어차피 그의 마음은 병들었으니까. 차라리 콜레라에 걸린 남자와 입씨름을 하는 게 낫지. 프란시스의 말에 화를 낸 그녀가 어리석었다.

그녀는 소파에서 일어나 아까 자신을 화나게 만들었던 캔버스를 집어올렸다. 이 정도 일에 그런 소란을 피우는 게 아닌데 잘못했다는 생각이 들었다. 그녀는 스스로를 꾸짖었다.

"정말 이러다간 나도 프란시스처럼 미쳐버리는 게 아닐까."

그녀가 내뱉었다.

"이게 다 그 사람과 살다 옮은 걸 거야."

바로 그 순간 복도 저편에서 쿵 하는 소리와 뭔가가 깨지는 소리가 들렸다.

"그래, 불쌍한 바보."

그녀는 물감이 잔뜩 번진 캔버스에서 고개를 들며 말했다.

"가구라도 뒤집어엎어라. 내키는 대로 물건을 집어 던져라. 저건 나와 함께 살다 옮은 거겠지."

그녀는 이젤을 제대로 세운 뒤 그 위에 캔버스를 올려놓고 새 물감을 꺼냈다. 방 이곳저곳에 흩어진 붓들을 하나하나 주워 모은 뒤 본격적으로 그림을 그리기 시작했다.

한바탕 난리를 치고 나니 머리는 조금 맑아진 것 같았다. 콩트 에스몽의 얼굴을 마침내 머리 속에서 지울 수 있었다.

그림을 그리며, 그녀는 프란시스를 떠나서 살 수 있을지도 모른다는 생각을 했다. 영국을 떠난 뒤 이름을 바꾸면 된다. 한 번 바꾼 이름 두 번은 못 바꿀까. 어딜 가건 그림은 그릴 수 있을 것이다. 이제 겨우 그녀의 나이 스물일곱. 새 출발을 하기에 너무 늦은 나이는 아니다. 나중에 마음이 좀더 진정되면 다시 한 번 찬찬히 생각해 보자. 앤드루 아저씨에게 자문을 구하는 것도 괜찮겠지. 한때 그녀의 후견인이었던 앤드루 헤리어드는 이제 변호사로서 그녀를 돌봐주고 있었다. 아저씨라면 분명히 뭔가 좋은 충고를 해주실 수 있을 것이다.

손과 머리가 바쁘다 보니 시간이 지나는 것도 완전히 잊고 있었다. 그림을 다 마치고 뒷정리를 하기 시작한 후에야 맨틀 위에 놓인 시계를 바라보았다. 티타임이 훨씬 지난 시각이었다. 정말이지 오랜만에 아무에게도 방해받지 않고 오랫동안 그림을 그릴 수 있었다. 그건 그렇고 내 홍차는 왜 아직 안 온 거야?

막 설렁줄을 잡아당기려는 참에 뎀프튼 부인이 한 팔 가득 침대 시트를 안고 아틀리에 문을 열었다. 엉망이 된 방안을 바라보는 뎀프튼 부인의 얼굴이 못마땅한 듯 딱딱하게 굳어졌다.

라일라는 무시했다. 그녀와 프랜시스는 원래 하인들이 생각하는 이상적인 고용주 상과는 거리가 멀었다. 지난 열 달간 하인들을 벌써 세 번이나 갈아치웠다. 모두들 그녀를 못마땅하게 생각했었다.

"홍차는 언제쯤 준비가 될까요?"

라일라가 물었다.

"금방 됩니다, 부인. 먼저 보몬트 씨의 시트를 갈아드리려고 했는데 방문이 아직까지 닫혀 있네요."

뎀프튼 부인은 그럴 경우 노크를 해선 안 된다는 것쯤은 알고 있었다. 프랜시스의 방문이 닫혀 있을 때는 집에 불이 난 경우가 아니라면 방해를 해선 안 된다. 아무리 아내라 할지라도 주인의 휴식을 방해하면 무슨 일이 일어나는지 뎀프튼 부인도 아마 두 귀로 똑똑히 들었을 것이다.

"그렇다면 시트는 어쩔 수 없이 내일 갈아야겠군요."

"네, 부인. 그런데 보몬트 씨께서 특별히 지시를 내리셨거든요. 제 남편에게 목욕을 할 테니 준비를 해놓으라고 하셨는데, 지금 물이 다

끓어서 날아갈 지경이에요. 제가 남편에게 방문이 열릴 때까지 기다리라고 했었거든요. 그런데 시간이 벌써…….”

“알겠어요, 뎀프튼 부인. 충분히 이해합니다.”

“또 보몬트 씨가 홍차와 함께 스콘을 가져다 달라고 하셨어요. 워낙에 음식을 안 드시는 분이 오랜만에 뭘 가져다 달라고 하시기에 저도 신이 나서 빵을 구워 놨지요. 그런데 스콘은 부엌에서 돌덩이처럼 차갑게 식어가지, 물은 다 끓어 날아가지, 부인께선 홍차를 가져다 달라고 하시지, 침대 시트는 갈 수도 없지. 어쩌면 좋아요?”

못마땅하던 표정은 이제 아주 사뭇 비난조로 바뀌었다.

뎀프튼 부인은 아마 모든 게 라일라 탓이라고 생각하는 모양이었다. 라일라가 남편과 싸웠기 때문에 그가 토라져서 문을 걸고 방안에 틀어박혀 하인들에게 불편을 끼치고 있다고 생각하는 듯하다.

하지만 분명 말다툼을 하고 나서 하인들에게 지시를 한 모양인데, 그렇다면 그때는 방안에 틀어박혀 있을 생각이 아니었던 것 아닌가? 라일라는 얼굴을 찡그렸다. 그래, 뻔하지. 또 아편을 했겠지. 머리가 아프다고 투덜거리던 게 기억났다. 아마 아편제를 먹고 다시 잠이 든 게 분명하다. 흔히 있는 일이니 놀랄 것 하나 없다.

하지만 왠지 모르게 불안감이 느껴졌다.

“내가 가서 보고 오죠. 어쩌면 저녁에 약속이 있을지도 모르니까. 그냥 내쳐 자게 두면 나중에 분명 신경질을 낼 거예요.”

그녀는 아틀리에에서 나가 빠르게 그의 침실로 다가갔다. 문을 두드렸다.

“프란시스?”

아무 대답이 없다. 좀더 세게 노크를 하며 큰 소리로 남편을 불렀다. 여전히 묵묵부답.

“프란시스!”

그녀는 주먹으로 문을 쾅쾅 두드리며 소리쳤다.

침묵.

라일라는 조심스럽게 문을 열고 방안을 들여다보았다. 그 순간 심장이 얼어붙는 것 같았다. 남편은 쓰러진 협탁 다리를 붙잡고 침대 옆 카펫에 드러누워 있었다.

"프란시스!"

남편을 소리쳐 부르면서도 그녀는 남편이 자신의 목소리를 들을 수 없다는 것을, 다시는 눈을 뜨지 못하리란 것을 직감적으로 알았다.

뎀프튼 부인이 큰 소리에 놀라 쫓아왔다가 문가에 멈춰 서서 고막이 터지게 비명을 지르기 시작했다.

"살인이야!"

그녀는 허둥지둥 뒷걸음질을 치며 외쳤다.

"오, 하나님 맙소사! 오, 톰, 제발 여기로 좀 와봐요! 저 여자가 자기 남편을 죽였어!"

라일라는 그녀에게 신경 쓰지 않았다. 꼼짝도 않고 있는 남편에게 다가가 그의 곁에 무릎을 꿇고 앉은 뒤 목과 손목의 맥을 짚어 보았다. 그의 피부는 서늘했다, 너무도 차가웠다. 맥박이 느껴지지 않는다. 호흡도 없다. 아무것도 없다. 죽은 것이다.

그녀는 뎀프튼 부인이 복도에서 비명을 지르는 것을 들었고, 계단을 뛰어올라오는 톰의 무거운 발걸음 소리도 들었다. 마치 다른 세상에서 들려오듯 멀고 아득하게만 느껴졌다.

라일라는 멍한 표정으로 아래를 내려다보았다.

유리 조각. 투명한 유리 조각들은 분명 물컵이 깨진 것일 테고, 에칭이 된 유리 조각은 아마 아편제 병이 깨진 것이리라. 흰색과 파란색 무늬가 들어간 퍼즐처럼 보이는 사기 조각…… 아마 물병 조각일 테지.

"부인?"

그녀는 톰 뎀프튼의 마르고 투박한 얼굴을 바라보았다.

"그이가, 그이가…… 제발 의사를 불러줘요. 그리고, 그리고 헤리어드 씨도. 얼른, 서둘러요. 빨리 갔다와요, 빨리."

하인은 그녀 곁에 쪼그리고 앉아 그녀가 했던 것처럼 생명의 징후를 확인한 뒤 고개를 저었다.

"의사 선생님을 불러와도 도움이 될 것 같지 않네요, 부인. 죄송합니다. 보몬트 씨께선 이미……."

"알아요."

어떻게 된 상황인지 감은 잡히지만 이해는 가지 않았다. 언젠가 의사가 경고했었다. 아편은 과용하면 독약이 된다고. 그 사실은 프란시스 본인도 잘 알고 있지 않았나. 그런데 왜? 그녀는 비명을 지르고 싶었다.

"어서 가요."

그녀가 뎀프튼에게 말했다.

"의사를 불러와야 해요. 의사가……."

사망 확인서에 서명을 해야겠지. 이제 의사가 할 수 있는 것은 서류를 작성하는 일뿐이리라. 사람이 죽으면 서류를 남긴다. 사람이 죽으면 한때 살아 숨쉬던 육체를 관에 넣고는 땅에 묻는다. 몇 시간 전만 해도 그녀에게 소리를 지르던 프란시스였는데.

그녀는 진저리를 쳤다.

"의사를 불러와요. 그리고 헤리어드 씨도. 난 여기에 남편과, 남편과 함께 있겠어요."

"떨고 계시는데요, 부인."

뎀프튼이 말했다. 그는 손을 내밀었다.

"이 방에서 나가시는 편이 좋을 것 같아요. 아내가 보몬트 씨 곁을 지킬 겁니다."

뎀프튼 부인이 복도에서 큰 소리로 엉엉 우는 것이 들렸다.

"뎀프튼 부인이야말로 도움이 필요한 것 같군요."

라일라는 담담하게 말하려고 애를 썼다.

"가서 먼저 부인을 달래주세요. 그리고 나서 의사를 불러줘요. 잊지 말고 헤리어드 씨도."

톰 뎀프튼은 마지못해 방을 나섰다. 라일라는 뎀프튼 부인이 남편 뒤를 따라 계단을 내려가는 소리를 들었다.

"저 여자가 보몬트 씨를 죽인 거예요, 톰."

귀에 거슬리는 소리로 말했다.

"아까 보몬트 씨께 소리 지르던 것 들었죠? 죽으라고 저주를 퍼붓던 것 말이에요. 지옥의 유황가마에서 끓으라고 말했잖아요. 이렇게 될 줄 알았다니까요."

라일라는 톰 뎀프튼이 아내에게 날카로운 목소리로 뭐라고 말한 뒤 쾅 하고 문을 닫고 나가는 소리를 들었다. 뎀프튼 부인의 울음소리는 조금 잦아들긴 했지만 완전히 그치지는 않았다. 위층으로 올라올 생각이 없는지 계속 아래층에서만 들렸다.

"내가 여기 있어요."

그녀가 속삭였다.

"아아, 프란시스, 불쌍한……. 아, 하나님, 제 남편을 용서하세요. 저를 용서하세요. 이렇게 혼자 갈 필요는 없었잖아요. 내가 당신 손이라도 꼭 붙잡아 주었을 텐데. 그 정도는 했을 거라구요. 당신도 한때는 친절했잖아요. 그러니까 나도 그 정도는…… 아, 불쌍한 바보."

눈물이 그녀의 얼굴 위로 흘러내렸다. 그녀는 그의 눈을 감겨 주려고 몸을 굽혔다. 그 순간 기묘한 냄새를 맡았다. 기묘하고…… 여기서 날 이유가 없는 냄새였다. 그녀는 깨어진 아편제 병을 바라보았다. 병에서 흘러내린 물약이 그의 머리 아래 깔린 카펫을 적시고 있었다. 하지만 이건 아편제 냄새가 아니다. 이건…… 잉크 냄새와 비슷했다.

그녀는 코를 킁킁거린 뒤 물러서서 차갑게 굳어졌다. 보이는 건 물과 아편제뿐. 별다른 게 눈에 띄진 않는다. 향수가 쏟아진 것도 아니다. 그런데 그녀는 이 냄새를 알고 있었다.

그녀는 바닥에 주저앉아 방안을 두리번거렸다. 아까의 기억을 더듬어 보았다. 쿵 하는 소리와 뭔가 깨지는 소리. 아마도 프란시스가 침대 옆 협탁을 쓰러뜨려 물병과 약병과 물잔이 깨어지는 소리였으리라. 그리고 그가 쓰러지던 소리. 그 외에 다른 소리는 들리지 않았다. 도움을 요청하는 소리도, 욕하는 소리도 없었다. 잠시 잠깐 소리가 들린 뒤 침묵이 흘렀었다.

프란시스는 즉사한 것일까?

그녀는 다시 한 번 몸을 구부려 냄새를 맡았다. 그의 코며 얼굴 근처에서 그 냄새가 났다, 아주 희미하긴 하지만 분명히 씁쓸한 아몬드 향이. 그런데 왜 그녀는 잉크를 떠올렸던 것일까?

생각하길 거부하는 머리를 억지로 쥐어짰다. 의사. 파리. 예전, 그래, 의사가 창문을 열어놓으라고 했었어. 의사가 파란색 잉크병을 들어 보였었다. 감청색 잉크. 그 증기조차 유독하다고 했었다.

"화가들은 아주 부주의하죠."

의사가 말했었다.

"세상에서 제일 유독한 물질들에 둘러싸여 살면서 별로 신경을 안 써요. 이게 뭘로 만들어진 건지 아십니까? 청산으로 만드는 겁니다."

청산. 효과는 수초만에 나타난다고 했다. 사람이 죽는 데 채 일 분이 안 걸린다고 했었다. 심장이 느려지고…… 경련…… 질식. 흔히 구할 수 있는 형태의 청산이라도 한 티스푼만 있으면 사람을 죽일 수 있다고 했다. 극약 중의 극약이며 순식간에 퍼져나간다고 의사가 말했었다. 또한 독살된 후에도 감지하기가 어렵다고 했다. 하지만 씁쓸한 아몬드 향은 남는다고 했지.

누군가가 프란시스를 청산으로 독살한 것이다.

그녀는 눈을 질끈 감았다. 독살. 살인. 그런데 그가 죽기 전 그녀는 그와 말다툼을 했었다. 큰 소리로, 그것도 심하게.

'저 여자가 자기 남편을 죽였어. 당신도 들었잖아요…… 지옥의 유황가마에서 끓으라고 말했잖아요.'

'영국의 배심원들은 여자라고 호락호락 봐주지 않는다구, 얼굴이 반반하다고 봐주지 않아.'

배심원. 재판. 그들은 알게 될 것이다. 아빠의 일이 발각될 것이다. 그 아버지에 그 딸이라고 말할 것이다.

심장이 마구 두근거렸다. 아무도 그녀의 결백을 믿어 주지 않을 것이다. 그녀가 유죄라고, 그녀의 피에는 악이 흐른다고 할 것이다.

안 돼, 안 돼. 그렇게 죽을 수는 없어.

그녀는 떨리는 다리로 일어섰다.

"이건 사고였어."

그녀가 낮게 중얼거렸다.

"하나님, 죄송해요. 하지만 이 일은 사고로 처리되어야만 해요."

생각을 해야 한다. 차근차근. 침착하게. 청산. 쏩쓸한 아몬드.

그래, 잉크.

그녀는 소리 없이 방에서 빠져나와 계단 아래를 살폈다. 뎀프튼 부인이 울며 혼잣말로 중얼거리는 게 들렸지만 모습은 보이지 않았다. 그녀의 목소리는 현관 쪽에서 들렸다. 아마 남편이 의사와 돌아오길 기다리는 모양이었다. 금방이라도 그들이 들이닥칠지 모른다.

라일라는 얼른 아틀리에로 들어가 감청색 잉크병을 집어든 뒤 프란시스의 침실로 돌아왔다. 떨리는 손으로, 그녀는 잉크병 뚜껑을 열고 깨어진 아편제 병 파편 속에 잉크병을 눕혀 놓았다. 병에서 떨어진 잉크가 카펫으로 스며들었다. 그리고 유독성 증기가 피어올랐다.

증기. 이 방에 남아서 증기를 마시면 안 돼. 아무리 소량이라도 건강을 해칠 수 있다고 의사가 말했었다.

그녀는 일어서서 문지방까지 뒷걸음질을 쳤다. 마음 같아선 더 멀찌감치 피하고 싶었지만 지금으로선 여기까지 오는 것이 고작이었다. 기절할 것만 같았다. 토할 것 같았다. 제정신을 유지하기가 너무도 힘들었다. 그녀는 움직이지 않았다. 달아나선 안 돼. 프란시스를 혼자 둘 순 없어. 토해도 안 되고 기절해도 안 돼. 생각을 해야 돼, 마음이 준비를 해야 해.

그녀는 의지력을 총동원해 자신을 추슬렀다. 아래층에서 누군가의 목소리가 들렸지만, 그녀는 듣지 않았다. 침착해. 울지 마. 자제력을 조금이라도 잃었다간 끝장이다. 의지력을 최대한 그러모아야 한다.

계단을 올라오는 발소리가 들렸지만 그녀는 돌아보지 않았다. 그럴 수가 없었다. 아직은 준비가 되어 있지 않다. 몸에게 움직이란 명령을 내릴 수가 없었다.

발소리가 다가왔다.

"마담."

부드러운 목소리. 너무도 나지막한 그 속삭임. 자신이 제대로 들은 것인지 의심이 갈 지경이었다. 집안 전체가 속삭이는 것 같았다. 살인이라고 속삭이는 것 같았다.

'그 아버지에 그 딸이지.'

'얼굴이 반반하다고 봐주지 않아.'

"마담."

그녀는 천천히, 멈칫거리며 돌아섰다. 눈에 들어오는 것은…… 인간의 것 같지 않게 새파란 눈동자와 왕관을 쓴 듯 금색으로 빛나는 머리카락. 그가 왜 여기에 있는지 그녀는 알지 못했다. 그가 정말로 여기에 있는 것인지조차 의심이 갔다. 하지만 머리 속이 텅 빈 듯 아무 생각도 할 수가 없었다. 눈물 때문에 눈이 따끔거렸지만 울어선 안 된다고, 움직여선 안 된다고 생각했다. 그랬다간 부서질 것만 같았다. 약병이나 물잔이나 물병처럼 깨어져서…… 산산조각이 날 것 같았다.

"나, 난……."

그녀가 웅얼거렸다.

"난 꼭……."

"그래요, 마담."

그녀의 몸이 휘청하는 바람에 그는 그녀를 품안에 끌어안았다.

그리고 그녀는 산산조각으로 부서져 내렸다. 그의 코트 자락에 얼굴을 묻고 그녀는 울음을 터뜨렸다.

3

자신을 이곳으로 인도한 것은 운명이었다고 이스말은 생각했다. 그리고 그 운명은 라일라 보몬트를 자신의 품에 안겨주었다.

운명이란 놈은 아주 고약한 유머감각을 가진 모양이었다.

턱 아래를 간지럽히는 그녀의 헝클어진 머리카락, 자신의 몸에 밀착되어 있는 완숙하고 풍만한 몸. 그러한 것들을 인식하자 강렬한 허기가 밀려들어 이성까지 흐려질 지경이었다. 하지만 그는 억지로 정신을 차릴 수밖에 없었다. 저 방에 누워 있는 것이 무엇인지 그 역시 똑똑히 인식하고 있었기에.

그는 자신에게 안겨 있는 그녀의 머리 너머로 방안을 관찰했다. 시체, 쓰러진 협탁, 깨어진 유리잔과 사기 그릇…… 깨어지지 않은 잉크병 하나. 아래층에서 발작적으로 울고 있는 하녀는 살인이니 어쩌니 지껄이고 있었다. 그의 본능 역시 이것이 살인임을 말하고 있었다.

발소리가 들리는 바람에 이스말은 계단 아래를 내려다보았다. 닉이 계단 아래에서 무표정한 표정으로 이층을 바라다보았다.

이스말이 고갯짓을 하자 닉은 소리도 없이 얼른 계단을 뛰어올라왔다.

"보몬트 부인을 아래층 방으로 안내한 뒤 브랜디를 드려."

이스말은 닉에게 그리스어로 말했다. 그의 목소리는 날카로웠다.

"무슨 짓을 해서건 부인이 그곳에서 나오지 못하게 해."

닉은 조심스럽게 그녀를 주인의 몸에서 떼어낸 뒤 손에 손수건을 쥐어 주었다.

"괜찮습니다, 부인. 걱정하지 마십시오. 저와 주인님께서 다 알아서 처리해 드리겠습니다. 제가 아래층으로 가서 홍차를 좀 끓여 드리지요. 제게 다 맡기세요."

그는 그녀를 데리고 계단을 내려가며 끊임없이 말을 걸었다.

"의사 선생님이 오고 계십니다. 자, 제게 몸을 기대세요. 네, 그렇게."

보몬트 부인을 유능한 하인에게 맡긴 뒤 이스말은 침실 안으로 들어갔다. 그는 푸르딩딩한 빛을 띠고 있는 보몬트의 얼굴을 잠깐 바라본 뒤 눈꺼풀을 뒤집어 보았다. 아편제 과다복용으로 죽은 거라면 동공이 잔뜩 수축되어야 했다. 하지만 그의 동공은 완전히 확대되어 있었다.

이스말은 조심스럽게 코를 킁킁거리다가 물러서서 잉크병을 바라보았다. 냄새의 대부분은 잉크에서 나오는 것이었고, 잉크 냄새가 몸에 해롭다는 것은 그도 알고 있었다. 하지만 저 잉크가 프란시스 보몬트를 죽인 것은 아니다. 사체의 입이나 몸에서 아주 희미하긴 해도 냄새가 났다. 이스말의 예민한 후각은 그것을 분간해 낼 수 있었다. 보몬트는 청산을 먹은 것이다.

이스말은 얼굴을 찡그리며 일어섰다.

알라께선 그에게 인내심을 선물하셨다. 그녀가 남편을 죽인 것은 충분히 이해가 가지만, 왜 이리 무모한 짓을 한 걸까. 들통나면 곧장 교수대로 직행할 게 뻔한데. 동기, 살해 방법, 기회—그 모든 것이 그녀가 범인이라 지목하고 있었다.

하지만 아마추어의 솜씨치곤 칭찬해 줄 만하다. 잉크를 엎질러 놓은 게 그 중 백미였다. 잉크 냄새 때문에 직접적인 살해 방법이 교묘하게 은폐될 것이다. 나머지는 그가 알아서 할 수밖에. 지난 십 년간 비밀리에 이스말을 부려 왔던 퀜틴 경은 아마도 이스말에게 이 일의 뒷처리를 맡길 게 뻔하다.

퀜틴 경 역시 심리를 피할 수 없음을 금세 깨달을 것이다. 의사가 청산 냄새를 못 맡고 지나친다 하더라도, 확대된 동공만큼은 반드시 보게 될 것이다. 그러고 나선 아마 해부를 하자고 할 테지. 뿐더러 뎀프튼 부인의 헛소리를 듣는 사람은 분명 보몬트의 죽음에 의심을 품게 될 것이다. 이스말 역시 집안에 막 발을 들여놓는 순간 뎀프튼 부인의 울부짖음을 듣지 않았던가. 보몬트 부부가 싸운 얘기하며, 보몬트 부인이 의사뿐 아니라 변호사도 불러다 달라고 했다는 소리 등등. 뎀프튼 부인은 자기 말에 귀를 기울여 주는 사람이라면 누구건 가리지 않고 그 얘기를 떠들어댈 게 뻔하다. 아마 신문사에서도 흥미를 갖고 귀를 기울일 테지.

현재 생황에서 심리를 피하는 것은 불가능한 듯싶었다. 심리가 열리는 것 자체를 막을 수 없다면 적어도 심리 과정을 조종하는 것 정도는 가능할 테지. 이스말이 받아들일 수 있는 판결은 딱 하나—사고사뿐이다. 사고사로 판결을 유도하지 못한다면 살인사건에 대한 조사와 더불어 공개 재판이 열릴 것이다. 그럼 뱅뜨위뜨 사건이 만천하로 공개될지도 모른다.

판도라의 상자를 열어서는 안 된다. 정부가 은밀하게 공작을 했다는 것이 대중들에게 공개된다면 현 내각은 나락으로 떨어질 것이다. 뿐더러 수많은 사람들이—보몬트에게 직접적인 피해를 본 사람들뿐 아니라 그들의 죄 없는 친척들까지—공개적인 망신을 당하고 굴욕을 느끼게 될 것이다. 그러면 수많은 가정이 파탄날 것이다, 영국에서뿐 아니라 외국에서도.

한마디로 말해, 한 여자의 살인죄를 덮어주느냐 아니면 온 나라를 뒤흔들 스캔들을 터뜨리느냐 둘 중 하나이다.

그리 어려운 선택은 아니라고, 이스말은 침실에서 나와 등뒤도 문을 닫으며 생각했다. 실로 오랜만에 놓아주고 싶은 사람을 놓아줄 수 있어서 다행이라 생각했다.

　남편이 죽었을 때는 앤드루 아저씨가 그 전날 영국을 떠났다는 것을 잊고 있었다. 영불 해협에 몰아친 폭풍 덕에 그녀가 보낸 전갈이 파리에 도착하는 데는 꽤 많은 시간이 지체되었다. 그 결과 헤리어드가 영국으로 돌아온 날은 심리가 열리기 하루 전이었다.

　그는 옷조차 갈아입지 않고 곧장 라일라의 집으로 달려왔다. 피오나가 두 사람을 위해 자리를 비워 줬을 때에야 비로소 그의 침착하고 온화하던 얼굴이 근심으로 일그러졌다.

　"라일라."

　그가 그녀의 손을 잡으며 말했다. 부드러운 목소리와 따스한 손길에 그녀는 지난 엿새간의 악몽에서 깨어날 수 있었다.

　"전 괜찮아요. 심리가 열린다고 해봐야 형식에 불과한 걸요. 유쾌한 경험은 아니겠지만, 괜찮아요."

　"아무리 형식이래도 라일라에겐 괴로울 거야."

　그는 그녀를 소파로 안내한 뒤 함께 앉았다.

　"찬찬히 처음부터 설명해 보렴, 최대한 자세하게."

　그녀는 자신이 퀜틴 경에게 세 번, 치안판사에게 두 번, 피오나에게 한 번 했던 것과 거의 똑같은 얘기를 들려주었다. 사실이긴 했지만, 완벽한 진실은 아닌 얘기. 앤드루 아저씨에게는 말다툼 얘기를 좀더 자세하게 해주었지만, 그렇다고 모든 것을 털어놓지는 않았다. 모호한 표현을 써서 자신이 제대로 기억하지 못하는 듯한 인상을 남겼다. 그리고 결코 청산이나 자신이 잉크를 쏟았다는 얘기는 하지 않았다.

　목숨까지 맡길 수 있는 앤드루 아저씨이지만, 그녀가 취할 수 있는 입장은 단 하나였다. 남편의 죽음은 사고였다는 것.

　앤드루 아저씨가 자신이 저지른 짓에 대해 알게 된다면 경악을 하리란 사실은 알고 있었다. 살인범을 숨겨 주다니. 하지만 문제는 아저씨의 성품이다. 아저씨는 절대로 살인사건을 은폐하는 데 동의하지 않을 것이다, 그 결과 라일라의 과거가 만천하에 공개되는 사태가 일어날지라도.

하지만 그녀는 그렇게 숭고한 이념의 소유자가 아니었다. 앤드루 아저씨는 분명 어떤 수를 써서건 그녀가 교수대에 서는 것만큼은 모면하게 해줄 것이다. 그러나 아버지에 대한 이야기는 밝혀질 것이고, 그렇게 되면 화가로서의 미래는 거기에서 끝나는 것이다. 물론 언제나 그러했듯 라일라는 살아나갈 방법을 찾게 될 것이다. 하지만 아저씨의 경력에도 커다란 오점이 남게 될 게 뻔한 법. 아저씨는 조너스 브리지버튼의 딸이 살아 있다는 것을 경찰에 알리지 않았으며, 그녀에게 새 신분을 만들어 주는 과정에서 적법하지 않은 절차를 밟았었다.

평범한 변호사라면 아주 예전에 저지른 사소한 행위 따위로 커다란 타격을 받지는 않을 것이다. 하지만 앤드루 헤리어드가 영국에서 손꼽히는 변호사로 평가받는 이유는 그의 뛰어난 능력뿐 아니라 그 누구도 폄하할 수 없는 그의 고결성 때문이었다. 머지않아 최소한 기사 작위나 귀족의 신분을 하사받으리란 얘기까지 나오지 않았던가.

자신 때문에 아저씨의 인생까지 망가뜨리고 싶진 않았다.

내일의 심리에서 무슨 일이 생기건, 의사들이 프란시스의 사체에서 무엇을 발견하건, 그녀는 파멸하지 않을 것이며 앤드루 아저씨 역시 수모를 겪게 하지 않으리라. 지난 엿새 동안 그녀는 끊임없이 생각하며 계획을 짰다. 그리고 언제나처럼 상황을 타개해 나갈 길을 찾을 수 있었다. 프란시스에게서도 버티어 냈던 그녀였다. 이번 역시 잘해 낼 수 있다.

지금 그녀가 걱정하는 건 앤드루 아저씨뿐이었다. 앤드루 아저씨의 얼굴에서 근심의 빛이 가시자 라일라도 마음이 가벼워지는 것을 느꼈다. 아저씨의 부드러운 갈색 눈을 한번 들여다보기만 해도 그가 자신의 결백을 믿는다는 것을 알 수 있었다.

"우연에 우연이 겹쳐 꼬인 사건에 휘말린 거야."

헤리어드가 라일라에게 말했다.

"그래도 한 가지 다행인 점이 있다면 에스몽이란 사람이 그 시간에 맞춰 나타났다는 거겠지. 그 남자, 여기 런던에서뿐 아니라 국외에서도 대단한 연줄을 가진 모양이더구나."

"그러게요. 콩트 에스몽의 부름에 퀜틴 경이 쏜살같이 달려오신 것만 봐도 그렇지요."

"심리를 이끌어 나가는 데 퀜틴 경보다 나은 사람은 없어. 뎀프튼 부인의 헛소리 때문에 심리를 완전히 피할 수는 없겠지. 그 여자 때문에 정부에선 쓸데없이 인력과 시간을 낭비하게 생겼어."

그는 그녀의 얼굴을 살폈다.

"하지만 그 여자의 증언에 귀기울일 사람은 없을 거야. 네가 이런 고통을 겪어야 해서 안타깝구나. 적어도 주위에 믿음직한 사람들이 있어서 다행이야. 레이디 캐롤이야 워낙에 너에게 잘하는 사람이니 그렇다 치더라도, 아까 본 젊은 남자 하인도 꽤 믿음직한 것 같구나."

"그 사람은 에스몽의 하인이에요. 닉은 보디가드를 겸하고 있는 거죠. 닉이나 퀜틴 경의 부하들 중 한 사람을 선택하라고 했었어요. 호기심 때문에 기웃거리는 사람들을 막아 줄 이가 필요하다며."

지난 엿새간 집안으로 들어올 수 있던 사람은 재단사를 제외하고 오직 데이비드뿐이었다. 그는 프란시스가 죽은 다음 날 들렀고, 라일라는 심리가 끝날 때까지 다른 사람들이 집에 찾아오려는 것을 좀 막아 달라고 부탁했었다.

"아주 현명한 판단이었어."

헤리어드가 미소지었다.

"내가 옆에 있었어도 바로 그렇게 하라고 조언했을 거야. 보아하니 내 도움 따위는 거의 필요도 없을 것 같구나."

"괜히 심려를 끼쳐 드려서 정말 죄송해요."

"무슨 말을 그렇게 해."

그가 밝은 목소리로 말했다.

"언제나처럼 내가 처리할 일은 별로 남겨두지도 않았으면서. 예전부터 그랬지만, 이번에도 아주 현명하고 용감하게 대처했구나. 프란시스는 살아 있을 때도 항상 널 괴롭히더니 죽어서까지 골치 덩어리야."

앤드루 헤리어드가 연민을 표하자 라일라의 양심이 따끔거렸다.

"그이가 나와 결혼해 주지 않았다면 더 큰 문제에 빠졌을 텐데요, 뭐. 또 앤드루 아저씨가 절 용서해 주시지 않으셨다면, 제 곁에서 항상 도움을 주지 않으셨다면 전 더 형편없이 되었을 거예요."

십 년 전 그날을 라일라는 절대 잊을 수 없었다. 앤드루 아저씨에게 자신이 왜 반드시 프란시스 보몬트와 결혼하지 않으면 안 되는지 설명해야 했던 그날. 자신이 순결하지 않은 몸임을 고백했을 때 아저씨가 지었던 슬픈 표정을 그녀는 절대 잊을 수 없었다. 그녀가 두려워했던 대로 화를 내며 꾸짖기는커녕 아저씨는 진심으로 슬퍼해 주셨다.

헤리어드 아저씨는 차근차근 그녀의 아버지 얘기를 들려주기도 했었다. 지대한 열정을 가진 사람이었지만 자신의 열정에 휘둘려 결국엔 판단력을 잃었노라고. 본능과 욕망에 충실한 나머지, 그것들을 충족하려다 보니 금세 악의 구렁텅이로 빠지고 말았었다고도 했다. 그리곤 사람이 죄를 저지르는 것은 정말 한순간이라고 말했었다.

그녀는 자신 역시 그토록 쉽게 타락했기 때문에 앤드루 아저씨를 실망시켜 드린 것 같아, 수치심을 이기지 못하고 울음을 터뜨리고 말았다.

아저씨는 그녀 탓이 아니며 어린 그녀를 보호하고 이끌어 줄 사람이 아무도 없었기 때문이라고 했다. 본래 세상 남자들이란 조그만 빈틈이 보이거나 기회가 생기면 그걸 최대한 이용하는 법이라고 위로했다.

그래서 라일라는 다시 한 번 울었다. 어떤 식으로건 빈틈을 보이고 기회를 제공한 자신이 미워서. 분명 그녀는 프란시스를 피하지 않았었다. 외로운 자신에게 그토록 많은 시간을 할애해 주는 잘생기고 세련된 그에게 완전히 혹해 있었다.

'차라리 이렇게 된 게 잘된 일일지도 몰라. 적어도 이젠 너를 보살펴 줄 남편이 생겼잖니. 타락의 길로 빠지기가 얼마나 쉬운지 너도 알았을 테니까 다음 번에는 좀더 조심할 수 있을 거다.'

그때 헤리어드 아저씨는 그런 말로 그녀를 달랬었다. 그리고 라일라는 눈물 가득한 얼굴로 그러겠노라 약속했었다. 순결을 잃은 다른 소녀들처럼 자신 역시 길거리에 버려질 수도 있었다는 것을 잘 알고 있었다. 그런데 프란시스는 자신과 결혼해 주겠노라 약속했고, 아저씨도 그녀를 용서해 주었다. 참으로 다행이었다. 그녀는 다시는 이런 실수를 저지르지 않겠다고 맹세했다. 아버지와 같은 길을 걷지 않으리라. 아버지에게서 물려받은 사악한 천성에 휘둘리지 않으리라 결심했었다.

그리고 그 맹세를 지켜 왔었다.

지금까지는.

"정말 옛날 얘기구나. 원래 주위의 누가 죽으면 옛날 일이 떠오르는 법이지. 하지만 과거에만 매달릴 수는 없잖니."

그는 일어섰다.

"뜨거운 홍차를 마시며 레이디 캐롤과 즐거운 대화를 나누면 기분이 한층 나아지지 않을까? 법률적인 조언은 내가 해줄 테니, 레이디 캐롤과 함께 조사관을 깜짝 놀라게 만들어 줄 방법은 없는지 찾아보자구나."

프란시스 보몬트의 죽음을 둘러싼 심리는 대영제국의 근세 역사상 가장 완벽하게 호흡이 맞아떨어진 오케스트라의 협주였다고나 할까. 그 모두가 이스말의 완벽한 지휘 덕택이었다.

이스말은 심리에 참여할 의학 전문가들을 손수 선별하고 그들의 검시 보고서를 모두 읽은 뒤, 수많은 증인들의 증언을 읽고 증언 순서를 결정했다. 아무도 몰랐을 테지만, 심리의 결과는 첫번째 증인인 콩트 에스몽의 진술이 시작된 순간 이미 결정된 상태였다.

사체에서 청산의 흔적은 조금도 검출되지 않았다는 것을 잘 알고 있는지라, 이스말은 뎀프튼 부인의 신빙성을 깎아내려 사고사 쪽으로 판결이 나도록 유도했다.

퀜틴 경이 그녀를 심문할 때 이미 그녀의 약점을 간파해 두었기에 어려울 건 하나도 없었다. 이스말이 한 일이라곤 증언하는 동안 몇 가지 흥미를 유발할 만한 실마리들을 던져 조사관이 다음에 증언할 뎀프튼 부인에게 몇몇 질문을 하게 만든 것이 전부였다.

이스말은 증언이 끝난 뒤 곧장 그곳을 나갔다가 남루한 시골 순경으로 변장하고 다시 돌아왔다. 뎀프튼 부인이 죽은 주인은 성자(聖者)였으며, 주인 마님은 사탄의 종이었다는 말을 하고 있던 참이었다. 조사관의 추궁이 이어지자, 하녀는 눈물을 터뜨리며 세상 모두가—조사관까지 포함해서—알고 있는 사실을 끝끝내 부인했다. 보몬트가 밤이나 낮이나 취한 상태였다는 것하며, 아편제와 가공되지 않은 생아편을 상용했음과 눈뜨고 있는 시간의 대부분을 매음굴이나 도박장, 아편굴에서 보냈다는 사실을 부인했다.

그 다음 증인은 뎀프튼 씨였는데, 보몬트 부인이 의사와 함께 변호사를 불러 달라고 했다는 것 외엔 별로 특기할 사항이 없는 증언을 했다.

그 다음에는 퀜틴 경이 헤리어드 씨는 보몬트 부인의 변호사일 뿐 아니라 한때 후견인이었다는 말을 가볍게 흘림으로서, 부인이 경황없는 중에 예전 후견인의 도움을 구한 것이란 인상을 남겼다.

이웃들은 아무것도 보지 못하고 듣지도 못했다고 했다.

이어서 의사들이—여섯 명이나 되는 의사들이—차례차례 선서를 하고 증언을 했다. 역시나 그들은 청산의 흔적을 발견하지 못했다. 원래 청산 독살의 경우 사체에서 그 흔적을 찾기란 그리 쉬운 일이 아니다. 그런데다가 아편 역시 청산과 마찬가지로 산소 결핍으로 인한 청색증을 유발한다. 게다가 보몬트의 내장 기관은 수년간의 아편 남용으로 인해 이미 회복이 불가능할 정도로 상해 있었다.

전문가들조차 갈피를 잡지 못하고 의견이 분분했다. 한 의사는 보몬트가 상습적으로 두통을 호소한 것이나, 일반적인 아편 과다복용 사망자와는 달리 동공이 확대되어 있던 것은 이미 내장 기관이 상해 있었기 때문이란 결론을 내렸다. 두 명의 의사는 심지어 그가 자연사했다는 주장을 펴기도 했다.

이스말은 독약 선택에 있어서만큼은 탁월했다고 생각했다. 그가 이해 못 하겠는 건 왜 하필 그 시각에 남편을 살해했느냐는 것이었다. 순간적인 분노로 저지른 일일지도 모르지만, 대다수 독살 사건이 그러하듯—특히나 이번 같은 경우라면—사전에 치밀한 계획을 세우지 않으면 불가능하다.

보몬트는 죽은 지 몇 시간이 지난 후에 발견되었다. 그것은 곧 두 사람이 말다툼을 한 직후 그녀가 아편제에 독을 섞었다는 것인데, 도대체 어떻게 그리도 빨리 청산을 준비할 수 있었을까? 아틀리에에 청산을 가져다 놓았던 걸까? 그렇다면 사전에 준비를 했다는 뜻인데, 미리 철저하게 계획을 세워놓은 사람이 큰 소리로 요란하게 말다툼을 한 직후 남편을 죽이는 어리석은 짓을 저질렀을까? 살해 시기가 아무래도 이상했다. 바로 아래층에 있었다는 톰 뎀프튼의 말에 의하면 보몬트 부인과 똑같은 시각에 주인의 침실에서 소리가 나는 걸 들었다고 한다. 바로 보몬트가 방으로 돌아가 문을 닫은 직후에 말이다.

도대체 그녀는 무슨 수를 쓴 걸까?

정말 그녀가 진범이긴 한 것일까?

하지만 그녀가 범인이 아니라면 왜 잉크병이 거기에 있었을까?

도무지 아귀가 맞지 않았다.

지난 며칠 동안 이스말은 매일같이 그 생각을 하고 또 했었다. 정말이지 다시 그녀 집으로 찾아가 그녀를 심문하고 자신이 아는 모든 수법을 총동원해 진실을 캐내고 싶은 마음을 자존심과 의지력으로 꾹꾹 눌러 참았던 것이다.

지난 십 년간 그가 풀지 못했던 문제는 없었다. 결과가 정해진 심리 과정을 끝까지 지켜보는 이유도 그녀를 관찰하고 제스처나 말투 같은 데서 자신이 원하는 해답의 실마리를 찾기 위해서였다. 이제 곧 그녀가 증언대에 설 차례였다. 그럼 대답을 얻을 수 있으리라.

그가 막 그런 생각을 하는데 갑자기 방안의 공기가 확 바뀌었다. 고개를 돌려 문을 바라보니 라일라 보몬트가 들어오고 있었다. 칠흑처럼 새까만 옷으로 온몸을 감싸고는.

그녀는 양쪽으로 배치된 벤치 사이의 좁은 통로를 따라 걸었다. 쥐 죽은 듯한 침묵 속에 오직 그녀의 드레스 자락이 부스럭거리는 소리만 들릴 뿐이었다. 그녀는 증언석 앞에서 얼굴에 드리운 베일을 뒤로 젖히고는 오만한 시선으로 구경꾼들을 한 번 훑어보았다. 그런 후 조사관의 얼굴을 똑바로 응시했다. 조사관은 아마 자신의 온몸이 불에 타는 것 같은 느낌을 받았을 테지.

이스말 주위에 앉아 있던 다양한 부류의 남자들이—계층의 고하를 막론하고—그제서야 다시 숨을 쉬기 시작했다. 심지어 이스말조차 잠시 숨쉬는 것을 잊고 있었다. 그만큼 그녀는 눈부셨다. 불꽃과 얼음을 한데 버무려놓은 느낌이랄까.

내 거야, 그의 몸 안에 잠재된 야성이 낮게 으르렁거렸다.

곧 그렇게 될 거야, 그의 이성이 야성을 달랬다. 인내심을 가지고 기다리라고.

심리가 행해지는 방안에 라일라가 입장하자 약간의 동요가 일었다. 바로 그럴 목적으로 차려입은 옷이었다. 다른 이들의 동정을 받기는 죽기보다 싫었기에 그녀는 단조로운 검은색 상복으로 최고의 모습을 연출했다.

라일라는 새틴 리본으로 널찍하게 테두리를 댄 커다란 벨벳 보닛을 유행 따라 머리 뒤로 비스듬하게 걸쳐 썼다. 검정색 상복감으로 만든 드레스는 넓은 어깨라인에 커다란 소매를 한껏 강조하고 있었으며, 치맛단에 달린 두 겹의 주름 레이스는 정확하게 그녀의 발목 위로 떨어졌다. 끝에 모피가 달린 우아한 부츠는 음울하게 추운 날씨나 외풍이 들이치는 심리실 안에 제격이었다.

조사관이 다른 증인들을 심문하는 동안 방안에 들어갈 수 없었기 때문에 이 안 상황이 어떻게 진행되고 있는지 그녀는 도무지 알 길이 없었다. 하지만 앤드루 아저씨의 표정으로 미루어 짐작컨대 그녀에게 나쁜 쪽으로 흘러가진 않은 모양이었다.

에스몽은 방안에 없었다. 프란시스가 죽은 날 이래 단 한 번도 그를 보지 못했다. 그가 자신이 결백하다고 생각하는지 아니면 유죄라고 생각하는지 정확하게 알지는 못하지만, 이 자리에 없는 것을 보면 유죄라 생각하는 모양이었다. 분명 자신의 고귀한 이름이 살인범과 연루되어 더럽혀지는 것을 원치 않을 테지. 그 역시 증언을 했는지 여부도 알 수 없었다. 증언을 하지 않았다면 아마 자신의 연줄을 동원해서 빠져나간 것이리라.

그녀에게 누가 증언을 하게 될 것인지 알려준 사람은 없었다. 아무리 이게 재판이 아니라 심리에 불과하며, 유죄가 입증될 때까지는 일단 무죄로 간주된다지만, 라일라는 일반적인 용의자들과 똑같은 취급을 받았다. 즉 그 누구도 그녀에게 한마디 귀띔해 준 사람이 없었다.

행여나 앤드루 아저씨가 뭔가를 알게 되면 그게 라일라의 귀에 들어가기라도 할까 봐 앤드루 아저씨에게조차 아무도 정보를 주지 않았다.

정말 엄청나게 비밀을 좋아하는 족속들이 아닐 수 없다.

그녀는 턱을 들어 조사관의 피곤에 지친 눈을 똑바로 응시했다.

조사관의 질문에 그녀는 모두가 다 알고 있는 아주 간단한 사항부터 대답해 나갔다. 이름과 출생지, 현재 거주지에서 거주한 기간, 기타 등등. 서기는 너무도 뻔한 사항들을 열심히 기술해 나갔다.

기본적인 질의가 끝난 후, 그녀는 남편이 죽기 전날의 행적부터 진술하기 시작했다. 그날 집까지는 어떤 교통 수단을 이용했느냐 등, 한마디로 퀸틴 경이나 치안판사에게 수없이 되풀이했던 이야기를 다시 한 번 읊어야만 했다.

마침내 조사관이 노버리 하우스를 예정보다 일찍 떠났던 이유를 물었을 때서야 라일라는 조금 언짢은 기색을 내보였다.

"조사관님, 그 질문에 대한 저의 답은 제가 서명한 진술서를 보시면 자세하게 나와 있을 겁니다."

조사관은 눈앞에 놓인 서류를 훑어보았다.

"여기에는 그저 마음이 바뀌어서라고 쓰여 있군요. 배심원들을 위해 좀더 자세하게 설명해 주시겠습니까?”

“시골로 쉬러 간 거였어요.”

그녀는 배심원들을 똑바로 쳐다보며 말했다.

“그런데 생각처럼 쉴 수 있는 게 아니더군요. 제가 예상했던 것보다 손님들이 많아서요.”

“그래서 막바로 집으로 돌아오셔서 작업에 몰두하셨다?”

조사관은 눈썹을 치켜올렸다.

“쉬고 싶었다는 사람이 한 행동치고는 좀 이상하지 않습니까?”

“어차피 쉬지 못할 바에야 생산적인 일을 하자란 의도였어요.”

“그렇군요. 그래서 과연, 음, 생산적이었습니까?”

그녀의 아틀리에가 어떤 상태였는지 수많은 사람들이 증언을 했었고, 그 내용은 고스란히 조사관 앞에 놓인 서류에 명시되어 있었기에 그녀는 그 질문에도 별로 당황하지 않았다.

라일라는 조사관의 집요한 시선을 조금도 움츠러들지 않고 당당하게 맞받았다.

“처음에는 아니었습니다. 조사관님께서도 이미 아시다시피 저는 제 성질을 억누르지 못하고 아틀리에에 있던 물건들에 분풀이를 했지요. 이것도 이미 아실 텐데, 그 결과 제 남편이 그 소리를 듣고 잠에서 깼습니다. 그래서 우리는 말다툼을 벌였지요.”

“말다툼의 내용에 대해 설명해 주시겠습니까, 부인?”

“그러죠.”

모두들 귀를 쫑긋했다. 이 순간이 오기 전까지, 그녀는 아무리 심문을 당하고 위협을 받아도 말다툼에 대해서는 단 한 마디 언급도 하지 않았다. 모두들 오늘 새로 공개되는 사실에 귀를 기울였다.

“제 남편이 불쾌한 말을 몇 마디 했습니다. 그래서 저는 그 대답으로 지옥에 떨어지라고 말했습니다.”

청중들의 기대가 순식간에 무너졌다.

“좀더 자세히 말씀해 주실 수 있으실지요, 보몬트 부인?”

조사관이 인내심을 가지고 물었다.

"싫습니다."

그 말에 여기저기서 사람들이 웅성거리며 동요했다. 조사관이 구경꾼들에게 차가운 시선을 던지자 그제서야 웅웅대던 소리가 멈췄다. 그리고선 아까보다 인내심이 훨씬 줄어든 목소리로, 조사관은 왜 그토록 중요한 사실을 공개하지 않는지, 배심원들이 알아듣게 설명을 좀 해달라고 부탁했다.

"제 남편은 전날 밤 여흥의 여파에 시달리고 있었습니다. 저 때문에 잠이 깨어 기분이 몹시 나빠 있었고, 그뿐 아니라 심한 두통에 시달렸죠. 그런 상태만 아니었어도, 남편은 그토록 불쾌한 말을 하지는 않았을 겁니다. 저 역시 남편이 아틀리에에 들어오기 전에 잔뜩 화가 나 있던 상태만 아니었다면 그런 남편의 말에 대꾸는커녕 귀조차 기울이지 않았을 겁니다. 지금 배심원 여러분께 그 순간에 오갔던 험한 말들을 들려 드려 봐야 오히려 왜곡된 이미지만 남을 겁니다. 우리 두 사람이 서로에게 했던 말은 어차피 진심이 아니었기 때문에, 저는 그 말을 되풀이하지 않겠습니다. 제 집안의 치부를 만인에게 공개하고 싶지는 않습니다."

구경꾼들이 속닥거리는 소리가 들렸다.

"부인의 뜻은 충분히 이해하겠습니다. 하지만 부인의 하인들은 두 분이 서로를 위협했다고 증언했다는 것을 알고 계실 텐데요?"

조사관이 말했다.

"제가 알기로 조사관님께서 언급하신 그 하인은 상식이 부족한 사람입니다. 그녀는 제가 남편의 시신을 발견했을 때 저를 조금도 돕지 않았습니다. 돕기는커녕 그 순간부터 히스테리 발작을 일으키기 시작해서 결국 죽은 남편의 제일 비싼 셰리*를 몇 잔이나 들이킨 후에야 간신히 진정을 했지요."

---

* sherry. 남부 스페인이 원산지인 백포도주.

라일라가 차갑게 말했다. 그러자 조금 더 커다란 소음에 간혹 웃음소리가 섞여 나왔다. 조사관이 날카롭게 자중할 것을 명령하자 방안은 순식간에 조용해졌다.

그는 다시 그녀를 바라보았다.

"하지만 뎀프튼 부인이 말다툼을 엿들은 건 히스테리 발작을 부리기 몇 시간 전의 일이었음을 상기시켜 드리고 싶군요, 부인."

"그렇다면 저는 왜 뎀프튼 부인이 제가 하지도 않은 협박을 했다고 말하는 건지 도무지 모르겠네요. 제가 알기로는, 아무리 저속한 표현을 썼다 할지라도 우리말로 '지옥에 떨어져요'는 협박이 아니지 않나요? 제가 별로 숙녀답지 못한 표현을 썼다는 것은 인정합니다. 하지만 폭력을 행사하겠다는 협박은 하지 않았습니다. 저는 평생 폭력을 써본 적도 없습니다—아틀리에에 있는 제 개인 소품에 분풀이를 한 것 빼고는요."

"부인께선 짜증이 난 상태였다고 말씀하셨습니다."

조사관이 끈질기게 캐어물었다.

"남편을, 어, 지옥으로 떨어지라고 말했다는 것은 상당히 화가 났다는 것을 의미하지 않나요?"

"그러니까 제가 남편에게 위해를 가할 정도로 화가 났었느냐? 질문의 요지가 그것 같은데, 그렇다면 왜 저는 화가 난 그 순간 남편을 죽이지 않았을까요? 뎀프튼 부인은 분명 남편이 말다툼 직후 제 아틀리에에서 나가는 모습을 보았다고 했습니다. 그리고 남편에게 얻어맞은 흔적은 없었다고 증언했을 겁니다."

또다시 웃음이 터져나오자 조사관이 조용하라고 말했다.

"지금 저희는 원인이 의문스러운 죽음에 대한 심리를 하고 있습니다, 부인."

그가 사뭇 으름장을 놓았다.

"법전에도 이런 경우에는 심리를 거쳐야 한다고 명시되어 있습니다. 부인께서도 그 사실을 아셨기에 당국의 소환에 응하신 것 아닙니까?"

"저는 남편이 죽은 원인에 별다른 의심을 품지 않았습니다. 따라서 죽음의 원인을 굳이 규명하셔야겠다면 방해하고 싶지 않습니다. 하지만 그때나 지금이나 제 생각은 변함이 없습니다. 이번 심리는 정부의 예산만 축내는 일인 게지요."

"그렇다면 그 당시에는 오직 부인 혼자만 아무런 의혹이 없으셨다는 것이군요."

그 당시에는이라. 아주 의미심장한 말이었다. 검시에서 그 어떤 살인의 증거도 발견하지 못한 게 분명하다.

"제 남편이 전혀 예상치도 못하게 갑자기 죽었다는 것은 인정합니다."

갑자기 자신감이 충만해졌다.

"제 남편은 과다복용을 할지도 모르니 조심하란 주치의의 경고도 무시하고 많은 양의 아편제를 상용했었지요. 제가 알기론 아편 중독사라고 하던가요? 저는 남편이—남편의 주치의가 경고했던 대로—모르고 치사량을 복용한 것이 아닌가 생각합니다."

그 말만큼은 엄밀하게 따져서 위증이 아니라고 그녀는 자신의 양심을 달랬다. 프란시스가 독을 알고 먹은 것은 아니었으니까.

"그렇군요."

조사관은 자신의 서류를 다시 한 번 들여다보았다.

"뎀프튼 부인의 말에 의하면, 부인께서는 언쟁 도중 독약이란 표현을 쓰셨다고 하더군요. 그럼 부인께서 언급하신 독약이란 것이 아편제를 의미한다는 뜻이십니까?"

"제가 독약이라 부른 것은 아편제와 생아편을 의미한 것이었습니다. 제가 남편을 직접 독살하겠다는 뜻은 아니었음을 말씀드리고 싶군요."

"하지만 그 말이 다른 사람들에게는 다른 의미로 전해질 수 있음은 이해하실 테지요, 부인?"

"아뇨, 저는 이해가 안 가는데요."

그녀가 단호하게 말했다.

"저를 바보 천치라고 생각하는 사람이나 그렇게 해석하지 않을까요? 설령 제가 진심으로 남편을 죽이겠다고 위협을 했다 치죠. 그 소리를 하인들이 다 들었을 게 뻔한데 바로 그 직후에 남편을 죽이는 어리석은 짓을 할 사람이 있을까요? 저는 바보도 아니고, 미치지도 않았답니다."

라일라는 자신의 마지막 말이 사람들의 머리 속에 충분히 각인되길 기다리며 오만한 시선으로 방안을 둘러보았다. 방안에 여자는 한 명도 없었다.

모두 남자들뿐이다. 앤드루 아저씨는 말 잘했다는 표정으로 고개를 끄덕였으며 그 옆에는 데이비드의 부친 랭포드 공작이 무표정한 얼굴로 앉아 있었다. 그녀를 뚫어져라 관찰하는 배심원들, 무슨 생각을 하는지 표정만으로는 도무지 읽을 수 없는 퀜틴 경, 그녀도 얼굴을 아는 경찰들, 그 외 여러 관계 기관을 대표해 나온 사람들…… 몇몇은 그녀를 의심하는 듯했고, 몇몇은 그녀를 믿는 눈치였다. 또 일부는 그녀의 말에 당황하고 있었다. 아마도 저 사람들은 내가 정말 바보라고 생각했던 모양이다…….

그녀의 시선이 우중충한 방 저편의 구석에 닿았다. 텁수룩한 머리의 순경이 벽에 기대 있었다. 한 쉰쯤 되어 보이는 그는 드문드문 흰 머리가 섞인 잔뜩 기름기가 낀 갈색머리였고, 더러운 제복에 얼룩이 묻은 조끼가 보기 흉하게 나온 배를 간신히 덮고 있었다. 그는 멍하니 바닥을 바라보며 머리를 긁적였다.

말도 안 돼, 라일라는 속으로 경악을 했다. 설마 이 세상의 것 같지 않은 새파란 빛을 보았다고 생각한 건 내 눈의 착각이었을 테지. 내가 과연 이만큼이나 떨어진 거리에서 눈동자 색을 식별할 수 있었을까? 피부를 지질 만큼 강렬한 파란 눈동자를 분명히 본 것만 같았다.

그녀는 정신을 차렸다. 무얼 상상했건, 무얼 보았다고 착각했건, 지금은 딴 생각을 할 때가 아니다.

조사관이 다시금 말을 이었다.

"지금 부인의 지성과 정신 상태를 알아보자는 게 아닙니다, 보몬트 부인. 우리는 그저 부인의 남편께서 돌아가시기 전에 무슨 일이 있었는지 알아보려는 것이지요."

"그 얘기라면 이미 설명드리지 않았습니까? 남편이 제 아틀리에에서 나간 뒤 저는 남편을 보지 못했습니다. 남편의 시체를 발견하기 전까지 아틀리에 밖으로 나간 적도 없고요. 저는 아틀리에 문을 열어놓은 채 티타임을 넘어서까지 일을 하고 있었습니다. 제 그림을 보시면 아실 테지만, 전 그 사이 다른 일을 할 짬이 전혀 없었습니다."

이번만큼은 조사관도 당황스러움을 감추지 않았다.

"죄송합니다만, 부인. 그림이라뇨? 그림이 여기서 무슨 단서가 된다는 것입니까?"

"제가 남편과 말다툼한 후부터 남편의 시신을 발견하기까지의 공백 시간에 그린 정물화를 조사하셨을 텐데요? 물감조차 마르지 않았던 그림입니다. 화가라면 그 그림이 서둘러 그려졌다거나 마음이 어지러운 상태에서 그려진 게 아님을 알아볼 수 있을 겁니다. 제가 만일 그림을 그리다가 붓을 놓고 남편을 살해한 뒤 돌아와 다시 그렸다면, 그토록 정밀한 테크닉이 요구되는 정물화는 그리지 못했을 겁니다. 완벽하게 집중을 하지 않으면 그리기 어려운 그림이지요."

조사관은 한참 동안 그녀를 바라보았다. 뒤에서 구경꾼들이 소곤대던 소리가 제법 큰 소음으로 바뀌었다. 그는 서기를 바라보았다.

"그림 전문가를 불러야겠군."

조사관의 말에 몇몇 배심원들이 신음을 내뱉었고 그는 날카로운 시선으로 그들을 노려보았다. 그리고 다시 라일라를 바라보았다.

"왜 전에는 이런 말씀을 해주시지 않았는지 저는 도무지 알 수가 없군요, 부인. 이런 말씀만 해주셨던들 아까 부인께서 말씀하셨다시피 저희가 시간 낭비하는 것을 막을 수 있으셨을 텐데요."

"그 그림을 하찮게 생각하실 줄 제가 어떻게 알았겠어요?"

그녀는 사뭇 거만하게 말했다.

"저야 일반인이다 보니 심리에 대해 잘 모르거든요. 왜 그렇게 남편과의 말다툼과 뎀프튼 부인의 히스테리에만 초점을 맞추시는지 저야 알 도리가 없었지요. 왜 물질적인 증거보다 다른 이의 추측성 발언에 더 신경을 쓰시는지 전 이해할 수가 없었지만, 제가 어떻게 감히 전문 가분들에게 이래라저래라할 수 있었겠어요? 오늘만 해도 그림 문제를 완전히 무시하시는 것 같아서 안 되겠다 싶어 말씀드린 것뿐입니다.”

“그랬군요.”

그가 거의 신음을 내뱉듯 말했다.

“혹시나 또 더 하시고 싶은 말씀이 있으십니까, 보몬트 부인?”

잠시 후, 이스말은 마차로 들어가 퀜틴 경 반대편에 앉았다.

“뭐, 시간이 오래 걸리긴 했지만 우리가 원하던 판결은 얻었군. 아편제 과다복용에 의한 사고사라고.”

퀜틴 경이 말했다.

“날림으로 끝내는 것보다야 꼼꼼하게 마무리짓는 편이 낫지요. 조사관도 자신의 의무에 충실했다고 생각하며 만족했을 겁니다.”

이스말은 기름기 낀 가발을 벗어들고 그것을 바라보았다. 라일라 보몬트는 자신을 알아보았다. 퀜틴 경조차 처음에는 알아보지 못했는데 라일라는 커다란 방 반대편에 있던 자신을 알아보았다…… 그것도 짜증내는 조사관에게 심문받는 와중에 말이다. 정말 눈썰미 하나는 대단한 여자다.

“대중들도 만족하길 바래야지. 나야 별로 만족스럽지 않지만, 어쩌겠나. 살인 쪽으로 결론이 나면 문제가 심각해질 텐데.”

퀜틴이 얼굴을 찌푸렸다.

“우린 해야 할 일을 한 것뿐입니다.”

“보몬트 부인이 우리를 바보로 만들지 않았다면 기분이 훨씬 더 나았으련만.”

이스말이 희미한 미소를 지었다.

“그 그림 말씀이시군요?”

그림 전문가인 그레고리 윌리엄스 경은 라일라가 그린 그림을 보고 저것은 도저히 여자가 그린 그림일 수가 없으며, 저 정도로 그리려면 최소한 이틀은 필요하다는 말을 했다. 결국 경찰 몇몇이 다시 마담의 집으로 돌아가 그녀의 그림 몇 점을 더 들고 와야만 했다. 한 시간 뒤, 그레고리 경은 결국 자신이 한 말을 번복할 수밖에 없었다.

"그레고리 경이 좀 어리석어 보이긴 했지요. 하지만 양심적으로 자신의 실수를 시인하지 않았습니까? 보몬트 부인이 유리병 그림을 그린 게 분명하다고 말했잖습니까. 붓놀림이나 섬세한 묘사로 볼 때 아주 평온한 마음으로 그린 것이 분명하다고요."

이스말 역시 속으로는 자신이 실수를 저질렀다고 생각했었다. 채 마르지 않은 그림이 무슨 의미를 내포하는지 전혀 고려하지 않았던 것이다. 그의 눈에 들어왔던 것은 그녀가 분풀이를 해서 엉망이 된 아틀리에 내부뿐이었다. 그녀의 열정적인 기질과 성깔에만 주목했던 것이다.

감정 때문에 객관성을 잠시 잃었었다—용서할 수 없는 짓을 저지른 것이다. 스스로에게 화가 났고, 그 원인을 제공한 그녀에게도 화가 났다. 그럼에도 불구하고 겉으로는 온화한 미소만 띄우고 있었다.

"그게 다 그 빌어먹을 잉크 탓이야. 만일 그녀가 남편을 죽인 게 아니라면……."

"보아하니 진범은 따로 있는 모양입니다."

"전에는 그런 확신이 없었잖나, 자네?"

"확신을 가질 필요는 없었으니까요. 그녀가 유죄냐 무죄냐 하는 것은 제 임무와 하등 관계가 없죠."

"만일 그녀가 자신을 보호하기 위해 잉크를 쏟은 게 아니라면 누구 다른 이를 보호하기 위해 그런 것일지도 모르지. 아니면 정말 우연히 잉크병이 침대 옆 탁자 위에 놓여 있었던 걸까? 서랍 속에 일기장도 없었지, 종이도 없었지, 하다 못해 펜조차 없었잖아. 그건 도대체 어떻게 설명해야 하지?"

"보몬트가 잉크병을 거기에 잠시 내려놓고 나서 잊었을지도 모르죠."

이스말이 어깻짓을 했다.

"설명이야 가져다 붙이면 되는 거죠."

"하지만 그녀 자체는 설명이 되질 않아. 그녀처럼 머리가 잘 돌아가는 여자가 왜……?"

퀜틴이 심각한 표정을 지었다.

"궁금해진단 말이야, 그녀는 남편이 정말 아편 과다복용으로 죽은 거라고 생각했을까? 내 눈에도 훤히 보이는 걸 그렇게 영리한 여자가 못 보고 지나쳤을까?"

"상관 있습니까?"

이스말은 옆자리에 가발을 내려놓았다.

"어쨌건 결론은 난 거고 우리의 비밀은 안전하게 지켜졌으니, 경의 귀족 친구분들도 살인사건 조사에 불려 다닐 필요 없겠다, 다 잘된 일 아닙니까?"

"아마 진범은 귀족 중 한 명이었을 거야. 설령 범인을 잡는다 하더라도 처벌할 수 없겠지만, 그래도 누가 보몬트를 죽였는지는 알고 싶어."

그는 무릎에 양손을 얹은 뒤 몸을 바짝 앞으로 내밀었다.

"자네는 궁금하지 않나? 이게 도대체 어떻게 된 사건인지 알고 싶지 않아?"

알고 싶긴 했다. 또한 그녀가 오늘 어떻게 자신을 알아봤는지도 알고 싶었다. 이성은 그녀가 화가이기 때문에 남들보다 관찰력이 좋아서 그의 변장을 꿰뚫어볼 수 있었던 것이라 말했지만 그의 몸 속에 잠재된 미신을 믿는 야만인의 야성은 이 여자가 자신의 영혼을 들여다볼 수 있기 때문이라 말했다.

다른 이의 마음이나 생각을 읽을 수 있는 인간은 없다. 그건 이스말에게도 불가능한 일이었다.

물론 비밀을 밝혀내는 것쯤은 할 수 있었다. 그 일에 특별한 재능 같은 것은 필요 없다. 그저 예리한 관찰력과 다른 이들의 목소리나 얼굴, 몸짓 등에서 찾아낸 실마리를 해석할 줄만 알면 된다. 그건 열심히 연마하면 배울 수 있는 기술에 지나지 않는다.

하지만 그녀에겐 사물을 한눈에 식별해 낼 수 있는 직관 같은 것이 있다.

한 십 년쯤 전에 한 여자가 그의 의지력과 이성을 무너뜨린 적이 있었다. 그는 아직도 그 대가를 치르고 있었고, 때문에 두 번 다시 그렇게 무너지지 않을 것이다. 일단 보몬트의 장례식에 참석해 얼굴은 내밀어야겠지. 그러고 나선 유럽으로 돌아가자. 이번만큼은 그녀를 완전히 잊자.

그래서 그는 소리내어 말했다.

"아니오, 저는 궁금하지 않습니다. 심리는 끝났고, 이제 더 이상 걱정할 일도 없지요. 전 만족합니다."

4

프란시스의 장례식은 심리가 끝난 다음날 행해졌다. 콩트 에스몽은 장례식에 참석한 뒤 다른 이들과 함께 그녀의 집에 들렀다. 그는 애도의 뜻을 전한 뒤, 뎀프튼 부부를 대신할 하인을 구할 때까지 닉을 데리고 있으라고 제안했다.

그녀는 정중히 거절했다. 그녀의 단호한 거절에 에스몽은 차라리 안도했다. 에스몽의 언사나 행동은 자로 잰 듯 정확했다. 냉정하지도 않았고 그렇다고 지나치게 따뜻하지도 않았다. 하지만 그녀는 그에게서 냉기를 느낄 수 있었다. 두 사람 사이에 얼음벽이 놓인 것만 같았다.

헤리어드 씨의 하인들 중 하나가 임시로 그녀 집에 와 있을 거란 이야기를 하자 옆에서 데이비드와 피오나가 서로 자기 집 하인을 데려가라고 주장했다. 둘은 그 문제로 옥신각신하다가 결국 퀀틴 경과 대화를 나누고 있던 데이비드의 부친 랭포드 공작에게 판결을 부탁했다.

"에스몽 경의 하인이 벌써 일주일 동안 부인과 얼굴을 익혔으니, 그 사람이 남아 있는 편이 부인에게도 훨씬 도움이 될 겁니다. 안 그래도 요새 무척이나 혼란스러울 텐데, 그래도 얼굴을 아는 사람이 옆에 있는 게 낫지 않겠어요, 보몬트 부인?"

공작이 판결을 내렸다.

"옳은 말씀이십니다. 그 편이 가장 좋을 것 같군요."

퀜틴 경이 끼어들었다.

라일라는 에스몽의 눈에서 뭔가를 보았다―분노, 아니면 혐오감? 그녀가 뭐라 말하기도 전에 그가 먼저 대꾸했다.

"쎄르땐느멍(물론입니다). 저야 어차피 곧 파리로 돌아갈 예정이니, 문제될 게 없습니다. 닉이야 부인의 집에 새 하인이 들어오고 난 뒤 파리로 오면 될 테니까요."

그녀는 앤드루 아저씨를 바라보았고, 그 또한 그게 당연하다는 듯 고개를 끄덕였다. 원래 랭포드 공작의 말을 거스를 사람은 없으니까. 데이비드는 고개를 돌렸고 항상 다른 사람들의 말에 토를 다는 피오나 역시 랭포드 공작 앞에선 꾹 참았다.

라일라는 고개를 들고 에스몽의 불가해한 푸른 눈을 똑바로 응시했다.

"다수결의 원칙에 의거해 어쩔 수가 없군요. 어찌 되었건 간에, 경에게 다시 한 번 폐를 끼치게 되어 죄송할 따름입니다."

에스몽 역시 기사도 정신이 어쨌네 하는 프랑스인 특유의 헛소리를 늘어놓고선 얼마 지나지 않아 돌아갔다.

그가 떠난 자리에는 냉기만이 남았다. 절망과도 비슷한 느낌의 냉기. 오래 전 베니스에서의 그날 밤 이래 라일라는 자신이 혼자란 사실을 이토록 고통스럽고 절절하게 느껴 본 적이 없었다.

지금에 와서야 에스몽이 얼마나 많이 자신을 도왔는지 알 수 있었다. 앤드루 아저씨가 작성해 준 심리 보고서를 읽은 뒤, 그녀는 퀜틴 경이 이 사건을 감독하지 않았더라면 상황이 자신에게 얼마나 불리하게 치달을 수도 있었는지 깨달았다.

에스몽에게 감사의 마음을 전하려 했었다. 무슨 말을 할 것인지 짧지만 적절한 단어를 골라 연습까지 해놓았었다. 하지만 문제는 그녀가 말을 꺼내기도 전에 얼음벽이 그녀를 가로막은 것이다. 지금 와 생각해 보면 그가 친절을 베풀었던 것은 특별한 호의가 있어서라기보다는 여자를 돕기 좋아하는 민족성 때문이었던 듯싶었다. 또한 귀족이니까 평민을 도와야 한다는 노블리스 오블리제도 만만찮게 작용했을 테지. 일단 자신의 일이 끝나자 그는 그녀를 거들떠보지도 않았다.

놀랄 것 하나 없는 일이다. 화를 낼 이유도, 상처받을 이유도 없다고 그녀는 스스로를 타일렀다. 랭포드 공작 역시 그녀에게 따스한 말 한마디 해주지 않았다. 자신의 아들이나 친우의 영양 피오나가 남편도 제대로 고를 줄 모르고 교양이 모잘라 커다란 스캔들을 일으킨 중산층 여인과 어울리길 바라지 않는 게 분명했다. 라일라 보몬트에겐 자신의 하인을 빌려주기조차 아깝다는 입장을 분명히 하지 않았던가. 그녀에겐 외국인의 머슴 따위가 제격이라고 말이다.

하지만 진짜 아이러니는 자신이 그런 대접을 받아도 싸다는 것을 랭포드 경이 모른다는 것 아닐까. 자기 자신과 앤드루 아저씨를 보호하는 데 급급한 나머지 살인범을 감추어 준 대가가 얼마나 큰 것인지는 단 한 번도 고려해 보지 않았었다. 이젠 항상 말이나 표정이나 행동을 조심해야 한다. 혹시라도 실수할지도 모르니까—특히나 살인자 앞에서 실수를 하면 큰일이다. 그러나 그런 두려움보다 더 끔찍한 것은 양심의 가책이었다.

친구들의 눈을 똑바로 쳐다볼 수가 없었고, 다른 이들을 보면 자꾸만 의심이 들었다. 빨리 방문객들이 돌아갔으면 좋겠다고 생각했다. 그러나 혼자 남는 것 역시 싫었다. 죄책감과 두려움에 시달리게 될 테니까.

마침내 마지막 사람이 집을 나서자 피곤함이 밀려들었다. 그녀는 꿈 한번 꾸지 않고 죽은 듯이 잠을 잤다. 하지만 다음 날이 되어도 그녀의 마음은 평온하질 못했다. 식욕을 잃었고 일하기도 싫었다. 심지어 연필 하나 집어올릴 기력조차 없었달까. 현관에 노크소리가 들릴 때마다, 집 앞으로 마차 지나가는 소리가 들릴 때마다 그녀는 퀜틴 경이 자신을 체포하러 왔거나 살인범이 그녀의 입을 영원히 막기 위해 돌아온 것이란 생각에 소스라치게 놀랐다.

자신이 히스테리 증세를 보인다고 생각했다. 하지만 이 히스테리란 놈은 점점 더 크기가 커져서 밤에는 악몽으로 나타났다. 이젠 잠자는 것조차 두려웠다.

그래서 마침내 심리가 끝나고 일주일 뒤, 그녀는 닉에게 집 앞에 있는 교회에 간다고 말한 뒤 산책을 나섰다. 발길 닿는 대로 걷다 보니 그녀가 멈춰 선 곳은 항상 찾던 묘지였다.

이제 그곳엔 프란시스가 누워 있었다.

아직 묘비도 없는 무덤. 풀도 자라지 않은 벌건 흙 위로 눈이 가볍게 쌓여 있었다. 그녀는 분노를 머금은 시선으로 무덤을 바라보았다. 살아 있을 때 항상 그녀를 괴롭히던 남편은 죽어서까지 그녀를 고문했다. 그가 아니었더라면 그녀는 죄책감이나 불안감을 느끼지도 않았을 테고, 이토록 비참하게 외롭지도 않았을 것이다.

"누구였어요?"

그녀가 낮게 웅얼거렸다.

"누가 당신을 죽인 거예요, 프란시스? 그거 알아요, 이제 영영 살인범을 못 잡을 거란 사실을? 왜냐면 내가 너무도…… 아, 너무도 영리했기 때문이에요. 그…… 냄새를 가리려고 잉크를 조금 떨어뜨렸거든요."

그 순간 어떤 기억이 떠올랐다.

이제 거의 일년이 되었을까? 마담 브래세의 초상화 공개 파티에서의 에스몽, 살짝 한 시간이나 전에 발라서 다 증발해 버린 향수…… 그럼에도 불구하고 그는 향수의 원료를 정확하게 맞추었다.

그 순간 왜 그와의 사이에 얼음벽이 생겼는지도 깨달았다.

"그 사람은 독약 냄새를 맡았구나. 그냥 잉크 냄새만 맡은 게 아니라 독약 냄새도 맡은 거였어. 그 사람은 분명 내가……."

그녀는 주위를 둘러보았다. 아, 맙소사, 내가 이젠 이렇게까지 되었구나. 혼자서 중얼거리다니—그것도 무덤 앞에서.

다음 번엔 광기에 미쳐 날뛰게 되는 걸까?

에스몽은 그녀가 광적인 분노에 눈이 멀어 남편을 살해한 신경질적인 미치광이 예술가라고 생각했던 것일까?

하지만 에스몽은 그녀를 도왔다. 왜 그랬을까…….

그 당시에는 아무 생각도 하지 않았다. 그의 품안에서 무너진 순간, 생각하는 것을 그만 두었다.

노버리 하우스를 떠난 때부터 자신이 바랐던 대로 그가 와주었기 때문에 그녀는 그 순간 아무 생각도 할 수 없었다. 그를 피해 달아나긴 했지만, 그래도 마음속으로는 그를 원하고 있었다. 이 모든 것이 다 그녀의 사악한 부분 때문이다. 그가 자신을 쫓아와 의지를 꺾어 주길 바랐다…… 자신을 데려가 주길 바랐다.

그녀는 몸을 떨었다. 약해빠진 자신이 미웠다. 온갖 혼란과 충격 때문에―그리고 물론 그가 찾아와 주었다는 안도감까지 더해져서―이성과 함께 자제력이 무너져 내렸던 것이다.

날카로운 직관을 가진 에스몽이라면 아무런 무리 없이 그녀에게서 죄책감과 두려움을 읽어냈을 것이다. 그리고 그녀가 살인범이란 결론을 내렸을 테지. 그가 퀜틴 경에게 연락을 취한 것도 그녀를 위해서가 아니라 외국인이기에 내무부에 근무하는 다른 이를 몰랐기 때문일지도 모른다. 어쩌면 그녀를 도우려는 마음은 조금도 없었을지도 모른다.

맙소사, 어쩜 그렇게 바보 같은 생각을 할 수 있었을까. 하지만 생각해 보면 에스몽이 자신을 도우려 한다고 착각했던 것도 놀랄 일은 아니다. 자기 자신조차 속였는데 타인의 의도를 잘못 해석한 게 뭐 그리 대수라고. 두려운 외중에도 그녀는 자신을 보호하고자 끔찍한 범죄를 은폐했다. 아니, 자기 목숨을 건져 보고자 그랬다면 차라리 낫지. 그녀가 보호하고 싶었던 것은 화가로서의 경력이었다. 또한 변호사로서의 앤드루 아저씨를 보호하려고 했었다. 하지만 앤드루 아저씨에겐 작위나 경력 따위보다 정의가 더 중요하다는 것을 알고 있었다.

한마디로 말해 프란시스의 말이 옳았다는 게 증명된 것이다. 그 아버지에 그 딸이라고.

또다시 탈선을 한 것이다. 십 년 전 프란시스에게 순결을 내어준 것과는 비교도 할 수 없을 정도로 큰 잘못을 저질렀다. 천성적으로 나약했기에 그녀는 점점 나락으로 떨어질 것이다. 깊디깊은 수령 속으로— 완전히 타락하는 그날까지.

라일라는 교수형보다 그게 더 두려웠다.

그녀는 종종걸음으로 묘지에서 거리로 달려나가 삯마차를 불러 세운 뒤 마부에게 화이트홀로 가자고 말했다.

"서둘러요."

그녀가 날카롭게 말했다. 그리곤 혼잣말로 중얼거렸다.

"내 마음이 약해지기 전에."

퀜틴 경의 사무실로 들어서는 이스말의 얼굴은 천사의 그것마냥 평온하기 그지없었다. 하지만 그의 뱃속은 자기 멋대로 요동쳤다. 이게 다 런던에서 빨리 떠나지 않고 미적거린 자신의 잘못 때문이다. 심리가 끝나자마자 런던을 떠났더라면 퀜틴 경의 전갈을 받고 이리로 달려와야 할 일은 없었을 텐데. 전갈의 내용은 이랬다.

'보몬트 부인이 여기에 있네. 어서 와보는 게 좋을 걸세.'

이스말은 마담에게 절을 한 뒤 퀜틴 경에게도 정중하게 인사했다. 퀜틴은 보몬트 부인 옆 의자에 앉으라고 이스말에게 손짓을 했다. 그는 의자에 앉는 대신 창가로 걸어가 섰다. 보아하니 무슨 얘기건 반가운 소식은 아닐 것 같았다. 온몸의 본능이 그렇게 소리쳤다. 그녀 주변의 공기가 긴장감으로 웅웅 울리는 소리가 들릴 지경이었다.

"이런 부탁을 드려서 죄송합니다만, 보몬트 부인. 에스몽에게 직접 설명하시는 편이 최선일 것 같습니다."

퀜틴 경이 말하며 이스말을 바라보았다.

"보몬트 부인께는 자네가 이번 사건을 도왔다는 말을 했네. 믿을 만한 사람이라고 했지."

뱃속이 더욱더 심하게 뒤틀렸지만 이스말은 가만히 고개만 끄덕였다.

마담은 퀜틴의 책상 위에 놓인 커다란 녹색 유리 문진만을 뚫어져라 바라보았다.

"제 남편은 살해당했습니다. 제가 굉장히 큰 잘못을 저질렀어요. 제가 증거를 조작했습니다."

그녀가 담담하게 말했다. 이스말은 퀜틴을 바라보았다. 그는 가만히 고개를 끄덕였다.

"마담께서는 아마 잉크 얘기를 하시는 모양이군요."

이스말이 말했다. 그녀는 눈 하나 깜박하지 않고 계속 문진만 바라보았다.

"처음부터 알고 계셨군요. 왜 그 동안 한마디도 하지 않으셨지요?"

"대부분의 사람들은 침대 옆 탁자 위에 잉크병을 올려놓지 않습니다. 하지만 남편 되시는 분께서는 예외였을 수도 있으니까요."

"잉크병을 거기에 가져다놓은 사람이 저였다는 것을 아셨군요."

그녀는 얼굴을 붉혔다.

"아마 절……. 아니, 그런 건 중요하지 않아요. 잉크병을 거기에 가져다 놓은 사람은 제가 맞으니까요."

그녀가 한 마디 한 마디 또박또박 끊어 말했다.

"냄새를 가리기 위해서였어요. 청산 냄새를요. 남편이 아편 과다복용으로 죽은 게 아니란 걸 알고 있었어요."

그녀는 잠시 침묵을 지키다가 말을 이었다.

"해선 안 되는 일임을 알고 있었지만, 저는 프란시스가 우연히 죽은 것처럼 꾸며야만 했어요. 저는 그 사람을 죽이지 않았습니다. 하지만 일단 남편이 살해당했다는 것이 알려지면 다른 이들은 저를 믿어주지 않을 것 같았어요."

"그 당시에는 뎀프튼 부인이 정신적으로 불안정하다는 것을 모르셨을 테니까요."

"뎀프튼 부인에겐 신경도 쓰지 않았어요."

이스말의 말에 마담이 불안한 듯 말했다.

"죽음의 원인이 불분명하기에 하는 심리와 본격적인 살인사건 조사에는 커다란 차이가 있다는 것쯤은 알고 있으니까요. 당국에서는 모든 면을 다 조사할 테지요. 저는 그 일만큼은 막아야만 했어요.”

그녀는 이스말에게 시선을 맞췄다. 평소와는 달리 새하얗게 질린 그녀의 얼굴에서 금빛 눈동자만이 환하게 이글거렸다.

“저의 처녀적 성은 뒤퐁이 아닙니다. 몇 년 전 이름을 바꾸었지요. 제 아버지는 조너스 브리지버튼입니다.”

그녀의 마지막 말이 마치 총알처럼 두 사람 사이의 공간을 찢어발겼다. 이스말은 방안이 흔들리는 기분이었다. 하지만 움직이지 않았다. 그의 얼굴 역시 변하지 않았다.

그 소녀다. 그 오래 전 어느 밤 리스토가 계단 위에 있는 것을 보았다고 했던 그 소녀였다. 십 년이나 지난 얘기. 하지만 이스말은 아직도 기억하고 있었다.

다른 남자에게 복수하기 위해 브리지버튼을 찾아갔었다. 그날 이후 이스말은 점점 더 광기어린 짓을 되풀이하다가 결국에는 목숨을 잃을 뻔하기도 했다. 옆얼굴에 난 흉터가 바로 그런 나날들의 증거인 셈이다. 가끔씩 예전의 그 어둡고 암울했던 날들이 떠오르면 흉터가 쑤셔왔다.

브리지버튼의 집에 머물렀던 시간은 그리 길지 않았다. 이스말에게 있어서 그는 목적을 위한 수단에 불과했으니까. 그와의 인연은 그것으로 끝이라고 생각했었다. 하지만 그게 아닌 모양이었다. 세상 일이 모두 그러하듯 그렇게 간단하지 않았던 모양이었다.

운명, 이스말은 생각했다. 그는 아무 말도 하지 않았다. 얼굴이나 몸은 통제할 수 있었다, 하지만 목소리까지 통제할 수 있을지는 확실치 않았기에.

자신의 고백이 얼마나 큰 의미를 지니는지 전혀 모르는 마담은 여전히 정확하고 딱딱 끊어지는 말투로 말을 이었다.

“경께서는 제 아버지에 대해 들은 적이 없으실지도 모르겠군요. 아버지께선 십 년 전에 돌아가셨답니다. 당국에서 돈과 인력을 낭비해 아버지를 교수대로 보내기도 전에 적들이 먼저 손을 써서 일을 덜어준 거죠. 아버지는 범죄자셨어요. 모국에서 군수용품을 빼돌려 제일 높은 값을 부르는 사람에게 파셨어요. 정부에 아버지의 죄를 낱낱이 기록해놓은 문서가 있다고 들었어요. 협박이나 노예 거래는 빙산의 일각이라고 하더군요."

그녀는 다시 문진으로 시선을 돌렸다.

"꽤나 오랫동안 주시하던 인물이었네."

퀸틴은 이스말이 조너스 브리지버튼에 대해 알고 있음을 뻔히 알면서도 일부러 보몬트 부인이 들으라는 듯 그렇게 말했다.

"우리 쪽 인물들이 베니스 경찰들과 공조해 조사를 하던 중 브리지버튼이 사고를 당했었지."

"그쪽에선 사고라고 하지만 그건 살인사건이었어요. 어차피 당국에서야 눈에 가시 같던 제 아버지가 사라진 것으로 만족을 했겠죠. 굳이 살인범을 찾는 데 시간과 돈을 낭비할 필요는 없죠."

그렇겠지, 당국에서 프란시스 보몬트의 살인범을 찾는 데 관심이 없었던 것처럼. 이스말은 속으로 생각했다. 하지만 보고서에 따르면 브리지버튼은 포도주인지 압생트*인지에 취해 운하로 떨어져 사망한 것으로 되어 있었다. 설마 살해당한 것은 아닐 텐데. 리스토와 메흐메에겐 그자를 죽이지 말라고 일렀었다……. 물론 그렇다고 부하들이 그의 명령을 따랐다는 보장도 없었다.

"어찌 되었건, 아버지가 어떻게 돌아가셨는지는 중요한 게 아니지요. 제 아버지가 누구였느냐가 문제인 겁니다. 만일 제 아버지가 범죄자였다는 것을 사람들이 안다면 전—설령 프란시스가 살해당하지 않았더라

---

* absinthe. 쑥을 비롯한 각종 허브로 맛을 낸 알코올 75% 함량의 에메랄드 빛 독주 (毒酒). 설탕과 함께 물에 타면 뿌옇게 변하는 것이 특징으로, 1900년도 초기에 대부분의 나라에서 제조를 금지당했다. 현대에 팔리고 있는 압생트와는 달리 몸에 유해한 성분이 다량으로 포함되어 있었으며, 19세기 당시에는 마약과 비슷한 효과를 나타내는 것으로 알려져 있었다.

도—망가질 거라고 생각했습니다. 뿐더러 조너스 브리지버튼의 딸이 살인범이 아니라고 그 누가 믿어 줄까요?”

일반적인 경우 그녀의 평판은 바닥으로 떨어져 사회에서 매장되었을 것이다. 아무리 생각이 트인 나라라 할지라도 부모가 저지른 죄의 대가를 자식들이 치르는 경우가 흔했으니까.

그럼에도 불구하고 그녀는 퀜틴을 찾아와 모든 진실을 털어놓았다. 정말 용감한 여자다.

“저를 소환하신 이유는 뭡니까?”

이스말이 부드러운 목소리로 물었다.

“보몬트 부인께선 남편의 죽음을 조사하고 싶어하시네. 나도 그러는 것이 좋을 것 같다는 판단이 섰고 말이지.”

하지만 보몬트 부인은 퀜틴 경이 이스말을 부르길 원치 않았던 모양이다. 그녀 주변으로 분노가 모여들어 맥동하며 조용한 방안을 휘저어 놓는 것을 느낄 수 있었다. 마치 고요한 수면 아래 위험할 만큼 거센 조류를 감추고 있는 바다처럼.

“저를 부르신 걸 보면 공개 수사를 원하시는 건 아닌 모양이군요.”

“그렇지. 부인에게도 이미 설명을 드렸네만, 우리가 언제 모두가 다 해결할 수 있는 사건에 자네를 부르던가? 공개 수사를 했을 경우 여러 사람이 피해를 볼 수도 있다는 점은 부인께도 설명드렸네.”

그가 쓸쓸한 미소를 지었다.

“우리에겐 어차피 선택의 여지가 없어.”

마담이 턱을 치켜들자 보닛의 리본이 펄럭거렸다.

“퀜틴 경에게도 말씀드렸다시피, 상당수의 상류 귀족들 역시 남편과 엽색 행각을 하고 돌아다녔으니까요. 남편에겐 남을 타락시키는 재능이 있었달까, 아무튼 순진한 사람들을 끌어들이는 데 재주가 있었지요. 보몬트가 죽길 바란 남편들이나 아내들, 부모들이 꽤 되었을 겁니다. 살인사건 쪽으로 수사 초점이 맞춰지면 평판이 더럽혀지는 건 아마 저뿐이 아닐 겁니다. 퀜틴 경 역시 그 점을 잘 알고 계시리라 믿습니다.”

"뛰어난 통찰력이십니다. 하지만 비공개 수사의 단점도 알고 계실 테지요? 살인범의 정체를 밝히고 나서는 또 어찌 하실 작정입니까? 교수형도 은밀하게 처해야 할까요?"

이스말이 부드럽게 말했다.

"비공개로 수사해 달라고 부탁드린 것은 아니었습니다. 제가 저 자신을 보호하려고 드는 바람에 남편의 살인범이 무사히 달아나는 것을 도운 격이 되었음을 잘 압니다. 그걸 바로잡고 싶어요. 어떤 식으로 수사를 하실지는 전적으로 퀜틴 경의 판단에 달려 있겠지요."

그토록 내색하지 않으려던 분노가 그녀의 목소리에서 절절하게 묻어 나왔다.

"제가 백작님을 불러 달라고 한 게 아닙니다. 그러니 뭘 여쭤 보시려거든 퀜틴 경께 여쭈시지요."

대답이 뭔지는 뻔히 알고 있으면서도 이스말은 퀜틴을 바라보았다.

"어찌하시겠습니까?"

"그 문제는 나중에 닥치면 생각하는 게 어떨까?"

퀜틴은 예상했던 대로 판에 박은 말을 했다.

"이 사건을 맡겠나 말겠나?"

내게 선택의 여지라도 있나, 이스말은 속으로 분통을 터뜨리면서도 담담한 시선으로 보몬트 부인과 퀜틴 경의 얼굴을 훑어보았다. 그녀에게서 멀찌감치 떨어져 있고 싶은 마음이 굴뚝 같았다. 하지만 이번 사건을 다른 사람에게 맡길 수도 없는 노릇. 괜히 아무에게나 맡겼다가 뱅뜨위뜨 사건이 세상에 알려지면 큰일이다. 또한 보몬트 부인의 아버지 일이나 거기에 연관된 일련의 사건들이 조사 도중 불거져 나왔을 때 가장 큰 타격을 받을 사람이 다름 아닌 이스말 본인이었다. 그 사건이 밝혀지면 이스말 역시 교수형을 면치 못할 것이다.

이건 운명이야, 이스말은 스스로를 타일렀다. 이미 십 년 전부터 이렇게 되도록 운명지어져 있었던 것이야.

상복을 입고 있는 이 여인이 브리지버튼의 딸이라니.

그의 심장을 미친 듯이 뛰게 만들고 이성을 흐려놓는 이 여성이 브리지버튼의 딸이라니. 이스말이 영국으로 건너온 것도, 그래선 안 된다는 것을 뻔히 알면서도 이곳에 머물렀던 것도 다 그녀 때문이었다. 그녀가 그를 이곳까지 끌어당겼다. 지금 이 순간으로……. 그녀의 삶이란 복잡한 거미줄에 그가 걸린 것이다.

그에게 선택의 여지란 애초부터 없었기에 대답도 애초부터 하나였다.

“네.”

이스말은 달콤하며 사근사근한 목소리로 말했다.

“사건을 맡겠습니다.”

이스말이 이번 사건을 맡았다는 사실이 무척이나 마음에 안 들었을 것이 뻔함에도 불구하고, 마담은 저녁 여덟 시에 집으로 찾아가겠다는 이스말의 말에 가만히 고개만 끄덕였다. 그리고는 정중하기 그지없지만 얼음처럼 냉랭하게 인사를 하고 방을 나섰다.

이스말은 닫힌 문을 한참 동안 바라보았다.

“어쩔 수가 없었네. 도박을 할 수가 없었어. 내가 계속 시간을 끌면 그녀가 다른 사람에게 이 사건을 들고 갈지도 모르고, 그러면 우리 둘 다 끝장이니까.”

퀜틴의 말에 이스말은 책상 앞으로 다가가 문진을 집어들었다.

“제가 뱅뜨위뜨를 뒤에서 조종하는 장본인이 보몬트란 보고를 드렸을 때 그자의 부인이 브리지버튼의 딸인 것을 알고 계셨습니까?”

“물론이지, 자네는 몰랐는가?”

“알았다면 제가 한마디쯤 하지 않았을까요?”

“자네의 복잡한 머리 속을 내가 어찌 알겠나. 좀 놀랐겠군?”

“원래 놀라는 것을 좋아하는 편이 아니라서요.”

“그래도 잘 넘겼군.”

무정한 대답.

“하기사 자네야 항상 그렇지 않나. 모든 것을 다 꿰어뚫고 있다가 자신이 하고 싶은 말만 하는 편이지. 난 자네가 그녀를 파리에서 처음 보았을 때 알아본 줄 알았어."

이스말은 손가락 끝으로 문진의 윤곽을 어루만졌다.

"베니스에선 그녀의 얼굴을 보지 못했습니다. 그자에게 어린 딸이 있다는 것만 알았죠. 리스토가 아편제를 먹였다고 했는데, 아마 약 때문에 정신이 혼미해져 제가 자기 아버지를 죽였다고 착각했던 모양이에요. 제가 그 집을 나올 때만 해도 브리지버튼은 그냥 그저 술에 취했던 것뿐이었거든요. 저보다 늦게 그 집을 나선 하인들에게도 죽이지 말라고 명령을 했었죠."

그는 퀜틴의 눈을 바라보았다.

"전 그녀의 아버지를 죽이지 않았습니다."

"내가 언제 자네가 그랬다고 했나? 어차피 그랬다고 한들 난 상관없네, 자네는 해야 할 일을 한 거였으니까. 어찌 되었건 이번 문제는 자네가 직접 해결하고 싶을 것 같아서 부른 거네."

그래, 해야 할 일을 했었지. 그리고 그 대가를 아직까지 치러야 할 모양이다.

십 년 전 그는 거대한 제국을 세울 꿈을 꾸었다. 제럴드 브렌트머 경은 동업자인 조너스 브리지버튼을 통해 이스말에게 알바니아의 제왕인 알리 파샤를 폐위시키는 데 필요한 무기를 공급해 주었었다. 하지만 제럴드 경의 동생인 제이슨은 알리 파샤를 지지하는 무리 중 하나였다. 이스말이 평소처럼 신중했더라면 그 뒤에 닥친 일련의 시련들을 좀더 현명하게 타개해 나갈 수 있었으련만, 당시 그는 제이슨의 딸에게 병적으로 집착해 제정신이 아니었다. 그 무엇도—자신이 애정을 쏟아부었던 에스메가 자신을 증오하고 있다는 것이나, 그녀가 영국인 남자를 사랑하고 있다는 사실이나, 반정 실패 후 자신에게 쏟아진 알리 파샤의 분노도—이스말의 이성을 돌아오게 만들 수 없었다.

이든몽 경이 에스메를 데리고 달아나 그녀와 결혼한 뒤에도 이스말은 자신의 앞을 가로막는 모든 이들에게 복수를 하려는 광기 어린 계획을 포기하지 않았다. 십 년 전 그날, 그는 브리지버튼을 찾아가 동업자인 브렌트머 경의 모든 비밀을 털어놓으라고 협박했었다. 그러고 나선 숨돌릴 새도 없이 영국으로 건너왔었다. 브렌트머를 협박하고, 에스메를 납치하고…… 사건의 절정은 그녀의 가족들이 그녀를 구출하러 왔을 때였다. 뉴헤이븐 부둣가에서 있었던 마지막 싸움에서 이스말은 자신의 가장 충실한 추종자들인 메흐메와 리스토를 잃고 그 자신 역시 목숨을 잃을 뻔했었다.

한마디로 말해 교수형을 선고받았어도 놀랄 게 없는 짓들을 저질렀었다. 귀족의 아내를 납치했지, 그녀의 남편을 죽이려 했지, 그리고 그녀의 숙부를 죽였다. 하지만 그녀의 가족들은 그를 기소하길 원치 않았다. 재판이 벌어지면 제럴드 브렌트머 경의 범죄 사실이 드러날 테고, 일단 반역자란 딱지가 붙으면 온 가족이 사회적으로 매장되어 버릴 테니까.

살아남은 가족들을 보호하기 위해 이스말의 파렴치한 행위는 쉬쉬되었고, 그는 놀코트 선장의 배에 실려 뉴사우스웨일즈*로 보내졌다.

퀜틴이 이스말의 회상을 방해했다.

"보몬트 부인은 자네를 기억하지 못하나 보더군."

"리스토에게 들키기 전에 별로 많은 것을 보진 못했을 겁니다. 제 기억에 의하면 복도의 조명도 그리 밝은 편이 아니었고 제가 그곳에 서 있었던 시간도 극히 짧았으니까요. 아편 때문에 기억이 뒤죽박죽되었을 겁니다. 게다가 십 년이나 된 일인 걸요."

만일 그녀가 이스말을 기억한다면 아무리 감추려 들었어도 그가 눈치를 챘을 것이다. 그는 언제나 그런 것을 쉽게 감지했다.

"아주 명민하고 주의력이 깊은 여자인 건 확실합니다. 되도록이면 모험을 하지 않는 편이 좋을 것 같군요. 브렌트머 가에도 이 사실을 통보하는 게 좋을 듯하구요. 그 집안 사람들은 제가 여기에 있다는 사실

---

* NewSouthWales. 오스트레일리아 남동부의 주로, 당시 죄인들의 유배지였다.

을 아직 모르니까요.”

반쯤 죽어 가는 상태로 배에 실려 들어갔던 그날 이래, 이스말은 제이슨 브렌트머를 제외한 그 가문 사람들을 단 한 명도 만나 보지 못했다. 그는 배에 타기 전 알바니아의 풍습대로 그들과 화해를 했었다. 그 의식을 통해 그가 저지른 모든 죄는 정화되었다. 하지만 자존심 때문에라도 자신이 치욕스럽게 무너지는 꼴을 목격한 이들의 얼굴을 다시 볼 용기가 없었던 것이다.

“레이디 이튼몽이 곧 네 번째 아이를 출산할 예정이라더군. 그래서 아내와 함께 터키에 있는 레이디 이튼몽의 부친 제이슨만 제외하고 그 집안 사람들이 모두 마운트이튼에 모인 모양이야. 내가 그리로 가서 사태를 설명하지. 멀찌감치 물러서서 구경만 하라고 전해 줄까?”

“그 편이 제일 현명할 겁니다. 괜히 여러 사람들이 끼게 되면 밖으로 소문이 새나갈 위험도 커지니까요. 지금 다른 이들의 의심을 사면 안 되는 형편이잖습니까.”

이스말은 책상 앞으로 다가가 문진을 원래 자리에 내려놓았다.

“제가 되도록이면 영국 밖에서 일하길 원하는 이유도 다 그래서입니다. 영국에 잠시잠깐 들르는 거야 큰 문제가 없다지만 이런 건⋯⋯.”

그는 고개를 저었다.

“앞으로 몇 주, 몇 달을 머물게 될지⋯⋯. 체류하는 기간이 길어질수록 저를 알아보는 사람과 만나게 될 위험도 커집니다.”

“이튼몽 가나 브렌트머 가를 제외하면 십 년 전의 자네를 기억할 사람들은 그리 많지가 않아.”

퀜틴은 별 것 아닌 것 갖고 예민하게 군다는 투로 말했다.

“선원들을 제외하면 자네를 본 사람이 또 누가 있지? 게다가 놀코트 선장의 선원들은 한달 뒤에 배가 난파하면서 한 명도 빠짐없이 물고기 밥이 되질 않았나? 살아남은 사람은 딱 셋—자네, 놀코트 선장, 그리고 자네를 보호하던 알바니아 친구뿐이잖아. 그 중에 지금 영국에 있는 사람은 자네뿐이야. 뿐더러 그들은 생명의 은인을 배신하지 않을 걸세.”

배가 난파한 덕에 이스말은 뉴사우스웨일즈에 유배당하는 험한 꼴만큼은 피할 수 있었다. 놀코트 선장과 바조는 이스말이 목숨을 구해 준 보답으로 그를 놓아준 뒤 다른 사람들에게는 그 역시 배가 침몰할 때 죽었다고 진술했다.

하지만 역시 운명은 장난이 심한 법. 몇 주간의 자유를 만끽하던 이스말은 퀜틴 경과 우연히 마주치고 말았다. 제이슨에게 상세한 묘사를 들은 적이 있던 퀜틴인지라, 이스말을 한눈에 알아보고 그를 비밀리에 잡아들였다.

이스말이 엷은 미소를 띄었다.

"그때 두 사람의 목숨을 구한 것으로 죗값을 치렀다고 생각했었습니다, 경."

퀜틴은 의자에 등을 기댔다.

"그걸로는 부족하지. 차라리 내 아래에서 평생 대가를 치르는 편이 자네를 위해서라도 더 나을 걸세. 내가 자네를 감시하지 않았더라면 자네가 또 무슨 짓을 저질렀을지 그 누가 알겠나?"

그가 미소를 지었다.

"절 딱하게 생각해서 거두신 게 아니란 것은 압니다. 제가 영리하고 머리가 잘 돌아간다는 이야기를 제이슨에게서 들으셨겠지요. 분명 어딘가 쓸모가 있을 거라 예상하셨을 테지요."

"나 역시 자네에게 필요한 인간 아니던가? 이러면 어떻고 저러면 어떤가. 이 계통에서 감상적인 인간은 살아남지 못하지. 어쨌건 우리 둘의 계약으로 자네가 손해본 것도 없지 않나? 왕자처럼 살며 왕족들과 어울리니까. 불평할 거리는 안 되는 것 같은데?"

'그래요, 이번 사건만 제외하면 아무런 불만이 없었죠.'

이번 사건은 영원히 끝나지 않을 듯했다. 복잡하게 엉킨 실타래를 따라가다 보면 십 년 전 그의 인생에서 가장 수치스러웠던 때까지 이어져 있다.

"걱정할 것 하나 없다니까. 이든몽과 그의 처가집도 협조할 거야. 어차피 진실이 새어나가면 그들도 심각한 타격을 입을 테니까. 자신의 형이 브리지버튼과 연관되어 있었다는 사실을 감추기 위해 제이슨 브렌트머가 얼마나 노력을 했었다구."

"우리 모두 커다란 타격을 입을 겁니다."

"그래, 그렇지. 그러니까 난 자네가 평소처럼 신중하고 은밀하게 사건을 해결해 줄 거라 믿네."

퀜틴이 잠시 뜸을 들였다.

"보몬트 부인은 좀 달래 줘야 할 것 같더군. 내가 자네를 부른 것이 아주 기분 나쁜 모양이야."

"금방이라도 경의 문진을 집어 누군가에게 던질 기세더군요. 있다가 저녁에 그녀의 집에 들른다 해도 따스하게 맞아 줄 것 같지는 않아요."

"혹시 아나, 그녀가 가구라도 던질지? 자네 머리 위로 던질지도 모르겠군."

"제 두개골이 단단해서 다행입니다. 이든몽 경조차 부술 수 없었는데 설마 보몬트 부인에게 박살나기야 하겠습니까?"

"아니길 빌어야지. 자네도 알다시피, 자네의 머리는 우리에게 아주 소중하거든."

퀜틴이 장난스런 표정을 지었다.

"그 머리 잘 간수하라구, 친애하는 백작 나으리."

이스말은 천사 같은 미소로 답했다. 그리고 우아한 절을 끝으로 방을 나섰다.

라일라가 그토록 절박하게 기도했음에도 불구하고, 콩트 에스몽은 약속대로 정확하게 여덟 시에 그녀의 집에 도착했다. 그 역시 이번 사건을 맡는 것을 썩 내켜 하지 않는 눈치였기에, 자신이 떠난 뒤 퀜틴 경과 말다툼을 벌일 것이라 생각했었다. 하지만 찾아온 걸 보니 말다툼에서 진 모양이다.

퀜틴 경은 도대체 무슨 수로 백작에게 명령을 내릴 수 있는 건지 그녀는 이해가 되지 않았다. 그는 에스몽이 무슨 요원 비슷한 거라고 설명했었고, 전폭적으로 신뢰할 수 있다고도 했다. 하지만 백작이 정부에서 정확하게 어떤 위치에 있는지는 설명하지 않았다. 경험으로 미루어보건대, 에스몽이 그 대답을 해줄 리도 없다.

닉이 백작을 응접실로 안내했을 때, 그녀의 신경은 시계 태엽처럼 팽팽하게 감겨져 있었다.

닉이 순식간에 사라지자 두 사람은 딱딱하게 인사를 주고받았다.

"닉에게 듣자 하니 아직 새 하인들을 구하지 못하셨다고요."

"경께서도 아시다시피 머리 속이 무척 복잡해서요."

그의 입매가 딱딱해졌다. 그는 창가로 걸어가 밖을 내다보았다.

"괜찮으시다면 파리에 있는 제 가정부와 하인을 쓰시는 게 어떠실지요."

"제 집을 돌볼 하인쯤은 제 손으로 고용할 수 있답니다, 무슈."

라일라는 싸늘한 냉기가 감도는 목소리로 말했다.

그가 창가에서 몸을 떼자 그녀는 숨을 멈췄다. 촛불 아래 보이는 비단결처럼 매끄러운 그의 머리카락은 마치 금을 녹인 듯했다. 완벽하게 조각된 부드러운 얼굴 윤곽선이 촛불 아래서 은은한 빛을 발했으며 흠잡을 데 없이 재단된 짙은 남색 코트가 그의 넓은 어깨와 좁은 허리를 완벽하게 감쌌다. 방안 가득 그의 존재감이 느껴진다. 자신을 바라보라고 강요하는 것만 같았다.

자꾸만 원치 않는 기억들이 떠오른다. 아주 짧은 순간이긴 했지만 자신의 몸에 밀착되어 있던 그의 단단한 몸에서 뿜어져 나오던 열기, 꿰뚫어보는 듯한 푸른 눈동자의 이글거리던 불꽃, 오직 그에게서만 느낄 수 있는 독특한 체향.

흠잡을 곳 하나 없는 우아함과 귀족 특유의 정중함, 초연함, 냉담함…… 그럼에도 불구하고 끊임없이 그녀의 감각을 끌어당긴다. 그녀의 의지력만으로는 그 강력하게 끌어당기는 힘에서 빠져나올 수가 없다. 고작 할 수 있는 것은 끌려가지 않고 그 자리에서 버티는 것뿐이다.

그녀의 얼음장 같은 시선 앞에 에스몽은 엷은 미소를 띄웠다.

"마담, 사소한 일에서부터 사사건건 부딪힌다면 사건의 진도는 거북이 걸음보다 느리게 나갈 수밖에 없습니다. 제가 이번 사건을 맡게 된 것에 불만을 가지고 계시다는 것은 저도 잘 알고 있습니다."

"또한 백작님께서도 불만이시죠."

그의 미소는 흔들리지 않았다.

"남편께서 돌아가신 지 2주가 지났습니다. 범인의 행적은 완전히 사라진 상태이지요, 이게 또 부인 덕분 아니겠습니까? 청산의 흔적은 어디에서도 찾을 수가 없습니다―사체나 집안에선 검출되지 않았으니까요. 강제로 방안에 침입했다거나 뭔가를 훔쳐간 흔적도 없습니다. 우리가 아는 한 범인은 실오라기 한 올 남기지 않았습니다. 그 전날 밤 누군가가 집안으로 들어오거나 나가는 걸 봤다는 사람도 없습니다. 여기저기 질문을 하고 다니기 시작하면 영국 귀족계의 분노가 우리 머리 위로 떨어질 거예요. 이 상황에서 무슈 보몬트의 살인범을 찾기란 짚더미에서 바늘 찾기입니다. 어쩌면 이 사건을 푸는 데 평생이 걸릴지도 모르죠. 그런데 제가 불만을 가질 여력이나 있겠습니까?"

조금만 자제력이 모자랐더라도 그녀는 아마 그 순간 그의 뺨을 후려갈겼을 것이다. 하지만 그 빌어먹을 자제력 때문에 그녀는 분노로 부들부들 떨며 이만 악물고 있었다.

"백작님께서도 능력부족이시라면,"

그녀가 간신히 쥐어짜듯 말했다.

"퀜틴 경에게 다른 수사관으로 바꿔 달라고 하시지요. 저 역시 백작님을 보내 달라고 요청한 적이 없으니까요."

"다른 수사관이 없다는 게 문제입니다. 부인께서도 아시다시피 이건 지극히 미묘한 사건입니다. 퀜틴 경께서 아는 사람 중 이번 사건에 필요한 분별력과 신중함을 가진 자는 나뿐입니다. 또한 그만큼의 인내심을 가진 사람도 나뿐이지요. 보아하니 부인께선 별로 인내심이 많으신 편이 아닌 것 같군요. 믿을 만한 하인을 소개해 드리겠다는 말 한마디에 벌써 나를 때리기라도 하실 기세이니 말입니다.”

라일라는 열기가 목까지 피어오르는 것을 느꼈다. 그녀는 뻣뻣하게 소파로 걸어가 앉은 뒤 양손을 무릎 위에 포갰다.

“좋습니다. 백작님께서 원하시는 하인들을 데려오시든지 말든지 마음대로 하시지요.”

“이게 다 부인을 보호하자고 하는 일입니다.”

그는 난로가로 걸어가 장작받침을 바라보았다.

“또한 비밀이 새어나가는 것을 막으려는 의도이기도 합니다. 워낙 단서가 없기 때문에 자주 얘기를 하며 의견을 교환해야 할 겁니다. 부인께 끝도 없이 질문을 해야 할지도 모릅니다. 심지어 사건과 관계없는 질문을 할지도 모릅니다.”

“그 정도 마음의 준비는 되어 있어요.”

그녀는 일부러 허세를 부렸다. 그를 마주할 준비는 아마 영원히 되지 않을 것이다.

“먼저 부인에게 얘기를 들은 뒤 밖에 나가 확인작업을 하게 될 겁니다. 그리고는 다시 돌아와 더 많은 질문을 하게 되겠지요.”

그는 어깨 너머로 그녀를 바라보았다.

“이해하십니까? 아주 오랜 시간이 걸릴지도 모릅니다. 이곳에 몇 시간이고 머물게 될지도 모르고요. 내가 이번 사건 수사를 맡았다는 사실은 비밀로 붙여질 것이기에, 내가 이 집에 드나드는 모습이 자주 목격되면 아주 불쾌한 가십이 떠돌기 시작할 거구요. 그런 일을 피하려면 은밀하게, 한마디로 보는 눈 없는 야밤을 이용해야 한다는 건데, 그럴 경우 더더욱 충직하고 입이 무거운 하인들이 필요합니다.”

몇 주, 그가 앞으로 몇 주 동안이나 밤마다 날 찾아올 거라고? 온갖 질문을 다 해대겠지. 날 끊임없이 괴롭히겠지. 아, 난 도대체 왜 퀜틴 경을 찾아갔던 것일까?

그래도 평생 죄책감에 시달리느니 차라리 이 편이 홀가분하다. 어차피 처음부터 선택의 여지는 없었다.

그녀는 무릎 위에 포개놓은 양손을 바라보았다.

"가십은 안 돼요. 사람들이 저를 부도덕한 여자라고 생각하기 시작하면 귀족가에 드나들며 초상화를 그릴 수가 없어요."

"물론 그러시겠지요. 명망 높은 집안이라면 평판이 나쁜 여자를 집에 들이지 않을 테니까요. 영국인들은 여자의 방탕함은 전염이 된다고 믿는 모양입니다, 남자들에게는 관대하면서 말이죠."

그는 골동품 진열장 앞으로 다가가 유리 뒤에 놓인 동양에서 온 진귀한 물건들의 컬렉션을 바라보았다.

"부인이 따로 연인을 만드시지 않고 남편과 계속 사신 것도 아마 그 때문이었을 테지요."

그의 마지막 말에 그녀의 표정은 차갑게 얼어붙고 말았다.

"그게 이유의 전부는 아닙니다. 저는 도덕과 윤리를 아는 여자입니다."

그녀는 발끈하며 말했다.

"과연 영국인의 윤리로군요."

"제가 영국인이니까 윤리관도 영국적인 게 당연하지 않겠어요?"

"뭐, 영국인 중에도 현실적인 윤리관을 가진 사람이 있어요. 하지만 부인의 윤리관은 지극히 영국적이네요. 남편 되시는 분은 돌아가셨습니다. 이제 평판을 더럽히지 않으려면 예전보다 더 열심히 노력하셔야 할 테지요. 그건 그렇고 부인을 수없이 배반했던, 한마디로 죽어 마땅한 남자의 살인범을 굳이 찾으시려는 이유는 뭘까요?"

라일라는 숨을 삼켰다. 한순간 자신이 잘못 들은 게 아닐까 생각했다. 그녀는 그를—정확하게 말하자면 그의 등을—노려보았다.

"프란시스가 어떤 부류의 인간이었나 하는 것은 중요하지 않아요. 그 누구도 그 사람을 죽일 권리는 없어요. 그것도 비열하게 독살이라뇨. 아무리 악독한 인간을 죽였다 하더라도, 당신은 쓰레기를 치운 것뿐이니까 무죄라고 말할 배심원은 없어요. 프란시스가 악한 인간이란 건 저도 알아요. 그렇다고 살인범을 놓아줄 수는 없잖아요? 퀜틴 경을 찾아간 이유도 그 때문이었어요. 제가 너무 늦게 찾아갔기 때문에 일하시기가 더욱 힘들어졌겠죠. 비겁한 행동이었지만 그때는 두려워서 어쩔 수가 없었어요."

"부인께서는 스스로에게 지나치게 엄격하시군요. 그건 비겁하다기보다, 제가 볼 때 신중함에 지나지 않습니다. 남편께서 살해당했을지도 모른다는 사실을 당국에 알리지 되면 부인께선 얻는 것보다 잃을 게 더 많으셨을 테니까요. 그 점은 누구나 이해할 수 있을 겁니다. 하지만 선이니 악이니, 용기니 비겁함이니, 진실이니 거짓이니, 정의니 불의니 하는 것들을 따지기 시작하면 괜히 머리만 복잡해지죠."

라일라는 손이나 근처에 있는 책상에 집중하려고, 뭐가 됐든 그만은 쳐다보지 않으려고 애를 썼다.

하지만 그럴 수가 없었다. 그가 방안을 이리저리 오가는 바람에 자꾸만 신경이 곤두섰다. 그는 고양이처럼 물 흐르듯 우아하게 움직였으며 소리 하나 내지 않았다. 계속 쳐다보고 있지 않으면 그가 어디로 갈지, 어디에 있는지, 무슨 짓을 할지 전혀 예상을 할 수가 없다. 그의 말을 이해하고 바로바로 대답하기도 벅찬데, 그의 움직임까지 지켜보자니 아주 진이 빠졌다.

"당국에서는 제 아버지의 죽음에 대해 아주 '신중'하고 '현실적인' 대응을 했어요. 그 결과 저는 제 아버지를 죽인 범인이 누군지 영원히 모르게 됐죠. 어쩌면 살인범과 만나 대화까지 나눴을지도 몰라요. 그런 생각을 하면 소름이 끼쳐요. 그래도 실제 그런 일이 일어났을 가능성은 희박하죠. 하지만 프란시스의 경우는 달라요. 정말로 제가 아는 사람 중 하나가 그이를 죽였을지도 모른다구요. 이성적으로 생각해 보려고 노력을 해봐도, 제가 아는 사람들 전부가 다 의심스러워요. 자꾸만 불안해진다구요. 혹시 이 사람일까? 끊임없이 그런 질문을 하게 되는 거죠."

그는 고개를 돌려 그녀와 시선을 맞췄다.

"부인은 풀리지 않는 수수께끼를 가슴에 안고 사실 성격이 못되나 봅니다. 난 인생이란 어차피 풀리지 않는 수수께끼로 가득 찬 것이라 생각하거든요. 하지만 사람마다 성격이 다르니, 부인께서는 그렇게 생각하실 만도 하죠. 이해합니다.”

“아직도 제가 프란시스를 죽였다고 생각하시나요?”

라일라가 차분한 어조로 물었다.

“어차피 처음부터 아귀가 맞지 않는다고 생각했어요. 부인께서 남편 분을 죽이지 않았으리라 생각한 지 꽤 됩니다. 단 한 가지 풀리지 않던 의문은 잉크였죠. 그 점은 부인께서 이미 설명을 하셨고요.”

안도감이 밀려들었다. 창피스러울 정도로 진한 안도감. 그가 자신의 결백을 믿는다는 사실이 왜 이토록 큰 의미를 가지는 걸까.

“사건 해결이 훨씬 더 간단해지겠군요. 용의선상에서 적어도 한 사람은 배제할 수 있을 테니까요.”

그녀가 담담하게 말했다. 그는 미소를 지었다.

“이제 남은 건 수만 명뿐이네요. 퀜틴 경도 목록에서 지울까요?”

그녀는 고개를 끄덕였다.

“만일 그분이 범인이라면 제 말을 순순히 받아들이지 않으셨을 거예요. 오히려 저보고 머리가 돌았다고 했을 테죠. 어쩌면 정신병원에 수용시켜 버렸을지도 모르고요.”

“확실히 진전이 있네요. 용의선상에서 두 명을 제외했으니. 나는 어때요, 마담? 혹시 압니까, 모두가 잠든 밤 내가 노버리 하우스를 몰래 빠져나와 보몬트 씨를 살해했을지도 모르죠.”

“말도 안 되는 소리 마세요. 백작님께는 그럴 만한 동기가……”

그녀는 얼굴을 새빨갛게 물들이며 입을 다물었다.

그는 소파로 다가와 뒷짐을 지고 그녀를 내려다보았다. 너무 가깝다. 갑자기 공기가 짙어지고 긴장감으로 탁탁 소리를 내며 후끈 달아오르는 것 같은 기분이 들었다. 가만히 서 있는 그는 더욱더 커다란 중압감을 가지고 그녀를 짓눌렀다. 도저히 그를 의식하지 않을 수가 없었다.

“욕망이란 동기가 있지 않습니까.”

그가 너무도 부드럽게 말했다. 마음속에 울려퍼지는 그 사악한 느낌. 악마의 속삭임이 온 방안 전체로 퍼져나가며 그녀를 조롱하는 것만 같았다.

“혹은 우리 사이에 그런 것이 존재하지 않은 척을 해볼까요? 보통 사람보다 훨씬 관찰력이 뛰어나신 부인께서 그토록 뻔한 일을 몰랐다고 발뺌이라도 하시겠습니까?”

“어차피 그런 얘기는 해봐야 시간 낭비 아닌가요? 백작님께서 프란시스를 죽이지 않으셨다는 것쯤은 저도 잘 알고 있으니까요.”

그녀가 딱딱하게 말했다.

“하지만 내겐 강력한 동기가 있었는데요? 피해자의 아내를 어떻게 해보려는 음란한 마음을 품고 있었단 말입니다.”

“백작님께서는 그토록 어리석은 짓을 저질러야 할 만큼 절박해지지 않을 거예요.”

그녀는 자신의 손을 내려다보며 얼굴을 찡그렸다.

“누군가를 그만큼 절실하게 원하시지도 않을 거고요.”

그의 부드러운 웃음소리에 그녀는 고개를 들었다.

“좋습니다, 그럼.”

손바닥이 축축하게 젖었다. 그녀는 스커트 주름을 펴는 척하며 손바닥을 닦았다. 라일라가 말했다.

“이제 본격적으로 시작해 보죠.”

“그렇다면 일단 침실에서부터 시작하도록 합시다.”

그녀의 손이 딱 멎었다. 그의 목소리엔 희미한 웃음기가 배어 있었다.

“사건 발생 장소 말입니다.”

“경찰들이 집 안팎을 철저하게 조사한 것으로 아는데요. 2주나 지난 후에 증거가 될 만한 게 남아 있을까요?”

그녀는 억지로 담담한 목소리를 내려고 노력했다.

“제가 찾겠다는 게 아니라, 부인이 찾아주시길 기대하고 있습니다만. 저야 피해자를 몇 번 만난 게 전부지만, 부인께서는 피해자와 함께 사시지 않았습니까? 그분의 버릇이나 교우 관계 등에 대해 제일 잘 아는 사람이 부인입니다. 게다가 부인은 화가이시죠. 이런 일에선 부인처럼 뛰어난 관찰력을 지닌 사람이 큰 도움이 되는 법입니다.”

지난 2주간 라일라의 머리 속은 수많은 의문과 추측, 가설 등으로 복잡했었다. 여러 가지를 깨닫게 되었지만, 그렇다고 아직까지 만족할 만한 결론에 도달하진 못했다. 완벽하게 협조하며 자신이 관찰한 사실들을 숨김없이, 솔직하게 얘기할 마음의 준비는 되어 있었다. 그러니까 이 남자를 프란시스의 침실로 안내하는 것을 망설이지 말자. 이건 일이야. 그 이상의 의미를 부여하지 마.

에스몽은 이미 문가로 걸어가 그녀를 기다리고 있었다. 라일라가 일어섰다.

“이곳으로 오시는 걸 본 사람은 아무도 없었겠지요?”

그녀의 목소리엔 불안감이 배어 있었다.

“아시다시피 누가 봤다면…….”

“예법에 어긋난다는 것은 저도 잘 압니다. 영국인에게는 겉으로 어떻게 보이냐가 전부라는 걸 잘 압니다.”

그의 목을 졸라 버리고 싶었다.

“겉이라고요. 그 말을 들으니 떠오르는데, 백작님께선 겉모습을 바꾸는 데도 능숙하시더군요.”

그녀는 단숨에 그의 앞으로 걸어갔다. 그리고는 그가 문 열기를 기다렸지만 그는 가만히 그녀를 바라보며 미소만 지을 뿐이었다.

“겉모습을 바꾸다니, 무슨 말씀을 하시는 건지 궁금하군요. 혹시 심리실에서 순경으로 변장했던 것을 말씀하시는 건가요?”

그가 부드럽게 물었다. 그녀는 눈을 깜박였다.

“제가 그 얘기를 하는 건지 도대체 어떻게…….”

“오히려 제가 묻고 싶었습니다. 퀸틴 경조차 제가 제 목소리로 말을 걸기 전에는 알아보지 못했는데 어떻게 눈치채셨습니까?”

“저도 확신은 없었어요. 그저 그렇지 않나 하고…… 추측을 한 것뿐이에요.”

“본능적으로 느끼셨다는 게 맞는 말이겠군요. 추측과는 전혀 다른 성질의 것이죠.”

“저는 관찰력이 좋아요, 백작님께서도 말씀하셨다시피.”

“아주 당황했더랬습니다.”

“자, 이젠 백작님께서 대답하실 차례로군요. 도대체 백작님께서는 어떻게 아셨죠?”

그는 어깻짓을 했다.

“제가 사람들 생각을 읽을 줄 아나 보죠.”

“그건 말도 안 돼요.”

“그렇다면 제가 어떻게 알았을 거라 생각하십니까?”

그가 속삭임에 가깝게 말했다.

그리고 라일라는 자신이 눈치채지 못한 사이 그가 움직이는 기색도 보이지 않고 자기 앞으로 몇 센티미터 더 가까이 다가왔다는 걸 깨달았다.

그녀는 문고리를 잡았다.

“왠지 가고 싶지 않은 길로 떠밀려지는 듯한 느낌이 드는군요.”

그녀는 문을 벌컥 열며 내뱉었다. 그리곤 방을 나와 계단 쪽으로 걸어갔다.

5

'마담은 혼란스러워하며 내가 자신에게 사적인 관심을 보이는 건 아니라고 생각하려 무척이나 노력하고 있구나.'

자신이 처신을 똑바로 하기만 했어도 그녀가 그런 혼란을 느끼진 않았으리라. 이스말은 그 사실을 잘 알고 있었다.

그렇다면 자신이 똑바로 처신해야만 하는 이유를 한 번 짚어 보자.

일단 남자건 여자건 간에, 사건과 연관된 이와 복잡하게 얽매이는 것은 지극히 어리석은 일이다. 둘째로, 고국 알바니아의 신사도에 따르면, 그에겐 그녀 아버지의 죽음에 대해 의분의 보상을 할 의무가 있었다. 그의 부하들이 브리지버튼을 죽이지는 않았다 할지라도, 그들이 베니스에 있던 그녀의 집안을 발칵 뒤집어 놓아 누구건 브리지버튼을 살해하기 용이하게 만든 것은 분명 그들의 주인인 이스말의 책임이니까. 십 년 전 우연히 저지른 실수를 만회하기 위해서라도 그녀의 남편 살해범을 잡고 이번 살인사건에서 마담을 보호해야 한다. 욕망에 못 이겨 그녀의 아름다운 육체를 이용하는 것은 그야말로 천벌을 받아 마땅한 짓이다.

가장 중요한 마지막 이유, 그녀는 위험하다. 그는 그녀에 대한 생각을 지울 수가 없었다. 그 결과 이래서는 안 된다는 것을 알면서도 어쩔 수 없이 그녀에게 이끌려 여기까지 오지 않았던가. 설상가상으로 그녀에겐 그를 꿰뚫어보는 힘이 있다. 물론 그녀가 본 것은 아주 작은 부분에 지나지 않는다. 하지만 그녀가 '볼 수 있다'는 것 자체가 아주 심각한 문제이다.

그럼에도 불구하고 이스말은 여전히 그녀를 원했다. 아니, 그 어느 때보다 그녀를 원했다.

그래서 지금 그는 무슨 짓을 하고 있는가? 똑바로 처신하는 대신 일부러 성적인 유혹을 던지고 있다. 강렬하게 저항하는 그녀에게 이성(異性)을 끌어당기는 자신의 힘을 행사하고 있다. 한마디로 말해, 그녀가 이스말에게 얼마나 위험한 존재인지를 단적으로 보여주는 예이다.

지금만 해도 그렇다. 그녀 뒤를 따라 범행 장소로 쫓아가면서도 그는 범행에 대해서가 아니라 아찔할 만큼 유혹적인 그녀의 육체를 떠올리며 속으로 입맛을 다시고 있었다.

그녀에겐 검정색이 지나치게 잘 어울린다고 생각했다. 그녀가 입은 드레스 역시 가히 악마적이라 할 만큼 멋진 디자인이었다. 요새 유행에 따라 한껏 과장된 어깨선과 소매, 그런 그녀의 자태는 감질날 정도로 육감적이었다. 능직으로 짜인 천이 그녀의 탐스럽고 풍만한 가슴을 끌어안고 가느다란 허리를 한치도 남기지 않고 꼭 맞게 감싸다가 엉덩이 곡선을 따라 나른하게 흘러내리고 있었다.

여자라면 옷을 입었건 벗었건, 수없이 많이 보아 왔던 이스말이었다. 하지만 아직도 여인의 육체에 초연해질 수가 없었다. 욕망이란 감정에는 면역성이 생기지 않는다. 그리고 면역성이 생기길 원치도 않았다. 욕망의 뒤에는 항상 쾌락이 기다리고 있음을 알고 있으니까.

하지만 그녀에게 욕망을 품어 보아 그 뒤에 기다리고 있는 것은 재앙뿐이다. 그럼에도 불구하고 여전히 저항할 수 없다고, 그는 계단 꼭대기에서 속으로 중얼거렸다.

침실 근처 복도에 놓인 탁자 위에서 기름 램프가 외로이 타오르고 있었다. 부드러운 불빛 아래 그녀의 머리카락이 금실처럼 반짝거렸고, 눈 속에는 금빛 불꽃이 일렁거렸다.

그는 램프를 집어들고 문을 연 뒤 그녀가 먼저 방안으로 들어서길 기다렸다.

"침대 옆 협탁에 내려놓으세요."

그녀의 목소리는 왠지 모르게 메말라 있었다.

"어차피 볼 것은 별로 없어요. 전에 보신 그대로일 거예요."

"당신의 눈을 통해 보고 싶어요."

그는 램프를 내려놓은 뒤 그림자 속으로 발을 디뎠다. 자신의 모습을 감추는 방법은 잘 알고 있었다. 몇 분 후면 그녀도 자신이 한 방 안에 있다는 것을 어느 정도 잊게 될 것이다.

"무엇이 보이는지 말해 줘요."

그녀는 잠시 침묵 속에 주변을 둘러보았다. 아마도 침착하려고 애쓰는 것이리라. 그녀를 혼란스럽게 만드는 것은 무얼까. 이 방 자체인가, 아니면 이 방에서 살인사건이 일어났었기 때문일까, 그것도 아니면 자신의 존재인가. 그는 정말 알고 싶었다.

"제일 기묘한 점은 방안이 정돈되어 있다는 거였어요."

그녀가 마침내 말했다.

"집안이 너무 깔끔해서 제가 집을 비웠던 이틀 동안 프란시스도 외박을 했던 게 아닌가 하는 생각까지 들 정도였지요. 하지만 남편은 이틀간 집에 있었던 것 같아요. 일단 남편의 옷에서 악취가 나지 않았거든요. 바깥에서 외박을 하고 들어왔다면 옷이 잔뜩 구겨지고 얼룩이 묻었을 텐데 말이죠. 둘째로, 부엌에는 와인 병이 수북히 쌓여 있었어요."

더 이상 그녀의 목소리에선 아까와 같은 날카로움이 배어나오지 않았다. 자세도 많이 편해졌다. 막힘 없이 말하는 모양으로 보아선 이미 전에 생각을 정리해 두었던 것 같다.

"프란시스는 혼자서 술 마시는 것을 싫어했어요. 제가 내릴 수 있는 결론은 남편이 죽기 전날 무슨 일을 했건 간에, 평소와는 달랐다는 거예요. 집에 친구를 데리고 왔으면서도 집안을 엉망으로 만들지 않았거나, 아니면 혼자 집에 있으면서 집안을 어지르지 않았거나, 그것도 아니면 외박을 했지만 얌전하게 놀았거나, 셋 중 하나겠죠.”

그녀는 침대 발치로 걸어갔다.

“집에 여자를 끌어들였을 가능성도 생각해 봤어요. 만일 그랬더라면 아마 남자가 어질러놓은 것을 깨끗하게 정리하는 버릇이 있는 여자였을 거예요. 하지만 여자를 데리고 왔을 때 흔히 보이던 흔적 같은 게 없었어요. 남편은 전에도 내가 집을 비웠을 때 매춘부를 끌어들인 적이 있거든요. 그러면서도 내가 잠자리를 해주지 않는다고 불평하는, 참 뻔뻔스런 사람이었죠.”

그녀는 잠시 말을 멈췄다. 다시 입을 연 그녀의 목소리는 냉랭했다.

“우리 부부가 잠자리를 함께 하지 않는다는 것을 굳이 감추진 않았어요. 남편이 온 동네방네 떠들고 다닌대도 상관없었죠. 헤픈 여자로 보이느니 차라리 냉담한 여자란 딱지가 붙는 편이 나아요. 전에도 말했듯, 일단 부도덕한 여자란 평판이 돌면 일에 타격이 가죠. 그래서 남편이 매춘부들과 놀아나도 상관하지 않았어요. 그럼 적어도 난 괴롭히지 않으니까요.”

“남편과의 관계가 처음부터 그랬던 것은 아니었겠지요?”

이스말이 물었다. 묻지 말았어야 할 질문이었지만 알고 싶었다. 그녀의 차갑고 냉소적인 말을 들으며 그는 자신이 베니스에 무방비하게 남겨두고 왔던 소녀를 떠올렸다. 그녀는 결혼한 지 거의 십 년이 다 되었다고 했다. 그 말은 곧 아버지가 돌아가신 직후 결혼했다는 뜻이며 세월은 그녀를 냉소주의자로 만들었다. 물론 누구나 나이가 들면 어느 정도 냉소적으로 변한다곤 하지만, 그래도 그는 마음이 편칠 않았다.

“물론 처음부터 그랬던 것은 아니었죠. 프란시스와 결혼했을 때 난 열일곱이었어요. 그 사람에게 완전히 빠져 있었죠. 남편도 아마 그 당시에는 바람을 피우지 않았을 거예요. 스무 살 때 처음으로 남편의 옷에서 다른 여자의 향수 냄새와 연지 자욱을 발견했죠. 남편이 간통을 밥먹듯 일삼는 사람이란 걸 알게 된 것은 그 후로도 꽤 시간이 흐른 뒤였어요.”

그녀는 돌아서서 그를 바라보았다.

“정도껏 했더라면 아마 괜찮았을지도 모르죠. 살다가 한두 번 바람을 피운다거나, 정부를 만든다거나 하는 정도였더라면 나도 순순히 받아들였을 거예요. 하지만 프란시스는 정도를 넘어선 탕아였어요. 술을 마시거나, 나중에 아편을 할 때도 남편은 절제란 걸 몰랐죠. 처음에는 꾹 참았지만, 결국엔 한계를 느끼게 되더군요. 전 모든 것을 속으로만 삭히는 순교자 스타일은 아니니까요.”

“저 역시 그런 사람들을 보면 가슴이 답답하더군요.”

그의 말에 그녀는 희미한 미소를 지었다.

“저 역시 마찬가지예요. 하지만 대다수 여성들에겐 선택의 여지가 없죠. 프란시스가 저를 때린 적은 없었어요. 만약 그이가 폭력을 일삼는 사람이었다면 어떻게 했을지, 그건 저도 모르겠어요. 그런 버릇이 없어서 다행이죠. 어쨌건 남편이 어떤 인간인지 깨닫고 나니까 애정이 가질 않더군요.”

“그래도 부인께 일이 있어서 다행이었겠습니다.”

“네, 그래요. 일반적인 남자라면 아내가 일하는 꼴을 눈뜨고 봐주지 못했을 거예요. 그런 점에서 보면 프란시스에게도 좋은 점은 있었던 거죠. 물론 그렇게 생각하는 사람은 저뿐일지도 모르겠지만, 적어도 제게는 나쁜 사람이기만 했던 건 아니에요.”

이스말은 라일라가 남편을 묘사하는 말을 들으며, 그녀는 보몬트가 얼마나 악한 인간이었는지 아직 모르고 있구나 하는 생각을 했다. 개인적으로는 보몬트가 이렇게 죽어도 싸다고 생각했다. 보몬트와 비교하면 알리 파샤조차 천사에 가까울 정도였다.

“하지만 백작님께서도 프란시스의 장점 정도는 알고 계셨을 테지요. 남편과 꽤 많은 시간을 함께 보내셨잖아요?”

이스말이 누구인가. 이쪽 계통에서 잔뼈가 굵은 사내이다. 그녀가 지금 자신을 은근히 떠보고 있음을 눈치챘다. 그의 본능이 얼른 경계경보를 발했다.

"부인께선 많은 시간이라 말씀하시지만, 그래 봐야 몇 주밖에 되지 않습니다. 함께 시간을 보내기엔 즐거운 친구였죠."

그는 아무렇지도 않은 듯 말했다.

"아마 그랬을 거예요. 남편은 파리 토박이들보다 파리를 더 잘 알았으니까. 아마 눈을 가리고서도 매음굴이나 아편굴을 찾을 수 있었을 거예요."

"아마도 그랬겠지요. 보몬트 씨가 런던도 그렇게 이곳저곳 헤매고 다니셨으면 큰일이에요. 정보를 모으기 위해 보몬트 씨가 자주 들렀던 곳들을 빠짐없이 찾아다녀야 할 테니까요. 일단 그 일은 나중으로 미루도록 하죠. 먼저 부인의 도움으로 다른 각도에서 접근해 보고 싶어요."

"왜 나중으로 미뤄야 하죠? 남자라면 아마 신이 나서 그런 곳을 찾아갈 것 같은데."

그는 미소를 지었다.

"하지만 일 때문에 가야 한다는 게 문제죠. 느긋하게 즐기기는커녕 모든 것들을 주의 깊게 관찰하며 신중한 질문을 던지고 항상 주위를 살펴야 할 테죠. 쾌락에 몸을 던지려고 매음굴을 찾는 것과 일을 하러 가는 것에는 상당한 차이가 있답니다. 세상 어느 창녀에게 물어 봐도 아마 그렇게 말할 걸요?"

"백작님의 말을 믿는 수밖에 없겠군요. 프란시스도 가끔 집으로 창녀들을 불러들였지만, 대화를 나누는 건 고사하고 인사 한마디 한 적이 없었으니까요."

그녀가 차갑게 말했다.

"물론입니다, 부인께서 그런 부류의 여자들을 알 리가 없겠죠. 불경스러운 이야기를 입에 올려 죄송합니다."

"뭐 그런 것을 가지고 사과까지 하실 필요는 없어요."

그녀가 빛이 닿지 않는 침대 반대편으로 걸어가자 드레스 자락이 바스럭거리는 소리가 들렸다. 몇 걸음 걷지 않았건만 공기를 휘저어 놓았는지 램프의 불빛이 파르륵 떨렸다. 그녀는 이스말처럼 우아하게 움직이지는 않는다. 오히려 오만하고 격렬하달까.

탐스러운 육체에 깃들어 있는 격정적인 영혼.

이스말은 한숨을 꾹 참았다. 아무리 생각해 봐도 악마가 자신을 시험하고 고문하려고 그녀를 만든 것 같다. 도무지 객관성을 유지할 수가 없었고 똑바로 생각하기가 너무도 힘이 들었다.

"그런 여자들에 대해서는 나중에 더 얘기하기로 하지요. 혹시 도움이 될지도 모르니까요. 하지만 일단 지금은 부인께서도 알고 계시는 남편분의 친구들에게 초점을 맞춥시다. 너무 피곤하지만 않으시면 목록을 작성하는 것을 좀 도와주시겠습니까?"

"그럼 이 방에서의 볼일은 끝난 건가요?"

"일단은요."

"별로 많은 것을 말해 드리지도 않았잖아요."

그녀가 문가로 걸어가며 말했다.

"제가 기대했던 것 이상이었습니다. 커다란 소득은 없었지만 적어도 한 가지만은 확실히 알았으니까요."

그녀를 위해 문을 열어주려고 몸을 움직였지만 조금 늦어버렸다. 그의 말에 그녀는 문지방을 넘다 말고 멈춰 섰다.

"제 말에서 실마리를 찾으셨나요?"

"아, 물론입니다. 정돈된 방. 평소 성격에 어긋난 행동. 분명 누군가가 그렇게 행동하도록 영향을 끼쳤을 겁니다. 그게 살인범이건 사건과는 전혀 무관한 사람이었건 말입니다. 만일 보몬트 씨와 그 전날 밤 함께 있었던 사람이 사건과 무관하다면 또 다른 누군가가 보몬트 씨에게 독약을 먹였다는 뜻인데……."

이스말은 고개를 저었다.

"그건 지나친 비약이겠지요. 일단은 보몬트 씨의 행동에 영향을 끼칠 만한 사람들에게 초점을 맞추는 게 우선입니다."

그녀는 경악하는 표정으로 그를 바라보았다.

"지금 그걸 실마리라고 하는 거예요? 정말이지 인내심이 대단하시긴 한 모양이네요. 그렇게 하찮고 모호한 실마리에서부터 사건을 풀어나가시려는 걸 보니 말이에요."

"그 정도면 충분합니다. 아무리 하찮아도 단서는 단서 아닙니까. 아무것도 없는 것보다는 백배 나아요."

"그렇군요. 그 다음에는 어떻게 하실 건데요?"

그녀의 목소리는 만족스럽다는 어투가 아니었다.

"지금 당장은 주변 인물의 목록부터 작성하는 게 좋을 것 같아요. 아틀리에로 갈까요?"

그녀가 살짝 몸서리를 쳤다.

"아틀리에요? 제가 워낙에 지저분하게 쓴 데다가 테르핀 유니 다른 기름들 냄새로……."

"저는 창문을 좋아합니다. 아마 이 집에서 창문이 제일 많이 난 곳이 아틀리에겠지요?"

아틀리에가 그리 크지는 않지만, 커다란 창문 덕에 훨씬 환기가 잘 된다는 걸 알고 있었다. 바깥 공기를 마시고 싶었다. 두 사람 사이의 긴장감은 자꾸만 진해져 가는데, 집안 공기는 이미 보몬트의 죄와 비밀을 머금고 무겁게 쳐져 있었으니까.

그의 대답에 그녀는 날카로운 시선을 한번 던졌지만 그게 전부였다. 마담 보몬트는 묵묵히 그를 아틀리에로 안내했다.

창문이라, 라일라는 아틀리에 작업대 위에 어질러져 있는 물건들을 밀어내며 씁쓸하게 생각했다. 콩트 에스몽이란 남자에 대한 실오라기 하나 같은 단서였다. 정말이지 하찮고 모호하기 짝이 없는 실마리가 아닐 수 없었다. 콩트 에스몽은 커다란 창문을 좋아한다.

자신만의 공간에 그가 들어와 있으니 신경이 곤두섰다. 그는 아까 응접실에서도 그랬듯 아틀리에 안을 거닐며 모든 것을 관찰했다. 마치 물건들이 저마다의 비밀을 감추고 있기라도 한 듯. 그녀의 비밀을 품고 있다는 듯.

"저 구석에 쌓아놓은 캔버스 뒤에 의자가 하나 있을 거예요."

그녀가 조금 날이 선 목소리로 말했다.

"그냥 캔버스를 옆으로 밀어놓고 꺼내오세요."

역시 에스몽은 섬세하고 꼼꼼한 성격인 모양이다. 시야의 끝으로 그가 조심스럽게 캔버스들을 하나하나씩 벽에 기대어 포개 놓는 것이 보였다. 그의 조심스런 손길을 보면 명조 자기를 다루는 거란 착각까지 들 지경이었다.

그가 의자를 작업대 앞으로 가져왔을 때 그녀는 이미 도화지 한 장을 꺼내들고 앉아 있었다.

"먼저 한 사람씩 설명을 드릴까요, 아니면 생각나는 대로 그냥 이름들을 적을까요? 차라리 백작님께서 쓰시는 게 나을지도 모르겠네요. 필체가 별로 예쁘질 않아서요."

그녀가 도화지와 펜을 그의 앞으로 밀어주며 말했다. 자리를 만들려고 양옆으로 물건을 치웠지만, 하필 그는 반대편이 아니라 그녀의 오른쪽에 자리를 잡았다. 그의 앞에는 스케치북이며 붓이며 연필이며 목탄이니 다른 미술용품들이 잔뜩 쌓여 있었다.

"아뇨, 부인께서 써주세요. 전 제가 쓴 글은 도저히 읽을 수가 없습니다. 제 필체를 알아보려고 노력을 하다 보면 짜증이 날 지경이지요. 그냥 생각나시는 대로 남편 친구분들의 이름을 써주세요. 설명은 나중에 듣도록 하죠."

"런던 친구들만요?"

"전부 다요."

"그럼 밤새 써도 못 쓸 텐데요."

"손이 피곤해지면 그만 두세요."

욕이 터져나오는 걸 꾹 참으며, 라일라는 펜을 잉크병에 담갔다고 고개를 숙이고 이름을 써내려가기 시작했다. 생각하는 데 몰두한 나머지 시간이 흐르는 것도 잊어버렸다. 한 30분쯤 흘렀을까, 그 동안 에스몽이 손가락 하나 까딱하지 않고 있었다는 것을 깨달았다. 숨쉬는 것조차 느끼지 못할 정도로 조용히 그녀를 관찰하고만 있었다.

그녀는 고개를 들지 않았다. 굳이 그를 바라볼 필요도 없었다. 피부가—얼굴이니 목이니 손이—따끔거렸고 머리 속이 근질거렸다. 애무와 비슷하면서도 조금 다른 느낌. 마치 천둥이 치기 직전에 공기 중에서 느껴지는 강렬한 에너지 같은 것이랄까.

전에도 여러 차례 느낀 적이 있었다. 심리실에서 멀리 떨어져 있는 그를 알아보았을 때처럼…… 그는 '감지'란 단어를 썼었던가.

그때는 감지하다란 말뜻이 무엇인지 생각하지 않으려 했었지만, 지금은 더 이상 피할 수가 없었다. 그것은 동물적인 본능, 후각이나 시각과 다름없는 또 하나의 감각.

침묵이 방안을 덮었다. 그녀는 자신의 숨소리가 빨라지는 것을 들었다. 심장 박동이 빨라지는 것을 들었다. 손이 굳어졌다. 펜촉이 종이를 찢으며 잉크 자국을 남겼다. 그녀는 펜을 내려놓았다.

"피곤하신 모양이군요."

"손이 아프네요."

그녀는 정말로 아프다는 듯 얼굴을 찌푸리며 손을 바라보았다.

"가끔 손에 경련이 일 때가 있어요. 금세 없어질 거예요."

그녀는 탁자 위에 손을 쫙 펴서 내려놓았다.

"그림을 그릴 때 혹사당하는 근육들이 비명을 지르는 거라고나 할까요. 피오나는 미지근한 물에 향을 풀고 손을 담가 보라고 하더군요. 하지만 전 그럴 시간도, 인내심도 없어요."

"어디 봐요."

"봐도 소용없어요. 근육 문제인 걸요. 그냥……."

그가 자신의 손을 잡자 그녀는 숨을 멈췄다. 그는 그녀의 손을 뒤집어 엄지손가락으로 부드러운 손바닥을 눌렀다.

“여기 근육이 딱딱하게 굳어 있군요. 바로 여기예요.”

그가 손을 꾹 누르자 라일라는 신음을 삼켰다.

“여기도 그렇네요. 제가 풀어 드리지요.”

“그러실 필요는…….”

그의 손가락이 그녀의 손가락과 얽히는 순간, 그 강렬한 감각에 그녀는 말은커녕 생각조차 할 수가 없었다.

전에도 에스몽과 손을 잡은 적이 있었다―인사를 위해, 혹은 춤을 추기 위해. 그때도 무척이나 당혹스러웠다. 하지만 지금의 맥박이 뛰는 듯한 은밀함에 비하면 그것은 아무것도 아니었다. 그녀와 손가락을 깍지긴 채 엄지손가락으로 근육을 마사지하고 있었다. 마치 누에고치에서 실을 뽑아내듯 근육을 어르고 달래어 긴장감을 뽑아냈다.

그는 뼈가 어쨌느니 근육이 어쨌느니 혈액 순환이 어쩌니 하며 설명을 했다. 무슨 말인지 하나도 머리 속에 들어오지 않았다. 그의 손에, 그 움직임에 반응하는 자신의 몸과 마음을 너무도 강하게 의식하고 있었다.

근육이 풀려가기 시작하고 그가 자아낸 따스함이 끈적한 쾌락으로 변해 그녀의 혈관에 스며들었다.

취할 것만 같았다. 지독한 취기. 머리 속이 멍해져 가며 얼핏 악마의 손이 자신의 피부를…… 몸 전체를 쓰다듬는 광경이 눈앞에 아른거렸다.

그녀는 고개를 들어 그의 눈을 바라보았다. 신비스런 푸른 눈동자, 이 세상의 것 같지 않은 아름다운 얼굴. 그가 자신에게 무슨 짓을 하고 있는지 그도 알고 있을까? 해답을 찾으려 했지만 그녀가 본 것은 한없이 고요하기만 한 집중력뿐이었다. 그는 자신이 내뱉는 말처럼 초연했다. 도예가가 물레를 돌리며 집중하듯, 그녀의 손이 진흙 덩어리라도 되는 양 주물러대고 있었다.

그의 엄지손가락이 그녀의 손목으로 미끄러져 미친 듯이 팔딱거리는 맥 위에서 멈추었다.

“강한 손을 가지고 계시는군요. 조각을 해보신 적이 있나요?”

그녀는 고개를 저었다. 아니, 자신이 제대로 고개 저었기만을 바랐다.

"붓을 쥘 때가 더 행복했어요."

자신의 목소리가 너무도 약하고 무력하게 들렸다. 지금 그녀는 너무도 무력했다. 그가 손의 움직임을 멈춘 지금도 그녀는 자신의 손을 마음대로 움직일 수가 없었다. 강인하고, 따스하고, 흔들림 없는 남자의 손. 그의 손과 시선이 그녀를 꽁꽁 붙들었다. 이 남자에게는 왜 이렇게 쉽게 사로잡히는 걸까. 내 자신이 확신이 없기 때문 아닐까. 내 겉모습 자체가 속에 내재된 방종한 기질을 감추는 얄팍한 껍데기에 불과하기 때문이 아닐까. 그를 만나기 전에는 자신의 외양이 얼마나 얇은 허울인지 모르고 살았다. 전에는 단 한 번도 지금처럼 그 껍질이 무너져 내릴 것 같다고 느껴본 적이 없었다.

"난 조각이건 그림이건 재능이 없어요. 심지어 필체조차 끔찍하기 이를 데 없죠. 손은 멀쩡한데 왜 그런지 모르겠어요."

그는 그녀의 손을 놓고 바로 그 옆에 자신의 왼손을 뒤집어 탁자 위에 올려놓았다. 완벽하게 비율이 맞는 우아한 손이었다. 길다란 손가락, 깔끔하게 손질된 타원형의 매끈한 손톱. 하지만 그의 손에서는 아무것도 읽을 수가 없었다.

"백작님은 오른손잡이군요. 오른손을 보여주세요."

"어차피 똑같은 손입니다."

"그 어떤 화가에게 물어 보더라도 그런 대답은 하지 않을 걸요. 양손이 똑같은 경우는 없어요. 오른손을 보여줘요."

그의 얼굴이 한순간 살짝 경직되는 것 같았다. 너무도 미묘하고 순간적이었기에 하마터면 빛의 장난이라고 생각할 뻔했다. 하지만 본능은 분명 무언가를 봤다고 말하고 있었다.

그는 오른손을 자신의 왼손 옆에 내려놓았다.

오른손을 자세히 관찰하는 그녀의 미간에 살짝 주름이 잡혔다. 뭔가가 이상했다…… 손목인가. 그녀는 몸을 앞으로 굽혀 양손을 서로 비교해 보았다.

"이상하군요."

그녀가 중얼거렸다.

이번에는 자신의 손목을 바라보고 다시 그의 손목을 바라보았다. 그의 양손을 끌어다 붙인 뒤 손가락으로 손목을 쓰다듬었다.

"손목이 부러진 적이 있군요. 그것도 아주 심하게."

그래, 아주 심했지. 그녀는 그때의 기분이 어땠는지 아마 상상도 못할 것이다. 그냥 바라보기만 해도 저릿한 아픔이 느껴진다. 솜씨 좋은 의사가 뼈를 제대로 맞추었지만 예전처럼 완벽한 상태로 돌아갈 수는 없었다. 예리한 사람이라면 희미한 흉터와 뒤틀린 뼈를 발견할 수 있으리라.

라일라는 뼈가 제대로 맞물리지 않은 몇 군데를 손가락 끝으로 만져보았다. 엄지손가락 뿌리 쪽에 살짝 튀어나온 뼈라든가, 고르지 않은 관절. 그를 완벽한 예술작품이라고 생각했었다. 하지만 그건 착각이었다. 그의 일부분은 부서진 적이 있다. 비록 솜씨 좋게 바로잡긴 했지만, 흔적은 남았다. 보는 것만으로도, 만지는 것만으로도 가슴이 아팠다.

뭔가가 그녀의 머리카락을 건드렸다. 두피에 따스함이 느껴졌다. 그제서야 라일라는 자신이 무슨 짓을 하고 있었는지 깨달았다.

그의 손을 쓰다듬고 있었다!

아까 그녀가 느꼈던 것은 그의 따스한 숨결이었다. 자신이 불장난을 하고 있음을 깨달았다. 그녀는 손을 떼어 탁자 아래로 떨구었다.

"저는 해부학을 공부한 적이 있어요. 그냥…… 호기심이 일었던 모양이에요. 무례한 짓을 했군요. 죄송합니다."

"부러진 적이 있어요."

이스말은 손을 감추지 않았다.

"아주 오래된 일이죠. 완벽하게 회복을 했어요, 의사가 솜씨가 좋았던 덕에."

"아, 어릴 때 다치신 모양이군요."

"그래요. 사내아이들이란 원래 종종 어리석은 짓을 하게 마련이니까."

"아주 아팠겠어요. 여러 군데가 부러진 것 같던데. 이 정도로 나아서 정말 다행이네요. 하마터면 완전히 손을 못 쓰실 뻔했어요."

"이 정도이길 다행이죠."

그의 목소리에서 뭔가를 읽고 그녀는 고개를 들었지만 그의 표정은 여전히 변함이 없었다. 그의 눈가에 희미한 주름이 보였다.

"그래서 글쓰는 걸 싫어하시는 건가요?"

주름이 더욱 깊어졌다. 강렬하게 이글거리는 새파란 섬광이 그녀에게로 향했지만 그는 곧 내리깐 속눈썹으로 눈을 감췄다.

"아닙니다. 손은 정상적으로 움직여요. 그저 게으른 탓이겠지요. 알아볼 수 있도록 예쁘게 글을 쓰려면 너무 공을 들여야 해서."

그는 거짓말을 하고 있다, 그녀는 알 수 있었다. 왜 이렇게 하찮은 일을 두고 거짓말을 해야 하는 건지 그녀는 이해할 수가 없었다. 계속 캐어묻고 싶었지만 더 이상 묻지 말라고 경고를 하는 듯한 아까의 이글거리던 눈빛이 떠올랐다. 조금 전 그녀가 감지한 것은 위험이었다. 바보는 아니니 그만 둘 때가 언제인지는 알고 있었다.

프란시스는 이 남자에게 저항하기란 불가능하다고 말했었다. 마약과 같다고도 했었다. 그러니 더 이상 접근하는 것은 위험하다.

아무리 호기심 때문이라지만 그에게 끌려 들어가선 안 된다. 그녀 역시 본질적으론 프란시스와 별 다를 게 없는 인간이니까. 유혹에 저항할 힘이 없음을 알기에 피해 가는 방법을 익혔다는 게 남편과의 차이라면 차이랄까. 호기심이 그 이상의 감정으로 변하는 순간, 그녀는 파멸의 길을 걷게 될 것이다. 지금도 너무 가까이 다가간 셈이다.

"그래도 제 변명보다는 낫네요."

그녀가 시선을 내리깔며 말했다.

"전 항상 손보다 머리가 앞서 나가서 글씨가 엉망이라고 말하거든요"

그녀는 펜을 집어들며 아까의 잉크 번진 자국을 보고 얼굴을 찡그렸다.

"피곤한가요?"

"긴 하루였으니까요."

"미안합니다. 고통스런 이야기를 한 번도 아니고 두 번씩이나 되풀이한 사람을 염치도 없이 괴롭혔군요. 그런 얘기를 하고 나면 원래 진이 빠지죠. 차라리 오늘밤엔 쉬시게 내버려두고 내일부터 조사를 시작할 걸 그랬어요."

"오랫동안 일하는 것에는 익숙해져 있으니 걱정 말아요. 그리고 퀜틴 경에게 고백하는 것은 생각보다 어렵지 않던 걸요. 왜 머리 속으로 상상할 때가 더 끔찍한 경우도 있잖아요. 가끔 싫은 사람의 초상화를 그릴 때면 붓놀림 한 번 한 번이 커다란 바위를 드는 것처럼 무겁게 느껴지죠. 하지만 그것은 다 머리 속 상상일 뿐이에요."

그녀는 억지로 미소를 지었다.

"그래도 그런 상상을 하면 쉽게 지쳐버려요."

"이해합니다. 하지만 불행히도 이번 사건 역시 그리고 싶지 않은 사람을 그리는 것과 똑같을 거예요. 권태롭고 짜증스럽겠죠. 저 역시 권태롭고 짜증스럽게 굴 것이 분명합니다. 하지만 오늘밤은 여기서 그만하도록 하죠, 부인."

그는 도화지를 집어들어 접은 뒤 앞가슴 주머니에 넣었다.

"이 정도면 내일 저녁까지는 바쁜 시간을 보낼 수 있을 겁니다."

그가 미소를 지었다.

"그 후에는 또 부인을 괴롭혀야겠지요. 오늘밤엔 바로 잠자리에 들어서 내일 느지막이까지 주무세요. 닉에게 부인을 깨우지 말라고 일러두겠습니다."

말은 그렇게 했지만 이스말은 닉에게 아무 명령도 내리지 않았다. 뒷문으로 나가면서도 시선 한 번 주지 않았다. 닉 역시 주인을 바라보지 않았다. 그저 자신이 조제한 특별 세제로 부엌 싱크대를 열심히 닦기만 할 뿐이었다. 원래 가구만 보면 씻고 닦고 마사지하고 기름칠을 하고 허브를 발라야 직성이 풀리는 인간이 닉이었으니까.

마담의 아틀리에에 있던 작업대 역시 흠집 투성이였다고 이스말은 정원을 가로지르며 생각했다. 흠집이 난 자신의 손을 그 위에 올리는 것이 얼마나 고역이었는지 그녀는 모를 것이다.

그녀가 알아보지 못하기를 바랐던 것이 얼마나 어리석은 소망이었는지 그는 지금에야 깨달았다. 그녀의 주의를 다른 곳으로 돌려 흉터를 보지 못하게 만들 수도 있었다. 그 정도 기술쯤은 있는 이스말이었으니까. 하지만 그러지 않았다. 그냥 그녀에게 손을 내맡겼을 뿐이었다⋯⋯ 그리고 수치심에 열 번은 죽었고 그녀의 손길이 가져다주는 쾌락에 다시 열 번을 죽었었다.

그녀에게 진실을 밝히지 않은 것은 수치심 때문이었다. 자신의 손목을 부러뜨린 것은 이든몽 경이었다. 암컷을 놓고 다투는 짐승처럼 에스메를 놓고 그와 싸웠을 때의 일이었다. 지금 생각해 보면 우습다는 생각이 든다. 자신에게 굴복하느니 차라리 자결하는 것을 택할 여자를 놓고 싸웠다니. 하지만 그 당시에는 그녀를 차지할 수만 있다면 그 어떤 야만스러운 짓도 마다하지 않았을 것이다.

이제 그는 다른 여자를 원한다. 이번에도 역시 그의 마음은 포기를 몰랐다. 라일라 보몬트가 그의 손을 만졌을 뿐인데, 그의 머리 속은 또다시 야만스런 욕망으로 어둡게 변해버렸다.

심지어 한순간 그녀에게 진실을 털어놓고 싶다는 말도 안 되는 생각까지 했었다. 자신이 어떤 영혼을 지닌 인간인지 보여주고 싶었다. 흠집 투성이 작업대 위에 어지럽게 놓여 있던 화구를 한꺼번에 밀어젖히고 바로 그 위에서 그녀를 취하고 싶었다. 양심이라고는 찾아볼 수 없는 야만인처럼. 그게 그의 본모습이다.

그는 자신의 집에 다다를 때까지 계속 그 생각만 했다. 현관문을 닫고 빗장을 걸어 잠근 뒤 서재로 걸어가 코트를 벗었다. 앞주머니에서 종이를 꺼내고 크러뱃을 푼 뒤 소파에 누워 그녀의 필체를 들여다보았다.

그녀 말대로 그녀의 글씨체는 우아하지 않았다. 각이 진 데다가 지나치게 대담한 펜놀림이 한데 붙어 있었다. 그녀의 움직임만큼이나 오만한 느낌을 준달까.

이스말은 손가락으로 글씨를 따라 그렸다. 자신의 엄지손가락으로 느꼈던 맥박이 거기에서도 느껴지는 듯했다. 그녀의 맥박을 그토록 빠르고 불규칙하게 만든 사람이 자신이었다. 그는 그녀의 손과 사랑을 나누었다. 조금 미친 짓이긴 했지만 너무도…… 달콤했었다. 사물을 꿰뚫어보는 듯한 그녀의 눈동자가 잔뜩 흐려졌었다. 하지만 그 순간은 짧았다. 너무도 짧기만 했다.

그녀의 혼란이 갈망으로 바뀌는 것을 보았다. 그 이상의 행동을 해도 저항하지 않을 거라 생각했었다. 그러고 싶었다. 아주 간절하게 원했다. 그녀의 맥박 위에 자신의 입술을 누르고 피부를 입술로 느끼고 싶었다. 그녀의 목, 그녀의 어깨, 그녀의 가슴…… 그는 낮게 욕설을 내뱉었다.

뭔가를 간절하게 원한다는 것은, 특히나 원하는 대상이 여자일 경우 그건 치명적이리만큼 어리석은 행위였다. 그의 나이 서른둘. 어릴 때도 여자를 보며 발정난 개처럼 헉헉대고 침을 흘린 적은 없었다. 유혹을 할 때는 언제나 계산적이었고, 사랑을 나눌 때는 항상 기교를 부려 교묘하게 여자를 다루었다. 쾌락의 절정에서조차 자제력을 잃지 않았었다.

하지만 라일라 보몬트는 조종할 수가 없었다. 한순간엔 자신의 손안에 든 찰흙 같았는데 눈을 감았다 뜨면 어느새 빠져나가 온갖 질문을 던져댔다.

그 중에서도 가장 그를 불편하게 하는 것은 자신이 거짓으로 대답할 때마다 그것이 거짓임을 감지해 낸다는 것이었다. 손목을 부러뜨린 경위나, 필체가 엉망이란 얘기를 그녀는 믿지 않았다. 글을 쓰지 않는다는 평소의 금기를 깨고 직접 글씨 쓰는 모습을 보여주었다고 해도 그녀는 아마 만족하지 않았을지 모른다.

글을 써서는 안 된다는 금기는 쉽게 깨뜨릴 수 없을 만큼 그의 머리 속 깊이 뿌리를 내리고 있었다. 아마 아주 어릴 때부터 머리 속에 인이 박히도록 들었던 얘기여서 그런 것일지도 모른다. 알바니아에선 알리의 스파이들 덕에 사적인 편지란 것은 존재하지 않았다. 머리가 여물기도 전에 이스말은 아무런 뜻 없는 말조차 치명적인 오해를 낳을 말로 해석될 수 있음을 알았다. 따라서 뭔가를 글로 써서 남긴다는 것은 그야말로 생존이 걸린 문제가 될 수 있었다. 아주 드물게 글을 써야만 했던 경우에는 일부러 남의 필체를 흉내내었다. 대부분의 경우에는 자기 자신을 보호하기 위해서였지만, 가끔은 다른 이를 함정에 몰아넣기 위해 그럴 때도 있었다.

지금 하는 일의 특성상, 남의 필체를 위조하는 재주가 상당한 도움이 될 때도 있었다. 파리의 경찰에게 뱅뜨위뜨에 대한 은밀한 제보 편지를 보낸 사람이 누구인지 아마 그들은 영원히 모를 것이다.

마담에게 보여주기 위해 다른 누군가의 필체를 도용해 글을 쓸 수도 있었겠지만, 그건 너무 위험했다. 손을 한 번 보고서 그가 오른손잡이라는 것을 깨달았던 그녀이다. 분명 뭔가 이상한 낌새를 챌 게 분명하다. 오히려 그녀에게 점수만 잃을 뿐이다.

자신의 손을 딱하게 바라보던 그녀의 눈빛. 그녀의 체취가 그를 휘감고 혈관 속으로 스며 들어왔었다…… 그녀의 머리카락은 너무도 부드러웠다, 그녀의 목덜미…… 그를 굶주리게 만들던 그 부드러운 피부.

그 결과 그는 자신의 원초적인 본능을 억제하느라 열 번의 죽음을 맞이했었다.

"바보."

그는 스스로를 꾸짖었다.

"멍청이."

다시 한 번 그녀가 작성한 목록에 정신을 집중했다. 널찍한 종이에 다섯 개로 열을 나누어 빡빡하게 이름을 써놓았다. 그는 몇 번이고 되풀이해 그 이름들을 읽었다. 대부분은 그도 만난 적이 있는 사람들이었다. 몇몇은 지능이 모자라 이런 치밀한 살인사건을 저지를 만한 재목이 못된다. 아직까지는 그 어떤 이름을 읽어도 특별한 감흥이 들지 않는다.

그는 다시 한 번 첫번째 열을 읽어내렸다. 이 이름들은 그녀의 머리 속에 제일 먼저 떠올랐던 이름들일 게 분명하다. 굿리지, 셔번, 셀로우비, 래클리프, 그리고 에이버리……

　이스말은 얼굴을 찌푸리며 다시 한 번 그 열을 훑었다. 퀜틴의 사무실에서 그녀는 보몬트가 순진한 사람들을 악의 구렁텅이로 이끄는 데 재주가 있다고 말했었다. 하지만 그녀의 목록에 오른 이름들 가운데 '순진하다'고 말할 수 있는 사람은 극소수에 불과했다.

　내일 밤 다시 물어 보는 편이 좋겠다.

　그런데 내일 밤이 되기까지는 시간이 너무도 많이 남은 것 같다. 벌써 인내심을 잃어 가고 있었다. 자칭타칭 세상에서 제일 인내심 많은 남자가 인내심을 잃다니.

　그는 소파에서 일어나 창가로 걸어갔다. 손에는 여전히 그녀의 목록이 들려 있었다. 안개 깔린 어둠 속에서 가스등이 반짝거렸다. 그리 늦은 시간이 아니었다. 런던은 아직 잠들지 않았다. 화류계는 이제서야 겨우 깨어났을 뿐이다.

　오늘밤도 헬레나 마틴의 아늑한 집에서 연회가 벌어질 테지. 헬레나 마틴은 현재 런던에서 가장 인기 좋은 매춘부였다. 아마 마담 보몬트의 리스트에 오른 몇몇 인물들은 그곳에 있을 것이다. 그렇다면 한번 들러볼까. 헬레나가 초대장을 건네며 빛나는 검은 눈동자로 은밀한 유혹을 하던 기억이 떠올랐다.

　이게 최선이다. 보몬트가 했던 말이 떠올랐다. 한 여자를 침대에서 가질 수 없다면, 다른 여자를 찾으면 된다던 말. 두 남자가 한 여자를 대신할 다른 여자를 찾다니, 운명의 여신은 참으로 장난이 심했다.

　이스말은 어깨를 으쓱했다. 어차피 인생이란 수많은 운명의 장난으로 가득 찬 법.

6

헬레나 마틴의 집에 몰려든 사람들 사이로 섞여 들어간 지 십 분, 이스말은 목록에 있던 남자들 중 세 명을 찾아냈다. 그 중 두 명—맬컴 굿리지와 셔번 백작—은 헬레나의 관심을 끌려고 갖은 애를 다 쓰고 있었다. 그들과 몇 마디 사교성 대화를 주고받은 뒤, 이스말은 오늘밤 헬레나를 안는 것은 포기하기로 결심했다. 헬레나가 아름답고 생기 넘치는 여자라곤 하지만, 지금 이 순간에는 그녀를 안는다 한들 만족스러울 것 같지가 않았다.

두 명의 용의자들은 정신없이 바빴고, 근처에 그의 관심을 끌 만한 여자도 없었기에 이스말은 목록에 올라 있는 세 번째 인물에게 집중하기로 했다. 랭포드 공작의 후계자인 에이버리 후작, 제법 큰 키에 금발의 에이버리 경은 귀족적인 얼굴의 소유자였다. 왠지 이런 장소에 어울리지 않는다는 느낌이 들었다.

붉은 머리카락의 발레리나와 지분거리며 다른 사람들과 어울리려고 애쓰고 있었지만, 이스말이 보기에 에이버리 경은 자신이 좋아서 그러고 있는 게 아니었다. 자신에게 달라붙어 있는 여인에게서 쾌락을 찾는 남자라면 저렇게 쫓기는 듯한 표정을 짓고 있지 않을 테니까.

보몬트의 장례식에서 인사를 나눈 적이 있는지라 이스말은 별 어려움 없이 그에게 말을 걸 수가 있었고, 역시 어렵지 않게 빨강머리 여자에게서 그를 떼어놓았다.

삼십 분 뒤, 두 사람은 세인트제임스 가의 끝에 위치한 클럽의 사실에서 와인 한 병을 함께 마시고 있었다. 맨틀 위에 걸린 카날레토의 풍경화를 두고 이스말이 평을 하자 두 사람은 곧 그림 얘기로 빠져들었다. 주제가 라일라 보몬트로 바뀌는 데는 별로 오랜 시간이 걸리지 않았다. 에이버리는 입에 침이 마르게 그녀의 재능을 칭찬했다.

"보몬트 부인은요, 단순히 인물의 외모를 그대로 화폭에 담는 수준이 아니에요. 그녀는 인물의 성격이라든가 개성을 그림 속에 녹여 넣어요. 언젠가는 말입니다, 억만금을 주어도 그녀의 초상화를 사지 못하게 될 그런 날이 올 겁니다, 내 장담하지요. 그녀의 그림을 꼭 한 점 가지고 싶어요. 모델이 누구건 상관없이요."

"두 분이 좋은 친구 사이인 걸로 알고 있는데, 보몬트 부인이 여태 초상화를 그려 주시지 않았나요?"

에이버리는 술잔을 들여다보았다.

"보몬트 부인이 워낙 바빴거든요."

"저런, 딱한 일이군요. 하긴 저를 그려 줄 시간도 없다고 하시더군요. 완전히 포기하고 있었는데, 저번에 노버리 하우스에 갔을 때 보몬트 부인께 더 이상 밀린 주문이 없다는 말을 레이디 캐롤께 듣고 혹시나 하는 기대를 가지게 되었지요."

"보몬트 부인은 레이디 셔번의 초상화를 끝낸 이래 더 이상 주문을 받지 않았어요. 그때가 아마 크리스마스 무렵이던가. 런던으로 이사온 이래 잠시도 쉬지 않고 그림을 그렸었거든요. 당분간 좀 푹 쉬고 싶다고 하더군요."

"그 얘기는 몰랐습니다."

레이디 캐롤이나 보몬트 부인은 왜 그런 말을 하지 않았을까.

"이제야 비로소 나를 그려 줄 시간이 있겠구나 싶어서 좋아했었죠. 그런데 보몬트 부인이 갑자기 노버리 하우스를 떠나버리지 않았습니까? 놓쳐선 안 되겠다 싶어 마차를 타고 부인의 뒤를 쫓아 런던으로 오게 된 것이죠."

그가 씁쓸한 미소를 띄었다.

"이런 얘기를 조사관과 배심원들 앞에서 하게 될 줄은 몰랐지 뭡니까. 하지만 런던으로 따라온 것에 대해서는 후회하지 않아요. 초상화를 가지고 싶다는 욕심이 아니었던들 보몬트 가에 그 시간에 맞춰 도착할 수 없었을 테니까요. 내가 그곳에 있었던 게 얼마나 다행인지 몰라요."

"정말이지 여자로선 감당하기 힘든 일이었을 거예요."

후작은 손안에서 와인잔을 돌렸다.

"그날 밤 늦게야 소식을 전해 들었습니다. 그 다음 날 아침 일어난 즉시 그 집에 들렀지만 레이디 캐롤이 먼저 와 계시더군요. 레이디 캐롤이 보몬트 부인을 혼자 내버려둬 달라고 부탁하기에 그냥 돌아설 수밖에 없었습니다. 그래서 다른 이들에게도 그 집을 찾아가지 말라고 해두었지요. 다들 궁금해서 미칠 지경이었으면서도 제 부탁을 들어주었는지 보몬트 부인을 찾아가서 귀찮게 하지 않은 모양입디다."

이스말은 고개를 들었다.

"원래 사람 배려할 줄 모르는 사교계 사람들이 보몬트 부인을 배려해 줬다는 게 이상하지 않나요? 심지어 엄밀하게 따지면—이렇게 말하면 지나치게 속물같이 들리겠지만—보몬트 부인은 우리 세계에 속한 사람도 아니지 않습니까."

진짜 보몬트 부인을 배려해서 찾아가지 않은 사람이 몇 명이나 될까. 보몬트는 많은 비밀을 간직하고 있었다. 사람들은 그의 아내조차 자신들의 비밀을 알고 있을까 봐 두려워했을지도 모른다. 그래서 일부러 보몬트 부인을 피한 사람도 꽤 될 것이다. 에이버리는 어떨까, 혹시 에이버리도 보몬트에게 뭔가 꼬투리를 잡힌 게 아닐까?

"어쨌건 부인의 친구 되시는 분들은 모두 부인을 배려해서 그런 것이었겠지요."

마침내 이스말이 말했다.

"솔직히 말씀드리자면, 저는 차라리 심리에 참석하지 않아도 되어 다행이었다고 생각했습니다. 심문을 받는 그녀의 모습을 지켜보는 것은 아마 상당히 고역이었을 거예요."

후작은 와인잔을 자꾸만 돌려댔다.

"아버님 말씀으로는 경께서 제일 먼저 증언했다고 하시더군요. 그리고 증언이 끝나자마자 떠나셨다던데……."

"그럴 수밖에 없었습니다. 부인의 변호사 되시는 분을 제외하면, 심리에 참석한 사람들은 하나같이 나이 들고 평범한 자들이더군요. 부인의 추종자 가운데 참석한 사람은 저밖에 없었어요. 배심원들에게 제가 부인의 연인인 것처럼 비춰지면 부인에게 오히려 해가 될 거라 판단했지요. 경께서나 다른 신사분들이 아무도 나오시질 않아서 아무래도 제 존재가 너무…… 눈에 띄었거든요."

에이버리는 손을 뻗어 와인병을 잡았다.

"아마 그 자리에 누가 있었건 간에 분명 경께서는 다른 이들의 눈에 뜨이셨을 겁니다. 일반인들과는 상당히 다르시니까요."

이스말 역시 자신이 남들과 다르다는 것을 똑똑히 알고 있었다. 또한 에이버리가 미끼 던지듯 그 질문을 던졌다는 것도 알고 있었다. 도대체 그는 무엇을 알고 싶은 것일까.

이스말은 아무 말도 하지 않고 가만히 기다렸다.

후작은 잔에 와인을 따랐다. 다 따르고 난 후에도 이스말이 아무 말도 하지 않자 후작의 턱 근육이 꿈틀거렸다.

"기분 나쁘시라고 한 말은 아닙니다."

에이버리가 딱딱하게 말했다.

"여자들이 경 앞에서 자주 기절한다는 것은 이미 잘 알고 계실 테죠? 하도 자주 일어나는 일이라 경께서는 무감각하실지 몰라도, 경의 외모가 워낙에……."

에이버리는 와인병을 내려놓았다.

"제가 또 횡설수설했군요."

이스말은 그저 무슨 말을 하는 건지 궁금하다는 표정을 지었을 뿐이었다.

"경께선 자신의 외모가 비범하다는 것을 알고 계실 테지요."

에이버리는 끈덕지게 그 문제를 물고 늘어졌다.

"네, 솔직하게 말씀드리죠. 저는 프란시스가 누구를 질투하는 모습은 단 한 번도 보지 못했습니다. 자신의 부인이 다른 사람에게 빠질까 봐 걱정한 적이 단 한 번도 없었단 말입니다……. 그런데 경이 나타나시고는 상황이 바뀌었지요. 경께서도 아시는 줄 알았습니다."

아, 후작은 보몬트가 왜 그렇게 질투했는지 무척이나 궁금했던 거로군. 보몬트에게 진짜 이유를 들었을까? 아주 친한 사이였다면 말을 했을지도 모르지. 혹시 보몬트와 은밀한 관계였던 건 아닐까? 보몬트야 원래 남자와 여자 모두에게 끌리는 인간이었고, 후작도 아까 고급 매춘부들과 있을 때 몹시 불편해하는 것 같았는데. 두 사람이 연인 사이였기 때문에 자신보다 나이도 훨씬 많고 모든 면에서 자신보다 못한 보몬트에게 그토록 헌신적이었던 것일까.

진실을 알아보는 방법은 한 가지뿐.

"보몬트 씨가 저에게 이만저만 불친절한 게 아니었죠. 그분의 친구분께 이런 말씀을 드려선 안 되겠지만, 사실 그분이 절 몹시 괴롭히긴 했어요."

"프란시스가 원래…… 좀 그래요."

"하도 질투를 하는 바람에, 어쩌다 그분 아내와 얘기라도 한 번 하려면 이거 스캔들이 나는 게 아닌가 두려움이 들 지경이었다니까요."

이스말이 말했다.

"저도 사리분간은 할 줄 아는 사람입니다. 부인께서 저의 연인이 되어 주실 생각이 없다면, 춤이나 대화나 가벼운 지분거림 정도로도 만족했을 거예요. 그런데 보몬트 씨는 도대체 왜 나처럼 할 수 없는지, 원."

"죄송한데 잘 이해가 되질 않는군요. 왜 보몬트 씨가 자기 부인에게 백작님처럼 해야 한다는 거죠?"

"농, 농(아니오, 아니오)."

이스말이 답답하다는 투로 말했다.

"제가 보몬트 부인에게 하듯 보몬트 씨도 저에게 그랬어야 한단 말입니다. 전에는 단 한 번도 남자 때문에 이런 문제가 생긴 적이 없었어요. 눈치가 빠르거든요, 제가. 보몬트 씨에게도 그런 쪽으로는 관심이 없다는 말을 분명하게 했건만, 전……."

"세상에, 맙소사."

에이버리는 의자에서 펄쩍 뛰어올랐다. 그 바람에 와인을 쏟고 말았다. 그는 떨리는 손으로 얼른 맨틀 위에 잔을 내려놓았다.

한 가지 의문은 풀렸군. 적어도 후작은 보몬트가 남자도 좋아한다는 것을 전혀 몰랐나 보다.

이스말은 얼른 미안하다는 표정을 지었다.

"상스러운 얘기를 꺼내 죄송합니다. 화가 난 나머지 제가 어디에 있는지도 잊었군요. 영국에서는 그런 문제를 공공연하게 입에 담지 않는다는 사실을 잊고 있었습니다."

"일반적으로는 그렇지요."

후작은 손가락으로 머리카락을 쓸어올렸다.

"적어도 안 지 얼마 되지 않은 사람에게 하는 말은 아닙니다."

"제가 이런 말을 했다는 건 잊어주세요."

이스말이 아주 미안하다는 투로 말했다.

"경의 마음을 심란하게 만들려고 그런 건 아닙니다. 경과의 대화가 너무 편하다 보니 머리 속 생각을 그대로 털어놓고 말았네요."

"아, 아닙니다. 전 괜찮습니다. 저와의 대화가 편하시다니 오히려 기분이 좋은데요."

에이버리가 크러뱃을 잡아당겼다.

"그저 좀…… 놀란 것뿐입니다. 프란시스가 경에게 신경을 곤두세운다는 것은 알고 있었지만 그런 쪽으로 질투한 줄은 정말 꿈에도 몰랐었습니다.”

그는 와인잔을 집어들고 원래의 자리로 돌아갔다.

“프란시스와 2년을 함께 어울려 다녀서 그에 대해서는 웬만큼 안다고 생각했는데, 이런 식으로 놀랄 줄은 몰랐습니다. 프란시스는 그런 말은 한 번도—저는 전혀 몰랐습니다.”

“아, 뭐, 저야 경보다 나이도 들었고, 게다가 저는 프랑스인이니까요.”

“아직도 받아들이기가 어렵네요.”

에이버리는 의자 팔걸이를 손가락으로 두드렸다.

“프란시스는 그런 부류의 남자들을 항상 경멸을 담아 ‘계집아이 같은 개자식들’이나 ‘엉덩이를 쫓는 녀석들’이라고 불렀어요. 아, 뭐, 경께서도 대강은 들어보신 적이 있겠지요.”

후작이 보몬트의 연인이었을 가능성은 전혀 없는 것 같다. 그게 아니라면 도대체 그들은 왜 그렇게 어울리지 않는 우정을 나누었던 것일까? 스스로의 의지로 그를 쫓아다닌 것일까, 아니면 보몬트가 에이버리의 비밀을 쥐고 있었기 때문에 어쩔 수 없이 끌려 다녔던 것일까? 혹시 에이버리가 또 다른 남자의 연인이었던 것은 아닐까? 보몬트 역시 자신과 같은 부류란 것을 몰랐다면 보몬트의 협박에 쉽게 휘둘렸을 게 분명하다. 그 정도면 충분히 살인을 저지를 만한 동기가 되지만, 그렇다고 혐의점이 있는 사람이 에이버리 하나뿐인 것은 아니다.

상관없어, 이스말은 스스로에게 말했다. 여러 가능성을 쫓다 보면 딴 생각을 할 틈이 없으니 좋지, 뭐. 특히 마담 생각을 할 겨를이 없을 것이다. 적어도 당분간은.

“저도 그런 표현은 많이 알고 있습니다.”

그가 장난스럽게 말했다.

“12개 국어로 다 말할 수 있는 걸요.”

에이버리도 그 틈을 놓치지 않고 대화의 주제를 바꿔버렸다.

“12개 국어라고요? 이야, 아주 놀랐습니다. 다른 나라 말들도 영어처럼 능숙하신가요?"

미리 약속하진 않았지만 라일라는 에스몽이 전날과 같이 여덟 시경
에 들를 거라 생각했었다. 하지만 예상과는 달리 그는 한 시간이나 일
찍 전갈도 없이 그녀의 아틀리에 문 앞에 불쑥 나타났다. 그녀는 더러
운 앞치마와 작업복을 입고 있었다. 그림을 그리던 중이라 꼴이 아주
엉망이었다.

그래도 이 정도니 다행이지 뭐, 그녀는 스스로를 달랬다. 온몸에 물
감을 묻히고 기름과 니스 냄새를 풍기지 않는 게 어디야. 온다간다 연
락도 없이 불쑥 들러 화가의 시간을 뺏기로 작정한 남자가 유행 따라
완벽하게 옷을 갖춰 입은 여자를 기대했다면 그게 오히려 비정상이지.

"오늘도 뒷문으로 몰래 들어오셨겠지요?"

그녀가 스케치북을 덮으며 말했다.

"아무에게도 들키지 않았습니다."

그는 그녀 옆 빈 의자 위에 모자를 내려놓으며 말했다.

"어찌 되었건, 프랑스에서 엘로이즈와 갸스빠르가 도착하면 훨씬 더
편해질 겁니다."

"아, 그때 말씀하신 하인들 말씀이시군요, 충성심이 깊고 믿을 만하
다는."

그는 한 걸음 앞으로 다가섰다.

"네, 맞아요. 그런데 일을 하고 계셨군요."

"아뇨, 그냥 스케치를 하고 있었던 것뿐이에요. 시간이나 보내 볼까
해서요."

그녀는 스케치북을 들어 옆에 쌓여 있는 다른 스케치북들 위에 올려
놓고 깔끔하게 모서리를 맞췄다.

"상중에는 원래 이 정도의 일도 하면 안 된다고 하더군요. 떠나간 고
인에게 불경스러운 행동이라나요."

"에이버리 경에게 듣자 하니 그림 주문받는 걸 그만 두신 지도 벌써

한달이 넘었다던데요. 사람들이 부탁을 해오는데도 거절하셨다면서요?"

"쉬고 싶었어요."

"어젯밤에 에이버리 경도 그렇게 말씀하시더군요."

"어젯밤이요?"

조금은 지나치다 싶을 정도로 새된 목소리.

"어젯밤에 데이비드를 만났어요? 제 목록을 검토하겠다고 하시지 않았던가요?"

"검토는 했지요. 그리곤 외출했었습니다. 우연히 후작을 만났고요."

그래, 당연한 거 아닌가. 콩트 에스몽 같은 작자가 자정도 되기 전에 곱게 잠자리에 들 리가 없지. 오밤중에 도대체 어디서 데이비드를 만난 건지 궁금했다. 도박장일까 매음굴일까. 이젠 더 이상 데이비드에게 실망하지도 않는다. 에스몽이야 자기 이미지대로 방탕한 밤을 보냈을 테지. 순간 머리 속에 어떤 광경이 떠올랐다. 백작의 손이 누군가를 애무하는 모습. 갑자기 관자놀이가 욱신거렸다.

"에이버리 경도 부인의 목록에 있었잖아요. 그런데도 뭐가 불만이신 건지, 이해가 가질 않는군요."

"불만이라뇨. 경께서 어련히 알아서 하실 테죠."

"얼굴에 불만이 하나 가득한데도요?"

그는 얼굴을 찡그린 뒤 소파에 앉아 너덜너덜한 양탄자를 뚫어져라 쳐다보았다.

어차피 데이비드가 그런 식으로 인생을 낭비하는 게 불만이었으므로 적당히 둘러대기로 했다. 백작이 남는 시간을 어떻게 보내건 그녀가 알 게 뭔가.

"아, 그렇다면 솔직하게 말씀드리죠. 백작님께서 데이비드를 의심하신다는 사실이 마음에 들지 않아요. 처음부터 데이비드를 목록에 올리고 싶지 않았지만 백작님께서 프란시스의 친구들은 모두 쓰라고 하셔서 어쩔 수가 없었지요. 데이비드가 프란시스와 자주 어울려 다닌 건 사실이니까요. 하지만 데이비드가 범인이라는 것은 말도 안 돼요. 백작

님은 데이비드가 프란시스의 아편제에 독을 타는 광경을 상상이라도
할 수 있으세요?”

“전 원래 상상력이 풍부한 편이라서요, 부인. 제가 어떤 광경까지 상
상할 수 있는지 알게 되시면 아마 놀라실 겁니다.”

얼굴이 화끈 달아올랐다. 은밀한 뜻을 내포한 듯한 그 목소리라니.
저런 목소리로 말한다면 ‘잘 지냈어요?’란 말도 외설적으로 들릴 게 분
명하다.

아니, 사실 백작은 아무 의미 없이 한 말일지도 모른다. 오히려 상상
력이 풍부한 건 그녀일지도 모른다.

“좋을 대로 하세요, 그럼. 백작님께서 데이비드를 조사하는 데 시간
을 낭비하고 싶으시다면 제 알 바 아니죠.”

“보아하니 에이버리 경을 몹시 좋아하시는 것 같군요.”

“지적이고 유쾌한 젊은이니까요.”

“무슈 보몬트의 일반적인 친구들과는 좀 다르지요.”

“흔히 볼 수 있는 난봉꾼은 아니죠, 그런 뜻이시라면. 하지만 프란시
스는 젊고 경험이 부족한 남자들과도 잘 어울려 다녔어요.”

“그래서 그들을 악의 구렁텅이로 끌어들인다?”

“프란시스가 그들을 좋은 방향으로 이끌 사람은 아니니까요. 프란시
스는 그랜드 투어*를 마치고 돌아온 사람들에게 화류계 관광을 시켜
주는 게 취미였죠.”

“하지만 에이버리 경만큼은 타락하지 않기를 바라셨군요.”

도대체 이 남자 앞에서는 뭘 감출 수가 없었다. 하긴, 감출 이유도
없지 않은가. 에스몽은 살인사건을 조사하고 있다. 모든 것을 알아야
할 필요가 있는 사람이다.

“데이비드가 아예 내 남편을 모르고 살았으면 좋았을 거라 생각해요.

---

* Grand Tour. 영국의 돈 많은 귀족집 자제들은 학교를 졸업한 뒤 유럽 전역을 유
 람하며 여행을 다니는 것이 유행이었다. 그 유럽 주유 여행을 그랜드 투어라고
 한다.

그는 다른 이들과는 달라요. 내가 만나 본 썩어빠진 귀족 나으리들과는 달랐죠. 데이비드가 잘못된 건 사실 그 부모 탓도 커요. 그분들은 자기 아들을 어떻게 다뤄야 할지도 몰라요. 데이비드에게 원래 형이 있었다는 건 아세요? 그 형 이름이 찰스인데, 프란시스는 아주 예전에 한 번 만났다고 하더군요."

"형이오? 에이버리 경에게 그런 말은 못 들었는데요."

"찰스는 3년 전에 죽었어요. 사냥하다가 사고가 있었다죠, 목이 부러졌다던가. 공작 부인은 아직도 상복을 입어요."

"자식을 잃었다는 사실을 받아들이기가 힘든가 보죠."

"랭포드 공작 부인은 원래 그 무엇도 받아들이거나 이해하는 분이 아니세요. 그리고 공작님은 그보다 더한 사람이죠. 공작이란 작위는 상당한 짐이에요. 어릴 때부터 후계자 수업을 받은 사람에게도 견디기 힘든 무게이겠죠. 하지만 데이비드는 어느 날 갑자기 공작 후계자가 되었어요. 무척 힘이 들었을 거예요. 그런데 공작 부처는 데이비드를 전혀 도와주지 않았어요. 그저 데이비드가 찰스와 똑같아지기만을 바라셨죠. 찰스의 취미나 친구들, 좋아하는 것이나 싫어하는 것들을 그대로 물려받길 원하셨어요. 당연히 데이비드는 반항할 수밖에 없었던 거죠. 자신이 형과 다르다는 것을 입증하려다가 아주 극단으로 치닫고 만 거예요."

"이거 많은 도움이 되는데요."

에스몽이 일어서며 말했다.

"이 얘기를 듣기 전까지는 에이버리가 어쩌다가 보몬트와 친구가 되었는지 전혀 몰랐어요. 좀더 심도 있는 대화를 하고 싶은데 어쩌죠? 후작과 저녁 식사를 함께 하기로 약속했거든요. 이곳에 더 있다간 약속 시간에 늦겠어요."

저녁을 먹은 후에는 창녀를 찾아갈 건가요? 라일라는 그렇게 묻고 싶었다. 아니면 정부를 찾아갈 건가요? 그에게도 숨겨놓은 여자가 한두 명쯤 있을지 모른다. 하지만 자신이 상관할 바는 아니다.

"그러면 오늘은 이걸로 끝인가요?"

그는 방을 가로질러 그녀에게 다가왔다.

"식사가 끝난 후에 돌아올 수도 있어요. 하지만 그다지…… 현명한 일은 아니겠군요."

자신은 아무런 암시도 듣지 못했다고 라일라는 스스로를 타일렀다.

"그렇지요. 어차피 백작님과 데이비드는 새벽녘이 되어야 헤어지실 테니까요."

"그거야 모를 일이지요."

그의 목소리에서 묻어나온 웃음기에 그녀는 고개를 들었다. 하지만 그는 미소짓고 있지 않았다. 도무지 읽을 수 없는 파란 눈동자는 그녀의 머리카락에 고정되어 있었다.

"귓가의 핀이 빠지려고 합니다."

그녀는 반사적으로 손을 치켜들었다. 하지만 너무 늦었다. 그가 이미 핀을 원래 자리에 찔러 주고 있었다.

"머리카락이 항상 깨끗하시군요."

그는 손을 뗄 생각을 하지 않고 그렇게 중얼거렸다.

뒤로 물러설 수도 있었고, 그의 손을 치울 수도 있었고, 그만 두라고 말할 수도 있었다. 하지만 그러면 그가 자신을 불안하게 만든다는 것을 알리는 셈이 된다. 이 남자라면 분명 어떤 식으로든 그 점을 이용할 것이다.

"자주 감지 않으면 제가 견딜 수가 없어서요."

"가끔은 마담의 머리카락이 얼마나 길까 생각해 봅니다."

그의 시선이 그녀의 얼굴로 움직였다.

"보고 싶어요."

"그러고 싶지 않……."

"다시 부인을 뵈려면 일주일은 기다려야 할 겁니다. 그 동안 그게 궁금해서 아마 미치고 말 거예요."

"어디까지 오는지 말씀드릴게요—일주일이라고요?"

그녀는 그의 말에 퍼뜩 놀라 되물었다.

"엘로이즈와 갸스빠르가 도착한 뒤에나 뵐 수 있을 겁니다. 그들이 오기 전에는 제가 이 집을 드나드는 게 불편해서요. 당분간은 멀찌감치 떨어져 있는 게 좋을 것 같습니다."

그는 그 말을 하면서 자신이 찔러넣었던 핀을 뽑았다. 그리곤 그녀의 머리 타래를 빼내어 손가락 사이에 감은 뒤…… 미소를 지었다.

"아, 허리까지 오겠군요."

"그냥 말로 설명드리겠다고 했잖아요."

그녀의 심장이 마구 두근거렸다.

"제 눈으로 직접 보고 싶었습니다."

그는 풍성한 황갈색 머리카락을 만지작거리며 눈으로는 계속 그녀의 얼굴을 바라보았다.

"부인의 머리카락이 마음에 드는군요. 헝클어진 머리카락이 잘 어울려요."

프란시스 역시 헝클어진 그녀의 모습을 좋아했었다는 말을 하려다가 말았다. 갑자기 프란시스가 비아냥거리던 말이 떠올랐지만 에스몽의 부드러운 목소리와 가벼운 손길에 금세 잊혀져 버렸다.

"저는 하인들에게 몸치장을 맡기는 걸 싫어하거든요."

"몸치장과 머리 손질을 혼자 하시는군요."

그가 아래를 내려다보았다.

"항상 단추가 앞에 달린 드레스만 입으시는 것도 다 이유가 있었군요."

갑자기 손을 들어 앞을 가리고 싶은 마음이 드는 것을 억지로 꾹 참았다. 이미 볼 것은 다 봤는데 가려서 뭐 하나 하는 생각이 들었기 때문이다. 혹시 자신의 코르셋 역시 앞에서 조이게 되어 있는 스타일이란 것을 그가 알까 하는 생각이 들었다. 그래, 저 남자는 앞에 후크가 몇 개인지도 다 파악하고 있을 거다.

"참 관찰력이 좋으시군요."

그가 커다란 미소를 지었다.

"호기심이 강한 편이라서요. 바로 그 때문에 제가 이쪽 일에 재능이 있는 거겠죠."

나른한 미소다, 달콤하면서도 사람의 긴장이 풀어지게 만드는. 여기서 무너져선 안 된다.

"전 용의자가 아니란 사실을 잊으신 모양이네요."

"제가 잊지 못하는 것은 부인이 여자라는 사실이겠죠."

그는 손가락으로 그녀의 머리카락을 배배 꼬았다.

"아, 제가 여자라서 지분거려 줘야 할 것 같은 의무감이 드시는 모양이군요."

그녀는 최대한 밝은 목소리를 내려고 애썼다.

"조금 전만 해도—아니, 벌써 꽤 되었네요—데이비드와의 저녁 식사 약속에 늦을지 모른다며 걱정하시더니, 데이비드에 대한 배려가 모자라시네요."

그는 한숨을 내쉬며 쥐고 있던 머리채를 놓았다.

"아, 그래요. 용의자를 수사하는 중이란 걸 잊으면 안 되겠죠. 그래도 에이버리 경과 함께 있으면 재미있어서 다행이에요. 보몬트 씨의 다른 친구분들은 대부분 머리가 좋은 편들이 아니라서요. 오직 스포츠와 여자 얘기밖에 안 하더군요. 그 사람들에게야 여자도 어차피 스포츠의 일종일 테니, 항상 스포츠 얘기밖에 안 하는 셈이지요. 뭔가를 알아내려면 그들 전부를 하나하나 다 만나 봐야 하겠죠. 에이버리 경을 길잡이삼아 그들의 주서식지를 찾아다니며 관찰을 할 생각입니다."

"그러고 보니 백작님께서 일하시는 모습은 한 번도 본 적이 없군요. 백작님이 정보를 어떻게 빼내시는지 궁금해요. 이럴 때는 제가 남자로 태어났으면 좋았을 걸 하는 생각이 드네요. 그러면 저도 따라가 볼 수 있을 테니까요."

그가 부드럽게 웃었다.

"부인이 원하시는 것은 그게 아니겠지요. 예뻐하는 아이를 쫓아다니며 보호하고 싶어하시는 것 아닌가요?"

물론 그게 전부는 아니었다. 하지만 자신이 그 이상을 원한다는 말은 할 수 없지 않은가.

"설마 그게 전부이겠어요? 할 수만 있다면 데이비드의 목에 줄을 묶어 놓고 싶다니까요. 실제로 그럴 수 없어서 안타까울 지경이죠."

"아."

그가 앞으로 바짝 몸을 숙였다. 익숙한 남성적인 체취가 그물처럼 그녀를 감쌌다.

"제가 대신 에이버리의 목에 줄을 묶어 드릴까요, 부인? 그러면 부인께서 좀 덜 불안해하실까요?"

"데이비드를 집에 얌전하게 묶어 놓으면 백작님의 조사에 오히려 방해가 되지 않을까요?"

"혹시 에이버리는 누가 고삐를 잡아 주길 기다리고 있는지도 모르죠. 조금 전 부인께서도 말씀하셨듯, 저 역시 그런 인상을 받았거든요. 그 인상이 정확하다면 에이버리 역시 자신을 잡아 줄 친구를 바라고 있을 겁니다. 금세 저를 완전히 신뢰하게 될 겁니다."

그가 부드럽게 말했다.

"어쨌거나 지금은 실마리를 모으러 갈 때로군요."

그가 몸을 폈다.

이스말이 작별의 절을 하자 일렁이는 불빛을 받아 연한 금색 머리카락 이곳저곳이 반짝거렸다. 그 순간 그녀의 손이 절로 움직였다—자신들도 빛이 되어 그의 머리카락 위로 내려앉고 싶다고 말하는 듯. 눈에 보일까 말까 한 움직임이었고, 스쳐 지나가듯 짧은 시간에 불과했다. 그가 다시 몸을 폈을 때 그녀의 손가락은 원래 자리로 돌아가 있었다. 자신도 에스몽처럼 거리낌없이 눈길 가는 곳에 손을 대보고 싶다는 생각이 들었다. 문제는 그 눈길이 닿는 곳으로 마음마저 끌려가고 있다는 사실이다.

"오 르부와르(안녕히). 다음 주에 찾아 뵙지요, 엘로이즈와 갸스빠르가 도착한 후에."

"그럼 다음 주에 뵙지요."

그녀는 작별 인사를 위해 손을 내밀기가 싫어서 일부러 스케치북을 펼쳐 들었다. 그의 손을 잡으면 놓아주지 못할 것 같아 두려웠다.

"안녕히, 무슈."

그녀는 정중하게 말했다.

엘로이즈와 갸스빠르는 일주일 뒤 도착했다.

두 사람 모두 혼자서도 바스띠유 감옥을 작살내고도 남을 사람들처럼 보였다. 장대처럼 꼿꼿하게 떡 버티고 선 엘로이즈는 179센티미터에 무슨 기념비를 연상시키듯 직선적이고 탄탄한 몸매를 가지고 있었다. 온몸의 어디 한 곳 빠질 데 없이 근육질이었다. 뒤로 넘겨 하나로 틀어올린 숱 많은 머리카락은 새카맣게 염색되어 있었는데, 무슨 옻칠이라도 했는지 빠져나오거나 흐트러진 머리카락 한 올 없이 반들반들 매끈하기 이를 데가 없었다. 눈동자까지 염색할 수는 없겠지만 그녀의 눈동자는 머리카락과 똑같은 검은색이었으며, 머리카락처럼 반들반들 광이 나는 게 혹시 눈동자에도 니스를 발랐나 싶을 정도였다. 그녀의 눈은 실로 거대하다고 말할 수 있을 지경이었다. 이목구비 전체가 커서 비례가 맞아 다행이지, 안 그랬다면 비정상적으로 보였을 것이다. 커다란 코, 툭 튀어나온 광대뼈, 커다란 입, 입 속에 가지런히 난 크고 새하얀 이, 호두까기인형을 연상시키는 턱.

똑같이 검은머리의 갸스빠르 역시 큰 키에 근육질이었다. 엘로이즈보다 5센티미터 더 컸지만, 두 사람을 나란히 세워 놓고 보면 오히려 엘로이즈가 더 커보일 지경이었다. 그렇게 떡 벌어진 아내를 '마 쁘띠뜨(내 작은 이)'라거나 '마 피유(내 소녀)' 등과 같은 귀여운 애칭으로 부르는 것을 듣고 있노라면 정말 기분이 묘해진다.

만난 지 만 하루가 지났건만 새 하인들을 보면 여전히 압도당하고 만다. 집에 찾아온 피오나 역시 엘로이즈가 응접실을 나간 뒤에도 꼬박 2분 동안 아무 말도 하지 못했다.

가정부는 홍차를 가져오며 스무 명이 넘는 레이디들이 달라붙어도 다 먹지 못할 만큼 엄청난 양의 샌드위치와 패스추리를 함께 내왔다. 피오나는 산더미처럼 쌓아 놓은 음식들을 쳐다보더니 엘로이즈가 나간 문을 한번 바라봐 주고 마지막으로 라일라를 보았다.

"파리에 있는 직업 소개소에서 소개받은 사람들이야."

라일라는 미리 준비해 두었던 대답을 술술 늘어놓으며 홍차 주전자를 집어들었다.

"영국인 하인들과는 별로 관계가 좋질 않았잖아. 게다가 프란시스 사건 때 그런 일까지 당하고 나니까, 앞으로 괜찮은 하인들이 들어올 것 같지도 않더라. 영국인 하인들은 고용주에게 까다롭잖아. 비록 하루 이틀뿐이었다고는 하지만 살인 용의자로 이름이 거론되었던 주인을 어디 제대로 존중이나 해주겠어?"

라일라는 찻잔에 홍차를 따른 뒤 피오나에게 건넸다.

"파리 쪽에선 네가 하인이 아니라 보디가드를 찾는 줄 알았나 보다. 호기심에 기웃거리는 귀찮은 손님들을 처리하긴 쉽겠네. 그냥 문 앞에 엘로이즈만 세워 놓아도 웬만한 남자들은 겁을 먹고 달아날걸?"

아마 에스몽 역시 바로 그 점을 노린 것이었을 테지.

"엘로이즈는 정말 대단해. 하루 종일 먼지 내려앉을 새도 없이 집안을 쓸고 닦고 광내고 하면서도 시간이 어디서 났는지 요리까지 척척이야."

"보기엔 맛있겠네. 어쨌든 맛이야 어떻건 열심히 먹는 척이라도 해 줘야지, 가정부가 화를 낼까 두렵다."

두 사람은 음식을 먹다가 얘기를 하다가 또 먹다가를 반복했다. 어마어마하기만 하던 양의 샌드위치와 패스추리가 놀라운 속도로 줄어들기 시작했다. 마침내 두 사람이 그만 먹어야지 하고 생각했을 때는 접시 위에 빵 부스러기 하나 남은 게 없었다.

"이게 뭐야?"

피오나가 텅 빈 접시를 보며 외쳤다.

"마차까지 실려 들어가게 생겼네. 날 들려면 건장한 남자 서넛은 필요할 텐데."

그녀는 소파 쿠션에 등을 기대고 배 위에 손을 얹었다.

"생각해 보니 그것도 괜찮겠네."

라일라는 웃음을 터뜨렸다.

"괜히 건장한 남정네들에게 안길 꿈에 부풀지 말아요, 부인. 엘로이즈가 안고 갈 수 있을 테니까. 갸스빠르가 도울 필요도 없을걸, 아마?"

"갸스빠르라."

피오나가 눈을 반짝였다.

"아마 엘로이즈보다 더 클 테지?"

"어울리는 한 쌍이지."

"멋져. 너라면 파격적인 일을 할 줄 알았다니까. 파리에서 온 하인들이라, 그것도 둘 다 용병으로 나서도 이상할 게 없는 체격들이지. 갑자기 이런 하인들을 들인 이유가 뭘까 궁금해지네. 네게 달라붙는 남자들을 쫓아내기 위함이야, 아니면 네 마음에 드는 남자만 들여놓기 위함이야?"

"당연히 쫓아내려고 그런 거지."

라일라가 가볍게 대답했다.

"언제는 내가 남자를 집에 들인 적이 있었나, 뭐."

"에스몽은? 그렇게 아름답고 매력적인 에스몽조차 문전박대 신세야? 그 사람도 분명 들렀을 거 아냐. 설마 그 사람마저 돌려보내지는 않았겠지?"

"지난 며칠 동안 내가 만난 손님은 피오나, 너뿐인걸."

"그 사람은 이 끔찍한 런던에 왜 온 건지? 도대체 에스몽이 파리를 마다하고 런던으로 온 이유가 뭘까 생각하다 보면 머리 속에 떠오르는 게 하나 있지. 네가 노버리 하우스를 떠났다는 말을 듣자마자 그 사람, 널 쫓아 다시 런던으로 돌아오지 않았었어?"

"그래. 자신의 예쁜 얼굴을 영원히 새겨 줄 초상화를 그렇게도 가지고 싶어 안달인 모양이지."

"맞아, 그 얘기는 끊임없이 하더라. 나에게도 그 이유를 댔고, 심리 때도 조사관에게 그렇게 말했지. 그러고 보니 에스몽이란 사람, 아주 신중한 성격이었지. 불쑥 찾아올 사람은 아니야. 당연히 한참 뜸을 들이다 찾아오겠지.”

“네 눈에 그런 빛이 돌게 만든 걸 보니, 네 말처럼 신중한 사람은 아닌가 보다.”

피오나가 웃음을 터뜨렸다.

“난 그 남자, 정말 멋지다고 생각해. 너에게 딱 맞아.”

“프랑스인 난봉꾼이 내게 잘 어울린다는 얘기를 들으니 기분이 아주 좋구나.”

“에이, 너도 인정해. 그 남자 초상화를 그리고 싶지? 적어도 그런 쪽으론 완벽하잖아. 한 번쯤 재능을 쏟아부어 그려 볼 가치가 있는 얼굴 아냐?”

“지난 6년간 쉬지 않고 사람들 얼굴만 그려댔다구. 지금 당장은 왕실에서 주문이 들어와도 사절하겠어.”

“레이디 셔번 초상화를 끝으로 그만 둔 게 참 아쉬워.”

피오나가 맨틀 위에 걸려 있는 동양 수채화 세 점을 바라보며 말했다.

“그러고 보니 레이디 셔번의 초상화를 봤다는 사람이 한 명도 없었네. 도대체 어디에 걸어놓은 건지…….”

본 사람이 있으면 오히려 이상하지. 셔번 백작이 아틀리에까지 쳐들어와 장식핀으로 갈기갈기 찢어버리지 않았던가. 그 얘기는 피오나에게조차 하질 않았다. 그러고 보니 에스몽에게도 말한 적이 없다는 게 떠올랐다. 그저 백작의 이름을 목록에 적은 게 전부였다. 어차피 데이비드 얘기를 할 틈밖에 없었으니까.

“사실 그리 놀라운 건 아냐. 셔번 백작이 자기 아내 꼴조차 보기 싫어한다는 건 온 런던이 다 아는 얘기잖아. 그 이유 역시 다들 짚이는 바가 있고 말이지. 초상화도 분명 어디로 치워버렸을 거야.”

피오나의 말에 라일라는 친구를 바라보았다.

“떠도는 소문을 접한 지가 오래 되어서 잘 모르겠지만 무슨 일인지는 나도 대강 짐작이 가. 네가 그런 표정을 짓고 그런 목소리로 말하는 걸 전에도 본 적이 있거든. 보나마나 프란시스와 관련된 일일 테지. 뭔데? 역시나 그렇고 그런 일? 프란시스가 레이디 셔번마저 정복해버린 거야?”

“정황을 미루어 볼 때 그랬던 것 같아. 셔번과 프란시스는 몇 달 동안 잘 어울려 다녔잖아. 그런데 갑자기 셔번이 프란시스를 공공연하게 배척하기 시작했어. 그 와중에 셔번 부처의 사이는 몹시 틀어져 버렸고. 그 커다란 집에서 서로 반대편에 따로 침실을 두고 산다더군. 뿐더러 레이디 셔번은 집에 틀어박혀 나오질 않지, 셔번 백작은 집에 들어가질 않고.”

모두들 다 알고 있는 얘기라 이거지. 아마 에스몽도 지금쯤이면 그 소문을 전해 들었을 것이다.

“안된 일이네. 레이디 셔번이 마음에 들었거든. 아주 사랑스런 여자였어. 황금빛 곱슬머리에 커다란 푸른 눈동자하며, 그 청순함이라니— 가끔 고독함이 묻어나오긴 하더라. 프란시스가 유혹을 뿌리치지 못할 만했어. 하지만 아무리 프란시스라도 바보는 아닌데 왜 그랬나 몰라. 셔번 백작은 꽤나 영향력 있는 사람이잖아. 네 말대로 그런 사람이 프란시스를 따돌리기 시작했다면…….”

“그래, 결국 꽤 많은 사람들이 셔번 백작을 따라 프란시스를 따돌리기 시작했지. 잘됐지, 뭐야. 그렇게 나쁜 짓 하고 돌아다니더니 언젠간 그렇게 될 줄 알았어.”

피오나는 자신이 프란시스를 싫어한다는 사실을 단 한 번도 감춘 적이 없었다. 하지만 그렇다고는 해도, 피오나가 이토록 증오가 가득 담긴 목소리를 낸 적 역시 단 한 번도 없었다.

라일라가 당황한 게 그대로 얼굴에 나타난 모양인지 피오나는 웃음을 터뜨렸다.

“그렇게 놀란 표정 짓지 마. 내가 프란시스를 얼마나 경멸하는지는 너도 잘 알잖아. 너 역시 그 인간을 미워했다는 걸 나도 안다구.”

“하지만 네 목소리를 들으니까…….”

라일라가 머뭇거렸다.

"혹시나 프란시스가 개인적으로 원한 살 만한 짓을 했나 하는 생각이 들어서 그런 것뿐이야."

피오나는 어깻짓을 했다.

"파리에 있을 때는 그 인간이 라일라에게 참 못한다 싶어서 미웠고, 두 사람이 런던으로 온 이후에는 그 인간이 내가 소중하게 여기는 다른 이들을 이용하고 상처 입혀서 미웠어. 셔번 백작도 어떤 면으로 보면 똑같이 나쁜 인간이지만, 적어도 프란시스를 배척한 것만큼은 잘한 짓이라고 봐. 프란시스 같은 인간은 예전에 사교계에서 쫓겨났어야 마땅해. 그런 인간은 화류계에나 가보라고 해. 그쪽 인간들이야 감정 다칠 일도 없을 테고, 결혼 생활이 파탄날 일도 없을 테니까. 뿐더러 매춘부들은 그런 인간 뒤치다꺼리를 해주면서 돈까지 받잖아."

"차라리 그 사람이 창녀들과만 어울렸으면 좋았을 거라고 생각하긴 해. 하지만 내가 그러란다고 그럴 사람은 아니었으니까."

라일라가 딱딱하게 말했다.

"나도 그걸 잘 알아, 라일라. 그 누구도 널 비난하진 못할 거야."

피오나의 목소리는 부드러워졌다.

라일라는 일어서서 창가로 걸어갔다.

"하지만 자꾸 자책감이 드네. 그 사람이 레이디 셔번을 노리고 있다는 것을 진작 알았으면 좋았을 텐데."

그녀가 억지로 웃음소리를 냈다.

"적어도 질투하는 아내 흉내는 낼 수 있지 않았을까? 레이디 셔번은 나이에 비해 순진한 여자니까 내가 그랬더라면 겁을 먹고 물러섰을지도 모르지. 프란시스가 자신의 술친구이자 사교계에 막강한 영향력을 행사하는 셔번 백작까지 배신할 줄은 정말 상상도 못했어."

"프란시스도 어리석은 실수를 저지른 거지. 아주 문제를 일으키려고 작정을 했던 거야."

"왜 그렇게 되었는지. 나이 마흔에 그렇게까지 망가져 버리다니."

그녀가 한숨을 내쉬었다.

"그이가 지나간 자리는 온통 수라장이 되었어."

"그래도 수라장이 된 건 셔번 백작 가 한 집뿐인 것 같아 다행이야. 오늘밤 그 집에 초대를 받았어. 내 눈으로 현장을 목격할 기회가 생겼지 뭐야. 그 사이에 화해를 했을까? 너도 알겠지만, 지난 크리스마스 이후 부부가 함께 공식석상에 모습을 드러낸 적이 없었거든."

라일라는 창가에서 돌아섰다.

"난 몰랐어. 다른 사람들 얘기는 아무것도 들은 적이 없어서. 너 빼고 는 만난 사람도 없는데다가, 혹시나 그런 얘기를 들었다 하더라도……그냥 한 귀로 듣고 흘렸을 거야."

일부러 그래 왔었다. 알고 싶지 않았고, 보고 싶지 않았고, 추측조차 하고 싶지 않았기에, 그냥 눈을 감아 왔던 것이다.

"그래, 바로 그 점이 너만의 특이한 매력 중 하나이지."

피오나가 애정이 담뿍 담긴 미소를 지었다.

"요새 런던 가십을 접할 기회가 없었으면 셔번 백작이 런델 앤 브리지스에서 사파이어 목걸이를 사들였다는 얘기도 못 들었겠네? 그 목걸이가 바로 오늘 셔번 가로 배달될 예정이래. 백작 부인이 오늘밤 그 목걸이를 걸고 있지 않으면 두 사람은 아직 화해를 하지 않았다고 보는 편이 맞겠지. 그럼 목걸이는 내일 밤 극장에서 헬레나 마틴의 눈처럼 새하얀 가슴을 장식하고 있겠지? 소문을 듣자 하니, 셔번 백작이 헬레나 마틴을 놓고 벌어진 경쟁에서 굿리지나 다른 부유한 난봉꾼들을 제치고 선두를 달리고 있다더라."

"남편이란 자가 다른 난봉꾼들과 함께 매춘부를 놓고 경합이나 벌이고 있으니 아내가 프란시스의 발톱에 걸리지. 일이 그렇게 된 데에는 셔번 백작의 탓도 커. 백작 부인만 고통받아야 한다는 건 정당하지 않아. 몹시 잔인한 일이야."

"내가 오늘밤 셔번 백작에게 그렇게 말해 줄게."

피오나가 일어섰다.

"그런 말을 하고도 살아남으려면 일단 미인계를 써야겠지? 몇 시간이고 몸단장을 하게 생겼네. 오늘 내 몸종 신나겠군. 평소에는 내가 자신에게 드레스를 제대로 입힐 시간도 주지 않는다며 불만이 아주 대단하거든. 넌 혼자서 옷을 입고 벗을 수 있어서 좋겠어."

"그래서 꼴이 이렇잖아. 네 몸종이 지금의 내 모습을 봤다면 아마 심장이 벌렁거려서 쓰러질걸? 그나마 오늘은 좀 신경을 쓴다고 쓴 건데도 말이지."

그녀는 삐져나온 머리핀을 제자리에 꽂아 넣으며 건조하게 말했다.

"넌 언제나 그렇지만 정말 예술가다워 보여. 그런데 얼굴이 좀 창백하다."

피오나는 근심 가득한 표정을 지으며 라일라의 손을 잡았다.

"프란시스에 대해 그런 식으로 말해서 네 기분을 상하게 한 건 아니었으면 좋겠어."

"무슨 그런 소리를 다 하고 그래. 내 얼굴이 창백하다면 그건 아까 폭식을 해서 그런 걸 거야. 홍차를 하도 많이 마셔대서 피가 묽어졌나 보지."

"정말 괜찮은 거야?"

"호들갑 떠는 엄마 역은 피오나에게 안 어울려. 나중에 정말 아프면 그때 가서 말할게. 그때는 네가 날 간호하게 만들 거야."

피오나가 연극적으로 경악하는 표정을 만들어 보여 라일라는 웃음을 터뜨렸다. 그녀는 아주 신파조로 자신의 목을 움켜쥐더니 응접실에서 달려나갔다. 라일라가 그 뒤를 쫓았다. 한참을 깔깔거리고 장난스럽게 인사한 후 피오나가 떠나고 문이 닫히자 잠시 잊고 있던 의혹이 다시 스멀스멀 피어오르기 시작했다.

라일라는 아틀리에로 돌아가 스케치북과 연필을 꺼낸 뒤 정돈되지 않은 책장을 그리기 시작했다. 하지만 아무리 애를 써도 제대로 그릴 수가 없었다. 그래서 아까 창 밖에서 보았던 마차를 그리기 시작했다. 눈부시고 멋지고 당당해 보이던 마차.

프란시스도 예전엔 그렇게 눈부시고 멋지고 당당했었지. 두려움과 혼란에 빠져 있던 그녀를 구해 준 백마 탄 왕자였다. 두 사람은 그 후로 행복하게 살았다.

하지만 문제는 그 행복이 영원히 지속되지 않았다는 데 있다. 남편은 변하기 시작했다. 손쉽게 쾌락과 악을 접할 수 있던 파리가 그를 타락케 했다. 천천히, 해가 갈수록 파리는 그를 바닥으로 끌어내렸다.

피오나는 이해하지 못한다. 그녀는 라일라가 알던 프란시스를 알지 못하니까. 아주 오래 전의 프란시스를 모르니까.

"피오나는 몰라."

라일라가 부드럽게 말했다. 눈에 눈물이 고여 오기 시작했다.

"당신도 한때는 좋은 남자였는데. 탈선하는 건 정말 눈 깜박할 순간이라고."

눈물 한 방울이 스케치북 위로 떨어졌다.

"이런 제기랄. 프란시스 때문에 눈물을 흘리다니. 정말 말도 안 되는 짓을 하는군."

하지만 눈물 방울이 또 하나, 그리고 또 하나 흘러내렸다. 마침내 그녀는 울음을 터뜨렸다. 그가 아무리 짐승 같은 일을 저질렀다 하더라도 그녀는 짐승이 아니었던 때의 그를 알고 있기에, 자신이 아니면 그 누구도 그를 위해 눈물 흘리지 않을 것을 알기에, 그녀는 울었다.

7

이스말이 아틀리에로 걸어 들어갔을 때, 그녀는 평소처럼 황급히 스케치북을 덮지 않았다. 그냥 고개를 들고 쳐다볼 뿐이다. 그녀의 눈이 꿈에서 깨어나듯 천천히 초점이 맞아 가기 시작했다. 그가 작업대 옆으로 다가갔을 때에도 그녀는 아직 다른 세상을 헤매듯 멍한 상태였다. 냉습한 그녀의 눈, 일그러진 표정. 울고 있었던 모양이다. 가슴이 꽉 죄어들었다.

그녀의 어깨 너머로 스케치북을 들여다보았다. 마차 내부를 묘사한 그림이었다.

"한때는 우아했던 마차로군요."

이스말은 자신이 당황했음을 조금도 표내지 않은 채 담담하게 말했다.

"하지만 결국 세월의 무게를 이기지 못해 퇴락했군요. 얼핏 보니 전세마차이긴 한데 영국 마차는 아니네요."

그녀가 고개를 들었다. 황갈색 눈동자가 날카로워진다.

"예리하시네요. 네, 영국 마차는 아니에요."

그녀가 스케치북을 앞으로 한 장 넘겼다.

“이게 영국 마차지요.”

그녀는 뒤로 한 장을 넘겨 원래 그림을 보여주었다.

“저 마차를 그리다가 자꾸 이게 그리고 싶어지더군요.”

“이쪽의 묘사가 훨씬 자세한 걸 보면 이 마차가 훨씬 더 강렬하게 뇌리에 남은 모양이군요.”

“십 년 전 마차를 아직까지 이렇게 기억하고 있네요. 제 아버지가 살해되던 날 저를 태우고 베니스를 떠났던 마차예요. 그때는 누가 아편제를 먹여서 혼란스러웠던 데다가 몸도 정상이 아니었지요. 그럼에도 불구하고 똑똑하게 기억하고 있어요. 마차 안의 긁힌 흠집이나, 쿠션에 묻은 얼룩, 나무의 색깔.”

이스말은 조금 더 가까이 다가섰다. 심장이 미친 듯이 두근거렸다.

“십 년 전 일을 여태껏 또렷하게 기억하십니까? 그것 참 축복받은 재능이군요, 부인.”

“가끔은 저주처럼 느껴질 때도 있어요. 이 생각을 안 한 지도 꽤 되었는데, 프란시스의 죽음 때문인지 갑자기 그날의 광경이 생생하게 떠오르네요. 찬장 속에 곱게 넣어 뒀는데 우연히 누가 건드려서 문이 열리며 안에 담겨 있던 모든 것들이 쏟아진 느낌이랄까요.”

“그러고 보니 정말 오래된 기억이네요. 십 년 전이라, 남편을 처음 만나셨을 무렵인가요?”

“그이와 처음 만난 게 이 마차 안이었어요. 전 거기서 정신이 들었죠. 프란시스가 절 구해 줬어요, 아버지의 적들에게서부터.”

그녀는 다시 그림을 바라보았다.

“그때 생각을 하고 있었어요…… 프란시스도 처음부터 괴물은 아니었거든요. 어떤 의미론 남편에게 빚을 진 셈이죠. 그이는 제 아버지를 몰랐대요. 정말 우연히 지나가다가 그 사건에 휘말린 거죠. 곤경에 빠진 절 그냥 모른 척하고 돌아설 수도 있었을 텐데 그 사람은 절 구해 줬어요.”

그녀는 무슨 일이 있었는지를 설명했고, 그녀의 이야기와 이스말이 기억하는 바를 조합해 보면 다음과 같다. 그날 브리지버튼이 댔던 여러 이름들 가운데 보몬트의 이름은 없었다. 따라서 두 사람이 원래 사업상 알고 지내던 사이는 아니었던 것 같다. 둘째로, 이스말은 그날 브리지버튼과 잠시 대화를 나누고 나서 곧바로 베니스의 쾌락을 찾아 그 집을 나섰었다. 그 뒤에 리스토와 메흐메가 독단적으로 브리지버튼과 그의 딸까지 제거하려고 했는지는 그 누구도 모르는 일이다. 워낙 이스말을 우상 숭배하듯 했던 리스토이니만큼 안전을 위해 주인의 얼굴을 본 목격자들을 없애려 했었을 가능성도 충분하다.

한마디로 말해, 보몬트가 정말로 위험에 빠진 라일라를 구해 준 것일 수도 있다는 뜻이다. 그렇다면 결국 그 짐승 같은 인간이 라일라의 인생에 등장하게 된 것이 다 이스말의 탓이란 뜻. 그녀의 이야기를 듣다 보니 죄책감이 밀려들어 견딜 수가 없었지만, 그녀는 그런 그의 기분을 아는지 모르는지 자신이 남편에게 얼마나 커다란 빚을 졌는지 끊임없이 늘어놓고 있었다. 책임감을 느끼는 이스말은 감히 대화의 주제를 바꿔 볼 엄두조차 내질 못했다.

그녀는 입고 있던 옷만 달랑 들고 베니스를 떠났다고 했다. 자신이 예전에 학교를 다닐 때 파리에 있는 한 은행 구좌에서 학비와 용돈이 송금되었던 것을 기억해 냈고 보몬트가 한참을 알아본 결과, 그 은행 구좌를 관리하는 사람이 있다는 사실을 알게 되었다. 보몬트는 그 사람에게 전갈을 보냈고, 그렇게 앤드루 헤리어드를 만났다.

여기까지는 보몬트가 뭔가를 특별히 잘못했다는 느낌을 받을 수 없었다. 보몬트가 헤리어드를 찾아낸 결과 법적 후견권은 헤리어드에게 넘어가게 되었다. 보몬트에게 다른 꿍꿍이속이 있었더라면 그녀를 순순히 헤리어드에게 넘기지 않았을 것이다. 그 당시 보몬트의 행동은 이스말이 아는 그답지 않게 양심적이었다. 그렇다면 정말로 십 년의 세월에 사람의 성품이 180도 바뀌었다는 건가?

"부인의 아버님이 헤리어드 씨를 후견인으로 지목하신 것은 정말 대단히 현명한 처사라고 생각합니다."

그가 조심스럽게 말했다

"다른 건 몰라도 그 점만큼은 인정해야겠죠. 비록 악당이셨을지는 몰라도 저에게만큼은 좋은 아버지셨으니까요. 아빠는 앤드루 아저씨에게 당신께서 하시던 일을 철저히 감추셨대요. 앤드루 아저씨는 아빠 유언장에 아저씨가 제 후견인으로 명시되어 있어서 경찰 조사를 받으셨는데 그때 비로소 아빠의 정체를 알게 되셨다더군요."

그녀가 잠시 숨을 돌렸다.

"앤드루 아저씨에게 제가 얼마나 커다란 골칫덩어리였는지 짐작이 가세요? 제가 살아 있다는 것을 경찰에 밝힌다면 저에게 돌아올 피해는 이루 말을 할 수가 없겠죠. 정직하기로 소문나신 분이 그 때문에 얼마나 마음 고생을 하셨는지 몰라요. 결국 아저씨는 아버지의 죗값을 제가 치르는 건 부당하다는 결론을 내리셨죠. 그래서 라일라 브리지버튼은 죽은 것으로 하고 라일라 뒤퐁이 태어난 거예요."

"부인께는 런던보다 파리가 더 안전할 거라 생각하신 모양이군요. 아무래도 학교 친구들이나 가족과 친분이 있던 사람들이 알아볼 가능성이 더 낮을 테니까요."

그녀는 대답하지 않고 그냥 스케치북만 들여다보았다.

"저는 프란시스를 사랑하게 되었어요."

그녀가 낮고 딱딱한 목소리로 말했다.

"그이는 내게 말을 걸어 줬어요. 내 말에 귀기울여 주었죠. 그이와 함께 있으면 난 내가 아름다운 여자가 된 것 같은 기분이 들었고 특별해진 듯했어요. 그 사람은 파리에 사는 유명한 화가가 날 제자로 받아들이게 하려고 선생님과 거의 주먹다짐까지 하다시피 했죠. 앤드루 아저씨가 파리로 찾아오셨을 때, 전 이미 그곳을 떠날 수가 없었어요. 프란시스를 떠난다는 걸 상상조차 할 수 없었어요. 아저씨껜 그림 공부를 위해 파리에 있어야 한다는 식으로 설득을 했죠. 여자가 화가가 된다는 것 자체가 불가능하던 시절의 일이었어요. 프란시스가 아니었다면 전 그곳에 남아 공부를 끝마칠 수 없었을 거예요. 어쩌면 시도조차 하지 못했을지도 몰라요. 전…… 그 사람을 필요로 했어요."

그녀는 사뭇 병아리를 보호하는 암탉 같은 표정을 지었다.

"지금 이때까지, 전 왜 그이가 굳이 제게 관심을 가져줬는지 이해할 수 없어요. 그이는 잘생기고 매력이 넘쳤거든요. 그이가 원했다면 그 어떤 여자도 가질 수 있었을 거예요. 그런 사람이 왜 하필 저와 결혼을 했는지 저도 모르겠어요."

이스말 역시 그 이유를 몰랐었다. 적어도 지금 이 순간까지는. 그녀와 시선이 얽힌 순간, 그 깊디깊은 금빛 눈동자 속에서 예전에 보몬트가 보았을 바로 그것을 보고 말았다. 그의 심장이 보몬트가 느꼈을 바로 그것을 느꼈다.

그녀가 그리웠던 것이다. 아편 중독자가 아편을 갈망하듯 그녀의 모습과 목소리와 체취를 갈망했던 것이다. 분명 보몬트가 굴복해 버린 마약의 이름은 욕망이었을 것이다. 맨 처음부터 죽는 그날까지 라일라는 보몬트를 취하게 만들었다. 처음에는 그녀 역시 그를 사랑하고 필요로 했을 것이다. 그녀의 성품이 그러하듯 몹시 열정적으로 사랑했을 테지. 만일 이스말이 십 년 전 보몬트의 위치에 있었다 할지라도 라일라에게 취해버렸을 것이다. 그녀를 얻기 위해서라면, 그녀를 곁에 두기 위해서라면 그 무슨 짓이건 했을 것이다.

보몬트가 무슨 수를 썼을지는 보지 않아도 눈에 선했다. 자신에게 폭 빠진 어리디어린 소녀를 유혹해 결국 자신과 결혼할 수밖에 없게 만들었을 테지. 이스말 역시 똑같은 방법을 썼을 거다. 십 년 전으로 돌아가 자신이 그녀를 유혹했다면 얼마나 좋았을까 생각할 지경이니까. 안 그래도 밉던 보몬트가 더더욱 미워졌다. 이제는 아주 미칠 것 같은 질투에 휩싸여 그를 증오하게 되었다.

"중이 제 머리 못 깎는다더니, 타인들의 영혼까지 보는 부인도 스스로의 모습을 볼 수는 없었나 보군요."

그가 담담하게 말했다.

"아마 그래서 남편의 감정이나 왜 그분이 부인과 결혼을 했는지, 나중에는 부인께서 잠자리를 거부하셨음에도 불구하고 무슨 이유로 부인 곁을 떠나지 않았는지 이해 못하시는 거겠죠. 부인에겐 남편이 첫사랑이었고 아마 그 당시 부인의 눈에는 남편이 왕자님처럼 보였을 겁니다. 하지만 시간이 지날수록 부인은 그 감정에서 벗어났고, 부인의 마음도 남편을 떠나게 되었습니다. 그러나 부인보다 훨씬 더 나이가 많고 세상을 잘 알았던 남편은…….”

이스말은 고개를 돌렸다.

“그분의 운명은 이미 결정된 것이었죠. 그분은 부인을 사랑했고 아무리 애를 써도, 무슨 짓을 해봐도, 부인을 사랑하는 것을 그만 둘 수가 없었던 겁니다.”

보몬트로서는 분명 무척이나 괴로웠을 테지. 자신이 놓은 덫에 덜컥 걸려버린 것이다. 그렇게 당해도 싼 인간이란 생각이 들었다.

“사뭇 신파조로 말씀하시네요.”

그녀의 뺨이 희미하게 분홍빛으로 물들었다.

“일주일 전에 말씀드렸잖아요, 그 사람이 소위 ‘사랑’이란 환상에서 얼마나 빨리 깨어났는지.”

그는 어깻짓을 했다.

“남편분은 한 사람만을 사랑할 수 없었나 보지요. 제가 듣기로 보몬트 씨는 그 어떤 사람에게도 애정을 갖지는 않았다고 하더군요. 같은 여자와 두 번 자는 경우도 드물었구요. 그런 남자들은 대부분 아내를 버리게 마련이죠. 보몬트 씨의 친구들조차 부인에 대한 그분의 소유욕에 모두들 혀를 내둘렀다고 했습니다. 부인 말씀을 들으니, 부인을 사랑해서 그랬다는 것 말고는 설명이 되질 않아요. 그분의 성격이 어떠했나 가히 짐작할 수가 있습니다.”

“남편의 친구들이라고요? 여태껏 그 사람의 방종한 친구들과 제 얘기나 하면서 돌아다니셨나요?”

그녀의 황갈색 눈에서 분노가 피어올랐고 순간 의자에서 벌떡 일어섰다.

"지금 내가 한 얘기도 또 떠들고 다니실 건가요?"

"무슨 말씀을 그렇게 하십니까, 부인."

이스말은 울컥 화가 치밀어 오르는 것을 꾹 참았다. 그녀가 자신을 그토록 저열한 인간으로 매도했다는 사실에 자존심이 상했다.

"정말이지 아주 황당한 결론을 내리시는군요. 그 누구도 부인을 나쁘게 말한 사람은 없었습니다. 오히려……."

"그거야 제가 알 바가 아니에요."

그녀의 언성이 높아졌다.

"남편에겐 적들이 많았어요. 백작님께서 하실 일은 그들이 남편에게 어떠한 원한을 가지고 있었는지 알아내시는 거예요. 제가 남편을 그런 사람으로 만든 게 아니잖아요. 제 탓이…… 그만 두죠!"

그녀는 얼른 방 반대편 난로가로 뛰어갔다.

이스말은 그녀가 불에 손을 녹이는 광경을 바라보았다. 한 5초쯤 그러고 있었을까. 그러더니 미켈란젤로의 반신상을 오른쪽으로 돌렸다가 다시 왼쪽으로 돌렸다가 결국엔 원래대로 해놓았다. 그런 후 눈가를 훔치더니 얼른 손을 떨구었다. 분노를 감추려는 그녀의 뒷모습이 그의 심장을 찢어놓았다.

기분이 몹시 안 좋을 것이다. 아까도 울고 있었던 것 같던데. 지난 며칠 동안 분명 비참한 기분이었을 것이다. 슬픔에 외로움까지. 그 누구에게도, 설령 제일 친한 친구에게도 자신의 마음을 괴롭히는 비밀을 털어놓을 수 없었을 테지.

날 믿지 마. 난 당신이 털어놓는 비밀을 그대로 이용해 당신을 잡을 덫을 놓을 게 뻔한 인간이니까. 차라리 주제를 바꾸든가, 그녀의 주의를 다른 곳으로 돌리자. 일 얘기를 할까, 심리 얘기를 꺼낼까. 나 때문에 고통을 당한 그녀를 위해 해줄 수 있는 유일한 일이 이거니까.

"물론 부인 때문에 보몬트 씨가 그렇게 된 것은 절대 아닙니다."

그가 부드럽게 말했다.

"그 누구도 부인을……."

"절 달래실 필요는 없어요."

그녀가 날카롭게 말했다. 그리고는 소파 쪽으로 다가가 상당히 거친 손길로 쿠션들의 위치를 이리저리 옮기기 시작했다.

"백작님께서 심심풀이로 제 얘기를 하고 다니셨을 리 없죠. 그저 필요한 정보를 얻기 위해 슬쩍 사람들을 떠보신 걸 테지요. 조사를 어떤 식으로 하시든지 제가 간섭할 문제는 아니니까요."

"그래요. 조사의 과정이었어요. 진작 그렇게 설명을 드릴걸……."

"제가 과거 얘기나 주절주절 늘어놓았으니, 그러실 새가 없으셨겠지요."

그녀는 보라색 쿠션을 집어들고 잔뜩 구겨진 레이스를 하나씩 바로 펴기 시작했다. 눈물을 감추려는 듯 눈을 마구 깜박이고 있었다.

알라 신이여, 눈물을 쏟기 일보 직전인 그녀를 도대체 어떻게 달래면 좋은 겁니까?

그는 소파 옆에 선 그녀 곁으로 다가갔다.

"부인께서는 그저 제게 남편이 어떤 사람인지를 보여주고 싶으셨던 겁니다."

그가 부드럽게 달래듯 말했다.

"사건을 조사할 때는 피해자의 성품이 어땠는지 파악하는 것도 무척 중요한 일이니까요. 가끔은 가해자를 잡을 수 있는 실마리를 제공할 때도 있지요."

"남편이 집에서는 어땠는지도 알고 싶으신가요? 그것도 실마리를 제공하나 보죠?"

그녀는 쿠션을 원래 자리에 내려놓았다.

"백작님께서는 프란시스가 사랑 때문에 몹시 절박했다고 하셨죠."

"남편분은 원래 사랑이란 감정에 익숙하신 분이 아니었습니다."

이스말은 인내심이 서서히 바닥을 드러내기 시작했음을 느꼈다.

"그래서 스스로도 어쩔 줄 몰라 괴로워하신 거지요."

"애당초 저를 만나지만 않았어도 그럴 일은 없었을 것 아니에요."

그녀가 씁쓸하게 말했다.

"자기 마음대로 즐겁게 인생을 살았을 거예요. 그랬더라면 그이도 다른 이들을 아프게 하지 않았을지도 모르죠."

"설마 진심으로 그렇게 생각하시는 것은 아닐 테죠?"

"그러면 안 되나요? 이리저리 온갖 방향으로 생각해 보았어요. 하루 종일 그 생각만 해봤는데 결론이 그렇게밖에 나질 않더군요. 백작님께서도 제 생각이 옳았다는 것을 방금 확인해 주신 거죠. 한마디로 말해 내 남편에게는 자신과 맞지 않는 여자와 함께 산 죄밖에 없는 거예요."

"마담, 정말 말도 안 되는 소리입니다."

"그럴까요?"

그녀의 눈이 번득였다.

"백작님은 제가 골칫덩어리라고 생각하지 않으세요? 제 아버지는 반역자였지, 저는 살인사건을 은폐했지, 거기다가 성질은 있어서 심심하면 이성을 잃고 아틀리에를 뒤집지. 더군다나 남편을 술과 마약과 여자에게로 내몰질 않나. 이번 사건을 맡고 싶지 않으셨죠? 피해자는 개돼지만도 못한 인간이고 그 아내란 여자는 정신병자라 해도 이상할 것 하나 없으니까."

"정말이지 되지도 않는 억지를 쓰시는군요."

그가 쏘아붙였다.

"남편께선 부인을 사랑하셨습니다. 하지만 자존심 때문에 그 사실을 쉽게 받아들이지 못하셨지요. 그것이 부인의 탓은 아니지 않습니까? 남편이 죄를 저지른 것도 부인 탓이 아니고요. 왜 괜히 남편 일로 스스로를 괴롭히며 자학하시는 건지 저는 도저히 이해를 할 수가 없어요. 그런 남자를 위해 심지어 눈물까지 흘리시다니."

"그런 적 없……."

"제가 들어오기 전에도 울고 계셨죠. 지금도 제가 나가기만을 기다리며 눈물을 꾹 참고 계시지 않습니까. 저만 나가면 짐승보다 못한 인간을 위해 밤새도록 눈물을 흘리시겠죠!"

그녀는 뒤로 한 걸음 물러섰다.

"짐승보다 못한 인간이었습니다."

그가 되풀이했다.

"보몬트 씨가 어떤 인간이었는지 제가 모를 줄 아셨습니까? 제가 바보입니까, 보몬트 씨가 모든 것을 부인 탓으로 돌리려고 늘어놓은 변명들을 믿게? 전 남편이 부인을 사랑했다고 말했습니다. 그렇다고 그 사람이 성자라도 된답니까? 알리 파샤도 자기 부인을 사랑했지요. 그러면서도 상상도 못할 정도로 잔혹한 방법으로 사람들을 무자비하게 죽였단 말입니다. 수십 년도 전에 몇몇 사람들이 저지른 일에 대한 복수로 한 마을을 완전히 휩쓸어 버렸어요. 남자니 여자니 어린아이니 할 것 없이 도살을 했단 말입니다."

그가 말을 하며 앞으로 걸어나가자 그녀는 소파 등받이를 잡고 뒷걸음질 쳤다.

"정말 자신의 아내를 몹시도 열정적으로 사랑했어요. 그럼에도 불구하고 삼백 명이 넘는 후궁들을 거느렸지요. 사랑이란 감정은 기적이 아닙니다. 사랑한다는 이유 하나만으로 사람의 성격이 바뀌는 게 아니라고요."

이스말이 점점 언성을 높이며 말했다.

"그의 아내가 뭘 어떻게 했으면 좋았을까요? 그자가 광인(狂人)인 게 그녀의 탓이던가요?"

"그걸 제가 어떻게 알아요?"

그녀는 고개를 들고 눈을 깜박이며 말했다.

"알리 파샤는 누구죠?"

그제서야 그녀가 고개를 들고 눈을 깜박이는 이유가 자신이 그녀를 잡아먹을 듯 코앞에 버티고 서 있기 때문임을 깨달았다. 맙소사, 도대체 무슨 짓을 한 건가? 잠시 이성을 잃었다. 자제력을 잃었다.

왜 하필 하고 많은 사람 중에 알리 파샤가 떠올랐을까. 세상의 수많은 괴물들과 역사 속의 광인들 가운데 왜 하필 알리 파샤를 고른 걸까.

알리 파샤, 그의 스승이자 원수인 자. 하지만 입에 올려선 안 되는 인물이었다.

"알리 파샤란 이름을 한 번도 들어본 적이 없나요?"

그가 얼른 평소처럼 담담한 목소리로 물었다.

"바이런 경과 브러튼 경이 그자에 대해 여러 번 글을 쓴 적이 있어요. 정말로 알바니아 군주의 악명을 들어본 적이 없습니까?"

"독서를 즐기는 편이 아니라서요."

그녀는 조심스럽게 그의 얼굴을 살폈다. 아까 그의 목소리에서 분명 뭔가를 들었다. 숨겨 놓은 비밀의 한 단면을 슬쩍 훔쳐본 느낌이랄까. 도대체 무엇이었을까. 분명 그가 애써 감추고 싶어하는 부분이다.

"아까 말씀하실 때는 개인적으로 아는 분인 것처럼 들렸어요."

속으로 욕설을 내뱉으며 이스말은 뒤로 두 걸음 물러섰다. 그녀의 어깨를 쥐고 마구 흔들어 주고 싶은 마음을 참기 위해.

"네, 그분을 뵌 적이 있습니다. 부인께서도 아시다시피, 제가 그쪽으로 여행한 적이 있어서요."

"저는 처음 듣는 얘기예요."

그녀가 고개를 옆으로 갸웃거렸다. 여전히 살피는 듯한 눈초리.

"그럼 정부의 일로 가신 거였나요?"

"지금 사건 얘기를 하실 기분이 아니시라면, 기꺼이 제 여행 얘기를 들려 드리지요, 부인. 뭘 원하시는 건지 말씀만 하세요, 기대에 부응하도록 최대한 노력할 테니까요."

"제가 원하는 건, 저를 지금처럼 어린아이 대하듯 하지 말아 달라는 거예요. 그리고 그러시는 백작님이야말로 지금 사건 이야기를 하실 기분이 아닌 것 같군요."

"제가 말 한마디 할 때마다 날카롭게 쏘아붙이시며 방안을 이리저리 왔다갔다하시는데 저더러 도대체 어떻게 침착해지라는 겁니까? 부인께서 이토록 법석을 떠시는데 저보고 어떻게 차근차근 논리적으로 생각하라는 겁니까? 어떨 때는 일부러 그러시는 게 아닌가 하는 생각까지

들 때가 있어요."

"일부러라뇨?"

그녀의 언성이 높아졌다.

"제가 도대체 왜……."

"제 주의를 흩어 놓으시려고요."

그의 목소리는 위험할 정도로 낮았다.

"문제를 일으키시려고요. 부인께서 원하시는 게 그겁니까? 그렇다면 기꺼이 따라드릴 수 있답니다."

달아나, 그는 단숨에 그녀와의 거리를 좁히며 마음속으로 그녀에게 외쳤다. 하지만 그녀는 달아나지 않는다. 턱을 치켜들고 그를 아래로 내리깔아 보려고 노력할 뿐이다.

"남편분께는 지금 그 방법이 통했는지 모르겠지만 저에겐 통하지 않습니다."

그가 허리를 굽혀 얼굴을 바짝 들이밀자 오만하게 자존심만 세우던 그녀의 얼굴에 불안이 피어오르는 게 보였다. 그녀는 마침내 고개를 돌렸다. 하지만 때는 이미 늦었다. 그가 그녀보다 빨랐다. 그의 팔이 그녀를 잡아 끌어당겼고 다음 순간 그의 입술이 그녀의 입술을 짓눌렀다.

분노, 질투, 그리고 혼란이 그의 혈관 속으로 흘러들었다. 그 틈을 비집고 그의 핏속으로 스며드는 그녀의 도톰한 입술의 달콤함…… 욕망이란 이름의 달콤한 독약.

그녀 역시 예외일 수는 없었다. 맨 처음 그녀의 입술이 보여준 반응에서 그는 굶주림을 맛보았다. 그 뜨겁디뜨거운 굶주림은 안타까울 정도로 짧게 스쳐 지나가 버렸다. 그 순간이 지나자 그녀는 몸부림을 치기 시작했다. 그는 그녀를 놓아주었다.

"백작님께서 왜 그러셨는지 알겠군요."

그녀가 목이 멘 목소리로 말했다.

"주의를 흩어놓고 싶었던 사람은 제가 아니라 백작님이셨군요. 대답은 전부 해야 하지만 질문은 하지 마라, 그건가요?"

그는 자신의 귀를 믿을 수가 없었다. 자신은 아직 욕망의 앙금 때문에 머리 속이 혼란한데 그녀는 여전히 자신에게서 짜낸 실마리를 붙잡고 늘어지다니.

"정의를 원하셨기에 퀜틴 경을 찾아가신 것 아니었나요? 퀜틴 경께서 이 사건을 제 손에 맡기셨으니, 저도 언제나처럼 제 방법대로 임무를 다할 뿐입니다. 부인께서 제게 모든 것을 말씀해 주셔도 그만이고, 말씀하시지 않으셔도 그만입니다. 어떤 식으로든 저는 이 사건을 풀기만 하면 끝입니다. 이건 제 일이니까, 마담께선 제 규칙을 따르시든지, 그게 싫으시면 빠지세요."

그녀는 양손을 꼭 부여잡은 뒤 턱을 치켜들고 낮지만 당당한 목소리로 말했다.

"제 집에서 나가 주시죠."

그가 휙 돌아서 문으로 걸어가는 동안 라일라는 움직이지 않았다. 그의 등뒤로 쾅 소리가 나며 문이 닫힐 때도 그녀는 얼굴을 찡그리지 않았다. 성난 그의 발걸음 소리가 완전히 사라질 때까지 오만한 표정으로 꼿꼿하게 앉아 있었다. 그리고는 서랍장으로 걸어가 새 스케치북을 꺼낸 뒤 작업대 위에 펼쳐놓고 그 앞에 앉았다.

그가 오기 전에 몇 시간을 울었는지 모른다. 지금도 울고 싶다. 하지만 남아 있는 눈물이 없었다. 자신을 벌하는 그 단 한 번의 뜨거운 키스에 남은 눈물이 모두 말라버렸다.

어쩌면 난 아무것도 모르는 어린아이일지도 몰라. 그녀가 아틀리에라고 부르는 육아실에 틀어박혀 장난감을 가지고 놀며 프란시스가 고삐 풀린 괴물처럼 어슬렁거리며 쏘다니던 바깥 세상에서 일어나는 일은 나 몰라라 하고 있었나 보다.

일을 한다는 핑계로 눈을 감아버렸다. 그가 일으킨 사건들의 결과를 고려조차 해보지 않았다. 피오나에게서 프란시스 때문에 거의 파경에 이른 셔번 부처의 이야기를 전해 듣기까지는 모른 척하는 게 최선이라 생각했었다.

프란시스가 그런 일을 저지를 정도로 차갑고 비열해진 이유도 어쩌면 엉망이 된 결혼 생활 탓이 아니었을까. 집으로 돌아와 봐야 기다려 주는 사람도 없고 보람도 없었기 때문에 그런 일로 눈을 돌린 것일지도 모른다. 몇 번 바람을 피우고 나자 아내가 자신을 완전히 밀어내 버렸기 때문일지도 모른다.

그녀는 자신의 자존심을 보호하는 데 급급했던 것뿐이었다. 그의 잦은 바람은 그를 침대에 들어오지 못하게 할 수 있는 편리한 구실에 지나지 않았다. 침대에서라면 숨을 수도, 거짓으로 연기할 수도 없었으니까. 침대에서는 그녀의 본모습이 고스란히 드러날 수밖에 없었으니까. 동물, 아무 생각 없이 광기에 사로잡혀 더 많은 것을 요구하는 창녀에 지나지 않았으니까.

프란시스는 그런 그녀를 보며 웃음을 터뜨렸었다. 당신에겐 나 하나로 부족하다며, 당신을 만족시키려면 적어도 한 부대의 남자가 필요한 것 같다며.

그때는 창피해서 미처 생각을 하지 못했었지만, 지금 돌아보면 그 역시 당혹스러웠을 것이다. 아내를 사랑했고, 아내를 원했지만, 도무지 아내를 만족시켜 줄 수가 없었으니까. 아마 그래서 쾌락을 받을 줄밖에 모르는 아내가 아닌, 주고받을 줄 아는 좀더 정상적인 여자를 찾아나선 것일지도 모른다. 그런데 그녀는 그런 그를 벌했었다.

자신의 인생에서 최대한 멀리 그를 몰아냈었다. 그를 저항하기 힘든 유혹이 득실거리는 파리의 거리로 몰아냈었다. 타락으로 향하는 가파르디가파른 내리막길로 그의 등을 떠민 사람이 바로 그녀였던 것이다. 단 한 번도 그를 끌어올리려는 노력도 하지 않고.

그래서 울었다. 목숨을 구해 주고 그녀를 화가로 만들어 주고 사랑해 준 남자에게 그 은혜를 갚지 못했던 배은망덕하고 이기적인 자신이 미워 울었던 것이다.

죄책감으로 몸부림치며 누군가 탓할 사람만 찾던 그녀를 에스몽이 발견했던 것이다. 혼자서 몇 번이고 되풀이해서 맨 처음 그를 만났던 베니스부터 지금까지의 기억을 더듬으며 자신이 그럴 수밖에 없었던 변명거리를 찾으려 애써 봤건만, 아무것도 찾을 수가 없었다. 그래서 이번에는 에스몽과 다시 한 번 기억을 더듬어 보았다. 그가 본 것은 그녀 역시 이미 본 것이었고, 그의 말에서도 별다른 위안을 찾을 수가 없었다. 아무리 달콤하고 로맨틱한 말들로 진실을 포장해 봐야 추한 진실이 바뀌는 것은 아니니까.

자신이 믿고 싶은 거짓에 그가 동조해 주지 않았기에, 그녀는 제 분을 못 참아 발악하는 어린아이마냥 그에게 달려들었다. 동화 속 왕자님처럼 곤경에 빠진 그녀를 꼭 끌어안아 주고 절대 그녀를 버리지 않겠노라고 언제까지나 아껴주겠노라고 약속해 주지 않아서.

이것은 현실이다. 동화 속 이야기가 아니다. 현실에서 그의 품에 안겨버리면 창녀밖에 되지 않는다.

쉴새없이 놀리는 연필 아래 텅 빈 도화지가 선과 명암으로 채워지기 시작했다. 벽난로의 윤곽, 그 앞에 서 있는 남성의 실루엣. 그 실루엣은 그녀가 아까 서 있던 소파를 향하고 있었다. 미친 듯이 고래고래 소리치며 방안을 이리저리 왔다갔다하던 그녀. 마음속으로는 사악하게도 그의 창녀가 되어 품에 안겨 뜨거운 입술을 느끼고 싶었던 그녀…….

처음 해본 불장난. 살짝 맛만 봤지만 결과는 능히 짐작할 수 있었다. 그녀조차 어쩔 수 없는 화염이 그녀를 삼키게 될 것이다. 뒤에 남는 것은 절망과 수치심의 재뿐. 속마음으론 결과가 어찌 되건 못 이기는 척 넘어가고 싶었다. 그녀를 물러서게 한 것은 자존심이었다. 욕망에 이성을 잃고 구역질나는 괴물로 변해버린 자신의 모습을 그에게 보여주기 싫다는 그 마음 하나 때문에 그녀는 그에게서 떨어질 수 있었다.

그래서 그를 쫓아냈다. 그가 다시는 돌아오지 않는다면 그녀도 안전할 테니까. 그녀는 연필을 떨어뜨리고 양손에 얼굴을 묻었다.

다음날 아침 피오나가 잠깐 짬을 내어 그녀의 집에 들렀다. 전날 밤 저녁 파티에 레이디 셔번이 분명히 사파이어 목걸이를 걸고 나왔으며, 막내동생인 레티스가 도셋에 있는 숙모님을 뵈러 갔다가 앓아 누워 자신이 급하게 가봐야 할 것 같다면서 투덜거렸다.

"결국 간호사 노릇할 팔자인가 봐."

"딱하기도 해라."

라일라가 근심 어린 표정으로 말했다.

"집을 떠나 아프면 참 서글프지. 레티스가 나이는 열여덟 살이지만, 아프면 어머니 생각이 날 거야."

"그렇겠지. 내가 원래 레티스에게 엄마 노릇을 했잖아. 너도 알다시피 우리 어머니는 일곱 번째 아이를 낳고 나선 엄마 노릇에 흥미를 잃으셨어. 기왕 흥미를 잃으실 거, 아버지에게도 흥미를 잃으셨으면 좋았으련만. 아마 우리 어머니는 아이가 어떻게 생기는지도 잘 모르셨을 거야. 매번 임신을 하실 때마다 상당히 놀라워하셨거든. 그런 것도 설명 안 해주신 걸 보면 우리 아버지도 참 못되셨어."

"네가 못된 게 누굴 닮아서 그런지 알겠다."

라일라가 미소를 머금으며 말했다. 피오나는 끼고 있던 장갑을 어루만졌다.

"그래. 많은 면에서 아버지를 꼭 빼다 박았지. 남자 형제만 아홉인데 다들 하나도…… 아, 내가 뭘 하는 거야?"

그녀가 외쳤다.

"딱 1분만 들렀다 간다고 해놓고선. 이렇게 오래 기다리게 했다고 마부가 화를 내겠다."

그녀는 라일라를 얼른 꼭 끌어안았다.

"최대한 빨리 돌아올게. 매일매일 편지 써야 돼, 안 그러면 난 지루해서 미쳐버릴지도 몰라."

대답조차 기다리지 않고 피오나는 휑 하고 달려나갔다. 막상 자기가 떠나면 자기 친구는 지루해서 미쳐버릴 거란 사실도 모르고 말이다. 지루함보다 더 지긋지긋한 것은 외로움이다.

라일라의 설득에 앤드루 아저씨는 지난번에 끝내지 못하고 온 일을 매듭지으러 다시 프랑스로 돌아가셨다. 데이비드를 못 본 지도 거의 일주일이 넘었다. 장례식이 끝난 뒤엔 아무도 그녀를 찾아오지 않았다. 에스몽만 제외한다면 말이다.

그 남자 생각은 하지 않겠어.

그 누구도, 그 무엇도 생각하지 않으리라. 정신없이 바쁘게 시간을 보내면 된다. 굳이 그림을 그리지 않아도 하루를 바쁘게 사는 방법쯤은 알고 있다. 예전에 그림이 그려지지 않을 때는 다른 일을 하며 시간을 보내야 했었으니까.

오후 동안은 캔버스 틀을 만드느라 바빴고, 밤에는 그 틀 위에 무명천을 씌웠다. 다음 날은 토끼 껍질로 아교를 만들어 천 위에 발랐다. 그 다음 날은 그 위에 바를 백석 물감과 테르핀 유를 섞고 있는데 셔번 백작이 찾아왔다.

셔번 백작이 찾아오리라고는 꿈에도 생각질 못했고, 그를 만나고 싶은 마음도 전혀 없었다. 그래도 하도 오랜만에 찾아온 사람이라 기분전환하는 셈치고 만나기로 했다. 그렇게라도 해야 아무리 바쁘게 일을 해도 도무지 지울 수 없는 생각에서 벗어날 수 있을 테니까.

혹시라도 분위기가 이상해질 때를 대비해 빨리 일어날 구실 하나 정도는 준비해 놓는 게 좋을 것 같았다. 그래서 라일라는 그냥 작업복만 벗고 흘러서 빠진 핀 몇 개를 원래 위치에 꽂았을 뿐, 별다른 몸단장은 하지 않았다. 아마 이런 모습을 보면 아무리 둔해도 자신이 방해했다는 눈치는 챌 테지. 그러니까 수틀리면 자연스럽게 하던 일을 끝내야 한다는 핑계를 대며 일어설 수 있다.

갸스빠르의 안내로 셔번 백작은 응접실에서 라일라를 기다리고 있었다. 응접실로 들어가 보니 백작은 골동품 진열장 앞에 뒷짐을 지고 서서 잘생긴 얼굴을 한껏 찡그리고 있었다. 그는 라일라를 보더니 얼른 구겨진 얼굴을 펴고 인사말을 건넸다. 먼저 애도의 뜻을 전했고 라일라도 적절한 답변을 했다. 그녀가 앉으라는 말을 하자 그는 정중하게 거절했다.

"시간을 많이 뺏고 싶지는 않습니다, 보아하니 일하시던 중인 것 같은데. 저번에 찾아왔을 때 한 짓 때문에 날 반기시지 않으리란 것도 압니다."

"굳이 그 얘기를 할 필요는 없겠지요."

"아니오, 하고 싶습니다. 저번에 내가 아주 끔찍한 행동을 했다는 것은 알고 있습니다, 부인. 싸움은 다른 이와 해놓고서 화풀이는 부인에게 하다니, 잘못했다고 생각하고 있습니다. 진작에 사과를 하고 싶었지요."

그의 얼굴을 보면 쉽게 하는 말이 아니란 것을 알 수 있었다. 경직되었다 싶을 정도로 딱딱한 표정. 아내의 초상화를 찢어버렸던 그날과 똑같은 얼굴이었다.

"그림값을 먼저 지불하셨으니 백작님의 그림이었습니다. 자신의 그림을 자신의 뜻대로 처분하겠다는데 뭐라 할 사람은 없습니다."

"찢는 게 아닌데 잘못했다는 생각이 들더군요."

그래, 내가 진작 주위에서 일어나는 일에 좀더 주의만 기울였어도 백작이 그림을 찢어야 할 지경으로까지 일이 커지진 않았을 거야. 그녀의 양심이 말했다.

"저도 그 점은 좀 안타까웠어요. 제 작품 중에서도 잘된 축에 속했거든요. 그 일이 계속 마음에 걸리신다면 제가 나중에 다시 그려 드리도록 하지요."

그는 한참 동안 그녀를 바라보았다.

"부인께선 참으로…… 너그러우시군요. 난……."

그는 한 손으로 이마를 짚었다.

"혹시나 부인께서 용서하지 않으실까 봐 두려웠습니다. 이런 말을 하려니…… 당혹스럽군요. 정말이지 몸둘 바를 모르겠습니다."

그녀는 술병이 진열되어 있는 쟁반을 가리켰다.

"따라 주신다면 백작님과 함께 와인을 한 잔 마시고 싶군요. 앞으로 제가 초상화를 새로 그리게 되건 말건 상관없이 백작님과는 친구 사이로 남을 수 있으면 좋겠어요.”

　대낮에 와인 마시길 즐기는 편은 아니었지만, 자신보다는 백작에게 더 술이 필요할 것 같았다. 그가 침착함을 되찾을 때까지 시간을 주자는 의도였다.

　효과가 있었던 모양인지 와인을 따라 그녀에게 잔을 건넬 때 즈음엔 그도 조금 전보다는 훨씬 더 진정이 된 눈치였다. 하지만 백작이 과연 그림을 찢은 것 하나만으로 저렇게 허둥댈 정도로 고민을 했을까? 그녀의 얼굴을 살피던 그의 시선은 도대체 뭘 찾던 것이었을까.

　아니, 그게 아니다. ‘그가 만약에 살인자라면’이란 단서가 붙어야 한다. 그가 만약 살인자라면 그녀의 얼굴에서 뭘 찾았을까? 셔번에게는 분명 이 집을 찾아오지 않으면 안 되는 이유가 있었던 것이리라. 그랬기에 저렇게나 불편해하면서도 그녀를 찾은 것이겠지.

　실제 이유는…… 흔히 생각하는 것과 다를 수도 있다던 에드몽의 말이 떠오른다.

　그가 와인을 벌컥벌컥 들이키는 모습을 보았다.

　“굳이 제게 사과하실 필요는 없어요. 저 역시 화가 나면 가끔 물건에 대고 화풀이를 할 때가 있거든요.”

　“내가 누구 때문에 그날 그렇게 난리를 친 건지는 부인께서도 잘 아시리라 생각합니다. 원인을 짐작하는 것은 그리 어려운 일이 아니었을 테지요.”

　그가 그녀를 응시했다.

　“배우자에게 배신을 당한 사람이 나 혼자가 아니었거늘, 괜한 짓을 해서 안 그래도 아플 부인의 마음에 더 큰 못을 박았네요.”

　“이미 무뎌질 만큼 무뎌진 걸요. 백작님께서도 지난 일로 치부하고 잊으시길 바랍니다.”

　“도대체 어떻게 해야 그럴 수 있는지 알고 싶군요.”

　그가 딱딱하게 말했다.

　“어떻게 해야 아내의 얼굴을 보면서 아무것도 안 일어난 척, 변한 것은 아무것도 없는 척을 할 수 있는지 나도 그 방법을 좀 배우고 싶어요."

그 방법을 너무도 잘 알고 있는 그녀였다. 그녀도 처음에는 백작처럼 그랬었으니까. 차라리 달아나지 말고 계속 아무 일도 없는 듯 남편을 대했다면, 지금 이 남자가 여기 서 있을 이유가 생기지 않았을지도 모른다.

"제 남편이 어떤 인간이었는지를 떠올려 보세요. 레이디 셔번께서는 프란시스가 어떤 종자인지 모르셨을 겁니다. 프란시스는…… 파렴치한 짓을 일삼는 악당이었죠."

그는 고개를 돌리고 다시 골동품 진열장을 들여다보았다.

"그 점은 나도 압니다. 아주 뼈저리게 깨우쳤죠. 내가 할 수 있는 유일한 변명이라면, 그 순간 내가 제정신이 아니었다는 겁니다. 할 수 있는 일은 아무것도 없었어요. 보몬트가 어떤 인간인지 깨달았지만, 난 감히 아무런 행동도 취할 수가 없더군요. 복수를 했다간 혹시나 보몬트가 아내와의 일을 공개하는 것으로 보복을 할까 두려웠어요. 난 만인의 웃음거리가 될 테고, 사라는 매장당해 버리겠죠. 진퇴양난이었어요. 분풀이를 할 데가 없어 부인의 작품에 복수를 한 거죠."

백작 역시 수도 없이 자신의 아내를 배신했던, 동정할 가치가 없는 인간이라는 것은 그녀도 잘 알고 있었다. 그럼에도 불구하고 라일라는 백작의 마음을 이해했다. 그런 상황에서 할 수 있는 일이 아무것도 없다는 것을 누구보다 잘 아는 그녀가 아니던가. 수년 동안 시달렸지만 라일라도 겁이 나서 프란시스를 떠날 수가 없었다. 그의 보복이 두려웠기 때문에. 프란시스는 백작에게 굴욕감을 안겨 주었을 뿐만 아니라 백작이 어찌 손을 써보지도 못하게 상황을 조종했다.

그래, 참기 어려웠을 테지. 결투로 복수할 수도 없었을 테니까. 그래서 살인이란 방법으로 복수했던 것일까?

"그래도 그림값은 먼저 치르셨잖아요."

그녀가 고개를 치켜드는 불안감을 억누르며 말했다.

"그 후유증은 아직까지 계속되고 있어요. 지난 몇 달 내내 아내와 사이가 몹시 안 좋았어요. 아내는 계속 울기만 하죠."

그는 다시 한 번 이마를 짚었다. 라일라는 그의 그런 행동이 무력감의 표시임을 알았다. 어쩌면 이해하지 못하겠다는 의미일 수도 있다.

"아주…… 불쾌한 상황이에요. 집에 가고 싶지가 않아요. 어제가 우리 결혼기념일이었죠. 아내에게 사파이어를 선물했습니다. 사람들을 초대해 저녁 식사를 함께 했고요. 우습지도 않은 광대놀음이었죠."

"레이디 캐롤이 사파이어 얘기를 하더군요. 아주 멋진 목걸이였다고, 백작 부인께 몹시 잘 어울렸다고 했어요."

"손님들이 떠난 후에, 그리고 또 오늘 아침에 사라는 울었어요. 아내가 좀 그만 울었으면 좋겠어요."

그가 잔을 내려놓았다.

"이런 말은 사실 하면 안 되는 건데."

"제게 하실 말씀은 아니죠. 부인께는 그런 말을 해보셨어요?"

"우리는 손님들 앞이 아니면 말을 하지 않아요."

그가 고통을 느끼고 있다는 사실에 라일라는 참을 수가 없었다. 그녀가 프란시스의 행동을 저지할 수 있었느냐 없었느냐, 그를 바꿔 놓을 수 있었느냐 없었느냐를 따진들 무슨 소용이 있으랴. 이미 프란시스 때문에 이렇게 괴로워하는 사람들이 있는데. 프란시스가 떠넘기고 간 빚을 청산하는 것이 자신의 의무처럼 느껴졌다.

"저, 혹시 사파이어가 휴전하자는 제의였나요?"

그의 턱 근육이 꿈틀했다.

"결혼기념일인데 아무것도 선물하지 않고 넘어갈 수는 없잖습니까."

그녀는 잔을 내려놓고 용기를 모았다.

"물론, 제가 참견할 일은 아니지만 제가 볼 때 부인께서 원하시는 것은 차가운 푸른 돌이 아닌 용서가 아니었을까요? 두 분 모두 이미 많이 괴로워하셨잖아요? 프란시스 때문에 평생을 그렇게 사실 건가요?"

그가 입을 꾹 다물었다. 아마 듣고 싶지 않으리라. 자존심이 듣기를 거부했을 것이다. 그럼에도 불구하고 그는 침묵을 지켰다. 라일라에게 어디 중산층 평민이 귀족에게 주제 넘는 소리를 하냐고 쏘아붙일 수도 있었을 텐데 그러지 않았다. 그가 저렇게 꼼짝도 하지 않고 가만히 서 있는 이유가 예의를 차리기 위해서만은 아니리라.

라일라는 조금 더 용기를 냈다.

"백작님께서도 부인께서 죄를 뉘우치고 계시다는 것쯤은 아실 테지요? 부인께 애정을 보여주시면 안 되나요. 백작님 마음도 훨씬 편해지실 거예요."

"애정이라."

그의 목소리에는 그 어떤 감정도 들어 있지 않았다.

"부인께서는 몹시 사랑스러운 여성입니다. 애정 표현을 하시는 게 그리 어렵지는 않을 텐데요."

그녀는 그의 손을 잡았다.

"백작님께서는 부인보다 훨씬 어른이고 훨씬 더 현명하세요. 분명 부인을 달래실 수 있으실 거예요."

그는 고개를 숙여 그녀에게 잡힌 손을 바라보았다. 천천히 희미한 웃음이 그의 얼굴에 퍼져나가기 시작했다.

"도대체 누가 누구를 달래고 있는지 모르겠군요. 내가 전혀 예상하지도 못했던 재능을 가지고 계세요, 보몬트 부인."

그녀는 그의 손을 놓았다.

"제가 충고를 할 입장이 아니란 것은 잘 압니다. 그저 프란시스 때문에 백작님께서 그렇게 마음 고생하시는 게 죄스럽고 안타까워서요. 제가 뭘 어떻게 해서 두 분 사이가 나아지실 수만 있다면 그러고 싶어요. 백작님께서 제게 원한을 품고 계신다고 해도 저는 할말이 없는데, 그렇지 않으시다니 얼마나 마음이 놓이는지 몰라요."

"어차피 부인께 악감정은 없었습니다. 그 점만큼은 알아주셨으면 좋겠어요."

그녀는 그를 믿는다고 말했고, 그 후 오래지 않아 그는 모든 오해를 정리한 뒤 좋은 감정을 가지고 떠났다.

그가 집을 나선 후에야 그녀는 무너지듯 소파에 앉아 자신이 커다란 실수를 저지른 게 아니기만을 빌었다.

감정에 이끌려 어찌 보면 어처구니없는 짓을 한 것이다. 그냥 안전하게 사교계의 시시콜콜한 얘기만 했으면 되었을 텐데, 백작의 역린(逆鱗)을 건드린 게 아닌가 싶었다. 만일 백작이 프란시스를 죽인 이유가 자기 아내와의 일을 떠벌리는 것을 막기 위해서라면, 그 사실을 아는 다른 모든 이들의 입도 막고 싶어하지 않을까? 그 정도는 살인사건 전문가가 아니라도 누구나 짐작할 수 있는 일이다.

그녀는 추한 전모를 모르고 있다고 셔번 백작이 믿어 주기만을 바랐다. 그녀가 어디까지 아는지 가늠해 보려고 그녀에게 고민을 털어놓고 충고를 끝까지 들은 게 아니기만을 바랄 뿐이다. 그녀의 본능은 그가 도움을 청하러 찾아왔다고 말하고 있었다. 자존심 때문에 차마 친구나 친지들에게는 말할 수 없었지만, 남편의 수많은 부정 행위를 참고 견딘 라일라라면 뭔가 도움을 줄 수 있을 거라 생각해서 찾아온 것이었다고.

하지만 그게 전부가 아니었을지도 모른다. 그에게 남모를 고민이 또 하나 더 있을 수도 있다. 예컨대 살인 같은.

그녀는 백작 부부를 딱하게 여겼다. 하지만 그녀가 원하는 것은 정의였다. 남편의 살인범을 찾고 싶었다. 필요하다면 백작을 배신할 수밖에 없다. 셔번에게는 동기가 있다. 정의를 찾고 싶으면 백작의 비밀을 혼자서만 간직할 수 없다. 그녀는…… 에스몽에게 그의 비밀을 말해 주어야만 했다.

"빌어먹을."

그녀는 마구 욱신거리는 관자놀이를 문지르며 내뱉었다.

"프란시스, 당신은 지옥에나 떨어져요."

8

일주일이 흘렀지만, 라일라는 아직껏 에스몽에게 연락하지 못했다. 만일 그때 데이비드가 들르지만 않았던들 영영 그럴 용기를 내지 못했을지도 모른다.

더 빨리 찾아오지 못해 미안하다는 말을 늘어놓은 뒤, 데이비드는 자신이 무엇 때문에 바빴는지 털어놓기 시작했다. 새로 사귄 단짝친구, 콩트 에스몽의 이야기였다.

단짝친구라기보다는 우상이라 부르는 편이 더 나을지도 모르겠다. 데이비드 얘기를 자세히 듣고 있자니, 에스몽은 사람이 아니라 반신반인(半神半人)의 경지에 다다른 인물처럼 느껴질 지경이다. 12개 국어를 능수능란하게 구사한다느니, 세상에 안 가본 곳이 없고 안 해본 일이 없다느니, 학자인 데다가 철학자이며, 문학에서 말(馬)까지 세상 모든 문제에 대해 무엇이 좋고 무엇이 나쁜지 한눈에 척척 판별할 수 있다느니, 체스에서부터 여자 후리기에까지 모든 일의 전문가라고 입에 침이 마르도록 칭찬을 해댔다.

거의 두 시간 동안 데이비드는 백작을 칭송하는 노래를 불러댔고,

그와 함께 어디를 다녀왔는지, 그곳에 또 누가 있었는지, 에스몽이 누군가에게 뭐라고 말했는지, 특히나 자신에게 무슨 말을 해주었는지 낱낱이 떠들어댔다. 데이비드의 말에 따르면 에스몽이 내뱉는 단어 하나하나가 살이 되고 피가 되는 말이며 에스몽의 고견과 탁월한 지혜를 보여주는 예가 아닐 수 없다고 했다.

데이비드가 떠나고 나자 라일라는 모든 신경이 곤두서 미쳐버릴 것만 같았다.

지난 주 내내 죄책감과 우유부단함에 시달렸었다. 셔번 백작에 대한 일을 에스몽에게 털어놓는 것이 의무라는 것은 알고 있다. 하지만 백작이 자신 때문에 교수대로 가는 것은 원치 않는다.

안절부절못했었다. 엉망으로 그림을 그리고, 그리지도 않을 건데 캔버스만 만들어댔고, 누군가 찾아와 자신의 주의를 좀 딴 데로 돌려줬으면 하고 바랐다. 하지만 아무도 찾아주질 않아 안도감과 짜증을 함께 느꼈었다. 묘지로 산책도 수없이 나갔건만, 그래도 머리 속을 정리할 수가 없었다. 혼자서 밖을 돌아다녀선 안 되었기에 산책을 나갈 때마다 엘로이즈와 갸스빠르가 따라붙었다. 보호해 주는 것은 고맙지만, 그들이 누구의 하인이며 누구의 명령을 듣는지 도무지 잊을 수가 없었다. 결국 복잡한 생각의 중앙엔 항상 에스몽이 자리잡고 있었다.

그녀는 아무것도 한 일이 없는데—뿐더러 날마다 조금씩 점점 미쳐가고 있는데—에스몽은 데이비드의 뒤나 졸졸 따라다닌 모양이었다.

야회니 무도회니 카드 게임이니 연주회니 런던에서 상연되는 연극은 하나도 빠짐없이 쫓아다니며 데이비드에게는 완벽한 신 노릇을 하랴, 열여덟 살에서 여든 살 사이의 여성들과는 지분거리랴 정신없이 바빴던 모양이다.

심지어는 데이비드를 알맥*에까지 데려간 모양이었다. 알맥이 어디

---

* Almack. Almack's assembly room이 정식 명칭이며 1765년에 만들어진 사교장으로, 12주간의 런던 사교계 시즌 동안 일주일에 한 번씩 이곳에서 파티가 열렸다. 이곳에 참석할 수 있는 손님의 기준은 몹시 까다로웠다고 한다.

인가, 평민에 불과한 라일라 보몬트로선 단 한 번도 들어가 본 적이 없고, 아마 죽을 때까지 들어가 볼 수도 없을 귀족들만의 요새가 아니든가. 그렇다고 그녀가 그 고루한 곳에 가보고 싶어했다는 뜻은 아니다. 하지만 그곳에 한 번만 가보라고, 가서 참한 레이디들과 자신과 비슷한 부류의 좋은 젊은이들을 만나라고 그렇게 설득해도 차라리 날 잡아 잡수셔 하던 데이비드가 아니었던가. 그의 부모와 라일라가 발벗고 나서서 등을 떠밀어도 꿈쩍 않던 데이비드가 에스몽이 가잔다고 선뜻 따라나섰다니.

자기가 에스몽을 안 지 얼마나 되었다고. 에스몽이 관심을 갖는 것은 실제로 그를 아껴서가 아니라 살인 용의자이기 때문인데. 좀더 유력한 용의자가 나타나면 금세 데이비드를 버리고 떠날 사람인데.

이 모든 게 그녀의 탓이로다.

그녀는 응접실 창문 앞에 서서 안개에 휩싸인 집 앞 광장을 처량하게 바라보았다.

정의를 원한다고 말했건만, 진실을 알고 싶다 했건만, 만일 그 때문에 자신이 아끼는 사람이 상처를 받아야 한다면, 그 진실이 몹시 추한 것이라면 차마 그 앞에 설 자신이 없었다. 그녀가 바랐던 것은 추상적이고 모호한 개념의 정의였을 뿐, 더럽고 고통스런 진실을 원한 것은 아니었다.

그를 다시 봐야 한다는 고통도 원치 않았다.

그녀는 눈을 질끈 감고 차가운 유리창에 이마를 가져다 댔다.

가. 가지 마. 나가. 돌아와.

돌아와.

나약함.

네가 나약해진 건 그가 널 나약하게 만들도록 내버려두었기 때문이야. 그녀는 스스로를 꾸짖었다. 프란시스에겐 끝까지 바락바락 대들며 맞서던 그녀였는데. 자신의 기분이 어떻건, 프란시스 앞에서는 항상 강한 척을 했었다.

그녀는 눈을 뜨고 희뿌연한 바깥 풍경에서 고개를 돌렸다.

난 강해. 어떤 면에서는 겁도 많고 저열하긴 하지. 그래, 그 점은 인정해. 하지만 아버지에게서 감각적인 쾌락에 속수무책인 점만 물려받은 것은 아니다. 아버지의 영리함과 강인함도 고스란히 물려받았다.

프란시스와 같이 산 게 십 년인데 에스몽 하나 처리하지 못하랴. 감정을 닫아버리는 방법과 자신의 나약함을 감추는 법쯤은 잘 알고 있었다. 남자에게 대항하는 방법을 수없이 많이 알고 있는 그녀였다. 설마 에스몽에게 대항할 방법 하나쯤은 있겠지.

데이비드가 떠난 지 삼십 분 뒤, 마담 보몬트는 부엌으로 들어갔다. 갸스빠르는 닦고 있던 냄비를 옆으로 밀어놓고 얼른 그녀를 바라보았다. 엘로이즈도 칼놀림을 멈추고 앞치마에 양손을 닦은 뒤 무표정한 얼굴로 라일라를 바라보았다.

"콩트 에스몽께 은밀히 전갈을 전할 방법은 알고 계실 테지요?"

그녀가 오만하게 말했다.

"위, 마담(네, 부인)."

엘로이즈가 말했다.

"그렇다면 부탁할게요. 최대한 빨리 얘기를 해야겠다고 전해 주세요."

"위, 마담."

"고마워요."

그리고 그녀는 부엌에서 나갔다.

갸스빠르는 아내를 바라보았다. 그녀는 라일라의 발걸음 소리가 완전히 멀어진 뒤에야 비로소 말했다.

"내가 뭐랬어요."

"주인님은 오시지 않을 거야, 내 작은 이."

"주인님이야 오고 싶지 않으시겠죠. 하지만 이번만큼은 주인님이 원하시는 대로 되지 않을 걸요. 왜 거기 그렇게 바보처럼 서 있는 거예요? 얼른 가요."

그녀가 가보란 손짓을 하며 말했다. 그리고는 다시 칼을 집어들었다.

"가서 말씀드려요."

갸스빠르는 험상궂은 표정을 하고 밖으로 나갔다. 남편이 등뒤로 문을 닫고 나간 후 엘로이즈는 미소를 머금었다.

"저이 말을 들었을 때의 무슈 표정을 좀 보고 싶네."

그날 밤 11시, 이스말은 라일라 보몬트의 아틀리에 문 앞에 섰다. 복도를 걸어오며 그는 침착하자고 자신을 타일렀다. 적어도 겉으로 드러난 표정은 침착했지만 속으로는 떨고 있었다. 지난 십 일간 그녀를 피했다. 일부러 바쁘게 돌아다녔다. 겉으로는 즐거운 척, 신나는 척했지만 속으로는 안절부절못했다. 그녀와 함께 있으면 신경이 곤두서고 무분별한 짓을 저지른다. 그래서 그녀에게서 떨어져 있으면 이번엔 잠도 오질 않고 외롭기만 하다. 괴롭긴 매한가지였지만, 그래도 속마음은 차라리 그녀 옆에 있고 싶은 모양이다. 그러니까 그녀의 부름에 이렇게 쏜살같이 달려온 거겠지.

어쨌거나 그는 성가시다는 인상을 풍기려고 노력했다. 그녀 덕에 즐거운 인생이 방해받았다는 느낌을 주려고 애를 썼다.

그녀는 작업대 앞에 꼿꼿하게 앉아서 턱을 치켜들고 있었다.

그녀의 새하얗고 부드러운 목덜미에 입술을 가져다 대면 어떤 느낌일까 생각하면서 그는 가볍게 목례를 했다.

"마담."

"무슈."

그녀 옆에 가까이 가지 않으리라. 몇 걸음만 더 다가가면 그녀의 체취를 맡을 수 있을 테니까. 그는 소파로 걸어가 거기에 앉았다.

침묵이 흐른다.

일분이 지났을까, 아니면 이 분일까. 그는 그녀를 쳐다보지 않으려고 애를 쓰고 있었다. 그래서 치맛자락이 부스럭거리는 소리와 함께 마루바닥에 의자 끌리는 소리, 잠시 후 그의 쪽으로 다가오는 발소리를 듣고만 있었다. 닳아빠진 양탄자가 그녀의 발걸음 소리를 삼킨다. 그녀의 체취가 창문에서 새어 들어오는 망할 외풍에 실려 그의 코를 간지럽히자 그의 심장도 미친 듯이 두근거렸다.

그녀는 한 1미터 앞에서 멈춰 섰다.

"사과드려요. 일을 이렇게 해라 저렇게 해라 참견을 해서 섬세하기 그지없는 백작님의 마음을 상하게 만들었다면 정말 고개 숙여 사과를 드려요. 제 생각이 짧았어요. 원래 백작님처럼 천재이신 분들은 예민하고 섬세하기가 이를 데 없다는 건 누구나 다 아는 기본 상식인데 말이에요."

이스말은 이글거리는 그녀의 황갈색 눈을 들여다보았다. 그녀를 원했다. 저 건방진 태도도, 자신을 모욕하는 저 표정도, 저 열기도, 그리고 저…… 열정도.

"맞는 말씀입니다. 제가 좀 예민한 편이지요. 하지만 부인께서 이렇게 애절하게 사과를 하시니 저도 계속 화만 내고 있기가 뭐하군요. 용서해 드립니다, 부인."

"마음이 한결 놓이네요. 물론 저 역시 백작님을 용서해 드려요."

"전 사과를 한 적이 없는데요."

그녀는 관두라는 식으로 손을 내저었다.

"그 점도 용서해 드리지요."

"부인의 관대함에 할말을 잊었습니다."

그가 웅얼거렸다.

"백작님께서 이만한 일로 말을 잊으실 리는 없겠죠."

그녀는 옆으로 몸을 움직였다. 처음에는 난로가 앞으로 다가가 불을 쬐려는 모양이라고 생각했다. 하지만 그녀는 한데 쌓여 있는 캔버스들을 양탄자 위에 아무렇게나 넘어뜨리더니 그 뒤에 감춰져 있던 낡긴 했어도 편안해 보이는 쿠션 달린 발받침을 꺼냈다.

"아, 제게 뭘 던지고 싶으시다면 저기 놓인 미켈란젤로의 흉상이 훨씬 더 들기 편할 텐데요."

그녀는 발받침을 끌고 소파 앞으로 다가왔다.

"뭘 던지고 싶은 생각은 없는데요. 그저 제 주제대로 백작님의 발치에 앉아 이 비천한 몸이 알게 된 얼마 되지 않는 정보를 말씀드리려는 것뿐이지요."

그녀는 발받침에 앉아 무릎 위에 양손을 포개 놓았다. 딱 저같이 비천한 자가 감히 당신처럼 높은 귀족에게 어디 말이나 제대로 하겠냐는 표정을 그럴싸하게 지으며 그녀가 물었다.

"어디서부터 시작할까요?"

좀 떨어져, 그는 생각했다. 벌꿀을 연상시키는 그녀의 금발이 손만 뻗으면 닿을 곳에 있었다. 그녀의 머리카락을 감아쥐고 헝클어 놓고 싶은 생각에 손가락이 마구 근질근질했다.

"부인께서 원하시는 대로."

그녀는 고개를 끄덕였다.

"그렇다면 셔번 백작 얘기부터 하지요. 그분에 대해 아시는 바가 있으신가요?"

셔번 따위 내가 알게 뭐냐. 이스말은 그녀의 머리카락을 매만지고 그녀의 입술에 입맞추고 싶다는 생각뿐이었다. 지난 십 일간, 아니 그 이전부터 밤이면 밤마다 꿈꾸었던 대로 그녀와 몸을 얽고 뒹굴고만 싶었다. 그녀의 체취로 머리가 멍한지라 사건 조사고 자시고 이성적인 분석을 할 수 있는 계제가 아니었다.

"남편분의 친구셨던 걸로 알고 있습니다. 무슈 보몬트가 무슨 일로 셔번 백작의 심기를 불편하게 했는데, 듣자니 백작 부인과 연관이 있다고 하더군요. 그 일 이후 두 사람의 관계는 틀어지고 같은 시기에 셔번 백작 부처가 심하게 다투는 일이 잦았다고 합니다. 셔번 백작이 일주일 전 부인을 찾아왔더란 얘기도 들었습니다."

그녀의 도톰한 입술이 말려 올라갔다.

"남편이 레이디 셔번을 유혹했다는 얘기가 그렇게 재미있습니까?"

"아니오, 그래서 웃은 게 아니에요. 지난 십 일 동안 저란 존재를 완

전히 무시하더니 사실은 몰래 염탐하고 계셨다는 게 우스워서요. 갸스
빠르와 엘로이즈가 날이면 날마다 보고서를 올렸나 봐요.”

“부인의 존재는 충분히 인식하고 있습니다. 아주 발바닥에 박힌 가
시처럼 무시할래야 무시할 수가 없더군요.”

“그렇다면 셔번 백작이 찾아왔더란 얘기를 들으신 순간 바로 절 찾아
오시지 않은 게 놀랍군요. 제가 뭘 알아냈을지 궁금하지도 않으셨어요?”

“부인께서 보자는 말씀이 없으셔서요.”

“어머, 이번 사건을 해결해야 할 분은 제가 아니라 백작님이세요. 제
가 변덕스럽고 무분별한 여자란 걸 잊으신 건 아닐 테죠? 까탈스런 정
보원을 상대하시는 것도 이번이 처음은 아니실 테고, 데이비드를 알맥
에 데려가실 정도로 사람 구워삶는 데 일가견이 있으신 분인데 제 입
에서 대답 몇 마디 듣는 거야 어린아이 손목 비틀기에 불과하잖아요.”

“제가 부인을 다루지 못한다는 것은 부인께서도 잘 알고 계시지 않
습니까. 부인은 절 바보로 만드십니다. 하긴 여태껏 부인에게 다가간
남자들은 다들 하나같이 바보가 되었겠지요. 부인 아버님에 대한 비밀
을 알고 있었던 남편분 역시 그걸 이용해 부인을 쥐고 흔들지 못한 걸
보면, 아마 그분 역시 부인 문제에 관한 한은 바보였나 봅니다. 퀜틴
경처럼 뛰어난 지모를 가진 권력자도 부인을 어쩌지 못했지요. 그러니
에이버리가 부인의 노예가 된 것도 그리 놀랄 게…….”

“노예라뇨! 지금 무슨 말씀을 하시려는 거지요?”

“셔번 경도 마찬가지입니다. 부인과 만난 뒤부터 아내가 가는 곳을
졸졸 따라다니는 것도 분명 부인의 입김이 작용한 것일 테지요.”

그녀의 얼굴이 환하게 달아올랐다.

“정말이에요? 두 사람이 화해를 했나요?”

뿌듯해하는 그녀의 표정을 보면 짐작이 가고도 남는다. 듣자 하니
셔번 백작이 이 집에 머문 건 채 한 시간이 안 된다고 하던데, 그 짧은
시간에 벌써 그를 손에 쥐었다 놓았다 하게 될 줄이야.

“그래요.”

자신 역시 셔번 백작보다 하나 나을 바 없는 상황임을 인식하며 이스말이 쓸쓸하게 말했다. 셔번 백작에게 이유를 설명할 수 없는 질투심마저 느꼈다.

그녀가 함박미소를 지었다.

"그거 봐요, 남자들이 절 만나면 바보가 된다는 백작님 말씀은 틀리잖아요. 셔번 백작님은 바보가 되기는커녕 오히려 제정신을 차리셨으니까요."

그러고 나서 그녀는 셔번 백작을 만난 이야기를 늘어놓았다. 이스말은 핵심 포인트에 정신을 집중하려 했지만, 그녀의 이야기를 다 듣고 난 뒤 그의 머리 속에 남은 것은 딱 한 가지였다. 저도 모르게 그 얘기가 입술에서 새어나왔다.

"그러니까 백작의 손을 잡으셨다 그겁니까?"

그가 딱딱하게 물었다.

"제 말에 귀를 기울이시게 하려고요. 거의 본능적인 행동이었던 것 같아요. 전혀 레이디답지는 않았지만 효과가 있었으니 그거면 된 거 아닌가요?"

"그건 본능적인 행동이 아니에요. 부인의 손은 일반인의 손과는 달라요."

그는 눈짓으로 그녀의 손을 가리켰다.

"화가라는 사람들은 원래 손을 통해 자신의 의지를 내뿜고 의사를 전달하죠. 부인 역시 자신의 손이 가지는 힘에 대한 자각이 있을 거예요. 아니, 자각하고 있기를 바래요."

그가 경직된 음성으로 덧붙였다.

"그러니 제발 함부로 손을 쓰지 마세요."

"힘이라고요?"

그녀는 자신의 손을 바라다보았다. 그의 감정이 격앙되어 있음은 조금도 모르는 눈치였다. 그러다가 보라색 쿠션 위에 올려놓은 그의 오른손으로 시선을 돌렸다.

"그건 백작님도 마찬가지잖아요. 하지만 저와의 차이점이라면 백작님
께서는 자신의 힘을 똑똑히 자각하고 의식적으로 행동하신다는 거겠죠."

그녀는 고개를 들었다.

"백작님도 계산하지 않고 행동하실 때가 있나요?"

"장식용 핀에 대해서나 설명해 봐요."

그녀는 잠시 그를 바라보았다. 그리고는 다시 기가 죽은 듯 고개를
푹 숙이는 시늉을 했다.

"네, 나으리. 물론입죠, 나으리."

발 받침대에 앉아 있는 그녀를 떠밀어 카펫으로 넘어뜨리고 싶은 생
각이 간절했다. 정말 얄밉다. 그는 소파에 등을 기대고 눈을 감은 뒤
그녀의 냉정하고 정확한 묘사에 귀를 기울였다.

흔히 크러뱃을 고정하는 데 쓰는 장식핀이었으나 셔번이 메고 온 크
러뱃에는 이미 에메랄드 장식핀이 꽂혀 있었으니, 그의 것은 아닌 모양
이라고 그녀는 말했다. 가까이서 자세히 볼 겨를이 없었기에 어떤 모양
인지는 알 수 없었지만 금으로 만들어진 듯했고 꽃잎이나 나뭇잎 비슷
해 보였지만 장담할 수는 없다고 했다. 어쩌면 얼굴이나 사람의 몸을
본뜬 것일 수도 있다고 했다.

이스말은 굴러가길 거부하는 머리를 억지로 굴려 그녀가 한 말을 분
석했다. 잠시 조용히 생각만 하던 그가 입을 열었다.

"레이디 셔번께서 바랐던 게 애정과 용서란 확신은 대체 어디서 얻
으셨나요?"

"레이디께선 백작님을 몹시 사랑하시는 것 같았어요. 셔번 백작님은
자신이 바람 피운 얘기를 자랑스레 떠벌리고 다니셨죠, 부인은 나 몰라
라 내팽개쳐 두고요. 맨 처음에는 그저 남편의 질투를 한번 유발해 볼
심산으로 프란시스와 가볍게 지분거리려던 생각밖에 없었을 게 분명해
요. 남편이 질투까진 아니더라도 적어도 자신에게 관심을 가져줄 거라
생각했겠죠. 프란시스가 어떤 인간인지 아마 레이디께선 모르셨을 거
예요. 프란시스의 본모습을 아는 여자는 별로 없거든요. 대부분의 여자

들은 프란시스가 보여주는 모습밖에 못 보더라구요. 그 사람이 어떤 인간인지 알았을 때는 이미 너무 늦은 거죠."

"그러니까 부인께서는 레이디 셔번이 유혹을 당했고, 자신이 실수를 저질렀음을 너무 늦게 깨달았더라, 그렇게 생각하셨다는 말입니까?"

"과연 유혹을 당했을지는 확실치 않아요. 자신의 남편을 지극히 사랑하는 데다가 엄한 교육을 받고 자란 상류층 출신의 젊은 레이디를 유혹한다는 게 과연 가능했을까요? 나이는 마흔이라도 겉모습은 예순 살 노인네 같았던 프란시스가. 눈부신 미남이라고 하기는 힘든 외모였다구요."

"그렇다면 뭡니까?"

그녀의 눈빛이 어두워졌다.

"결혼하기 전 프란시스가 날 유혹한 적이 있었죠. 내가 반항을 했더니 그 다음에는 술을 먹이더군요. 효과는 있었죠. 물론 그 후론 제가 같은 수에 속아넘어가질 않았죠. 문제는 말이에요, 그 수가 딱 한 번만 효과를 발휘해 준다면 그 누구건 손에 넣을 수 있다는 거예요. 아마 레이디 셔번도 같은 방법으로 당했겠죠."

보몬트 부인이 술을 그렇게 안 마시는 것도 다 이유가 있었던 게로군.

"그렇다면 백작은 아내가 남자와 함께 있었음이 여실히 드러나는 모습으로 취해서 잔뜩 흐트러져 있는 것을 보았겠군요."

"레이디 셔번이 자기 입으로 프란시스와 잤다고 하진 않았을 텐데, 셔번 백작은 그 남자가 프란시스란 걸 알고 있었어요."

그녀가 잠시 생각을 하는 듯했다.

"제가 내릴 수 있는 결론은, 셔번 백작이 들고 있던 장식핀이 프란시스의 것이 아니었나 하는 거예요. 프란시스가 그 핀을 흘리고 갔을 거예요…… 백작은 그게 누구 것인지 한눈에 알아본 것일 테고요."

이스말은 파리에 있던 한 가게를 떠올렸다. 몹시 에로틱한 펜던트에 지대한 관심을 나타냈던 보몬트.

"백작이 어떻게 그 핀의 임자를 알아보았는지 대강 짐작이 가는군요.

남편분께서는 특정 모양의 골동품에 상당한 관심을 보이셨죠."

"굳이 돌려서 말씀하실 필요는 없어요. 남편의 취향쯤은 알고 있으니까요. 저기 골동품 진열장에 놓인 동양의 다산(多産)의 여신상 정도야 빙산의 일각일 뿐이죠. 아주 음란한 모양의 시계도 꽤 많이 모았던 걸로 알고 있어요. 뿐더러 외설스런 모양의 코담뱃갑 컬렉션도 꽤 되고요. 춘화(春畵)도 만만치 않죠. 숨겨 놓고 자기 혼자만 즐겼어요. 물론 몇몇 소수의 친구들에게는 보여준 모양이지만."

"제가 한 번 보고 싶은데요."

"원하신다면 그러세요. 마음 같아서야 모두 내다 버리고 싶지만, 그중 몇 점은 상당히 오래된 것이라 버리기가 아깝더군요. 어쨌건 아직 남편 방에 있는데 가서 가져올까요?"

이스말은 고개를 저었다.

"그걸 에이버리 경에게 주세요. 에이버리 경을 부추겨 조만간 다시 들르게 하겠습니다. 경이 오거든 그 물건들을 좀 처분해 달라고 부탁하세요. 에이버리 경은 부인의 부탁이니 기꺼이 들어줄 겁니다. 하지만 어떻게 하면 좋을지 몰라서 아마 제게 조언을 구하러 올 테죠. 에이버리 경과 함께 그 물건들을 하나하나 조사하다 보면 경이 제게 뭔가 도움이 될 만한 단서를 줄지도 모릅니다."

"참으로 영리하시군요. 어쩌면 그렇게 계산이 빠르신 건지."

"제가 계산한 것은 에이버리가 부인의 청을 거절하지 못하리란 것 하나뿐입니다."

"아, 데이비드가 백작님에게 조언을 구하리란 것은 계산이 아니라 당연지사다, 이 말씀이고요?"

그녀가 되받아쳤다. 그는 미소를 지었다.

"질투하시는군요. 제가 부인과만 시간을 보냈으면 좋겠다 이 뜻인가요?"

"영리하고 계산이 빠르신 데다가 독단을 넘어 착각까지 하시는군요."

"이게 다 부인 탓이지요. 그러길래 제가 보고 싶으셨으면 진작에 부르시지, 왜 여태까지 참고 있었어요?”

그녀는 턱을 치켜들었다.

“제 말 한마디에 쪼르르 달려오신 걸 보면, 보고 싶은 걸 참은 사람은 백작님이신 것 같은데요.”

“네.”

그가 부드럽게 말했다.

“부인이 무척 보고 싶었어요.”

“제 도움이 필요하셨기 때문일 테죠.”

이스말은 한숨을 내쉬었다. 그는 소파에서 내려와 그녀 옆에 무릎을 꿇고 앉았다. 그녀는 당황하여 얼어붙었다.

그는 바짝 몸을 숙이며 그녀의 머리에서 풍기는 청결한 냄새를 맡았다. 재스민과 몰약이 어우러진 이국적인 향에 오직 그녀만의 것인 희미한 체취. 그녀 옆에 있으면 바보가 된다. 어리석은 짓을 저지르고 싶어진다. 그녀가 조롱기 섞인 금빛 눈을 치켜 뜨고 오만하게 사과를 하는 순간 그는 마침내 자신과의 싸움을 접었다.

그녀는 어쩌면 이리도 쉽게 내 저항을 꺾어 놓는 걸까.

“당신이 필요해요. 그 점만큼은 인정하지요.”

그가 속삭였다.

그녀는 똑바로 앞을 바라보았다. 그녀의 오만한 광대뼈 위에 희미한 홍조가 스치고 지나간다.

“제가 백작님을 부른 건 살인사건을 의논하기 위함이었습니다. 그저 제가 얻은 정보를 알려드리고 싶었던 것뿐이에요.”

그는 아무 말도 하지 않고 기다렸다. 자신이 원하는 바로 그것에 남아 있는 모든 의지력을 쏟아부으며.

기나긴 침묵. 쥐어뜯는 듯한 긴장. 에스몽이 몸을 숙여 왔다. 그의 입술이 그녀의 귀에 스치자 숨이 턱 멎을 것 같았다.

하지 마. 그녀의 입술이 오물거렸으나 새어나오는 소리는 가쁜 숨소리뿐이었다.

그는 고양이처럼 그녀에게 뺨을 부볐다. 제발 하지 말아요, 그녀는 소리 없이 애원하며 그의 목과 보드라운 머리카락을 쓰다듬고 싶어하는 손가락을 제자리에 붙들어 매놓으려고 애를 썼다.

공격에 대비해 신경을 곤두세우고 무기를 움켜쥔 채 기다렸건만, 이것은 공격이 아니다. 그에게서 따스하게 풍겨나오는 체취. 자신의 피부를 간지럽히는 그의 피부. 잔뜩 긴장되어 있던 근육이 이성과 자제력을 벗어나고자 노력하듯 욱신거리며 그녀와 싸우기 시작했다.

그는 자신의 상태를 읽고 있었다. 비스듬히 바라보는 그의 시선에서 알 수 있었다. 그는 기다린다. 자신이 그녀에게 무얼 하고 있는지 똑똑히 깨닫고 있으니까. 그는 움직이지 않는다. 숨쉬는 것조차 느껴지지 않건만, 그녀를 눌러 오는 압박감은 점점 커져 가고만 있었다.

두 사람의 의지력 대결. 하지만 그쪽이 좀더 강하다. 어둡고 남성적이며 무자비했다. 끌려 들어가는 힘에 대항해 보지만 소용이 없었다. 어차피 그녀는 약하게 태어난 존재이거늘. 천성이 약한 인간이었거늘.

그는 강하고 아름다웠다. 그리고 그녀는 그를 원했다.

그의 입술이 그녀의 뺨을 쓸며 달콤함을 약속한다. 그 약속에 그녀의 몸 속에서 균열이 일어난다. 여태껏 그녀 자신조차 모르게 꼭꼭 감춰 왔던 공허함이 점점 커져만 간다.

그녀는 손을 들어 그의 소매로 가져간다. 그것은 그에게 매달리기 위한 본능적인 행동이었다. 그의 강인한 몸이 마치 생명줄인양.

마침내 그의 입술이 그녀의 입술에 닿았다. 응징이 목적이었던 저번의 키스와는 사뭇 달랐다. 그녀가 느끼는 공허감을 감지라도 한 듯 쾌락으로 그녀를 채웠다. 천천히 관능적으로 움직이는 그의 입술. 이것은 달콤하기 이를 데 없는 게임…… 너무도 섬세했다. 불꽃이 아니다. 이것은 따스함, 편안함, 그리고 나른함.

온 세상이 조용해지며 녹아드는 것 같았다. 그녀를 달래고 어르는 그의 혀에 입술을 열고 그를 깊이 받아들였다. 매끄러운 그의 혀……

애무하듯 천천히 탐험하며 그녀의 부드러움을 희롱했다. 그 따스함을 좀더 원했기에 그에게 바짝 몸을 밀착했다. 그의 힘과 체중을 느끼고 싶었다. 그에게 짓눌리고 압도당하고 싶었다. 천천히 탐사하는 그의 혀에게 요구를 하기 시작했다.

하지만 그는 꿈쩍도 하지 않는다. 세상에 오직 이것만이 존재한다는 듯, 세상에 존재하는 시간은 오직 이 순간뿐이라는 듯, 깊고 나른한 이 키스가 영원히 계속될 수 있다는 듯. 그녀는 점점 더 초조해지기 시작했다. 좀더 많은 것을 원했다. 하지만 그는 지금에 만족한다는 듯, 더 이상은 필요치 않다는 듯 그녀를 희롱하기만 할 뿐이다.

그는 내가 애원하길 바라는 것인가. 의식의 끈을 놓으려는데 그런 경고의 목소리가 들렸다.

그 순간 그녀는 그가 무슨 짓을 한 것인지, 자신을 어떤 식으로 교묘하게 유도했는지 깨달아 버렸다. 언제부터인지는 몰라도 카펫에 누워 그의 품안에 어린아이처럼 안겨 있었다. 탕녀처럼 그에게 얽혀 있었다. 매달려 있었다. 어느새 온몸이 뜨거워져 있었다. 가랑비에 몸 젖는 줄 모른다더니 그가 천천히, 조금씩 지펴 놓은 욕망에 젖어 온몸에 열이 오른 것도 몰랐다.

독약이야. 프란시스가 그렇게 경고했었지. 너무도 달콤해…… 쾌락만이 남을 뿐이지. 그래, 그 말이 옳았다.

인간 아편이야, 그는 그렇게도 말했다.

그녀는 그 약에 취해 있었던 것이다.

라일라는 그를 밀어내며 자신의 의지를 배반하는 근육들과 힘겹게 싸워 간신히 몸을 일으켜 앉았다. 그도 천천히 일어나 앉으며 그녀를 바라본다. 무슨 일인지 묻는 듯 순진하기 짝이 없는 저 파란 눈동자.

"일부러…… 그렇게…… 한 거군요."

그녀가 가쁘게 숨을 몰아쉬며 말했다.

"물론이야. 내가 설마 당신에게 실수로 키스했다고 생각하진 않겠지."

"내 말은 그 뜻이 아니잖아요. 내 정신을 쏙 빼놓으려고 그런 거죠?"

“나뛰렐르멍(당연히).”

죽여버리고 싶을 정도로 침착한 그.

“이성이 남아 있으면 당신이 나와 사랑을 나눌 리가 없으니까.”

“사랑?”

그녀가 되풀이했다.

“사랑을 나눠요?”

“그것 말고 다른 목적이 있을 리 없잖아.”

“원한 건 그게 아니었겠죠.”

그가 말한 ‘사랑’이란 흔히들 간음이라 표현하는 것임을 다시 한 번 되뇌이며 그녀는 비틀비틀 일어섰다.

“당신은 뭔가를 증명하고 싶었던 거예요. 내게 뭔가를 가르치고 싶었던 거겠죠.”

“내가 당신에게 뭘 가르쳐야 할 이유가 뭐지? 당신도 하루이틀 결혼 생활을 한 게 아닌데, 그 정도면 사랑을 나누는 방법쯤은 알고 있을 거 아냐? 보아하니 전희에는 능숙한 것 같던데.”

그리고 그는 그녀에게 씩 미소를 지어 보였다. 소년의 그것같이 전의를 쏙 빼놓는 미소. 하지만 그의 짙푸른 눈동자 안에서 반짝이는 저 빛은 장난기가 아니다. 그것은 교활함이다.

“그래도 당신만큼 능숙하진 않은 것 같네요.”

“쎄 브래(맞는 말이야). 나 역시 나보다 능숙한 사람은 보지 못했으니까.”

그가 일어섰다. 그녀와는 전혀 다르게 고양이처럼 우아한 몸놀림. 그녀의 몸에는 아직도 힘이나 균형 감각이 돌아오지 않았다. 팔다리가 흐물흐물한 게 금방이라도 무릎이 풀려 쓰러질 것 같았다.

“정말 힘든 여자야, 당신. 아주 짜증이 나려고 해. 키스 한 번 하려고 이렇게 공을 들여야 하다니.”

그는 진지한 표정으로 그녀를 바라보았다.

“저번에 당신이 화났을 때는 훨씬 더 쉬웠는데. 하긴 그때는 나 역시 화가 나 있었으니까. 다음 번에는 나는 평정을 잃지 말고 당신만 화를 내도록 만드는 게 좋을 것 같아.”

“다음 번이란 없어요.”

그녀가 최대한 차갑게 내뱉었다. 말은 그렇게 했지만 심장은 미친 듯이 쿵쾅거리고 있었다. 만일 저 남자가 집요하게 유혹하면 어쩌지? 어떤 수를 써야 저 인간을 막을 수 있을까?

“애당초 일어나지 말았어야 할 일이었어요.”

그녀가 얼른 덧붙였다. 자세를 똑바로 펴면서 그녀는 뒤로 몇 걸음 난로가로 물러섰다.

“전에도 한 말이지만, 제대로 이해를 못하신 것 같으니 다시 한 번 되풀이하죠. 저는 당신과건 그 어떤 남자와건 잠자리를 함께 할 생각이 없어요. 한마디로 말해 대답은 노예요. 어쩌면이나 혹시 나중이라면이 아니라고요. 싫어요. 농(싫어요). 압솔뤼멍(절대로). 쟈매(결코).”

그는 고개를 끄덕였다.

“이해해요. 저항이 세다는 건 알고 있었어요.”

“이 망할 남자 같으니! 예의 차리려고 하는 거절이 아니라니까요!”

“아, 그래요. 내 말도 그거라니까. 원래 내 영어 표현력이 내 뜻만큼 유창하지가 않아서 말이에요. 하지만 당신의 말은 충분히 알겠어요.”

“그 말을 들으니 다행이군요. 자, 이제 그 문제는 해결을 봤고, 셔번 백작에 대한 얘기는 아는 걸 모두 말씀드렸으니 그만 가보시죠.”

“아, 그래야겠네요. 아까 들은 얘기를 곰곰이 생각해 볼게요.”

그가 의미심장한 눈길로 그녀의 머리부터 발끝까지를 훑자 피부가 따끔거렸다.

“일단은 그 장식핀이 정말로 프란시스의 물건이었는지도 알아보세요.”

“그 문제는 에이버리 경이 해결해 줄 것 같군요. 들른 지 얼마 되지도 않아 또다시 들르면 남들이 이상하게 여길 테니까, 한 삼 일 후에 이버리 경이 이 집에 들르도록 조처할게요. 그날 시간 괜찮겠어요?”

“어차피 요새는 한가하니까요.”

그녀가 딱딱하게 말했다.

"난 내일 저녁에 국왕 폐하와 저녁 식사 약속이 있어요. 일단 폐하께 잡히면 기본이 새벽이지요. 폐하께서 기분이 좋아 말씀이 많으신 날은 빠져나오기가 더더욱 힘들고요. 어찌 되었건 내가 할 일 없이 들르는 것은 부인께서도 원치 않으실 테니, 사건에 대해 뭔가를 알게 되면 그때 들르도록 하죠."

그녀는 고개를 끄덕거렸다.

"그럼 안녕히 가세요."

그녀는 손을 내밀지 않으려고 일부러 스커트 주름을 펴는 척했다.

그는 고개를 숙여 절을 했다.

"오 르부와르(다음에 또), 마담. 즐거운 꿈꾸시길."

이스말이 약속했던 대로, 삼 일 후 에이버리 경이 찾아왔다. 그리고는 역시나 이스말의 예측대로, 후작은 곧바로 이스말을 방문했다. 짧은 대화가 오간 뒤—주로 에이버리 경이 미안하다는 말과 자신 역시 당황해서 어찌할 바를 모르겠다는 말을 했다—이스말은 닉에게 에이버리 경의 마차에 가서 보몬트 씨의 컬렉션이 담긴 상자를 가지고 오라고 명했다. 그리고 지금 두 사람은 보몬트 컬렉션의 마지막 물품을 상자에서 꺼내 서재에 있는 탁자 위에 올려놓고 있었다.

"부인께서 이 물건들을 내다 버리지 않은 게 참으로 다행입니다."

이스말은 들여다보고 있던 시계를 탁자 위에 내려놓으며 말했다.

"대부분 아주 오래된 물건들인 데다가 세공 솜씨 또한 상당하군요. 아주 값진 컬렉션이에요."

에이버리 경은 그의 말을 듣고 있지 않았다. 텅 비어버린 상자 속을 보며 이상하다는 표정을 짓고 있었다.

"뭐 없어진 게 있나요?"

이스말의 물음에 후작이 놀란 표정으로 고개를 들었다.

"정말 가끔은 경께서 제 마음속을 그대로 읽는 게 아닌가 하는 생각이 들 때가 있어요.”

“그저 경의 표정을 관찰한 것뿐입니다. 아까부터 계속 뭔가를 찾고 계시는 것 같더군요.”

“별로 중요한 건 아니에요. 장식핀 하나가 안 보이는군요. 장식핀 치고는 특이해서 기억하고 있었거든요.”

“상관없습니다. 남아 있는 것만으로도 상당한 가치예요. 요새 보몬트 부인께서 그림을 그리지 않으셔서 수입이 없으실 텐데, 아마 이 물건들을 처분하면 꽤 많은 돈이 들어올 거예요. 아주 요긴하게 쓰일 테죠.”

그러고 보니 그녀는 요새 뭘 먹고사는 걸까? 이스말은 갑자기 일말의 가책과 함께 그런 의문이 들었다. 나중에 그녀의 재정 상태를 한번 알아 봐야겠다.

말 나온 김에 보몬트의 재정 상태도 알아보는 게 좋겠군. 예전에는 뱅뜨위뜨에서 나오는 수입으로 먹고살았던 보몬트였다. 영국으로 돌아 올 때는 거의 빈손이나 다름없었을 텐데, 아편이나 매춘부 따위의 값비 싼 취미 생활을 계속하려면 자신의 전공을 살려 사람들을 협박하는 수 밖에 없었을 것이다. 예전 수준대로 살려면 한두 명 협박해서 푼돈을 뜯는 것으로는 모자랐을 텐데…….

“보몬트 부인께서는 이것들을 보지 못하셨길 바래요.”

에이버리가 ‘라 필로소피 당 르 부드와르’* 한 부를 집어들어 페이지 를 넘겨보다가 얼굴을 찌푸리며 말했다.

“정말 이 책만큼은 못 보셨길 바래요. 부인께서 이 물건들을 내오셨 을 때는 정말이지 어디에 시선을 둬야 할지 모르겠더군요. 하고 많은 작가들 중에 사드 후작의 책이라니.”

그는 탁 소리가 나게 책을 덮고 또 다른 책을 가리켰다.

---

* La Philosophie dans le boudoir. 마르끼 드 사드(사드 후작)의 1795년 작품으로 극히 변태적인 내용을 담고 있다. 한국에서는 규방철학, 규방에서의 철학, 규방 의 철학 등의 이름으로 알려져 있다. 규방에서의 철학이 가장 불어 의미상으로 가깝다.

"쥐스띤느*도 있군요. 정말이지 역겹기 짝이 없는 위선자였어요, 프란시스는. 2년 동안이나 친하게 지냈으면서도 그가 어떤 부류인지 까맣게 몰랐지 뭐예요? 아마 아무도 몰랐을 거예요."

"아, 남색 성향 말입니까?"

이스말은 어깻짓을 했다.

"아는 사람은 얼마 없었을 겁니다. 보몬트가 남에게 들킬 새라 쉬쉬했던 몇 안 되는 비밀 중 하나였을 거예요."

후작은 일어서서 카펫 위를 이리저리 걸어다니기 시작했다.

"하지만 경 말고도 그 사실을 알고 있는 사람은 있었을 거예요. 지난 2년간 프란시스와 꼭 붙어 다녔으니까 모두들 절 의심했겠죠? 아마 모르긴 해도 경 역시 저를 의심하셨을 거라고 생각해요."

"우리의 우정에 그런 사소한 일쯤은 전혀 문제될 게 없다고 봅니다. 그리고 최근 제가 관찰한 바로는, 경께서는 남자건 여자건 그 누구에게도 관심이 없어요. 유일한 예외라면 제가 아직 만나 본 적이 없는 한 젊은 레이디 정도랄까."

갑자기 후작이 걸음을 딱 멈췄다.

"레티스 우들리. 레이디 캐롤의 막내동생이죠, 아마? 그분께 관심이 있으신 모양인지, 그분 이름만 나오면 귀가 쫑긋해지시더군요."

"제가 언제—그러니까 도대체 어떻게—방금 그게 대답인가요? 이런, 제, 제 행동이 그리도 표가 나는 줄은 몰랐어요."

에이버리의 얼굴이 새빨갛게 물들었다.

"음, 언제나 그렇지만 이번에도 경의 말씀이 옳아요. 하지만 어쩌겠습니까? 한마디로 저는 그분께 어울리는 상대가 아니라는데. 제가 관심을 조금 보이자마자 바로 도셋에 있는 숙모님께 보내지더군요. 어찌 보면 당연한 일이에요."

그의 목소리에 원한이 배어나왔다.

---

* Justine. 역시 사드 후작의 1791년 작 소설로 창녀가 주인공인 변태적인 엽색 행각을 그린 소설.

“레이디 캐롤이 유별나게 프란시스를 경멸했거든요. 그런데 제가 누굽니까, 바로 그 프란시스의 단짝 아닙니까? 레이디 캐롤의 동생 사랑은 사교계에서도 유명해요. 동생을 이만저만 싸고도는 게 아니죠.”

“그저 경께서 관심을 보였다는 이유 하나만으로 동생을 시골로 보냈다면 정말 그런가 보네요.”

“정말이지, 제가 뭐 그리 큰 잘못을 저질렀다고 그러는지. 저는 우들리 양을 몹시 존중하거든요.”

후작의 목소리가 점점 기어 들어갔다.

“가망이 전혀 없다는 건 저도 압니다. 사실 프란시스 탓만 할 수도 없는 노릇이죠. 그 사람 탓할 것 하나 없어요. 어차피 난 자격 미달인데…… 언감생심 마음을 품은 게 잘못이지요.”

그는 고개를 푹 숙이며 돌아섰다.

“그래도 가슴은 아프군요.”

“사람 마음이란 게 어디 이성으로 제어가 되나요. 세상 다른 사람들이 말하는 대로만 할 수 있으면 그 누가 실수를 저지르겠어요?”

“2년 전에 그 일만 없었어도…… 제가 바보였죠.”

에이버리가 흘끔흘끔 이스말을 바라보다가 바로 시선을 돌렸다.

“절친한 친구를 잃은 직후에 프란시스를 만났어요. 친구는, 그 친구는 권총으로 자살을 했지요.”

안되었다는 말을 웅얼거리면서도 이스말의 머리는 빠른 속도로 회전하고 있었다. 2년 전, 자살……. 2년 전이면 보몬트가 영국으로 오기 전이다. 그렇다면 에이버리는 보몬트가 파리에 살던 시절부터 알고 지냈다는 것인데. 파리에서는 해마다 수많은 사람들이 자살한다. 하지만 뱅뜨위뜨에 드나들었던 한 젊은이 역시 권총으로 자살을 했었다. 자신이 보관하고 있던 정부 문서 몇 개를 분실했기 때문에. 그것 역시 보몬트의 작품이었다.

거기까지 결론을 내리고 나니, 에이버리가 눈앞에 펼쳐진 외교관으로서의 창창한 앞날을 포기할 수밖에 없었던 그 비운의 친구 이름을 얘기했을 때 이스말은 담담하게 들을 수 있었다. 그의 이름은 에드먼드 카스테어스.

"학교 다닐 때부터 친구였어요."

후작이 말을 이었다.

"원래 제가 사람에게 쉽게 정을 주는 편이 아닌데, 일단 한번 마음을 주면 아주 오래 가는 편이죠. 그 친구의 죽음으로 상당히 충격을 받았어요. 술독에 빠져 살았더랬죠…… 에드먼드와 함께 자주 드나들던 곳에서 프란시스를 만났어요."

그는 탁자 앞으로 걸어가 코담뱃갑을 집어들었다. 그는 입술을 비죽거렸다.

"아버님은 프란시스가 절 악의 길로 이끌 거라고 말씀하셨죠. 하지만 전 제 발로 악의 구렁텅이에 걸어 들어갔거든요. 지난 2년 내내 술과 비탄에 젖어 제정신이 아니었다는 핑계 따위는 댈 수도 없어요. 제 스스로 한 일이니까……."

그는 코담뱃갑을 내려놓았다.

"이젠 제가 누군지, 제가 진짜 어떤 사람인지, 제가 원하는 게 뭔지도 모르겠어요. 이런 제가 누군가와 결혼한다는 건—결혼은 고사하고 구애를 한다는 것조차도—어불성설이겠죠. 하물며……."

그의 목소리가 꽉 잠겨들었다.

"하물며 제가 그토록 존중하는 분에게 그럴 수야 없겠죠."

정말 진심으로 존중하긴 하나 보네, 이스말은 생각했다. 에이버리가 우들리 양에게 연심을 품고 있음은 진작에 알았다. 하지만 사모의 마음이 이 정도로 깊은 줄은 꿈에도 몰랐었다. 후작도 자제력이 꽤 강한 편인데 까딱하면 눈물을 흘리기 일보 직전이었다.

"차라리 그녀가 떠난 게 다행이야."

후작이 거의 혼잣말처럼 말했다.

"그녀가 런던에 있을 때는 더더욱…… 힘들었어요. 감정을 다스리기가 너무 어려웠죠."

그는 무너지듯 의자에 앉았다.

"그래요, 풋사랑이라고 하겠죠. 남들도 다 거쳐가는 과정이니까 심각하게 고민할 것 하나 없다고 하겠죠. 만약에 레이디 캐롤이 절 그토록이나 미워하시지만 않았던들 전 진작에 이성을 잃고 우들리 양에게 달려들어 용서받지 못할 실수를 저지르고 말았을지도 몰라요."

"그분께서 경을 미워하시는 줄은 몰랐습니다."

이스말이 중얼거렸다. 에이버리는 얼굴을 찡그렸다.

"저 역시도 12월 초에 열렸던 무도회에 참석하기 전까지는 몰랐습니다. 우들리 양과 실수로 춤을 두 번이나 같이 추었지요. 레이디 캐롤이 절 사람들 없는 곳으로 끌고 가시더니 다시 한 번 자기 동생 앞에서 얼쩡거리면 채찍으로 때리겠다고 엄포를 놓으셨어요."

그는 회중시계를 열었다 닫았다.

"정말 그러고도 남을 분이지요. 형제 가운데 그분이 제일 아버님을 닮았고 성격도 그대로 빼다 박았죠. 누가 뭐래도 그 집안의 실질적인 수장은 그분이에요. 그리고는 그 말이 진심임을 증명하기라도 하듯 동생을 시골로 보내버리시더군요."

그저 내키지 않는 구혼자 하나 쫓겠다는 이유치고는 방법이 너무 거창했다. 레이디 캐롤에게도 반드시 그럴 수밖에 없었던 이유가 있었을 것이다. 또한 저토록 정신 못 차릴 정도로 사랑에 빠져 있는 에이버리가 순순히 거절을 받아들인 것을 보면 그에게도 나름대로 그녀를 포기할 수밖에 없었던 강력한 이유가 있었음에 분명하다. 두 달이나 된 일을 놓고 아직까지 저렇게 슬퍼하고 있다니. 저만큼 괴로워하며 고통스러워하는데도 포기했다면 당연히 포기할 수밖에 없었던 사유가 있던 것이리라.

"젊은 레이디를 평생 시골에 가둬 둘 수야 없는 법이죠. 설마 레이디 캐롤께서 사랑하는 동생을 노처녀로 늙어 죽게야 하시겠어요. 조그만 도셋 마을에서 우들리 양이 제대로 된 빠르띠(어울리는 결혼 상대)를 만날 수도 없고요"

회중시계를 쥔 에이버리의 손가락에 힘이 들어갔다.

"아마 사교계 시즌에 맞춰 돌아오긴 할 겁니다."

그는 헛기침을 했다.

"올해가 가기 전에 결혼을 하겠죠, 분명히. 그분을 경, 경애하던 남자가 저 혼자는 아니었어요. 그분은 정말 아름답고 현명한 데다가, 웃을 때면…… 음, 정말 제가 그분에게 푹 빠진 게 맞긴 맞나 봐요."

그는 눈을 마구 깜박거리며 시계를 내려놓았다.

"이 코담뱃갑은 링글리 경에게 보여줘야겠어요. 그분도 상당한 컬렉션을 가지고 계시거든요. 분명 이것들을 보면 구미가 동하실 거예요."

"그거 좋은 생각입니다."

후작의 시선이 맨틀에 놓인 시계에 머물렀다.

"시간이 꽤 늦어졌군요. 전 이만 가볼 테니 준비를 하셔야죠. 국왕 폐하와 함께 식사할 기회가 어디 매일 온답니까? 늦으셔선 안 될 일이죠."

"하하, 네. 경께서는 오늘 셀로우비와 함께 식사를 하십니까?"

"아뇨, 오늘은 집에 가서 책이나 읽으며 조용히 보내렵니다."

침착한 얼굴, 평소와 변함없는 목소리. 하지만 에이버리의 회색 눈동자는 슬퍼 보였다. 혼자 외로이 잃어버린 자신의 사랑을 떠올리며 스스로를 자학할 테지. 세상이 온통 잿빛으로 암울하게만 보일 게 분명하다. 적선하는 셈치고 에이버리를 도와주자. 뿐만 아니라 후작의 기분이 나아지면 좀더 많은 비밀을 털어놓을 것이다.

"그렇다면 내 집에 있어요. 닉 녀석, 내가 없으면 사고를 칠지도 몰라요. 닉의 요리 솜씨라도 감상하시고 계시죠."

"여기 있으라고요?"

에이버리가 호사스럽고 아늑한 서재 안을 둘러보았다.

"경께서 외출하신 동안에요? 제가 어찌 그런 폐를 끼치겠습니까, 제 집에도 제 뒤치다꺼리를 해줄 하인은 많아요."

"제가 불편했다면 애당초 그런 제안도 하지 않았겠지요. 하지만 경께서 여기 계셔 주시면 닉은 기뻐서 자신의 능력을 발휘한답시고 신을 낼 거고, 경께서는 식사를 해결할 뿐 아니라 즐거운 시간도 보내실 수 있을 겁니다. 기분이 좋을 때의 닉은 함께 있으면 상당히 재미있거든요. 게다가 제가 나중에 돌아와선 폐하께 전해들은 온갖 가십으로 경의 귀를 즐겁게 해드릴 수 있지 않겠습니까?"

영국 국왕 폐하께선 노버리 미망인―즉 레티스 우들리의 어머니―에게 연심을 품고 계셨다. 그 결과 폐하께선 그 집안 일에 신경을 쓰시고 관심을 갖고 있었다. 한마디로 말해 이스말이 던진 미끼는 자신이 레티스 양의 소식을 들을지도 모른다는 암시였다.

에이버리는 그 미끼를 덥석 물었다.

"그게 혼자 집에 있는 것보다야 훨씬 더 즐거―뭐, 그렇게 하지요." 그가 얼굴을 붉히며 말했다.

"감사합니다."

9

그 다음날 밤, 이스말은 아틀리에 소파에 드러누워 반쯤 감은 눈으로 라일라 보몬트를 바라보고 있었다. 그녀는 그림을 그리고 있었는데, 이스말은 자기가 모델이 아니란 것은 알고 있었다. 그녀는 유리잔들을 이리저리 마구잡이로 늘어놓고 자신의 테크닉을 연마하는 동시에 눈을 혹사시켰다. 아니, 적어도 한 시간 전에 그가 이 집에 도착하기 전까지는 그러고 있었던 모양이다. 그리고 지금 이 순간, 그녀는 성질을 부리며 난리를 쳤다.

"어젯밤 데이비드를 당신 집에 머물게 했다고요?"

그녀가 물었다.

"그렇게 불안정한 상태의 데이비드를 당신 집에 머물게 했다고요? 그 정도 짜냈으면 됐지, 더 뭘 어떻게 해보자고 그런 거예요?"

"당신 탓이에요. 당신 때문에 에이버리 경에게 괜한 연민을 품게 되었잖아요."

"연민?"

그녀가 되풀이했다.

"여언미인?"

"에이버리가 워낙 우울해하길래 그랬어요. 내가 그 사람을 텅 빈 그의 집으로 돌려보내 밤새도록 레티스 우들리와 자신이 저지른 끔찍한 죄들을 떠올리며 괴로워하게 했어도 날 냉혈한이라고 욕했을 거 아니에요? 그리고 혹시 또 알아요, 에이버리 경이야말로 살인범일지? 내 커피에 독약을 탈 수도 있고 내 목을 잘라 버렸을 수도 있다고요. 그런 위험을 다 무릅쓰고 내 집에 머물게 했으면 부인께서는 '에스몽, 당신은 너무 용감해요'라고 말을 해야지, '에스몽, 당신은 악당이야'라고 말하면 됩니까?"

"에스몽."

그녀가 차분한 어조로 말했다.

"정말 오늘따라 유난히 절 자극하시는군요."

그녀가 '무슈'가 아니라 '에스몽'이라고 불렀다는 것을 알아차리고 희미한—조금만이라도 떨어져 서 있는 사람에게는 보이지 않을 만큼 희미한—미소를 짓는 이스말이었다. 드디어 그 소리를 듣는구나.

"당신이 화를 내는 건 레티스 우들리 양에 대한 에이버리 경의 떵드르(애정)를 몰라서 그러는 겁니다. 에이버리 경이 당신이 아닌 내게 비밀을 털어놓아서 질투하는 거 아닙니까?"

그녀는 헝겊 조각을 들어 거칠게 붓대를 닦았다.

"질투하는 게 아니라 화난 거예요. 도대체 피오나는 왜 내게 그런 말은 단 한 마디도 한 적이 없는 거죠? 데이비드가 자기 동생에게 관심을 갖고 있다는 거나, 데이비드가 프란시스의 친구였다는 이유 하나만으로 그를 싫어한다는 얘기는 들은 적이 없어요. 도무지 피오나가 그랬다는 것을 믿을 수가 없어요."

"그럼 동생을 도셋으로 보낸 이유도 설명하지 않던가요?"

"레티스가 억지로 그곳에 보내졌다는 건 몰랐어요. 그냥 숙모님을 뵈러 간 줄로만 알았죠."

"크리스마스 시기에 가족들과 친지들에게서 멀리멀리 떨어진 도셋에 숙모님을 뵈러 갔다?"

"그냥 그러려니 하고 넘겼었어요."

"그 시기에 아주 흥미로운 일들이 수없이 벌어진 것 같아요."

그가 심각하게 말했다.

"셔번 백작 부처의 사이가 틀어지고 우들리 양이 도셋으로 유배 보내지고, 남편분께서는 셔번 백작과 그의 추종자들에게 배척을 받으셨죠."

그는 잠시 뜸을 들였다.

"당신은 더 이상 초상화를 그리지 않겠노라 선언을 했고요."

"그 이유는 뻔하지 않나요? 나 자신을 보호하려고 그런 거죠. 프란시스의 적들이 나에게 그 분풀이를 해대니 나도 더 이상은 감당할 수가 없더라고요. 작전상 후퇴를 할 수밖에요."

"그 말이 맞네요. 당신이 감당할 수준을 넘어선 거죠. 한마디로 말해 분기점에 도달했다고나 할까."

그녀는 또 다른 붓을 집어들어 분풀이하듯 닦기 시작했다.

"내 말을 어떻게 생각해요?"

그녀는 미간에 주름을 잡았다.

"분기점은 분기점이네요. 셔번 백작이 내 그림을 찢어발겼을 때, 난 프란시스가 넘어서는 안 될 선을 넘었다는 생각을 했어요. 이런 일에도 원래 암묵적인 규칙이 있거든요. 남편이 있는 레이디들은 밖으로 소문만 나지 않는 이상 따로 애인을 두어도 무방해요. 하지만 단서가 붙죠. 적어도 가문의 혈통을 이을 후계자를 한 명 이상 생산한 후여야만 한다는 거예요. 레이디 셔번은 아직 아이가 없죠. 그 규칙에 따르면 신사들 역시 그녀에게 접근해서는 안 되는 거였어요. 그 선을 넘었다는 것만으로도 문제가 심각한데, 사교계에 강력한 영향력을 행사하는 친구의 아내를 넘보았다는 것은 정말이지 남편이 파멸하기로 작정하지 않은 이상 절대로 해서는 안 될 짓이죠."

이번에는 팔레트를 닦기 시작했다. 이스말은 그녀가 혹시 또 다른 말을 하지 않을까 기다렸다.

잠시 뒤 그녀는 입을 열었다.

"피오나가 동생을 보호하기 위해 도셋으로 보낸 것일 수도 있어요. 프란시스 역시 피오나에게 상당히 앙심을 품고 있었거든요. 죽는 날만 해도 나보고 피오나와 어울리지 말라고 명령했을 정도였으니까."

"도대체 뭐라면서 명령하던가요?"

"괜히 모르는 척하지 말아요. 프란시스는 피오나가 당신과 내가 바람을 피우도록 부추긴다고 생각했어요. 맞는 말이죠. 그건 아마 당신도 잘 알고 있었을 거라고 생각해요."

"물론입니다. 내가 레이디 캐롤을 좋아하는 이유도 바로 그거죠."

"지난 몇 년간 바람을 피우라고 날 부추겼어요."

그녀가 뿌루퉁하게 말했다.

"프란시스의 성질을 건드리라고요. 하지만 프란시스가 진심으로 화를 낸 상대는 당신뿐이었어요. 피오나는 당연히 신나했었죠."

"나 역시 레이디 캐롤이 원하시는 대로 해드릴 수 있어 신이 났었죠."

"에스몽."

"마담."

"귀찮게 하지 좀 말아요, 난 생각을 하려고 노력하는 중이니까요."

그녀는 탁 소리가 나게 팔레트를 내려놓고선 두꺼운 커튼이 드리워져 있는 창문 앞을 거닐기 시작했다.

"피오나가 원래 자신이 사랑하는 사람들을 과보호하는 편이긴 해요."

그녀가 한참 동안 정신 사납게 왔다갔다하다가 말했다.

"거기엔 나까지 포함이 되죠. 프란시스와 레이디 셔번 사이에 일어난 일만 해도 2주 전에야 겨우 말을 해준 걸요. 그 전까지는 셔번 백작이 프란시스를 공공연하게 따돌렸다는 사실을 전혀 몰랐어요. 지금 와 생각해 보면 피오나는 그 무렵쯤 여기저기 프란시스는 초대받지 못한 하우스 파티*에 함께 가자고 자주 부추겼었죠. 또 남편을 버리고 차라

---

* House party. 별장 등에 손님을 초대하여 그곳에서 묵으며 며칠이고 하는 파티.

리 자신과 둘이서 살자는 얘기도 했고요. 그 당시만 해도 그냥 프란시스를 싫어해서 그러는 줄 알았어요. 하지만 지금 생각해 보니 날이 갈수록 점점 더 무분별하고 위험해지는 남자와 사는 날 걱정했었던 모양이에요.”

“들어보니 그런 것 같기도 하군요.”

“그렇다면 피오나가 레티스를 도셋으로 보내버린 것도 이해가 가요. 피오나라면 동생이 프란시스의 반경 백 킬로미터 안에 있는 것도 싫어했으니까요.”

“남편분이 레이디 캐롤에게 앙심을 품고 계셨다는 말을 하셨는데, 혹시나 레이디 캐롤은 보몬트 씨가 자기 동생에게 해코지를 할까 봐 걱정하셨던 게 아닐까요?”

“아마 프란시스가 피오나에게 복수를 하고 싶었다면 그 방법이 유일했을 거예요.”

“그렇다면 우들리 양이 북쪽으로 쫓겨난 것은 에이버리 경이 관심을 나타냈기 때문은 아니란 건가요?”

그녀는 잠시 그 질문을 곱씹으며 다시 걸어다니기 시작했다.

“그건 잘 모르겠어요. 피오나가 레티스를 끔찍하게 위하기는 해요. 그리고 모두가 프란시스에게서 등을 돌렸을 때도 데이비드만은 그이 곁을 지켰는데, 심지어 나조차 데이비드가 왜 저러나 싶었다니까요. 정말로 레티스와 결혼하고 싶다면 그녀 가족들의 인정을 받을 만한 행동을 해야 하는 것 아니에요? 남들이 싫어하는 친구들을 정리하고 나쁜 버릇들도 고치고 말이에요. 한마디로 말해 자신이 바뀔 수 있다는 증거를 보여줘야 하는 거 아니냐 그 말이죠.”

“에이버리 경은 자신이 처한 상황에 그 어떤 희망도 없다고 생각하는 것 같던데……. 보아하니 그런 식으로 생각한 지도 꽤 된 모양이에요. 그 진짜 이유가 뭔지는 나에게조차 말을 하지 않더군요.”

“하지만 짚이는 구석은 있으신 거죠? 데이비드가 무슨 끔찍한 잘못을 저질렀기에 그러는 걸까요?”

“글쎄요, 살인이라도 한 게 아닐까요?”

그녀는 걸음을 멈추고 짜증스런 표정으로 그를 바라보았다.

“지난 12월 달부터 고민을 했는데 그때는 프란시스가 살아 있을 때 아니에요? 데이비드가 지난 몇 달 동안 꾸준히 사람들을 죽이고 돌아다녔다는 말이에요, 그럼?”

“그것도 불가능한 얘기는 아니죠. 미쳤다면 그럴 수도 있죠.”

이스말은 머리맡의 쿠션들을 다독거린 다음 다시 드러누웠다.

“혹은 성적인 문제일 수도 있고요.”

그가 웅얼거렸다. 기나긴 침묵이 흘렀다.

그녀는 다시 의자 앞으로 다가가 스케치북을 펴고 연필을 쥐었다.

“그 이론은 어때요? 데이비드가 당신에게조차 말할 용기를 내지 못한 거라면 정말 끔찍한 일일 거예요.”

그녀가 신랄하게 대꾸했다.

“당신조차 그게 무엇인지 짐작할 수 없다면 경험이 일천한 제가 도대체 무슨 수로 그걸 알겠어요?”

“원래 남자란 다른 남자에게는 할 수 없는 얘기를 여자에게 털어놓기도 하는 법이죠.”

“데이비드와 저는 그 정도로까지 친밀한 관계는 아니라서요.”

“그렇다면 혹시 자기 정부에게는 털어놓지 않았을까요? 혹시 에이버리 경의 정부 이름을 좀 아나요?”

“아뇨, 전혀 몰라요. 그런데 그에게 여자가 있다는 소리는 한 번도 들은 적이 없군요.”

“나 역시 마찬가지예요. 그러고 보니 파리에서도 들은 적이 없네요.”

“이상할 것 하나 없어요. 아주 철저하게 비밀을 지키며 쉬쉬하는 남자들도 있으니까요.”

하지만 에이버리 경이 그 정도로까지 조심성 많은 남자는 아니라고, 이스말은 눈을 감으며 생각했다. 에이버리 역시 헬레나의 집을 드나들지 않았던가. 런던에서 가장 유명한 고급 매춘부들뿐 아니라 상류 사회 남자들의 반 이상이 그곳에 있었다. 원래 그런 여자들은 어떻게 해서건 각광받고 싶어하기 때문에 남들 몰래 은밀한 관계를 맺고 싶어도 그럴 수가 없다. 그 여자들이 누구인가, 바로 화류계의 지도층 인사들이 아닌가.

에이버리는 남들에게 보여주기 위해 싫어하면서도 억지로 그런 곳에 드나드는 것 같은데, 그렇다면 도대체 무얼 감추려고 그러는 것일까?

"혹시 주무시는 건 아니죠?"

집주인의 따끔한 목소리.

"생각하는 중이에요. 당신과 에이버리 경은 생각할 때 서성거리는 쪽이고, 나는 조용히 누워 있는 쪽이죠."

"아, 그래요? 뭐, 그렇다면 내 집이다 생각하고 편안하게 누워 계시죠, 무슈."

"이 소파 아주 편하군요. 모델들을 위해 가져다 놓은 건가요?"

"런던에 온 이후로는 누드를 그려본 적이 없어요. 벌거벗은 모델들을 보면 하인들이 지나치게 당황을 하더라구요."

"그렇다면 당신이 쉬려고 가져다 놓은 거군요."

"책을 읽을 때를 위해서죠. 가끔씩 독서를 하거든요."

"독서를 하고 생각을 하기에 안성맞춤이로군요. 편안하지, 불 바로 옆이지. 아틀리에를 아주 잘 꾸며 놓으셨어요. 빛이 제일 잘 들어오는 창가 쪽에서는 작업을 할 수 있고, 다른 한쪽에서는 휴식을 취할 수 있으니."

"마음에 드신다니 다행이네요."

"사건에 대해 생각해야 하는데, 당신이 옆에 있으면 자꾸 주의가 흩어져서 딴 생각만 하게 되는군요."

그가 짐짓 꾸짖는 어조로 말했다.

아틀리에 반대편에서 그녀가 당황한 듯 허둥대는 기척이 들리더니 곧 종이 위에 연필이 사각거리는 소리가 열심히 들려오기 시작했다. 일렁이는 바다처럼 방안 공기가 가라앉지 못하고 잠시 넘실대더니만 마침내 그녀가 일에 파묻히는 순간 조용히 가라앉았다.

이스말 역시 자신의 일에 집중하려고 했다. 에이버리 경을 둘러싼 수수께끼를 풀어 보려 했지만 별 성과가 없었다. 차라리 집에 가면 집중이 더 잘될 것 같았다.

하지만 집에까지 가서 집중을 해야겠다는 생각은 전혀 들지 않았다. 그냥 여기 그녀 옆에 있고 싶었다. 그녀란 인간을 이루는 환경에 둘러싸여 있고 싶었다. 수많은 미술 책들과 미술 용품들, 벽난로에서 풍겨 오는 장작 타는 냄새와 섞여 있는 물감과 오일 냄새, 그리고 가끔씩 장난기 어린 외풍에 실려 와 그의 코끝을 간지럽히는 그녀만의 체취.

이스말은 귀를 기울이고는 몸으로 느꼈다. 그녀가 보잘 것 없는 연필과 붓, 물감, 캔버스, 연필 등으로 만들어 내는 마법을. 다양한 능력을 가지고 태어난 이스말이건만, 이쪽 분야에만큼은 전혀 재능이 없었다. 그랬기에 그녀의 재능이 더더욱 그를 사로잡고 흥분시켰다. 화가로서의 눈, 그 손…… 쉴새없이 움직이는 그녀의 아름다운 손.

그 손이 지금 연필과 종이와 사랑을 나누고 있었다.

그녀가 혹시 자신을 그리고 있을까 궁금해졌다. 그러길 바랐다. 그녀가 자신만 바라보고 자신에게만 집착하며 자신에게 다가와 주기를 바랐다……. 그녀가 다가와 벌꿀 같은 그 눈동자로, 열정적인 화가의 손으로 자신을 애무해 주길 원했다. 저번 밤처럼 자신에게 입맞춰 주길 원했다.

그녀가 키스를 원치 않았음에도 불구하고, 그의 의지에 밀려 어쩔 수 없이 키스했다는 것은 그도 알고 있었다. 따라서 이번에는 조금 더 강하게 저항을 하리라. 이번에는 그녀 쪽에서 움직이게 만들어야 한다. 그는 교활하게도 잠에 빠져드는 것마냥 점점 고르게, 느리게 호흡을 하기 시작했다.

라일라는 시계를 들여다보았다. 벌써 한 시간도 넘게 손 하나 깜짝 않고 누워 있다. 아마 잠이 든 모양이다. 자신이 그린 그림을 내려다보았다. 그녀는 자기 눈에 비친 모습을 그렸다. 휴식을 취하고 있는 남자의 몸, 어린아이마냥 순진무구하기만 한 얼굴. 아무리 어른이라도 잠을 잘 때만큼은 어린아이 같아 보이는 법이다.

새벽 2시가 넘어가고 있다. 그를 깨워야겠다. 집으로 돌려보내야겠지.

왜 남의 소파에서 잠이 들어버린 건지. 생각하고 싶으면—혹은 자고 싶으면—자기 집에서 그럴 것이지. 정말이지 뻔뻔하기 이를 데 없는 남자다. 그 누군들 이 남자의 속을 짐작할 수 있으랴.

그녀의 시선이 그림과 그림의 모델을 오갔다.

그는 몹시 특이하다. 뭔가가 다르다. 아무리 프랑스인이라도 이건 아니다. 물론 한 사람을 놓고 이렇다 저렇다 말하는 게 우습긴 하지만……저 얼굴은 절대 프랑스인의 얼굴이 아니었다. 대를 거슬러 올라가다 보면 분명 콩트 에스몽 집안에는 반드시 뭐랄까…… 이국적인 피가 섞여 들어갔을 게 분명하다.

그녀는 고개를 옆으로 젖히고 몇 걸음 다가갔다. 하지만 그의 얼굴에서 이국적인 느낌은 찾을 수가 없다. 동양의 피가 섞였다면 머리카락 색이 거무스름하고 묘하게 신비한 분위기를 줄 텐데, 그건 아니다. 극동인의 피는 아닌 모양. 그렇다면 이탈리아 쪽의 피?

지금 이 순간 백작은 부서질 듯 섬세해 보였다. 하지만 깨어 있을 때도 그에게서 종종 그런 느낌을 받을 때가 있었다. 그녀는 소파로 점점 가까이 다가갔다. 정글에 사는 맹수처럼 섬세하며 위험한 남자. 동물원 같은 곳에서 본 적이 있었다. 집에서 키우는 고양이보다 커다란 몸집, 어떤 것들은 새끼 고양이를 연상시킨다. 고양이과 맹수들이 크고 나른한 눈으로 쳐다볼 때면 다가가 머리를 쓰다듬어 주고 싶은 충동을 느낀다. 하지만 그들이 움직이는 것을 보면 생각이 바뀐다. 우리 속을 어슬렁거리는 그것들의 매끈한 털가죽 아래에선 근육이 약동한다.

갑자기 얼굴이 화끈 달아올랐다. 춤을 추다가 발을 헛디딘 게 떠올랐다…… 프란시스의 방문 앞에서 그의 품안으로 무너지던 일, 자신의 몸을 감싸던 그의 팔, 혼란과 위험한 열기. 그리고 그날 밤…… '당신이 필요해요'라고 말하던 그. 그 말을 듣는 순간 갑자기 몹시도 그를 필요로 하게 되었다.

소파 앞으로 다가갔다. 그녀는 가만히 서서 그의 손을 바라보았다. 배 위로 걸친 왼팔. 쿠션 위로 올려 얼굴을 반쯤 가린 그의 오른손. 보이지 않는 뭔가를 움켜잡듯 살짝 주먹을 쥐고 있었다.

가볍게 쥔 그의 손안으로 자신의 손가락을 밀어넣고 싶었다.

위험으로의 초대.

그녀의 시선이 아래로 떨어졌다. 살짝 헝클어진 엷은 금발.

보드라운 그의 금발 속에 손가락을 집어넣어 조금 더 헝클어 놓고 싶었다. 그의 눈썹 위로 머리카락 두 올이 흘러내려 있었다. 그의 머리를 쓸어넘겨 주고 싶었다. 손가락이 욱신거릴 정도로 강한 욕망.

하지 마, 그녀는 손을 들어 그의 얼굴로 가져가면서도 스스로에게 말했다. 그리고 그녀가 그의 이마에서 머리를 쓸어넘겨 주는 순간…… 그의 눈이 번쩍 뜨였다. 그녀가 황급히 손을 치우기 전에 그의 기나긴 손가락이 그녀의 손목을 움켜쥐었다.

"안 돼요."

그녀가 헐떡였다.

"제발."

그는 가만히 잡고 있을 뿐이다. 손아귀에 힘을 주지 않았으므로 빼려고 마음만 먹으면 충분히 뺄 수 있었다. 하지만 그럴 수가 없었다. 그녀가 들여다보고 있는 깊디깊은 푸른 눈이 망망대해라도 되는 양, 조류에 휘말려 헤어나올 수가 없었다. 심장이 마구 두근거린다. 그녀는 천천히 그에게 입술을 가져갔다.

익숙한 보드라움, 한숨 같은 환영 인사. 그의 손가락이 그녀의 머리카락 안으로 미끄러져 들어갔다. 그녀를 안은 너무도 섬세한 손. 마치 손바닥 위로 새 한 마리를 유혹하듯, 가두기 위해서가 아니라 달래고 안심시키기 위해 쓰다듬듯. 며칠 전에도 그는 그녀를 이렇게 안았었다. 그날도 그녀는 저항할 줄 몰랐었다. 무게조차 느껴지지 않는 그의 가벼운 손길, 부드럽기 이를 데 없는 입술. 이런 것들과 싸우는 방법은 모른다.

이번에는 자신의 의지로 그에게 다가갔다. 화가로서의 호기심도, 무슨 속셈이 있어서도 아니었다. 그저 자신의 사악하기 그지없는 욕망 때문이었다……. 파멸로 가는 지름길이란 것은 너무도 잘 알고 있었지만, 손을 벌리지 않을 수가 없었다. 그가 원하는 게 무엇인지, 그는 속이거나 감추려 들지 않았다. 이제는 자신의 거부가 형식적인 제스처뿐이었음을 그도 알겠지. 그것이 거짓이었음을 알겠지. 하지만 지금 이 순간 그녀는 상관없었다. 원하는 것은 나른하도록 부드러운 그의 키스뿐, 아직도 잠에서 덜 깨어난 듯 그녀의 머리 속을 노곤하게 헤매 다니는 그의 손가락의 애무뿐.

자기 자신도 잠이 들어 꿈을 꾸는 것만 같았다. 그의 꿈속에 들어와 있는 게 아닐까 싶었다. 그 꿈속으로 몸을 던졌다. 취할 것 같은 그의 키스, 몸 속에서 일렁이던 복잡한 감정들이 고요하게 잦아들며 단순하기 그지없는 쾌락으로 변해 갔다.

그와 가볍게 맞잡고 있는 그녀의 손이 쾌락에 말리며 쿠션을 움켜쥐었다. 딱딱하게 경직되어 있던 근육에서 천천히 힘이 빠져나갔고, 관능적인 감각이 피부 속으로 스며들어 목으로 어깨로 그리고 마침내 손가락 끝까지 움직이며 천천히 따스한 흔적을 남겼다. 그의 나른하고 부드러운 키스는 그녀의 몸 속 깊숙이, 그녀의 심장 속으로 달콤하게 스며들었다.

그가 잠이 든 게 아니란 것을 알고 있었다. 그의 나른한 애무가 사실은 집요한 계산이란 것도 알고 있었다. 이것이 유혹임을 알고 있었다. 파멸로 향한 달콤한 전주곡이란 것을.

하지만 그것을 알려주는 이성의 목소리는 너무도 먼 곳에서 희미하게 들려올 뿐. 덧없는 경고. 그녀는 이미 그에게 빠져 있었거늘. 오직 그의 입술과 혀와 지극히도 유혹적인 그의 손에만 반응할 뿐이다.

그는 그녀를 끌어당겼고, 그녀는 아무런 저항 없이 따라갔다…….

그가 자신의 입술 깊숙이 밀고 들어올 때 처음으로 불꽃을 느꼈다. 그가 순식간에 그녀를 좁은 소파 위로 눕혔다. 강인한 그의 몸이 느껴진다. 날씬한 근육과 열기, 체중으로만 이루어진 강철 같은 덫.

나른하던 쾌락은 어느새 사라지고, 그 자리에 남은 것은 온몸으로 느껴지는 180센티미터의 한 마리 수컷. 소리도 없이 먹잇감을 향해 거리를 좁혀 오는 위험한 맹수.

떨어져, 당장! 그녀는 자기 자신에게 외쳤다. 저 사람에게 완전히 삼켜지기 전에 어서. 하지만 이미 그의 손이 그녀를 훑고 있었다. 상복인 봄버진 감, 그 아래 아마포 코르셋, 마지막 실크 속옷을 뚫고 그녀의 맨살까지 뜨거운 열기가 전달되었다. 싸우는 방법은 알고 있었다. 이런 싸움은 수십 번도 더 해봤으니까. 하지만 상대와 자기 자신에게 동시에 맞서 싸우는 법은 알지 못했다. 그의 체취, 그의 열기, 그의 강인한 몸. 그것들을 어찌 원하지 않을 수 있단 말인가.

확신에 찬 그의 손이 대담하게 그녀의 가슴 위로 움직여 뻔뻔스럽게 그 소유권을 주장했다. 그런데도 그를 밀어낼 기력조차 없었다. 욱신거리는 온몸이 자신을 가두려고만 하는 천을 뚫고 나오려고 바둥거렸다. 옷을 찢어발겨 그 앞에 나신을 드러내고 싶어 손가락이 근질거렸다. 그녀가 스스로를 배반하려는 육체와 싸우는 동안, 그의 입술은 천천히 관능적으로 마음껏 그녀의 입술을 탐했다. 죄악이라 불릴 만큼 달콤한 약속. 사랑의 행위를 대담하게 모방한 움직임. 이것이 죄이건 아니건 그녀의 절박한 몸과 마음은 사랑받고 싶어 꿈틀거렸다. 그의 것이 되고 싶다. 그가 원하는 것이 무엇이건. 지금 이 순간에는 그가 자신을 원하기만 해도 만족할 것 같았다. 그래서 그를 자극했다. 뜨거운 액체 같은 그의 키스 속으로 빠져 들어가며 그녀를 부추기는 뜨거운 손길에 몸을 내맡겼다.

그의 목구멍 깊숙이에서 나지막한 신음성이 흘러나왔다. 그의 온몸이 부르르 떨리며 딱딱하게 경직되는 것을 느꼈다. 이성이 조금이라도 남아 있었다면 그녀는 그 순간 달아났을 것이다. 그것은 그의 마지막 자제력이 사라지는 신호였기에. 하지만 그녀는 그를 원했다. 그가 자신을 아플 만큼 원하길 바랐다. 그가 몸서리를 치며 이성을 잃길 바랐다.

그는 손을 미끄러뜨려 거칠게 그녀의 엉덩이를 움켜쥐고 자신의 사타구니로 끌어당겼다. 그가 자신의 중심을 눌러댔다. 실크와 모직을 통해 그녀는 뜨거운 그의 흥분을 느꼈다. 지금 이 순간, 그는 그녀를 가질 수 있었다. 치마를 걷어올리고 그 아래 감춰진 얄팍한 천을 찢은 후 몸을 묻기만 하면 끝나는 것이다. 그녀는 뜨겁게 젖어 그를 받아들일 준비가 되어 있었다. 하지만 그의 망할 자제력이 더 이상 무너져 내리지 않았다.

그는 그냥 그렇게 그녀를 안고만 있었다. 그의 손가락이 그녀의 엉덩이로 파고들었다. 천천히, 리듬에 맞춰 그는 몸을 움직였다. 고문처럼 느껴지는 쾌락으로의 약속에 그녀는 욕망으로 머리 속이 하얗게 비어 가는 것을 느꼈다. 죄악이라 할지라도 원했다. 이 거추장스런 옷을 찢고 두근거리는 그의 열기를 잡아 자신의 것으로 만들고 싶었다. 몸 속으로 그를 느끼고 싶었다. 안으로 깊숙이 밀고 들어오며 자신을 압도하듯 소유하는 그를 느끼고 싶다. 그가 약속하는 뜨겁고 아찔한 광희(狂喜) 속에 빠지고 싶었다.

원해. 원해. 원해.

그 순간 눈앞에 떠오른 지울래야 지울 수 없는 광경. 프란시스의 품 안에서 꿈틀대는 자신의 모습, 그의 웃음소리, 자신이 느꼈던 무력감, 그리고 나서 찾아든…… 욕지기가 치미는 수치심.

그녀의 입에서 흐느낌이 터져나왔다. 그녀는 발버둥치며 소파에서 몸을 일으켰다.

숨이 제대로 쉬어지지 않아 마구 헐떡였다. 팔다리가 마치 남의 몸인양 힘이 들어가질 않는다. 안간힘을 다해 일어섰다. 하지만 뒤를 돌아다볼 수가 없었다. 그의 눈을 들여다보면 거기에 자신의 수치심이 고스란히 비쳐질까 두려웠으니까.

수치심. 그 누구를 탓하랴, 모두가 그녀 잘못인걸. 자신의 몸이 남자

들에게 어떤 영향력을 행사하는지 예전부터 잘 알고 있던 그녀였다. 에
스몽 역시 그녀의 몸뚱이가 탐난다고 똑똑히 밝히지 않았던가.

그가 교활하다는 것은 잘 알고 있었으니, 현명하게 그를 피했으면
되었을 것을. 그러나 과연 실상은 어떠했나? 그의 미모에 현혹되었고
그가 제공하는 쾌락에 빠져 눈 깜짝할 사이에 벌받을 짓을 원하게 되
지 않았던가. 악으로 가는 구렁텅이로 뛰어들려 하지 않았던가. 관자놀
이에 주먹을 가져다 대며 머리를 찢고 자신의 뇌를 꺼내버렸으면 좋겠
다고 생각했다.

그의 목소리가 들렸다. 의자를 거칠게 옆으로 밀어젖혔다. 의자가 바
닥으로 내팽개쳐지는 소리에 그의 목소리가 가려졌다.

그녀는 작업대 위를 팔로 쓸어버렸다. 붓, 목탄, 물감, 연필, 물병, 스
케치북이 바닥으로 와르르 쏟아져 내렸다.

"마담."

싫어. 쳐다보지 않을 거야. 듣지 않을 거야. 그녀는 이젤을 잡아 바닥
에 패대기쳤다. 탁자를 들어 유리병들을 바닥으로 떨어뜨렸다. 그리고
는 자기 방으로 뛰어가 등뒤로 문을 잠갔다.

이스말은 순식간에 아수라장이 된 아틀리에 안을 둘러보며 심장 박
동이 정상으로 돌아올 때까지 잠시 기다렸다. 그리고는 아틀리에를 나
와 그녀의 침실을 향해 걷기 시작했다. 그는 문을 두드렸다.

"마담."

"꺼져! 지옥으로나 떨어져."

그는 문고리를 돌려보았다. 움직이지 않는다.

"마담, 제발 문을 열어 줘요."

"가라니까!"

바닥에 떨어진 머리핀 하나를 발견하는 데는 그리 오래 걸리지 않았
다. 그는 핀을 구부려 다시 문 앞으로 돌아왔다.

"이런 자물쇠는 아무 짝에도 쓸모가 없다고요."

그가 핀을 열쇠 구멍에 밀어넣으며 말했다.

"이 정도는 어린아이라도 딸 수 있어요."

"그렇지—에스몽! 그런 일은 꿈도 꾸지……."

그녀가 체중으로 누르는지 문이 부르르 떨렸다. 하지만 이미 자물쇠는 풀린 상태. 그가 문을 밀자 그 힘에 그녀는 뒤로 밀려났다.

"이 개자식."

"당신이 화났다는 건 알아요. 그리고 나 역시 마음이 편안한 상태는 아니에요."

그는 조용히 등뒤로 문을 닫았다.

"이 자물쇠 아주 형편없군요. 갸스빠르에게 좀더 튼튼한 걸로 달라고 지시해야겠어요."

"지금 당장 썩 나가지 않으면 갸스빠르에게 당신을 집 밖으로 던져버리라고 말하겠어요."

그녀가 부지깽이를 집어들었다.

"경고하는 거예요, 에스몽."

"그 부지깽이를 휘두르지 않는 게 좋을 거란 충고를 드리고 싶군요. 피가 온 사방에 튈 거예요. 그걸 보면 아마 속이 메스꺼워질 텐데요. 게다가 날 죽이면 누가 경찰 조사 때 당신을 돕겠어요? 심리가 또 한 번 열릴 테고, 저번보다 훨씬 더 고통스러울 걸요?"

그가 다가와 뻣뻣한 그녀의 손가락에서 부지깽이를 빼앗아 원래 자리에 세워 놓았다.

"여길 들어오다니 정말 뻔뻔스럽기가 이루 말할 데가 없군요. 어떻게 감히 내 방에 난입할 수 있는 거죠?"

그녀가 억눌린 목소리로 말했다.

"당신과 말하고 싶지 않아요. 얼굴조차 보고 싶지 않다구요. 도대체 어쩜 이렇게 무감각할 수 있는지, 말이 안 나오네요."

"난 무감각하지 않아요. 내게도 감정이 있어요. 당신이 내 감정을 다치게 했고요. 도대체 내가 뭘 잘못했기에 더러운 개 취급하듯 거칠게 밀어낸 거죠?"

"내가 언제 그랬어요? 그냥 그 자리를 떠난 것밖에 없어요."

"불같이 화를 내며 나갔죠. 도대체 내가 무슨 끔찍한 짓을 저지른 겁니까?"

"당신 탓이 아니라니까요!"

그녀는 양손으로 관자놀이를 누르며 뒤로 물러섰다.

"그건…… 미안해요. 내 행동에서 그런 인상을 받을 수도 있다는 건, 맙소사."

그녀는 얼굴을 시뻘겋게 물들이며 카펫을 바라보았다.

"내가 먼저 접근했으니 당신 탓이 아니에요. 당신에게 말로는 싫다고 해놓고선…… 결국은 받아들였잖아요. 다들 그랬겠죠. 모두들 당신 몸을……. 그래요, 나도 다른 여자들처럼 당신 몸을 스물스물 기어다니며 탐했죠. 그 사람 말이 맞았어. 마치 구더기처럼. 세상 다른 모든 차, 창녀들처럼."

그녀의 목소리가 갈라졌다.

"도대체 무슨 소리를 하는 건지."

그가 번쩍 그녀를 들어올려 얼른 침대에 뉘였다. 그리고는 그녀가 마구 숨을 몰아쉬는 동안 등에 베개를 받쳐 몸을 일으키게 해주었다.

"여기서 잘 생각하지 말아요."

그녀가 떨리는 목소리로 말했다.

"나도 그런 야무진 꿈은 꾸지 않아요. 하지만 도대체 내가 무슨 잘못을 해서 이렇게 된 건지 듣고나 갑시다. 뭘 잘못했는지 도저히 모르겠어요, 당신을 겁나게 한 건지 메스껍게 한 건지."

그녀는 눈을 비볐다.

"당신 테크닉과는 아무런 상관없는 일이에요."

"그런 것 같군요."

그가 손수건을 건넸다.

"이건 아무래도 나란 인간 됨됨이와 관련된 일인 것 같은데."

“그리고 도덕성 문제죠. 내 도덕성 말이에요. 당신에게서 도덕이라고
는 찾아볼 수도 없는 것 같으니까.”

그는 그녀의 발치께에 앉아 침대 기둥에 몸을 기댔다.

“내게도 규칙과 규율이란 게 있어요. 그 중 하나가 조사 과정중 누군
가와 로맨틱한 관계를 맺지 않는다는 거죠. 신경이 분산될 수밖에 없
고, 그렇게 되면 일의 능률이 떨어지게 마련이니까요. 최악의 경우 위
험에 빠질 수도 있고요. 당신에게 저항하려고 노력하다 보니 신경이 분
산되더라 이겁니다.”

그녀는 얼굴로 흘러내린 머리카락을 쓸어올렸다.

“저항이라고요? 당신이 언제 저항을 했다고 그래요? 오히려…….”

“그래요. 저항하는 것은 당신 몫이죠.”

그는 씁쓸한 미소를 지었다.

“난 당신에게 저항할 수가 없으니까 당신이라도 저항을 해야죠.”

그녀는 얼굴을 찡그렸다.

“당신이 저항을 하건 말건 상관없어요. 어쨌거나 오늘 시작한 사람
은 나니까요.”

“그렇다고 당신이 창녀가 되는 건 아니에요. 구더기라뇨, 더더욱 말
이 안 되죠. 내 몸 위를 구더기처럼 기어다녔다고 말했던가요?”

“어쨌거나 당신에게 몸을 던진 건 맞잖아요.”

“‘구더기처럼…… 그 사람 말이 맞았어.’ 당신이 조금 전에 한 말이
에요. 누가 그렇게 말했다는 거죠? 당신 남편?”

그녀는 손수건을 접기 시작했다.

“파리에서 떠나기 직전 프란시스가 말했었죠. 당신 주위에는 잘 익
은 치즈에 구더기가 꼬이듯 항상 매춘부가 모여든다고요.”

“참으로 선명한 이미지로군요. 아마도 분명 교묘하게 계산된 말이었
을 거예요. 당신에게는 특별히 혐오감을 불러일으킬 만한 표현이군요,
농(안 그래요)? 그 이미지를 머리 속에서 몰아내기가 꽤 힘들겠어요. 행
여라도 내게 끌리게 되면 자기 혐오감에 시달리게 세뇌를 해놓았군요.

당신 역시 또 다른 구더기 중 하나가 될 테니까. 대단하네요.”

그가 부드럽게 말했다.

“나에 대해 아주 왜곡된 이미지를 심어 놓았군요.”

도대체 보몬트는 또 어떤 왜곡된 이미지를 그녀에게 심어 놓았을까. 그녀가 역겨움을 느끼며 달아날 또 다른 이미지를 심어 놓은 걸까.

“그게 편견이었다고요?”

그녀가 고개도 들지 않고 물었다. 그녀는 손수건을 점점 더 작게 접어 나갔다.

“남편이 거짓말을 한 거였나요?”

“남편분이 도대체 어디서 그런 광경을 봤겠어요?”

그가 반박했다.

“혹시 난교 파티에서라도? 내가 평소에 매음굴이나 아편굴에 드러누워 열댓 명의 여자들과 벌거벗고 뒹굴며 시간을 보내는 인간인 줄 알았나요?”

그녀의 얼굴이 새빨갛게 물드는 걸 보면 그 말이 정확했나 보다.

“당연한 거 아니에요? 멀쩡한 사교계 모임에서 멀쩡한 귀부인들도 당신 앞에서 이성을 잃는 모습을 봤는데.”

“그러는 당신 역시 남자들에게 비슷한 영향을 끼치더군요. 하지만 난 열댓 명의 남자가 당신의 아름다운 몸 위에서 꿈틀거리는 광경을 상상하지 않아요. 내 상상 속의 남자는 단 한 명, 나뿐이죠. 그런 이미지에 혐오감을 느끼지 않아요, 난. 오 콩트레르(오히려),”

그가 부드럽게 말했다.

“아주 매력적이라고 느껴요.”

그녀는 고개를 들었다.

“당신은 남자라서 그래요. 잃을 게 아무것도 없으니까. 경계선 안쪽의 무한정 넓기만한 공간에서 놀면 되니까. 여자를 하나 정복할 때마다 오히려 명성이 더해질 뿐이죠.”

도대체 나에 대해 계속 나쁜 생각만 해야 속이 풀린단 말인가? 하지만 이건 그녀의 탓이 아니라고, 이스말은 생각했다. 그녀의 남편이 그녀의 귀에 독을 흘려 넣었기 때문이다.

"난 그런 걸 자랑스럽게 떠들고 다니는 편이 아니에요."

그는 인내심을 잃지 말자고 속으로 다짐했다.

"그리고 정복이라고 말했는데 그것도 보기 나름 아닌가요? 그럼 이 경우 누가 누굴 정복한 거라고 생각해요?"

"난 남자를 유혹하는 여자가 아니예욧!"

그녀가 외쳤다.

"오늘밤만 해도 당신을 깨우려고 다가간 거였어요. 그런데……."

그녀는 손바닥을 다시금 관자놀이에 가져갔다.

전에도 저런 행동을 한 적이 있었지. 조금 전 발악을 하기 전에도 똑같은 행동을 취했었다. 그는 조심스럽게 침대에서 일어났다.

"머리가 아픈가요?"

이미 고여버린 눈물 때문에 그녀의 눈이 반짝였다. 그녀는 황급히 고개를 돌렸다.

이스말은 자신이 저지른 일이 무엇이건 잘못했다는 생각이 들었다. 충격을 받거나 슬픔이나 두려움, 죄책감 등의 감정이 육체적인 증세로 나타나는 일은 흔하다. 그의 경우 항상 옆에 난 흉터가 아파 온다. 수년 전에 아문 상처이건만, 마음이 복잡할 때마다 다시 벌어진 듯 아파 온다.

그녀의 머리가 욱신거리는 것은 그가 상처를 벌렸기 때문일 테지. 그녀의 마음을 복잡하게 만들었기 때문이겠지. 그래, 내가 그녀의 두통거리일 테지. 수년 전 그가 열어놓은 문을 통해 보몬트가 그녀의 삶으로 들어왔다. 그는 그녀에게 상처와 흉터를 남겼다. 이제 그 원인을 제공한 이스말이 십 년 전에 뿌렸던 씨앗을 거두어들일 때다. 모든 게 인과응보다. 그는 침대 머리맡으로 다가가며 말했다.

"내가 낫게 해줄게요."

그가 부드럽게 말했다.

“건드리지 말아요.”

그녀의 말이 그를 아프게 했다. 그녀를 품안에 안고 키스하고 애무하고 싶었다. 달콤한 쾌락으로 그녀의 모든 고통을 씻어주고 싶었다. 하지만 지금 이 순간 그녀를 가장 괴롭히는 것이 수치심이란 것을 알고 있다. 그 원인이 자신이라는 것도. 그녀의 고통을 덜어주는 방법은 딱 하나, 진실을 말하는 것뿐이다.

“당신이 유혹한 게 아니에요. 당신이 날 깨우러 오게 만들려고 일부러 잠든 체했어요. 당신이 원인제공자라고 믿게 만든다면 난 정말 악당이겠죠.”

여전히 그녀는 그를 바라보지 않는다.

“당신을 만져야 할 필요는 없었다고요.”

그녀의 목소리에서 배어나오는 자기 혐오감이 날카로운 칼날이 되어 그의 심장을 후벼팠다.

“그것도 내가 유도한 거예요. 당신은 아무것도 모르고 내가 유도했던 대로 행동한 게 전부예요. 당신이 날 만졌건 만지지 않았건, 결과는 똑같았을 거예요. 당신이 손 뻗으면 닿을 거리로 들어오기만 하면 끝나는 거였으니까. 그 후에 남은 건…… 유혹뿐이죠. 내가 그쪽으로는 상당한 재능을 가지고 있는 편이라서요. 당신이 원체 유혹받는 것에 심한 거부감을 느끼니까, 나 역시 내 재능을 최고로 끌어올려 사용할 수밖에 없었죠.”

그녀는 불안한 금빛 눈동자로 그를 바라보았다.

“재능. 그게 전부 계략이었다는 건가요? 처음부터 다 계획적이었던 거예요?”

“어쩔 수가 없었어요, 당신을 너무도 원했으니까. 당신을 너무도 오랫동안 원해 왔어. 이제 어떻게 해야 당신을 포기할 수 있는지도 모르겠구. 이 욕망이란 놈은 도무지 제어가 안 되고 그리고 나 역시 제어가 안 돼. 사과할 수도 없어. 미안하지 않으니까. 아, 당신에게 고통을 안겨주었다는 것은 미안하게 생각해. 하지만 그것보다 더 아쉬운 건 당신 기분이 상해 내 품안을 빠져나갔다는 거야."

그가 머뭇거렸다.

"내가 이 방안으로 들어온 것도 사실은 당신을 다시 유혹하기 위해서였어."

"내 마음을 돌려놓으려고요?"

"그래."

그는 침대에서 뒤로 물러섰다.

"금방이라도 당신 앞에 무릎을 꿇고 제발 날 좀 불쌍히 여겨 달라고 애원할지도 몰라. 난 이렇게 끔찍한 놈이었어. 나도 이런 내가 징글징글해."

"정말 그러네요. 이만 가주세요, 에스몽."

남에게 진심을 털어놓은 게 정말 몇 년만인가. 하지만 그 순간에도 그의 눈은 조그만 변화도 놓치질 않았다. 자신의 말에 그녀의 눈매가 누그러지는 것을 보았다. 그녀의 어깨에서 힘이 빠지며 상체가 눈에 보일락말락 자신 쪽으로 기우는 것을 보았다.

본능은 그 순간을 놓치지 말라고 경고했다.

그가 한 말은 거짓이 아니었다. 어떻게 해야 그녀를 포기할 수 있는지 그는 몰랐다. 그 무엇도—명예, 지혜, 조심성, 심지어는 자존심도—그를 막을 수 없었다. 정말 무릎을 꿇고 애걸하고 싶었다. 악마에게 양심을 팔아서라도 이 순간을 이용하고 싶었다. 그랬기에, 그는 너무 늦기 전에 그 방을 나섰다.

10

정오쯤 되었을까. 닉이 이스말의 침실로 들어와 에이버리 경의 도착을 알렸다. 이스말은 여전히 가운만 걸친 상태였다.

"서재에서 좀 기다리시라고 할까요?"

"에이버리 경 기분이 어때 보이던가?"

"주인님만큼이나 안 좋던대요."

닉이 세면대 주위에 면도 도구들을 내려놓으며 말했다.

"30초만 기다리시면 면도해 드리겠습니다."

"날 좀 일찍 깨우지 그랬어?"

"제가 깨우려고 했더니 내시로 만들어 버리겠다고 엄포를 놓으시던 걸요? 그것도 아주 상세한 설명까지 곁들여서요."

닉이 씩씩하게 혁지에 대고 면도날을 갈기 시작했다.

"오늘은 내 손으로 면도하고 싶군. 그리고 경을 올려보내게."

닉이 밖으로 나갔다.

잠에서 깨어나 꽤 오랫동안 누워서 생각을 했었다. 라일라 보몬트의 관자놀이가 쑤시는 것과 자기 혐오감은 뗄래야 뗄 수 없는 관계인 것 같았다. 보나마나 남편이 심어 놓은 수치심 탓일 테지. 정말 보몬트는 다른 이들의 마음속에 편견을 심고 세뇌를 하는 데 탁월한 재능이 있었던 것 같다.

분명 셔번에게도 편견을 심어 주었겠지. 그렇지 않고서야 언제나 자신만을 바라보던 아내가 딱 한 번 실수를 했다고 그토록 멸시하며 멀리했을까. 애당초 그녀가 실수를 저지르게 된 동기도 따지고 보면 셔번 백작 본인에게 있지 않았던가. 게다가 레이디 캐롤도 빠뜨릴 수 없다. 도대체 에이버리 경에게 왜 그토록 강렬한 증오심을 품게 되었을까……. 에이버리는 또 얼마나 대단한 비밀을 안고 있기에 그토록 사랑하는 여인에게 다가가지 못하는가.

에이버리는 스스로가 자격미달이라고 했었다. 자신의 문제가 처음 발생한 때가 정확하게 2년 전 에드먼드 카스테어스가 자살한 직후부터라고도 했었다.

어젯밤 잠 못 이루고 뒤척이며 에이버리의 문제가 뭘까 생각하다 보니 어렴풋이 짚이는 데가 있었다. 그는 어느샌가 에이버리 경에게 상당한 호감을 품게 되었다. 자신을 믿고 따르며 영웅을 숭배하듯, 큰형을 따르듯이 하는 에이버리.

에이버리는 자신이 그의 생살을 헤집고 비밀을 뜯어내려는 독수리란 것을 모른다.

얼굴에 막 거품을 다 발랐을 때 후작이 방안으로 들어섰다.

"미안해요. 늦잠을 잤어요."

이스말이 면도칼을 집어들며 말했다.

"부럽네요."

에이버리가 창가에 놓인 의자에 앉으며 말했다.

"전 아침부터 어머님과 제 구좌 문제를 놓고 씨름을 벌였어요."

이스말은 딱하다는 표정을 지은 뒤 면도를 했다. 머리 속도 손만큼이나 날렵하게 돌아가기 시작했다.

"정말 구좌는 다 뭐고 영수증은 다 뭔지. 땡전 한푼 쓰는 것까지 따지고 드시니, 원. 오늘 배운 교훈이 뭔지 알아요? 영수증만 보여드리는 것으로 부족하다는 거예요. 이제는 돈을 쓸 때마다 어디서 왜 썼는지까지 다 대라시네요. 그래서 좀 말다툼을 했죠."

그는 구두솔을 집어들어 자신의 부츠에 묻은 먼지를 털어냈다.

"몇 푼 되지도 않는 용돈을 주시면서 그렇게 까다롭게 구실 거면 차라리 주시지 말라고 했어요. 그러니까 어머님도 지지 않으시고 정말 그렇게 하시겠노라 엄포를 놓으시대요. 그래서 아예 내친 김에 의절해 버리시라고 했죠."

하늘에서 원을 그리며 날던 독수리는 먹이를 발견하고 점점 하강하기 시작한다.

"그래 봐야 소용없다는 건 알고 있죠? 작위를 물려받기 싫으면 목이라도 매달지 않으면 안 될 거예요. 부모님들은 경과 의절할 수가 없다고요. 그분들에게 남은 건 경뿐이잖아요. 단 하나뿐인 아들이니까."

"꼭 그렇지만은 않아요. 집안 방계에도 남자는 많으니까."

에이버리가 코웃음을 쳤다.

"하지만 직계 후손 중에는 내가 마지막이죠. 아버님께서 얼마나 자랑스러워하시는 줄 알아요? 초대 랭포드 공작 때부터 작위가 아버지에서 아들에게로 물려져 내려왔다는 걸? 복잡하기 그지없는 왕실 가계도 와는 딴판이죠. 그게 뭐 대단한 거라고, 그저 운이 좋았을 뿐이지."

그의 얼굴이 굳어지더니 세면대 앞으로 다가왔다.

"그런데 그 운도 여기서 끝인 것 같네요."

그는 의자에 앉아 비누 등 각종 세면 용품들을 크기에 맞춰 정리하기 시작했다.

"역시 그게 문제였구만."

이스말이 얼굴을 비스듬히 돌려 거울에 비친 후작의 얼굴을 바라보았다.

"경께선 자신이 후계자를 생산하지 못할 거라 생각하는군요."

에이버리의 턱에 힘줄이 불끈 솟는 것이 보였다.

"아니면 내 착각인가요?"

기나긴 침묵이 흐르는 동안 이스말은 묵묵히 면도만 했다.

"어머님과 싸우는 게 아니었어요."

마침내 에이버리가 낮은 소리로 말했다. 그는 자신이 정리해 놓은 세면 도구들을 바라보았다.

"그냥 어머님께 말씀드리고 말걸. 하지만 다른 사람에게 쉽게 말할 수 있는 성질의 것이 아니잖아요. 경께도 말씀드릴 생각은 없었어요. 그렇지만 너무 많은 단서를 흘리고 말았네요. 그러고 보면 경께는 항상 불만만 터뜨리는군요. 죄송해요."

"누군가와는 상의를 해야 할 문제죠. 그러니까 한마디로 말해 그게 안 된다, 그거지요?"

몇 시간 뒤, 이스말은 에이버리에게 각종 식이요법에 약탕(藥湯) 제조법을 들려 집으로 보냈다. 나중에 저녁 때쯤 발기부전에 효과가 좋은 알약을 보내주겠다는 약속까지 곁들여서. 사실 알약이니 식이요법이니 약탕 따위는 아무런 필요가 없었다. 이미 치료는 시작되어 그 효과를 발휘하고 있었으니까.

심인성 발기불능이 다 그러하듯 문제는 모두 에이버리의 머리 속에 있었다. 언제나처럼 사악한 보몬트가 잘 고른 몇 마디 말로 그를 세뇌시킨 것에 불과했었다. 이스말이 한 일 역시 잘 선택한 단어 몇 마디로 에이버리의 머리 속에 각인된 말을 지워 준 게 전부였다. 하지만 후작은 영국인인지라, 아마 몇 마디 말보다는 쓴맛이 나는 약을 더 믿을 게 분명하다.

최대한 고약한 맛만 나게 알약 비슷한 것을 만들라고 닉에게 지시한 뒤, 이스말은 산책을 나섰다. 정신적으로 상당히 진을 빼놓은 몇 시간이었다. 육체보다는 정신 쪽이 피곤했기에, 가만히 누워 생각만 하느니 바람이나 쐴 겸 밖으로 나갔다.

기운차게 팰맬 가를 활보하다가 검은 옷을 차려입은 눈에 익은 여성이 대영 미술관 문을 열고 들어가는 모습이 보였다. 마담 보몬트 옆에는 한 신사가 서 있었다. 갸스빠르나 엘로이즈의 모습은 그 어디에도 보이질 않았다.

잠시 후 이스말 역시 건물 안으로 들어갔다. 그녀는 몇 명의 화가들이 거장들의 작품을 앞에 두고 그림을 그리고 있는 방안에 서서는 젊은 여성 화가와 대화를 나누고 있었다. 그녀 옆에 서 있던 남자는 셸로우비 경이 분명했다. 그가 너무 바짝 붙어 있는 것 같아 기분이 상했다.

이스말은 입구 앞에 가만히 서 있었다. 겉으로는 한가로와 보였지만 속으로는 이를 갈며 라일라 보몬트에게 정신을 집중했다. 영원히 계속될 것 같던 2분이 지났다. 라일라의 시선이 그에게 닿는 순간 그녀의 몸이 뻣뻣하게 굳어졌다.

이스말은 얼굴에 정중한 미소를 띄우며 다가갔다.

"오늘 따라 대영 미술관이 인기가 좋군요."

셸로우비가 인사를 나눈 뒤 말했다. 젊은 화가의 이름은 그린로우 양이라고 했다.

"제가 착각을 했습니다. 마담 보몬트가 들어가는 걸 보고 혹시 마담의 작품이 전시되었나 싶어서 따라 들어온 것이지요."

"그런 일은 제가 죽고 몇 백 년쯤 지난 후에나 가능하겠지요."

그녀가 냉랭하게 말했다.

"그것도 부인께서 남자였어야만 가능할 걸요."

그린로우 양이 끼어들었다.

"그린로우 양께서는 제게 그림에 대한 비평을 부탁하셨어요. 정말 영광이지요. 하지만 이렇게 많은 분들 앞에서 자신의 그림에 대한 평을 듣고 싶지는 않을 거라고 생각해요."

"그래 봐야 고작 두 명뿐인 걸요."

셸로우비가 엷은 미소를 머금고 말했다.

"두 분은 금세 싫증을 느껴서 지겨워하실 걸요. 그러니 어디 가셔서 함께 대화나 나누세요. 아니면 그림이나 구경하시든가요. 문화란 것을 접해도 사람이 죽지는 않는다는 것을 몸소 한 번 체험해 보세요.”

“난 그런 위험을 무릅쓸 사람이 아닙니다. 차라리 밖에서 기다리겠습니다, 보몬트 부인. 에스몽, 함께 가겠나?”

미술관 밖으로 나서자, 셀로우비는 보몬트 부인이 자신과 자기 여동생인 레이디 샬롯과 함께 저녁 식사를 할 예정이란 말을 했다. 여섯 시라는 터무니없는 시각에 저녁을 먹게 되었다며 투덜투덜 불만이 대단했다.

“국왕 폐하와 함께 식사를 한다 한들 이만큼 절차가 복잡했을까?”

셀로우비가 길을 걸으며 말했다.

“동생은 곧 죽어도 저녁 식사를 일찍 들어야겠다고 하지, 보몬트 부인은 선약을 했으니 그린로우 양을 먼저 꼭 봐야겠다고 하지. 하지만 그 전에 먼저 보몬트 부인의 하녀가 우리를 따라나설 수 있게 하녀가 하던 일을 마칠 때까지 기다려야 했다고.”

듣고 보니 엘로이즈는 셀로우비 경의 마차에서 기다리고 있는 모양이었다. 그래도 이스말의 마음은 조금도 편해지질 않았다.

큰 키에 검은 머리카락, 잘 다듬어진 몸, 나른한 시선에 냉소적인 셀로우비에게 정신을 못 차리는 여자도 꽤 많았다. 이스말의 머리 속에서는 보몬트 부인이 셀로우비와 단 둘이 다정하게 식사하는 광경이 펼쳐졌다. 그의 상상력은 거기서 한술 더 떠 두 사람이 어둑어둑한 복도를 지나고 계단을 올라가 침실 문을 여는 장면을 상상했다. 방안의 침대까지 상상하고 나자 피가 얼어붙는 것 같았다.

“피오나가 런던에 있었으면 애당초 이런 문제도 생기지 않았지.”

셀로우비가 말을 이었다.

“샬롯이 편지를 써보냈다는데, 피오나가 답장을 해주지 않아 걱정이 이만저만이 아니라고. 우들리 가 사람들조차 도셋에서 소식이 없어 걱정하는 중이라고 하더군. 심지어는 가족들을 귀찮게 들볶기 일쑤이던 모드 숙모님조차 아무 소식이 없다네. 보몬트 부인마저 내 동생을 진정시켜 주지 못하면 무슨 일이 일어날지는 눈에 아주 선하군. 아아, 샬롯은 뭔가 설명을 얻어 오라며 날 도셋으로 보내버릴 거야. 날 눈엣가시 취급하는 피오나를 찾아가 어찌된 것인지 이유를 듣고 오라고 할 테지.”

“레이디 캐롤에겐 남자 형제들이 아홉이나 되질 않나.”

이스말의 수사원적인 본능이 꿈틀거렸다.

“그 아홉 명이 하나같이 피오나의 손끝에서 놀아난다는 게 문제지. 피오나는 오라비와 동생들에게 찾아올 생각은 아예 하지도 말라고 했다더군. 그 집안에서 피오나의 엄명을 거역할 자는 하나도 없지.”

“레이디 캐롤이 아무에게도 편지를 쓰지 않았다는 게 이상하구만. 모두들 그녀 동생의 건강을 걱정하고 있다는 것쯤은 잘 알 텐데 말일세.”

셀로우비는 얼굴을 찡그리며 인쇄소 유리를 들여다보았다.

“원래 이상하다는 말로는 모자라는 여자지, 피오나는. 정확한 단어가 뭘까? 지금 이 순간에는 ‘무배려’란 단어가 어울리겠군. 그녀 때문에 우리가 보몬트 부인에게까지 폐를 끼치게 되질 않았나. 보몬트 부인에게는 사실 좀 미안하다는 생각이 들더군. 평소에는 부르지도 않다가 뭔가 필요해지니 그때 가서야 집에 초대를 한다는 게 말일세. 한 가지 위안이라면 샬롯이 최고의 식사를 준비했다는 거지, 나 역시 최고의 와인을 내놓을 거고. 어찌 되었건 접대나마 근사하게 할 수 있어서 다행이야.”

“뭐야, 마담이 꼭 도살장에 끌려가는 양이라도 되는 듯 말하는군.”

셀로우비는 창문에서 돌아서서 짧게 웃음을 터뜨렸다.

“그러고 보니 그렇네. 나도 다른 사람들처럼 연극조로 말하는군. 하지만 보몬트 부인은 자신이 초대받은 이유가 뭔지 잘 알고 있어. 내가 미리 경고를 했거든.”

그녀라면 분명 정보를 캐낼 수 있는 기회다 싶어 선뜻 응했을 테지. 혹은 자신에게 질려 기분전환삼아 호락호락 가지고 놀 수 있는 영국인 난봉꾼과 시간을 보내고 싶은 게 전부였을지도 모르지. 그런 생각을 하니 심사가 뒤틀렸다. 갑자기 셀로우비의 뇌수를 인도 위에 흩뿌리고 싶다는 말도 안 되는 욕구가 치밀었다.

그럼에도 불구하고 겉으로는 언제나와 다름없이 남들의 호감을 사는 표정을 유지했다. 마담이 마침내 건물에서 나오자, 이스말은 그녀와 셀로우비에게 정중하게 작별을 고한 뒤 아무 일 없었다는 듯 길을 걷기 시작했다.

라일라가 집으로 돌아온 시간은 아홉 시 반 경이었다. 정확하게 9시 37분, 그녀는 아틀리에에서 에스몽과 말다툼을 벌이고 있었다.
"허락이요?"
그녀가 씨근덕거리며 되풀이했다.
"밖에서 저녁 식사 한 번 하는데 내가 왜 누군가의 허락을 받아야 한다는 거죠?"
그녀는 분노로 뻣뻣해진 몸으로 카펫 중앙에 서 있었다. 뭔가를 집어던지고 싶었다. 자기가 뭐라고 내게 명령을 하는 거야? 저 꼴을 좀 보라지. 정상적인 남자처럼 서성거릴 줄도 모르잖아. 공격할 기회를 노리며 거리를 좁혀 들어가는 정글의 표범마냥 방안을 어슬렁거리는 꼴 좀 보라.
"당신은 식사를 하러 간 게 아니었잖아."
그가 쏘아붙였다.
"수사를 하려고 간 거겠지. 수사는 내 일이니까 당신은 제발 신경 꺼 주길 바래."
"내게 이래라 저래라 명령하지 말아요."
그녀가 매정하게 말했다.
"내가 어디서 뭘 하건 당신이 상관할 바가 아니에요. 저녁 내내 그냥 죽치고 앉아서 당신을 기다리는 것 말고는 나에게 아무 할 일도 없는 줄 알아요? 그것도 어느 때고 자기 마음 내킬 때만 나타나는 당신을? 게다가 최근에는 부도덕한 목적을 채우기 위해서 말고는 나타나는 일도 드물잖아요."
"왜 주제를 바꾸려는 거요?"
그가 커튼이 내려진 창가로 걸어가며 말했다.

“그거야말로 지금 이 문제완 전혀 상관없잖소.”

“상관없기는 개뿔이 상관없어요?”

그녀는 이성을 잃지 말고 참자참자를 되뇌이며 말했다.

“내가 당신에게서 배운 게 뭔 줄 알아요? 당신이 유혹 방면으로는 대단한 재능을 가졌구나 하는 게 전부예요. 애초부터 내게는 뭔가를 알려줄 생각은 전혀 없었던 거죠? 이 사건에 대해 내가 뭔가를 알아내는 걸 원치 않는 거예요. 오히려 뭔가 알아낼까 봐 노심초사하고 있는 것 아니에요?”

그의 움직임이 느려지기 시작했다. 라일라의 지적이 정확했다는 증거이다.

“그래서 내가 다른 사람들과 외출하는 게 싫은 거군요.”

점점 자신이 붙기 시작했다.

“내가 무슨 소리를 들을까 봐 두려운 거예요. 하지만 이제 너무 늦었네요.”

그녀가 그의 앞으로 뛰어드는 바람에 그는 우뚝 멈춰 설 수밖에 없었다. 라일라는 그의 눈을 똑바로 들여다보았다. 그는 눈에서 새파란 불꽃을 뿜으며 그녀를 깔아보려고 노력했다. 그러나 그녀는 겁먹지 않았다. 이젠 그의 시선에 화상을 입는 데 익숙했으니까.

“난 외출을 했어요, 에스몽. 그리고 뭔가를 들었죠. 내 얘기 듣고 싶지 않아요? 아니면 계속 바보같이 화만 내고 있을래요?”

“난 바보가 아니오! 당신은 스스로를 위험에 빠뜨리고 있어. 왜 내게 먼저 상의를 하지 않은 거요?”

“상의를 하고 당신이 하라는 대로 하라 이건가요?”

그녀는 팔을 내저으며 그에게서 물러섰다.

“왜요, 내가 너무 바보라서 내 머리로는 알아내지 못할 것 같아요? 날 마음대로 가지고 놀아 보니 내가 뇌도 없는 바보인 줄 알았군요.”

“말도 안 되는 소리요.”

그가 그녀 뒤를 쫓아 불가로 다가가며 말했다.

"우리 사이에 일어난 일들은 이번 사건과 아무런……."

"관계가 있다는 걸 왜 몰라요! 그리고 우리 사이엔 아무것도 없어요. 애당초 존재하지 않았어요. 당신은 그저 내 주의를 딴 데로 돌리려고 뭔가가 있었던 척했을 뿐이에요. 그런 것에도 능한 사람이에요, 당신은. 내 말 틀렸나요?"

그녀가 재우쳐 물었다.

"그런 척 연극하기. 다른 사람 주의 돌리기. 당신은 질투를 유발해 프란시스의 주의를 돌려놓았어요. 그런데 곰곰이 생각해 보니 아귀가 맞지 않더군요. 진심으로 다른 남자의 아내를 유혹할 작정이라면,"

그녀가 낮고 담담한 목소리로 말했다.

"그 여자 남편의 의심을 살 단한 짓을 해서는 안 되는 것이죠. 당신처럼 영리하고 계산 빠른 남자가 몰라서 그랬을 리 없어요. 그런 고로, 당신의 원래 목적은 날 유혹하는 게 아니었다는 거죠."

그녀는 소파로 걸어가 팔걸이에 걸터앉았다. 진작부터 하고 싶던 말을 내뱉고 나자 기분이 후련했고 머리 속도 맑아지는 기분이다.

"당신이 무엇을 노리고 그런 것일지 나름대로 가설을 세워 봤어요. 셀로우비 경의 말이 커다란 도움이 되더군요."

"가설이라."

그는 맨틀로 다가가 미켈란젤로의 조그만 흉상을 집어올렸다가 다시 내려놓았다.

"모든 사건의 발단은 에드먼드 카스테어스로부터 시작되는 거예요."

그녀의 말에 그의 몸이 얼음처럼 꼿꼿하게 얼어붙었다.

"데이비드의 친구인 에드먼드 카스테어스는 자신이 가지고 있던 중요한 서류를 도둑맞은 뒤 권총으로 자살을 했어요. 셀로우비의 말에 따르면—그 당시 파리에서 외교관의 아내와 바람을 피우고 있었다죠—그 서류는 차르로부터 온 비밀 서신이었다고 하더군요. 당신의 친구인 러시아의 차르로부터요."

그의 엷은 금발 위로 빛이 변덕스럽게 일렁거렸다.

"차르는 분명 누군가에게 어찌된 연유인지 조사해 보라고 명령했겠죠. 셀로우비 경의 말에 의하면 그 문서가 어떻게 도난당한 것인지, 그 배후가 누군지 그 누구도 알아낼 수 없었다고 해요. 그래서 난 생각을 했죠. 차르는 그 누구도 풀지 못한 수수께끼를 누구에게 맡겼을까, 정답은 에스몽이죠. 차르가 신임하는 콩트 에스몽이—영국과 프랑스 왕족과도 친분이 있다죠—왜 하필이면 파리에 있는 수많은 남자들 가운데 술주정뱅이에 아무것도 아닌 프란시스 보몬트와 친구가 되었을까?"

그는 천천히 자신도 모르는 힘에 이끌리듯 돌아섰다. 그의 눈가에 날카로운 주름이 패여 있었다.

그녀는 부드러운 목소리로 언젠가 그가 했던 말을 인용했다.

"'눈에 드러나는 게 전부는 아니다.' 나도 제법 사람 말을 경청하는 편이죠. 지혜가 담긴 당신의 보석 같은 경구가 상당히 유용한 말임을 깨달은 거죠."

그의 푸른 눈동자가 흐려졌다.

"집으로 오는 길은 꽤 길었어요.. 오늘밤 길이 상당히 막히더군요. 그래서 여러 가지 풀리지 않는 수수께끼를 골똘히 생각해 볼 시간이 많았죠. 예를 들자면, 왜 도대체 퀜틴 경처럼 높으신 분이 아무것도 아닌 프란시스 같은 남자의 죽음에 신경 쓰셨던 걸까. 남편이 살해당했을지도 모른다는 내 말을 그분은 왜 그리도 순순히 믿어 주셨을까. 또 살인사건을 암암리에 조사해 달라는 부탁에 그분은 왜 순순히 동의했을까. 가장 중요한 것은, 왜 그분은 당신을 불렀을까요?"

"집으로 오는 마차 안에서 상당히 많은 생각을 했군요."

그가 몹시 부드럽게 말했다.

"그래서 대강의 윤곽은 잡혔어요. 그 러시아로부터 온 편지에 대한 수사는 꽤 오래 전부터 암암리에 진행이 되어 왔겠죠. 당신이 프란시스에게 거의 모든 시간을 할애했던 것을 보면 프란시스가 아마 주요 용의자였을 테고요. 아주 비밀리에 진행되었던 수사인지라, 프란시스가 범인이었다 한들 기소할 수도 없었을 테죠. 뭔가 끔찍한 스캔들이 터질

가능성이 있는 내용이었을 거예요. 내가 아직까지 확신하지 못하고 있는 것은 그 편지 자체만으로 스캔들감이 될 수 있었던 것인지, 아니면 그 편지는 빙산의 일각에 불과하고 프란시스가 더 큰 범죄 행위에 연루되어 있었느냐 하는 거예요.”

이스말은 고개를 절레절레 흔들며 시선을 돌렸다.

“이런 제기랄.”

그가 낮게 내뱉었다.

“당신은 원래…… 아, 라일라, 어쩌자고 거기까지 생각해버린 거요.”

자신의 이름을 발음하는 그의 목소리가 왜 저렇게 애닲게 들리는 것일까. 딱딱한 영국식 라일라도 아닌 것이, 그렇다고 레일라도 아닌 것이, 오직 그만이 낼 수 있는 독특하고 애무하는 듯한 발음. 그 소리가 그녀의 가슴에 아프게 스며들었다. 그가 진심으로 가슴 아파하고 있음을 느낄 수 있었다.

“내게 뭘 그렇게 감추고 있었던 건가요?”

그녀는 애써 담담하게 말했다.

“이제 솔직하게 털어놓아 봐요. 당신도 나도 마음이 훨씬 편안해질 거예요. 더 이상 숨기지 말고 깨끗하게 털어버리자고요. 우리 두 사람 모두 홀가분한 마음으로 이번 사건에 집중할 수 있게요. 당신이 감추고 있는 게 무엇이건, 서로에게 뭔가를 감춘 채로는 아무런 발전도 없어요.”

그는 말하고 싶어했다. 그가 진심으로 털어놓고 싶어한다는 것을 읽을 수 있었다.

“부탁이에요, 에스몽. 제발 솔직하게 말해 줘요. 이미 끔찍한 이야기를 들을 준비는 되어 있어요. 나, 이래 봬도 제법 대범한 여자라고요. 생각해 봐요, 섬세한 신경을 가진 여자였다면 십 년 동안 프란시스를 참아내며 살 순 없었을 거예요.”

“내 손으로 보몬트를 죽였어야 했어.”

쓰디쓴 후회가 배어나오는 그의 목소리.

“당신을 이런 일에 끌어들이는 게 아니었어. 어리석은 실수였어.”

그녀는 묵묵히 그의 다음 말을 기다렸다. 마침내 그는 그녀에게서 고개를 돌린 채 소파로 다가가 앉았다. 그리고는 여전히 그녀의 시선을 피하며 뱅뜨위뜨라 불렸던 곳에 대한 이야기를 털어놓기 시작했다.

전부를 다 말하지는 않았다. 뱅뜨위뜨에서 일어났던 일 중 그나마 강도가 약한 축에 드는 몇 가지 일만을 말해 주었다. 그리고는 자신이 뱅뜨위뜨와 프란시스의 정신을 어떤 식으로 무너뜨렸는지를 짤막하게 설명했다.

프란시스 보몬트가 자신에게 빠져 정신을 못 차리게 만들었다는 이야기도 빼놓았다. 그녀는 에이버리와 마찬가지로 영국인이다. 에이버리는 카스테어스가 죽기 전 날 술에 취해 딱 한 번 친구와 넘지 말아야 할 선을 넘었던 것을 두고두고 괴로워했었다. 자신이 용서받지 못할 파렴치한 죄악을 저질렀다고 생각했다. 라일라 보몬트 역시 별 차이는 없을 것이다. 남편이 남자들에게까지 손을 뻗었다는 사실을 알게 되면 아마 남편이 자신의 몸을 만진 적이 있다는 사실 하나만으로도 공포에 질려 구역질을 할지 모를 테니까.

그녀는 그의 말을 끝까지 묵묵히 들었다. 그리고 지금 그녀가 어떤 심정일지, 이스말은 도무지 알 수가 없었다. 마침내 그는 말을 끝마치고 그녀가 머리를 쥐어뜯으며 죽은 남편을 욕하고 눈물을 흘리길 기다렸다.

영원히 계속될 것 같던 기나긴 침묵 후, 그녀는 한숨을 내쉬었다.

"아, 하나님."

그녀가 꺼질 듯한 목소리로 말했다.

"그이가 그런 인간일 줄은 꿈에도 몰랐어요. 당신 덕분에 마음이 한결 가벼워졌어요. 고마워요, 에스몽."

그녀는 그의 어깨에 손을 얹었다.

"내가 어떻게 한다고 바뀔 사람이 아니었군요. 단순히 나약한 게 아니라 뼛속까지 악에 물든 사람이었어요. 왜 당신이 자기 손으로 프란시스를 죽여버리고 싶었다는 말을 했는지 이해가 가요. 동시에 프란시스의 피로 자신의 손을 더럽히고 싶지 않았던 마음 역시 이해해요."

그녀는 어깨에 얹은 손을 떼지 않았다. 에스몽은 그녀의 손에 뺨을 가져다대고 그 동안 속인 것을 용서해 달라고 애원하고 싶은 마음을 억지로 참았다.

"살인 청부는 내 몫이 아니오."

"그래요, 알아요."

그녀는 그의 어깨를 꼭 쥐었다.

"당신은 어떻게 이런 생활을 할 수 있는 거죠? 기생충보다 못한 인간들을 대하고 항상 살얼음판을 걷듯 긴장해야 하는 삶을 어떻게 참아낼 수 있는 거예요? 정말 왕실에서 당신을 높이 살 만하네요. 프란시스는 당신이 인간도 아니라고 말했었죠. 당신이 어떤 일들을 하는지 절반도 모를 때조차 그렇게 말했었는데, 이 얘기를 들었다면 뭐라고 했을까요?"

그녀는 낮은 목소리로 웃었다.

그는 도무지 영문을 알 수가 없었다. 그녀는 도대체 왜 웃음을 터뜨리는 걸까.

"왜 웃는 거죠?"

그가 멍하게 물었다.

"난 마냥 착한 여자가 아니거든요. 아아, 참 고소하네요. 프란시스 같은 인간은 괴로워해야 마땅하거든요. 이 얘기, 진작 해주지 그랬어요? 그 더럽고 역겨운 인간에게 흘린 눈물이 아깝네. 이럴 때는 정말 욕을 많이 알았으면 좋겠다 싶어요."

그녀는 소파 팔걸이에서 일어났다.

"당신은 나보다 훨씬 더 많이 알 테죠? 에이버리 말을 들으니 12개 국어를 하신다던데, 분명히 욕도 12개 국어로 하실 수 있을 거 아니에요. 샴페인 좀 드시겠어요?"

그는 도무지 종잡을 수가 없었다. 그녀는 그가 예상했던 것과는 전혀 다른 반응을 보였다. 그는 머리를 문질렀다.

"아, 네. 좀 마시고 싶네요."

"셀로우비 경이 내게 샴페인을 몇 병 줬어요."

그녀가 문가로 걸어가며 말했다.

"처음에는 당신에게 너무 화가 나서 병을 다 깨버리고 싶었죠. 하나씩하나씩 병으로 당신 머리를 후려쳐 줄 참이었어요. 솔직하게 말해 줘서 정말 고마워요, 에스몽. 착한 짓을 했으니 상을 받아야죠."

그는 멍하니 그녀가 아틀리에에서 나가는 모습을 바라보았다.

고맙다고? 그녀는 도대체 어떻게 된 여자인가. 보통 여자가 오늘 이런 고백을 들었다면 프란시스의 주의를 딴 곳으로 돌리기 위해 자신을 이용했다며 그를 힐난했을 것이다. 그를 증오했을 것이다. 당신 때문에 광기 어린 폐인으로 변해버린 남편을 혼자 떠맡아야 했다고, 죽을 만큼 힘들었노라고, 그래서 당신을 용서할 수 없노라고 저주를 퍼부었을 것이다.

하지만 라일라 보몬트는 그러지 않았다. 복잡하게 얽히고 설킨 삶을 살아갈 수밖에 없는 그를 동정했다. 위로라도 하듯, 손을 뻗어 그를 어루만졌다.

자신이 누군가의 위로를 얼마나 절실히 필요로 했었는지, 그는 처음으로 깨달았다. 이스말은 그녀의 너그러운 목소리와 강하고 아름다운 손이 자신을 어루만져 주길 원했다. 그 역시 어쩔 수 없는 인간이었기에, 다른 평범한 이들처럼 기댈 사람이 있었으면 좋겠다고 생각했다.

하지만 이스말은 평범한 사람이 아니었기에 그 누구에게도 기댈 수 없다.

샴페인이 몇 잔 오간 뒤, 두 사람은 아까 하던 얘기로 되돌아갔다.

"셀로우비 경과 레이디 샬롯 말로는 레티스가 그냥 기분전환도 하고 쉴 겸 자진해서 도셋으로 갔다고 하더라고요. 그 두 사람이 진실을 모르는 건지, 아니면 알면서도 모르는 척하는 건지 감이 잡히질 않았어요."

그녀가 말했다.

"데이비드가 레티스를 좋아한다는 거, 피오나가 그걸 탐탁지 않게 생각하는 거는 알고 있더군요. 레이디 샬롯은 피오나 편을 들었고, 셀로우비 경은 철저하게 데이비드 편을 들었죠. 그러다가 카스테어스 얘기가 나온 거예요. 셀로우비 경은 데이비드가 형을 잃은 지 채 1년도 지나지 않아 친한 친구까지 그런 식으로 잃었으니 그 충격이 얼마나 컸겠냐며 데이비드를 변호하더군요. 원래는 정말 착하고 괜찮은 남자인데, 연거푸 충격을 받더니 마음을 못 잡고 잠깐 옆길로 빗나간 거라고 말이에요. 그래도 데이비드는 아직 젊으니까, 자신이 마음만 먹으면 언제건 그 생활을 정리하고 개과천선할 수 있다고 했어요."

"에이버리가 방황할 수밖에 없었던 이유는 조금 틀렸지만 나머지는 정답이네요. 카스테어스의 죽음이 문제의 시발이었어요. 오늘에서야 비로소 에이버리가 감추고 있던 비밀이 뭔지 알게 되었습니다."

술잔을 잡은 그녀의 손가락에 힘이 들어갔다.

"뭐든가요?"

"그리 심각한 것도 아니었어요. 그냥 발기불능이었던 데다가……."

"맙소사, 뭐라고요?"

그녀의 얼굴이 창백해졌다. 그녀는 떨리는 손으로 술잔을 내려놓았다.

그녀가 이렇게까지 심각하게 받아들이리라고는 예상하지 못했다. 뱅뜨위뜨와 남편의 온갖 악행 얘기를 학교 강의 듣듯 침착하게 듣기만 하던 그녀가 아니던가? 하긴, 그녀는 남편을 증오했으니까 그랬던 것일지도 모른다. 에이버리는 그녀가 끔찍하게 아끼는 사람. 그녀에게 있어서 그 두 사람의 위치는 그렇게나 달랐던 것이다.

너무 요령 없이 말을 뱉었다 싶어 스스로를 욕하며, 그는 그녀의 손을 잡았다.

"그렇게 가슴 아파 하지 말아요, 영구적인 건 아니니까. 쉽게 고칠 수 있어요. 설마 내가 당신이 제일 예뻐하는 사람을 괴로워하게 그냥 내버려둘 거라 생각한 건 아니겠죠?"

그는 그녀의 손을 놓고 샴페인 잔을 들려준 뒤 마시라고 명령했다.

그녀는 멍하니 술을 마셨다.

"에이버리의 문제는 쉽게 교정할 수 있어요."

그가 다시금 그녀를 안심시켰다.

"내 얘기를 들으면 당신도 이해할 수 있을 거예요. 에이버리는 그 편지가 도난당하기 전날 밤 술이 취해서 카스테어스와 넘어선 안 될 선을 넘은 거죠. 그 다음날 카스테어스는 총으로 자살을 했고, 친구의 죽음에다 더러운 짓을 했다는 데 죄책감을 느낀 에이버리는 술독에 빠져버린 거예요. 그런 경우에는 흔히 일시적인 장애가 올 수 있어요. 문제는 에이버리가 그 직후 프란시스 보몬트를 만났다는 데 있는 거죠. 어느 날 술을 마시다가 자신의 문제를 털어놓게 되는데, 당신 남편은 그게 남색을 즐기는 사람들이 걸리는 병인데 평생 고칠 수 없는 거라고—천연두보다 무서운 거라고 말한 거죠."

"아, 보나마나 그런 병은 세상에 없는 거겠죠?"

이스말은 고개를 끄덕였다.

"하지만 에이버리는 그 거짓말을 믿은 거예요. 그 말을 철석같이 믿은 나머지 몸에도 영향이 간 거죠. 아마 당신 남편에게 했던 말을 의사에게 했더라면 진작에 나았을 겁니다. 하지만 보몬트의 말을 들은 에이버리는 너무 창피하고 수치스러워서 그 누구에게도 털어놓질 않은 거예요. 그래서 그 후 2년간을 자기는 남자도 아니다라고 생각하고 산 거예요. 지난 몇 달간 점점 더 가공할 짓을 해대는 당신의 남편을 보며, 에이버리는 혹시나 보몬트가 자신의 끔찍한 비밀을 폭로하지 않을까 노심초사한 거였죠."

그녀는 천천히 길고 고른 숨을 내쉬었다.

"잔인하군요. 말로 표현할 수 없을 만큼 잔인하네요. 불쌍한 데이비드."

그녀는 샴페인 잔을 비웠다.

"당신도 아주 진이 빠졌겠어요. 정말 힘들었겠네요. 그래서 아까 그렇게 신경이 날카로웠던 건가요? 만약 내가 피오나를 조사해야 했다면, 그래서 피오나에게 그렇게 잔인하고 끔찍한 얘기를 들었다면, 나 역시 기분이 아주 더러웠을 거예요.”

그녀는 그의 코트 소맷자락을 쓰다듬었다.

“내 가슴이 다 아프네요.”

아까 억지로 묻어두었던 감정들이 다시금 고개를 치켜들기 시작했다. 그는 그것들을 또 한 번 꾹 억누르며 말했다.

“나 때문에 가슴이 아프다니, 당신 취했나 봐요.”

그녀는 고개를 저었다.

“그래 봐야 겨우 세 잔밖에 안 마신 걸요. 괜히 아무것도 못 느끼는 척해 봐야 소용없어요. 당신도 데이비드 때문에 가슴이 아픈 거죠? 데이비드에게 강력한 살인 동기가 있으니까 걱정이 되는 거죠? 항상 나만 데이비드를 예뻐한다는 식으로 말하지만, 사실은 당신도 데이비드를 예뻐하고 있는 거예요, 그렇죠?”

“내 가슴이 아플 이유가 없잖아요.”

그는 여전히 외투 자락을 붙잡고 있는 그녀의 손을 의식하지 않을래야 않을 수가 없었다.

“설령 에이버리가 살인을 저질렀다 치더라도, 난 그가 반드시 처벌받아야 한다고 생각지 않아요. 정의에 대한 내 개념은 영국식이 아니니까. 퀜틴 경도 그저 자신의 궁금증을 풀고 싶어하는 것뿐이에요. 그분은 뭐든 정답을 알고 싶어하거든요, 꼭 당신같이.”

그녀는 생각에 잠긴 표정으로 멍하니 그의 소맷자락만 쓰다듬고 있었다.

“그리고 당신은 자신에게 심장도 양심도 없다고 믿어 주길 원해요.”

“라일라.”

“그러나 당신에게도 심장이 조금은 남아 있을지도 몰라요. 당신도 인간이니까, 심장의 파편쯤은 있을지도 모르겠네요. 양심도 아주아주 가느다랗게 실낱처럼 남아 있을 거예요.”

그녀는 속눈썹을 내리깔고 그를 바라보았다.

“그리고 말이에요, 내 이름을 불러도 좋다는 말은 한 번도 한 적이 없다구요. 평소에는 아주 불건전한 짓을 할 때에도 깍듯하게 예절을 갖춰 부르더니, 오늘은 내가 당신 마음을 상하게 했나 봐요, 이렇게 이름을 부르는……."

"라일라."

"벌써 세 번째네요. 정말 아주 많이 기분 상했나 봐요."

"당신이 자꾸 날 자극하니까 그렇지."

그가 그녀의 손을 덥석 잡았다.

"당신이 자꾸만 캐물으니까. 하지만 난 에이버리가 아냐. 누가 내게 연민을 보인다고 내 생각과 감정을 속속들이 털어놓는 인간이 아니라구."

"이제는 당신에게 연민을 품었다고 날 탓하나요? 누가 당신을 친구 대하듯 할 때마다 그 사람에게 뭔가 꿍꿍이속이 있다고 생각해요?"

그녀는 자신의 손을 거뒀다.

"발악을 하며 당신 머리로 뭔가를 집어던지지 않았다고 해서 내가 교묘하게 당신을 조종하려 든다고 생각하는 거예요?"

"뭔가를 알아내려고 날 떠본 건 사실이잖아. 느낄 수 있었다구."

"그런 적 없어요! 이해를 하려고 노력한 게 전부예요—당신의 시각으로 보려고 애쓴 게 죄인가요?"

"왜 나에게 어줍잖은 연민을 보인 거야? 왜 날 친구 대하듯 하는 거냐고?"

"그게 뭐가 잘못된 건데요? 당신은 친구 없어요? 동료건 뭐건 주위 아는 사람 중에 친구가 없나요?"

그녀는 그의 얼굴을 관찰했다. 그녀의 목소리가 속삭이듯 잦아들었다.

"정말로 친구가 없나요, 에스몽?"

그의 가슴을 후벼파는 진실, 그에겐 친구가 없었다. 수많은 동료가 있었고, 아는 사람도 셀 수 없이 많았다. 심지어 그를 열성적으로 따라다니는 에이버리 같은 사람도 있었다. 하지만 에이버리는 그를 존경하고, 그에게 자신의 비밀 얘기를 털어놓고 조언을 구한다. 그것은 동등한 관계가 아니다. 동등하게 오가는 뭔가가 없었다. 이스말에겐 자신의 모든 것을 털어놓을 만한 친구가 없었다.

한순간 그녀의 금빛 눈을 바라보며, 이스말은 가슴을 날카롭게 도려내는 고독감을 느꼈다. 그녀에게 모든 것을 털어놓고 싶었다. 그녀의 다정한 목소리를 향해, 부드럽고 따스한 그녀의 몸을 향해, 그녀의 너그러운 마음에서 위안을 찾으려는 듯, 그녀를 향해 뻗어나갔다.

참을 수 없는 유혹이 가득한 순간…… 자신은 그녀에게 환영받지 못할 것임을 깨달았다. 그의 모든 비밀은 거짓과 뒤엉켜 있으니까. 아주 간단한 비밀 한 가지조차 털어놓을 수가 없었다. 혹시라도 그녀가 거기에서 그 뒤에 감춰진 엄청난 비밀의 낌새를 채고 영원히 돌아설지도 모르는 노릇이니까. 그녀에게 뭔가를 털어놓는다면 그녀는 끊임없이 캐물을 것이다. 모든 것을 알게 될 때까지 절대로 만족할 수 없는 여자니까. 그것이 그녀의 성격이고 그녀의 천직이었으니까. 예술가란 모름지기 피부 아래에서 진실을 찾아내는 법. 그녀는 이미 너무 많은 것을 보았다.

"여전히 캐묻는군."

그는 그녀를 꾸짖으며 점점 더 가까이 다가섰다.

"그만 둬. 당장, 라일라."

"내가 바란 건 그저……."

"당장."

그는 계속해서 앞으로 나아갔다. 이제 그녀의 무릎을 그의 허벅지가 짓누르고 있었다. 그가 앞으로 몸을 숙였다.

"하지 말아요. 그만."

"당신이 먼저 그만 둬."

"야비한 방법이에요, 에스몽."

그녀가 날카롭게 말했다.

"이런 식으로……."

나머지 말은 그의 키스에 짓눌려 밖으로 새어나오질 못했다. 그녀를 꼭 부둥켜안고 부드럽게 징벌해 나가기 시작하자 그녀도 마침내 입술

을 열었다. 그 순간 통증처럼 느껴지던 외로움이 날아가며 전율과도 같
은 쾌락이 그의 몸을 채워 사지가 떨리기 시작했다. 그녀가 손을 뻗어
그의 어깨를 움켜쥐자 다시 한 번 전율이 흘렀다. 그녀의 손가락이 그
의 상의를 파고든다.

입술을 떼지 않은 채 그는 그녀를 들어 작업대 모서리에 앉힌 뒤 손
으로 자질구레한 물건들을 밀어젖히고 그 위에 뉘었다. 그녀의 양다리
사이로 파고들었다.

그녀는 헉 하고 숨을 삼키며 몸을 비틀어 달아나려 했다.

"달아나지 마."

그가 부드럽게 말했다.

"이젠 내가 당신을 취조할 차례야. 둘 중 누가 더 많은 것을 밝혀낼
수 있는지 어디 한 번 보자구."

그는 다시금 그녀의 입술을 취했다. 그녀는 뜨겁게, 거세게 반응했
다. 그의 양손이 그녀의 보디스 위로 기어올라가자 그녀가 부르르 진저
리를 치는 게 느껴졌다. 다급한 손길 아래 상체를 튕겨 올리며 그의 손
바닥에 자신의 가슴을 눌러댔다.

"아, 그래."

그가 그녀의 입술에 대고 중얼거렸다.

"내게 더 많은 걸 보여줘, 라일라."

"이미 알건 다 알잖아요, 나쁜 남자."

그녀가 헐떡이며 말했다.

"그걸로는 모자라."

그는 또 한 번 길고 깊숙이 키스를 훔치며 손으로 그녀의 보디스 여
밈을 찾아나섰다. 깃털처럼 부드러운 키스로 그녀의 뺨과 턱과 목을 간
질여 혼을 쏙 빼놓고는 숙달된 손길로 하나씩하나씩 보디스에 달린 후
크를 열기 시작했다. 그녀의 귓가로 입술을 가져가 혀끝으로 희롱하자
그녀의 몸이 꿈틀거리며 떨리는 것이 느껴졌다. 아찔했다. 그는 계속
후크니 단추를 풀어나갔다. 마침내 그녀가 더 이상 못 참겠다는 듯 그

의 머리카락을 움켜쥐고 그의 입술을 다시 자신의 입술로 가져갔다. 그녀가 입술로 자극해 오자 그도 결국 이성을 놓고 그녀가 이끄는 대로 열정 속으로 침잠해 들어갔다.

능숙한 솜씨로 그녀의 갑옷을 한 꺼풀씩 해체해 나가기 시작했다. 검정색 모직 드레스, 실크로 된 보디스, 그 아래 부드러운 아마포, 그리고 그 아래에는…… 맙소사, 따스한 실크 같은 풍만한 젖가슴이 있었다. 아찔하게 짙은 그녀의 체취…… 경외로 가득 찬 자신의 부드러운 애무 아래 팽팽하게 부풀어오른다.

"아, 라일라."

엄지손가락으로 꼿꼿하게 고개를 치켜든 꽃봉오리를 살며시 쓰다듬으며 그가 한숨 짓듯 그녀의 이름을 불렀다. 그녀의 대답은 신음이었다. 그의 머리를 안아 자신의 가슴으로 끌어당긴다. 이제 그녀에게도, 그에게도, 선택의 여지는 남아 있지 않았다. 이제 돌아갈 수 없다. 그 누구 못지 않게 강한 의지력을 가진 두 사람이었건만, 이 욕망이란 놈은 그 의지력을 비웃었다. 명예란 것도 이 순간엔 중요하지 않았다. 그에게도 그리고 그녀에게도.

지금 이 순간 그에게 존재하는 것은 의지력도, 명예심도 아니다. 오직 그녀뿐이다…… 따스하게 자신을 환영하는 입술과 혀 아래 느껴지는 크림 같은 피부…… 그녀의 나지막한 신음 소리에서 묻어나오는 취할 것 같은 욕망. 그는 장밋빛 봉오리를 입에 머금고 부드럽게 빨기 시작했다.

지금의 그에게 온 세상이란 곧 그녀를 의미했다. 그녀가 자신의 몸속에 지핀 이 절박함만이 전부였다. 그 깊이를 알 수 없는 그의 새카만 거짓투성이 심장 제일 밑바닥에서부터 끓어 올라오는 절박함. 거기에 눈이 멀어 그는 자신의 앞을 가로막는 모든 장애물을 밀어냈다. 마침내 그녀의 풍만한 가슴이 눈앞에 고스란히 드러났다. 크림처럼 부드러운 저 가슴에 얼굴을 묻고 싶다.

자신을 애무하는 그녀의 손길이, 입술에서 새어나오는 신음 소리가,

떨리는 온몸이 그녀 역시 이 순간에 완전히 빠져 있음을 말하고 있었다. 양심이건 이성이건 따질 겨를 없이 빠져 있었던지라, 그 역시 그만둘 줄을 모르고 취할 듯 아찔한 키스를 퍼부었다. 그의 양손은 그 사이 그녀의 스커트를 걷어올리고 페티코트 아래로 기어 들어가 얄팍한 실크천이 간신히 감싸고 있는 여자의 비밀을 덮었다.

그의 손길이 얇은 방어막에 닿는 순간, 그녀는 불에 덴 것처럼 몸을 움찔거렸다. 그 역시 화상을 입은 기분이었다. 축축한 열기가 마치 강렬한 전류처럼 손가락을 통해 침범해 들어와 그의 혈관 속을 헤집고 돌아다녔다. 그녀는 뜨거웠고, 그를 맞을 준비가 되어 있었다. 온몸에 불이 붙을 것 같았다. 그녀를 가지고 싶었다.

한 팔로 그녀의 등을 안고 그는 그녀의 입술에 잠기듯 격렬하게 키스하며 한 손으로 속옷의 끈을 찾았다. 재빨리 매듭을 풀고 천 아래로 손을 미끄러뜨렸다.

그녀의 몸이 굳어 가는 것을 느꼈다. 자신의 절박한 입술에서 그녀가 입술을 떼기도 전에 먼저 그녀의 행동을 읽었다. 하지만 황홀하기 그지없이 따스한 여인의 몸에서 손을 뗄 수가 없었다. 그의 의지와는 상관없이 손가락은 곱슬거리는 체모를 쓰다듬으며 자기 멋대로 소유욕에 불타올라 습기를 머금은 뜨거운 그곳을 자신의 것으로 만들려 하고 있었다.

"싫어요."

그녀가 헐떡였다.

"안 돼…… 싫어."

"부탁이야."

그는 욕망에 눈멀고 열정에 취해 있었다.

"만지게 해줘, 라일라. 키스하게 해줘."

그렇게 애원하면서 그의 몸은 천천히 아래로 무너져 내리고 있었다. 무릎이라도 꿇을 기세였다. 뜨겁게 젖어 있는 저곳에 입술을 대지 못한다면 지금 당장이라도 죽을 것만 같았다.

그녀는 그의 머리카락을 한 움큼 잡아 그를 똑바로 일으켜 세웠다.

"그만, 그만하라니까."

그의 손목에 손톱까지 박아넣으며 그녀는 그를 제지했다.

그는 가만히 서서 동물처럼 헐떡였다. 사타구니가 욱신거린다. 그녀가 속옷 끈을 여미고 스커트를 내려 길게 빠진 다리를 가려버리는 것을 분노와 절망감이 뒤엉킨 감정으로 보고 있었다. 그녀는 슈미즈 자락을 잡아당겨 허둥지둥 보디스를 다시 잠갔다.

"작업대 위에서,"

그녀의 목소리가 떨리고 있었다.

"제대로 된 곳도 아닌 작업대 위에서 날 가지려 했어. 차라리 내가 술이라도 취했더라면 좋았을걸. 그랬더라면 취해서 제정신이 아니었다고 변명이나 해보지, 난 맨 정신이었어. 맙소사, 도대체 어떻게 설명하면 좋다지?"

그녀는 작업대에서 일어나 기가 막힌다는 표정으로 그를 바라보았다.

"당신은 이해 못해요? 난 뭔가를 하고 싶었다고요. 하루 종일 기다리기만 하는 게 아니라, 조사를 처음 시작할 때 당신이 말했듯 난 당신을 돕고 싶었어요."

그녀는 그의 대답을 기다리지도 않고 얼른 말했다.

"당신은 날 '파트너'라고 불렀어요. 하지만 그건 말뿐이고 일은 당신 혼자 했죠. 내게 아무것도 말해 주지 않았어요. 뱅뜨위쁘 얘기만 해도 그래요, 내 나름대로 추리해 오지 않았다면 당신은 절대 말해 주지 않았을 거예요. 그나마도 내가 조르고 졸라 간신히 들은 거였죠. 프란시스에 대한 기본적인 얘기도 해주지 않는데 도대체 날보고 어떻게 도우라는 거죠? 내가 뭘 찾아야 하는 건지, 어떻게 알겠냐구요?"

양심이 발톱을 드러내며 그의 가슴을 갉아댔다. 그녀에게 뱅뜨위쁘 얘기를 해주지 않은 것은 스스로를 보호하기 위함이었다. 프란시스의 주의를 돌려놓으려고 그녀를 이용한 것을 평생 용서해 주지 않을까 봐 두려워서 숨겼던 거였다.

“그래 놓고 내 집에 오기는 왜 오는 거죠? 날 믿지도 않으면서.”

그녀는 제발 무슨 말이든 좀 해보라는 시선으로 그를 바라보았다.

“그저 날 유혹하기 위해 찾아오는 건가요? 내 가치는 그게 다인가요? 왜요, 당신이 유혹해도 안 넘어와서 도전의식이 느껴지던가요? 당신 시간 날 때 틈틈이 가지고 노는 재미난 심심풀이 장난감인가요?”

“심심풀이? 당신은 내 인생 최대의 골칫거리요.”

그가 쓰디쓰게 내뱉었다.

“재미날 거 하나도 없소. 오늘밤만 해도 내 평생 알았던 그 누구보다 당신을 더 믿어 주었는데, 당신은 그걸로는 성이 차질 않나 보군. 당신은 전부를 원해.”

“그건 당신도 마찬가지 아니에요? 하지만 당신은 받을 줄만 알지, 줄 줄은 몰라요. 여자와 친구가 되는 법을 몰라요. 어차피 친구라 부를 만한 사람이 하나도 없다는 인간에게 뭘 바랄까. 당신은 사람을 조종하지 않고서 대화하는 방법은 알지 못해요. 당신은……”

“조종을 하려고 든 게 누군데 그래!”

“얼른 다른 방법을 동원해 날 막은 걸 보면 그렇게도 못 참겠던가 보죠?”

그녀는 손을 들어 그의 구겨진 크러뱃을 매만졌다.

“날 동등하고 정정당당하게 대하면 하늘에서 벼락이라도 떨어진대요?”

그녀가 지금 자신을 조종하려 든다는 것을 느낄 수 있었다. 하지만 빌어먹을 심장이 그녀의 손길에 제멋대로 반응하고 있었다. 약간의 용서가 담긴 제스처. 용서보다 더 중요한 것은 그녀의 행동에 소유욕이 묻어난다는 것 아닐까. 마음이 금세 누그러졌다.

“그러는 당신 역시 지금 정정당당한 행동을 하는 건 아니잖아, 라일라. 내 마음을 혼란스럽게 만들고 있어. 당신이 뭘 원하는 건지 난 모르겠어.”

“당신을 돕게 해줘요. 나, 진심으로 당신을 돕길 원해요.”

그는 미소를 지었다.

"당신이 날 도울 수 있는 방법은 이런 것 말고도 다른……."

"조사를 돕고 싶은 거예요, 난."

그녀가 그의 눈을 올려다보았다. 그녀의 금빛 눈이 반짝거렸다. 저것은 숭배의 감정일까.

"이번에는 그때처럼 나도 모르는 사이에 이용당하고 싶지 않아요."

그 순간 그는 그녀가 왜 자신을 숭배의 시선으로 바라보는지 깨달았다. 그녀는 날 영웅이라고 생각하는구나.

"뱅뜨위뜨."

그가 멍하게 말했다.

"당신은 그 얘기를 듣고도 전혀 충격받지 않았군. 오히려 호기심을 느끼고 있어."

"그래요."

그녀는 미소를 지었다.

"아주 흥미로운 사건이라고 생각해요. 당신의 활약도 눈부셨구요. 이번에는 나도 당신의 파트너로 참여하고 싶어요."

11

이스말이 새벽 세 시가 넘어 집에 들어왔다는 것을 뻔히 알면서도 닉은 무정하게 일곱 시 반에 주인을 깨웠다.

"랭포드 공작 부인이 어제 어디를 갔다왔는지 맞혀 보세요."

그가 이스말의 무릎 위로 아침 식사 쟁반을 얹어 주며 말했다.

"지금 스무 고개를 할 기분이 아닌데."

"마운트이든이요."

이스말은 커피잔을 막 입에 가져가려던 참이었다. 그는 조용히 잔을 내려놓았다. 닉의 임무 중 하나가 이번 사건과 연관된 모든 인물들의 집에서 일하는 하인들과 친분을 쌓는 것이었다. 닉의 '새 친구' 중 하나가 랭포드 가의 요리사였다.

"에어버리 경과 말다툼을 하신 지 한 시간쯤 후에 그곳으로 떠나셨다는데요."

닉이 자세하게 설명했다.

"다들 공작 부인께서 브렌트머 미망인에게 울며 하소연을 하러 가셨다고 짐작하더군요. 평소에도 툭 하면 그러신다나 봐요.”

브렌트머 미망인은 제이슨의 어머니였다. 그녀는 또한 이제는 레이디 이튼몽이 된 에스메—십 년 전 이스말이 납치하려고 했던—의 할머니이기도 했다. 예전에 제이슨이 했던 말에 따르면, 브렌트머 미망인은 런던에서 가장 영향력 있다는 자본가들의 강철 심장에도 공포를 심어 줄 수 있는 대단한 사업가이며 성정 역시 부드럽기가 인도에 깔린 연석 수준이라 했다. 그런 브렌트머 미망인의 어깨에 기대어 울면 편하긴 할까?

“레이디 랭포드께선 꽤 오래 전부터 그곳에 드나드셨다고 하더군요. 공작 부인께서 새신부이실 때 잠깐 경제적인 문제가 있었는데 그때부터 그랬다나요. 주인님께서 에이버리 경이 공작 부인과 돈 문제를 놓고 말다툼을 했었다고 말씀하셨지요? 어쩌면 공작 부인께서 브렌트머 미망인을 찾아가신 이유가 에이버리 경이 말씀과는 달리 실제로는 경제적인 면에서 심각한 상황에 처하셨기 때문이 아닐까요?”

“마음에 안 드는군.”

“뭐, 아무나 다 집에 가둬 두실 수 있는 것은 아니지 않습니까?”

닉이 커튼을 열며 말했다.

“집에서 나가는 것을 막을 수도 없고, 나가서 누굴 만나건 만나지 말 건 하나하나 다 관리할 수도 없는 노릇이지요. 주인님 편리하신 대로 모든 사람들을 관리하실 수는 없는 법입니다.”

“노골적으로 그렇게 말하는 걸 보니, 뭔가 하고 싶은 말이 있나 보지?”

이스말이 차갑게 말했다.

“내 방법에 문제가 있다 이건가?”

“제가 어찌 감히 주인님 방법이 옳다 그르다를 논하겠습니까? 감히 세상 누가 그러겠어요? 퀜틴 경께서도 주인님께서 평소처럼 냉철하고 철두철미하게 보몬트 살인사건을 해결하려 노력하신다고 생각하시는 데요. 제가 궁금한 것은 주인님께서 왜 마담 보몬트의 재능을 이용하시지 않는가예요. 보몬트 부인더러 나가서 가능한 한 많은 사람들과 교류를 가져 보라고 부추기시지 않는 이유가 뭘까요? 셔번 백작만 봐도 그렇지 않습니까? 부인이 백작을 완전히 길들여 자기 손에서 음식을 받아먹게 만드셨다고 주인님께서 말씀하시지 않으셨나요?”

“살인 용의자들이 그녀 손에서 음식을 받아먹게 만들고 싶지 않아.”

이스말이 날카롭게 말했다.

“그녀는 프로가 아니야. 위험해.”

닉은 한참 동안 주인을 바라보았다.

“아, 예, 물론 그렇지요. 퀜틴 경께 랭포드 공작 부인의 얘기를 전해 드릴까요?”

닉이 살살 달래는 투로 물었다.

“퀜틴 경이시라면 마운트이든으로 직접 달려가 자초지종을 캐내실 수 있으실 텐데.”

“그것 괜찮은 생각이군. 가서 퀜틴 경께 전하게. 지금 당장.”

닉이 집으로 돌아온 것은 2시간이 지난 후였다. 퀜틴 경을 찾느라 고생했다고 한다. 이스말은 세수하고 면도하고 옷까지 차려입은 뒤 서재 소파에 드러누워 골똘히 생각에 잠겨 있었다.

11시, 닉이 서재로 들어와 주인에게 브렌트머 미망인께서 현관 앞에 와 계시다는 말을 전했다. 콩트 에스몽이 집에 있는 걸 다 알고 왔으며, 만나서 얘기를 하기 전에는 돌아갈 마음이 조금도 없으시다고 말씀하셨단다.

“전혀 꼼짝을 안 하시는데요. 뭘 어쩌면 좋을지 모르겠습니다. 부인을 들어 바깥으로 내던지는 것 말고는 수가 없겠는데요.”

이스말은 일어서서 상의를 걸쳤다. 온몸의 신경이 곤두섰다. 옆얼굴에 난 흉터가 욱신거리기 시작한다. 브렌트머 미망인을 한 번도 만난 적은 없으나, 제이슨에게 전해들은 얘기를 종합해 보건대 누가 자신을 집 밖으로 내던진다고 눈 하나 깜짝할 분이 아닌 것이다.

“이리로 안내해 드리게.”

잠시 후, 문이 열리며 자그마한 체구의 노부인이 방안으로 걸어 들어왔다. 잔뜩 찌푸린 얼굴로 지팡이를 쾅쾅 소리나게 짚으며 걷는 폼이, 지팡이는 누구를 때리려고 들고 다니는 것이지 걷기가 힘들어 가지고 다니는 게 전혀 아닐 것 같았다. 다른 손에는 자신의 몸만한 백을 들고 있었다.

이스말은 정중한 미소를 띄우며 환영한다는 표정을 지었다. 고개를 숙여 절을 한 뒤—혹시나 자신이 고개 숙인 틈을 타 지팡이로 자신의 두개골을 완전히 부셔버리는 건 아닌가 하는 두려움이 살짝 들기는 했다—찾아주셔서 너무도 놀랍고 기쁘다는 말을 했다.

"그래, 놀라기는 했겠지."

그녀가 코방귀를 끼며 말했다.

"기쁘다는 말은 믿기가 어렵군."

그녀는 방안을 성큼성큼 걸었다. 발걸음 소리 중간중간에 쿵쿵 하는 지팡이 소리가 들렸다.

"자네 얼굴을 한번 구경해 주러 왔네."

그녀가 위아래로 그를 훑어보았다. 한 번도 아니고 세 번씩이나.

"과연 듣던 대로 경국지색이구만."

그녀가 투덜대듯 내뱉었다. 그리고는 딱딱해 보이는 의자를 골라 앉았다.

"그래, 요새는 뭘 하고 지내나?"

"제가 지금 무슨 임무를 맡고 있는지는 퀜틴 경에게 들으셨을 텐데요."

"지붕 안 무너지니까 좀 앉지 그래."

그녀가 명령했다.

"목이 뻐근하구먼. 편안하게 눈높이를 맞추고 얘기하고 싶네, 난."

이스말 역시 딱딱한 의자 하나를 그녀 앞에 끌어다 놓고 앉았다.

그녀는 커다란 백을 열고 그 안에서 서류 뭉치를 꺼냈다.

"레이디 랭포드가 어제 날 보러 오셨더구만."

그녀가 서류를 건네며 말했다.

"그 서류에 쓰인 걸 좀 보게."

이스말은 얼른 서류를 훑어보았다.

"에이버리 경이 12월에 펜더힐 무역회사의 지분을 천 파운드어치 구입했군요. 그런데 이게 어때서요? 투자 가치가 없는 곳이었나 보죠?"

"글쎄, 펜더힐 무역회사란 곳은 애초부터 존재하지도 않으니까 투자 가치가 있느냐 없느냐는 보는 관점에 따라 다르겠지."

"그렇다면 속아서 투자를 한 거겠군요."

"속은 게 아니라 협박을 받은 거지."

그녀는 그의 표정을 꼼꼼히 살폈다.

"놀라지 않는군. 전에도 이런 일을 많이 본 모양이지?"

"이런 방법이 있다는 건 십 년 전부터 알고 있었습니다. 조너스 브리지버튼 역시 자신이 협박한 상대에게 그런 종류의 '영수증'을 발행했던 모양입니다. 아무래도 아무 이유 없이 돈이 뭉텅이로 빠져나가면 피해자 주변 인물들이 의심을 할 테니까요. 그 사람 말로는 부인의 아드님 되시는 제럴드 경이 그 방법을 전수해 주었다고 하던데요."

"그랬겠지."

그녀는 집안에서 내놓은 자식 얘기가 나와도 눈 하나 깜짝하지 않았다.

"자네는 그 뱅뜨위뜨인지 뭔지 하는 사건에서도 이와 비슷한 수법을 많이 봤을 테니까, 에이버리를 협박한 사람이 누군지 알아내는 것도 어렵진 않을 테지."

"프란시스 보몬트의 작품일 가능성도 있지요."

이스말이 조심스럽게 말했다.

"설마 레이디 랭포드께 그런 말씀을 하신 건 아니시겠지요?"

그녀가 코웃음을 쳤다.

"날 얼간이로 아는가, 자네? 랭포드 부인에겐 그냥 에이버리가 휴지나 다름없는 주식을 산 거라고 말해 두었네. 에이버리가 투자를 잘못해서 헛돈 날린 게 이번이 처음도 아니고 마지막도 아닐 테니까. 랭포드 부인은 오히려 천 파운드만 날린 게 다행이라 여기더구먼. 한 시즌에 보닛 사는 데에만도 그 정도는 쓰는 여자니까. 그런데 랭포드 부인이 왜 그런 곳에다 돈을 투자했냐고 캐물어 봤더니 에이버리가 버릇없이 발끈하며 화를 냈다는군. 아들이 자기에게 화를 냈다고 아주 난리난리를 치더구만. 하지만 말이야, 그게 버릇없긴 뭐가 버릇없어? 에이버리도 다 자란 성인인데, 자기 용돈을 어디다 쓰건 어머니가 관여할 문제는 아니지. 더 달라고 에미애비를 들볶지만 않으면 되었지 뭘 그리 걱정을 하는 건지. 그래서 내가 잘 달래 주었어."

그녀는 짜증스럽다는 듯 지팡이로 바닥을 쿵쿵 하고 내리쳤다.

"자, 그건 그렇고 랭포드 부인 말을 듣자 하니 에이버리가 라일라 보몬트란 여자에게 푹 빠져서 정신이 없다고 하던데?"

"말도 안 되는 소리입니다."

그가 차갑게 말했다.

"레이디께서도 그렇게 생각하십니까? 남편 무덤에 흙도 채 마르지 않았는데 마담 보몬트가 벌써 돈 많고 작위 있는 남편감 물색에 들어갔다고?"

"뭐 켕기는 구석이 있나? 뭘 그렇게 발끈해? 그저 에이버리 에미가 한 말을 옮긴 것뿐인데. 자기 아들이 보몬트의 미망인 집에 일주일 동안 두 번이나 찾아갔다는 얘기를 들으면 자네도 기분 나쁘지 않겠어? 게다가 매번 들를 때마다 예법에 어긋날 정도로 오래 머물렀다지. 자네가 그 집에 얼마나 오래 머무르는지는 묻지 않겠네."

그녀가 경멸스럽다는 듯 말했다.

"나도 그녀를 만나 보았네. 자네가 왜 여태 런던을 떠나지 않고 이 성가신 사건을 떠맡았는지는 바보가 아닌 이상에야 짐작이 가지."

"원래 제가 하는 수사는 몇 달씩 걸리는 게 태반입니다."

이스말이 찬찬히 말했다.

"보몬트가 죽은 지는 아직 6주도 채 지나지 않았습니다. 그리 호락호락한 사건은 아닙니다. 이리저리 들쑤시고 다닐 수는 없지 않겠습니까?"

"자네, 아직 보몬트의 재정 상태에 대해서 조사해 보지 않았지? 들쑤시고 다닐 수가 없어서 그것도 알아보지 못했나? 그자가 영국으로 돌아왔을 때 파산하기 일보 직전이었다는 것은 자네도 알 테고, 헤리어드가 철통같이 방어를 하는 바람에 자기 아내의 돈에는 손끝 하나 대지 못했다는 것은 온 세상이 다 아는 일이지. 그런 자가 무슨 수로 아편이니 여자니 하고 살았다고 생각하나? 설마 협박해서 남 등 쳐먹고 살던 자의 은행 잔고는 알아볼 필요도 없다고 생각한 건 아닐 테지? 그래, 자네에겐 그자의 남겨진 마누라의 스커트 자락이나 쫓아다니는 게 더 중요했겠지.”

이스말은 성질을 꾹꾹 누르며 보몬트 미망인이 중요한 정보원이란 점을 강조했다. 보몬트 부인 덕에 장식핀에 대해 알게 되었으며, 장식핀에 대해 좀더 많은 정보를 알아보려다가 에이버리 경 문제까지 접근하게 된 것도 얘기했다.

“에이버리 경의 문제가 무엇이었는지는 개인의 프라이버시니만큼 말씀드릴 수가 없습니다. 하지만 그 문제 때문에 협박을 받을 수 있는 상황이었다는 것만큼은 말씀드리지요. 부인 말씀을 듣고 보니 에이버리 경이 실제로 협박을 받은 것도 사실인 것 같고요.”

그녀의 시선이 날카로워졌다.

“에이버리가 돈을 낸 이유는 무엇이었을까? 보몬트가 자기 문제로 입을 나불거리는 것을 막기 위해? 다른 이의 문제를 떠벌릴까 봐 자기가 대신 돈을 낸 건 아니고?”

머리가 잘 돌아가기로 유명한 브렌트머 미망인의 말이니만큼 아마 나름대로 짚이는 구석이 있는 모양이다.

“그 ‘다른 이’가 누구입니까? 짚이는 사람이 있으신 거죠?”

“자네는 아마 에이버리의 형인 찰스가 여자를 좋아하지 않았다는 것을 모를 테지. 카스테어스가 외교관보가 될 수 있도록 힘을 쓴 사람이 바로 그 찰스란 것도 몰랐지? 한마디로 말해 찰스가 자기 아버지에게 힘을 좀 써주십사 부탁했던 거지. 자네는 아마 몰랐을 거라고 생각하네. 원래 레이디 랭포드는 내게 다른 이들에게 말못할 얘기를 많이 털어놓는 편이지. 하지만 그런 레이디 랭포드조차 찰스가 여자보다 남자를 좋아했더란 말은 하지 않았네. 아마 정말 몰랐거나, 아니면 알면서도 인정하고 싶지 않았던 거겠지. 찰스의 성적 취향 얘기는 나 혼자 독자적으로 알아낸 사실일세.”

그녀는 몸을 앞으로 바짝 당기며 목소리를 내리깔았다.

“내가 자네라면, 에이버리가 그 천 파운드로 뭘 샀는지 알아보겠네. 보몬트가 자신의 ‘문제’에 대해 입을 다물겠다는 헛된 약속이 아니었으리란 것에 내 50파운드 걸지.”

그녀의 말이 사실이라면 찰스는 에드먼드 카스테어스와 그렇고 그런 관계였을 것이다. 그 에드먼드 카스테어스는 자살을 했다. 왜? 이스말은 다시 한 번 스스로에게 질문을 해보았다. 전에도 이상하다고 생각했었다. 그냥 사직서만 내고 넘어갔으면 되었을 상황에서 굳이 자살까지 해야 했던 이유가 무엇일까? 분명히 무슨 일이 있었다. 정부 문서만 도난당한 게 아니었을지도 모른다. 보몬트 측에서 문서 말고 뭔가 다른 것까지 가져간 게 틀림없다. 절대로 세상 사람들에게 보여서는 안 되는 카스테어스의 개인적인 뭔가를.

“편지.”

이스말이 짐작해 보았다.

“에이버리는 아마 죽은 형이 에드먼드 카스테어스에게 보냈던 연서(戀書)들을 되사려고 돈을 냈을 겁니다.”

미망인은 코웃음을 쳤다.

“보아하니 머리가 완전히 녹슨 건 아닌 모양이군. 보몬트 부인 얘기를 할 때만 아니면 잘 돌아가는 걸 보니.”

이스말은 꾹꾹 참았다.

“귀중한 정보 감사드립니다, 부인. 마담 보몬트와 제가 한참 동안이나 고민했던 문제의 해답을 주셨어요. 부인께서 믿어 주실지는 모르겠지만, 저희는 항상 사건 얘기를 한답니다. 마담 보몬트는 묻어놓은 뼈다귀가 걱정되어 잠을 못 자는 강아지처럼 밤낮으로 사건 생각만 한답니다.”

“보몬트 부인에게 뭘 바랐는데? 내가 듣자 하니, 지난 몇 주간 집 밖으로 나온 적도 거의 없다던데 그것 말고 할 일이 또 뭐가 있었겠나?”

“제가 집에 가둬 두는 것도 아닌데요, 뭐.”

이게 도대체 어찌된 일인지. 처음에는 라일라 본인, 그 다음엔 닉, 이번엔 이 늙은 마녀까지 라일라를 수사에 참여시켜야 한다고 주장하고 있다니 말이다.

“마담 보몬트가 집에 있건 외출하건, 다 자기 뜻이죠.”

“누가 초대해 주지도 않는데 가긴 어딜 가겠나?”

늙은 마녀가 물었다.

“자네가 영향력을 조금 행사만 하면 어디에서건 초대를 못 받겠나? 그러다 보면 쓸모 있는 정보를 물어 올 수도 있을 텐데 왜 집에서 놀리는 거야? 자네 말대로 영리하고 눈치가 빠른 여자라면…….”

“위험합니다.”

“그러면 자네가 보호해 주면 되지 않나.”

그는 멍하니 그녀를 바라보았다.

“네?”

“내 말 다 들었잖아. 안 죽고 버티는 것에 대해 자네만큼 잘 아는 사람이 또 있겠나? 정상인이라면 백 번 죽었어도 당연한 일들을 겪고도 멀쩡하게 살아 있잖나, 자네. 제이슨 말을 듣자 하니 독을 먹은 적도 있고, 머리를 얻어맞은 적도 있고, 총에 맞은 적도 있고, 물에 빠진 적도 있고, 심지어 칼에 찔린 적도 있다면서? 그러고도 살아남은 자네가 여자 하나 못 지키겠나? 어린애 손목 비틀기지.”

“매분 매초를 그녀와 함께 보낼 수는 없지 않습니까.”

이스말이 짜증스럽다는 듯 말했다.

“제가 옆에서 조금만 맴돌아도 주위에서 이상하게 바라볼 겁니다. 모두들 쑥덕거리기 시작할 거예요.”

“앓는 소리 하기는. 누가 매분 매초 보호하래? 나와 함께 있을 때는 내가 알아서 보호해 주겠네."

갑자기 몹시 불길한 예감이 이스말의 온몸을 훑고 지나갔다.

"부인께서는 마운트이든으로 돌아가시는 것이 아니었습니까?"

"안 갈 건데, 왜?"

"퀜틴 경 말씀을 듣자 하니 레이디 이튼몽 해산날이 오늘내일한다던
데요."

"어젯밤에 벌써 나왔지, 여자아이야."

"손녀 따님을 돌보고 싶지 않으세요?"

"아니, 난 런던에 있고 싶어. 자네에게 맡겨 놨다간 죽도 밥도 안 되
겠어."

그녀는 일어서서 설렁줄을 당겼다.

"자네의 그 불한당같이 생긴 하인에게 뭔가 마실 걸 가져다 달라고
해야겠군. 자네 지금 제이슨이 다른 사람 말을 인정하기 싫을 때 자주
짓곤 하던 표정을 하고 있구먼."

그날 저녁 9시, 라일라는 이젤 앞에 서서 그림을 그리는 척하며 속으
로는 자신이 뭐에 홀린 게 아닌가 하는 생각을 했다. 아니면 자기 귀가
잘못된 건가 싶었다.

어젯밤, 수사에 참여하게 해달라는 부탁을 안 들어주려고 갖은 애를
쓰다가 그래도 안 되니까 피곤하다며 도망가 버린 에스몽이 지금 뭐라
고 한 거지?

프란시스의 적들의 뒤를 캐는 일을 도와달라고? 아예 그녀가 어떻게
해야 하는지 구체적인 방법까지 준비해 놓았다고?

상류 사회에서 영향력 있기로 손꼽히는 브렌트머 미망인이 내일 이
리로 와서 라일라가 런던 사교계에 입성할 수 있게 도울 거라 말했다.

에스몽의 말에 따르면, 브렌트머 미망인께서 자신이 앞으로 라일라
의 뒤를 봐줄 거란 소문을 퍼뜨리고 다니시는 중이라고 했다. 평소에도
남자들의 온갖 박해와 멸시를 딛고 세상에 혼자 힘으로 우뚝 선 여자

들에게 아낌없는 지지를 보내주시는 것으로 유명하신 분이니만큼, 그분이 라일라를 보살펴 주신다 한들 그 누구도 의심하지 않으리란 것이 에스몽의 설명이었다.

그녀를 사교계 안으로 데리고 들어갈 샤프롱으로 브렌트머 미망인보다 나은 사람은 없다. 정말 최고가 아닐 수 없었다. 하지만 이스말이 왜 갑자기 마음을 바꾼 것일까? 왜 갑자기 그녀가 재능을 허비하고 있었네, 그런 재능은 밖으로 나가 정보를 모으는 데 써야 하네 등등의 말을 늘어놓고 있는 걸까?

또한 입에 침도 바르지 않고 최고의 칭찬을 늘어놓고 있긴 하지만 정작 그의 표정은 그리 밝지 않았다. 그의 말을 들으며 그녀는 그림을 그리려고 노력을 하고 있었다. 그가 초조해한다는 것을 느낄 수 있다.

그는 난로가 앞으로 걸어갔다가 선반으로 다가가 거기 놓인 물건들을 뚫어져라 관찰했다. 그 다음에는 화구들을 보관해 놓는 서랍장 앞으로 다가가 서랍들을 하나씩하나씩 다 열어 보았다. 그런 후에는 창가로 걸어가 닫아 놓은 커튼을 관찰했고 벽에 기대 놓은 캔버스들을 하나씩 바닥에 내려놓았다가 다시 쌓아 놓았다. 그렇게 아틀리에 안을 한 바퀴 빙 돌더니 그녀의 작업대 앞으로 다가왔다. 이제는 그녀의 스케치북들을 하나씩 깔끔하게 쌓아 놓더니 지금은 병에 아무렇게나 꽂혀 있던 연필과 붓들을 서로 구분하여 다른 병에 꽂는 작업에 몰두하고 있었다.

"훌륭한 계획이네요."

라일라가 조심스럽게 묵묵히 작업에 몰두하고 있는 그에게 말했다.

"브렌트머 미망인께서는 제 역할에 대해 알고 계시죠? 이번 사건에 도움이 되니 절 사교계 안으로 집어넣어 달라고 부탁하시기라도 했나요?"

"믿을 수 있는 분입니다."

그는 의자에 앉아 칼을 집어든 뒤 능숙한 솜씨로 연필을 깎기 시작했다.

"퀜틴 경께서도 브렌트머 미망인께 여러 가지 조언을 구할 정도니까요. 특히 통상 쪽 문제라면 국내외를 가릴 것 없이 방대한 정보망을 가지고 있는 분입니다. 그런 브렌트머 미망인께서 오늘 내 집을 찾으셨어요. 내가 흥미를 가질 만한 서류를 입수하셨더군요."

그는 잠시 뜸을 들였다.

"이참에 당신에게 말해 주는 편이 나을 것 같은데 에이버리 경이 당신 남편에게 협박을 당했던 것 같아요. 에이버리의 죽은 형님이……에드먼드 카스테어스와 그렇고 그런 관계였던 모양입니다."

"그렇고 그런 관계라뇨?"

라일라가 불편한 목소리로 되풀이했다. 에드몽은 설명을 해주었다. 그녀가 멍하게 그를 바라보았다. 그는 어깻짓을 했다.

"그러게 말입니다, 나도 놀랐어요. 찰스가 아주 커다란 실수를 한 거예요. 영국 남자가 또 다른 영국 남자에게—그것도 외무부에 근무하는 사람에게—경솔하게 연애 편지를 보냈다는 게 잘못이에요. 이미 카스테어스의 죽음 때문에 나름대로 커다란 타격을 입은 찰스의 동생 에이버리 경은 형이 저지른 실수의 대가까지 대신 치러야 했던 거예요. 에이버리는 아마도 자기 부모님을 보호하기 위해 돈을 냈겠죠, 형처럼 완벽하지 않다고 자신을 용서해 주지도 않는 바로 그 부모를 위해서 말입니다. 우리 두 사람이 천하의 악당에게 애정을 쏟은 게 아니라 다행이란 생각이 들더군요."

라일라는 자신이 한참 동안이나 입을 떡 벌리고 있었다는 것을 깨닫고 얼른 입을 다물었다. 찰스가 세상 순리에 어긋나는 반윤리적인 일을 하고 있었다니! 남자와 관계를 맺었다는 걸 아무렇지도 않게 이야기하는 에스몽도 기가 막혔다. 더더욱 기가 막힌 것은, 남자가 남자와 관계를 맺었다는 것은 괜찮은데, 경솔하게 연애 편지를 보낸 것이 잘못이란 소리를 하고 있다는 것이다. 하긴, 뱅뜨위뜨의 주요 업무가 매춘에 온갖 종류의 변태 행위였다는 것을 담담하게 묘사하던 그 에스몽인데 이 정도에 눈썹 하나 까딱하겠어?

도대체 세상에 에스몽을 놀라게 할 만한 일이 있긴 있는 건가. 저도 모르게 탁자 위에 에스몽과 함께 짐승처럼 엉겨붙어 있던 자신의 모습이 떠올랐다. 까딱했으면 그에게도 변태 성향이 있는지 자신의 몸으로 직접 체험할 뻔했었다. 갑자기 얼굴에서 핏기가 가셨다.

"내 말에 충격을 받은 것 같군요."

그녀는 유화용 나이프를 집어들고 미친 듯이 팔레트의 물감을 긁어내기 시작했다.

"사건 수사란 게 독사 둥우리에 손 집어넣기 같아요. 도무지 적응이 안 되네요. 사건의 핵심에 가까이 갈수록 점점 더 복잡하게 얽혀 가는 것 같고 복잡한 매듭 하나하나가 날카로운 이빨을 드러내고 덤벼드는 것 같아요"

그녀가 얼른 덧붙였다.

"나도 언젠가는 다른 이들의 추악한 비밀을 밝혀내는 일에 면역성이 생길 테죠, 당신처럼."

"난 원래 태어나길 독사 둥지에서 태어났으니까요."

그는 자신의 말에 그녀가 놀란 표정을 짓는 것을 바라보았다.

"온갖 뱀들과 함께 살았죠. 하지만 그건 당신도 마찬가지 아닌가요? 우리 두 사람의 차이라면 당신은 남편이 독사란 걸 전혀 모르고 산 거고, 난 아주 어릴 때부터 내 주위 사람들이 그렇다는 걸 알고 있었던 거 정도? 내 경우 그 사실을 모르고 있었더라면 아주 옛날에 죽었을 겁니다. 그러니 당신도 정신 똑바로 차려요. 당신에게 나쁜 일이 일어나길 원치 않아요."

차가운 전율이 등골을 훑고 지나갔다.

"그건 저 역시도 마찬가지예요."

그녀가 간신히 쥐어짜듯 말했다.

"날 겁주려고 그런 말을 한 건가요? 조사에서 빠져요, 말아요? 내게 뭘 원하는 거예요?"

"난 당신을 안전한 곳에 두고 싶어요."

그게 당신 옆인가요? 그녀는 소리 없이 물었다.

"하지만 너무 늦었어."

"당신은 이번 사건의 미스터리에 완전히 폭 빠져 있어. 내가 하지 말라고 해도 자기 멋대로 일을 벌이지. 메르드(제기랄), 당신을 막을 수가 없어. 내가 아무리 하지 말라고 해도 듣질 않으니까, 차라리 옆에 누군가를 붙여 주는 편이 낫다고 생각한 거요."

이스말은 체념한 듯한 어투로 말했다.

"세상에는 자신의 비밀을 지키기 위해 살인까지 저지를 사람이 많다는 것을 잊지 말아요. 만나는 모든 사람들이 독을 품은 뱀이라고 생각해요. 스네이크 차머*가 코브라를 대하듯 항상 만전을 기하고 모두를 의심해요, 라일라. 예외는 없어요. 아무도 믿지 말아요."

아무도 믿지 말아요 난 독사 둥지에서 태어났어요 온갖 뱀들과 함께 살았죠

그래, 앞뒤가 맞는 것 같아. 그녀는 캔버스를 바라보며 생각했다. 그의 눈부신 천사 같은 겉모습 아래 어둠이 감춰져 있다는 것을 진작부터 느꼈다. 그의 과거와 심장을 물들이는 어둠.

그의 말이 맞다. 그녀는 완전히 폭 빠져 있었다……. 빠져 있는 대상은 그에게 연관된 모든 일. 아무리 하찮은 일이라도 그가 어떤 부류의 인간인지, 그가 누구인지 그녀에게 단서를 주고 있었다. 짐승 같은 남편을 죽인 범인이 누구인지는 이제 상관없었다. 그녀를 매혹시키는 사람은 프란시스를 홀리고 괴롭혔던 바로 이 남자. 에스몽에게 빠져든 대가는 혹독하다. 그건 프란시스의 경우만 보더라도 알 수 있다. 프란시스는 이 남자를 아편제에 비유했었지만 에스몽의 묘사가 조금 더 잘 들어맞는 것 같다. 스네이크 차머.

에스몽이 뱀 홀리는 기술을 사람에게 쓰기 시작하면, 그 상대는 고개를 돌릴 수가 없다. 누군가를 손짓해 부를 필요도 없는 사람. 그 육체적 아름다움과 타고난 분위기 덕에 순식간에 사람들을 자석처럼 끌어당긴다. 설령 저항을 하려고 해도 몇 마디 말과 사근사근한 어조로

---

* snake charmer. 피리를 불어 광주리 안에 담긴 뱀을 조종하는 사람.

순식간에 방어벽을 허물어뜨릴 수 있는 남자다.

“라일라.”

저 목소리를 들어보라. 부드럽고 뭔가를 묻는 듯, 희미하게 초조함이 묻어나오는 목소리. 그야말로 완벽하다. 완벽 그 자체.

천천히 그녀는 그에게 시선을 맞추었다. 가슴 시리도록 새파란 그의 눈동자가 자신을 끌어당기는 것을 느낀다.

“내 말 듣고 있었어요? 아주 중요한 얘기인데.”

그가 의자에서 일어섰다.

“조심하라고 했잖아요. 신중하게 행동하라고요, 다 들었어요.”

그녀는 이젤 반대편으로 몸을 움직였다.

“당신을 위험에 빠뜨리고 싶지 않아요. 당신을 안전하게 보호해 주고 싶었지만, 내 보호 방법이라는 게 당신을 가두는 것뿐인 것 같아. 내 속에 당신을 가두는 방법밖에 몰랐죠. 당신은 그게 싫었겠지만 어쩔 수가 없었어요.”

그는 한 걸음 다가서서 그녀의 머리카락을 만졌다.

“이래라 저래라 요구만 하며 당신을 피곤하게 만든 것 같군요. 몸도 마음도 감정도 지치게 만들었겠죠. 오랜만에 다른 사람들과 어울리다 보면 당신도 기분 전환이 되어 좋을 거예요, 농(안 그래)?”

그녀는 고개를 끄덕였다. 뭔가 아주 작은 것이라도 자신의 힘으로 해보고 싶다는 생각이 들었다. 타인의 의도를 알아차리는 데 익숙한 에스몽이니만큼, 그런 자신의 마음을 읽을 수 있을 것이다.

“내가 나가서 다른 사람들과 어울리라고 말해서 기뻤어요?”

그가 그녀의 손을 쥐며 부드럽게 물었다.

“날 기쁘게 하려고 그런 거였나요?”

“그러면 설마 내가 좋아서 그렇게 말했겠어요? 당연히 당신 때문이지.”

그는 그녀의 손가락을 만지작거리며 말했다.

“한 사람보다는 두 사람이 함께 정보를 모으는 편이 효과적일 테고. 끊임없이 당신 걱정으로 속을 태우면서도 난 잘한 선택이라고 스스로를 타일러야 하겠죠.”

“내가 밖에 나가 있는 동안 당신은 집에 누워 내 걱정만 하고 있을 거라 그거예요?”

가볍게 손가락만 만지는데도 온몸에 간질간질한 감각이 드는 이유는 무엇일까.

“뭘 어떻게 해야 좋을지, 난 모르겠어요.”

그는 그녀의 다른 손을 잡았다.

“어젯밤에는 제대로 잠을 자지 못했어, 라일라. 당신 때문이야. 마음의 평화를 잃었다고.”

“그러는 당신은 내 마음을 편하게 해준 줄 알아요?”

그녀는 시선을 떨구어 맞잡은 두 손을 바라보았다. 그가 끌어당기지 않아도 그녀는 그에게로 빨려 들어갈 것만 같았다. 그에게 다가가고 싶다……. 가까이 가서 뭘 어쩌려고? 육체적인 아름다움과 치명적인 매력. 그건 겉모습뿐이다. 그 아래 감춰진 것이 무엇인지는 생각하기조차 두렵다.

“당신에게 내가 골칫덩어리란 건 알아.”

그는 그녀의 손을 놓아주고 소파로 걸어갔다. 그러면서 평소처럼 소파 위에 드러누웠다. 저 남자는 도대체 얼마나 많은 시간을 동양에서 보낸 것일까. 대다수 서양 귀족들은 어려서부터 철저한 훈련을 받기 때문에 저렇게 편안하게 드러눕지 않는다. 드러누워 있는 모습이 저렇게 자연스러워 보이는 사람들은 더더욱 드물다. 저런 포즈로 누워 있는 그를 보고 있노라면, 그가 손짓 한번만 해도 금세 무희들이 방안을 돌며 춤을 출 것 같은 기분이 든다.

그녀는 기계적으로 스케치북을 집어들었다.

“아니, 라일라. 이리로 와요. 와서 얘기 좀 해요.”

“이 정도는 거리를 둬야 생산적인 대화를 할 수 있을 텐데요.”

“당신이 날 사리도 분간 못하는 인간 취급한다는 건 알지만, 나도 짐승은 아니라고요.”

그가 부드럽게 말했다.

"이리로 와요. 날 제어할 수 있는 방법을 가르쳐 줄 테니까."

그녀는 사뭇 의심스럽단 표정으로 그를 바라보았다.

"당신에겐 선택의 여지가 없잖아, 안 그래? 난 당신 남편과는 달라. 당신이 아무리 '싫다'고 말해 봐야 난 포기하지 않고 당신을 달래잖아. 문을 잠가 봐도 소용없지. 부지깽이를 들이밀어 봐도 소용없었잖아. 또 다른 방법을 써보고 싶어? 그래 봐야 실패할 게 뻔한데? 그냥 날 다룰 수 있는 방법을 가르쳐 주겠달 때 배워 봐. 아마 이 방법을 가르쳐 주고 나면 난 두고두고 후회할 거야. 이 순간이 지나가면 얘기해 주지 않을지도 몰라."

그의 말이 거짓이라면 그녀는 끝장이다. 하지만 시도해 봐야 잃은 건 없다. 어차피 언젠가는 그의 유혹에 넘어가고 말 테니까, 결과적으로는 똑같다. 그녀는 탁자 위에 스케치북을 던져놓고 방을 가로질러 그에게 다가갔다.

그는 옆으로 살짝 몸을 비키며 자기 옆의 좁아터진 공간을 손으로 두드려 보였다. 라일라는 낮게 욕을 내뱉으며 그 자리에 비집고 앉았다.

"이것 봐. 내가 벌써 얌전해졌잖아. 당신이 내 옆에 있으니까 온기를 느낄 수가 있어."

그녀 역시 그의 체온을 느낄 수 있었다. 이국적이고도 몹시 남성적인 냄새가 코끝으로 밀려들었다. 눈에 보이지 않는 연기처럼 그 냄새는 그녀의 체취와 한데 뒤섞여 버렸다. 희미한 몰약의 향기는 그녀의 것인가 그의 것인가. 그녀는 알 수 없었다.

"자, 날 제어하는 방법은 일단 내 마음을 달래는 거야. 난 아주 교활한 놈이기 때문에 내가 생각을 하지 못하게 만드는 거지."

그는 그녀의 손을 잡아 자신의 얼굴에 가져갔다.

"당신 손으로 내가 꿈을 꿀 수 있게 해줘. 내 머리 속에 아름다운 그림을 그려 줘."

그가 그녀의 손을 자신의 관자놀이 쪽으로 이끌며 말했다.

여자는 원래 누군가를 어루만지고 애무하길 원한다. 화가는 예술적 영감을 불러일으키는 그의 얼굴의 각도와 굴곡을 관찰하길 원한다. 마치 태양신 아폴로가 자신의 아틀리에에 나타난 기분이다. 필멸자(必滅者)인 자신의 손으로 그의 아름다움을 영원토록 남기고 싶었다.

그녀는 그의 얼굴에서 미끄러뜨리듯 손을 뗐다.

"더 이상 말하지 말아요. 나머지는 내가 알아서 할 테니까."

다른 사람이 날 어떤 식으로 달래고 얼러 주었으면 좋을까. 그녀는 천천히 손가락으로 그의 이마를 쓸고 아래로 내려왔다. 아주 부드럽게. 유화 붓놀림이 아닌 수채화 붓놀림처럼.

그는 눈을 감고 속삭이듯 한숨을 내쉬었다.

깃털처럼 부드러운 손길로 이마 위의 머리카락 선을 어루만졌다. 그의 이마에 패인 희미한 주름이—지금처럼 자세히 집중해서 보지 않으면 잘 보이지도 않는다—자신의 리드미컬한 손길 아래 서서히 펴지는 것이 느껴졌다. 그의 숨소리에서 긴장감이 빠져나가는 것도 느낄 수 있었다.

용기를 얻어 그녀는 양미간으로 손을 가져가 눈썹을 쓰다듬기 시작했다. 그의 눈썹은 머리카락보다는 조금 색이 짙었고 길고 풍성한 속눈썹보다는 조금 옅은 색이었다. 옛 로마의 귀족 같은 코를 따라 솟아오른 그의 광대뼈로 손가락을 쓸어내렸다. 광대뼈 부근에 주름살이 보였다. 그가 긴장하거나 기분이 나빠질 때만 그 모습이 드러나는 주름. 그것 말고도 전에는 보지 못했던 것이 보였다. 오른쪽 귀 근처의 턱뼈에 아주 희미한 흉터가 있었다.

그가 누구건, 그가 여태 무슨 일을 해왔건, 그녀가 처음 생각했던 것보다 훨씬 더 험한 일을 겪었던 모양이다. 그런 생각을 하자 가슴이 아파 왔다. 그녀는 거의 본능적으로 그를 달래듯 머리카락을 쓸어넘겨 주었다.

"아, 그거야."

그녀의 손놀림 쪽으로 고개를 돌리며 그가 중얼거렸다.

마치 고양이 같아, 그녀는 터져나오는 미소를 참으며 그렇게 생각했다. 쓰다듬어 주는 손길에 무의식적으로 몸을 기대오는 고양이처럼 그역시 그녀가 좀더 쓰다듬어 주길 바라는 모양이다. 사악한 남자.

그녀 역시 그 느낌이 싫지 않았다. 손가락 사이로 미끄러져 내리는 가느다란 머리카락. 두피에서 피어오르는 따스한 체온. 나긋나긋한 목의 근육이 그녀의 손가락 아래로 느껴졌다.

이 순간 그는 아름다운 고양이였다. 주인의 손길에 나른하게 몸을 맡긴 고양이. 그녀는 그 힘을 즐겼다. 그는 위험한 남자, 언제라도 발톱을 드러내고 그녀에게 덤벼들 수 있다. 그래서 더 짜릿했다. 언제 닥쳐올지 모르는 위험함과 어두운 쾌락이 그녀를 취하게 했다.

어쨌거나 그는 상당히 마음에 드는 모양인지 천천히 고르게 숨을 쉬기 시작했다. 전에 그가 자신에게 했던 손놀림을 기억해 낸 그녀는 최면을 걸 듯 그의 두피와 목을 마사지하기 시작했다.

반복적인 그 행동에 그녀의 마음도 평온해지기 시작했다. 꿈을 꾸듯 아련한 이미지가 떠올랐다. 온통 실크로 뒤덮인 방안을 어슬렁거리는 눈부신 금색 고양이…… 열려진 창으로 내다보이는 하늘은 얼핏 보면 검정색이라 해도 믿을 만큼 짙은 군청색, 꽃과 약초와 연기의 냄새, 목관 악기의 가슴이 메어질 듯 구슬픈 희미한 음율, 여름밤의 미풍에 속삭이는 전나무…….

그녀는 자신의 백일몽에 완전히 빠져 시간 감각조차 잃어버렸다. 가르랑거리는 정글 속 맹수를 이렇게 밤새도록이고 쓰다듬고 싶었다. 하지만 손이 남보다 강하다고는 해도 한계가 있는 법. 쑤시기 시작한 근육 탓에 그녀는 현실로 돌아올 수밖에 없었다. 환상 속에서 들었던 가르랑거리는 소리는 완전히 잠에 빠져든 남자의 고른 숨소리란 사실을 깨달았다.

이번에는 정말로 잠에 빠진 것 같았다. 그녀가 손을 치워도 미동조차 하지 않았다. 그녀는 시험삼아 몸을 조금 빼보았다. 무반응. 소파에서 일어섰다. 그는 계속 잠만 잘 뿐이다.

그녀는 살금살금 아틀리에에서 빠져나와 조심스럽게 문을 닫았다. 의기양양한 미소를 꾹 누르며 그녀는 아래층으로 내려갔다. 엘로이즈가 식당에서 식기류를 보관하는 진열장을 닦고 있었다.

“무슈께서 잠이 드셨어요.”

라일라의 말에 엘로이즈의 날렵한 눈썹이 치켜 올라갔다.

“깨워야 할지 말지 몰라서 그냥 내버려뒀어요. 그러고 보니 나도 좀 피곤하군요. 무슈의 소개로 내일 아주 중요한 분이 집으로 찾아오시기로 했어요, 브렌트머 미망인이라고. 그분께 푸석푸석한 모습을 보여드리기는 싫으니까 난 이만 가서 자야겠어요.”

엘로이즈는 고개를 끄덕였다.

“잘하셨어요. 괜히 무슈를 깨워 봐야 다시 사건 얘기나 하자고 하실 거예요. 남자들이 원래 그렇죠, 뭐. 일찍 주무시기로 하셨다니 잘 생각하신 거예요. 잠자리에 드세요, 마담. 푹 주무세요. 무슈께선 분명 내일 해가 뜨기 전에 일어나 댁으로 돌아가실 겁니다.”

“그래요. 고마워요. 아, 만일 그보다 일찍 일어난다면…….”

“걱정 마세요, 마담.”

그녀는 라일라에게 윙크를 해보였다.

“마님도 좀 쉬셔야지요. 절대 못 깨우시게 하겠습니다.”

12

3주 뒤, 라일라는 혹시 에스몽이 자신에게 모든 일을 다 떠맡기고 자기는 나 몰라라 놀러 다니는 게 아닌가 하는 생각을 하기 시작했다.

그녀의 집에서 잠이 들었던 그날 이래, 에스몽은 단 한 번도 그녀를 찾아오지 않았다. 그때 에스몽이 뭐라고 얘기를 했더라, 혼자 힘으로 한 번 해보라고 했던가. 그 말이 진심이었나 보다. 그 다음 날 브렌트머 미망인께서도 그 비슷한 말씀을 하셨다. 뭔가 중요한 정보를 알아내게 되면 그때 백작을 부르라고. 그 전까지는 모든 것을 그녀에게 맡기고 옆으로 물러나 있겠다고 했다나. 브렌트머 미망인께서도 그러는 편이 좋겠다 하셨단다.

"사교계란 걸 제대로 경험해 본 적이 없지?"

브렌트머 미망인이 물었다.

"한마디로 말해 이건 장난이 아니라구. 파티란 건 말이지 처음부터 끝까지 말, 말, 말뿐이야. 식사하는 내내 옆에서 종알종알거려서 아예 귀머거리였으면 좋겠다는 생각까지 들 거야."

브렌트머 미망인의 말은 절대로 과장이 아니었다.

상중의 예법을 따라야 하기에, 신사들은 라일라에게 춤을 청할 수도 없고, 가벼운 농지거리도 할 수 없다. 그래서 별 수 없이 주로 여자들과 어울리며 잡담이나 나누고 그들의 이야기에 귀기울일 수밖에 없었다. 브렌트머 미망인은 정말 정력도 좋지. 라일라는 깨어 있는 시간 내내 대화를 주고받을 수밖에 없었다.

지금은 브렌트머 미망인과 함께 극장 박스석에 앉아 저 아래 무대에서 펼쳐지는 별로 우습지도 않은 희극에 집중하는 척을 하고 있었다. 하지만 실제로는 머리 속으로 풀리지 않는 수수께끼를 골똘히 생각하며 주위에 있는 다른 박스석을 쳐다보지 않으려고 애쓰는 중이다. 바로 옆 박스에 에이버리 경이 앉아 있었다. 아니, 좀더 정확하게 말하자면 에이버리와 에스몽이 그 자리를 채우고 있었다.

라일라는 그쪽을 쳐다보고 싶지 않았다. 지난 3주간 여러 모임에서 에스몽과 수차례 마주쳤지만 그게 전부였다. 정말로 그녀가 부르기 전에는 먼저 움직이지 않을 모양인가 보다. 그를 집으로 부르고 싶은 마음은 굴뚝 같았지만, 그럴싸한 정보를 입수하기 전에는 부르지 않겠노라 결심했었다. 그에게 해답을 제시하거나 하다 못해 확고한 단서를 제공할 수 있기를 바랐다. 자신의 정보 때문에 조사가 진행될 수 있으면 얼마나 좋을까. 지금 그녀가 고민하는 두 개의 수수께끼가 과연 그럴 능력이 있을지는 확신할 수 없지만, 그래도 분명 무슨 의미는 있을 거라 생각된다.

첫번째는 셔번 백작과 연관된 수수께끼이다. 남편을 사교계에서 몰아내는 일을 주도한 사람이 셔번 백작이라는 것을 들은 이래, 라일라는 그것이 감히 레이디 셔번을 탐한 프란시스에 대한 처벌이자 복수라고만 여겼었다. 하지만 가십을 좋아하는 브렌트머 미망인의 친구들 말에 의하면, 셔번이 프란시스를 배척하기 시작한 것은 레이디 실즈의 무도회 직후라고 했다. 레이디 실즈의 무도회는 백작이 아내의 초상화를 찢어발기기 일주일도 전이다. 프란시스가 자신을 배반했다는 것을 알게 된 후 왜 그렇게나 오래 기다렸다가 초상화에 대고 분풀이를 했던 것일까? 혹시 프란시스가 그 일 말고도 셔번 백작의 분노를 살 만한 행동을 했던 것은 아닐까? 만일 그랬다면 프란시스는 또 어떤 짓을 저지른 것일까.

그녀를 괴롭히는 두 번째 수수께끼는 지금 그녀 바로 옆에 앉아 있었다. 피오나. 피오나는 어제 런던으로 돌아왔다. 레티스를 데리고 돌아오지 않은 것을 보면 뭔가가 잘못된 게 분명했다. 동생 얘기를 자꾸 피하는 눈치였다. 설령 누군가가 레티스에 대해 묻는다 해도 아주 모호하게 대답하며 자세한 얘기를 피했다. 레티스가 정말 심하게 아프다면 피오나가 돌아왔을 리가 없다. 동생이 나아서 돌아온 게 분명할 텐데 심기는 도셋으로 떠나기 전보다 더 불편해 보였다. 빛이 죽은 눈, 창백한 얼굴. 평소답지 않게 침울한 것도 예사롭지 않다.

"자고 있는 건 아니지?"

브렌트머 미망인의 날카로운 질문에 라일라는 상념에서 깨어났다. 막간 쉬는 시간인지 무대 위에 커튼이 드리워져 있었다. 브렌트머 미망인께는 자고 있는 게 아니었다고 변명을 하며 에이버리가 앉아 있던 쪽으로 슬쩍 시선을 주었다. 텅 비어 있다.

피오나를 돌아보았다. 피오나는 희미한 미소를 머금은 표정으로 자신을 바라보고 있었다.

"그 사람도 이쪽을 보지 않으려고 무척이나 애를 쓰더라. 그래도 간혹 시선이 저절로 널 향하는 건 어쩔 수 없나 보던데?"

"그 사람이라니, 링글리 경을 말하는 거니?"

라일라가 담담하게 말했다.

"전에도 얘기했잖니, 그분이 이리저리 시선을 돌리는 것처럼 보이는 건 다 중풍 후유증 때문이라고."

라일라는 브렌트머 미망인을 돌아보았다.

"그렇지요, 레이디 브렌트머?"

"그 인간 다 죽어 가면서도 그 버릇은 못 고치더군."

노부인이 대답했다.

"치마만 두르면 쳐다보느라 정신이 없지. 특히나 하녀들에겐 더 심하다지?"

박스석의 문이 열리자 브렌트머 미망인은 라일라의 어깨 너머를 바라보았다.

"아아, 저게 누구야."

라일라는 돌아볼 필요도 없었다. 너무도 익숙한 체취를 맡기도 전에 벌써 공기가 변하는 것을 느꼈으니까. 좌석에서 몸을 살짝 비틀며 그녀는 데이비드에게 미소를 지었다. 하지만 그녀의 신경은 데이비드 옆에 있는 사람에게만 집중되어 있었다.

옆에 있는 에스몽은 보이지 않는 척 데이비드와 조곤조곤 대화를 나눴다. 에스몽은 브렌트머 미망인에게 다가가 오늘 연극에 대한 서로의 의견을 교환하고 있었다. 그와의 거리는 채 십 센티미터도 되지 않는다.

너무도 길게만 느껴지는 몇 분이 지난 후, 두 남자는 그곳을 떠났다. 라일라는 아무리 열심히 생각해도 자신이 무슨 말을 했었는지 기억할 수가 없었다. 기억나는 것은 그의 체취…… 자신의 드레스 소매에 스치던 그의 상의…… 가슴을 찌를 듯한 그의 푸른 눈동자.

멍한 표정을 짓고 있던 자신을 피오나가 놀릴 것 같아 미리 마음의 준비를 했다. 하지만 예상외로 공격을 퍼부은 사람은 피오나가 아니었다. 뿐더러 공격의 대상 역시 라일라가 아니었다.

"도대체 이게 무슨 버르장머리없는 행동이냐, 피오나 엘리자베스!"

브렌트머 미망인이 버럭 외쳤다.

"도대체 그 아이가 너에게 무슨 큰 잘못을 했다고 그 애를 그렇게 대하는 거야?"

피오나의 몸이 굳어졌다. 라일라는 당황하여 입도 열지 못했다.

"에이버리는 네 동생을 달라고 했다."

브렌트머 미망인은 라일라 앞으로 몸을 굽혀 그 옆에 앉은 피오나에게 계속 꾸중을 퍼부었다.

"그 아이가 네 동생을 걱정하느라 밤에 잠도 제대로 못 잔다는 걸 알면서, 그 아이를 꼭 쥐구멍에서 기어나온 쥐새끼 보듯 해야겠니? 네 생각엔 레티스가 저보다 나은 남자를 찾을 것 같아? 그래, 왕위 계승권을 가진 공작쯤은 되어야 한다는 게냐? 지난 겨울 네가 그 난리를 치고 나서도 그 아이가 네 동생을 달라고 청한 게 다행이라 생각하고 감지덕지하지는 못할 망정, 이게 무슨 짓이냐?"

브렌트머 미망인은 몸을 폈다.

"듣자 하니 채찍으로 후려갈기겠다고 협박을 했다더군."

그녀가 라일라에게 말했다.

"정말 훌륭한 레이디다운 말 아닌가? 고맙다는 인사를 요새는 그렇게 하나 보지? 채찍으로 후려갈기다니, 누구를? 랭포드의 후계자를? 아마 저 애는 랭포드와 자기 아버지가 둘도 없는 친구 사이였다는 걸 잊은 모양이다. 자기 아버지가 돌아가신 뒤 자기 오라비들을 돌봐준 사람이 랭포드란 것도 잊은 모양이다."

피오나는 쏟아지는 비난에도 눈 하나 깜짝하지 않고 목각 인형처럼 무대만 바라보고 있다가 갑자기 자리에서 벌떡 일어났다. 한마디 말도 없이 그녀는 박스석을 나가 뒤로 문을 쾅 소리나게 닫았다.

라일라도 그 뒤를 따라가려고 벌떡 일어섰지만, 브렌트머 미망인이 그녀의 손목을 움켜잡았다.

"신중하게 행동해라."

그녀가 목소리를 낮추며 말했다.

"말도 조심해서 하고. 저 아이가 진실을 털어놓기 전에는 놓아주지 말거라. 에이버리의 일뿐 아니라, 보몬트가 무슨 짓을 했는지도 꼭 들으라고. 내 생각엔 분명 보몬트가 레티스에게 손을 댄 것 같아."

라일라는 휘둥그레한 눈으로 그녀를 바라보았다.

"피오나는 제 친구예요. 친구의 비밀을 캐라는 말씀이신가요?"

"지금 이런 상황에선 친구라고 감싸줄 수가 없는 법이란다, 아이야. 이건 일이야. 네가 맡은 임무가 있잖니. 내가 잔뜩 들쑤셔 놓았으니, 네가 가서 끝장을 보거라. 진실을 털어놓게 만들라구.”

라일라는 에이버리의 좌석 쪽으로 시선을 돌렸다. 두 남자는 머리를 맞대고 대화를 나누고 있었다. 하지만 에스몽이라면 분명히 피오나가 뛰쳐나가는 광경을 놓치지 않았을 것이다. 분명 나중에 그 이유를 듣고 싶어할 것이다.

“제길.”

그녀는 나지막하게 중얼거린 뒤 서둘러 박스석을 빠져나왔다.

몇 분 동안 이곳저곳을 찾아다니다가 라일라는 레이디들의 휴게실로 들어갔다. 손가방을 뒤져 동전을 하나 꺼내어 휴게실을 지키는 하녀의 손에 쥐어 주며 잠시 나가 있으라고 했다.

하녀가 나간 뒤로 문을 닫고 라일라는 칸막이 앞으로 다가갔다.

“네가 볼일을 보려고 여기 들어온 게 아닌 줄 알아. 내가 그리로 들어갈까, 아니면 네가 나와서 설명을 해줄래? 네가 진작 설명을 해줬어야 한다는 거, 알고 있지? 프란시스가 네 동생에게 도대체 무슨 짓을 한 거니? 왜 애꿎은 데이비드를 탓하는 거야, 피오나? 동생을 도셋에 감춰 놓는다고 뭐가 바뀔 것 같아?”

피오나가 칸막이 뒤에서 걸어나왔다. 눈이 새빨갰다.

“아, 라일라.”

그녀의 목소리가 꽉 잠겨 있었다.

“레티스는 데이비드 때문에 너무도 괴로워하고 있어. 도대체 난 어떻게 하면 좋다지?”

라일라가 양팔을 앞으로 내밀자 피오나는 흑 하는 소리를 흘리며 라일라의 품안으로 뛰어들었다. 눈물이 철철 흘러넘쳤다. 잠시 후 피오나는 더듬거리며 이야기를 털어놓기 시작했다.

12월 초에 있었던 링글리의 연례 무도회에서 일어났던 일이라고 한다. 피오나가 프란시스의 친구들을 멀리하라고 경고했음에도 레티스는 데이비드와 춤을 두 번이나 추었다. 레티스가 조신하고 현명하게 행동할 줄 모르는 것 같아 피오나는 데이비드 뒤를 따라가서 동생을 가만히 내버려두라고 경고했다. 데이비드는 그 즉시 파티를 떠났다. 하지만 프란시스는 끝까지 남아 피오나를 괴롭혔다. 방안에 있는 모든 사람들이 레티스가 데이비드에게 폭 빠져 있다는 것을 다 안다고 빈정거렸다. 모두들 그녀가 랭포드의 후계자에게 완벽한 아내감이 되어 줄 거라 생각한다고 했다. 아이를 낳는 데 레티스보다 나은 신부감이 또 어디에 있겠는가? 우들리 가 인간들은 토끼처럼 바글바글 새끼를 까는 재주가 있지 않나. 분명 뱃속에 데이비드의 아이를 가지고 식장에 설 거라고 조롱했다.

프란시스의 조롱에 화가 머리끝까지 오른 피오나는 지지 않고 프란시스에게 반격을 했다. 에스몽 얘기를 꺼내며 프란시스를 비웃어 주었다고 했다.

"미안해, 라일라."

그녀가 몸을 떼며 말했다.

"하지만 그때는 프란시스를 화나게 하려면 그 수밖에 없었어."

라일라는 피오나를 의자 앞으로 데려가 앉혔다.

"이해해."

그녀는 손수건을 꺼내 피오나의 손에 쥐어 주었다.

"프란시스는 원래 다른 사람들의 쓰린 상처를 찾는 데 재능이 있었거든. 거기에 칼을 쑤셔넣고 비틀면서 좋아하던 사람이지. 그래서 너도 프란시스의 쓰린 곳을 찌른 거지. 나라도 그렇게 했을 테니까. 하지만 그게 실수였던 거지. 왜냐면 프란시스란 인간은 가만히 참는 성격이 아니거든. 무슨 수를 써서도 복수를 하지. 그 보복을 레티스에게 한 거겠지?"

피오나는 눈가를 훔치고 코를 풀었다.

"한 시간쯤 후에 레티스가 안 보인다는 것을 깨달았지만 그때는 별로 크게 걱정하지 않았어. 프란시스가 집에 돌아갔다고 생각했었거든. 나와 싸우고 난 직후 집에 돌아갔다고 생각했었어. 하지만 마침내 레티스를 발견했을 때, 그건 나의 착각이었음을 깨달은 거지. 레티스는 온실에 있었어. 완전히 취해 바닥에 널브러져 있더군."

그녀는 떨리는 소리로 웃었다.

"그래, 볼 만했지. 옷은 입은 건지 벗은 건지 분간이 안 가지, 그 헝클어진 머리카락하며…… 하지만 다행히 그 애를 범한 건 아니었어. 그 정도로 무분별한 인간은 아니었으니까. 그 인간이 가져간 건 그 애의 스타킹 대님뿐이었어."

"레티스와 너에게 치욕을 안겨주려고 그랬구나."

라일라는 세면대 앞으로 다가갔다. 그녀의 손이 떨리고 있었다. 그녀는 옆에 놓인 물병에 담긴 물을 대야에 부었다.

"왜 하필 그걸 가져갔는지는 너도 짐작이 가겠지."

라일라는 친구에게 등을 돌린 채 열심히 머리를 굴렸다.

"전리품."

그녀가 애써 담담한 목소리로 말했다.

"자기 친구들에게 자랑을 하려고 가져간 거구나."

만일 대님을 데이비드에게 보여주었다면 데이비드는 아마 프란시스를 죽였을 것이다. 그녀는 젖은 손을 리넨 수건에 닦으며 생각했다. 하지만 시기가 맞지 않다. 데이비드가 죽였다면 그 즉시 죽였을 것이다. 그 소리를 듣는 순간 이성을 잃고 덤볐을 게 분명하다. 데이비드는 굳이 한달이나 기다렸다가 프란시스를 죽일 만큼 계산이 빠르거나 비열한 인간이 아니다. 그렇다고 프란시스가 한달도 넘게 기다렸다가 대님을 친구들에게 보여줬을 리도 없다. 대님을 빼앗은 즉시, 끽해야 하루나 이틀 사이로 누군가에게 보여주었을 것이다. 아마도 그걸 보여주면 잘했다고 칭찬해 줄 만한 사람에게 보여줬을 게 분명하다. 데이비드보다는 훨씬 더 경험이 많은 개망나니 난봉꾼에게. 절대로 다른 이들에겐 그 얘기를 옮기지 않을 만한 사람.

왜냐면 레티스는 처녀일 뿐단 아니라 귀족가의 영양이었다. 한마디로 말해 프란시스 같은 인간이 손을 대어선 안 될 여자였다는 뜻이다. 만일 그 소문이 밖으로 새어나가면 프란시스는 순식간에 사교계에서 배척을 받았을 테니까. 하지만 결과적으로 프란시스는 배척을 받았다.

그게 다 누구 덕이더라…….

라일라는 젖은 수건을 손에 쥔 채 갑자기 휙 돌아섰다.

"셔번."

피오나는 그녀를 바라보았다.

"아, 정말정말 고맙다, 피오나."

라일라는 마구 도리질을 치며 말했다.

"분명히 데이비드는 대님 애기 따윈 모를 거야. 프란시스가 그걸 보여준 사람은 셔번이었어."

그녀는 수건을 친구의 손에 쥐어 주었다.

"얼굴을 좀 씻으렴. 그런 다음에 왜 그렇게 데이비드가 안 된다는 건지 설명을 좀 해줘."

피오나의 대답은 그 어떤 독사의 독보다도 치명적이었다. 독사의 이빨에서 흘러나온 독이 라일라의 온몸으로 퍼져나갔다. 온몸이 부들부들 떨렸고 욕지기가 치밀었다. 하지만 지금 이 순간엔 그런 감정에 굴복하는 것조차 사치였다. 이건 일이야, 브렌트머 미망인이 했던 말을 머리 속에 되새기며, 라일라는 이 상황에서 에스몽이 했을 만한 일을 그대로 했다. 물론 에스몽만큼 교활하고 교묘할 수 없으니까, 자신의 능력껏 대처하기로 했다.

"조금 전에 뭘 어떻게 하면 좋겠냐고 했지?"

그녀는 피오나에게 말했다.

"넌 우들리 가의 실질적인 수장이야. 데이비드는 레티스와 결혼하길 원해. 이 상황에서 네 아버님이라면 어떻게 하셨을까?"

"지옥에 떨어지라고 하셨겠지, 나처럼."

피오나가 말했다. 하지만 그녀의 목소리는 흔들리고 있었다.

"너희 아버지는 그 이유를 설명하셨을 거야. 너희 아버지라면 상대방을 일방적으로 매도하시지만은 않으셨을 거야. 스스로 변명할 기회를 주셨겠지."

"너 미쳤니?"

피오나가 의자에서 벌떡 일어섰다.

"난 절대……."

"네가 그렇게 할 수 없다면, 넌 겁쟁이야."

라일라가 침착하게 말했다. 피오나는 친구를 쳐다보았다.

"그래서?"

라일라가 물었다.

"너 겁쟁이니 아니니?"

"망할 것."

라일라가 듣고 싶었던 대답도 그게 전부였다.

잠시 후, 휴게실 하녀는—동전을 하나 더 받고 입이 찢어져라 좋아하며—에이버리 경에게 라일라의 전갈을 전했다. 금세 그와 에스몽이 허겁지겁 극장 현관 앞으로 달려왔다.

라일라는 얼굴이 새빨갛게 물든 피오나와 함께 서 있었다.

"레이디 캐롤 몸이 불편하시대요."

그녀는 데이비드에게 말했다.

"죄송하지만 레이디 캐롤을 댁까지 좀 모셔다 드릴 수 있으시겠어요?"

데이비드의 얼굴도 피오나의 얼굴 못지 않게 시뻘겋게 물들었다. 하지만 자라면서 받은 가정 교육의 영향인지, 비장한 표정을 지으며 영광이라고 말했다. 그리고는 제복을 입은 하인에게 자신의 마차를 건물 현관 앞으로 가져다 대라고 명령했다.

"레이디 캐롤은 이곳보다는 밖에서 마차를 기다리고 싶으시다는데요."

하인이 마차를 부르러 가자 라일라가 데이비드에게 말했다.

"신선한 공기가 필요할 거예요. 그렇지, 피오나?"

다정한 목소리로 그렇게 물었지만 얼굴 표정만큼은 그렇다고 대답하라고 협박하듯 사뭇 험악했다.

"물론이지."

피오나는 그렇게 대답한 뒤 라일라에게만 들리게 목소리를 잔뜩 낮쳤다.

"나중에 어디 두고보자."

데이비드가 앞으로 한 걸음 나서며 팔을 내밀자, 피오나는 입을 꾹 다물고 그 팔을 잡았다.

라일라는 두 사람이 저 앞에 멀리 떨어진 인도까지 걸어나가길 기다렸다가 이게 무슨 일이냐는 표정을 짓고 있는 에스몽을 바라보았다.

"당신의 치료 덕에 데이비드가 거의 다 나았기만을 빌어요. 데이비드의 비밀이 성기능 장애가 전부였기만을 바라고요. 그게 아니라면 우린 내일 정말 큰 곤욕을 치를 거예요."

그의 시선이 그녀를 비껴갔다.

"연극이 거의 다 끝나 가요."

그가 아주 정중하게 또박또박 말했다.

"연극이 끝나면 원래 브렌트머 미망인과 함께 식사를 할 예정이었죠?"

"식욕은 벌써 잃었어요."

라일라는 돌아서서 그를 남겨 두고 극장 안으로 걸어 들어갔다.

현관 쪽에서 브렌트머 미망인의 마차가 멀어지는 소리가 들리자마자 이스말은 뒷문을 통해 라일라의 부엌으로 들어갔다. 현관 쪽으로 걸어가 보니 라일라는 막 계단을 올라가려던 참이었다.

그는 부드럽게 그녀를 불렀다. 그녀는 계단 참에 멈춰 서서 빙글 돌아섰다.

"나 피곤해요. 집으로 돌아가세요."

그는 그녀의 뒤를 따라 계단을 올라갔다.

"피곤하긴 뭘 피곤해. 날 피하고 싶은 거겠지. 당신 기분이 왜 상한 건지도 대강 짐작은 가."

"기분이 상할 이유가 뭐가 있답니까?"

신랄하기 그지없는 그녀의 목소리.

"매번 있는 일인데요, 뭐. 당신이 거짓말한 게 한두 번도 아닌데, 놀랄 것 하나 없잖아요. 아, 거짓말이라고 하기엔 어폐가 있네. 그냥 '신중'했던 것뿐이겠죠. 그저 진실을 스리슬쩍 비켜간 게 전부니까."

그녀는 요란하게 발소리를 내며 계단을 올라갔다.

"당신이 매번 끔찍한 비밀을 하나 털어놓을 때마다 난 바보같이 이게 마지막이겠지, 이번은 진짜 마지막이겠지 생각을 해요. 마침내 내가 당신이란 남자에 대해 똑바로 알게 되었구나 착각을 하죠. 그래요, 그건 착각일 뿐이야. 당신은 절대 내게 전부를 보여주지 않으니까. 당신은 프로테우스* 같아. 매번 돌아볼 때마다 전혀 다른 모습으로 바뀌어져 있어. 프란시스가 당신은 인간도 아니라고 말한 이유도 알 것 같아. 뱅뜨위뜨를 뒤에서 조종하던 남자가, 사람들이 원하는 게 뭔지 알아내어 돈을 받고 그것을 파는 데 천재였던 남자가, 심지어 그런 남자조차도 당신이 원하는 게 뭔지 알아낼 수가 없었다죠. 당신이 원하는 게 누구인지, 나인지…… 혹은 자기 자신인지."

그녀는 계속 계단만 올라가고 있었다. 이스말은 계속 그녀 뒤를 쫓아갔다. 그녀의 독설에도 그는 당황하지 않았다. 그녀가 에이버리를 두고 했던 말이 떠올랐다. '데이비드의 비밀이 성기능 장애가 전부였기만을 바라고요.' 레이디 캐롤에게 무슨 말을 들은 건지 감이 잡혔다.

"지쳤어요. 당신에게서 진실을 쥐어짜 내는 데 지쳤다고요. 당신의 비밀에 매번 뒤통수를 얻어맞은 기분이 드는 것도 지쳤고요. 그렇게 맞고 나서도 아무렇지도 않은 척 다시 일어나야 한다는 게 지긋지긋해요."

그녀는 침실 문고리를 잡았다.

"경고 한마디만 했어도 되었잖아요, 에스몽. 내가 마음의 준비를 할 수 있게 한마디만 해줬어도. 내 남편이 남색(男色)에 빠져 있었다는 얘기를 피오나에게 들었을 때 내 기분이 어땠겠어요? 데이비드가 남편의 애인 중 하나였을지도 모른다는 말을 듣고 내가 무슨 생각을 했겠어요? 프란시스가 질투했던 건 당신이 아니라 나였다죠? 그 얘기를 듣고

---

* Proteus. 그리스 신화에 나오는 바다의 신으로 자유자재로 변신하는 능력과 예언의 힘을 가졌다고 함.

기분이 어땠을 것 같아요? 자기가 좋아하는 남자가 자기 아내에게 관심이 있는 것 같아 자기 마누라를 질투했더란 얘기를 듣고 내가 무슨 생각을 했을 것 같아요? 피오나에게 그런 어마어마한 얘기를 들으면서 겉으론 태연한 척 해야 했던 내 기분이 어땠을 것 같냐고요."

그녀는 침실 문을 열었다.

"내 침실이에요. 부디 편하게 지내 주세요, 무슈. 제가 무슨 수를 써도 무슈께서 마음만 먹으시면 제 침실로 들어오실 수 있다는 걸 잘 알고 있으니까요. 무슈께서 제 침실에서 원하시는 게 뭔지 저는 도저히 알 재간이 없지만 저도 언젠가는 알게 되겠지요. 걱정 말아요, 난 그래도 살아남을 거니까. 내가 그거 하나만큼은 잘하거든요. 몇 번 넘어져도 다시 일어나기. 끝까지 살아남기."

그녀는 방안으로 들어가 찢어발기듯 보닛을 벗어 바닥으로 거세게 집어던졌다. 이스말은 그녀 뒤를 따라 들어가 조심스럽게 문을 닫았다.

"내가 또 뭘 잘하는 줄 알아요?"

그녀는 여전히 성난 음성으로 말했다.

"악의 씨앗과 사랑에 빠지는 데 능하죠. 정말 대단한 능력 아닌가요? 정말 뭐 피하려다 뭐에 부딪히는 격이라고, 아빠에서 프란시스에서 당신까지. 점점 그 강도를 더해 가고 있죠."

그는 문에 등을 기댔다. 쇠망치가 천천히 자신의 심장을 두드리는 기분이었다.

"사랑이라고?"

그가 되풀이했다. 입안이 깔깔하게 말라 왔다.

"나를 사랑한다는 뜻인가, 라일라?"

"그러면 내가 대주교님을 사랑한다고 했겠어요?"

그녀는 부들부들 떨리는 손으로 망토 매듭을 풀었다.

"순경으로도 그렇게 쉽게 변장하던 당신인데, 하긴 대주교님으로 변장하는 게 어렵겠어?"

그녀는 잡아 찢듯 망토를 벗었다.

"그 외에도 누구로 변장을 해봤나요? 프랑스 백작 노릇한 지는 얼마나 된 거죠? 프랑스인 행세를 하기 시작한 건 또 얼마나 되었나요?"

그의 몸이 굳어졌다. 그녀는 화장대 앞으로 다가가 의자에 털썩 주저앉은 뒤 머리에 꽂은 핀들을 뽑기 시작했다.

"이름이 알렉시스 델라벤느라고 하셨던가요, 콩트 에스몽? 그 작위는 어떻게 얻은 건지 궁금하네요. 프랑스 공포 정치 시대에 숙청된 가문의 족보를 돈주고 사기라도 했나요? 혹은 어린 시절 주위의 적들에게서 보호하기 위해 먼 곳으로 보내졌다가 나이가 찬 후에 돌아와 가문을 이은 건가요? 당신과 당신 동료들이 지어낸 얘기도 그런 건가요?"

그는 움직이지 않고 가만히 서 있었다. 겉으로는 침착하고 지극히 정상이었다. 흥분해서 마구잡이로 퍼붓는 여자의 말을 꿋꿋하게 받아주는 신사의 표본이었다. 하지만 속으로는 악마가 그녀의 귀에 그런 비밀을 속삭이고 있다고 생각했다. 혀끝에서 금세라도 흘러나오려는 준비해 둔 변명이나 얼버무림을 삼키게 만든 것도 아마 바로 그 악마였으리라. 그녀의 입에서 흘러나온 단 하나의 말에 집착하게 만든 것도 바로 그 악마이리라. 언제 번복할지도 모를 변덕스런 그 말 한마디, 사랑.

그의 혀와 두뇌를 마비시킨 그 말 한마디. 그 누구도 들여놓지 않았던 그의 심장에 균열을 만들고 파고들어 절박함과 아픔을 불어넣는 그 단어. 어리석게도, 사랑에 빠진 소년처럼 그는 되물을 수밖에 없었다.

"날 사랑해, 라일라?"

"이 괴물같이 엄청난 감정이 사랑이 아니면, 또 어떤 감정을 사랑이라 불러야 할지 나로서는 감도 잡히지 않는군요."

그녀는 브러시를 잡아챘다.

"하지만 이름이란 게 어차피 무슨 의미가 있겠어요, 안 그래요? 난 당신 이름조차 모르는데. 우습지 않나요?"

그녀는 잔뜩 엉킨 자신의 숱 많은 머리를 억지로 빗어내렸다.

"처음부터 끝까지 위조된 인생을 사는 사람을 원하고 그 사람이 날 존중해 주길 바란다는 게 우스워."

그의 양심이 피를 흘렸다.

"내가 당신을 소중하게 여긴다는 건 당신도 알고 있을 거야."

그가 그녀의 등뒤로 걸어가 서며 말했다.

"존중해 주길 바란다고 했지—이해 못하겠어? 내가 당신의 지성과 성품을 존중하지 않는다면 과연 당신에게 도움을 청했을까? 당신 독자적으로 수사를 해보라고 했을까? 내 평생 여자를 이만큼 믿고 의지해 본 적이 없어. 이것보다 더 확실한 증거가 어디 있어? 난 당신 수사를 방해한 적도 없고, 당신 친구는 당신에게 맡겨 두었어. 피오나에게 에이버리를 딸려 보내고 싶어하는 것 같아서, 당신을 믿고 그렇게 하도록 내버려두었어."

그녀는 거울 속에 비친 그와 눈을 맞추었다.

"그렇다면 말해 봐요. 피오나의 말과는 달리 데이비드는 남편의 애인이 아니었다는 뜻인가요? 그 점에 대해선 피오나가 착각을 했던 건가요? 그렇다면 그 외 나머지 얘기들도 모두 피오나의 착각이었다는 건가요?"

그 외 나머지 얘기들. 에스몽과 프란시스의 관계를 의미하는 것이다. 비난하듯 번득이는 그녀의 황갈색 눈동자를 이스말은 도무지 믿을 수가 없다는 표정으로 응시했다.

"알라 신이여, 제게 인내심을 주소서."

그는 멍한 표정으로 낮게 읊조렸다.

"지금 내가 당신 남편 애인이었냐고 묻는 거야? 당신이 이렇게 화를 내는 건 그 때문이었던 건가?"

그녀는 브러시를 내려놓았다.

"난 당신이 누군지 몰라요. 당신이 어떤 사람인지도 몰라요. 당신에 관한 건 아무것도 몰라요."

그녀는 일어서서 그를 지나쳐 침대 옆에 놓인 서랍장으로 걸어갔다. 거칠게 서랍을 잡아 빼고 그 안에서 스케치북을 꺼냈다.

"이걸 봐요."

그녀가 그걸 그에게 들이밀며 말했다.

"난 내가 보고 느낀 걸 그렸어요. 내가 뭘 보고 뭘 느꼈는지, 당신도 보고 한 번 말해 봐요, 에스몽."

그는 스케치북을 열고 페이지를 넘기기 시작했다. 자신의 모습이 모든 페이지를 채우고 있었다. 난로 앞에 서 있는 그림, 작업대 앞에 서 있는 그림. 그는 페이지를 넘기다가 일순간 멈칫했다. 소파에 있는 자신의 모습. 마치 터키의 군주처럼 누워 있는 모습. 다음 장을 넘겼다. 또 똑같은 모습. 몇 페이지 뒤에는 그녀의 교묘한 손놀림으로 변형된 자신의 모습이 있었다. 그의 머리 주변에 놓여 있던 쿠션은 터번으로 변해 있었다. 고급스런 영국식 상의가 부드럽게 흐르는 튜닉으로 변해 있고 바지는 흐느적거리는 실크로 만들어진 통 넓은 바지였다.

옆얼굴에 있는 흉터가 불길하게 두근거리기 시작했다. 이것은 악마의 힘으로 그린 그림이다. 악마가 그녀의 귀에 자신의 비밀을 속삭이고 그녀의 머리와 손을 인도한 것이리라.

"당신은 조금 전 분명히 '알라'라고 말했어요."

그녀가 낮은 목소리로 쥐어짜듯 말했다.

"당신은 스스로를 에스몽이라고 하죠. 에스…… 몽. 불어로 '세상의 동쪽'* 정도로 해석할 수 있겠죠. 당신의 고향이 그쪽인가요? 또 다른 세상, 동쪽에 있는 나라인가요? 그쪽은 여기와는 전혀 다르다고 들었어요."

그는 스케치북을 덮고 서랍장 위에 내려놓았다.

"아주 흥미로운 그림이군."

"에스몽."

"난 남자에겐 취미가 없어. 당신 남편의 취향에 대해 입을 다물었던 이유는 당신이 걱정되어서였다구. 당신이 미친 듯 화를 내며 메스꺼워할 거라 생각했기에. 레이디 캐롤이 그 얘기를 알고 있다는 건 전혀 몰랐어. 아직도 편협한 사고방식을 가진 나라에서는 남색을 하는 사람들

---

* 에스몽의 이름 철자 Esmond와 동쪽 세계란 뜻의 Est Monde는 철자가 유사하다.

을 교수형에까지 처하지. 그래서 당신 남편도 파리에 있을 때는 상당히 신중했어. 아마 영국에 와서는 예전만큼 쉬쉬하지 않았나 보군. 하긴 보몬트도 많이 무너진 상태였으니까, 아마 될 대로 되란 심정이었나 보지.”

“편협한? 그러면 당신은…….”

“서로가 좋아서 남들 안 보는 곳에서 은밀히 한다면 그게 무슨 상관이지? 파트너가 한 명이면 어떻고 열 명이면 어때서? 나 역시 그 경험을 해본 적이 있건 없건, 그게 무슨 상관이야? 당신이 해보았건 말았건, 누가 뭐라고 할 문제는 아니지 않나?”

자신의 말에 그녀가 침대 머리맡으로 뒷걸음질치는 것을 보고 그는 아차 싶었다. 그는 다시 자제력을 되찾았다.

“당신 남편이 당신에게 어떤 특이한 취향을 심어 놓았는지 내가 어떻게 알아?”

그는 좀더 나직한 음성으로 물었다.

“어떤 것에 두려움을 가지게 만들었는지? 어떤 것에 혐오감을 느끼게 만들었는지, 그걸 내가 어떻게 알겠어? 우리 서로를 조금쯤은 신뢰해야 한다고 생각하지 않아? 내 평생 당신만큼 원했던 여자가 없어, 라일라. 그런데 내가 당신에게 충격을 주고 고뇌거리를 안겨주고 싶어한다고 생각하는 건가?”

그녀는 이마에 잔뜩 주름을 잡고 침대 기둥을 엄지손가락으로 문질러댔다. 그는 조심스럽게 그녀에게 다가갔다.

“라일라…….”

“당신 이름을 말해 줘요.”

그는 우뚝 멈춰 섰다. 나쁜 여자. 지옥으로 떨어져라. 그 어떤 여자에게도 본명을…….

“됐어요.”

그녀는 여전히 침대 기둥을 보고 얼굴을 찌푸린 채로 말했다.

“어차피 당신이 거짓말을 하거나 이리저리 대답을 회피해도 날 침대에 끌어들일 수 있다는 건 우리 둘 다 알고 있으니까. 당신 본명을 알

아봐야 바뀌는 건 아무것도 없다는 걸 아니까. 내가 창녀가 될 거란 사
실은 변하지 않으니까. 당신은 결국 나에 대해 모든 것을 알아버릴 테
니까. 어차피 그렇게 될 운명이니까. 난 당신에게…… 빠져 있으니까."
  그녀는 침을 꿀꺽 삼켰다.
  "내 자신과 싸우는 게 지겨워요. 아닌 척하기도 지쳤어. 당신 그거 알
아요? 내가 원하는 건 단 한 가지뿐이란 거. 당신 이름, 그게 전부예요."
  그녀에게 온 세상을 줄 수도 있었다. 그녀가 그렇게 하자고만 한다
면 기꺼이 모든 것을 버리고 그녀를 데리고 먼 곳으로 도망갈 수도 있
었다. 자신의 재산을 쏟아부어 그녀를 치장해 줄 수도 있었다. 그녀가
원하는 것이라면 무엇이든 줄 수 있었다.
  하지만 그녀는 그의 이름을 원했다.
  그는 가만히 서 있었다. 주먹을 불끈 쥐고, 두근거리는 가슴을 안고.
  그녀의 눈꼬리에서 눈물이 배어나오는 것을 보았다. 그녀가 눈을 깜
박거려 눈물을 삼키는 것을 보았다.
  심장의 균열이 점점 더 크게 벌어지기 시작했다.
  쉬피르티 임, 그의 영혼이 그녀의 영혼을 불렀다. 나의 심장.
  그는 돌아서서 방을 나섰다.

  그래, 그런 남자 지옥으로나 떨어져 버려.
  라일라는 잘 준비를 하며 속으로 중얼거렸다.
  죽어버려.
  몇 시간 뒤 진땀을 흘리며 꿈에서 깨어난 그녀는 다시금 속으로 그
렇게 되뇌었다. 꿈속에까지 쫓아 들어와 방해하는 그런 남자 따위는 죽
어버려.
  그녀가 원했던 것은 단 하나뿐인데. 고작 이름뿐이었는데 에스몽은
그것 하나 들어줄 수가 없었나. 그녀에 대한 감정이 그 정도도 안 되었
단 말인가.
  신뢰해 달라고 말했다. 하지만 그는 다른 이를 신뢰할 수 없는 남자

였다. 자신의 모든 신뢰와 자존심까지 내어준 여인조차 믿지 못하는 남자였다. 그에게 사랑한다고 말했다. 그런 것은 그에게 아무런 의미도 없을 테지. 자신을 사랑하는 사람은 남자건 여자건 살면서 수도 없이 많이 보아 왔을 텐데, 뭘. 그런 고백을 받는 것이 그에게는 숨쉬는 것만큼이나 자연스러운 일일 테지.

한 가지 위안이라면 그런 바보가 세상에 나 하나뿐은 아니었다는 거야. 그녀는 몇 시간 뒤 스스로를 그렇게 위로했다. 일어나서 옷을 입고 아래층으로 내려갔다. 아침이라도 먹어야겠다고 생각했다. 에스몽 따위 때문에 식음을 전폐하고 드러누울 수야 없지. 프란시스와도 꿋꿋하게 살아냈던 그녀가 아니던가. 이제 와 고작 에스몽 따위 때문에 식욕을 잃을 수는 없지.

라일라가 식탁 앞에 막 앉는 순간 갸스빠르가 들어와 레이디 캐롤이 찾아오셨다는 말을 전했다. 잠시 뒤, 피오나는 아침 식탁에 앉아 엘로이즈가 구워낸 무지막지하게 큰 머핀에다 버터와 잼을 듬뿍듬뿍 바르고 있었다.

"너에게 제일 먼저 알려주고 싶었어. 데이비드가 오늘 오후 서리로 떠날 거야. 레티스에게 구애할 수 있게 해달라고 먼저 큰오라버니에게 허락을 구하려고 말이야."

허락을 구하는 것은 형식상의 절차에 지나지 않는다. 데이비드가 피오나의 허락을 받았다면 그 집안 식구들은 싫어도 고개를 끄덕일 수밖에 없다. 라일라는 친구의 찻잔에 커피를 따라 주었다.

"너도 데이비드가 타락한 괴물이 아님을 깨달은 모양이로구나."

"아무렴 괴물이라고까지야 할 수 있겠니. 하지만 그렇다고 순수함의 표상인 척한 것도 아니잖니. 적어도 솔직함에 점수를 주긴 했어. 그 동안 꾹꾹 참았던 것에도 높은 점수를 줬지."

피오나는 커피에 각설탕 하나를 떨어뜨리며 말했다.

"이를 악물고 프란시스가 했던 말을 그대로 옮겨 줬지. 프란시스가 당신 엉덩이가 어떻게 생겼는지 아주 잘 알고 있다고 말했었다고. '프

란시스가 거짓말을 한 겁니다, 평소처럼.' 데이비드는 그렇게 말하더구
나. 아주 나직하고 정중하게 말하더라. 그래서 나도 언성을 높이지 않
고 정중하게 물어 줬지. 혹시 당신 엉덩이가 어떻게 생겼는지 아는 남
자들이 있냐고. 나도 사랑하는 동생을 다른 남자들에게 엉덩이나 들이
미는 남자의 손에 넘겨주긴 싫다고. 결혼이란 게 안 그래도 복잡한 법
인데, 행여나 다른 취미까지 있으면 더 복잡해지지 않겠냐며. 나도 귀
족 자제분들이 다니시는 퍼블릭 스쿨에서 무슨 일이 일어나는지쯤은
알고 있다고. 설령 거기에서는 아무 일도 없었다 치더라도 간혹 그랜드
투어를 하다가도 그런 일이 일어나기도 한다더라.”
　피오나는 머핀을 베어 물고 진지하게 씹기 시작했다.
　“금단의 과일이라면 한번쯤 먹어 보고 싶은 거겠지. 하지만 딱 한 번
호기심으로 그래 본 것과 습관적으로 그러는 것은 얘기가 다르지. 생각
해 봐, 남편이 집에서 일하는 하녀를 끼고 그 짓을 하고 있는 광경을
목격해도 기분이 나쁠 텐데, 마부나 잡일꾼과…….”
　“이해해.”
　라일라가 말했다. 마부건 하인이건 길거리의 부랑아건 알게 뭐냐. 속
이 메슥거린다. 피오나는 그런 라일라의 상태를 아는지 모르는지 입안
에 음식을 가득 머금고 얘기하는 데 열중했다.
　“어쨌건 간에 솔직하게 인정하더라. 몇 년 전에 술이 취해 딱 한 번
그래 봤다고. 그게 처음이자 마지막이었노라 자신의 명예를 걸고 맹세
하더군. 그 다음에는 아주 정중하게 묻더라. 혹시 그것 말고도 마음에
걸리는 게 있냐고. ‘내가 알아야 할 게 또 남았어요?’라고 물었지. ‘내
동생을 행복하게 해주겠다고, 언제까지나 보호해 주겠다고 맹세할 수
있나요?’ 그랬더니 갑자기 울음을 터뜨리더라. 데이비드가 울면서 뭐라
고 헛소리를 늘어놓았는지는 굳이 이야기하지 않아도 되겠지? 레티스
를 이만저만 사랑하는 게 아니더라고. 동생이 세상에 하나뿐인 태양이
라는 둥, 자신을 비춰 주는 유일한 사람이라는 둥 그러더라. 정말 가만
히 듣고 있자니 우습더구나. 아, 저기 뚜껑 덮어놓은 접시에 있는 게

소시지니?"

"베이컨이야."

라일라가 접시를 건네며 말했다.

"대님 얘기는 했어?"

"처음부터 끝까지 해줬지."

피오나는 자신의 접시 위로 큼직한 베이컨 조각을 세 개나 덜어 놓았다.

"전혀 몰랐던 것 같더라. 얼굴이 백짓장처럼 창백하게 질리던걸. 마침내는 정신을 차리고 침착하게 대처하더라. 울며불며 난리치진 않던걸. 그냥 딱 한 마디로 이렇게 말했어. '그 누구도 다시는 우들리 양을 괴롭히지 못할 겁니다, 레이디 캐롤. 제 목숨을 걸고 약속드리지요. 우들리 양을 내가 죽는 그날까지 보호해 주겠습니다.' 그렇게까지 말하는데 내가 뭘 어쩌겠니? 그냥 날 피오나라고 불러라, 최대한 빨리 큰오라버님인 노버리 경에게 말해라. 그리고 도셋에 가서 레티스가 숙모님을 죽이기 전에 데리고 와라 그랬지 뭐."

라일라는 친구가 베이컨을 먹어치우는 광경을 보며 미소를 머금었다.

"그리고 두 사람은 언제까지나 행복하게 살았습니다구나."

그녀가 중얼거렸다.

"데이비드는 에스몽에게 신랑 측 들러리를 서달라고 그럴지도 몰라. 그러고 보니 에스몽과 넌……."

"아직이야."

"내가 도셋에 간 사이 두 사람 사이에 무슨 일이 있었던 거야?"

피오나가 또 다른 머핀을 먹어치우며 말했다.

"보아하니 두 사람 모두 아주 신중했던가 봐? 수군거리는 소리도 없는 걸 보면."

"무슨 일이 있었어야 사람들이 수군대지."

"두 사람 어제 서로를 잡아 삼키고 싶다는 듯 쳐다보던데, 뭐. 아주 쳐다봐 주기가 힘들더라."

“소설 쓰고 있구나.”

라일라가 딱딱하게 말했다.

“그래, 네가 원래 그쪽에 또 재능이 많지. 데이비드가 순진하고 아무 것도 모르는 네 꼬마 동생에게 말로 표현도 못할 짓을 할 사악한 변태라고 상상했던 것만 봐도 그렇지.”

“사실 난 데이비드가 난잡한 인간이 아닐까 걱정했던 거였어. 레티스를 버리고 난봉질이나 하고 다닐까 봐. 그러다가 혹시 어디서 병이라도 얻어오면 어쩌니? 죄 없는 아내만 당하는 거지.”

피오나는 남아 있는 머핀 조각을 한 입에 삼켰다.

“그리고 말로 표현도 못할 짓이라니? 너 혹시 내가 모르는 다른 이상한 짓들에 대해 많이 알고 있는 거니? 프란시스가 침대 안에서도 집 밖에서 하고 다니던 것처럼 짐승 같은 짓을 했었니?”

“데이비드는 프란시스가 아냐. 어젯밤에도 수없이 말했었잖니. 너도 이젠 그 사실을 깨달았길 바래. 듣자 하니, 데이비드도 아주 솔직하고 신사답게 대답한 것 같구나. 대부분의 남자라면 그런 상황에서 데이비드처럼 대답하지 않았을 거야. 하고 많은 남자들 가운데 프란시스처럼 더럽고 썩어빠진 호색한의 애인이었냐고 묻다니 말이야.”

“아, 나도 조마조마했다니까. 혹시라도 자신을 모욕했다며 난리를 칠까 봐 두려웠다.”

피오나는 입에 묻은 빵조각을 닦으며 말했다.

“날 마차 밖으로 던져버릴까 봐 두려웠지 뭐야. 그런 말도 안 되는 비난을 듣고서도 사내답게 솔직히 인간 대 인간으로 대답해 줬거든. 그래서 나도 데이비드의 말을 믿은 거야. 대부분의 남자들은 그런 말을 들으면 상처입은 야수처럼 발광하고 날뛰었을걸? 물론 프란시스 같은 남자는 예외지. 프란시스는 누가 자기 상처를 헤집는다 싶으면 곧장 상대방 상처도 헤집어 주잖니. 프란시스가 그쪽으론 워낙 재능이 출중했잖아. 상대방을 비웃고 잔뜩 비틀어 꼬아서 조롱하고 농담하는 거. 야, 말해 놓고 보니 진짜 그런 악당이 없다.”

그녀의 목소리가 어두워졌다.

"그 인간은 죽고 나서도 여전히 우리를 괴롭히는구나. 우리 마음속에 선입견을 불어넣고 삶을 오염시키고 있어. 그 사람 손에 닿은 건 다 썩어터진다니까. 그 남자 때문에 난 내 동생이 행복해질 기회를 내 발로 걷어차 버릴 뻔했어. 그의 더러운 거짓말을 듣고 그걸 믿어버렸어. 이 내가 말이야. 그 누구보다도 프란시스란 인간의 본성을 잘 꿰뚫고 있던 내가. 몇 년 동안 프란시스가 다른 사람들의 인생을 망쳐 놓는 것을 보아 왔으면서. 특히나 네 인생을 망쳐 놓는 것을 보았으면서도 말야."

"이제 끝난 일이야."

라일라가 복잡한 목소리로 말했다.

"넌 다 바로잡았잖아."

"하지만 너에겐 아직 끝난 일이 아니구나?"

"무슨 소리야, 다 끝났지. 나도 그이가 저지른 일들을 바로잡는 걸 도왔어. 셔번 백작 부처는 이제 서로 좋아 죽지. 내가 감히 장담하건대 데이비드와 레티스는 이번 주가 지나기 전에 약혼을 할 거고 말이야. 그리고……."

"아무리 봐도 넌 아직 프란시스 보몬트에게서 헤어나오지 못한 것 같아."

"말도 안 돼, 난……."

"프란시스는 말이야, 네가 다른 남자와 단 한순간이라도 행복해지길 원치 않았어."

피오나가 그녀의 말을 잘랐다.

"특히나 에스몽과는."

그녀는 일어서서 식탁을 빙 돌아와 라일라의 의자 옆에 몸을 웅크리고 앉았다.

"내가 에스몽 얘기를 가지고 그 사람을 놀렸을 때, 네 남편이 내 동생에게 무슨 짓을 했었는지 기억해 봐."

그녀는 라일라의 안색을 살피며 말했다.

"프란시스가 내 귀에 어떤 독을 흘려넣었는지 생각해 봐. 데이비드를 완전히 오해하게 만들었잖아. 프란시스가 이미 오래 전에 사랑이란 개념에 대해 네 마음을 오염시켜 놓았다는 걸 알고 있어. 뿐만 아니라 사랑의 행위에 대해서도. 내가 장담하는데, 에스몽이 나타났을 때는 독의 강도를 한층 더 높였을걸?"

"너야말로 에스몽에게 집착하는구나."

라일라가 딱딱하게 말했다.

"네가 에스몽에 대해 뭘 아는데? 데이비드보다 더 모르는 사람이잖아. 그러면서도 그 망할 남자를 처음 본 순간부터 애인으로 삼으라고 날 부추겼었지? 그 남자를 노버리 하우스로 초대했고, 내가 달아나자 쫓아가라고 했고. 그런데 말이야, 넌 그 사람에 대해 아는 게 전혀 없어. 어차피 프란시스가 미워서 날 부추겼던 거 아니었니? 프란시스는 이제 죽었잖아. 죽은 사람에게까지 복수를 하고 싶은 거니?"

"그 인간이 너에게—내가 그토록 소중하게 여기는 너에게 했던 짓을 떠올려 보면, 그 인간이 지옥에서까지 괴로워했으면 좋겠어."

피오나는 라일라의 손을 잡아 자신의 뺨에 가져갔다.

"난 가끔 잠이 오지 않거나 기분이 나쁠 때면 그 인간이 죽을 때 괴로워하는 모습이나 지옥에서 온갖 끔찍한 형벌을 받는 상상을 해. 그러고 나면 기분이 아주 좋아지지."

그녀는 미소를 지었다.

"내 말에 충격받았니?"

몹시도. 소름끼치도록. 갑자기 한 가지 질문이 그녀의 머리 속을 감돌았다. 프란시스가 죽기 전날 밤 피오나는 어디에 있었던 것일까? 피오나는 왜 그토록 늦게 노버리 하우스에 도착했던 것일까?

"아니. 네가 원래 말만 심하게 한다는 걸 알고 있거든. 어쨌거나 네 복수를 위해 내 스스로가 망가지고 싶은 생각은 없어. 그런다고 내 기분이 좋아질 리도 없으니까."

"나 이미 죽은 남자에게까지 복수할 정도로 모진 인간은 못 돼."

피오나가 나직하게 말했다.

"그 인간은 손닿는 모든 것에 독을 탔어. 그러다가 자신이 제일 좋아하던 독약을 먹고 죽었지. 인과응보에 권선징악이라고 생각해, 난. 그걸로 만족해."

그녀는 라일라의 손을 놓고 일어섰다.

"난 말이야, 너도 레티스처럼 사랑하는 사람을 찾길 바래. 네 말 하나만큼은 맞았어. 에스몽을 처음 본 그 순간 난 확신했어, 저 남자야말로 라일라에게 딱 맞는 사람이구나. 설명할 순 없지만 그때는 그랬어. 마치…… 운명처럼 느껴졌어."

13

그날 밤, 라일라는 머리가 아프다는 구실을 대고 스톡웰—홈 부인의 카드 파티에서 빠져나왔다. 마차가 저녁의 한산한 길을 달리는 동안, 그녀는 에스몽과 처음 단 둘이 만났던 밤 그가 했던 신랄한 말들을 기억해내고 있었다.

단서가 없다…… 용의자들을 조심스럽게 다루어야 한다…… 이 사건을 해결하는 데 평생이 걸릴 수도 있겠다던 그의 말. 그의 경고를 귀담아 들을 걸 잘못했다는 생각이 들었다.

1월의 그 운명적이었던 날, 노버리 하우스를 떠나지 말 걸 그랬다는 후회가 들었다. 그냥 그곳에 남아 있었더라면 이렇게 복잡한 사건에 얽혀들지 않았을 텐데.

프란시스를 죽인 자도 아마 그러길 원했을 테지.

피오나는 가지 말라고 그녀를 붙잡으며 애원했었지.

"제기랄."

아무도 없는 마차 안에서 라일라는 중얼거렸다.

"젠장할."

집으로 찾아오는 손님들을 만나고 양장점에서 나온 재단사에게 옷을 가봉하느라 바쁠 때는 그 생각을 마음 한구석으로 밀어버리는 것도 그다지 어렵지 않았다. 하지만 달리 신경 쓸 일이 없어진 지금은, 프란시스를 말하며 독기 서린 증오로 눈을 번득이던 피오나가 떠올라 소름이 끼쳤다. 프란시스가 죽어서도 괴로워하길 원한다고 말했었다.

확실히 피오나에게는 동기가 있었다. 셔번이나 데이비드 못지 않게 강력한 살해 동기. 게다가 그녀에게는 그럴 만한 성깔과 두뇌, 그리고 동생의 명예를 위해 복수를 저지를 만한 배짱까지 있었다.

물론 정황 증거들에 지나지 않긴 하나, 그냥 무시하고 넘어갈 수만도 없는 노릇이었다.

라일라가 노버리 하우스에서 피오나와 그녀의 가족들과 함께 최소한 일주일 이상을 보낼 계획이었다는 것을 알 만한 사람은 다 알고 있었다. 꽤 오래 전부터 잡혀 있었던 약속이었다. 무수히도 많았던 프란시스의 적 가운데 누군가가 미리 그런 계획을 알고 라일라가 집을 비운 틈을 이용한 것일지도 모른다.

모두가 다 의심스러웠다.

하지만 애당초 라일라가 집을 비우도록 계획을 짠 것은 피오나였다. 마지막 순간에 능청을 부리며 사촌과 함께 먼저 서리로 가 있으라고 했던 사람도 피오나였다. 피오나는 그날 밤 아주 늦게 서리에 도착했었다. 누군가가 프란시스의 아편제에 독을 탔을 바로 그 밤에.

평생 두통이란 걸 모르고 산 피오나가 머리가 아파서 늦었다는 핑계를 댔었다. 아편제를 먹고 자리에 누워 있다가 저녁 때가 지나서야 간신히 두통이 나아서 런던을 떠나 노버리 하우스로 달려왔다고 했었다. 피오나는 그렇게 말했었다. 그게 피오나의 알리바이였다.

상관없어, 그녀는 스스로에게 말했다. 어차피 데이비드가 프란시스를 살인했다 하더라도 용서하려고 했었는데 피오나라고 용서하지 못할 이유가 뭔가. 프란시스는 이미 오래 전에 교수형에 처해졌어야 마땅한 비열한 인간이었다. 그러니까 범인이 누구건 마찬가지였다. 누가 왜 그를 죽였는가는 중요하지 않다. 누군가가 정의를 실현했다는 것으로 족할 뿐.

마차가 방향을 돌려 광장으로 들어섰다. 내게는 도덕심이 있느니 어쨌느니 운운해 놓고 이런다는 게 우습다. 날 훌륭한 인간으로 만들어 보겠다던 앤드루 아저씨의 노력도 헛된 것이었던가. 그녀가 배운 것은 멀쩡한 인간인 척하는 방법뿐이었다. 한 꺼풀 벗기고 보면 그녀는 결국 조너스 브리지버튼의 딸일 뿐이다. 어줍잖은 도덕심 때문에 마음 고생할 것 같다는 생각이 드는 순간 도덕심 따위는 바닥에 내동댕이쳐서 구두 굽으로 자근자근 밟아버리는 그런 인간이었던 것이다.

자신이 애당초 진심으로 살인사건을 해결하고 싶었던 것인지조차 의심스러웠다. 퀜틴 경을 찾아갔던 이유는 알량한 양심 때문이 아니었다. 그건 에스몽 때문이었다. 잉크를 흘려놓은 게 자신이었다고 고백한 이유는 자신이 프란시스를 죽이지 않았음을 에스몽에게 알리기 위해서였다. 퀜틴 경이 에스몽을 부를 것임을 본능적으로 감지했던 게 분명하다.

이 사건 조사에 관여하지 말았어야 했다. 아니, 최소한 이렇게까지 깊이 관여하는 것만큼은 피했어야 했다. 그런데 조금만 틈을 보여줬더니 에스몽은 아예 밀고 들어와 자리잡고 털썩 앉아 버린 격이었다. 도와주기만 한다던 게 어느새 파트너로…… 그러다가 그 이상의 관계까지.

그녀가 파헤쳐 보고 싶었던 대상은, 그녀가 집착까지 느끼고 있던 대상은 살인사건이 아니라 에스몽이었다. 서툰 솜씨로나마 그녀가 열어보려고 노력하고 있는 것은 그의 마음에 걸린 자물쇠였다.

어젯밤 그녀는 거의 구걸을 하다시피 했었다. 그 다음은 뭔데? 마차의 창문과, 계속해서 비를 흩뿌리고 있는 바깥 풍경으로부터 얼굴을 돌리며 그녀는 생각했다.

바닥을 기겠지.

자문자답을 하고 있었다. 점점 더 비참하게 나락으로 떨어지겠지. 뻔한 결과 아닌가. 그녀는 구걸을 했었다, 거의 눈물을 보일 뻔하기까지 했었다. 그러나 그는 등을 돌리고 나가버렸다.

그녀는 두 주먹을 꼭 쥐었다.

앞으로는 절대, 절대 그런 부끄러운 짓을 하지 않으리라. 차라리 교수형이나 총살형, 화형을 당하는 편이 낫다.

그래 봐야 마음이 산산조각난 게 전부잖아. 언젠가는 회복할 수 있겠지. 그냥 그에게서 문을 닫고 조각난 파편들을 주워 모아 끼워 맞춘 다음, 다시 일상으로 돌아가기만 하면 되는 거야. 전에도 해본 적 있잖아.

애초부터 퀜틴 경은 사건 조사에 별 커다란 흥미를 나타내지 않았었다. 억지로 다시 수사를 시작하게 만든 건 그녀였다. 그러니까 여기서 그만 수사를 접자고—그리고 담당 수사관도 이만 놓아주자고—설득하는 것 역시 가능할지도 모른다. 만일 재수만 좋다면 앞으로 에스몽과 다시 얼굴을 마주치지 않아도 될지 모른다. 에스몽은 그냥…… 사라져 버릴 테니까. 그게 어디건 그가 왔던 곳으로 돌아갈 테지.

마치가 덜컹거리며 멈춰 서는 바람에, 그녀는 우울한 상념들에 종지부를 찍었다. 그녀는 마차에서 내려 비를 뚫고 급히 자신의 집 현관으로 다가갔다. 갸스빠르가 어서 오시란 듯 미소를 지으며 문을 열었다.

갸스빠르와 엘로이즈가 그리울 것이다. 하지만 그들이 떠난다고 죽기야 하겠나. 잘해 나갈 수 있을 것이다. 안락한 집 있겠다, 널찍하고 밝은 아틀리에 있겠다, 편안하게 살 수 있을 만큼 돈도 충분히 있겠다, 뿐더러…….

"무슈께서 아틀리에에 계십니다."

갸스빠르가 그녀의 외투와 모자를 받아들며 말했다.

역시 난 재수에 옴 붙은 거야.

이를 악물고 복도를 걸어가 계단을 오르며 라일라는 급히 작별의 말을 머리 속으로 정리했다. 짧고 간단하게, 요점만 말하는 거야.

당신이 이겼어요, 에스몽. 당신은 애초부터 이렇게 하고 싶지 않아했잖아요. 당신이 경고했는데 내가 듣지 않았죠. 좋아요, 당신이 옳았고 내가 틀렸던 거예요. 나에게는 탐정노릇을 할 인내심 따위가 없어요. 이 사건에 평생을 바치고 싶지도 않고요. 이 일에 더 이상 일분 일

초도 허비하지 않을래요. 어차피 난 당신의 파트너가 될 자격도 없었고 그렇다고 당신처럼 되기도 싫어요. 당신이 이겼어요. 난 포기하겠어요. 그러니 이제 그만 가줘요.

그녀는 서재 문을 열고 들어섰다.

"좋아요."

그녀가 말했다.

"당신이 이겼어요, 에스몽. 당신은 애초부터……."

그녀가 하려던 나머지 말들은 머리 속 저편으로 날아가 버렸다.

아무 말도, 아무 생각도, 그 어떤 것도 떠오르지 않았다. 그저 눈앞의 광경만을 멍하게 바라볼 뿐이다.

에스몽은 양반다리를 하고 난로 앞 카펫 위에 앉아 있었다. 주위에 쿠션과 베개를 쌓아 놓고 거기에 기대앉았으며 무릎 위에는 그녀의 스케치북이 펼쳐져 있었다. 팔꿈치 께에는 커피가 담긴 주전자가 그 옆에는 패스추리가 담긴 접시가 보였다.

그는 마치 짧은 가운처럼 보이는 헐렁하고 단추가 없는 금빛 셔츠를 입고 허리에는 사파이어 색의 푸른 허리띠를 둘렀다. 바지는 허리띠와 같은 톤의 푸른색이었다—그녀를 마주 보는 그의 눈동자와 똑같은 색.

금빛의 왕자님.

동화에서 걸어나온, 혹은 꿈에서 튀어나온 듯한 모습.

그녀는 눈을 비비고 싶었다. 눈을 비비면 그가 사라져 버리는 게 아닐까 하는 생각이 들었다. 조심스럽게 한 걸음 다가섰다. 그는 사라지지도 않았고 움직이지도 않았다. 그저 그녀를 바라보고만 있었다. 그녀는 용기를 내어 한 걸음 더 다가섰다. 마침내 카펫 가장자리에 이르렀다.

"내가 누구인지 알고 싶다고 했지? 나는 이런 사람이야—당신이 느꼈던 그대로, 당신이 그렸던 그대로의 인간이었어."

그의 목소리조차도 다르게 들렸다. 가벼운 프랑스 억양이 사라지고 영국 상류 귀족 특유의 억양과…… 희미하게 남아 있는, 어딘지 분간할 수 없는 이국적인 억양이 그 자리를 채우고 있었다.

그녀는 목소리를 낼 수가 없었다. 이건 꿈이야.

"하지만 다 맞는 것은 아니었어."

스케치북을 흘끔 내려다보며 그가 말했다.

"나는 터번은 써 본 적이 없거든. 잘못하면 이가 생기기 쉬워. 내 조국은 그다지 위생적이지 못하거든. 목욕을 한 번 하려면 몇 시간의 노동이 필요하지—끊임없이 전쟁을 치르고 있던 상황이었으니까, 느긋하게 목욕을 할 입장도 아니었고."

꿈을 꾸고 있는 것이 아니라면 술에 취한 것일지도 모른다. 이 모든 것이 다 환상일 게 분명하다. 저렇게 느긋한 말투로 터번이니 목욕에 대해 말하고 있는 저 사람도 환상에 불과한 것이다. 그가 고백해 주길 너무도 바란 나머지 착란을 일으키고 있는 거다.

그녀는 다시 한 걸음 그에게 다가섰다.

"나는 응석받이로 자랐지."

여전히 스케치북에 눈을 고정시킨 채, 그가 말을 이었다.

"가난한 동포들은 상상조차 하기 힘든 사치한 생활을 했었지. 터번도 쓰지 않았고 옷도 내 마음 내키는 대로 입었어. 그래도 그 누구 하나 감히 날 놀리거나 야단치는 건 꿈조차 못 꿨지. 난 출생부터가 남들과 달랐던 데다가 내 어머니는 마법사라고 소문이 나 있었거든. 알리 파샤도 그 소문을 믿었어. 심지어는 내가 또 다른 알렉산더가 될 거란 어머니의 예언조차 믿었던 거지. 내가 핍박받는 내 동포들을 이끌고 일리리아의 영광을 재건할 거라고 말이야."

자신의 눈과 귀를 믿을 수 없을 만큼 멍한 상태로 그녀는 그에게 좀 더 가까이 다가갔다. 그녀는 카펫 위 그의 정면에 멈춰 섰다.

"일리리아?"

그녀가 숨가쁜 목소리로 물었다.

"내 조국의 옛 이름이지. 당신들이 말하는 알바니아란 나라는 원래 일리리아의 일부였어. 난 알바니아에서 태어나고 자란 알바니아인이야."

그는 잠시 뜸을 들였다.

"내 이름이 알고 싶다고 했었지. 크리스천이었던 내 어머니는 내게 알렉산더란 이름을 지어 주고 싶어하셨지―우리나라 발음으로는 스캔더라고 하지. 이슬람 교도였던 내 아버지는 내 이름을 이스말이라고 지으셨어. 내 이름은 이스말 델비나야. 내 성은 아버지의 가족들이 지배하던 지방에서 따온 거지."

알렉시스 델라벤느. 콩트 에스몽.

그의 본명은 이스말 델비나였다. 그의 어머니는 그에게 알렉산더란 이름을 붙여 주고 싶어하셨단다. 그의 이름, 갑자기 심장이 저릿하게 아파 왔다. 가르쳐 달라고 애원했던 바로 그것. 그는 그 이상을 그녀에게 말해 주었다. 그에겐 아버지와 어머니가 계셨었고, 그가 태어난 곳은 알바니아. 그의 동포들조차 그를 특이하다고 생각했었단다.

"이스말."

그녀가 속삭였다.

"당신의 이름이 이스말이었군요."

그는 잠시 그녀를 바라보았다. 마치 무언가를 기다리듯. 하지만 그녀 역시 기다릴 뿐이다.

"이슬람교도로선 아주 흔한 이름이지."

그가 무표정하게 말했다.

"내 아버지는 겉치레 같은 걸 잘 못하는 분이셨거든. 전사셨지. 내 키와 힘은 아버지에게 물려받은 거지. 그 힘 때문에 나를 둘러싼 미신 같은 소문들은 더더욱 커져만 갔지. 그 소문은 내가 태어날 때 시작되었어. 만월의 밤에 태어난 내 머리카락은 새하얬지. 그것이 첫번째 전조였지. 두 번째 전조는 갓난아기인 날 도무지 강보나 포대기로 싸놓을 수가 없었다는 거였어. 아무리 날 싸놓으려고 해도 난 기어코 이불을 다 차냈다고 하더군. 갓난아기일 때조차 날 가두는 게 불가능하더라, 뭐 그런 거지. 세 번째 전조는 내가 세 살 때 있었다고 해. 정원에서 놀고 있었는데 독사가 내 무릎 위로 기어올라왔대. 난 독사를 목 졸라 죽인 뒤 내 목에 걸고 어른들에게 자랑하러 갔었다더군."

"세 살 때요?"

그녀가 기어 들어가는 목소리로 물었다.

"아주 의미심장한 거지."

그가 차분히 말했다.

"세 살, 세 번째 전조. 내 나라 사람들은 3이란 숫자가 커다란 힘을 가지고 있다고 생각해. 아주 중요한 숫자라고 생각하거든. 내 동포들은 미신을 잘 믿지. 마녀니 흡혈귀니 하는 것들이 자기들 사이에 섞여서 살고 있다고 생각해. 그들은 마법을 믿고 흉안(凶眼)*이 존재한다고 생각하며 저주와 그 저주를 막는 축복이 있다고 생각해. 기묘한 일들이 세 번이나 일어나 버리자—내 어머님은 그런 걸 쉬쉬하기는커녕 모두에게 떠벌리셨지—사람들은 너무도 쉽게 난 인간도 아니다란 식으로 믿어버렸던 거지."

그가 입술을 비틀며 기묘하게 미소지었다.

"알바니아 사람들은 아일랜드 사람들과 비슷하군요. 상상력 풍부하고 시적이고. 당신을 아주 특별한 존재로 떠받들었겠네요."

"그게 다 내 어머니 덕이지."

그는 속눈썹을 내리깔고 그녀를 바라보았다.

"내가 교활하고 꾀가 많은 것도 어머니를 닮아서 그런 거야. 그 덕에 지금의 내가 있는 거겠지만."

잠깐의 침묵이 지난 후 그는 다시 말을 이었다.

"그 특이한 소년의 이야기를 들은 알리는 호기심이 생겼지. 그래서 날 보러 찾아왔어. 알리가 나를 보는 동안 내 어머니는 당신께서 꿈꾸신 내 운명 얘기를 알리에게 했지. 아마 그런 꿈은 꾸신 적도 없을 거라고 생각해. 어머니는 아주 능숙한 거짓말쟁이였거든. 호사스런 삶을 살고 싶어서 알리를 속였을 거야. 좌우간 어머니의 거짓말은 효과가 있었어. 알리는 내 가족들을 궁궐로 데리고 갔거든. 구두쇠로 소문난 사

---

* Evil Eye. 노려보는 것만으로도 저주를 할 수 있는 능력을 지닌 눈동자.

람이었지만, 내 어머니의 거짓말을 믿고 서방인들 사이에서 서구 문물을 교육받으라고 날 외국으로 유학 보내 줬어. 이탈리아다, 프랑스다, 영국이다 이곳저곳을 돌아다녔지. 여기 영국에선 웨스트민스터와 옥스퍼드를 다녔어.”

귀족 자제들이 다니는 퍼블릭 스쿨의 억양이 묻어나오는 것도 다 이유가 있었던 것이다.

“그리 오랜 시간은 아니었어. 하지만 난 배우는 속도가 빨랐지. 결국엔 내 선생들의 실력을 뛰어넘고 말았어.”

이번에는 기나긴 침묵이 흘렀다. 라일라는 그 침묵을 깨뜨리기가 두려울 정도였다.

눈가에 주름이 패였다. 그는 다시 말을 했다.

“내가 말했다시피, 어머니가 예언한 내 미래란 것은 새빨간 거짓말에 불과했어. 하지만 난 그 말을 철석같이 믿고 자랐지. 청년이 되면서 내가 제일 먼저 한 생각은, 내게 예견된 운명으로 한 걸음 다가서려면 일단 알리를 왕위에서 끌어내려야 한다고 생각했어.”

그는 속눈썹 아래로 그녀를 흘끔 쳐다보았다.

“그때쯤엔 난 더 이상 그에게 빚이 없었어. 알리가 내 교육에 쏟은 돈은 내가 국가에 봉사하며 단 한 푼도 남김없이 갚았었지. 오히려 내 덕에 알리의 재산은 늘어만 갔어. 난 빚이 있다면 차라리 내 동포들에게 있다고 생각했어—적어도 오만하기 짝이 없는 그 시절엔 그렇게 생각했어. 그래서 폭군을 몰아내려고 계획을 세웠지만 실패로 돌아갔지. 알리는 내 반역 행위의 대가로 내게 독을 먹였어. 천천히 조금씩.”

목 뒷덜미의 잔털이 다 곤두서는 느낌이었다.

그는 부드럽게, 조롱하듯 웃었다.

“알리뿐 아니라 날 죽이려 했던 다른 많은 사람들도 다 아는 얘기지만 난 죽이기가 아주 힘든 인간이거든. 내게 충성을 바치던 하인 둘이 날 구해 주었지. 그 이후로 여러 개의 악연이 꼬이고 꼬여, 운명은 결국 날 퀜틴 경에게 인도해 주더군. 내 다양한 재능들을 생산적인—또

한 유익한—일에 이용할 수 있다는 것을 알아차린 사람도 퀜틴 경이
지. 그 이후로 내가 했던 일들은 아무리 당신에게라도 털어놓을 수가
없어. 거의 다 뱅뜨위뜨 사건과 몹시 유사했다는 정도로만 말할게."
　그는 스케치북을 내려놓았다.
　"내 유일한 예외가 당신이랄까. 전에도 여자들과 함께 일을 해본 적
은 있지만 그 누구와도 사적인 관계로 얽혔던 적은 없어. 여자들에게
내 마음의 평화를 위협받기도 싫고, 나 역시 상대방의 감정을 다치지
않게 하려고 조심한 편이었지. 상처받은 여자만큼 문제를 일으키는 존
재도 또 없으니까. 당신 때문에 어젯밤에는 마음이 상당히 복잡했었어.
이대로 파리로 돌아가 버릴까 하는 생각도 했었다고."
　홀린 듯 그의 이야기를 듣고 있다가 그녀는 굴욕감으로 굳어졌다.
　"그러는 당신 역시 골치 덩어리라고요. 오늘밤만 해도 조사를 그만 두
겠다, 앞으로는 영영 당신을 보고 싶지 않다란 말을 하려고 했었다고요"
　"쯧쯧, 설마 진심으로 이 사건에서 빠지고 싶은 건 아닐 텐데? 답을
알아내지 못한다면 평생 두 다리 쭉 펴고 자지 못할걸? 내 이름을 모른
다는 것만으로도 괴로워했잖아. 이제 당신이 부탁한 건 다 들어줬어,
아니 그 이상이야. 나 역시 더 이상 당신에게 감추기가 힘들었으니까.
어떤 수를 쓰건 결국엔 내게서 모든 비밀을 다 캐내고도 남을 여자야,
당신은."
　"그래서 기왕 그렇게 될 거 솔직하게 털어내 버리자, 그런 건가요?"
　"그래."
　"그래서 더 이상 귀찮게 굴며 난리 부리지 마라? 더 이상 문제 일으
키지 마라?"
　"알리 파샤의 하렘에는 300명도 넘는 후궁들이 있었어. 그 300명 모
두가 힘을 합해 날 괴롭힌다 하더라도 당신처럼 날 미치게 만들지는
못했을 거야. 300명이 갖은 수단을 써서 날 얼렀다 하더라도, 내 입에
서 내 이름조차 듣지 못했을 거야."
　그녀는 눈을 깜박였다. 후궁. 그의 인생 이야기를 들으면서 생각하지

못했던 점이 있었다. 그에게 아내가 있을지도 모른다. 수십, 수백 명이 넘는 후궁들을 거느리고 있었을지도 모른다.

"몇 명이에요?"

그녀가 쥐어짜듯 간신히 물었다.

"당신은 몇 명이나 거느렸죠?"

그는 허리끈을 만지작거렸다.

"여자 말인가? 아내, 첩, 뭐 그런 존재들?"

"네."

"기억도 나지 않는군."

"이스말."

그는 허리끈을 내려다보며 빙그레 웃었다.

"난 전혀 재미있지 않아요. 자기 아내가 몇인지 잊는 남자도 있나요?"

"당신의 입술에서 참 잘도 나오는군."

그가 부드럽게 말했다.

"내 이름 말이야."

"관둬요, 말하지 말아요, 그럼. 어차피 나완 상관없는 일이니까요."

하지만 상관하고 있잖아. 그는 벌써 그녀에게 너무도 많은 이야기를 털어놓았다. 그녀가 원했던 것은 그의 이름뿐이었는데도 말이다.

갑자기 자신이 그의 이름을 물었던 상황이 아프리만치 생생하게 떠올랐다. 이름만 가르쳐 주면 당신과 침대로 가겠노라 말한 것이나 다름없었다. 아니, 이름을 말해 주지 않더라도 결국에는 그와 동침하리란 것까지 인정하지 않았던가. 갑자기 목덜미가 따끔거리기 시작하더니 온 얼굴로 열기가 후끈 밀려들었다.

"어쨌거나 거기까지 얘기해 주셔서 고마워요."

그녀가 얼른 덧붙였다.

"비록 그 이유가 입막음을 하기 위함이었다 할지라도요. 그러니 이제 나도 입을 다물어야겠죠. 이번만큼은 당신도 거짓말을 한 게 아니니까. 뭐, 한두 가지쯤은 빼놓고 얘기 안 했을 수도 있지만, 프라이버시는 소중한 거잖아요. 특히나 당신에게는 더더욱 중요하겠죠. 위험한 일을 수없이 해왔으니 말이에요."

그녀는 종알종알 닥치는 대로 늘어놓았다.

"평생을 위험 속에 살았겠군요. 태어난 그 순간부터. 사람들은 당신을 죽이려고 갖은 수를 다 썼고, 지금도 당신 목숨을 노리는 사람이 있을지도 모르죠. 하지만 나 때문에 걱정할 필요는 없어요. 당신은 날 믿어 줬잖아요—그 점은 정말 고맙게 생각해요. 당신을 배신하지 않을 게요. 약속해요. 맹세할 수 있어요. 설령 목에 칼이 들어온다……."

"라일라."

그녀는 자신 무릎께에 놓인 쿠션을 뚫어져라 바라보았다.

"우리 집에 있는 쿠션이니 베개는 다 모아 온 것 같네요. 다락방에 있던 쿠션까지 여기에 있네."

"라일라."

부드럽게 달래는 듯한 그의 목소리.

"우리 두 사람 사이에 마무리지어야 할 일이 있어."

실크가 부스럭거리는 소리. 금색과 청색의 비단이 난로 불빛 아래 반짝거렸다. 그가 움직였다. 고양이처럼 우아하게 두 사람 사이의 거리를 바짝 좁혔다. 헐렁한 가운 같은 셔츠의 앞섶이 벌어지며 목 아래 움푹 패인 곳이라든가 대리석처럼 매끈한 넓은 어깨가 드러났다. 셔츠는 그의 온몸을 가리고 있으면서도 그의 몸 구석구석을 그대로 드러냈다. 근육질 팔이니 딱딱한 가슴 근육이니 하는 것들이 고스란히 셔츠 위로 내비쳤다. 한 마리 순수한 수컷…… 그가 다가오고 있다.

그녀는 움직일 수가 없었다. 숨조차 쉴 수가 없다. 벌써 방탕한 열기가 온몸을 휘감고 내려가다가 뱃속에서 고여 맥박치기 시작했다…… 굶주린 맹수 같은 열기.

그녀는 눈을 들어 그를 바라보았다. 교활하기 짝이 없는 그의 푸른 눈동자. 유혹.

"어젯밤에."

그가 말했다.

"네."

속삭임과 같은 말. 제대로 들리지도 않을 정도로 꺼져 가는 목소리.

"당신은 날 원한다고 말했어."

달아나. 머리 속에서 이성의 목소리가 울부짖었다. 그녀의 머리를 점차 지배해 가는 광경은 뜨거운 욕망에 열이 올라 몸을 꿈틀거리는 자신의 모습이었다. 그런 자신을 보는 프란시스의 비아냥거림이 섞인 웃음소리…… 그리고 수치심.

하지만 이제 달아나기엔 너무 늦었다. 이미 빠져들고 있었다. 전에도 수없이 그래 왔듯 갇히고 말았다. 악마의 그물에 뒤엉켜버렸다. 맨 처음 볼 때부터 이 남자를 원했었다. 지금도 그를 원한다. 이 아름답고 이국적인 남자를, 참을 수 없을 지경으로 원했다.

"네."

그녀는 무력하게 답했다. 깊이를 알 수 없는 푸른 눈동자 속에 빠져 죽을 것만 같았다.

"여전히, 어제보다 더."

"어제보다 더."

그가 꺼질 듯 부드럽게 되풀이했다.

그가 다가온다. 그녀의 오감이 그로 인해 채워진다. 눈부신 푸른색과 금색, 약동하는 그의 근육 위에서 속삭이는 소리를 내는 실크, 체온…… 그리고 체취. 그녀는 몸을 떨었다. 상대방의 체취를 맡고 상대를 의식하는 동물처럼. 하지만 욕망의 그 고갱이 속에서 떨고 있는 것은 두려움이다. 일단 터지면 막을 수 없을 자신의 광기 어린 절박함을 두려워하는 것이다. 관계가 끝나고 나면 그가 자신을 조롱하고 수치심을 안겨줄까 봐 두려웠다.

그가 손가락 끝으로 그녀의 뺨을 쓸어내리자 그녀는 몸을 떨었다. 욕망으로, 그리고 두려움으로.

"라일라."

그가 속삭였다.

"페르시아 어로는 '밤'이란 뜻이지. 당신은 나의 밤이야. 난 당신을 꿈꿨어."

"나도 당신 꿈을 꿨어요."

그녀가 떨리는 목소리로 말했다.

"아주 음탕한 꿈들을."

그에게 고백하고 싶다. 그에게 미리 경고를 하고 싶었다.

"난…… 착한 여자가 아니에요."

"그건 나 역시 마찬가지요."

그는 한 손으로 그녀의 머리를 쓰다듬다가 자신의 뺨을 그녀의 뺨에 부볐다.

"오늘밤에는 나도 착한 남자 역을 할 수가 없어."

그의 뺨이 귓가에 따스하게 와닿는다.

그녀는 전율했다.

"당신이 너무도 필요해."

그의 속삭임이 그리고 입술이 그녀의 귀를 스쳤다. 열기가 액체처럼 그녀의 몸 안으로 스며들어 와 손가락 끝까지 흘러 내려가는 느낌이었다. 그의 소매를 움켜쥐었다. 실크 아래 근육이 경련하는 게 느껴졌다. 억제하고 있는 힘이 그녀의 손을 통해 몸 안으로 맥박치며 흘러들었다.

점점 열에 들떠 가고 있었다. 자신의 귀를 간질이는 그의 따스한 숨결과 입술 아래 몸을 옴죽거리지 않고 어떻게든 참아 보려고 노력했다. 그녀는 그의 팔을 꼭 움켜잡았다. 이렇게 계속 뜸만 들이는 건 싫어. 이러다간 그에게 애원을 하게 될까 두려웠다.

"그러지 마. 스스로와 싸우지 마, 라일라."

그가 중얼거렸다.

"당신은 몰라요……."

하지만 끝까지 말할 수는 없었다. 그에게 진실을 털어놓을 수가 없었다.

"오늘밤 난 당신에게 내 신뢰를 줬어. 당신도 그렇게 해봐."

그는 자신이 어떤 사람인지, 누구인지 그녀에게 얘기해 주었다. 그 역시도 힘든 선택이었음을 그녀는 직감할 수 있었다. 자신의 정체를 밝히는 과정에서 그가 아주 뼛속 깊이 수치심을 느꼈다는 것도 안다. 자존심이 상했을 것이다. 아니, 그는 자존심 이상을 버렸다. 그녀를 위해.

그래서 그녀 역시 그를 신뢰하리라 결심했다. 그녀는 고개를 들고 그의 입술을 자신에게로 끌어당겼다. 입술이 겹치는 순간 그녀는 자신이 원해 왔던 대로 깊이 그리고 절박하게 그에게 키스했다. 그가 누구건, 과거에 무슨 일을 저질렀건, 앞으로 무슨 일을 하건, 그를 원했고 그를 사랑했다. 그녀는 그에게 매달려 입술과 혀로 대담하게 그를 찾았다. 그가 뜨겁게 그녀의 부름에 응답해 혀가 그녀의 입안으로 파고들었다. 대담하고 음탕하게, 그녀가 원했던 바로 그대로.

그가 자신의 몸을 마음껏 가져주길 바랐다. 자신의 몸과 영혼을 삼켜주길 바랐다. 그에게 소유당하고 불태워지고 완전히 삼켜지길 바랐다.

그녀의 손이 그의 실크 셔츠 아래로 들어가 딱딱한 근육질의 몸을 손가락 끝으로 어루만졌다. 그의 입에서 자신의 입술을 뗀 뒤 그의 목이며 쇄골이며 대리석 같은 어깨 피부에 키스를 퍼부었다.

"당신을 원해요."

그녀는 이제 더 이상 수치심조차 느끼지 않는다.

"너무도."

"아, 라일라."

그는 그녀를 베개 위로 끌어내리고 몸을 굴려 위로 올라왔다. 그녀는 그의 몸에 다리를 감고 그의 무게와 열기, 그리고 치마를 누르는 흥분으로 단단해진 그의 몸을 기쁘게 즐겼다. 그 사이 그는 그녀의 입을 강탈하듯 차지하고, 뜨겁고 리드미컬하게 입술과 혀를 움직였다. 그 리듬은 그녀의 근육에 박동 치고 혈관을 두드렸다.

그녀는 그의 등뒤로, 그녀의 손길 아래에서 사각거리는 비단 천 위로 손을 올리고 유혹의 말들을 속삭이며 그 매끄러운 등을 쓰다듬었다.

그녀는 그의 남자다운 몸매의 아름다움을 마음껏 즐겼다…… 군살 없
는 등과 허리, 그리고 탄탄한 엉덩이.

그는 신음하며 뒤로 물러났다.

"당신, 나를 좋아하는 것 같군."

그의 목소리는 잠겨 있었다.

"아, 물론이죠. 미칠 것 같아요."

그리고는 대담하게 보디스에 달린 단추로 자신의 손을 가져감으로써
그에게 자신이 어떤 기분인지를 보여주었다. 그는 이미 그녀의 몸을 본
적이 있었다. 숨길 것이 없었다. 숨기고 싶지 않았다. 그녀는 그의 손
이, 그의 입술이 자신의 몸에 닿기를 원했다. 하나씩 단추를 잡아당겨
풀기 시작했다.

그는 목에 뭔가 걸린 것 같은 소리를 내더니 그녀의 손을 밀어내고
재빨리 보디스를 풀어냈다. 그녀는 가만히 누워 있었다. 숨이 가빠 오
고 머리 속은 열기로 어둡게 가득 찼다. 점토인양 자신의 몸을 그의 손
에 맡기고 아주 조금씩만 몸을 움직여 옷을 벗겨내는 그를 도왔다. 그
의 것이 되고 싶었다. 그가 원하는 대로 자신을 다뤄 주기를 원했다.

그는 빠르게 움직였다. 그 조급한 움직임에 그녀의 심장은 기대감으
로 내달렸다. 그는 지독하게 열중한 눈빛으로, 거친 동시에 부드러운
손길로 그녀의 옷들을 벗겨내었다. 그리고 마침내 나신의, 갈망으로 몸
을 떨고 있는 그녀만이 남게 되었다.

그는 무릎을 꿇고 앉았다. 그의 시선이 천천히 여자의 전신을 훑어
내려갔다.

"당신이 원하는 것을 말해 봐."

그가 떨리는 목소리로 말했다.

"무엇이든지요. 당신이 원하는 것이라면 무엇이든."

그는 그녀의 턱선과 목 그리고 가슴을 손가락으로 스치듯 쓰다듬었다.

"좋아?"

"네."

그의 손길은 애무치고는 정말 나태한 것 같았지만 눈에 적나라하게 드러난 갈망은 다른 이야기를 하고 있었다.

"나는 당신의 손이 정말 좋아요. 당신의 입도, 눈도, 목소리도, 당신의 아름다운 몸도. 나는 당신의 밤을, 당신이 꾸는 꿈들을 모두 차지하고 싶어요, 이스말. 당신의 모든 것을 원해요."

그는 손을 휘둘러 띠를 풀어냈다. 가운이 열리고, 그녀는 숨이 막혔다.

"두려워?"

그의 목소리는 낮았고, 떨리고 있었다.

"네. 하지만 상관없어요."

정말로 상관없었다. 눈이 멀 지경으로 숨막히게 아름다운 남자. 지금 그녀 눈앞에 서 있는 남자를 미켈란젤로가 보았더라면 아마도 울면서 자기가 만든 다비드 상을 망치로 부셔버리지 않았을까. 넓고 곧은 어깨와 매끄럽게 근육이 붙은 상체가 점점 좁아지면서 군살 없이 팽팽한 허리로 이어지고 있었다. 그는 탄탄한 동시에 대리석처럼 매끄러웠다. 금빛의 고운 체모가 그의 가슴과 팔에서 반짝이고, 그보다 더 짙은 금빛이 허리 아래로 이어졌다.

그를 만지고 싶은 욕구에 그녀는 억지로 몸을 일으켰다.

"당신은 아름다워요."

그의 가슴을 쓰다듬으며 속삭였다.

그의 숨이 이 사이로 쉿 소리를 내며 새어나왔다.

"당신은 내 이성을 잃게 만들어, 라일라."

그는 그녀의 손을 밀어내었다.

"조심하는 것이 좋을 거야. 난 그다지 온순하지 않으니."

그는 재빨리 헐렁한 바지에서 빠져나와 그녀를 다시 밀어 눕히고 다리 사이에 무릎을 꿇었다. 그녀의 얼굴을 감싸고 그는 그녀에게 입을 맞췄다. 느린 손길로 쓰다듬어 내려가며 그녀를 소유하기 시작했다. 양 어깨, 팔, 팽팽한 젖가슴 그리고 그녀의 배까지. 너무나, 고통스러울 정도로 느리게.

그가 억제하고 있음을 그녀는 알고 있었다. 그럴 필요 없다고, 원한다면 자신을 갈기갈기 찢어놓아도 상관없다고 말해 줄 수도 있었다. 하지만 그녀는 그가 원하는 방식대로 자신을 차지하기를 바랐다. 지금 이 순간 그는 억제하기를 원했고, 그렇다면 그녀는 그가 원하는 대로 내버려두리라 마음먹었다.

그가 다시 입을 맞췄다. 그것은 깊고 느리고 에로틱한, 영원히 끝나지 않을 것 같은 입맞춤. 그녀는 그의 어깨로 손을 올리고, 그가 했던 것처럼 늘씬한 몸을 남김없이 맛보며 소유하듯 훑어 내렸다. 이스말은 그녀의 젖가슴을 감싸쥐었다. 그녀의 단단한 정점에 닿은 손바닥은 따뜻했다. 그 쾌감은 그녀가 알던, 꿈꾸었던 그 어떤 것보다도 화려했다. 처음으로 지나치게 풍만한, 마치 매춘부 같은 자신의 몸에 거부감을 느끼지 않았다. 그가 자신의 몸에서 느끼는, 그리고 그 몸에 그가 주고 있는 쾌감이 즐거웠다.

이스말이 몸을 구부려 가슴을 혀로 간지럽히자 그 감촉은 달콤한 감각의 물결을 이루며 라일라의 전신에 파도쳤다. 그녀는 그의 매끄러운 머리카락에 손가락을 묻고 그 파도치는 물결에 몸을 내맡겼다. 그러다가 그가 그 예민한 봉오리를 입에 머금고 한 번 살며시 잡아당기자 조금 더 거친 물결이 그녀의 피부를 따라 달렸다. 멈추지 말아요, 소리 없이 애원했다. 잠시도 멈추지 말아요. 달콤한 동시에 뜨거운 통증이 계속되었다.

그는 머리를 들어올리고 그녀를 바라보았다.

"당신을 아무리 가져도 만족스럽지가 않아."

"나도 마찬가지예요."

그녀는 그의 상반신으로 손을 미끄러뜨렸다가 흉터의 두꺼워진 피부에 손가락이 닿자 잠시 멈췄다. 그러나 잠시뿐이었다. 스스로를 억제할 수가 없었기 때문이다. 그녀는 계속 아래로 손을 미끄러뜨려 그의 탄탄한 복부 아래의 금빛 털에까지 이르렀다. 그 곱실거리는 털은 손끝에 부드럽게 느껴졌다…… 그녀는 계속해서 손을 움직여 그의 남성에 도달했다.

"맙소사."

그녀는 숨을 들이쉬었다.

"난 너무 음탕해요."

떨리는 손가락으로 그녀는 그를 만졌다.

그가 숨을 들이키는 소리가 들렸다. 그녀는 얼른 손을 치우고 눈을 들어 그를 바라보았다. 그녀의 얼굴은 붉게 달아올라 있었다.

"당신을 사랑해 주고 싶어요."

참지 못하고 그녀는 말했다.

그의 눈길이 그녀의 눈길과 얽히고, 그가 다시 그녀의 손을 이끌었다.

"만져 줘. 나는 당신 거야, 라일라."

그는 그 고동치고 있는 열기를 향해 그녀의 손을 이끌었다.

"당신 것."

그의 목소리는 더 낮아지고, 거칠어졌다.

"그리고 당신은 내 거야."

그는 그녀의 손을 밀어내고 그녀가 한 것과 똑같은 행위를 그녀에게도 해주었다. 그녀의 욱신거리는 피부를 훑어 내리다가, 조금 더 부드러운 손길로 다리 사이 부드럽고 곱실거리는 털을 훑었다. 그의 손가락들이 그곳의 부드러운 살을 쓰다듬고는 욕구의 증거로 젖은 정열의 핵심으로 미끄러져 들었다. 그리고는 가볍게 그의 엄지손가락이 그 예민한 봉오리를 스쳐, 그녀는 숨막힌 신음을 내뱉었다. 그리고 또 한 번, 그의 손가락들이 몸 안으로 미끄러져 들어오자 그녀는 신음했다.

그 이후로 그녀는 이성을 잃었다. 그는 그곳의 섬세한 틈새들을 쓰다듬어 그녀가 이전에는 전혀 알지 못했던 숨겨진 곳들을 찾아내고, 뭐라 불러야 할지 알 수 없는 짜릿한 감각들을 선사했다. 너무나도 감미로운 그의 손가락들이 그녀를 광란케 했다. 그의 손 아래에서 그녀는 떨고 진저리를 치며 온몸을 긴장시켰다. 의지력, 이성, 자제력은 사라져버렸고 그녀는 어떤 어두운 급류에 휩쓸려 의지할 데 없이 그 물살에 몸을 맡겼다.

낮고 소름끼치는 소리들이 그녀의 목 깊은 곳에서 터져나왔다. 비명도 그녀의 전신을 따라 달리는 뜨거운 물결을 막을 수는 없었다.

그 파도들은 높이 솟았다가 그녀의 귀를 울리는 굉음을 내며 부서졌다. 그리고 또다시 솟았다가 부서지며 그녀를 오히려 더 높은 곳으로 내던졌다. 그런데도 그는 계속해서 몰아갔다. 그녀의 지식이나 상상 밖의 어떤 곳, 암흑의 광희(狂喜)로. 순간 빛이 폭발했다—눈이 멀 듯한…… 해방.

그녀는 오직 그 감각에만 매달렸다. 쾌감이 전신으로 폭포처럼 쏟아져 내렸다. 멍한 그녀에게 그의 낮고 거친 목소리가 들려왔다.

"이리 와, 라일라. 이리 와서 나를 사랑해 줘."

단 한 번에 와락 밀고 들어가 그는 그녀의 몸으로 자신의 몸을 감쌌고, 그녀는 자신의 몸을 이스말의 몸으로 채우기 위해, 필사적으로 그를 깊이 받아들이려고, 열망을 담은 환영의 몸짓으로 등을 휘었다. 그는 강하게, 가차없이 움직이며 사납게 그녀를 가졌다. 강렬하게 그녀를 요구했다. 그는 힘의 결정체였다. 그녀는 바로 그런 것을, 자신의 몸을 갈기갈기 찢어놓을 듯한 격렬한 정열을 원했다. 그것은 광포인 동시에 환희였다.

그녀는 그를 자신에게로 끌어내려 입과 탐욕스러운 두 손으로 그에게 낙인을 찍었다. 그가 자신과 함께였기 때문에, 그리고 자신이 그의 것이고 그에게 소유당하며, 그를 소유하고 있었기 때문에 이제 그녀는 더욱 우레같이 울리는 높은 파도를 타고 솟구치고 있었다.

"사랑해요."

그녀는 헐떡였다.

"당신을 사랑해요, 이스말."

"라일라."

낮고 거친 고함 소리와 함께 그의 힘이 깊이 파고들어 그녀의 전신을 관통했다. 그 힘은 희고 맹렬한 한 줄기 번개처럼 어두움을 갈라 몰아내고 그녀를 산산이 부셔버렸다.

　점점 정상으로 돌아오는 심장 박동 위로 시계의 초침 소리와 장작불이 타오르는 소리가 겹쳐 들렸다. 창 밖에선 비가 주룩주룩 내리고 있다. 조심스럽게 몸을 떼자 그녀는 얼굴을 찡그렸다.
　이스말은 부풀어오른 그녀의 입술에 스치듯 키스를 해주곤 옆으로 돌아누워 그녀를 품안에 끌어안았다. 부드럽고 따스한 그녀의 몸. 피곤해서인지 축 늘어져 있었다. 열정의 후유증으로 젖어 있는 보드라운 피부.
　마침내 내 것이 되었다.
　그를 사랑한다고 말했다. 그녀의 사랑의 무게가 그를 누른다.
　전에도 다른 이들의 사랑을 받아 본 적이 있었다. 하지만 단 한 번도 자신의 감정이 움직인 적은 없었다. 변질되기 쉬운 사랑이란 감정을 주고받는 것은 어리석은 짓임을 이미 예전에 깨달았기 때문에. 천국을 지옥으로 바꿔놓을 수 있는 것도, 지옥을 천국으로 바꿔놓을 수 있는 것도 모두 다 사랑이다.
　어젯밤 이래 그의 인생은 수없이 바뀌었다. 그녀가 본명을 알려달라고 간절하게 애원하던 것이 떠올랐다. 그녀의 그 말이 그의 심장에 커다란 구멍을 뚫어놓았다. 죽을 만큼 괴롭지는 않았지만, 그래도 만만치 않은 고통을 느꼈었다.
　그 고통을 치유하는 방법은 단 하나, 자신의 심장에 구멍을 뚫은 여인을 취하는 것이었다. 그녀는 자신의 사랑을 그에게 바쳤다. 오늘밤 그녀를 찾기 전 이미 알고 있었다. 그녀의 사랑은 순식간에 독니를 드러내고 자신을 물 수 있는 독사란 것을.
　그럼에도 불구하고 그는 그녀가 원하던 것을 들어주었다. 어차피 그에겐 선택의 여지가 없었다. 가만히 예상했던 대로 독사가 자신에게 덤벼들길 기다렸다. 그녀가 자신을 거부한다 해도 죽지는 않을 거라 생각했었다. 차라리 마음 후련할 거란 생각도 들었다. 그녀에게 빠져 허우적거린 게 벌써 일년이 넘었으니까. 그녀에 대한 갈망도 다른 모든 감정처럼 언젠가는 사그라들 거라 생각했었다.

하지만 운명은 그렇게 생각대로 풀리는 게 아니다.

운명이 그녀를 그에게 안겨주었다. 이제 자신의 앞날은 그녀에게 달려 있음을 그는 뼈저리게 실감하고 있었다. 변질되기 쉬운 사랑이라 믿지 않겠다느니 어쩌느니 하는 말은 이제 소용없었다. 그녀를 잃을까 봐 진심으로 두려워졌다.

라일라를 끌어당겨 부드러운 머리카락에 얼굴을 부볐다. 그녀가 졸린 몸짓으로 꼼틀거리다가 갑자기 고개를 뒤로 확 젖히고 놀란 표정으로 그를 바라보았다.

"잠이 들었었나 보군."

입가에 절로 미소가 피어올랐다.

"마침내 암호랑이 마님께서도 만족을 하신 모양이지, 잠에 빠진 걸 보면. 자기만 잠들다니 역시 고양이과의 동물들은 전부 다 이기적인가 봐."

그녀의 뺨이 확 달아올랐다.

"어쩔 수가 없었잖아요. 내가, 당신이, 그러니까……."

"엄청나게 요구를 해댔었다?"

그가 대신 말을 맺어 주며 그녀의 눈썹에 키스했다.

"네. 그런데……."

그녀가 입술을 깨물었다.

"얘기해 봐."

"정확하겐 모르겠어요."

"그럼 대강이라도 좋으니 얘기해 봐."

그녀의 매끈한 등줄기를 쓰다듬었다. 그녀는 자그마한 한숨을 내쉬었다.

"전에는 한번도 이런 적이 없어요."

그녀는 엄지손가락으로 그의 가슴에 자그마하게 원을 그렸다.

"당신 때문인지, 아니면 내가 완전히 착각하고 있었던 건지 모르겠네요."

그녀는 쑥스럽다는 표정을 지으며 설명을 했다.

"사랑의 행위란 걸 뭐랄까, 땀띠 같은 거라고 생각했었거든요."

"땀띠?"

그가 무표정하게 물었다.

"긁으면 긁을수록 가려워지는 그런 거 있잖아요."

한마디로 말해 남편이 그녀를 만족시키지 못했다는 뜻이군. 어떻게 생각하면 당연하다. 아편과 술을 상습적으로 해댄 남자에게 정력이 남아 있을 리가 없다. 뿐더러 보몬트라면 분명 그 탓을 그녀에게 돌렸을 게 뻔하다.

"영국 남자와 살면 그게 문제라니까. 영국 남자들은 배운 적이 없어서 여자를 어떻게 다뤄야 하는지 몰라. 여자는 약하고 나약한 존재라 생각하며 자라지. 그래서 여자를 이해도 못하고 이해해 보려는 노력도 하지 않아. 알바니아 남자들은 그렇게 무식하지 않거든. 우린 갓난아기 때부터 여자들은 힘이 세고 위험하다고 배워."

"정말요?"

그녀의 얼굴에 엷은 미소가 드리워졌다.

"그래서 당신네 나라에선 여자들을 하렘에 가둬두는 건가요?"

그는 씩 웃었다.

"물론. 또한 다른 남자가 훔쳐가지 못하게 감춰놓자는 의도도 있어. 여자들은 고양이 같은 존재야. 독립적이고, 도무지 예측할 수가 없지. 여자가 해달라는 대로 다 해. 죽으라면 죽는 시늉까지 해. 그런데 어느 날 다른 남자가 그녀 집 앞 창문을 지나가다가 이렇게 말을 해. '아, 아름다운 이여. 당신의 이글거리는 눈동자에 내 심장은 완전히 익어버렸소. 하이데, 쉬피르티 임. 나에게 와요, 내 영혼.' 그리고 여자를 손짓해 불러. 그러면 어제까지만 해도 내 여자였던 사람이 날 완전히 잊고 날아가 버리지. 어제 잡아먹은 불쌍한 참새는 까맣게 잊고 새로운 먹이를 찾아나서는 거야."

그녀는 웃음을 터뜨렸다. 달콤한 그 소리가 그의 피부를 간지럽히며 심장까지 따스하게 데웠다.

"심장이 익었다고요? 불쌍한 참새라. 참 로맨틱하게도 말하네요."

"정말이라니까. 여자는 조종할 수가 없는 존재야. 그저 일시적으로 충족시켜 주는 게 전부이지."

"그렇군요. 한마디로 내 입을 막으려고 한 얘기……."

"아, 당신을 웃겨 주려고 한 얘기지. 끈 달린 공으로 고양이와 장난 쳐 주는 거랄까."

"그런 거면 성공했네요. 완전히 푹 빠졌고, 사로잡힌 데다가 만족하기까지 했으니까요."

"다행이로군."

그가 그녀의 귀를 살짝 핥았다. 그녀는 까아 하며 몸을 뺐다.

"하지 말아요. 당신이 그러면 난 미칠 것 같아."

"알아."

다시 몸이 흥분하고 있었다. 그는 부드럽게 그녀를 놓아주고는 상체를 비스듬히 일으켜 팔꿈치로 지탱했다.

"당신은 쉽게 불이 붙는 체질인가 봐."

가볍게 그녀의 가슴을 애무했다. 조각처럼 매끈하고 새하얀 그녀의 가슴. 한 손으로 쥐면 넘칠 만큼 풍만한데다가 탄력도 좋았다. 그녀는 너무도 아름답고 열정적이다. 수많은 남자들을 울릴 만하다.

"너무 쉽게 타올라서 날 두렵게까지 하지만, 다행히 난 알바니아인이지 뭐야. 위대한 전사의 아들이잖아. 난 할 수 있다고."

"그뿐인가요? 마법사의 아들이기도 하잖아요."

그녀의 황갈색 눈이 어두워지기 시작했다.

"그렇게 말하고 보니 기분이 좀 나아지네요. 적어도 평범한 남자와 바람난 게 아니라서요."

그는 장난스럽게 혀를 끌끌 찼다.

"바람이라니. 우린 서로를 진심으로 아낄 뿐더러, 둘 다 누군가에게 매인 몸도 아니라고."

“매인 몸이 아니에요?”

그녀가 그의 말을 잘랐다.

“당신 아내들은 다 어쩌고요?”

그는 검지손가락으로 그녀의 가슴 위에 자신의 이름을 썼다.

“그 아내 문제에 계속 신경을 곤두세우는구만.”

그는 한숨을 내쉬었다.

“오늘밤엔 더 이상 취조를 당하지 않겠노라 맹세를 했거든.”

그는 그녀에게 다가가 다리 사이에 자리를 잡았다.

“당신 관심을 다른 곳으로 돌려놓아야겠네.”

그는 손가락으로 그녀의 아랫배를 쓰다듬었다.

그녀의 눈이 크게 벌어졌다.

“어머, 안 돼요. 다시 한 번 했다가는, 아, 아, 아.”

그의 손가락들이 그녀의 예민한 여성을 가볍게 스치고 지나가자 그
녀는 신음했다.

“메상(사악한 여자 같으니).”

깃털이 스치듯, 예민한 정점을 애무하며 그가 중얼거렸다.

“정말 욕심 많은 고양이라니까. 원하는 것을 다 주었는데도 만족할
줄 모르는 이 배은망덕한 여자 같으니.”

그녀의 눈은 흐려지고 있었다.

“맙소사. 아, 안 돼요 아, 아, 아, 아.”

그는 몸을 구부려 깃털 같은 키스를 하며 그녀의 가슴 위로 입술을
끌고 가다가 떨고 있는 꼭지를 이로 물었다. 낮은, 항복의 신음 소리로
대답하고 그녀는 그의 머리카락에 자신의 손가락들을 묻었다.

이스말은 미소지으며 입술과 혀, 이로 그녀의 매끄러운 피부를 간질
이며 천천히 아래로 입술을 끌어갔다.

그가 더 아래로, 열기의 중심까지 훔쳐내자 그녀는 숨을 들이쉬고
그의 머리카락을 잡아 당겼다. 라일라는 이미 욕망으로 촉촉했다. 그는
좀더 오래, 달콤하게 그녀를 사랑하고 싶었다. 너무 야만인처럼 그녀를

취했었다. 이제는 여유 있게, 즐기면서 그녀를 정복해 줄 생각이었다. 이스말은 섬세한 봉오리에 자신의 혀를 퉁겼다. 그녀의 신음이 근육에 고동치고, 루트의 선율처럼 그의 심장을 울렸다.

그녀는 밤이었다. 그 밤은 어두운 쾌락으로 끈적이는 뜨거운 꿀이었다. 그의 혀 아래 자제력을 잃은 그녀는 그의 것이었고, 그녀의 부드럽게 떨리는 외침 소리들은 그만을 위한 것이었다. 이스말은 자신이 그녀에게서 끌어내고 있는 욕망을, 그녀의 비밀스러운 여성에서 느껴지는 촉촉하고 따스한 기운을 마음껏 즐기며 그녀를 희롱하고 애태웠다. 다시 한 번, 또다시 한 번 그는 그녀를 쾌락의 절정으로 몰아갔고, 절정의 몸부림이 자신의 몸을 관통하며 맥박칠 때마다 자신의 지배력에 도취되었다.

"제발, 이스말."

그녀는 그의 머리카락 속에 파묻은 두 손을 주먹 쥐었다.

"제발."

그녀는 헐떡이며 말했다.

"들어와 줘요."

그는 그녀의 몸 위로 올라가 자신의 몸을 그녀의 열기에 가져다댄 채 득의만만한 미소를 지었다.

"이렇게 말이야?"

그녀의 매끄러운 중심부로 천천히 들어가며 허스키한 소리로 물었다.

"아, 그래요."

이번에는 천천히, 다정하게. 달콤하고 뜨거운 그녀. 자신이 들어와 주기를 원하는 그녀. 그녀는 그의 것이다. 그를 향해 열린 그녀의 몸이 환영하며 그를 조이듯 감쌌다. 그녀의 몸은 그가 이끄는 대로 에로틱한 리듬에 맞추어 움직이며 연인들의 춤을 추었다.

그녀는 밤이었다. 그리고 그 밤은 고향의 음악처럼 낮고 아프게 그의 심장을 울리며 노래했다. 그녀는 소나무들 사이를 지나며 노래하는 이오니아의 바람이었다. 그의 바짝 마르고 외로운 심장을 적시며 흐르는 빗줄기였다. 바다였고, 산이었으며 하늘로 날아오르는 독수리, 굽이 치는 강이었다. 그가 잃어버린 그 모든 것이었다. 그녀에게서 그는 자기 자신을 발견했다. 그녀의 것이 되어버린 이스말을.

그녀가 그를 향해 손을 뻗자 그는 자신을 환영하는 그녀의 품으로 기쁘게 가라앉아 취할 듯 독하고 뜨거운 그녀의 입맞춤을 들이켰다. 그녀의 정열은 혈관을 따라 달리며 불을 붙이는 독한 위스키였다.

열정의 음악 소리가 더욱 커지고 그들의 리듬은 더 강하고 빨라지며 아파시오나토*로 변해 갔다.

그녀는 열정이었다. 그리고 그 열정은 광란의 춤, 야성적인 밤의 노래였다. 그녀는 그와 함께 폭풍우 같은 하모니에 휩쓸리며 그에게 매달렸다. 두 사람은 서로를 부둥켜안고 함께 크레센도**로 달려갔다.

그러고 나서 그녀는 영원이 되었다. 영원은 별들이 불타오르고 있는 광활한 밤하늘이었다. 그의 가난한 영혼이 그녀를 향해, 그 무한한 공간을 향해 손을 뻗었다.

라일라, 나와 함께 있어 줘. 나를 지켜 줘.

그녀는 그곳에 있었다. 그녀의 입술로 그의 입술을 차지하고, 강하고 아름다운 두 손으로 그를 꼭 끌어안은 채. 자신의 불타오르는 별, 그녀는 그곳에 있었다.

그리고 찾아온 환희는, 데일 듯 뜨거운 금빛 불꽃의 폭발이었다. 그는 한순간 불타오르다가 마침내 소멸하여 그 무한한 공간으로 추락했다.

---

* appassionato. 음악 용어로 열정을 가지고 연주하다라는 의미.
** crescendo. 음악 용어로 점점 강하게.

14

나가기 전에 기다릴 필요 없다고 말해 두었음에도 불구하고, 닉은 동틀 녘이 다되어 집에 돌아온 이스말을 잠도 자지 않고 기다리고 있었다.

"앤드루 헤리어드가 돌아왔습니다."

닉이 주인의 모자와 외투를 받아들며 말했다.

"그자는—도대체 주인님 크러뱃 꼴이 그게 뭡니까?"

이스말의 목에 대롱대롱 매달려 있는 잔뜩 구겨진 리넨 크러뱃을 보며 닉이 얼굴을 찌푸렸다.

"설마 다른 사람들이 주인님의 이런 모습을 본 건 아니겠지요? 그건 그렇고 옷가지들이 왜 이것밖에 없는 거죠? 나머지는요? 설마 거기에 남겨두고 오신 건 아니겠지요?"

이스말은 자신의 실크 가운을 입은 라일라를 떠올렸다. 터번처럼 머리에 두른 자신의 머리띠, 풍만한 엉덩이에 간신히 매달려 있던 자신의 바지, 거기에 감싸인 길고 날씬한 다리를 떠올렸다.

"도둑 맞았어. 헤리어드 얘기는 어디서 들은 거야? 4월 초순까진 영국을 떠나 있을 거라고 하던데?”

“주인님이 나가시고 나서 채 십 분도 안 되어서 브렌트머 미망인께서 그 소식을 가지고 찾아오셨었죠. 약속이 있으셔서 더 기다리지 못하시고 그냥 돌아가셨습니다.”

이스말은 계단으로 향했다.

“브렌트머 미망인 얘기는 아침에 듣기로 하지.”

“주인님께선 아직 모르시나 본데, 지금이 벌써 아침인뎁쇼.”

닉이 그 뒤를 졸졸 따라가며 말했다.

“그러면 내가 잠든 다음에 혼자 떠들어 보든가. 나 피곤해.”

“피곤하긴 저도 마찬가지입니다. 글로 써서 남겨두는 걸 주인님께서 싫어하시니까 혹시라도 잠이 들면 세세한 부분을 잊어버릴 것 같아서 여태까지 잠도 못 자고 깨어 있었다는 거 아닙니까?”

이스말은 침실로 들어가 크러뱃을 푼 뒤 침대 가장자리에 앉았다.

“그럼 얘기해 봐.”

그는 부츠를 벗기 시작했다.

“레이디께서 오늘 오후에 정보원으로부터 보고를 받으셨답니다. 첫 번째, 12월 말경에 랭포드 공작은 존재하지도 않는 회사의 지분을 이천 파운드어치 매입하셨다고 합니다.”

“아.”

이스말이 오른쪽 부츠를 내려놓으며 말했다.

“말이 되는군. 어차피 에이버리 경의 용돈이래 봐야 푼돈에 불과하니까, 차라리 그 아버지에게서 돈을 짜내는 편이 보몬트에겐 더 짭짤했겠지. 하지만 위험부담은 훨씬 더 컸을 텐데.”

“죽기를 작정하지 않고서야 그랬을 수가 없지요. 왜냐하면 말입니다—이게 사실 두 번째 정보인데요—랭포드 공작에겐 화류계나 어둠의 세계 쪽에 친구가 몇 있는 모양입니다. 어두운 골목길에서 마주치고 싶지 않은 억센 사내들 있잖습니까. 또 헬레나 마틴이라고, 그 세계에선 제법 유명한 고급 매춘부를 친구로 두셨더군요. 그녀가 사는 집의

실 소유주가 랭포드 공작이랍니다."

"거 아주 흥미로운 얘기로구만."

이스말은 왼쪽 부츠를 벗어 바닥에 내려놓았다.

"퀜틴 경에게 듣자 하니 헬레나는 어릴 때 제법 솜씨가 좋은 도둑이었다더군."

그 얘기를 처음 들었을 때는 별로 신경 쓰지 않았고, 중요한 단서란 생각도 하지 않았었다. 런던 슬럼가에 사는 수백 명도 넘는 아이들이 살아남기 위해 몸을 팔고 도둑질을 했다. 헬레나 마틴은 그곳을 벗어나 더 높은 곳으로 올라간 극히 드문 경우 중 하나일 뿐이다. 도둑질에 능한 매춘부는 요긴하게 쓸 수 있다. 분명 보몬트도 파리에서 그런 여자들을 고용했을 것이다.

"예에, 어쨌건 간에 그녀가 도둑이었다는 게 세 번째 정보였습니다. 레이디께도 그 정도는 주인님이 이미 알고 계실 거라고 말씀드렸고요. 네 번째는 퀜틴 경의 부하들이 보몬트의 집에서 협박에 사용되었을 만한 문서는 하나도 발견하지 못했다는 점을 잊지 말라고 분부하셨습니다."

이스말은 고개를 끄덕거렸다.

"그렇지. 애초부터 집안에 두질 않았거나 아니면 누군가 훔쳐갔다는 뜻이겠지."

그는 고개를 들어 닉을 바라보았다.

"그래서 헬레나가 랭포드 공작을 위해 그 문서들을 훔치기라도 했다는 뜻인가?"

"원래 능숙한 도둑은 사람들이 중요한 걸 어디에 숨기는지 딱 보기만 해도 알잖아요. 보몬트는 아내가 집을 비우면 매춘부들을 집안으로 끌어들이곤 했다던데, 헬레나가 전에도 그 집에 가본 적이 있을지도 모르죠."

"문제는 말이야, 일단 서류들을 훔치고 난 다음에는 보몬트를 죽일 필요가 없어진다는 거지."

이스말이 셔츠를 벗어 닉에게 던져주었다.

"헬레나에게 나름대로 이유가 있었을지도 모르죠. 아니면 랭포드 경이 보몬트를 아예 제거하는 편이 더 안전하다는 판단을 내리셨거나요."

"그럴싸한 가설이야. 하지만 그 이상은 못돼. 심증 말고 좀더 확실한 물증이 필요하다고."

닉은 잔뜩 구겨진 셔츠를 내려다보며 얼굴을 찡그렸다. 한참 지난 후에야 간신히 대답했다.

"네, 뭐, 심증뿐이죠."

"할 얘기는 다 한 건가? 이제 나 좀 자도 될까?"

닉은 고개를 저었다.

"다섯 번째도 있습니다."

"과연 잊어버릴까 봐 잠도 못 자고 기다렸을 만하군. 늙은 마녀가 상당히 많이 떠들고 갔나 보네."

"늙은 마녀께서 그 동안 좀 바쁘게 정보를 모으신 모양입니다. 제가 아는 다른 어떤 분과는 달리 말이죠."

"지긋지긋한 사건이야."

이스말이 하품을 했다.

"지겨운 일은 다 너와 브렌트머 미망인께 맡기고 싶어. 아, 부탁이 있는데 사건은 빼고 간략하게 남은 정보만 추려서 말해 줘."

닉이 이를 악물었다.

"좋습니다, 나으리. 다섯 번째, 브렌트머 미망인께선 보몬트 부인의 재정 상태에 관한 정보를 입수하셨다고 합니다―어떤 경로로 입수하셨는지는 말씀하시지 않으셨습니다. 부인의 재산을 관리하는 앤드루 헤리어드 씨의 날카로운 감각 덕에……."

"그 사람 이름은 알고 있어."

이스말이 말을 잘랐다.

"보몬트 부인의 수입도 상당히 되는데요, 현명하게 투자를 했던 탓에 재산이 꽤 된다고 합니다. 헤리어드 씨가 몇몇 곳에 위험을 무릅쓰고 과감하게 투자를 했는데, 그게 또 다 잘 풀린 모양이에요."

“이미 다 알고 있던 사실이로군.”

“네, 그 점에는 이상할 게 하나 없었죠. 그런데 이상한 점이 하나 있더라 이겁니다.”

닉이 거창하게 뜸을 들이는 동안 이스말은 인내심을 갖고 기다렸다.

“보몬트 부인이 맨 처음에 딱 천 파운드를 가지고 시작했다는 것이죠.”

“그게 뭐? 부인의 아버지 되는 사람이 파산을 했다고 하지 않았나?”

“그건 그렇습니다만, 브렌트머 미망인이 생각하기론 보몬트 부인이 적어도 그 이상의 돈을 상속받았을 거라 했습니다. 부인께서 파리에 있는 은행과 직접 접촉을 해보시겠다고 했습니다―아, 이게 여섯 번째 보고였습니다. 헤리어드란 변호사가 보몬트 부인의 뒤를 돌봐주기 전에 보몬트가 먼저 구좌에 손을 댄 게 아닌가 하고 의심을 하시더군요.”

“도대체 레이디께서는 무엇 때문에 그렇게 귀찮은 일을 하시려는 건지 이해가 안 가는구만.”

이스말은 미미한 짜증이 배어나오는 투로 말했다.

“십 년도 전의 일인데 말이야. 어차피 보몬트라면 고아가 된 소녀로부터 돈을 훔치고도 남을 인간 아닌가? 조사를 했더니 보몬트가 정말로 그랬다 치자. 그래 봐야 아아, 보몬트가 그런 짓도 저질렀구나 하고 넘어갈 뿐 아닌가? 보몬트 부인이 남편을 죽인 것도 아닌데, 그게 이번 사건과 무슨 연관이 있다는 건지 모르겠군.”

“저도 브렌트머 부인께 그렇게 말씀을 드렸지요. 부인께선 그런 건 제가 판단할 바가 아니니 그냥 듣기만 하라고 하셨습니다. 일곱 번째 정보입니다.”

“진짜 인내심이 바닥날 지경이로군!”

이스말은 베개에 고개를 묻고 눈을 감았다.

“도대체 몇 번째 항목까지 있는 거야? 네 말이 다 끝나면 난 꼬부랑 노인이 되어 있겠다.”

“다음 번에는 부인더러 기다렸다가 직접 말씀을 전하시라 이르지요. 어디 한 번 그분에게도 사건을 말하지 말라고 말씀해 보시지요. 제가 말씀드린 건 부인이 하셨던 말의 반도 채…….”

“일곱 번째 이야기나 듣지.”

이스말이 싸늘한 목소리로 말했다.

“네네, 알아서 모십죠. 일곱 번째,”

닉이 이를 갈 듯 말했다.

“외국에서 들어온 소식이랍니다. 터키에서요.”

이스말이 눈을 번쩍 떴다.

“제이슨 브렌트머 씨께서 세 달 전 콘스탄티노플을 떠나셨다고 합니다. 집으로 돌아오시는 길이랍니다. 아마 주인님께서 이 소식을 알고 싶어하셨을 거라고 부인께서 말씀하셨습니다.”

그 말을 끝으로 닉은 방을 나서 쾅 소리나게 문을 닫았다.

라일라는 가슴 계곡 사이로 땀방울이 또르륵 굴러내리는 것을 또렷하게 느꼈다. 다행히도 겹겹이 입은 옷 덕분에 주위 사람들은 눈치를 채지 못했다.

레이디 실즈의 야회 모임이었다. 주위에선 두 남자가 프랑스의 정치 문제를 놓고 토론을 벌였다. 그 중 한 명은 앤드루 헤리어드, 그녀를 보호하듯 주위를 맴돌며 조용조용 신사의 우아함을 뿜어내고 있다. 또 한 사람은 눈부시게 새하얀 리넨 셔츠에 검정색으로 보일 정도로 짙은 군청색 외투를 입고 주위의 이목을 한눈에 잡아끄는 남자. 앤드루 아저씨가 병아리 지키는 암탉처럼 행동할 수밖에 없게 만드는 남자. 콩트 에스몽이라 불리는 남자였다.

앤드루 아저씨가 예정보다 2주나 빨리 런던으로 돌아온 것도 혹시 백작 때문이었을까.

오늘 낮에 앤드루 아저씨가 집으로 찾아왔었다. 예의 조용조용한 어조로 그녀가 걱정된다는 말을 털어놓았다. 갸스빠르와 엘로이즈는 마음에 든다고 말했다. 두 사람은 어느 모로 보나 입 무겁고 매너 훌륭하고 바지런하기 짝이 없는 하인들이었으니까. 집이 그 어느 때보다 반짝

반짝 빛났다. 심지어 그녀의 아틀리에에도 어젯밤 이스말과 나눈 열정의 흔적은 찾아볼 수도 없었다. 먼지 하나, 실오라기 하나 떨어진 것 없이 깔끔하기만 했다. 마치 아무 일도 일어나지 않았다는 듯.

하지만 무슨 일이 일어났었다는 것은 누구보다도 그녀가 제일 잘 알고 있다. 앤드루 아저씨와 얘기하는 내내 양심에 걸려 견딜 수가 없었다. 마치 어린 시절로 돌아간 것 같았다. 자신을 조용히 타이르던 아저씨의 목소리가 떠오를 것 같았다.

그녀는 앤드루 아저씨의 기대를 또다시 저버렸다. 그리고 이제는 타락해 버렸다. 타고나길 음탕하게 타고난 걸 어쩌랴. 하지만 그렇다 한들 상관없었다. 대다수의 재범(再犯)들이 그러하듯 꼬리만 밟히지 않으면 된다는 생각까지 하고 있었다.

진정 조너스 브리지버튼의 혈통을 정통으로 계승한 딸이 아닐 수 없었다.

이스말은—아니, 지금은 에스몽이지—전혀 도움을 주지 않았다. 앤드루 아저씨가 자신의 가장 친한 친구라도 되는 양 물고 늘어져 호감을 사려고 무척이나 노력하고 있었다. 앤드루 아저씨 역시 풋내기 애송이가 아닌지라, 그런 에스몽의 의도를 감지했을 것이다. 어쨌건 라일라는 지금 어젯밤의 뜨거운 기억을 떠올리지 않으려고 진땀을 빼고 있었다.

"샤를 폐하*께 누가 좀 간언을 드렸으면 좋겠다고 생각해요."

앤드루 헤리어드가 말했다.

"저도 동의합니다. 중산 계급 시민의 반감을 사봐야 도움될 것 하나 없지요. 배상법** 때문에 희생을 치른 계층도 바로 그들이 아닙니까. 그러더니 신성모독법***으로 또 한 번 그들의 감정을 자극했지요. 그

---

* King Charles. 1824~1830년까지 재위한 프랑스의 국왕 샤를 10세를 의미.
** Law of Indemnity 프랑스에서 1825년에 제정된 법으로 프랑스 혁명 때 토지를 몰수당하고 국외로 망명한 왕당파 귀족들에게 빼앗긴 토지를 배상해 주는 것을 내용으로 함. 이 법은 결국 1930년 일어난 7월 혁명의 도화선이 된다.
*** Law of Sacrilege. 1828년 프랑스에서 제정된 법으로 교회를 공격하는 자는 사형에 처한다는 것이 내용이다.

러고 나선 근위대를 해산시켜 버리지 않았습니까. 마티냑*을 수상으로 임명한 것은 아무리 봐도 부주의한 처사셨습니다.”

에스몽은 고개를 설레설레 흔들었다.

“세상이 바뀌었어요. 아무리 프랑스 국왕이라 할지라도 예전의 영화를 되찾을 수 없다 이 말입니다. 앙시엥 레짐므**으로 돌아갈 수는 없는 거예요.”

“하지만 과거로 돌아가고 싶어하는 귀족들만 탓할 수도 없는 노릇이죠.”

앤드루 헤리어드가 말했다.

“가까운 예로 백작님의 집안도 많은 것을 잃지 않았습니까? 제가 듣기론 델라벤느 가의 사람들 모두가 공포 정치 시절에 숙청되었다던데요.”

안되었다는 투였지만 라일라는 그게 에스몽의 의중을 떠보기 위한 뼈 있는 질문임을 깨달았다. 분명 에스몽 역시 느꼈을 것이다.

“한마디로 말해, 저희 집안은 풍비박산이 났지요.”

그가 능숙하게 받아넘겼다.

“델라벤느 가문이란 커다란 나무가 번개를 맞고 완전히 불탄 꼴이었어요. 살아남은 것은 그 존재조차 미미했던 가지 하나뿐이었지요—현명한 원예가라면 진작에 쳐냈을 만한, 나무 성장에 있어서 도움될 것 하나 없던 잔가지였죠. 귀족계급을 다시 부활시키려는 국왕폐하의 의지 덕에 제 존재가 간신히 드러났습니다. 안 그랬으면 그냥 묻혀버렸을 겁니다.”

“그래도 작위를 받으셨으니 다행입니다.”

“저에게 무슨 선택의 여지가 있었겠습니까, 무슈. 콩트 에스몽의 작위를 계승하는 것이 제 의무란 말을 하신 분이 프랑스 국왕 폐하뿐이

---

* Martignac(1778~1832). 프랑스 정치가로 내무부 수상으로 임명된 후 보수주의와 자유주의 정치가로 구성된 내각을 이끄나 자유주의에 입각한 그의 주요 개혁안들은 왕당파 귀족들에 의해 거부당한다.
** ancien regime. 1789년 프랑스 시민 혁명 이전의 귀족 중심 구체제.

아니었는데요.”

정말 천부적인 거짓말쟁이라고 라일라는 생각했다. 혹은 진실을 자기 편한 대로 가져다 쓰는 편이랄까. 예를 들자면, 단 한 번도 델라벤느 가의 그 ‘존재조차 미미했던 잔가지’가 자신이란 말은 하지 않았다. 그저 듣는 이가 그렇게 짐작하도록 문맥을 이었을 뿐이다.

그녀가 한마디 거들었다.

“폐하의 어명을 거절할 수야 없지요.”

그는 한숨을 내쉬었다.

“차르 니콜라이께서도 그 문제에 관해서만큼은 도무지 고집을 꺾지 않으시더군요. 웰링턴 장군이나 술탄들도 다 아는 얘기겠지만, 그분 고집도 만만치 않아요.”

아주 깔끔하게 대화의 주제를 바꾸는군. 라일라는 묵묵히 관망했다.

“차르 덕에 영국이 사면초가에 빠진 것도 사실이지요.”

헤리어드가 말했다.

“터키의 지배하에 신음하는 그리스를 구해 주고 싶긴 한데 그렇게 되면 러시아가 그쪽 항구들을 장악할까 봐 걱정이 되어 아무것도 할 수가 없었지요. 냉정한 말이긴 하지만 러시아보다는 힘이 약한 터키 쪽이 다루기도 쉬우니까요.”

“아, 그 얘기는 저도 알아요.”

그녀가 끼어들었다.

“브렌트머 미망인께서 터키와의 일을 설명해 주셨거든요. 레이디의 아드님이신 제이슨 씨가 작년부터 콘스탄티노플에 머무르고 계셨다고 하더군요. 중간에서 영국와 터키의 입장을 조율하는 역할을 맡으셨는데, 아무도 제이슨 씨의 노력을 알아주지 않아 낙담을 하셔서 풀이 꺾이셨대요. 레이디께선 ‘턱도 없이 부족한 자기 머리로 괜히 감당하지도 못할 문제에 끼어드니까 그런 꼴이 나지’라고 하시더라구요.”

“그야말로 정확한 진단이로군요.”

에스몽의 대꾸에 라일라는 미소를 지었다.

“레이디 말씀으론 원래 남자가 껴서 문제가 해결되는 경우는 없다고 하시더군요.”

앤드루 아저씨는 미소를 지었다.

“그분께서야 원래 우리 남자들을 발톱의 때만도 못한 존재라 생각하시는 걸로 유명하시니까.”

“하지만 틀린 말이 아닙니다. 남자는 여자보다 열등한 존재이지요. 조물주가 맨 처음 만든 게 아담 아닙니까? 한마디로 말해 우리는 습작이라 이거지요. 훨씬 더 조악하고 서툴게 만들어졌달까요. 원래 두 번째 작품을 만들 때 기술이 손에 익어 훨씬 더 다듬어진 작품이 나오는 법 아니겠습니까?”

그의 푸른 눈동자가 라일라를 슬쩍 스치고 지나갔다. 두 사람의 시선이 얽혔던 시간은 그야말로 찰나였지만, 낯뜨거운 어젯밤의 광경을 떠올리게 하기엔 충분했다. 그리고는 다시 순진한 표정으로 앤드루 아저씨를 바라보았다.

“흥미로운 가설입니다.”

앤드루 아저씨가 말했다.

“그렇다면 이브를 유혹한 뱀은 어떻게 설명하시겠습니까?”

“유혹 그 자체이지요. 삶을 즐겁게 만들어 주는 것이 바로 유혹이에요, 네스빠(안 그래요)?”

“물론입니다. 하지만 창조설을 받아 적은 사람들 역시 남자였다는 것을 잊으면 안 되지요.”

라일라의 말에 헤리어드가 미소지었다.

“이거 브렌트머 미망인 같은 소리를 하는군. 레이디 브렌트머는 아주 대단한 여성이야. 뿐만 아니라 그 집안 사람들이 하나같이 다 흥미롭지. 라일라가 한번쯤 흥미를 가져볼 만한 가족이라고 생각해.”

“아, 그림의 모델로 말인가요?”

“하지만 그 집안 사람들을 저자리에 가만히 앉혀 놓기는 하늘의 별따기일 거야. 워낙 진득하게 뭘 하는 성격이 아니라서요. 이든몽은 그와는 좀 다른 부류지. 소용돌이치는 바다 한가운데 위치한 평화스러운 섬을 연상시키는 사람이랄까. 혹시 이든몽 경을 아시나요, 무슈?”

“만난 적이 있습니다.”

에스몽의 시선이 아련해진다.

“아, 저기 브렌트머 미망인께서 오시는군요. 분명 보몬트 부인을 독점하고 있던 저희를 꾸짖으시겠지요.”

왜 잠시 에스몽의 눈가에 주름이 패였던 걸까. 하지만 브렌트머 미망인이 다가오는 바람에 생각의 흐름이 끊겼다.

그녀는 세 사람에게 험한 표정을 지어 보였다.

“이러다가 세 사람 그 자리에 뿌리를 내리는 게 아닌가 했지.”

“아, 저희는 지금 이든몽 경 얘기를 하고 있었어요.”

라일라가 가볍게 받았다.

“앤드루 아저씨는 이든몽 경이 평온한 섬 같다고 말씀하시네요.”

“그래? 게으른 녀석이긴 하지, 그 뜻이었다면 말이야.”

“무슨 말씀을 그렇게 하십니까. 의회에서 이든몽 경보다 열심히 일하시는 분은 본 적이 없습니다. 금세 런던으로 돌아오실 테지요? 레이디 이든몽께서 지금 런던의 사교계 시즌을 즐기실 상태가 아니라는 건 알지만, 마운트이든이래 봐야 런던에서 얼마 떨어져 있지 않으니 마음만 먹으면 한달음에 달려올 수 있지 않습니까.”

“내가 볼 때는 당분간 그 녀석을 런던에서 볼일은 없을 게야. 아예 이번 세기가 다 갈 때까지 거기에 틀어박혀 있을지도 모르지.”

그녀는 반쯤은 혼잣말을 하듯 투덜거렸다.

에스몽의 눈가에 패인 주름이 더욱 깊어졌다.

“가끔 만사 다 제쳐두고 영지나 가족을 돌봐야 할 때가 있으니까요. 어쨌건 안타까운 일이네요, 모두들 이든몽 부처를 보고 싶어할 텐데. 두 분께 제 인사를 전해 주십시오, 레이디. 전 이만 실례를 해야겠네요. 약속 시간에 늦을 것 같아서요.”

그는 라일라의 손을 잡아 그 손등에 스치듯 키스했다. 짜릿한 전류가 신경 말단으로 퍼져나가는 것을 느꼈다.

"앙샹떼, 마담(안녕히, 부인)."

그가 중얼거렸다. 브렌트머 미망인께는 정중하게 절을 하고 앤드루 아저씨에게는 친근하게 목례를 한 뒤 그는 사라져 버렸다.

"정말 어마어마한 미모야."

브렌트머 미망인이 에스몽의 뒷모습을 바라보며 말했다.

"솜씨 좋군, 라일라."

라일라는 얼른 마음을 추스르며 무슨 농담을 하시냐는 듯 미소를 지었다.

"레이디 브렌트머께선 간혹 저렇게 당혹스런 말씀을 하신답니다."

그녀는 앤드루 아저씨에게 말했다.

"절 한 번이라도 바라보는 모든 남자에 대해 아주 상세한 평가를 내려주세요."

"그게 뭐가 당혹스러운데? 보몬트는 죽었지만 넌 살았잖아. 게다가 헤리어드 씨가 알에서 막 깨어난 병아리 지키는 암탉처럼 부리를 세우며 달려들어도 에스몽이란 남자는 쉽게 물러서지 않을 게야. 내 말 맞지 않은가, 헤리어드 씨?"

브렌트머 미망인이 의견을 물었다.

앤드루 아저씨는 슬쩍 얼굴을 붉혔으나 미소만은 잃지 않았다.

"제 행동이 그렇게 표시가 났었나요?"

"그래, 앞으로는 조심하는 게 좋을 걸세. 헤리어드 씨가 자꾸 보몬트 부인을 싸고도는 걸 보면 사람들이 뒤에서 숙덕거릴 테니까."

라일라는 브렌트머 미망인이 무슨 속셈으로 저런 말을 하는 것인지 도통 짐작이 가질 않았다.

"헤리어드 씨가 언제 절 싸고돌았다고 그러세요. 헤리어드 씨와 백작님은 그저 정치 얘기를 하고 계셨을 뿐이에요. 그게 또 얼마나 흥미로운 이야기였다고요."

앤드루 아저씨는 그녀의 어깨를 두드렸다.

"그게 아니란다, 브렌트머 미망인의 말씀이 옳으셔. 내가 너를 좀 싸고돌긴 한 것 같아. 내 실수로군. 안 그래도 지금 네가 미망인이기 때문에 처신하기가 곤란할 텐데. 라일라가 한때 제 피후견인이었다 보니 무의식중에 그런 버릇이 나오나 봅니다. 정말 습관이란 건 참 무섭지요."

한마디로 말해 앤드루 아저씨는 라일라가 에스몽에게 저항하지 못할 거라 생각한다는 뜻. 에스몽이 누구인가, 유혹 그 자체가 형상화된 인물 아닌가.

하지만 앤드루 아저씨가 그녀를 돕기엔 이미 때가 너무 늦었다. 그녀 스스로가 보호 따위를 원치 않았으니까. 뿐더러 앤드루 아저씨가 자꾸 주위에서 서성거리면 사건 조사에도 방해가 될 게 뻔하다. 아마 브렌트머 미망인께서도 같은 결론을 내리시고 앤드루 아저씨를 쫓아버리려고 결심하신 모양이다. 브렌트머 미망인의 우회적인 방법이 효과가 있길 바라긴 했지만 마음 한구석으로는 아저씨에게 미안한 마음이 들었다.

"그러고 보면 전 인복(人福)이 있는 편인가 봐요."

그녀가 앤드루 아저씨에게 말했다.

"아저씨도 그렇고, 레이디 브렌트머도 그렇고, 두 분 모두 저에게 참 잘해 주시잖아요."

"서로가 각자 자신이 맡은 역할에 충실한다면 보몬트 부인에게도 더 좋지 않을까."

미망인이 따끔하게 말했다.

"보몬트 부인의 애인들 따위는 내게 맡기고 헤리어드 씨는 재산 관리 쪽으로나 신경을 써주시라고."

"어머, 레이디께서 그렇게 말씀하시면 앤드루 아저씨는 제가 애인을 모집하고 있다고 착각하실 거 아니에요?"

"내가 안 도와줘도 원래 자기 혼자 착각하고 이상한 결론만 내리던걸."

미망인은 앤드루 아저씨에게 날카로운 시선을 던졌다.

"듣자 하니, 파리에 있을 때 콩트 에스몽에 대한 뒷조사를 했다고."

"아, 예. 소문이 좀 들리기에……. 그렇게 하는 것이 제 의무라고 생각했습니다."

앤드루 아저씨가 뻣뻣하게 말했다.

"아, 앤드루 아저씨……."

"그래, 그랬겠지. 에스몽이 보몬트 부인의 돈을 노리는 건지, 혹은 어디에 아내를 숨겨두고 있는지쯤은 알아둬야 했을 테니까."

라일라의 몸이 굳어졌다.

"정말 두 분 너무하시는군요. 전 남편을 여읜 지 겨우 두 달밖에 되지 않았는데……."

"그저 백작님이 파리에서 라일라에게 커다란 홍미를 나타내는 것 같아서 그랬던 것뿐이란다."

앤드루 아저씨가 달래듯 말했다.

"그 점은 백작님께서도 배심원들 앞에서 수긍하셨지 않니? 심리가 끝나고 나서도 파리로 돌아가시지 않으니까 일단 조심을 하는 게 최선이라고 생각했던 것뿐이야. 하지만 오늘밤의 행동에 대해서만큼은 잘못했다는 생각이 드는구나. 그렇게 드러내 놓고 기분이 나쁘다는 표시를 낼 필요까지는 없었는데 말이야. 친절한 지적 감사드립니다, 레이디 브렌트머."

그는 미망인에게 어물쩍 미소를 지어 보였다.

"제가 조금 무안하긴 했지만요."

브렌트머 미망인은 고개를 끄덕였다.

"그래, 난 헤리어드 씨가 분별력 있는 남자인지 진작 알고 있었지. 혹시나 나중에 보몬트 부인이 혼전 계약을 할 필요가 생기면 그때는 헤리어드 씨에게 전적으로 일임하도록 하지."

그리고서 두 사람은 서로 공범자 같은 미소를 교환했다.

욕이 터져나오는 것을 꾹 삼키며 라일라는 도저히 믿지 못하겠다는 표정으로 두 사람의 얼굴을 번갈아 바라보았다.

"정말 두 분이 절 앞에 놓고 이러실 줄은 꿈에도 몰랐네요."

두 사람은 와하하 하고 웃음을 터뜨렸다.

라일라가 집으로 돌아왔을 때 이스말은 이층 계단참에 서서 그녀를 기다리고 있었다. 그녀는 그를 올려다보며 얼굴을 찌푸렸다.

그가 난간 위로 몸을 구부렸다.

"아아, 말하지 말아요. 내가 맞춰 보지. 내가 떠나고 나니까 갑자기 파티가 맥이 빠진 듯 맹숭맹숭해져서 당신은 외로움과 지겨움에 지쳐 죽어버렸을 거야."

"창피해서 죽다 깨어난 걸요."

"그러면 날 벌해 줘. 나로서도 어쩔 수 없었으니까."

그녀는 손끝에 보닛을 걸고 천천히 계단을 올라갔다.

복도의 부드러운 조명이 그녀의 머리카락을 비추고 있었다. 구리색, 청동색, 금색 등등이 어우러져 있는 머리카락. 그는 몸을 펴고 그녀를 맞이했다. 그녀의 손에서 보닛을 받아들어 옆으로 떨어뜨리고는 품안에 끌어안았다.

"당신이 보고 싶었어."

그가 그녀의 머리카락에 대고 말했다.

"눈앞에 계속 당신이 서 있는데 만질 수도 없었잖아. 그래서 집으로 돌아와서 쭉 당신을 기다렸었어."

"당신은 오늘밤 야회에 오지 말았어야 했어요. 당신 때문에 내가 아주 힘들었다고요. 당신이야 사람들 속이는 데 귀재지만 난 그렇지 못하잖아요."

그는 살짝 몸을 떼고 그녀를 바라보았다.

"하지만 아주 잘하던걸. 내 옷을 찢어버리고 날 바닥에 눕힌 뒤 탐하거나 하는 행동은 하지 않았잖아."

"이스말."

"내가 비명을 지르며 제발 자비를 베풀어 달라고 비명을 지르게 만들지도 않았고."

"이스말."

"마음이 어찌나 조마조마하든지. 이제나저제나 당신이 덮쳐 올까 가슴 졸이고 있었다고. 혹시나 당신이 눈을 이글이글 불태우며 펄쩍 뛰어 나를 때려눕힌 뒤 내 순수한 몸을 갈취해 버리는 게 아닐까, 기대감에 불타 와들와들 떨고 있었다고."

"정말 사악한 남자라니까. 이 모든 게 다 흥분으로밖에 느껴지지 않는 거죠?"

"응. 하지만 날 욕구불만으로 만들기도 해."

그가 그녀의 손을 잡았다.

"침대로 가자."

"할 얘기가 있어요."

그는 그녀의 코에 키스했다.

"나중에. 내가 좀 진정이 되고 나거든."

그는 그녀의 손을 잡고 삼층에 있는 그녀의 침실로 향했다. 문을 닫으려는데 심장이 마구 두근두근거리는 게 너무도 안달이 났다.

"날 진정시켜 줘."

"당신 때문에 난 아주 망가졌어요. 당신 때문에 내 도덕심이란 것은 모조리 몰살해 버렸다고요."

"아아, 죽어버린 것들은 그냥 잊어버리면 되는 거야."

"아니면 맨 처음부터 존재하지도 않는 걸 가지고 있다고 착각했던 걸지도 모르지요."

그녀는 작게 한숨을 내쉬며 손을 올려 그의 크러뱃을 풀었다. 그리고는 천천히 뒤로 한 걸음 물러섰다.

"내가 당신의 옷을 찢어버릴까 봐 두려웠다고 했나요?"

그녀는 리넨으로 만들어진 크러뱃을 손에서 떨어뜨리며 말했다.

"참 꿈도 야무지게 꿨네요."

그리고는 자신의 보디스 단추를 풀기 시작했다.

"난 그 정도로까지 굶주리진 않았거든요."

"난 그래."

새카만 단추가 하나씩하나씩 풀려나가며 수를 놓은 검정색 아마포에 감싸인 크림빛 살갗이 드러나는 매혹적인 모습을 그는 넋을 잃고 바라보았다.

시커먼 뱀과도 같은 열기가 사타구니를 타고 기어오르기 시작한다. 그녀에게 손을 내밀고 싶었다. 그는 손바닥에 손톱 자욱이 날 때까지 주먹을 꾹 움켜쥐었다.

그녀가 뒤로 돌아가 수십 년 동안 시종 노릇을 해온 사람처럼 능숙하게 그의 외투를 벗겼다.

"내가 당신을 바닥으로 쓰러뜨려요? 아주 꿈속에서 사시는군요."

"꿈치고는 아름다운 꿈 아닌가?"

그녀는 스커트도 아까와 마찬가지로 천천히 느긋하게 벗었다. 검정색 드레스가 부스럭 소리를 내며 바닥으로 떨어지면서 검정색의 약식 코르셋과 짧은 페티코트 차림이 되었다.

그녀는 그의 조끼를 벗기고 그 다음에는 셔츠를 벗겼다. 그리고는 잘 발달한 그의 상체를 훑어보았다. 옆구리에 난 흉한 흉터에 그녀의 시선이 닿는 것을 느낀 순간 그는 긴장하고 말았다. 하지만 그녀는 손을 대어 보거나 하지는 않는다.

"나중에 이 흉터 얘기해 줄 거죠?"

"턱도 없네."

그는 간신히 미소를 지어 보였다.

"두고 볼 일이죠."

그녀는 페티코트를 벗었다. 검은색 실크 속바지 위로 페티코트가 미끄러지듯 흘러내려 발치에 떨어졌다.

그는 헉 하고 숨을 삼켰다.

"나중에 나한테 해줄 말이 많다구요."

그는 고개를 저었다.

그녀는 침대에 앉으며 양가죽 슬리퍼를 느릿느릿 벗었다.

“이리로 와요.”

그녀가 매트리스를 두드렸다.

그가 앉았다. 그녀는 무릎을 꿇더니 이브닝용 구두를 벗겼다. 그리고 선 일어나 잔뜩 애간장을 태우는 손놀림으로 코르셋의 줄을 풀기 시작했다. 귓가에 피가 몰려들며 쿵쿵대는 소리가 들렸다. 코르셋이 바닥으로 떨어졌다. 그 다음엔 슈미즈가 그런 후 실크 속바지가. 마지막으로 스타킹이.

이제 그녀의 몸에 검정색의 흔적은 남아 있지 않았다. 오직 크림처럼 매끈하고 부드러운 살갖뿐이다…… 탐스런 가슴 중앙에 우뚝 서 있는 장밋빛 유두…… 기나긴 다리 사이의 짙은 금빛의 삼각지.

“당신을 아주 좋아해.”

그가 탁한 목소리로 말했다.

“나도 알아요.”

그녀가 그의 바지 단추에 손을 가져갔다. 침대 시트를 틀어쥐며 그는 눈을 감았다. 그녀가 자신의 몸을 가린 마지막 천조각을 벗겨내는 것을 느낀다.

“제발 자비를 베풀어 달라느니 어쩌니 하는 소리를 했던 것 같은데.”

그녀가 속삭였다.

“비명을 지를 거란 얘기도 했던가요?”

그녀의 손가락이 잔뜩 성이 난 남성을 훑자 그는 부르르 몸을 떨었다. 눈을 뜨지 않아도 그녀가 움직인다는 것을 의식할 수 있었다. 라일라는 양다리 사이에 무릎을 꿇고 앉았다. 그녀가 무슨 행동을 하려는 것인지 깨닫자 온몸이 희열로 떨려 왔다.

안 돼. 제발 해줘. 그러지 마.

그녀의 혀끝이 뜨겁게 달구어진 살을 스치고 지나가며 쾌락을 찾아내었다. 계속해.

광란으로 치닫는 몸을 철혈 같은 의지로 다잡았다. 그의 입에선 희미한 신음소리만 새어나올 뿐이다. 고문과도 같은 희롱과 애무를 그녀의 음탕하고 무르익은 입으로 받으면서 그는 계속 참았다.

분출하고 싶어 비명을 지르는 자신의 몸을 억제하고 또 억제했다. 하지만 마침내 그의 철통 같은 의지의 끈이 느슨해지기 시작했다.

"그만."

그가 헐떡이며 말한 뒤 그녀의 몸을 일으켜 자신의 무릎 위로 앉혔다.

"메샹(사악해)."

그는 다급하며 열기를 내뿜는 그녀의 중심을 찾았다. 벌써 젖어 있는 것이 그를 받아들일 준비가 되어 있었다.

"난 사악해요. 하루 종일 당신을 원했거든요."

그녀의 목소리는 탁해져 있었고, 눈동자는 정염으로 어두웠다.

그가 천천히 그녀의 몸 안으로 들어가자 그녀는 낮은 신음 소리를 흘렸다.

"정말 사악해."

그녀는 그렇게 중얼거리며 양다리로 그의 허리를 감았다.

부드러운 그녀의 속살을 파고들자 그녀는 그에게 매달리며 소유권을 주장하는 듯한 다급한 리듬에 맞춰 응답을 해왔다.

그녀는 그의 것이다.

그는 계속해서 이곳 침실 문을 닫고 세상과 격리된 채 그녀와 단 둘이 되기를 고대해 왔었다. 그녀를 안기 위해, 그녀와 하나가 되기 위해 그 기나긴 시간들을 기다렸던 것이다. 세상 그 어떤 여자도 그녀처럼 열정적으로 사랑하지 않았다.

"날 사랑해 줘, 라일라."

그가 그녀의 입술에 대고 쥐어짜듯 말했다.

"사랑해요."

그는 뜨겁고 깊숙한 키스를 퍼부으며 그녀를 데리고 마지막 쾌락을 향해…… 그리고 달콤한 해방을 향해 달려갔다.

전날 밤 라일라에게 빼앗겼던 실크 가운만 걸친 채—그녀가 입으라고 내놓은 것이었다—이스말은 살금살금 부엌으로 내려갔다. 방으로 돌아가는 그의 손에는 와인잔과 와인, 빵과 치즈와 올리브를 가득 담은 접시를 올려놓은 쟁반이 들려 있었다.

두 사람은 구겨진 침대 시트 위에 서로 마주 보고 책상다리를 하고 앉아서 음식을 먹고 와인을 마셨다. 라일라는 앤드루 아저씨가 파리에서 이스말의 뒷조사를 했다는 말과 함께 그 덕분에 미망인에게 호되게 당했다는 이야기를 해주었다. 이스말은 미망인이 랭포드 공작에 대해 조사한 내용을 들려주었다.

그녀는 데이비드나 피오나보다는 랭포드 공작이 살인범일지도 모른다고 생각하는 편이 훨씬 마음 편하다고 생각했다. 하지만 랭포드 공작을 조사하려면 어쩔 수 없이…….

"당신이 헬레나 마틴과 친해져야 한다는 게 기분 나빠요."

"당신은 내 정력을 과대평가하는군. 아니면 놀린 거였어? 당신 덕에 완전히 진이 빠져 버려서 다른 여자와 바람을 피울 만한 기력이 남아 있지 않다고."

"아아, 잘도 그러겠어요. 그 말을 믿느니 세상에 요정이나 도깨비 따위가 있다고 믿는 편이 더 쉽겠네. 그 흉터는 어쩌다 생긴 거예요?"

"지금 헬레나 마틴 이야기를 하던 게 아니었나?"

또다시 그의 눈가에 패이는 주름살.

"헬레나 마틴 이야기는 지겨워요. 총이에요, 칼이에요?"

"총."

그녀는 경악했다. 그는 흉터를 내려다보며 코끝에 주름을 잡았다.

"이걸 보고 놀랐다면 미안해."

"놀라기는 무슨. 그러면 누가 이런 거예요? 질투에 눈이 먼 당신의 아내들 중 하나? 아니면 누군가의 성난 남편이?"

"내게 아내는 없어."

"지금 현재는 없다는 뜻이지요."

그는 한숨을 내쉬며 올리브를 집어들었다.

"처음부터 없었어. 결혼한 적은 없다고. 이걸 말해 주고 나면 다음에는 뭘 가지고 당신을 놀려야 하는 걸까."

그는 입안에 올리브를 던져넣었다.

아내가 없다고? 나쁜 남자. 그녀는 눈을 흘겨 줬다.

"당신이 유부남일지도 모른다는 생각을 하게 만들었던 거, 잘못했다고 생각하지 않아요?"

"그렇게 생각하라고 강요한 적도 없었습니다."

"엘로이즈가 올리브 씨를 빼지 말았으면 더 좋았을 뻔했네. 그 안에 돌이라도 들어서 질식하길 바래요."

그가 씩 웃었다.

"설마 진심이 아닐 텐데. 당신은 날 몹시 사랑하잖아."

"어머, 참으로 쉽게도 속는군요. 그런 건 열기에 들뜨면 항상 하는 말이에요. 고양이가 악써서 울어대는 것처럼 난 '사랑해요'라고 말하는 것뿐이라고요."

"당신도 고양이 못지 않게 악써서 울어댄다고. 목을 쥐어짜듯 흐느끼는 소리를 내거든."

그녀는 상체를 앞으로 구부렸다.

"이상한 소리를 내는 것으로 따지면 당신도 마찬가지예요."

그녀는 등을 펴며 덧붙였다.

"어쩌다 그런 흉터가 난 건지 말해 줄 거예요, 아니면 이번에도 평소처럼 나 혼자 조사해서 알아내야 하는 거예요? 이미 그럴싸한 가설까지 세워 뒀다고요."

"내게 백 명도 넘는 아내가 있을 거란 그럴싸한 가설도 세우지 않았던가?"

그는 침대 옆 협탁에 쟁반을 올려놓았다.

"그 반면 나는 디저트로 뭘 먹으면 좋을까 궁리하고 있는 중인데."

그가 그녀의 무릎을 쓰다듬었다.

"앤드루 아저씨가 이든몽 경 얘기를 꺼냈을 때 왜 그렇게 기분 나빠

했어요?”

그녀가 물었다.

“좀전에 당신이 내게 했던 것에 대한 보복을 해야겠네.”

그는 그렇게 중얼거리며 손가락으로 그녀의 허벅지 안쪽을 애무했다.

그녀는 그의 손을 꼭 붙잡아 자신의 입술로 가져가 검지손가락의 관절을 자근자근 깨물어 주었다.

“제이슨 브렌트머는 20년도 넘게 알바니아에 머무르고 있다고 해요.”

그녀가 부드럽게 말했다.

“모두들 그렇게 알고 있죠. 알바니아 여성과 결혼해 에스메란 딸을 하나 두었다죠. 이든몽 경이 코르푸에서 그녀와 결혼한 게 십 년 전이고요. 피오나 말로는 래클리프 경에게서 두 사람이 결혼하게 된 아주 로맨틱한—분명 반쯤은 지어낸 게 분명할—얘기를 들었다더군요. 그 당시에 래클리프 경은 셀로우비 경과 함께 그리스에 계셨다네요. 그 래클리프 경이 오늘 야회에 참석하셨었지요.”

이스말의 손 근육이 굳어지는 것을 느꼈다.

“오래 전의 모험 이야기를 하게 만드는 건 그리 어렵지 않았어요.”

그녀는 말을 이었다.

“이든몽 경과 새신부를 데리고 미친 듯이 지중해를 건너 영국으로 돌아온 얘기를 해주시더군요. 평생 그토록 흥미진진한 일은 처음이셨대요. 한 그리스 시인이 쓴 붉은 사자의 딸을 두고 싸움을 벌였던 두 명의 잘생긴 왕자님에 대한 시를 가지고 계시는데 그 중 한 왕자님은 검은머리의 영국인이었고, 다른 이는 금발의 알바니아인으로 이름이 이스말이었다더라고요.”

그녀는 완전히 굳어버린 그의 손을 놓고 흉터를 어루만졌다.

“아주 오래된 흉터로군요. 한 십 년쯤 되었나요?”

그는 그녀의 질문에 몸을 돌려 창문을 내다보았다. 그의 눈가에 패인 주름이 그 어느 때보다 깊어 보였다.

“해가 뜨려면 2시간도 채 남지 않았군. 시간이 별로 없어. 차라리 사랑을 나누는 게 좋겠어."

그 말에 그녀는 가슴이 아팠다.

"난 그저 지금 내 위치가 어디인지 알고 싶은 것뿐이에요. 우리 관계가 그냥 불장난에 지나지 않는다는 거 알아요. 내가 어디에 발을 들여놓은 것인지쯤은 알고 있지만 나도 어쩔 수 없는 여자예요. 당신이 아직 그녀를 사랑하는 건지—그래서 여태 결혼하지 않은 건지 알고 싶다고요."

"아, 라일라."

그는 다가와 그녀의 머리카락을 넘겨주었다.

"지금 당신에게 라이벌 따위는 없어, 마 벨르(내 아름다운 여인). 난 스물두 살이었고, 그때 느꼈던 감정이 어떤 것이었는지 지금에 와서는 기억조차 제대로 나지 않는다고. 어린 시절의 집착 같은 거였어. 누구나 어릴 때는 그렇겠지만 난 거만하고 무모했었어."

"그렇다면 사실이었군요. 내가 생각했던 게 맞았던 거예요."

그녀는 한숨을 내쉬었다.

"계속 이렇게 나 혼자 짐작을 하며 당신에게서 옛날 이야기를 끌어내야 하는 건가요? 가끔씩은 당신 입으로 하나둘씩 말해 줄 수도 있잖아요. 어린 시절의 집착 이야기 같은 거 말이에요. 하지만 미리 듣는다고 한들 무슨 소용이 있겠어요? 그 에스메란 여자가 당신을 향해 눈이라도 한번 깜빡 하면 그 자리에서 그 여자 눈알을 파내어 버릴지도 몰라요."

그녀가 화가 난 듯 말했다.

"맙소사, 난 왜 이리 질투가 심한 건지."

"이젠 정말 겁이 나."

그는 그녀의 턱을 치켜올리고 그녀의 눈을 들여다보았다.

"도대체 내 흉터와 이든몽은 어떻게 연결시킨 거지?"

"여자의 직감이죠."

"내가 이든몽의 이야기를 듣고 기분을 잡쳤다고 말했지?"

그가 집요하게 그녀와 시선을 맞추며 말했다.

"그건 어떻게 안 거야? 말을 해봐, 라일라. 당신 눈에 보인다면, 다른 사람들도 내 감정과 생각을 읽을 수 있을 거야. 혹시나 그런 일로 내가 위험에 빠지길 원하는 건 아니겠지?"

그 말에 그녀는 소름이 끼쳤다. 그의 목숨이 얼마나 잘 속이고 잘 감추느냐에 달려 있다는 것을 다시금 상기했다. 흉터는 아주 오래된 것이다. 흉터가 생긴 원인은 과거 속에 묻혔다. 하지만 그의 말은 그가 인간임을 생생하게 증언하고 있었다…… 그를 잃을 수도 있다.

굳이 다시 한 번 흉터를 바라볼 필요도 없었다. 그 흉측한 흉터는 이미 머리 속에 생생하게 각인되어 버렸으니까. 어젯밤 자신이 흉터를 만졌을 때 그가 얼굴을 찌푸리던 게 떠올랐다. 그 흉터 때문에 그가 떠난 후에 악몽을 꾸었다. 커다란 괴물이 그림자로 뒤덮인 복도에 숨어 있다가 그에게 달려드는 광경을 보았다…… 흔들리는 촛불 아래 번득이는 칼날을 보았다……. 조그맣고 비쩍 마른 남자가 눈을 흉악하게 번득이며 칼에 맞은 상처에 독을 떨어뜨리는 광경을 보았다.

그녀는 식은땀을 흘리며 벌떡 일어나 앉았었다. 홀로 남은 침대에서 한참 동안 몸을 떨며 그녀의 불안을 잠재워 줄 해가 뜬 후까지 오랫동안 그렇게 앉아 있었다. 전날 밤의 기억을 떠올리며 그녀는 다시금 몸을 떨었다.

"당신의 눈이요."

그녀가 자잘한 주름에 손가락을 가져다대며 말했다.

"당신 마음이 평온할 때는 주름이 거의 보이지 않아요. 당신 기분이 나빠지면 여기에 깊이 주름이 패여버려요. 당신의 약점이 어딘지 보여주는 화살표 같은 거라고 생각해요."

그는 아마 알바니아어로 짐작되는 말로 뭐라고 중얼거렸다. 목소리 톤으로 미루어 볼 때 욕설일 것이다. 이스말은 침대에서 일어서 방을 가로질러가 거울을 들여다보았다.

"이리 와서 그게 어딘지 가르쳐 줘. 램프를 하나 더 가져와. 이것만으로는 보이지가 않네.”

그녀의 눈에는 똑똑히 보였다. 182센티미터의 군살 하나 없는 근육질 몸이 불빛 아래 윤기를 흘리고 있었다. 벗은 남자의 몸. 이제 오늘 밤 남은 시간은 얼마 없다. 사랑을 나누어도 모자랄 귀중한 시간을 그의 눈가 주름을 들여다보는 데 허비해야 하다니.

아아, 이런 생각을 하는 걸 보면 난 정말 가망 없는 탕녀인가 봐. 완전히 타락해 버렸다. 그녀는 억지로 침대에서 일어나 램프를 찾아 그가 서 있는 거울 옆으로 다가갔다.

15

흉터를 발견한 지 채 24시간도 되지 않아 라일라는 그 흉터와 관련
된 사람들의 이름을 알아냈다. 운명의 여신이 또 한 번 족쇄를 조이기
시작한 것일까.

십 년 전 브리지버튼이 운하에 빠진 게 정말 발을 헛디뎠기 때문인
지 아니면 누군가에게 떠밀렸기 때문인지는 이제 이스말에게 더 이상
중요하지 않았다. 만일 떠밀려서 떨어진 거라면 누가 밀었는지도 중요
하지 않다. 그게 이스말의 하인이었건, 브리지버튼의 적이었건, 그를
배신한—이를테면 보몬트 같은—친구였건 말이다. 세세한 건 중요하
지 않다. 그렇다면 중요한 것은 무엇인가. 이스말이 베니스의 저택을
떠나면서 야기된 소동 때문에 한 소녀의 삶이 망가졌다는 것이다. 그
이후 라일라가 겪어야 했던 모든 불행한 시간들이 그의 영혼을 죄책감
으로 물들였다.

그녀를 행복하게 만들어 주리라. 자신의 행동으로 그녀가 겪었던 불
행의 시간을 단 일 분도 빠뜨리지 않고 보상해 주리라. 하지만 그에겐
시간이 필요했다. 만일 그녀가 자신의 아버지의 죽음에 이스말이 관계

되어 있다는 것을 너무 일찍 알게 된다면 그는 보상할 기회조차 얻지 못할 것이다. 보몬트에게 그러했듯이 그녀는 자신에게도 마음을 닫아 버릴 게 분명하다.

처음부터 그녀에게 진실을 털어놓지 못한 게 이제 와 이토록 무거운 짐이 될 줄은 몰랐다. 자신이 어떤 인간인지 똑똑하게 알려주고 나서 그녀가 자신을 사랑할 것인지 말 것인지 결정하게 했어야 했다. 그는 부정한 방법으로 그녀의 사랑을 손에 넣은 것이다.

이제는 그녀를 잃을지도 모른다는 생각만 해도 가슴이 미어터질 것 같았다.

거울 앞에 서서 그는 눈가의 주름을 바라보았다. 언젠가 에이버리의 턱 근육이 꿈틀거리는 것을 보고 그가 감을 잡았듯, 라일라도 이것을 보고 감을 잡았다고 했다. 이스말은 최대한 뜸을 들이며 시간을 벌었다. 그녀에게 뭐라고 설명하면 좋을지 궁리했다.

그녀가 딴 생각을 하고 있다는 것을, 아까 자신이 대답하지 않았던 말에 집착하고 있다는 것을 느꼈다. 그래서 그녀에게 눈가의 주름을 어떻게 하면 감출 수 있을지 보고 말을 해달라며 관심을 돌려놓았다. 그 다음에는 사랑의 행위로 주의를 돌려놓아 그녀도 너무 지쳐 생각할 겨를이 없게 만들어 놓고선 동이 트기 직전 그녀의 집을 빠져나왔다.

다음날 그는 그녀와 함께 이번 주에 해야 할 일을 조심스럽게 계획했다. 어떻게 하면 그녀의 시간을 모조리 잡아먹을 일을 맡길 수 있을까 궁리했다.

그날 밤, 그는 그녀를 곧장 침실로 데려가지 않고 아틀리에로 데려갔다. 작업대 앞에 그녀를 앉히고선 서류 한 뭉치를 건네주었다. 그 중 종이 한 장에는 '주요 용의자'란 제목 하에 다섯 명의 이름이 쓰여 있었다. 에이버리, 셔번, 랭포드, 헬레나 마틴…… 그리고 캐롤.

그녀는 거의 2분 동안 아무 소리도 없이 그 종이만 바라보았다. 마침내 그녀는 날카로운 목소리로 입을 열었다.

"이건 어디서 난 거죠? 이건 프란시스의 필체예요. 프란시스가 도대체 왜 주요 용의자니 알리바이니 하는 것들에 대한 메모를 남긴 거죠?”

이스말은 잉크병을 열어 펜을 담근 뒤 글을 썼다.

‘1월 12일, 월요일. 소재를 파악할 것.’

그녀는 헉 하고 숨을 들이마셨다.

“그렇군요. 필체 위조에도 재능이 있었던 거군요.”

“항상 편지나 메모 같은 것이 적의 손에 들어갈 경우를 대비해야 하는 법이지.”

그가 눈짓으로 목록을 가리켰다.

“에이버리나 랭포드 공작의 경우에서도 알 수 있듯, 사라진 편지 한 장 때문에 수년 후에 커다란 대가를 치를 수도 있으니까.”

“피오나를 의심한 건 얼마나 되었죠?”

그녀는 고개를 숙인 채 물었다.

“라일라, 당신이나 나나 바보도 아니고 장님도 아니야.”

“등잔 밑이 어두워서 안 보여 하고만 있을 수는 없다고. 레이디 캐롤은 당신 남편을 증오했어. 자신이 친자매처럼 생각하는 당신에게 나쁜 짓을 했기 때문에 그를 증오했지. 더군다나 보몬트는 죽기 몇 주 전 레이디 캐롤의 친동생에게 망신을 주었어. 그리고 누군가 그의 아편제에 독을 탔을 것으로 예상되는 밤에 그녀는 런던에 있었고. 레이디 캐롤의 알리바이가 의심스럽다는 것은 우리 둘 다 인지하고 있는 내용이오.”

그는 의자를 끌어다 그녀 옆에 앉았다.

“그렇다고 용의자가 레이디 캐롤 하나뿐인 건 아니잖아. 당신 남편을 알았던 거의 모든 이들이 살인 동기를 가지고 있었어. 그 동기에 지나치게 집착했던 나머지, 이룰 수 없는 사랑 때문에 번민하던 에이버리를 살인의 죄책감에 번민하는 거라 착각하기까지 했었지. 이제부터는 용의자를 하나씩 줄여 나가는 데 목표를 두는 게 좋을 것 같아. 그 일환으로 우선 살인 전날 밤 용의자들의 소재를 파악하는 데 초점을 맞춥시다.”

그녀는 아무 말 않고 가만히 종이 조각만 바라보았다.

　이스말은 계속 설명을 해나갔다. 다섯 명의 주요 용의자 가운데 그 날 자신이 어디에 있었는지 말한 사람은 레이디 캐롤밖에 없었다. 물론, 파티에 늦은 이유를 설명해야 했기 때문이었다. 그렇다고 용의자들을 직접적으로 취조할 수도 없는 노릇이다.

　"일단 무슨 수를 써서건 그 다섯 명의 알리바이를 찾아내야 해. 쉽지는 않겠지만, 이번 세기 내에 이 문제를 풀려면 선택의 여지가 없어."

　"내가 데이비드 때처럼 또 호들갑을 떨까 봐 피오나를 의심하고 있다는 소리를 못했던 거군요."

　그녀가 마침내 말했다. 낮고 무감각한 목소리.

　"그때는 미안했어요. 역시 아마추어라 표시를 내는군요."

　"바보 같은 소리."

　그녀의 관자놀이 께에 난 머리카락을 손가락에 돌돌 말며 그가 말했다.

　"내가 레이디 캐롤을 좋아한다는 것은 알 텐데. 여태껏 내 편을 들어 준 사람은 그녀밖에 없었다고. 솔직히 말하자면, 난 차라리 그녀가 범인이었으면 좋겠다 싶어. 그녀라면 아무리 자신의 목숨이 위험하다고 할 지라도 당신에게 덤벼들거나 하진 않을 테니까."

　그녀는 고개를 들어 그를 바라보았다.

　"그렇게까지 심각한 사태는 벌어지지 않았으면 좋겠네요."

　"그런 일이 없도록 내가 보호해 줄게."

　그녀의 표정이 조금 밝아지는 듯싶었다.

　"당신이 친한 친구의 뒤를 캐고 다니긴 싫을 것 같아. 그러니까 레이디 캐롤 문제는 나에게 맡겨 주겠어?"

　그녀는 다시 종이를 바라보며 잠시 생각에 잠겼다.

　"아뇨, 피오나는 내가 맡겠어요."

　지극히 사무적인 목소리.

　"음, 랭포드 공작님은 브렌트머 미망인에게 맡겨 두는 게 좋겠네요. 랭포드 공작 부인이 원래 브렌트머 미망인과 별별 소리를 다 하는 사이라잖아요. 그런 의미에서 데이비드는 당신이 맡는 편이 좋겠어요."

"데이비드라면 어제 노버리 경과 함께 도셋으로 갔어. 차라리 잘된 건지도 몰라. 그가 없는 사이 닉과 나는 하인들에게서 정보를 얻어 볼 거야—물론 변장을 해야겠지만."

"그러면 남은 건 셔번 백작과 헬레나 마틴뿐이군요."

그녀가 얼굴을 찡그렸다.

"셔번은 당신에게 맡기도록 하지."

그가 제법 관대하게 말했다.

"말도 안 되는 소리예요. 내가 헬레나를 맡겠어요."

"절대 안 돼. 셔번 백작과 레이디 캐롤만으로도 벅찰 거야, 당신."

"여자는 다 내가 맡을 테니 당신은 남자들을 맡아요."

그는 찬찬히 말했다.

"비합리적이야. 레이디 캐롤이야 당신 친구니까 그렇다 쳐도, 헬레나의 경우에는 성격이 아주 다르다고. 일단 당신이 매춘부와 어울리는 장면이 목격되면 스캔들이 일어날 거야. 둘째로 그녀에겐 위험한 친구들이 있다는 걸 잊지 마—뿐만 아니라 헬레나 본인의 과거 역시 무시할 게 못된다고. 만약 그녀가……."

"브렌트머 미망인의 말씀에 따르면 헬레나는 지금 맬컴 굿리지의 애인이라고 하더군요."

그녀의 눈에서 금빛 불꽃이 튀겼다.

"당신이 헬레나와 단둘이 얘기를 하려면 그럴싸한 이유를 가져다 붙여야 할 걸요. 아무리 당신이 대단한 남자라고 해도 돈 많은 애인과 사이가 틀어질 각오까지 하면서 당신의 사랑스런 푸른 눈동자를 들여다보고 싶어하진 않을 거라고요. 혹시나 당신이 영국에서 하렘을 만드는 걸 내가 참아 줄 거라 생각했다면 틀렸으니 다시 생각해 봐요."

"라일라, 난 당신이 걱정되어서 헬레나를 맡겠다고 그런 거고, 당신은 질투 때문에 반대하는 거잖아. 별로 프로답지 못한 행동이야."

"난 어차피 프로가 아니니까요. 그렇다고 부주의한 사람도 아니에요."

그녀가 일어섰다.

"나중에 헬레나 마틴 집 주변을 배회하는 장면이 목격되면 당신에겐 철천지 원수가 두 명 생길 거예요. 한 명은 맬컴 굿리지이고 또 다른 한 명은……."

그녀는 미소를 지었다.

"누군지 맞혀 보세요."

이럴 줄 알았지. 그녀가 순순히 내 계획대로 움직여 주지 않을 줄 진작 알았어. 이스말은 그녀에게 셔번을 맡길 작정이었다. 적어도 셔번은 신사니까. 뿐더러 그리 영리한 편도 아니었다. 전에도 셔번을 마음껏 요리한 적이 있던 라일라가 아니던가. 닉의 말대로 자기 손에서 먹이를 받아먹게 만들었다. 하지만 헬레나 마틴은 위험한 부류의 인간이다.

"당신이 똑똑하다는 건 알아. 하지만 아무리 똑똑해도 경험 많은 사람을 따라가지 못할 때가 있다구. 헬레나 마틴은 당신이 감당할 수 있는 호락호락한 상대가 아니야. 그 여자는 도둑들의 소굴에서 자랐어. 우연히, 아니면 운이 좋아서 그 자리를 꿰찬 여자가 아니라구."

"난 프란시스 보몬트와 십 년을 함께 살았어요."

그녀가 그에게서 떨어지며 말했다.

"더군다나 내 아버지는 조너스 브리지버튼이에요. 나도 그녀 못지 않다고 생각해요."

그녀는 문을 향해 걸었다.

"그녀에게 말을 걸 만한 구실만 있으면 되는 거예요. 날 도와줄 건가요, 아니면 또 아마추어 같은 내 방식으로 혼자 처리할까요?"

5일 후, 라일라는 헬레나 마틴의 집 현관에 서 있었다. 그녀가 이곳에 온 것을 이스말은 아직 모른다. 이스말 없이 혼자 계획을 세웠다. 어차피 그는 손 하나 빌려주지 않을 테니까. 오히려 지난 5일간 어떻게 하면 그녀의 관심을 다른 곳으로 돌려놓나, 갖은 방법만 썼을 뿐이다. 그가 자신의 관심을 돌려놓는 것에 상당히 능하다는 것 하나는 인정한다. 하지만 그녀의 고집도 보통은 넘는다.

그가 관심을 돌리는 방법으로 선택했던 것은 침대였다—물론 마루 바닥, 의자, 창문 앞 소파, 옷장 앞, 다락방 계단 등등의 장소도 동원되었다. 그걸로도 모자라다 싶을 때는 사람들 앞도 가리지 않았다. 초대받은 자리 곳곳—예를 들어 응접실이라든가 무도회장, 식당—에서도 서슴지 않고 은밀하게 관능적인 시선과 꼭 이상한 의미로 해석될 수 있는 말을 던져 그녀를 뒤흔들어 놓곤 했다. 다른 사람들이 그가 한 말의 음탕한 속뜻을 이해했는지 못 했는지는 중요한 게 아니다. 라일라의 귀엔 똑똑히 들렸으니까. 내색을 하지 않으려고 어찌나 애를 써야 했는지.

단 둘이 남게 되면 톡톡히 그를 꾸짖었다. 하지만 이 정도 장난도 참지 못하면 헬레나 마틴은 어떻게 감당하려는 거냐고 오히려 큰소리를 칠 뿐이다. 애인 정력이 세다고 불평할 수도 없고, 특이한 장소에서 희안한 체위로 사랑을 나누는 애인의 상상력을 탓할 수도 없는 법. 사실 불만은 전혀 없었다. 뿐더러 그의 은밀한 농지거리에 불쾌감을 느끼기는커녕 흥분까지 느꼈으니까. 공공장소에서 애인과 둘만의 장난을 친다는 게 그 얼마나 스릴 넘치는 일인가.

결국 라일라는 어쩔 수 없는 브리지버튼의 딸이 맞는 모양이다. 비밀과 죄악으로 가득 찬 삶을 살면서도, 그걸 부끄러워하기는커녕 즐기고 있다.

하지만 아무 생각 없이 쾌락만 즐기는 것은 아니었다. 피오나가 범인일지도 모른다는 사실이 라일라의 가슴에 그림자를 드리우고 있었다. 데이비드가 범인일 수도 있다는 사실 역시 만만치 않은 근심을 불러일으켰다. 뿐더러 매일 밤 빠짐없이 똑같은 악몽을 꾸어댔다.

라일라는 매일 아침 소스라치게 놀라 깨어난다. 매번 보이는 어둠침침한 복도, 항상 등장하는 두 남자. 커다란 몸집의 괴한과 좀더 작고 짙은 피부색에 비쩍 마르고 굶주린 표정을 짓고 있는 남자. 그들 사이에 낀 이스말이 뭐라고 외국어로 중얼거린다. 그리고 그가 고개를 돌린다. 불빛을 받아 그의 머리카락이 엷은 금색으로 빛난다…… 그 다음에 번득이는 칼날…… 새빨간 피가 철철 쏟아지기 시작한다. 시퍼런 독약이 그의 상처 위로 떨어진다. 그 뒤 지지직하는 소리가 들리고…… 숨막힐 듯한 암흑이 그녀를 삼킨다. 마침내 그녀는 온몸에 식은땀을 흘리며 깨어나 두려움에 몸을 떤다.

헬레나 마틴의 프랑스인 하녀가 복도로 돌아오자 라일라는 퍼뜩 정신을 차렸다.

하녀는 기다리게 해서 죄송하다는 말을 한 뒤 그녀를 응접실로 안내했다. 여기까지 꼭 따라와야겠다고 고집을 부렸던 엘로이즈도 다행히 응접실 안까지 따라 들어가겠다는 소리는 하지 않았다. 그 대신 현관 문 옆에 꼿꼿하게 버티고 서서 냉정한 무표정만 유지하고 있을 뿐이다. 라일라는 응접실로 들어가기 전에 보디가드 역할을 해주는 엘로이즈에게 고맙다는 뜻의 미소를 던졌다. 이스말은 원래 갸스빠르와 엘로이즈에게 마담이 헬레나 마틴 근처에도 가지 못하게 하라는 명령을 내렸었다. 하지만 요새 들어서 이스말보다는 마담에게 더 충성심을 바치는 엘로이즈였다.

응접실 안으로 들어가면서도 라일라의 얼굴에는 여전히 미소가 드리워져 있었다. 헬레나가 조심스런 시선으로 그녀를 바라보았다.

"집에 찾아온 손님을 꾸중하는 게 무례하다는 것은 알지만요,"

헬레나가 말했다.

"하지만 정말 이러셔서는 안 되는 거예요, 보몬트 부인. 이 일이 밖으로 새어나가기라도 하면 부인의 평판은 아예 바닥까지 떨어질 겁니다."

"그 경우엔 파리로 돌아가면 그만이지요."

"참으로 대담하시네요."

그녀가 가리킨 값비싼 천을 댄 소파에 라일라는 순순히 앉았다. 헬레나는 반대편 의자 모서리에 걸터앉아 등을 꼿꼿이 세웠다.

"이렇게 대담하신 분이니, 이번에는 제 초상화를 그리고 싶다고 말씀하실지도 모를 일이군요."

"아, 마틴 양의 초상화라면 한 번 그려보고 싶어요. 하지만 그런 일을 했다간 헤리어드 씨가 아마 거품을 물고 쓰러지지 않을까 싶네요.

어찌되었건, 오늘 방문한 목적은 그것이 아닙니다만."

그녀는 손가방을 열고 루비와 다이아몬드로 장식된 귀걸이를 꺼냈다.

"좀 어색한 부탁입니다만, 이걸 찾은 이후로 마음이 편하질 않아서요. 이게 누구 것인지는 모르지만, 혹시 마틴 양께서 주인을 찾아 돌려주실 수는 없으실까요."

그녀가 내민 귀걸이를 헬레나는 묵묵히 받아들었다.

"최근에 죽은 남편의 방을 정리했어요."

물론 거짓말이었다. 이 귀걸이는 작년 크리스마스에 남편에게 받았던 것이다.

"하녀가 침대 아래 마루 틈새에서 이것을 발견했답니다. 아마 거기 떨어져 있어서 집안을 샅샅이 뒤졌던 경찰들도 절대 발견하지 못했던 것 같아요. 정말 뭘 찾겠다고 그렇게 집을 온통 뒤집어놓은 것인지. 우리 집 하녀인 엘로이즈가 워낙 꼼꼼하다 보니……."

"제 것이 아닙니다, 보몬트 부인."

헬레나가 담담한 표정으로 그렇게 말했다.

"제가 원래 루비를 좋아하긴 하지만, 이것은 분명 제 것이 아니에요."

"죄송해요."

라일라가 한숨을 내쉬었다.

"제가 잘못 짚었나—뭐, 이렇게 된 것 솔직하게 털어놓지요. 제가 집을 비울 때마다 프란시스가 여자를 끌어들였다는 것을 알고 있어요. 예전에 한번 극장에서 마틴 양과 스쳐 지나간 적이 있는데 그때 마틴 양의 향수 냄새를 맡았었지요. 아주 특이한 향이었던 것으로 기억해요. 그런데 전에도 프란시스의 옷이나 그이 방에서 그 향을 맡았던 기억이 있거든요. 정확하게 언제인지는 모르겠지만 그리 오래된 일은 아니니까 제 기억에 남았겠지요. 그이가 죽기 전에도 비슷한 향을 맡은 것 같아서요."

헬레나의 검은 눈썹이 슬쩍 치켜 올라갔다.

"또 다른 여인이 이 향수를 쓴다고요? 참으로 기묘한 일이군요."

“제 코가 워낙 예민해서요.”

라일라가 설명했다.

“예전에 프란시스는 제 코가 개 코라고 했었죠. 하지만 생각했던 것만큼 예민하진 않은 모양이네요, 이렇게 실수를 한 걸 보면.”

헬레나의 표정이 조금 날카로워진 것을 눈치챘다.

“설마 마틴 양께서 체면 차리시자고 이렇게 값나가는 물건이 자신의 것이 아니라 말씀하실 리도 없고요. 어차피 프란시스의 바람이야 한두 해 겪은 게 아닌데, 이게 마틴 양 귀걸이라고 말씀하셔도 전 놀라지 않았을 거예요.”

“이게 제 것이었다면 부인하지 않았을 겁니다, 보몬트 부인. 전 그렇게 체면을 중시여기는 여자가 아니거든요.”

“아, 네. 이번만큼은 제 코도 별 소용이 없었나 보네요.”

라일라는 고개를 내저었다.

“참으로 안타깝네요. 이게 누구 귀걸이건, 이 정도의 물건을 손에 넣으려면 꽤나 힘이 들었을 텐데 말입니다. 프란시스가 대가로 지불했을 푼돈 정도로는 이 귀걸이에 박힌 루비 하나 사지 못했을 거예요.”

헬레나는 자신의 손에 놓인 귀걸이를 들여다보았다.

“이런 걸 칠칠맞게 흘리고 다니는 여자라면, 잃어버려도 싸다 싶어요. 고객의 아내가 이런 걸 발견하게 만드는 건 저희 같은 프로들이 할 짓이 아니죠. 저라면 어떤 매춘부가 이걸 흘리고 갔는지 고민하지 않을 겁니다, 보몬트 부인. 부인께서 딱하게 생각하실 만한 가치가 없는 여자예요.”

그녀는 라일라에게 다시 귀걸이를 건넸다. 스치듯 손바닥에 느껴진 헬레나의 손가락은 얼음처럼 차가웠다.

“그 동안 좋은 일하시느라 바쁘셨다고 들었어요.”

헬레나가 희미한 미소를 떠올리며 말했다.

“셔번 백작에 에이버리 경까지. 보몬트 씨가 저지른 일들의 뒷수습을 하고 다니셨다고 사람들이 말하더군요 요새 런던이 부인 얘기로 한

참 시끄러웠어요. 하지만 바보 같은 창녀의 뒤처리까지 하시는 것은 지나치다 싶어요. 괜히 저희 같은 부류와 어울려서 평판에 금이 가는 짓은 하지 마세요. 이 귀걸이 때문에 신경이 쓰이신다면 차라리 자선 헌금함 같은 데 넣으세요, 도움이 필요한 사람들을 위해 쓸 수 있게요.”

이스말은 마차 밖을 내다보고 싶은 마음을 꾹 참았다. 헬레나 마틴의 집 외양만 보고선 아무것도 알 수 없다. 폭풍우가 몰려오는지 하늘은 급속도로 어두워지고 있었다. 하지만 아직까지는 조금 시간 여유가 있는 듯하다. 그는 회중시계를 꺼내 들여다보았다.

라일라가 안에 들어간 지 못 되어도 20분은 족히 되었다. 그녀를 막으려고 달려왔지만 너무 늦었다. 헬레나를 맡게 해달라고 조르는 것을 그만 두었을 때 의심했어야 했건만, 실수다.

지난 며칠간 충분히 예방 조처를 취할 수 있었지만 설마 라일라가 이런 일을 저지를까 하며 넘어갔었다. 그리고 에이버리의 하인들을 닉에게 맡겨두고 자신은 셔번 백작을 조사하고 다녔다. 그러다가 셔번의 말 몇 마디에 이스말은 완전히 다른 곳에 정신이 팔리고 말았었다.

지난 번 야회에서 헤리어드가 지나치게 라일라를 싸고돈 덕에 콩트 에스몽과 보몬트 부인의 관계를 두고 여기저기서 수군거리기 시작했다고 한다. 독신이 된 보몬트 부인을 노리는 남자들이 많다는 둥, 조만간 누군가와건 재혼하게 되지 않을까 하는 얘기를 하며 셔번은 의미심장하게 미소를 지었다.

겉으로는 멀쩡한 척했지만 속으로는 심사가 잔뜩 뒤틀렸었다. 모두들 두 사람이—보몬트 부인이 남편을 여윈 지 고작 두 달밖에 되지 않았고, 콩트 에스몽은 외국인인데다가 바람둥이로 소문이 자자함에도 불구하고—곧 결혼식을 올릴 거라 예측하고 있다는 사실을 깨달은 것이다.

만일 조만간 결혼을 하지 않는다면, 아니 좀더 정확하게 말해서 자신이 보몬트 부인과 결혼할 의사가 있음을 분명하게 표시하지 않는다면, 지금껏 호의적인 눈으로 두 사람을 지켜보던 이들은 이를 드러내고 덤벼들 게 뻔하다. 라일라의 평판이 무너져 내리는 것은 시간문제이다.

문제는 사교계 사람들이 어떤 생각을 하건 라일라를 재촉해 결혼할 수가 없다는 사실이다. 그녀의 불행을 자초한 사람이 바로 자신이라는 것을 알면서도 목사 앞에 서서 엄숙하고 신성한 서약을 할 수는 없다. 자신과 연관된 과거를 모르는 라일라를 아내로 만들어버리는 것은 신사답지 못하다. 겁쟁이 짓이다. 일단은 자신이 믿을 만하다는 것을 그녀에게 인식시킨 뒤, 이 정도 신뢰가 쌓였으면 되었다 싶을 때 고백하는 편이 좋을 것 같았다.

그런데 불행히도 그에겐 그럴 만한 시간이 별로 없었다. 두 사람이 연인 사이가 된 것이 딱 일주일째. 단 한 번도 피임이라든가 하는 것에 신경을 쓴 적이 없었고, 그녀 역시 그 문제에 관한 한 별 말을 하지 않았다. 어쩌면 보몬트와의 사이에 자식이 없었기 때문에 라일라는 자신이 아이를 갖지 못하는 몸이라고 생각하는지도 모른다.

하지만 이스말은 아이 문제가 그렇게 간단하지만은 않음을 알고 있었다. 워낙에 잔뜩 꼬인 운명을 타고난 이스말이니만큼 라일라가 덜컥 아이를 가질지도 모르는 일이다. 아이가 생긴다면 어떻게 하나? 고백을 해야 하는 건가? 하지만 그때는 이미 너무 늦어버리는 게 아닐까? 자신의 인생을 망쳐놓은 철천지원수와 결혼하거나 사생아를 낳아 기르거나 둘 중에 하나를 선택하라고 강요하는 꼴이 아닌가?

그는 손으로 머리카락을 쓸어넘겼다.

"바보."

그가 내뱉었다.

"멍청이. 돼지 같은 자식."

그 순간 바깥에서 움직임이 감지되었다. 그는 얼른 좌석 등받이에 몸을 딱 붙였다. 마차 문이 열리더니 잠시 뒤 라일라가 마차 안으로 올라탔다. 그리곤 그대로 얼어붙고 말았다.

"마담?"

라일라의 뒤에서 엘로이즈의 목소리가 들렸다.

이스말은 얼른 라일라를 끌어당겨 자신 옆에 앉히고는 엘로이즈에겐 닉을 찾아가라고 말했다. 그리고는 마부에게 짧은 명령을 내린 후 문을 닫아버렸다. 마차가 덜컹거리며 출발했다.

"비가 내리기 시작했군요."

라일라가 말했다.

"엘로이즈를 길에 저렇게 세워두면 안 될 텐데."

그녀가 마부를 부르는 설렁줄을 당기려 하자 이스말이 제지했다.

"닉이 타고 있는 마차가 그 집 근처에서 대기중이었어. 그 사이 엘로이즈가 녹아버리거나 하진 않을 테니 걱정 마. 길에 버리고 싶은 사람은 엘로이즈가 아니라 당신이라고. 아예 마부더러 당신을 깔아뭉개고 지나가자고 말하고 싶어. 내 기분이 지금 얼마나 나쁜 줄 알아, 라일라?"

"기분 나쁘긴 피차 마찬가지예요. 당신은 모르고 있나 본데, 지금은 훤한 대낮이라고요. 누군가 우리를 보기라도 하면 어쩌려고 이래요?"

"어차피 둘 중 한 사람은 내일 아침에 시체로 길거리에 나뒹굴지도 모르는데, 누가 보건 말건 무슨 상관이야?"

그가 그 말을 내뱉자마자 불길한 징조처럼 천둥이 쾅쾅 하고 내리쳤다.

"그렇게 신파조로 나올 필요는 없잖아요?"

그녀가 턱을 치켜올리며 말했다.

"어차피 누군가가 한밤중에 우리 둘 중 한 사람을 몰래 죽이려 한다고 해도, 보나마나 우리 둘은 함께 있을 게 뻔하잖아요. 뿐더러 갸스파르와 엘로이즈도 바로 곁에 있을 거고요. 비록 당신이 말도 안 되는― 예를 들어 날 마차로 깔아뭉갠다느니 어쩌느니―소리를 했지만, 난 최선을 다해 당신을 보호해 줄게요."

그녀는 그의 팔을 두드렸다.

"계속 그렇게 성내지 말아요. 아, 내가 뭔가를 찾아냈어요."

"당신 때문에 속이 뒤집혀."

그가 얼굴을 찡그려 보였다.

"당신 때문에 얼마나 걱정했는지 알아, 라일라? 당신은 레이디 캐롤을 맡겠다고 했잖아. 레이디 캐롤은 당신 친구니가 제일 먼저 그녀의 혐의를 벗겨주고 싶어할 거라 생각했었어. 그런데 당신은……."

"난 여자의 직감을 믿었죠. 헬레나 마틴을 주시하라고 말한 사람이 브렌트머 미망인이었어요. 괜한 소리를 하실 분이 아니잖아요. 내 예감 역시 정확한 편이고요. 어제 당신의 목록을 본 후부터 느낌이 왔었다고요."

"느낌."

그가 한숨을 내쉬었다.

"강렬한 느낌이었다니까요. 헬레나가 이 사건의 열쇠라고요. 당신 흉터를 보고 느꼈던 것과 똑같은 느낌이었어요. 그때도 그 흉터가 뭔가 중요한 일과 연관되어 있다는 느낌을 받았었다고요."

그녀의 예감이 정확하다는 것을 그 누구보다도 잘 아는 이스말이었기에 굳이 두말은 하지 않았다.

"암호랑이 마님께서 냄새를 맡았다 그건가."

그는 푹신한 등받이에 몸을 기댔다.

"사냥을 나가는 당신을 내가 막을 수 있다고 착각한 걸 보면, 나도 상당히 바보인 모양이야. 당신이 알아냈다는 거나 말해 봐."

그녀는 자신의 귀걸이를 가지고 세운 계획을 들려주었다. 그다지 뛰어난 계략은 아니었지만, 그래도 그걸 빌미로 헬레나 마틴과 대화할 기회를 얻을 수 있었다. 그녀와 대화하며 얼굴 표정이라든가, 자세라든가, 제스처 같은 것들을 하나도 빠짐없이 관찰했다. 그뿐이랴, 심지어 헬레나 마틴의 체온까지 놓치지 않았던 것이다. 그 다음에는 세세한 정보들을 이스말 못지 않은 솜씨로 정리 분석했다. 그리고 이스말과 똑같은 결론에 도달해 있었다.

헬레나는 자신이 보몬트와 함께 있지 않았냐는 말에 상당히 당황했던 것 같았다. 그런데 보몬트는 이제 죽었고, 자기 남편이 온 런던을 돌아다니며 오입질을 하고 다닌다는 걸 라일라가 안다는 것 역시 온 세상이 다 아는 얘기. 그럼에도 불구하고 헬레나가 당황했다면 그 이유는 단 한 가지뿐이다, 그녀가 매춘보다 더 큰 범죄를 저질렀기 때문에.

"나중에 남편이 죽기 전 헬레나가 쓰는 것과 똑같은 향수 냄새를 맡았다는 이야기를 지어내 말하니까 정말 눈에 띄게 흔들리는 것 같았어요. 그녀의 반응을 보니 오히려 다른 일이 떠오르더군요. 새해 전날 밤을 피오나와 함께 필립 경의 집에서 보내고 돌아와 보니 집안이 평소처럼 난장판이 되어 있었어요. 프란시스가 집안에 여자를 끌어들여 놓았다는 증거였죠."

그녀는 이스말의 손을 잡아 꼭 쥐었다.

"그 타이밍이 참으로 교묘하다고 생각하지 않아요? 만일 그날 밤 프란시스가 데려온 여자가 헬레나였다면, 집안을 정찰하기에 더없이 좋은 기회가 아니었을까요? 그렇다면 그 다음 번, 그때로부터 2주쯤 후에 또 내가 집을 비웠을 때는 자신의 임무를 눈 깜짝할 사이에 처리할 수 있었을 거예요. 랭포드 공작을 위해 집안을 뒤져 편지를 찾기도 훨씬 쉬울 테고, 프란시스의 아편제에 독약을 타기도 편했을 테죠."

"그렇군. 그럴 가능성도 충분해."

이스말이 눈을 감으며 말했다.

"만일 그 가설이 맞다면, 당신은 헬레나 마틴에게 당신을 죽여야만 하는 동기를 부여한 거라고. 그녀가 랭포드 공작을 찾아가 당신이 찾아왔었더란 말을 한마디만 하면 그때는 헬레나뿐 아니라 랭포드 공작도 당신을 죽이고 싶어할 거야. 하, 차라리 그 사람들 돕는 셈치고 내가 당신을 죽일 수도 있겠지. 도대체 당신 때문에 마음이 얼마나 조마조마한지 알기나 해?"

"난 차라리 헬레나가 랭포드 공작을 찾아가서 일러줬으면 좋겠어요. 내가 예상하는 대로 모든 일이 진행되기만 한다면, 랭포드 공작이 조만간 날 찾아올 거예요. 그렇게 되면 해답까지는 못 가도 적어도 단서 몇 가지 정도는 캐낼 수 있겠죠."

그는 한쪽 눈만 떴다. 그녀는 신이 나서 아주 죽겠다는 표정을 짓고 있었다.

"듣고 있으니 계속 말해 봐요."

"브렌트머 미망인이 오늘 아침에 해주신 말씀인데요, 랭포드 가에 도셋으로부터 서신이 왔다는군요. 데이비드와 레티스가 벌써 약혼을 했대요. 랭포드 공작은 아주 좋아서 죽나 봐요. 레티스의 아버지가 원래 랭포드 공작의 친우셨잖아요. 랭포드 공작은 이 모든 게 다 내 덕이라고 생각하고 계신다나 봐요."

이스말은 이제 양 눈을 떴다.

"그건 사실이지. 당신이 모든 일을 지휘하고 모두를 움직였던 거니까."

"어쨌건 말이에요, 내가 좀 민감한 사안을 캐고 다니긴 했지만 자식을 올바른 길로 이끌어 준 은혜가 있으니 설마 죽이려고까지 하진 않을 거 아니에요. 랭포드 공작이 당장 날 잡아죽이려고 찾아오진 않을 거라 이거죠. 처음에는 그냥 내 의중을 떠보실 거예요. 그렇게 하시게 내버려둘 작정이에요. 그럴싸한 변명거리도 이미 준비해 놓았구요."

"당연하시겠지."

"정말 그럴싸하다니까요. 그분께는 프란시스의 유품을 정리하다가 누군가에게 해가 갈 만한 서류를 발견했노라 말씀드릴 거예요. 혹시나 그게 나쁜 사람 손에 들어가기라도 할까 봐 걱정을 했었다고 말이죠."

"예를 들자면, 헬레나 같은 여자에게?"

그녀는 고개를 끄덕였다.

"그리곤 랭포드 경에게 도움을 청하는 거예요. 그분은 물론 내 말을 믿으시겠죠. 내가 요사이 좋은 일을 하고 다녔다는 것은 온 런던이 다 아는 사실이니까요. 심지어 헬레나조차 데이비드와 셔번 백작 얘기를 알고 있더군요. 모두들 내가 프란시스가 저지른 악행의 뒷처리를 하고 다닌다고 말한다네요. 정말 완벽한 기회라고요. 안 그래도 랭포드 경은 지금 내게 호의를 품고 있으니까요."

이스말은 대답하지 않고 그녀가 한 말들을 곱씹고 있었다. 살해 시기라든가, 살해 방법이라든가, 뭔가 맞지 않는 구석이 있다.

에이버리와 랭포드 공작이 협박을 받아 돈을 지불한 게 12월 달이다.

대닙 사건 역시 그달 초엽에 일어났었다. 셔번은 분명 대닙 사건에 대해 알고 있었지만 에이버리에게는 아무 말도 하지 않았다. 그 직후 보몬트는 레이디 셔번을 유혹한다. 그런데 그 남편이란 자가 복수랍시고 한 것은 초상화를 찢어발기는 게 전부였다.

셔번과 에이버리는 몇 주 동안 침착하고 냉정하게 계략을 짤 만한 인물이 못된다. 특히나 독살같이 비열한 방법을 택할 사람들이 아니다. 살해 시기라든가 방법만 놓고 본다면 오히려 레이디 캐롤이 제일 의심스럽다. 하지만 헬레나 마틴도 아닌데, 레이디 캐롤이 무슨 수로 그 집에 몰래 침입할 수 있었단 말인가? 누군가의 조력이 없었다면 불가능하다. 만일 레이디 캐롤이 진범이라면, 분명 집에 아무도 없을 때를 틈타 몰래 숨어들었을 게 분명하다. 아마추어에 불과한 그녀가 프란시스 혼자 있는 집에 겁 없이 들어갔을 리는 없으니까. 혹시나 그의 아편제에 독약을 탈 기회를 얻기 위해 구역질을 꾹 참고 그와 침대에 들었던 것일까? 정말 그녀가 범인이란 말인가?

또 그렇다면 헬레나 마틴은 어떻게 된 것인가? 라일라의 추리대로, 분명 랭포드 공작은 헬레나를 고용해 편지를 훔쳐오라고 시켰을 것이 분명하다. 아들의 편지를 되찾는 것이야 부모로서 당연히 할 만한 일이다. 심지어 이 문제가 법정에 간다 할지라도, 비록 편지를 되찾는 방법에 문제가 있긴 했지만 그래도 판사는 랭포드 경의 손을 들어줄 것이다.

랭포드 경이 편지를 되찾는 것으로 모자라 헬레나에게 보몬트를 죽이라는 명령까지 내렸다고 가정해 보자. 창녀와 공모해 보몬트를 제거할 계획을 세웠다? 행여나 잡히기라도 한다면 분명 랭포드 공작에게 죄를 뒤집어씌우고도 남을 창녀를 믿고 그런 어마어마한 계획을 공모했다? 말이 안 된다.

그렇다면 헬레나가 독자적으로 살인을 저지른 것일까? 그럴 이유가 없다. 하지만 편지를 훔친 것이 전부였다면, 헬레나는 라일라의 방문에 왜 그렇게 당황했던 걸까?

"이스말."

라일라가 그의 팔을 잡았다.

"집에 다 왔어요. 이 얘기를 더 하고 싶으면 오늘 저녁 약속을 취소할 게요. 어차피 가십을 좋아하는 브렌트머 미망인의 친구분들과 만나는 것뿐이었으니까요. 내가 가지 않더라도 별로 섭섭해하시진 않을 거예요."

그는 활기 넘치는 라일라의 얼굴을 바라보았다. 아주 만족해하고 있는 눈치였다. 하긴, 그만한 성과를 올리긴 했다는 생각이 들었다. 사냥꾼으로서 그녀의 본능이 그 누구보다 날카롭다는 건 몸소 체험해 알고 있었으니까. 그녀는 목표물에 바짝 다가들고 있다. 무슨 일이 일어나건 그녀가 사냥감을 쐬죽일 때는 옆에 붙어 있어야겠다고 생각했다.

"당신과 할 얘기는 더 없는 것 같아. 내 말을 듣지도 않는 사람과 얘기해 뭐하겠어."

"그만큼 보상을 하면 되잖아요."

그녀가 크러뱃을 잡아당겨 그의 얼굴을 바싹 끌어당기며 말했다.

"함께 저녁을 먹어요. 엘로이즈에게 당신이 제일 좋아하는 요리를 만들어 달라고 할게요. 그러고 나선……."

그녀는 가볍게 그에게 입술을 쓸었다.

"당신이 제일 좋아하는 변태짓을 해도 좋아요."

"아, 나까지도 손바닥 위에 올려놓고 주물러 보시겠다? 음식과 사랑의 행위를 미끼로 들이미는군. 내가 짐승인 줄 아나? 아무리 나라고 해도 좀더 고상한 욕구가 있는 법이라고."

그가 그녀를 품에 끌어안으며 말했다.

"하지만 당신 말도 나쁘진 않네. 밤이 되기 전에 찾아갈게."

그녀를 안은 것은 치명적인 실수였다. 일단 그녀를 안아버리니 놓기가 싫었다. 그녀에게 또다시 입술을 가져가지 않고 버티기가 쉽지 않았다. 일단 입술이 닿아버리자 짧게 끝낼 수도 없었다.

키스는 점점 깊어만 갔다. 따스함이 그를 감쌌다. 달콤함이 그를 끌어안았다. 막 그녀의 망토 매듭에 손을 가져가는데 마차 문이 벌컥 열렸다. 젖은 비바람이 안으로 밀어닥치며 커다란 우산이 마차 입구에 불쑥 들이밀어졌다.

"서둘러, 라일라."

여자의 목소리가 들려 왔다.

"이 세찬 바람에 내 연약한 몸이 날려 갈 것 같다구."

이스말은 화들짝 망토에서 손을 뗐다. 바로 그 순간 레이디 캐롤이 마차 안으로 고개를 들이밀었다.

폭풍의 눈으로 들어간 것처럼 짧고도 날카로운 침묵이 모두를 덮었다.

"레이디 캐롤."

이스말이 정중하게 말했다.

"이거 참으로 기묘한 우연이 아닐 수 없군요."

"무슈."

레이디 캐롤이 녹색 눈을 반짝이며 말했다.

"저 역시 동감이랍니다."

몇 시간 뒤, 라일라는 저녁 식사 테이블에 앉아 이스말이 호도를 까는 모습을 지켜보고 있었다. 피오나를 집까지 바래다주며 이 얘기 저 얘기를 하다가 라일라로서는 아주 곤란한 얘기가 나왔었다. 이 사태를 어떻게 정리하면 좋은 건지. 이스말이 그 얘기는 좀 잊어줬으면 좋겠는데. 더도 덜도 말고 딱 1년 정도만 잊어주면 안 될까. 그 주제를 피하려고 일부러 다른 이야기를 꺼냈다.

"아까 우리가 우연히 마주쳤다고 둘러댔던 거, 아주 훌륭했어요. 우리가 왜 함께 마차 안에 있는 건지 어떻게 설명할지 고민했었거든요."

그는 그녀의 접시 위에 껍질을 깬 호도알을 올려놓았다.

"아, 그거? 굳이 변명하려고 한 말은 아니었는데. 그것보다는 말이지, 아까 당신이 살해 시기나 용의자들의 연관 관계 등에 대해 말을 했었 잖아. 내 생각엔 용의자들이 우리가 애초에 생각했던 것보다 훨씬 더 복잡하게 얽혀 있는 것 같아. 본능적으로 그들 사이에 뭔가가 있다는 것을 알아차렸으니까 프란시스를 죽이고 싶어한 수백 명의 사람들 가운데 딱 그 다섯 명을 짚어냈던 게 아닐까? 그런데 정확히 어떤 연관 관계가 있는지는 아직 모르겠다 이 말씀이야.”

그는 그녀의 접시를 바라보았다. 그녀는 고개를 저었다.

“벌써 많이 먹었어요. 하던 얘기나 계속해 봐요.”

“당신은 오늘 헬레나 마틴이 열쇠일 거란 말을 했어. 거기서 나도 힌트를 좀 얻었지. 그래서 당신이 헬레나에게 썼던 방법을 그대로 레이디 캐롤에게 써봤어. 아까 내가 헬레나 얘기를 꺼낸 건 일종의 시험이었다고. 그러고 나서 레이디 캐롤의 반응을 지켜보았지. 레이디 캐롤은 헬레나처럼 닳아빠진 여자가 아니잖아? 무척이나 당황해하는 게 훤히 드러나더군. 자신이 당황한 걸 감추려고 대신 날 공격했어. 왜 당신에게 정식으로 구애하지 않고 꾸물대느냐는 둥, 그러니까 당신이 헬레나 마틴 따위나 만나러 돌아다니는 거라는 둥.”

아아, 그 얘기는 잊었기를 바랐건만. 일부러 다른 얘기를 꺼냈더니만 왜 주제가 다시 이쪽으로 흐르는 거냐고.

“말도 안 되는 소리예요. 아직 상중인 미망인 앞에서 어떻게 구애니 뭐니 하는 소리를 늘어놓는 건지.”

그는 호도를 한 알 더 깐 뒤 자신의 입안에 털어넣었다.

“예법에 의하면 미망인은 남편이 죽은 후 최소한 일년은 지나야 정식으로 다른 남자를 만날 수 있어요. 그걸 잘 아는 피오나가 왜 그런 소리를 한 건지 모르겠어요.”

“일년이라. 꽤 긴 시간인데.”

“난 얼토당토않은 수많은 사교계의 규칙 가운데 그게 그나마 제일 괜찮다고 생각했는데요? 남편을 잃고 슬픔에 빠져 제대로 생각하지 못하는 여자는 아주 커다란 실수를 저지르기 십상이니까요.”

이스말은 잠시 진중하게 생각을 해본 뒤 고개를 끄덕였다.

“슬픔에 빠지지 않은 여자라 할지라도 외로워할 수는 있으니까, 아무래도 이성적인 판단을 내리지 못할 수도 있겠군. 그러니까 그 1년 사이에는 약해진 여자의 마음을 이용하지 말라, 그건가. 물론 어느 정도 자유를 주자는 의도도 있겠지. 남편도 없으니 굳이 누군가의 명령을 들을 필요도 없겠다, 처녀 때 누리지 못했던 자유를 잠시 동안이나마 누리게 해주자는 거겠지."

"그걸 누구보다 잘 아는 피오나가 그런 소리를 했다는 게 우스운 거죠."

라일라는 접시를 내려다보며 얼굴을 찡그렸다.

"피오나 역시 자신이 누리는 자유를 포기할 생각은 전혀 없으면서. 벌써 남편을 여읜 지 6년이나 되었다고요."

"피오나가 조금 터무니없는 말을 했다는 건 나도 동의해. 어찌되었건 중요한 건, 내 말에 피오나가 바짝 얼어붙었다는 거라고. 어쨌거나 이 문제를 놓고 의논하길 잘했군. 혹시 다음에라도 피오나가 이 문제를 들고 나오면 당신과 나는 이미 타협을 보았다고 말해 주지. 당신이 방금 한 말을 그대로 전해 줄게. 여태까지 나에게 그 비슷한 질문을 했던 다른 사람들에게도 그렇게 대답해 주면 되겠네."

그녀는 당황하며 고개를 치켜들었다.

"다른 사람들이라뇨? 또 누가 그런⋯⋯."

"또 누가 물었더라, 가만 보자. 닉에 엘로이즈에 갸스빠르는 논외로 치고, 일단 셔번 백작이 있지. 당신도 알겠지만 셔번 백작은 만인의 대변인이잖아. 아마 셔번이 여러 사람의 궁금증을 수렴해서 대표로 물어본 걸 거야. 그 다음은 아마 랭포드 공작이 될 것 같군."

그가 일어서며 말했다.

"늦어도 내일까지는 헬레나와 피오나에게 우리 이야기를 전해들을 테니까."

그녀는 멍하게 그를 바라보았다. 셔번 백작에서 피오나로 넘어갔다가 살해 동기에서 연관 관계에 이르기까지 이리저리 오가는 이야기를 따라가기도 버거웠다.

"복잡한 사건이로군."

그는 그녀를 일으키며 말했다.

"이층에서 복잡한 머리를 정리하는 게 어때? 오늘밤엔 얘기할 시간도 충분하잖아."

그가 씩 웃었다.

"갑자기 생각이 난 건데, 당신이 변태짓 어쩌고 하는 말을 하지 않았던가?"

16

　라일라를 이층으로 데려가며, 이스말은 '변태짓'이란 말을 곱씹고 있었다. 보몬트가 일부러 아내를 만족시키지 않은 것일까, 아니면 정말로 그녀를 만족시킬 능력이 없었던 것일까. 어찌되었건 간에, 부부 생활은 최소한으로 하고 자신의 다양한 욕구는 밖에서 풀었던 것 같았다.

　도대체 헬레나 마틴은 보몬트에게 어떤 서비스를 제공했을까 궁금했다. 머리 속으로 갖은 상상이 떠올랐다. 이스말은 보몬트가 쓰던 침실 쪽으로 시선을 주었다. 그는 난간에 손을 얹고 걸음을 멈췄다.

　"이스말?"

　그는 얼굴을 찡그렸다.

　"이 집에 비밀 공간 같은 건 없었어."

　그가 문가로 다가가며 말했다.

　"퀜틴의 부하들이 온 집안을 아주 샅샅이 훑었는데도 겉으로 드러나지 않게 숨겨져 있는 서랍이나 장치 같은 건 없었어. 그들은 전문가인데도 아무것도 찾지 못했단 말이지. 뿐더러 나도 이곳저곳을 살펴보았는데 아무것도 없었어."

그는 문을 열고 컴컴한 방안으로 들어섰다.

"하지만 그 편지는 분명 이 집안 어딘가에 있었을 거야. 그러니까 헬레나가 찾아온 거겠지. 굳이 당신 남편을 손님으로 받지 않아도 먹고사는 데 지장 없는 여자잖아. 주위에 보몬트보다 훨씬 더 돈 많고 매력적인데다가 성적 취향도 훨씬 평범한 남자들이 끓어 넘치는 데 굳이 보몬트가 좋아서 찾아오진 않았을 거야. 당신 남편을 죽이고 싶었다면 굳이 같이 잘 필요 없이 사람을 사서 처리할 수도 있었을 거고."

그는 얘기를 하며 양초를 찾아 불을 붙였다.

"램프를 가져올까요?"

라일라가 문간에서 물었다.

"아니, 필요 없어. 어차피 헬레나도 이 정도 조명에서 일했을 텐데, 뭐. 난……."

그는 주위를 둘러보다가 멋쩍은 미소를 지었다.

"미안해."

"괜찮아요. 아이디어가 떠올랐을 때 실행에 옮겨야죠."

그녀가 제법 '탐정'다운 목소리로 말하고 있음을 이스말은 깨달았다. 또박또박, 지극히 사무적인 말투.

"수수께끼야. 만일 보몬트가 진짜로 편지를 가지고 있었다면, 헬레나는 언제 어디서 그 편지들을 찾아냈을까?"

"헬레나의 눈으로 보고 싶다 이건가요?"

그녀가 방안으로 걸어 들어가며 말했다.

"음, 프란시스는 주로 어두운 곳에서 하길 좋아했어요. 다른 여자들과는 어땠는지 모르겠지만, 불을 켜놓고 했을 것 같지는 않아요. 밝은 곳에 있으면 머리가 아프다고 했었으니까."

그는 고개를 끄덕였다.

"그랬을 거야. 술과 아편을 과하게 하는 편이니 아마 눈이 굉장히 민감했을 거라고."

"또 다른 실마리는 뭘까요?"

"헬레나는 당신이 귀걸이 때문에 자신을 찾아왔다는 것 자체보다는
당신 후각이 예민하다는 말에 더 놀랐다고 했어."

그는 침대 모서리에 걸터앉았다.

"새해 전날 밤 집에 와보니 언제나처럼 난장판이었다고 했었지? 이
방에도 들어왔었나?"

"네. 프란시스가 뎀프튼 부인을 찾으며 난리를 치고 있었으니까요.
뎀프튼 부인은 그날 하루 휴가였다는 말을 해주려고 들어왔었죠."

이스말은 매트리스를 두드렸다. 그녀는 순종적으로 그의 옆에 앉았다.

"눈을 감아 봐. 당신 머리 속에 그림을 그려 봐. 뭐가 보이지?"

그녀는 옷가지들이 어디에 널려 있었는지 말했다. 거울 앞 탁자 위
는 그야말로 엉망진창이었고 반쯤 열린 옷장 문틈으로 서랍이 보였다.
양탄자에 새로 생긴 와인 자국…… 침대 기둥에 묶여 있던 그의 크러
뱃…….

그녀가 눈을 번쩍 떴다.

"커튼이 찢겨 있었어요."

그녀는 일어서서 침대 발치께로 걸어갔다. 커튼을 잡아당겨 뎀프튼
부인이 수선해 놓은 자국을 보여주었다.

"꽤 많이 찢겼었죠. 그 정도로 찢으려면 상당히 세게 잡아당겨야 했
을 거예요."

"침대 기둥에 크러뱃이 묶여 있었다고? 보몬트가 그녀를 침대 기둥
에 묶어놓았다면 헬레나도 아프다고—혹은 아픈 척을 하며—발버둥을
치다가 커튼을 찢었……."

"아프다뇨?"

커튼을 움켜쥔 그녀의 손에 힘이 들어가는 것을 보았다.

"당신 남편은 다른 이들이 정신적인 고통을 느끼는 것을 보고 쾌락
을 느꼈어. 그러니 아마 타인이 육체적인 고통을 느끼는 것에서도 쾌감
을 느꼈을 거야. 헬레나는 프로니까, 아마 그에게 상당히 그럴싸한 쇼
를 보여줬겠지."

라일라는 커튼을 놓고 침대 반대편으로 멀찌감치 떨어졌다.

"세상에, 난 생각했던 것보다 훨씬 운이 좋았던 거군요. 적어도 프란시스에게 맞지는 않았으니까."

"헬레나는 이런 일에 익숙할 뿐더러 어떻게 대처해야 할지도 잘 아는 여자야. 우연히 운 좋게 슬럼가에서 벗어난 게 아니라고, 그 여자는. 빈민굴 출신들은 열 대여섯 살이 되기 전에 대부분 죽는 게 보통이지. 하물며 지금 헬레나의 위치까지 기어오른 사람은 정말 손꼽을 정도야. 그 여자 보통내기가 아니야, 라일라."

"알아요. 그런데 좀 우습다는 생각이 드네요. 프란시스가 나와 결혼해주지 않았다면, 나 역시 헬레나와 별 다를 것 없는 삶을 살아야 했을 테니까요."

그녀가 짧게 웃었다.

"당혹스럽군요. 어떤 식으로 보나 프란시스는 백마 탄 왕자님이네요. 그이가 아니었다면 난 베니스나 파리의 거리를 떠돌아야 했겠죠. 뿐만 아니라 내 생명의 은인이기도 하니까. 아버지를 살해한 남자들에게 나 역시 죽었을 수도 있었어요."

그녀는 진저리를 쳤다.

그 말이 독사의 이빨처럼 이스말의 심장을 꽉 깨물었다. 이스말은 반사적으로 날카롭게 말했다.

"그래, 정말 동화 속에 나오는 왕자님이었구만. 당신의 순결을 빼앗아간 대가로 평생 처음으로—그리고 아마 그게 마지막이었을 거야— 좋은 일을 했지. 그러고 나서 참으로 행복한 결혼 생활을 했고."

그녀가 헉 하고 날카롭게 숨을 들이마시는 소리를 듣고서야 그는 비로소 정신을 차렸다.

"무식하고 천박한 소리만 골라서 했군. 미안해, 용서해 줘. 어린 당신이 길거리를 배회하는 모습을 떠올렸더니…… 기분이 나빠졌었어. 내가 잘못한 거야, 괜히 생각 없이 헬레나 얘기를 꺼내 당신 기분을 상하게 한 거니까. 당신은 그런 여자에게까지 연민을 느끼는군."

"같은 여자로서 연민이야 느끼죠. 어쩌다가 옛날 얘기가 나왔는지 모르겠네요. 아마 이 방에 들어와서 그런가 봐요. 여기 들어오면 항상…… 중압감 같은 걸 느껴요. 지나치게 화려하게 장식되어 있어서 그런 건지. 그이가 환기를 전혀 시키지 않았기 때문에 공기도 탁한 편이고. 남편이 매춘부들을 불러들이고 난 뒤에는 와인에다 담배 연기에다 아주 냄새가 지독했었죠."

"과연 중압감을 줄 만한 방이로군."

그가 중얼거렸다.

"항상 그런 말을 했었죠. 남편이 불러들이는 매춘부들은 비위가 대단히 좋은 모양이라고. 도대체 치우질 않으니 벌레들이 득실거린다 해도 놀랄 것 하나 없죠. 나라면 죽어도 이런 침대에 눕지 않을 거예요. 설령 매트리스 속을 쑥국화같이 벌레 쫓는 약초로 전부 채워놓았다 해도 내키지 않을 텐데 하물며 고작……."

그녀는 얼굴을 찡그리며 뒤로 몇 걸음 물러서서 침대 위에 드리워진 천개를 올려다보았다.

"주머니."

그녀가 한참 지난 후에 말했다.

"약초 주머니."

이스말도 고개를 들었다. 그녀의 말을 듣는 순간부터 머리가 돌아가기 시작했다.

"벌레를 쫓으려고 약초 주머니를 매달아놓은 건가."

그녀는 천개를 벗겨냈다.

"저기 보여요? 네 귀퉁이예요. 술 달린 풍선처럼 생긴 장식 말이에요. 천개의 일부분인 것처럼 보이게 해달라고 그이가 특별히 주문했던 거예요. 침대 기둥에 묶게 되어 있는 거죠. 몇 달에 한 번씩 떼어서 새로 약초를 채워 넣곤 했었죠."

이스말은 침대 위로 올라가려고 벌써 부츠를 벗고 있었다.

"약초를 채워 넣는 건 프란시스가 직접 했었어요. 남편이 하던 유일한 집안 일이었죠."

그는 침대 위로 올라가 천 주머니를 만져보았다. 아마 헬레나도 이 렇게 했었을 테지. 침대 머리 쪽 오른편 기둥에서 그는 찾던 것을 발견 했다. 손에 잡힌 주머니 속에서 종이가 부스럭거리는 느낌이 왔다.

그는 조심스럽게 기둥에서 주머니를 떼어낸 후 침대에 주저앉았다. 라일라도 매트리스 위로 올라가 그의 곁에 앉았다.

그는 그녀에게 주머니를 건넸다.

"추리를 부인께서 하셨으니, 이것을 열어보는 것도 부인께서 직접 하시지요."

그녀는 주머니 끈을 풀고 속 내용물을 매트리스 위로 쏟아냈다. 쑥 국화 한 뭉텅이 속에 연보라색 종이가 곱게 말려 있었다. 그녀는 얼른 종이를 펴보았다. 아무것도 쓰여지지 않은 빈 종이였다.

그녀는 눈을 빛내며 그를 돌아다보았다.

"헬레나 마틴 짓이에요. 그녀가 편지를 가져간 거예요. 이 종이가 헬 레나 마틴의 것이라는 데 50파운드 걸겠어요."

그녀는 종이를 그의 코에 가져다댔다. 종이에서 희미한 향이 풍겼다.

"향수를 뿌려 놓았죠? 헬레나의 향수예요. 아주 독특한 향이죠. 일부 러 이 종이를 남겨 둔 거예요, 나중에 프란시스가 누구 짓인지 알아차 리도록. 프란시스가 셔번 백작 보라고 장식핀을 남겨 두고 온 것처럼 말이죠."

그 한마디로 모든 것이 정리되었다. 지난 몇 주 동안 모아 놓기만 했 던 아무 의미 없던 정보들이 이스말의 머리 속에서 하나의 그림을 이 루기 시작했다.

그는 그녀의 손에서 종이를 받아들었다.

"헬레나는 당신 남편 후각이 거의 마비된 걸 몰랐던 게로군. 하지만 연보라색 종이란 게 워낙 독특하니까, 색깔을 보고 알아차렸을 수도 있 어. 그런데 좀 이상하다고 생각하지 않아?"

그녀는 그를 쳐다본 후 종이를 바라보았다.

"아, 정말 그렇네요. 확실히 아귀가 맞질 않군요. 만일 헬레나가 아편제에 독을 탔다면 이런 증거를 남겨두지도 않았을 테니까요. 24시간 내에 죽을 게 뻔한 남자를 위해 이런 힌트를 남겨뒀을 리 없어요. 이건 내가 살인범이네 하고 선전하는 꼴이 될 테니까요."

이스말은 고개를 끄덕였다.

"설령 그녀가 새해 전날 밤에 이걸 훔쳤다 치자고. 그리고 몇 주 뒤에 프란시스를 독살하려고 다시 이곳에 왔다면……."

"일단 그 가정 자체도 말이 안 되죠."

"범인이 자신임을 증명하는 이런 증거를 그대로 남겨둔 채 돌아갔을 리가 없지."

"그러니까 프란시스를 죽인 건 다른 사람이군요. 헬레나는 전혀 사전지식이 없었던 거구요. 그래서 아까 내가 자신의 향을 맡았다느니 하는 소리를 해서 그렇게 놀랐던 거예요. 프란시스가 죽은 것이니 그 사건 때문에 심리가 열린 것이니, 그 모든 것 때문에 안 그래도 두려웠을 거예요. 그 편지를 훔쳐오라고 그녀를 고용했던 사람은 아마 랭포드 공작이었을 테고요."

"그래. 우리는 계속 살인사건이 일어난 타이밍을 두고 고민했었잖아. 편지를 훔친 것과 독을 탄 것은 전혀 별개의 사건이었던 거야. 오히려 서로 다른 날에 일어난 것일 가능성이 높지. 그러니까 헬레나가 편지를 훔친 건 새해 전날 밤 아니면 그 이후 당신이 집을 비웠던 날일 거야. 그렇다면 남는 건 당신이 노버리 하우스에 갔던 첫날밤뿐인데, 그게 1월 11일 일요일이었지?"

"훔친 날이 언제건 일단 랭포드 공작은 용의선상에서 제외해도 될 것 같네요. 더 이상 프란시스가 자신을 괴롭힐 수 없는데 굳이 죽여서 끔찍한 살인사건에 연루될 이유가 없잖아요?"

"그렇다면 남는 건 에이버리, 셔번, 그리고 레이디 캐롤이로군."

이제 남은 단서는 무엇인가. 살인 시기, 성격, 피해자와의 연관 관계.

"하지만 그것으로 끝난 게 아니에요."

그녀가 이마를 문지르며 말했다.

"분명히 남은 게 더 있어요. 헬레나. 그녀가 열쇠라니까요. 좀더 찬찬히 생각을 해봐야겠어요."

그녀는 종이를 다시 주머니에 넣은 뒤 침대에서 일어났다.

"이 끔찍한 방에서 빨리 나가고 싶어요. 이 살인사건 문제만 해결되면 이 방을 완전히 뜯어고치고 말 거예요."

"아예 함께 다른 집을 찾아보는 게 어떨까?"

그 말에 라일라는 문가로 걸어가다가 멈춰 섰다.

"결혼한 다음에 말이야. 좀더 큰 집으로. 아예 한 층 전체를 당신 아틀리에로 만들어 줄게."

갑자기 방안 공기가 고동치기 시작했다. 그녀는 얼른 문으로 달려갔다.

"그 얘기는 나중에 하도록 하죠. 지금 이것만으로도 머리가 복잡하거든요. 일단 생각나는 걸 모두 적어 놔야겠어요. 난 아틀리에로 갈 게요."

써놓을 필요는 없다고 말해 주고 싶었다. 현재까지 일어난 일은 모두 다 이스말의 머리 속에 저장되어 있으니까, 그녀가 원한다면 언제라도 다시 되풀이해 말해 줄 수 있었다. 하지만 굳이 글로 써서 정리를 해야 속이 시원하다면 그렇게 하게 내버려둬야지, 뭐. 그는 묵묵히 그녀 뒤를 따라 아틀리에로 갔다.

십 분이 지난 후에야 라일라는 이스말이 지금 자신의 비위를 맞추고 있다는 것을 깨달았다. 작업대 앞의 그녀 곁에 앉아 온갖 화살표와 메모로 도배된 도화지를 열심히 들여다보는 척해 주고 있었던 것이다. 그녀가 내뱉는 말 한 마디 한 마디에 귀를 기울이는 척을 해주고 있었다.

하지만 실상 그는 지루해하고 있었다.

그녀는 연필을 내려놓고 손을 포갰다.

"하고 싶은 말 있으면 해봐요."

"난 그냥 당신 말을 듣고 있었을 뿐인데, 왜? 셔번 백작에 대한 말, 아주 흥미로운 것 같아. 그 사람, 맨 처음 에이버리를 만났던 곳에서 헬레나와 함께 있는 걸 봤었거든. 그러니까 셔번이 자신의 고민거리를—전부는 아니더라도 적어도 어느 정도는—그녀에게 털어놓았을 가능성도 완전히 배제할 수는 없어."

"내 말을 듣고 있긴 했지만 생각은 안 했군요."

그는 맑고 순진하기 짝이 없는 표정으로 그녀를 쳐다봐 주었다.

"왜 내가 생각을 안 했다고 하는 건데?"

"당신 눈이요. 당신이 생각을 할 때는 그것보다 훨씬 더 눈동자 색깔이 진해지거든요. 당신이 아무런 생각을 하지 않았다는 건 이미 머리 속으로 정리가 끝났다는 뜻일 테지요."

그는 한숨을 내쉬었다.

"난 당신이 혼자 힘으로 퍼즐을 맞추고 싶어하는 줄 알았는데."

"차라리 천재의 강의를 듣는 편이 좋아요."

"별로 천재적인 추리도 아닌걸. 중요한 점은 모두 당신이 짚어냈어. 난 그저 그걸 하나로 연결시킨 거고."

"그러게 우리는 훌륭한 팀이라니까요."

이스말은 희미한 미소를 지으며 연필을 집어들었다.

"맞는 말이야. 조금 전에 한 말만 해도 그렇잖아. 당신은 헬레나가 당신 남편에게 한 짓이 프란시스가 셔번 백작에게 한 짓과 똑같다고 했어. 그 말을 들으니 헬레나가 셔번 백작의 일을 얼마나 알고 있을까 궁금증이 생기더라고. 왜 굳이 당신 남편 스타일을 모방했을까 하고 말이야."

이스말은 조금 전까지 라일라가 쓰고 있던 도화지를 뒤집었다. 제일 위에 그는 헬레나의 이름을 쓰고 그 아래 셔번의 이름을 쓴 뒤 둘 사이를 줄로 연결했다.

"오늘 오후, 당신은 레이디 캐롤의 아버지가 랭포드 공작과 친한 친구 사이였단 말을 했어. 레이디 캐롤은 그 집안의 가장 입장이잖아? 모두가 그녀에게 도움을 청한다고 난 내 스스로에게 질문을 해봤지. 만일 레이디 캐롤에게 감당 못할 상황이 닥치면 그녀는 누구에게 도움을 청할까?"

그는 피오나의 이름을 셔번 아래 쓴 뒤 랭포드의 이름을 헬레나의 이름 아래 썼다. 그리고는 랭포드와 피오나, 랭포드와 헬레나 사이에 각각 선을 그었다.

"랭포드 공작은 당신 남편과 개인적으로 문제가 있었지. 그런데 그 점이 자꾸 거슬리더라고. 당신 남편의 평소 패턴과는 아주 다르거든. 일반적으로 그는 피해자를 자신의 그물 안으로 유인해 끌어들인 뒤 착취를 하거나 공격을 하는 편인데 말이야. 그래서 일단 그 시기를 계산해 봤지."

종이 아랫부분에 그는 칸을 나눠 달력을 그리기 시작했다.

"이게 12월 달이라고 가정하자고."

그가 날짜를 쓰며 말했다.

"12월 2일이 레티스가 대님을 빼앗긴 그 무도회 날이지. 레이디 캐롤은 아마 랭포드 공작에게 달려갔겠지? 랭포드 공작은 안 그래도 프란시스를 하찮은 똥개라고 생각해 왔었지. 자신의 소중한 아들에게 나쁜 영향만 끼치는 자였으니까. 하지만 공작은 그 개가 광견병에 걸린 미친개라는 걸 이때 알게 되는 거지."

라일라의 머리 속에서도 그 상황이 떠오르기 시작했다.

"그렇군요. 다 큰 어른 남자를 타락시키는 것과 귀족가에서 곱게 자란 처녀를 농락하는 것은 얘기가 다르죠. 특히나 그 처녀가 자신의 제일 친한 친구의 막내딸일 경우에는."

"그래서 아마 랭포드 공작은 당신 남편을 직접 만났겠지. 당장 영국을 떠나지 않으면 가만 두지 않겠다고 협박을 했을 거야. 궁지에 몰린 당신 남편은 찰스의 편지를 들이밀며 반격을 했을 테고. 이것 말고도 더 많이 있다란 암시를 풍겼겠지. 공작은 미친개에게 이천 파운드를 빼앗겼을 뿐더러, 이젠 미친개의 눈치를 봐야 하는 신세로 전락해 버리지."

"참을 수가 없었겠군요. 그래서 랭포드 공작이 헬레나를 찾아갔겠죠."

"그리고 두 사람은 계획을 짰어. 아마 그 계획에는 분명 레이디 캐롤이 당신을 맡는다는 조건이 포함되어 있었을 거야. 헬레나가 작업을 하는 동안 당신이 집을 비우게 하는 거지."

라일라는 조잡한 달력을 들여다보았다.

"피오나의 역할은 그게 전부였을까요? 피오나는 왜 그렇게 늦게 노버리 하우스에 도착했을까요? 혹시나 피오나가 헬레나를 도왔던 건 아닐까요?"

"글쎄, 내 생각엔……."

이스말이 창 밖으로 고개를 돌렸다.

"집 앞에 마차 한 대가 멈춰 서는군. 사륜 대형 마차야."

그는 의자에서 일어서 순식간에 창문 앞으로 다가섰다. 커튼을 살짝 젖히고 내다보았다.

"신사 하나가 내리는군."

"이 시간에요? 열한 시도 넘었는데."

그녀의 심장이 두 배로 빨리 뛰기 시작했다.

"당신, 몸을 숨겨야겠어요. 어디로든 숨어요. 당신이 여기 있는 모습을 들키면……."

"그럴 필요 없어."

그는 다시 그녀 곁으로 다가가 어깨를 두드렸다.

"랭포드 공작뿐인걸, 뭐. 여기서 기다려. 내려가서 갸스빠르를 안심시켜야겠어. 지금쯤 아마 잔뜩 경계심을 품고 공격할 기회를 노리고 있을 거라고."

그녀는 지금 자신이 제대로 들은 건가 당황했다.

"당신 미쳤어요? 당신이 내려가서 뭘 어쩌자는……."

하지만 그는 말이 채 끝나기도 전에 방 밖으로 나가버렸다.

라일라는 열린 문을 하릴없이 바라보았다. 밤 11시에 찾아온 랭포드 공작. 이스말은 아무 일도 아니라는 듯 아래층으로 내려가 버렸다. 도대체 뭘 어쩌자는 건가? 자기가 공작을 맞기라도 하겠다는 건가? 밤 11시에 자신이 정부의 집에서 어슬렁거리고 있다는 것을 보여줄 작정이란 말인가?

그녀는 의자에서 일어섰다가 다시 주저앉았다. 이스말은 여기서 기다리라고 했다. 그는 전문가이다. 자신이 무슨 일을 하는 건지 똑바로 알고 있는 사람이다. 분명 이보다 더 어색한 상황도 겪어 봤을 것이다. 이보다 훨씬 위험한 상황 역시 겪을 만큼 겪었을 것이다. 또한 갸스빠르와 엘로이즈가 아래층에 있다. 점잖은 사람들이 사는 동네에서 누군가가 보고 있을지도 모르는데 랭포드 경이 살육극을 벌일 리는 없다.

하지만 도대체 이 시각에 웬일이란 말이더냐. 예상대로라면 내일쯤 찾아와야 하는 게 아닌가? 전혀 뜻밖이다. 이스말이 여기 없었더라면 뭘 어떻게 해야 했을지. 에스몽이야. 그녀는 자신의 생각을 바로잡았다. 지금은 그 사람을 에스몽이라고 생각해야 한다. 절대로 잊지 말자. 행여나도 말실수를 하면 안 될 일. 이스말은 절대 그런 실수를 하지 않는다. 신중한 사람이니까. 아마 자신이 여기에 있을 수밖에 없는 변명도 그럴싸하게 할 수 있을 것이다.

적어도 옷을 제대로 다 갖춰 입고 있어서 다행이다. 아, 제대로 입고 있었나? 그녀는 얼른 생각을 했다. 내가 그이의 크러뱃을 풀었던가? 그 사람은? 그녀는 얼른 단추니 후크를 살펴보았다. 모두 제자리에 있었다. 머리가 좀 엉망이긴 했지만, 머리야 항상 엉망이었으니까.

발걸음소리와 말소리가 들렸다. 그녀는 얼른 도화지를 집어 반으로 접은 뒤 스케치북 사이에 끼워넣었다. 랭포드 경이 막 들어서는 순간 그녀는 의자에서 벌떡 일어섰다. 이스말이 그 뒤를 따라 들어왔다.

하지만 약초 주머니가 이젤에 걸려 있는 것을 너무 늦게 발견했다.

터져나오는 욕을 꾹 삼키며 그녀는 턱을 들고 손님에게도 다가갔다. 공작에게 절을 하자 공작도 목례를 해보였다. 그녀는 차가운 목소리로 정중한 인사를 건넸다.

"제 집을 찾아주시다니, 전혀 예상치도 못한 영광입니다."

그는 강철 같은 회색 눈으로 그녀를 내리깔아 보았다. 겁을 주려던 의도였다면 소용없었다. 그저 데이비드와 판박이처럼 빼어 닮았구나 하는 생각밖에 들지 않았으니까. 눈앞에 바로 서 있으니 두 사람이 닮았다는 것을 새삼 느낄 수 있었다. 생각이—그리고 시선이—저절로 약초 주머니 쪽으로 향하는 것을 막기 위해서라도 그녀는 열심히 공작의 얼굴만 바라보았다.

그의 금발은 아들보다 조금 더 짙은 색이었고, 흰 머리 하나 찾을 수 없었다. 얼굴 역시 아들보다 더 차갑고 냉혹했으며, 눈은 보다 냉소적이고 오만했다. 데이비드보다는 훨씬 더 의지력도 강하고 무자비한 남자로 보였다. 아마 청년 시절부터 작의나 그에 따라오는 모든 일들의 무게를 짊어져 왔기에 그럴 테지. 가족에 대한 의무의 무게도 만만치 않을 터.

그 순간 그녀는 깨달았다. 이 남자는 강력한 힘을 가진 귀족이기에 앞서 자식을 가진 아버지란 것을. 부모로서의 슬픔을 겪을 만큼 겪은 사람이란 것을. 그 얼마나 수치스러웠을까. 찰스의 낯부끄러운 연서들이 정신적으로 불안정한 악당의 손에 들어 있었으니…… 데이비드가 바로 그 위험한 인물과 친구 사이였으니.

라일라는 일말의 죄책감을 느꼈다. 불쌍한 분. 데이비드가 약혼했다는 소식을 듣고 기뻐한 지 채 스물네 시간이 지나지 않아 자신이 그분의 마음을 또 심란하게 만들었을 테니까.

그녀는 본능적으로 공작의 손을 잡았다.

"아아, 저 때문에 얼마나 괴로우셨을까요. 지금 공작님께서 무슨 생각을 하실지 짐작이 갑니다. 제가 지겹도록 참견만 하는……."

"정말이지 목에 줄을 묶어서 어디에 묶어 놓아야 할 여자라 생각하고 있소, 마담."

그는 눈살을 찌푸리며 그녀의 손을 내려다보았다.

"에스몽이 부인의 안전이 걱정돼 여기 와 있길 천만다행이로군. 부인에겐 전혀 그런 걱정이 없는 것 같으니. 도대체 무슨 생각을 했던 거요. 그런 여자를, 그것도 온 세상 사람들이 다 볼 수 있는 훤한 대낮에 찾아가다니? 거기가 어디라고 찾아간 게요, 도대체! 강도를 당할 수도 있었고, 험한 꼴을 당할 수도 있었다고. 에스몽이 걱정했듯 누군가가 부인을 미행할 수도 있었을 테지. 그 어떤 수모와 모욕을 당하자고 거길 찾아간 건지. 정말 부인을 내 무릎 위에 엎어놓고 엉덩이라도 때려주고 싶은 심정이오."

그녀가 채 뭐라고 말하기 전에 엘로이즈가 쟁반을 들고 들어와 조용히 작업대 위에 올려놓고는 들어올 때와 마찬가지로 조용히 나갔다.

에스몽은 쟁반 쪽으로 다가갔다.

"경고드리는데요, 각하, 마담 보몬트께 계속 손을 잡혀 계시다간 무슨 일이 일어날지도 모른답니다."

그는 브랜디 병을 들어올렸다.

"신사의 지성을 완전히 마비시키는 손이랍니다, 그게."

라일라는 얼른 공작의 손을 놓았다.

"커다란 결례를 범했습니다."

그녀는 그렇게 말한 뒤 작업대로 다가갔다.

"제 매너가 워낙에 형편이 없어서요."

"그 반면 머리는 아주 잘 돌아가는 것 같군."

랭포드가 이젤 쪽으로 걸어가 주머니를 관찰했다.

"헬레나가 걱정한 대로 찾아냈군. 그녀의 의중을 떠보았던 걸 테지?"

그는 무슨 생각에 골똘히 잠긴 듯한 표정으로 에스몽이 건네는 잔을 받아들고 역시 똑같은 표정을 지으며 브랜디를 맛보았다.

라일라는 자신에게 브랜디 잔을 건네는 에스몽의 얼굴을 바라보았다. 그의 표정에서도 별로 많은 것을 읽을 수가 없었다.

"마틴 양께 모든 이야기를 들으신 모양이군요."

라일라가 조심스럽게 말했다.

"그렇다면 그 편지로 더 이상 문제가 일어나지 않도록 잘 조처하셨을 테지요."

"편지가 존재한다는 건 또 어떻게 알게 된 건지 듣고 싶군."

공작이 그녀를 바라보며 말했다.

"부인이 남편과 말다툼을 했다는 이유가 그거였소? 그래서 사건 심리 때 조사관 앞에서 입을 다물었던 건가? 지난 2개월 동안 부인이 그 편지를 찾고 있었다고 믿으라는 거요?"

속을 꿰뚫는 듯한 그의 시선을 대하자, 라일라는 거짓말을 해봐야 소용이 없다는 것을 깨달았다.

"아닙니다."

공작이 엷은 미소를 띄었다.

"그렇군. 난 바보가 아니라오. 내 비록 퀜틴의 판단력을 믿긴 하지만, 그렇다고 퀜틴이 무슨 짓거리를 하는지도 모르고 있었다는 뜻은 아니지. 그 심리, 아주 훌륭하게 지휘되었더군. 제대로 된 전문가는 하나도 없었지. 또한 심리에서의 에스몽의 역할이 아주 흥미로웠소. 지휘자가 에스몽이었을 거란 인상을 지울 수가 없었지."

공작은 에스몽을 향해 잔을 들어 보이고는 브랜디를 마셨다.

"각하께서 예상하신 대로, 퀜틴 경께서는 진범을 밝혀서 얻는 점보다 잃는 것이 더 많다는 결론을 내리셨었습니다."

"보몬트란 인간에 대해 좀 아는 사람으로 말하자면, 나도 그 견해에 동의하는 바이네. 내가 후회하는 점이 딱 하나 있다면, 좀더 일찍 그 점을 파악하지 못했다는 것이겠지. 진작에 내가 조처를 취했더라면 누군가가 그자를 죽이는 역겨운 일을 해야 할 필요도 없었을 걸세."

랭포드의 시선이 라일라에게로 향했다.

"부인이 찾는 것도 살인범 아니오?"

그녀는 머뭇거렸다.

"피오나에게 듣기로 부인은 아무리 나쁜 인간이라도 스스로 변명할 기회를 주어야 한다고 했다던데, 나에게는 그런 기회를 주지 않을 건가, 보몬트 부인?"

"물론입니다. 하지만 저는 공작님이 나쁘시다고 생각지 않습니다."

그녀는 주머니를 가리켰다.

"저것만 봐도 공작님이나 헬레나는 프란시스 살해 사건과 아무런 연관이 없다는 것을 알 수 있으니까요."

"그 말을 들으니 내 마음도 한결 놓이는군."

그녀는 등을 똑바로 폈다.

"하지만 공작님께서는 조처를 취하셨다고 말씀하셨습니다. 그게 정

확하게 어떤 것이었는지 여쭤봐도 될는지요? 그저 호기심 때문에 여쭙
는 말씀입니다만.”

“마담께서 워낙 호기심이 강하셔서요.”

에스몽이 중얼거렸다.

“말해 드리지. 어차피 그 편지 건에 관해 부인의 마음을 편하게 해주
려고 온 것이니까. 원래 듣기 거북한 세부 사항은 말하지 않을 생각이
었지만, 보몬트 부인이 살인사건을 조사할 만한 강단이 있는 여자라면
아마 내 얘기를 듣고 기절하는 일은 없을 것 같군.”

그의 차가운 회색 눈이 아틀리에 안을 쓸었다.

“어찌 되었건 여자란 예측하기 힘든 존재란 걸 경험으로 알고 있으
니 말이야, 마담께서 푹신한 소파에 먼저 앉아 주시면 내 마음도 훨씬
편할 거 같은데.”

라일라는 자신이 그렇게 섬세한 여자가 아니란 말을 하려고 입을 열
었다가 그냥 가만히 소파로 걸어갔다. 공작이 얘기를 하겠다는데 이런
것 하나 못해 주랴. 그것도 기사도 정신에 입각해서 한 부탁인데.

에스몽은 그녀 뒤쪽 책꽂이로 걸어갔다. 랭포드 백작은 벽난로 끝에
자리를 잡고 뒷짐을 지었다.

이스말이 추리했던 대로, 공작의 이야기는 대님 사건으로부터 시작
됐다. 피오나는 공작에게 도움을 요청했고, 프란시스를 처리할 계획을
짜고 있는데 셔번이 공작을 찾아왔다고 했다.

“셔번 백작은 자신이 부인의 아틀리에에서 저지른 끔찍한 짓에 당황
하고 있었소.”

랭포드가 그녀에게 말했다.

“조만간 무슨 수를 내지 않으면 보몬트 때문에 부인이 크게 경을 치
지 않겠냐며 걱정하더군. 뿐더러 보몬트와 붙어 다니는 에이버리 역시
비슷한 꼴을 당할지도 모른다는 말을 했지. 나 역시 셔번에게 듣기 전
부터 걱정하고 있었으니까. 난 셔번에게 내 계획을 들려주며 내 말대로
하면 프란시스에게 복수할 수 있노라 말해 주었지.”

피오나의 역할은 정해진 날 라일라를 집에서 빼돌리는 것이었고 셔번은 같은 날 에이버리를 맡게 되어 있었다. 그 다음은 라일라와 에스몽이 추리했던 그대로였다.

새해 전날 밤, 헬레나는 집안을 뒤졌고 약초 주머니를 발견했다. 그녀는 그 소식을 랭포드에게 전했고, 마침내 최종 계획이 세워졌다. 혹시나 단번에 편지를 회수하지 못할 경우를 대비해 피오나는 라일라가 한 주 내내 집을 비우게 하는 역할을 맡았다.

"우리는 부인이 집을 비운 첫날인 일요일에 계획을 실행하기로 했지. 난 셔번과 더불어 내가 신뢰하는 건장한 두 남자를 데리고 대기하고 있었네. 헬레나는 우리가 숨어 있는 곳으로 보몬트를 꾀어냈지. 우리가 보몬트와 은밀한 대화를 나누는 동안, 헬레나는 집안으로 들어가 자신이 맡은 일을 했던 거요. 우리는 보몬트를 거의 새벽이 될 때까지 잡아뒀어—헬레나에게 충분한 시간 여유를 주자는 뜻이었지. 그 사이 우리는 보몬트를 혼쭐내 줬다오."

"공작님이 데려오신 자들은 아마 전문가였던 모양이군요. 보몬트의 사체에 멍자욱은 없었습니다."

"방법론적인 말은 하지 않겠네. 그저 보몬트가 내 말을 잘 알아들을 정도로만 손봐줬다고 말하면 될 테지. 보몬트는 당장 모든 걸 정리하고 영원히 영국을 떠나야 한다는 게 내 명령이었네. 아내는 영국에 내버려두고 가야 한다는 조건이었지. 그건 피오나가 내건 조건이었는데 우리 모두 그렇게 하는 편이 좋다는 결론을 내렸었거든. 혹시라도 프란시스가 부인에게 자신의 분노를 쏟을까 봐 걱정이 되었던 거라오."

그가 라일라에게 말했다.

"부인이 서리에서 돌아오기 전에 떠나야 한다고 똑똑히 알려주었소."

"내가 집에 일찍 돌아온 걸 보고 화낸 것도 다 이유가 있었던 거군요."

라일라가 그때를 떠올리며 말했다.

"지금 생각해 보니 화가 난 것만은 아니었던 것 같아요. 오히려 공포에 가까웠달까요."

"화요일 아침 부인이 서리를 떠났을 때 공포를 느낀 쪽은 오히려 피오나였다오. 그리고 내가 피오나에게 전갈을 받았을 때는 이미 보몬트가 죽은 후였소. 부인의 집에는 경찰관들로 득시글거렸지."

피오나가 노버리 하우스에 머물라고 그렇게 애원했던 이유를 이제야 알 수 있었다. 에스몽을 부추겨 자신을 따라오게 만든 이유 역시도. 그녀는 라일라가 다치기라도 할까 봐 너무나도 두려웠던 것이다.

"보몬트가 죽은 시기 때문에 상당히 고심하셨겠습니다."

에스몽이 그녀 뒤쪽 어딘가에서 말했다.

"그의 죽음보다는 그 망할 하녀가 살인이네 뭐네 떠들고 다녀서 귀찮았었지. 집을 대대적으로 수사할 거라 생각했기에 내가 직접 심리에 참석을 했던 거네. 그들이 뭘 찾아냈는지 알고 싶었거든. 혹시나 헬레나에게 화살이 돌아갈 경우에 대비해 미리 준비를 해놓고 싶었던 거야. 애당초 계획을 짠 사람도 나고, 헬레나에게 명령을 했던 사람도 나니까. 어쨌거나 월요일 밤에는 우리 모두에게 알리바이가 있네. 보몬트가 죽기 전날인 월요일 밤 5시까지는 하인들이 집을 비운 적이 없었고, 집에 찾아온 손님이 없었다는 증언도 있었지 않나. 월요일 저녁 다섯 시 반부터 여덟 시까지 헬레나와 함께 축하 파티를 벌이고 있었거든. 우리는 편지를 불사르고 아낌없이 샴페인을 터뜨렸지. 그 이후 난 셔번과 피오나를 집에 데려다 주었네. 아마 그 다음 피오나의 행적은 그녀의 하인들이 증언해 줄 수 있을 걸세. 그 뒤 셔번은 던햄으로 갔고 난 클럽에 잠시 들렀다가 집으로 돌아갔지."

그는 얘기하는 동안 맨틀 위에 올려놓았던 브랜디 잔을 집어들었다.

"이 정도면 호기심이 충족되었소, 보몬트 부인?"

라일라는 너무나 안심이 되는 나머지 랭포드 공작을 끌어안아 주고 싶다는 생각마저 들었다.

"네, 물론입니다. 정말로 감사드려요. 아주 친절하게, 찬찬히 설명을 해주셨습니다, 각하."

공작은 한참 동안 그녀를 바라보았다. 그의 표정은 읽을 수가 없었다.

"헬레나가 말하길 부인이 대단한 여자라 하더군. 나도 동의하는 바요. 거의 파경에 이른 셔번 백작 부처를 화해시켰지, 데이비드를 약혼시켰지, 그 와중에 도둑과 살인범 찾는 일을 돕고 있지."

공작은 이젠 비어버린 브랜디 잔을 보며 얼굴을 찌푸렸다.

"하지만 도둑과 살인범을 찾는 것만큼은 현명하지 않다는 생각이 드오. 뭐, 그러나 치밀하기 이를 데 없는 퀜틴이 벌이는 일이니까 난 참견하지 않는 편이 좋을 테지? 나야 이미 원하던 것을 모두 얻었으니, 혹시나 필요하면 내게 도움을 청하시게나."

"친절하신 말씀이십니다."

라일라가 말했다.

"감사드립니다."

에스몽도 사의를 표했다.

"그 정도는 당연히 해야지."

공작은 작업대 앞으로 다가가 쟁반 위에 잔을 얹고는 라일라에게 밤인사를 했다. 느닷없이 떠난다는 말에 놀라 그녀는 벌떡 일어나 간신히 절을 했다.

"안녕히 주무십시오, 각하. 그리고 다시 한 번 감사드립니다."

그는 이미 문을 향해 걷고 있었다.

"에스몽, 자네와 할말이 있네."

그리고 랭포드는 뒤 한 번 돌아보지 않고 문을 나섰다.

라일라는 복도에 서서 현관문이 닫히길 기다렸다. 그리고는 얼른 난간으로 다가갔다.

"공작님이 뭐라세요?"

그녀가 속삭였다. 이스말은 계단 앞에 서서 어깨 너머로 문을 돌아보았다. 비단결 같은 그의 머리카락이 벽에 걸린 양초에서 흘러나오는 빛을 받아 반짝거렸다. 뭔가가 라일라의 머리 속에 떠올랐다. 희미한 기억의 파편, 아니면 실마리. 하지만 그가 고개를 돌려 그녀를 보고 미소를 짓는 순간 사라졌다.

"아, 아무것도 아니었어."

그가 계단을 오르며 말했다.

"뻔한 얘기지, 뭐. 당신의 감정을 이용하지 마라, 스캔들 일으키지 마라, 목숨을 바쳐 당신을 지켜라—우리가 결혼을 하면 당신을 지키기도 훨씬 쉬울 거라 조언하시더군."

제기랄. 결혼 얘기를 쉽게 덮어두려 하질 않는군.

"그렇군요. 지금이라도 그 얘기를 하고 싶으시다면…….."

"또한 에이버리의 알리바이를 확인하느라 내 귀중한 시간을 허비할 필요도 없다는 전언이셨소. 그 건장한 두 남자들이 공작께서 헬레나와 계획을 짠 그날부터 당신 남편이 죽는 날까지 밤이고 낮이고 에이버리를 감시했었다더군. 공작께서도 당신의 후계자를 보호해야겠다는 판단을 내리셨던 거지. 일요일이나 월요일에는 에이버리가 이 집 근처에 얼씬한 적도 없다는군."

그는 그녀에게 다가갔다.

"두 달 동안이나 조사를 했는데, 다섯 명의 용의자 모두가 무혐의로 판명나 버렸군."

"결국 난 훌륭한 파트너는 못되는 모양이네요."

그는 그녀의 손을 잡았다.

"당신은 더없이 훌륭한 파트너야. 처음부터 얘기했잖아, 이런 일에는 인내심이 필요하다고. 원점으로 돌아가 모든 걸 다시 시작해야 하는 것이 이번 사건뿐이 아닌걸."

"정말 평생을 이 사건에 매달려야 하는 게 아닐까요?"

"그렇다 한들 놀랄 것도 없다고 생각해."

그는 그녀와 함께 침실을 향했다. 이스말은 문을 닫으며 말했다.

"적어도 앞으로 장장 열 달 동안은 날 바쁘게 하지 않을까 싶어. 그 사이에 난 내가 얼마나 훌륭한 남편감인지 당신에게 증명할 거고."

"그 사이 내가 얼마나 형편없는 아내감인지 알게 될지도 모르겠군요.

당신은 결혼해 본 적이 없잖아요. 그러니 결혼 생활이 어떤 건지 전혀 모를 거예요.”

“그건 당신도 마찬가지 아닌가? 당신은 프란시스 보몬트와 살았잖아. 정상적인 결혼 생활을 경험하지 못한 건 당신도 마찬가지라고.”

그가 그녀의 보디스를 풀며 말했다.

“적어도 내가 당 르 부두아르(침실에서는) 프란시스보다 훨씬 즐거운 상대란 건 당신도 알잖아.”

“그걸로는 부족해요.”

“난 프란시스보다 훨씬 더 깔끔하다고.”

“아, 그러면 됐어요.”

“아냐, 아직 내 결점에 대해선 말하지 않았잖아.”

그의 손이 그녀의 가슴을 덮었다.

“나는 가끔 성질을 부릴 때가 있어. 변덕스러울 때도 있고.”

그는 그녀의 목덜미에 키스했다.

“뿐더러 난 아주 구식이고 변태짓 쪽으로는 흥미도 없다고.”

“하지만 그쪽에 대해서 알건 다 아는 거죠? 사람을 침대 기둥에 묶는다느니 하는 것 말이에요.”

그가 뒤로 물러섰다.

“아, 아까 내가 한 말 때문에 호기심이 생긴 거로군.”

그녀는 수줍은 시선으로 그의 크러뱃을 응시했다.

“생각해 봤는데요…… 그러니까…… 꼭 아프게 묶을 필요는 없다고 생각해요.”

그는 잠시 고민을 하는가 싶더니 마침내 낮게 큭큭 웃으며 크러뱃을 풀었다.

“당신이 원한다면, 마 벨르(내 아름다운 이여).”

그가 부드럽게 속삭였다.

“그런데 한 가지만 묻지. 누가 묶이는 건데, 당신이야? 아니면…… 나야?”

17

2주 후, 이스말은 여전히 그날 낮과 밤에 일어났던 일들을 생각하느라 여념이 없었다.

적어도 침실에서만큼은 라일라도 이스말이 자신을 아프게 하지 않을 거란 사실을 믿는 모양이었다. 하지만 그녀도 말했듯 사랑의 행위가 전부는 아닌 법. 결혼 생활을 하다 보면 여러 가지 면에서 배우자를 아프게 할 수도 있다. 그녀가 선뜻 뛰어들지 못하고 주저하는 것도 이해는 갔다. 아직까지는 그녀가 자신을 완전히 신뢰하지 않는다는 것도 잘 알고 있었다. 상대방의 신뢰를 원한다면, 자신이 먼저 상대를 신뢰하는 수밖에 없는 것. 하지만 그는 아직 그럴 준비가 되어 있지 않았다. 그 역시 두려움을 떨칠 수가 없었던 것이다. 그녀에게 진실을 말했다가는 그녀를 영영 잃게 될지도 몰랐기 때문에.

그는 사람들로 가득한 랭포드 가의 볼룸 구석에서 그녀 곁에 서 있었다. 에이버리가 약혼녀와 춤추는 것을 보고 있자니, 그가 사랑하는 이를 영영 잃었다고 생각했던 기나긴 시간들을 무슨 수로 버텨냈을까 궁금증이 들었다. 분명 그만한 대가를 치렀기에 지금의 행복이 더욱 값지게 느껴질 테지. 에이버리가 행복해서 이스말도 기뻤지만, 그 모습을 보고 있자니 가슴이 싸아 하게 아파 왔다. 이스말과는 달리 에이버리는 자신이 사랑하는 여인을 온 세상 사람들 앞에서 떳떳하게 안을 수 있으니까.

"우리도 춤을 출 수 있다면 좋겠군."

그가 내뱉었다.

"함께 왈츠를 춘 지도 몇 달은 된 것 같아."

"나중에요. 나중에 집에 돌아가서 춰요. 아틀리에에서 당신이 내 귀에 콧노래를 불러주며 춤을 추면 되잖아요."

집이라. 정말 그녀의 집이 자신의 집이었으면 좋겠다고 생각했다. 그녀와 함께 잠들고 함께 깨어나 오붓하게 아침을 먹을 수 있다면 좋겠다. 동이 트기 전에는 반드시 자신의 집으로 돌아가야 한다는 사실이 싫었다. 엘로이즈에게 마담이 악몽에 시달리신다는 얘기를 듣고부터는 더더욱 라일라를 남겨두고 가기가 싫었다. 랭포드의 방문을 받고 나서부터 2주 동안 엘로이즈가 들은 것만도 벌써 두 번이라고 했다. 그녀는 이층에서 일을 하다가 비명 지르는 소리를 들었는데 라일라는 이스말의 이름을 외쳤다고 한다……. 그런데 그는 그녀 곁을 지켜줄 수가 없다.

"아니, 당신을 곧장 침대에 누이는 게 더 좋을 것 같아. 최근에는 잘 쉬지도 못했잖아. 엘로이즈 말로는 당신이 비명을 지르며 깨어난다던데……."

"내가 언제 비명을 질렀다고 그래요. 악몽이야 누구나 꾸는 거잖아요."

그녀가 그의 말을 잘랐다.

"도무지 풀리지 않는 미스터리 때문에 그런 것뿐이에요. 다섯 명의 용의자가 무혐의로 밝혀져서 얼마나 다행이라고 생각하는데요. 하지만 우리의 악당은 아직 얼굴 없는 괴물에 불과하죠. 그 얼굴을 보고 싶은데, 별로 진전이 없네요."

그녀가 주제를 슬쩍 돌린다는 것을 눈치챘지만, 굳이 그걸 물고 늘어지지는 않았다. 꿈 얘기를 하기 싫어하는 것 같았다. 자신이 두려움을 느낀다고 고백하기보다는 차라리 총에 맞는 편을 택할 여자다. 혹시라도 그에게 그런 말을 했다가 자신을 조사에서 배제시킬까 봐 싫은 것이다. 뭐, 어차피 최근 들어선 조사에 별 성과도 없었던 것이 사실이지만.

랭포드 공작이 다녀간 이래, 이스말과 라일라는 보몬트 주위 인물들의 목록을 수없이 훑어보았지만, 그 누구도 그들의 흥미를 끌지 못했다. 매일 밤 적어도 하나 이상의 사교 모임에 꼭꼭 참석해서 머리가 지끈거릴 때까지 얘기를 하고 다른 이들의 말을 경청했다. 매일 밤 두 사람은 그녀의 집으로 돌아가 머리를 맞대고 고민을 해보았지만, 아무런 결론도 내리지 못했다.

먼저 사랑을 나누고 그 다음에 사건 얘기를 하는 방법을 써보았다. 그 반대 순서도 해보았다. 그들은 일 얘기를 하다가 사랑을 나누다가 일을 하는 방법도 써보고, 사랑을 나누다가 일 얘기를 하다가 사랑을 나누는 것도 해보았다. 도무지 차이가 없었다. 열심히 머리를 굴려 봤건만, 양모(羊毛) 없이 물레를 돌려봐야 어디 실을 뽑을 수 있겠는가.

시간 낭비를 하는 게 아닌가 하는 걱정이 슬슬 들기 시작했지만 아직은 포기할 준비가 되어 있지 않았다. 누군가가 자신보다 한 수 위라는 개념을 도통 받아들일 수가 없는 것이다. 이쪽 일을 하면서 오랫동안 그를 피할 수 있었던 범인은 없었다. 어찌 되었건, 이번 사건에서는 범인이 똑똑해서 못 잡고 있는 것이 아니란 느낌이 들었다.

사건 초기부터 그의 머리는 평소처럼 능률적이고 냉정하게 돌아가질 못했다. 이유는 잘 알고 있다. 그 이유가 바로 지금 그의 옆에 서 있으니까. 두 사람 사이의 문제를 완전히 매듭짓지 못한다면 그는 절대로 이번 사건에 백 퍼센트 매진할 수가 없다.

그녀의 황갈색 눈동자가 초조하게 손님들을 살피는 것을 보았다.

"내 직감을 건드리는 이름이 하나도 없다는 걸 믿을 수가 없어요. 귀족들 거의 전부가 이곳에 있는데, 그 어떤 얼굴을 보아도 느껴지는 게 없어요. 아무 느낌도 안 온다고요."

그녀는 그를 돌아보았다.

"혹시나 우리가 그 다섯 명에게 초점을 맞췄던 이유가 그들이 어떤 식으로건 '안전'하다는 감을 잡았기 때문은 아니었을까요? 주변 상황이니 성격이니 방법이니 하는 것들이 들어맞지 않는데도 우리는 끝끝내 그 다섯을 물고 늘어졌었다고요."

"그러다간 병나겠어. 오늘밤만큼은 그 얘기를 잊어요. 두 사람의 약혼을 축하하는 경사로운 자리잖아. 저 둘은 앞으로도 잘 살 거야. 정말 잘 어울리는 한 쌍 아냐? 우들리 양은 에이버리의 장점을 잘 파악하고 있는 것 같아. 에이버리 역시 마찬가지이고. 각자의 장점이 서로의 약점을 훌륭하게 보완해 주고 있어. 뭐, 당신은 이미 다 아는 얘기일 테지. 에이버리가 우들리 양을 사랑하고 있다는 얘기를 내가 한 순간부터 당신은 이런 걸 다 예측했을 거라고."

그녀는 그에게 환한 미소를 보였다.

"그렇지 않다면 내가 불쌍한 피오나를 그렇게 들들 볶았을 리도 없겠지요."

그 '불쌍한 피오나'는 지금 자신의 주위를 둘러싼 숭배자들의 무리에서 빠져나와 라일라와 이스말을 향해 걸어오고 있었다.

"심장이 바닥으로 떨어져 산산조각이 난 사람의 수를 세어 봤더니 딱 여섯 명이로군요."

피오나가 다가서자 이스말이 너스레를 떨며 그녀를 맞았다.

"다들 회복이 빠른 편이니 걱정 말아요. 라일라에게 다가갈 수 없다는 것을 깨닫는 순간 나에게 달라붙더라구요. 보나마나 얼마 지나지 않아 또 다른 여자에게 달라붙을 인간들이에요."

"셀로우비 경은 그럴 것 같지 않은데요. 저건 마음의 결정을 내린 남자의 얼굴입니다."

라일라가 이스말의 시선을 따라갔다.

"아주 관찰력이 뛰어나시군요, 에스몽."

"웃기는 소리하지 마. 셀로우비는 절대 결혼하지 않겠노라 선언한

독신남이라고. 뿐더러 저 사람을 내가 언제 적부터 알았는 줄 아니? 맙
소사, 한 서너 살 때부터 알았던 것 같다. 내 형제 같은 사람이라고."

피오나의 말을 듣고 이스말은 라일라와 음모의 시선을 교환했다.

"마담, 마지막으로 중매를 서신 지도 벌써 몇 주가 되신 것 같은데
요. 연습 부족으로 기술이 녹스는 건 원치 않으실 테지요."

"물론입니다."

"라일라, 너 설마……."

"그 설마야. 너에겐 빚이 있잖니, 피오나."

라일라는 셀로우비와 시선을 맞춘 뒤 부채를 들어 다가오란 시늉을
했다.

레이디 캐롤이 자신을 불렀던 파리의 그 밤을 떠올리며 이스말은 그
들을 지켜보았다. 셀로우비 역시 그때의 자신처럼 망설이지 않았다. 그
들 앞에 다가서는 셀로우비의 강렬한 시선으로 미루어 판단하건대, 이
남자 역시 자신이 원하는 게 뭔지 똑똑히 알고 있는 것이다.

"귀찮게 해서 죄송합니다."

라일라가 셀로우비에게 말했다.

"제가 지금 에스몽 경께 셀로우비 경께서 지중해를 횡단하는 경주를
벌이셨었다는 말씀을 드리고 있었거든요. 래클리프 경께 듣기는 했습
니다만, 시간이 정확하게 얼마나 걸렸는지 기억이 나지 않아서요."

"아아, 케케묵은 얘기로군."

피오나가 내뱉었다.

"정말 그렇군요, 십 년 전 얘기니까요. 젊은 날의 어리석음이랄까요.
한달쯤 걸렸었나, 6주였나? 뭐 그것보다 길었을지도 모릅니다. 솔직히
말해 내가 기억하는 건 래클리프를 간발의 차이로 이겼다는 것과 런던
이 무척이나 춥게 느껴졌었다는 것뿐입니다."

"아마도 경기 내내 술에 취해 있었을 테죠. 분명 시간이 지나간 게
흐릿하게 느껴질 거예요."

"내 젊은 날의 헛짓거리를 두고 내게 뭐라 할 처지는 못되는 것 같

은데, 피오나. 당신 역시 그 당시엔 만만치 않았었다고. 당신이 레티스
의 나이였을 때는……."

"아아, 레이디의 나이 얘기를 하다니, 에티켓이 나쁘군요."

피오나가 얼른 부채질을 하며 말했다.

"아, 아직 그런 것에 민감할 정도로 나이가 많은 것도 아니면서, 뭘.
아직 젊잖아."

그녀는 이스말을 바라보았다.

"보셨지요, 에스몽. 영국의 기사도는 완전히 죽었답니다. 두고보세요.
레티스가 결혼만 하고 나면 난 프랑스로 가는 배에 몸을 실을 거예요."

"과연 당신이 할 만한 짓이로군."

셀로우비가 말했다.

"혁명이 터지기 일보 직전의 나라로 떠나겠다니 말이야."

"아무리 폭동이 날 거라 겁을 줘봐야 레이디 캐롤은 눈썹 하나 까딱
하지 않을 걸요. 오히려 어머 신나라 할 거예요."

"참도 폭동이 일어나겠다."

레이디 캐롤이 경멸스럽다는 투로 말했다.

"넌 셀로우비의 편을 들면 안 되는 거야, 라일라. 프랑스에서 폭동이
일어날 리가 없다는 건 너 역시 나만큼이나 잘 알고 있잖아. 그럴 기미
가 있었더라면 헤리어드 씨가 자신들의 고객을 두고 파리에서 떠날 리
가 없잖니."

"도대체 여기서 헤리어드 씨 얘기가 왜 나오는 건지. 내가 모르는 사
이에 헤리어드 씨가 프랑스 대사라도 되었나?"

셀로우비의 말에 피오나가 대꾸했다.

"헤리어드 씨는 외무성의 높은 쪽에 선이 닿아 있거든요. 무슨 사태
가 벌어질 조짐이 있다면 헤리어드 씨가 먼저 알았을 거예요. 앤드루
헤리어드는 필요하다면 완력을 써서라도 프랑스에 사는 자신의 고객들
을 영국으로 끌어올 걸요? 너도 그렇게 생각하지 않니, 라일라? 헤리어
드 씨를 너보다 잘 아는 사람이 또 누구 있겠니?"

"사실이야. 그분은 자신의 임무를 완수하실 때까지 그곳을 떠나시지 않을 거야. 자신이 책임지고 있는 사람들이 모두 안전하게 대피하기 전까지는 절대 안 움직이실걸."

"그리고 물론 그 뒷정리까지 완벽하게 마무리짓겠지."

레이디 캐롤이 말했다.

"하나하나 빠짐없이 깨끗하게 마무리지을 거야."

"정확한 사람이죠."

이스말이 중얼거렸다.

"고결한 법조계의 표상이에요."

"헤리어드 씨가 어떤 사람인지는 누구나 다 알죠. 그러니 셀로우비 경, 이젠 프랑스에서 폭동이 날 거니 뭐니 하는 소리가 실수였다고 남자답게 인정해요."

"아, 그보다 나은 제안을 하죠."

그가 검은 눈을 반짝이며 말했다.

"지저분한 여객선 따위는 그만 두고 내가 직접 내 요트로 당신을 프랑스까지 모셔다 드리리다."

부채가 요란하게 퍼덕이기 시작했다.

"정말 그럴 거예요? 맨 정신으로, 아니면 취해서?"

"레이디 캐롤 옆에 있으려면 정신을 집중해도 힘들죠. 당연히 맨 정신으로입니다. 하지만 당신은 원한다면 취해 있어도 좋아요."

잠시 후, 셀로우비는 피오나와 함께 댄스 플로어 위를 누비고 있었다. 라일라는 그들이 아닌 이스말을 보고 있었다. 자꾸만 머리 속을 파고드는 불길한 생각을 떠올리고 싶지 않았다. 입 밖으로 꺼내기는 더더욱 싫었다. 하지만 불행히도 말할 필요조차 없다는 것을 알았다. 이스말의 푸른 눈동자가 맹수처럼 번득이고 있음을 깨달았기에. 전에도 저런 표정을 본 적이 있었다. 그건 맨 처음 파리에서 그를 만났을 때였다.

"하나하나 빠짐없이 깨끗하게 마무리짓는다."

그가 말했다. 과연 그녀가 두려워하던 것이 현실로 나타나는 순간이다.

"뒷정리까지 완벽하게 마무리짓는다."

"그것과는 달라요."

"집으로 들어섰을 때, 집안이 완벽하게 정리되어 있었다고 당신이 말했었지. 나 역시 침실을 조사했었어. 탁자 위까지 거의 군대식으로 완벽하게 정리되어 있더군. 에이버리도 그런 행동을 하긴 하지만 그는 머리가 복잡해 생각을 정리하고 싶을 때만 그러는 편이지, 평소에는 그런 행동을 하지 않아. 하인들이 모든 걸 알아서 해주니까."

"하지만 동기가 없다고요."

그녀가 말했다. 말은 그렇게 했지만 머리 속에서 동기쯤은 금세 알아낼 거라는 속삭임이 들렸다.

"성격이 일치해. 정확한 성격. 냉정함. 사소한 것까지 눈치챈다. 신중함 역시 훌륭한 변호사가 갖춰야 할 덕목 아닌가? 가족들의 비밀을 지켜야 할 테니까."

"동시에 두 곳에 있을 수는 없어요. 그때 헤리어드 아저씨는 이미 도버를 떠난 상태였다고요. 칼레를 향한 첫번째 여객선을 타고 계셨어요. 그래서 내 전갈을 못 받으셨던 거라고요."

"자신이 한 말에 확신이 있다면 당신도 이렇게 당황하지는 않을 거야."

그가 부드럽게 말했다.

"하지만 당신 역시 나와 똑같은 결론에 도달했을 거야. 이제 우리 앞을 가로막던 다섯 명의 문제들이 말끔히 청소되고 나니, 그 결론으로 가는 길이 훤하게 드러난 거거든. 당신 말대로 우리가 그 다섯에게 집착했던 것에는 다 이유가 있었어. 어떤 식으로건 우리는 그들의 문제가 연관되어 있다는 감을 잡았던 거지. 어쨌거나 일단은 헤리어드의 알리바이를 함께 확인해 보자고."

"싫어요. 당신이 하겠다면 난 막을 수 없어요. 하지만 돕지는 않을 거예요. '함께'란 말 쓰지 말아요. 난 아무것도 거들지 않을 거니까."

그가 바짝 다가섰다.

"라일라, 당신 친구들 일까지 내게 맡길 만큼 날 신뢰했잖아. 헤리어 드 일도 날 믿고 맡겨 봐."

그녀는 고개를 저었다.

"아뇨. 난 그들에게 빚을 진 적은 없어요. 하지만 난 헤리어드 아저 씨께 빚이 있다고요. 난 절대……."

목구멍이 꽉 메어 왔다. 눈이 따끔거린다. 더 이상 한 마디라도 더 내뱉었다가는 눈물을 펑펑 쏟을 것만 같았다.

"라일라, 나를 봐."

그가 부드럽게 말했다.

"내 말을 들어 봐."

싫어. 아니, 차마 그럴 수 없어. 그 앞에서 금방이라도 추태를 보일 것 같았다. 그녀는 다른 사람들의 이목을 끌지 않으려고 노력하며 최대 한 빨리 그 자리를 떴다. 혼자 있고 싶었다. 딱 일 분만. 마음을 다독거 릴 수 있게.

눈물로 시야가 온통 뿌옇게 흐려져서 앞이 제대로 보이지 않았다. 간신히 제일 가까운 문까지 뛰어갔다. 복도를 헤치고 마구 앞으로 달려 나갔다. 어디로 가는지 모른다. 상관없다. 딱 일 분만 혼자 있고 싶어. 딱 일 분이면 돼.

"라일라."

등뒤에서 근심이 가득한 그의 목소리가 들렸다.

싫어. 부탁이야. 날 제발 혼자 내버려둬 줘. 딱 일 분만. 그녀는 마음 속으로 외쳤다. 딱 일 분이면 되는데. 눈앞에 계단이 보였다. 그녀는 얼 른 계단을 뛰어 올라갔다.

"라일라, 이러지 마."

그녀는 층계참에서 멈춰 서 뒤를 돌아보았다. 그 순간 하인 하나가 그 쪽으로 다가왔다. 그녀는 이스말이 몸을 움직여 하인에게 뭐라고 얘기하 는 모습을 보았다. 그의 머리 위로 쏟아지는 불빛, 익숙하고 느긋한 웅얼 거림…… 비단결처럼 매끄럽고 부드러운 목소리. 귀에서 벌레가 날 듯

웅웅거리는 소리가 들리기 시작했다. 눈앞에 뭔가가 번쩍거린다.

그녀는 계단에 주저앉아 머리를 부여잡고 심호흡을 했다. 현기증은 금세 가셨지만 등골 서늘한 공포만은 여전히 남아 있었다. 일순 눈앞에 매일 밤 꾸는 악몽이 되살아난 기분이었다. 하지만 그것과는 조금 다르다. 복도의 생김이 다르다. 주인으로 보이는 남자 옆에 있는 하인은 두 명이 아닌 한 명뿐이다. 게다가 꿈속의 두 남자는 외국인이었지만, 눈앞의 지금 이 남자는 영국인이다.

희미하게 들리는 발자국 소리. 그리고 목소리.

"마담."

자신의 손을 감싸쥐는 손. 그의 손.

그녀는 고개를 들었다. 이스말이 그녀 앞에 쪼그리고 있었다. 그의 등뒤로 하인이 서 있었다.

"몸이 불편한가 봅니다."

이스말이 말했다.

아픈 건 아니었지만, 하인도 있고 해서 그냥 고개를 끄덕였다.

이스말은 그녀를 품안에 안아들고 계단을 올라갔다. 하인이 앞장서서 길을 안내했다. 도착한 곳은 조그만 응접실. 이스말은 조심스럽게 라일라를 장의자에 내려놓았다. 하인이 옆에서 잔에 물을 따라주었다.

그녀가 고분고분 물을 마시는 동안 하인은 이스말에게 뭐라고 귀엣말을 한 뒤 그곳을 나갔다.

"마차를 집 앞으로 가져오라고 부탁했어."

이스말이 그녀 곁으로 돌아와 말했다.

"하녀 한 명이 당신 집까지 동행해 줄 거야."

그녀는 혼란스런 눈빛으로 고개를 들었다.

"당신은 오지 않는 거예요?"

"안 그래도 당신 마음이 많이 상했잖아."

그의 목소리는 거칠었다.

"볼룸에서 당신이 울면서 뛰쳐나가게 만들었잖아. 계단에서는 거의 기절할 뻔했었고. 그런데 당신을 스캔들의 주역으로까지 만들 수는 없어. 난 여기 남아서 당신이 돌아갈 수밖에 없었던 이유를 어떻게든 둘러대 볼게. 음식을 많이 먹은 데다가 샴페인도 꽤 마셨고, 방안에 사람들이 북적거리기까지 해서 몸이 안 좋아졌다고 당신 친구들에게 말해줄게. 그 와중에도 난 당신에게 아기가 생겨 어지러워 비틀거린 건 아니기만을 기도해야겠지.”

그는 몸을 돌리고 손가락으로 머리카락을 쓸어올렸다.

“그런 거라면 내게만은 말해 줘, 라일라.”

“기분이 안 좋았던 것뿐이에요.”

그녀가 담담하게 말했다.

“나 때문에 당신까지 기분 상했다면 미안해요. 그리고 임신했을지도 모른다는 말—불가능한 일이니까 걱정 말아요.”

그는 떨리는 한숨을 내쉰 뒤 그녀에게 돌아왔다.

“당신이 그렇게 달아나 버리면 내 마음속에선 끔찍한 것들만 생각나. 미안해. 너무 심하게 말해서.”

“끔찍한 생각만 난다고요?”

그는 황량한 눈빛을 하고 있었다.

“내게 소중한 사람이니까, 당신은.”

뭐가 잘못된 것인지 알 수는 없지만, 앤드루 아저씨의 일이나 자신이 임신했을 거라 걱정했던 것 말고도 더 커다란 문제를 감추고 있는 게 분명했다. 그의 비밀이 무엇인지 알게 될까 봐 두려웠다. 이미 그녀의 세상은 산산조각으로 부서지고 있는데. 앤드루 아저씨가 범인이라면, 세상 그 누구도 진실할 수 없는 것이다.

그녀에게 남은 것은 이 남자뿐이다. 진심으로 사랑하게 된 이 사람뿐. 제발, 그녀는 속으로 애원했다. 당신마저 거짓이라고 말하지 말아요.

발걸음 소리가 다가왔다.

“오늘밤엔 꼭 집에 들러요.”

그녀가 부드럽게 말했다.

“당신이 필요해요. 최대한 빨리 집으로 와줘요. 부탁이에요.”

몇 시간쯤 뒤, 그가 집으로 왔다.

그녀는 나이트가운을 걸치고 침대 위에서 베개에 기대어 비스듬히 앉아 있었다. 그녀의 무릎 위에는 스케치북이 펼쳐져 있었고, 손에는 연필이 쥐어 있었다. 그가 침실로 들어오고 난 후에도 그녀는 한참 있다가 고개를 들어 그와 시선을 맞췄다.

무엇이 그녀의 마음을 사로잡았던 것일까 궁금하다는 생각이 들었다. 하지만 그보다는 먼저 고백을 하는 것이 급선무이다.

“당신에게 꼭 해야 할 말이 있어.”

“설명하고 싶어요.”

그녀도 동시에 말했다.

“라일라.”

“부탁이에요. 당신 도움이 필요해요. 난, 난 지금 뭘 어떻게 해야 할지 모르겠어요. 당신을 실망시킬까 봐 두려워요.”

양심에 깊은 타격을 받았다.

“라일라, 당신이 날 실망시킬 리가 없잖아. 오히려 내 쪽이……”

“이해해요. 당신은 그냥 정리를 해두고 싶은 것일 테죠. 그 누구에게도 상처 주고 싶은 마음은 없었을 테니까. 당신도 나만큼이나 진범을 찾고 싶어한다는 거 알아요. 모두의 혐오를 받아 마땅한 사람. 엄중한 처벌을 받아도 마땅한 사람. 문제는 말이죠, 프란시스가 워낙 악랄한 사람이었기 때문에 어차피 그보다 더 악랄한 범인은 찾을 수가 없었다는 거예요. 그런데 심지어 모두가 사랑하고 존경하는 사람이 범인이라니. 당신이 앤드루 아저씨에게 악감정 따윈 없다는 거 알아요. 나, 당신을 사랑하고 당신의 파트너가 되고 싶었어요. 세상 땅끝까지라도 당신을 쫓아갈 거예요. 하지만……”

“그런 부탁은 한 적 없어. 당신에게 그런 걸 요구할 권리는 없어, 내겐. 아니, 그 어떤 것도 요구할 권리조차 없어.”

"무슨 말이에요. 당신에겐 그럴 권리가 있어요. 난 당신이 이해해 주
길 바래요."

그녀가 매트리스를 두드렸다.

"라일라, 잠깐만, 부탁이야. 당신이 다른 무슨 말을 하기 전에 꼭 할
말이……."

"알아요. 당신이 지금부터 아주 끔찍한 고백을 해오리란 것."

그의 심장이 마구 쿵쿵거렸다.

"그래."

"내 마음을 아주 찢어놓을 건가요?"

그녀의 눈이 기묘하게 빛났다.

"날 갈가리 찢어버릴 생각인가요? 누가 그런 날 끌어안고 원래대로
되돌려줄까요? 앤드루 아저씨 일은 바로 그게 문제였던 거예요. 모두가
아저씨에게 기대요. 나만 해도 문제가 생긴다면 아저씨를 찾아가니까.
아저씨라면 내 모든 문제를 바로잡아 줄 수 있으니까. 내가 어릴 때도
그랬어요. 날 바른 길로 이끌어 주셨죠. 강하고 선한 사람이 되라고 가
르치셨어요. 그런데 이제 와서 아저씨가 비정한 살인범이라니. 그 생각
만 하면 온몸에 소름이 돋아요."

그녀는 관자놀이를 문질렀다.

"당신이 차라리 좀 일찍 왔으면 좋았을 뻔했네요. 아주 끔찍한 생각
들만 하고 있었거든요. 이러다간 내가 미치는 게 아닌가, 아주 기절할
것만 같았어요. 귓가엔 계속 웅웅대는 이명이 들리더군요. 마지막으로
이런 기분이 들었던 때는 아빠가 살해당하신 날 밤이었던 것 같아요.
아빠 역시 내가 생각했던 것과는 전혀 다른 인물이었죠. 뭐가 뭔지 알
수 없게 뒤섞여 버렸어요. 계속해서 그 어두운 복도에 아빠와 프란시스
가 서 있는 꿈을 꿔요."

그녀는 숨가쁘게 말을 이었다.

"오늘밤에도 난 내가 꿈을 꾸는 줄 알았어요. 당신이 고개를 돌려 하
인에게 얘기할 때 난 너무 두려웠어요. 똑같은 복도도 아니고, 똑같은

하인도 아니었는데, 난 당신이 두려웠어요. 하지만 이번에는 잠에서 깨어나지 않았죠. 왜냐면 난 자고 있는 게 아니었으니까.”

그는 침대로 다가가 그녀의 손에서 스케치북을 받아들었다. 펼쳐진 페이지에는 조금 거칠고 투박한 그림이 그려져 있었다. 그래도 메흐메와 리스토, 그리고 그들 사이에 서 있는 흐릿한 윤곽의 남자가 누구인지 알아볼 수 있었다. 위에서 내려다본 광경. 화가는 위쪽에서 모델들을 굽어보고 있었다…… 십 년 전 그날 그녀가 그리했듯이.

“이게 당신이 꾸는 꿈이로군.”

뱃속을 얼음처럼 섬뜩한 뭔가가 휘젓는 기분이었다.

“이게 누군지는 알고 있어?”

“꿈은 언제나 똑같아요. 열린 문가로 새어 들어오는 빛. 언제나와 똑같은 두 남자. 그리고 그들 사이에 서 있는 당신.”

그는 침대에 앉았다.

“그래, 내가 이 사이에 서 있었지. 십 년 전, 베니스에 있는 어느 저택이었지. 위층에 여자아이가 있다고 리스토가 말을 했었어.”

목구멍이 꽉 조여들었다.

“난 굳이 올려다보지도 않았어. 그냥 어린아이이려니 하고 생각했었지.”

불길한 기운이 그를 감쌌다.

“당신이었나요?”

낮고 딱딱한 그녀의 목소리.

“그게 정말 당신이었나요?”

그는 고개를 끄덕였다.

“여태껏 날 속였어, 이 개자식.”

그녀의 움직임을 느꼈고, 뭔가가 공기를 가르며 날아오는 것도 느꼈지만, 피하는 것이 조금 늦었다. 뭔가를 머리에 맞고 그는 앞으로 고꾸라지며 바닥에 쓰러졌다. 세상이 빙글빙글 돌며 어둠이 자신을 삼키려 했다. 금속을 망치로 두드리는 듯한 쩔그렁거리는 소리가 귓가에서 시끄럽게 울렸다. 몸을 일으키려고 엉겁결에 손을 내밀자 뭔가가 요란한 소리를 내며 그의 옆으로 쏟아져 내린다.

요란한 소리—비명소리, 쿵쿵거리는 발소리—가 들렸지만 그는 뭐가 뭔지 도무지 분간을 할 수가 없었다. 지금 이 순간 그가 할 수 있는 것은 기절하지 않게 최선을 다하는 것뿐. 의식을 잃지 않는 것에 모든 의지력을 쏟아부었다. 간신히 무릎을 세우고 일어나 앉는데 문이 벌컥 열렸다.

"무슈!"

"마담!"

그는 가까스로 고개를 치켜들고 초점을 맞추려 했다. 옆에 쓰러진 스탠드가 보였고…… 갸스빠르와 엘로이즈의 얼굴이 보였다.

그는 목소리를 쥐어짰다.

"드 리엥(아무것도 아니다)."

간신히 말했다.

"알레 부 정(둘 다 가봐)!"

"저 사람 데리고 나가!"

라일라가 비명을 질렀다.

"내가 저 사람을 죽이기 전에 이 방에서 데리고 나가! 끌어내, 저 사람을……."

그리고 나머지는 흐느낌이었다.

엘로이즈는 남편을 끌고 방을 나선 뒤 문을 꼭 닫았다.

라일라의 울음소리를 제외하면 침묵뿐이다.

이스말의 눈시울도 뜨겁게 달아올랐다. 그녀를 향해 고개를 돌렸다. 그녀는 침대 끝에 앉아 양손에 얼굴을 묻고 있었다.

용서를 구하지 않았다. 그녀로서도 용서하는 것은 불가능할 것이기에. 사과를 할 수도 없었다. 이제 와서 과거를 되돌릴 수는 없었으니까. 그가 할 수 있는 것은 단 한 마디. 거짓으로 가득 찼던, 이제는 산산조각이 나버린 그의 심장에 담겨 있던 단 하나의 진실.

"쥬 뗌므(사랑해)."

그가 무력하게 말했다.

"당신을 사랑해, 라일라."

그녀는 절망이 가득한 눈으로 그를 내려다보았다. 이해하고 싶지 않았다. 현실이 아닌 척 외면하고 싶었다. 그 누구도, 그 무엇도.

아빠. 프란시스. 앤드루 아저씨.

그리고 이 남자.

아름답고 믿어지지 않는, 자신의 그 무엇—명예, 자존심, 신뢰—이라도 다 주었을 이 남자를. 이 남자 앞에선 그 무엇도 아끼지 않았다. 몸이건 영혼이건 그에게 줄 수 있는 것은 무엇이건 주었다. 그것도 기꺼이.

그 역시 그녀를 기쁘게 했고, 그녀의 마음을 충만하게 해주었다. 그 역시 그녀에게 몸과 영혼을 주었다.

그러나 그 역시 결국은 인간이었던 것이다. 그의 눈에서 그가 상처받았음을 보았다. 자신이 저질렀던 끔찍한 일을, 그가 자신의 입으로 고백했던 것을 떠올렸다.

"당신은 내가 가진 전부예요."

그녀는 떨리는 목소리로 말했다.

"당신밖에 없어요. 당신을 사랑해요. 당신 때문에 너무도 행복했어요. 그러니까 우리 서로에게 공평해지도록 노력해요."

그녀가 손을 내밀었다.

그는 한참 동안이나 경직된 얼굴로 그녀의 손을 바라만 보고 있었다. 마침내 그가 손을 내밀자, 그녀는 그 손을 잡고 바닥으로 내려앉았다.

"오래 전에 당신에게 말했어야 하는 건데, 너무 두려웠어."

그가 맞잡은 손에 시선을 주며 말했다.

"당신은 내게 너무도 소중한 존재야. 당신을 잃는다는 거, 견딜 수가 없었어. 하지만 오늘밤만큼은 내 위치를 참을 수가 없었어. 당신을 위로해 줄 수도, 집까지 바래다 줄 수도 없었어. 당신이 악몽을 꾸며 괴로워

할 때 역시 달래줄 수 없잖아. 내 여자 하나 보살필 수 없다는 게 화가
나. 당신이 내 아내가 아니기 때문에 내겐 아무런 권리도 없다는 게 화
가 나. 당신에게 정식으로 청혼할 수 없다는 것도 싫어. 내가 당신에게
모든 것을 솔직하게 털어놓기까지는 당신에게 결혼하자고 조를 수도 어
를 수도 없다는 게 화가 나. 내겐 이토록 중요한 일인데도 말이야.”

“그래서 이젠 모든 걸 털어놓은 건가요? 그게 전부예요? 그날 밤 베
니스에서 아빠와 함께 있었던 것이 당신이었고, 그 남자들은 당신의 하
인이었다는 것이 전부인가요?”

“물론 감춰진 과거는 많아. 그것보다 끔찍한 것도 많다고. 난 많은
이들을 다치게 했어. 하지만 그 빚은 이미 오래 전에 갚았지. 당신의
조국에도 난 무수한 봉사를 했어. 거의 십 년 동안이나 당신네 나라의
국왕을 모셔 왔지.”

그는 어두운 눈으로 고개를 들었다.

“하지만 당신에게는 빚을 갚을 수가 없었어. 오히려 내 죄는 늘어만
갔어.”

십 년. 타국의 왕을 십 년이나 모셔야 했던 세월. 최악의 끔찍한 범
죄자들만을 상대하며 자신의 빚을 갚아 나갔다. 그 누구도 손댈 수 없
이 복잡미묘한 사건들만 떠맡았을 것이다. 영국 정부는 감히 손대지도
못할 더럽고 끔찍한 사건만이 이스말에게 떨어졌을 테지.

“국왕폐하께서 만족을 하신다는데.”

그녀가 조심스레 말했다.

“내가 뭐라고 토를 달겠어요. 당신이 설령 내 아버지를 죽였다 하더
라도 당신은 이미 그 대가를 지불한 것 같네요.”

“난 당신 아버지를 죽이지 않았어.”

그가 말했다.

“이것만큼은 믿어 줘.”

“당신을 믿어요. 하지만…… 알고 싶네요. 무슨 일이 있었는지.”

“듣기 유쾌하진 않을 텐데.”

"그건 이미 예상하고 있던 일이에요."

그의 표정이 희미하게 누그러졌다. 그는 양반다리를 하고 앉아 이야기를 꺼낼 준비를 했다.

그리고 시작했다. 맨 처음 이름을 밝힐 수 없는 그녀 아버지의 동업자로부터 훔친 군수품을 사들이던 때부터. 이스말이 계획했던 알바니아의 혁명은 그가 복잡한 일에 연루되고 제이슨 브렌트머의 딸을 사랑하게 되면서부터 일그러지기 시작했다. 알리 파샤가 자신을 독살하려 했던 것과, 두 하인의 도움을 받아 간신히 알바니아를 빠져나온 이야기를 했다. 그리곤 베니스로 가서 조너스 브리지버튼을 협박해 익명의 동업자가 누구인지 밝혀냈다고 설명했다. 브리지버튼을 협박하는 과정에서 위층에 숨어 있던 라일라를 이용했던 것과 라일라에게 약을 먹여 잠재웠던 이야기도 털어놓았다.

두 하인들의 반대에도 불구하고 영국으로 건너와 자신의 앞길을 가로막았던 모두에게 복수를 하려 했고 거기엔 익명의 무기 상인과 에스메의 연인인 이든몽, 그리고 에스메 본인도 복수자 명단에 포함되어 있었다. 그리고 뉴헤이븐에서 있었던 마지막 사건, 에스메가 자신의 목숨을 구해주었으며 그 가족들에게 어떤 식으로 죄를 갚았었는지를 말했다.

뉴사우스웨일스로 향하던 배가 난파하는 바람에 자신이 살아남은 이야기며, 퀜틴을 만나게 된 경위도 다 설명했다. 퀜틴이 자신을 호주로 유배 보내느니 유럽에 두고 이용하는 편이 더 낫다는 결론을 내렸다는 것까지.

마침내 이야기를 끝마치고 이스말은 고개를 푹 숙였다. 그녀가 화를 낼까 두려웠다.

"당신에게 있어서 1819년은 참으로 많은 일이 있었던 해로군요. 당신이 브리지버튼의 딸을 잊지 않았다는 게 놀라울 정도예요."

"맨 처음 당신 아버지의 이름을 들었을 때 곧바로 기억해 냈었어." 그가 우울하게 말했다.

"상당히 당황했었지. 보몬트가 당신을 구출해 주었다는 것과 당신의 순결을 빼앗아 결국 그와 결혼할 수밖에 없었다는 얘기를 들었을 때는 정말 수치심에 죽고 싶은 심정이었어. 당신이 끔찍하기 이를 데 없는 십 년이란 세월을 살아야 했던 것이 바로 나 때문이었으니까.”

그녀는 머리를 치켜들었다.

“그런 말 말아요. 내가 그 남자의 불쌍한 희생물이었다는 식으로 말하지 말아요. 프란시스가 끔찍한 사람이었다는 것은 인정하지만…….”

“끔찍? 그자는 아내를 두고도 바람을 피우는 자였어. 침대에서조차 당신에게 그 보상을 하지 못하는 자였다고. 술주정뱅이에 아편 중독자에, 반역자에…….”

“하지만 그 사람은 날 화가로 만들어 줬어요.”

그녀가 날카롭게 쏘아붙였다.

“아무도 인정해 주지 않던 내 재능을 인정해 주었다고요. 내 재능을 소중히 여겼기에 날 학교에 보내줬어요. 내 첫 그림 선생님이 여자 학생을 받게 만들었던 사람이에요. 첫번째 고객을 내게 안내해 준 사람도 그였죠. 비록 타인의 삶을 짓밟고 망쳐놓았지만, 내게만큼은 그러지 않았어요. 그리고 나 역시도 조너스 브리지버튼의 딸이라고요. 나도 그 사람에게 못된 짓을 할 만큼 했어요. 조금 전만 해도 각파*를 당신 머리에 던져 기절할 뻔하게 만들었잖아요. 내 평생 남자에게 성질을 부린 게 이번이 처음은 아니었다고요. 그러니까 날 동정하지 말아요. 그런 건 받고 싶지 않으니까.”

그녀는 그와 잡고 있던 손을 뺀 뒤 벌떡 일어서 발걸음 소리도 요란하게 난로 앞으로 걸어갔다.

“우습군요. 당신은 날 사랑한다고 했는데, 결과적으로 이렇게 우스운 꼴이 되고 말았으니까요. 내게 보답을 해야 한다는 둥 우스운 소리만 늘어놓고 있군요. 세상 모든 남자들 가운데 하필 당신이 그런 소리를 하고 있으니 정말 기가 막히는군요. 당신은 모든 것을 알고 있잖아요.

---

* bed warmer. 침대를 따스하게 하기 위해 데워서 이불 속에 넣어놓는 그릇.

프란시스조차 몰랐던 모든 것들을. 당신에게 단 하나의 비밀도 숨기지 않았어요. 그런데 당신은 날 가여운 희생양 취급을 하는군요.”

“라일라.”

“‘난 남자니까 당신보다 우월하다’란 태도가 싫은 거예요, 난.”

그녀는 멈추지 않았다.

“레이디 브렌트머께서 하신 말씀이 구구절절 옳았군요. 남자는 여자보다 힘이 더 세다고 해서 자신들이 최고인 줄 안다고.”

“라일라.”

“남자들은 우리가 필요하다는 걸 인정하지 못한다고. 아담도 누군가를 필요로 했었죠. 아담은 혼자서 선악과를 삼킬 용기조차 없었어요. 차라리 이브 혼자 선악과를 먹었더라면 좋았을 거예요. 그랬더라면 아담은 지금까지도 혼자 외로이 에덴을 거닐고 있었겠죠. 아무것도 모른 채, 자신이 얼마나 어리석은 존재인지도 모르는 채 말이에요. 그 바보는 자신이 벌거벗었다는 것도 몰랐었죠. 무화과 잎으로 가리개를 만들었던 건 누구일까요? 절대 아담은 아니었을 거예요. 그 바보 아담은⋯⋯.”

문이 쾅 하고 닫히는 소리.

그녀는 휙 돌아섰다.

이스말의 모습이 보이지 않았다.

그녀는 얼른 문가로 달려가 문을 열고 뛰어나가려다가 그와 부딪혔다. 그가 팔을 펼쳐 그녀를 꼭 끌어안았다.

“내 힘이 더 세. 당신보다 내 고집이 더 세다고. 하지만 난 바보 멍청이가 아니야. 내가 실수를 저질렀다는 건 알아. 그래서 당신에게 미안해. 당신을 모욕하려던 뜻은 아니었어. 당신이 강하고 용감하고 위험한 여자란 걸 알아. 그래서 당신을 사랑해. 열정적인 당신의 가슴도, 사악하기 그지없는 당신의 머리도, 아름다운 육체도 모두 사랑해. 그러니까 나의 호랑이, 제발 우리 휴전하자.”

이스말이 깨어났을 때 여인의 따스한 등이 그의 사타구니에 닿아 있었다. 그는 손을 내밀어 라일라의 탐스런 가슴을 쓰다듬으며 아침에 나누었던 뜨거운 사랑을 멍하게 떠올렸다.

아침이라고?

그는 눈을 번쩍 떴다. 햇빛이 가득 새어 들어오고 있었다. 마구 두려움이 밀려드는 것을 꾹 참으며 그녀에게서 몸을 떼려고 하자, 그녀는 뭐라고 웅얼거리며 돌아누워 그의 어깨에 고개를 파묻었다.

그런 그녀를 보니 입가엔 바보 같은 미소만 새어나올 뿐이었다. 그녀의 등을 쓰다듬으며 사랑하는 여인을 품에 안고 깨어나는 것이 너무도 기분 좋다는 생각을 했다.

애무하는 그의 손 아래 그녀가 몸을 움직이더니만 졸음이 묻어나는 미소를 지으며 고개를 들었다.

"뭐가 그렇게 우스워요?"

"기뻐서 그래. 바보 같지만 기뻐서 어쩔 수가 없어."

그녀도 뭔가를 깨달은 듯 눈을 깜박였다.

"맙소사, 벌써 아침이네요."

"응."

"그런데 여태 여기 있었어요?"

"응. 내가 바보라고 말했잖아. 나도 아마 잠이 든 모양이야."

그녀는 얼굴을 찡그렸다.

"머리를 맞아서 그랬나 봐요."

"아냐. 내 양심 때문인 것 같아. 지난 몇 주 동안 죄책감 때문에 괴로웠거든. 당신 때문에 죄책감이 가시니까, 푹 잠을 잤던 것 같아."

"뭐, 조금 도에 어긋나고 부주의한 일이긴 해도, 당신이 여기에 있으니 기쁘긴 하네요."

수염이 돋아난 그의 턱에 그녀가 얼굴을 부볐다.

"그러게 우리가 결혼하면 도에 어긋날 일도, 부주의하다고 할 일도 없는 거잖아."

그가 말했다.

“나와 결혼해 줄 테야, 라일라?”

그녀는 손을 들어 그의 입을 막았다.

“그 말은 안 들을 걸로 할게요. 둘 다 솔직한 상태에서 시작해야 한다고 생각해요, 당신이나 나나. 나도 할말이 있어요, 당신이 잘못 알아들었던 것 같으니까. 그러니까 어젯밤에 똑바로 설명을 해주는 게 옳았을 테지만……”

그녀는 깊이 심호흡을 하고 말했다.

“난 아이를 가질 수가 없어요. 노력은 해봤죠. 의사들에게 보이기도 하고, 식이요법이다 뭐다 노력을 해보았어요. 결론적으로 말하자면 난 불임이에요.”

그녀는 그의 입에서 손을 뗐다.

그는 조심스럽게 자신의 대답을 기다리는 그녀의 눈을 보았다.

“세상에 널리고 깔린 게 고아야. 당신이 아이를 가지고 싶으면, 당신 마음 내킬 때까지 입양할 수 있다고. 그게 싫으면 우리 둘이서 살아도 돼. 그러니까 나와 결혼해 주겠어, 라일라?”

“고아라고요? 정말 그럴 수 있어요? 아이를 입양해도 괜찮아요?”

“입양이 얼마나 좋은 건데 그래. 아이가 올바르게 성장하지 않으면, 우린 아이의 생부모를 탓하면 되는 거라고. 게다가 나이니 성별이니 하는 것도 우리가 원하는 대로 고를 수가 있잖아. 이미 다 자란 아이를 입양해도 된다고. 뿐더러 아주 흥미로운 고아들도 많아. 닉도 고아였거든. 그런데 보라구, 나 같은 독신남 혼자 키우기에도 별 어려움이 없었잖아. 내가 닉을 처음 발견했을 때 닉은 벌써 소년이었어. 그래서 내가 똥 기저귀를 갈 일도, 새벽에 일어나 우유 먹일 일도 없었다고. 그러니까 나와 결혼해 줄 거야, 라일라?”

그녀는 그를 꼭 끌어안았다.

“네, 물론 대답은 예스예요. 당신은 정말 멋진 남자예요.”

“알아, 내가 원래 왕자님이거든.”

“뼛속들이 귀족이군요.”

그가 씩 웃었다.

"뼛속까지 따지고 들자면 난 아주 나쁜 놈이야. 큰 문제덩어리지. 하지만 어쨌거나, 겉으로만 보면 멀쩡하잖아? 멀쩡한 작위도 있고. 그 작위를 받으려고 내가 얼마나 열심히 일을 했던지."

그녀가 몸을 뗐다.

"일을 해요? 뭐예요, 지금 당신 작위가 위조된 게 아니란 말이에요?"

"샤를 폐하께서 직접 내게 하사하신 작위인걸?"

"하지만 당신은 알렉시스 델라벤느가 아니잖아요."

"프랑스 법으로 따지면 난 알렉시스 델라벤느가 맞아."

그는 초창기에 임무를 수행하던 중 델라벤느 가의 마지막 '작은 가지' 하나를 발견한 이야기를 해주었다. 서인도제도에 살고 있던 피에르 델라벤느를 찾아 그를 프랑스로 납치해서 데려오는 것이 그 임무였다고 했다.

"아주 화를 머리끝까지 내더군. 흑인 여자를 정부로 삼아 여섯 아이들의 아버지가 되어 있었지. 자기 삶에 만족한다고 하더군. 프랑스를 싫어했고, 특히 부르봉 왕조를 싫어하는 사람이었어. 그래서 우리 측 누군가가 그의 적의를 이용하자는 결론을 내렸지. 내게는 적법한 신분이 필요했거든. 피에르 델라벤느는 자신의 신분을 원치 않았고, 델비나와 델라벤느, 성(姓)도 비슷하잖아? 미신을 좋아하는 알바니아인의 기질이 발동했던 거지. 난 합법적으로 그의 이름을 승계받았고, 샤를 폐하도 좋아하시며 내게 작위를 하사해 주시더군. 내가 작위를 받으니 날 부리던 영국의 노예상들도 기뻐하던데."

그녀가 깔깔 웃었다.

"그러니까 당신은 진짜 콩트 에스몽이다 이건가요?"

"응, 당신은 내 콩테스(백작 부인)가 되는 거야."

"어머, 놀라워라. 내가 귀족이 되다니."

"놀랍긴 뭘 놀라워. 당신은 공작 부인이 되고도 남을 정도로 오만한 여자인걸."

그는 그녀의 머리카락을 손에 감으며 장난쳤다.

"귀족이 되는 게 싫은 건 아니지?"

"귀족이 되고 난 뒤의 뒷감당은 그때 가서 생각하도록 하죠. 그래도 단 둘이 있을 때는 당신을 이스말이라고 부를 거니까. 혹시나 내가 사람들 앞에서 실수를 하면 그때는 당신을 부르는 애칭이라고 둘러대요."

"당신이 원한다면 내 온몸 각 부위에 애칭을 붙여도 돼."

그가 그녀의 손을 아래로 이끌며 말했다.

"일단 제일 먼저 애칭을 붙여야 할 곳을 가르쳐 줄게."

18

라일라와 이스말이 두 잔째 커피를 마시고 있는데 레이디 브렌트머가 들이닥쳤다. 그녀는 갸스빠르가 두 사람에게 손님이 오셨는데 들라고 할까요 말까요라고 채 묻기도 전에 식당으로 들이닥쳤다.

이스말이 능청스럽게 레이디 브렌트머를 맞으며 의자를 빼주었다. 그녀는 방안으로 들어와 두 사람을 위축시키는 시선으로 한 번 쓱 쳐다봐 준 뒤 의자에 앉아 예의 그 거대한 가방을 열었다.

"자네, 빨리 결혼해."

레이디 브렌트머가 테이블 위로 서류 뭉치를 한 더미 올려놓으며 이스말에게 말했다.

"아, 마담께서도 마침내 고집을 꺾고 제 제안을 받아들이기로 하셨지 뭡니까. 제가 드디어 결혼하나 봅니다."

"자선사업하는 셈 친 거죠, 뭐. 저 사람, 제가 없으면 아무 짝에 쓸모가 없잖아요."

"맞는 말이지."

레이디 브렌트머는 중얼거린 뒤 2부의 서류를 이스말에게 건넸다.

"자네가 보몬트 부인에게 다 설명했길 바라네. 안 그랬다면 나중에 그 뒷감당을 어찌 하누."

"제 어두운 과거는 모두 털어놓았습니다."

그는 서류를 보며 얼굴을 찡그렸다.

"이건 제이슨의 필체로군요."

"어젯밤에 도착했지. 여태 자고 있네만, 난 하루 종일 앉아서 그 애가 깨어나기만을 기다릴 수가 없어서 말이야."

그녀는 라일라를 바라보았다.

"원래는 몇 주 전에 도착했어야 했는데, 그 아이가 내 편지를 받고 파리로 가서 뭘 좀 알아봐 주느라 늦었지."

그녀는 멍한 라일라의 표정을 보고 덧붙였다.

"난 말이지, 자네의 유산 금액이 좀 이상하다고 생각했었거든. 그 은행 구좌 말이야. 내 기억에 아주 오래 전 자네 부친이 지참금 명목으로 만 파운드를 적립해 놓았다는 얘기를 제이슨에게 들었던 것 같거든."

"만 파운드요?"

라일라가 멍하니 되풀이했다.

"십 년 전 자네 아버지가 죽은 뒤 제이슨이 영국에서의 급한 일을 마무리지은 다음에 자네를 찾으러 갔었지."

레이디 브렌트머는 이게 다 네 탓이다라고 말하듯 이스말을 보며 얼굴을 찌푸렸다.

"하지만 그때는 이미 자네가 결혼을 한 후였고, 헤리어드가 자네 일을 잘 봐주는 듯해서 그냥 별 생각 없이 지나쳤다더군."

"만 파운드."

라일라는 또다시 그렇게 중얼거렸다. 머리 속이 빙글빙글 돌았다.

"제이슨이 제 바보 같은 형 뒤치다꺼리를 하느라 좀 바빴었지. 자네 아버지의 공범자 말일세. 아마 여기 에스몽은 차마 그런 말은 하지 않았을 테지만, 내 아들인 제럴드가 자네 아버지의 공범이었네. 이왕 이렇게 된 거 말해 주지."

"레이디의 아드님께서 제 아버지의 공범이셨다고요?"

라일라가 천천히 그 말을 되새기며 말했다.

"그리고 제겐…… 만 파운드나 되는 지참금이 있었다고요? 그 얘기를 들으니…… 많은 것이 설명되는군요."

"헤리어드가 왜 아무것도 아닌 고아 소녀를 그렇게 잘 돌보아줬는지, 나중에 망나니 남편에게서 자네 돈을 그렇게 철통같이 지켜주었는지 설명이 되긴 하지. 그가 막 변호사 개업을 했을 그 당시에야 그럴 수 있다 치지만, 나중에 중요한 위치에 올랐을 때도 자네를 왕족 모시듯 끔찍이 떠받들지 않았나? 하지만 생각해 보면 이해가 가. 다른 누군가가 자네 뒤를 봐주는 걸 원치 않았겠지. 자네에게 새로운 변호사가 생기면 뭔가 이상하다 생각하고 이것저것 사람들에게 묻기 시작하지 않겠어?"

라일라는 이스말을 바라보았다.

"그렇다면 당신이 내게 관심을 보였을 때 앤드루 아저씨가 왜 그렇게 화를 냈는지도 설명이 되는군요."

"그렇지, 난 분명 여기저기 캐묻고 다녔을 테니까."

이스말은 라일라에게 서류를 건넸다.

"이쪽은 당신 아버지가 행방불명되기 하루 전날 은행 측이 받았던 지시사항의 사본을 제이슨이 보관하고 있던 거야. 쓰여진 단어나 문장의 짜임새 같은 것에 주목해 줘."

라일라는 첫번째 편지만 보고도 모든 것을 알아차렸다.

"스타일이 비슷하지, 안 그래? 십 년 동안 당신도 헤리어드로부터 사무적인 편지를 수없이 받았을 거 아냐."

"한마디로 말해, 앤드루 아저씨가 은행에 보내는 이 편지를 위조했다는 거군요."

"뿐만 아니라 당신 아버지의 유언장도 위조했을 게 분명해. 민법 박사 회관*에 들러 보면 이 문제는 간단히 매듭지을 수 있을 거야."

---

* Doctor's Commons. 1857년까지 유언 검증, 결혼 허가, 이혼 사무 등을 다룬 곳.

그가 조금 우울한 미소를 지었다.

"원래 도둑질도 해본 사람이 한다고, 문서 위조를 밥먹듯 해댄 내가 또 다른 위조범을 잡게 되는군."

"아저씨가 내 지참금을 훔쳤어. 9천 파운드를, 그것도 고아에게서. 세상 모두가 아저씨를 성자라고 생각한다고요. 나만 해도 그랬고요. 몇 마디 친절한 말로 날 들었다 놓았다 해놓고선. 정말이지 위선이 극에 달한 사람이었어."

"미안해, 라일라. 이 모든 게 전부 내 탓은 아니지만 그래도……."

"말도 안 되는 소리는 하지도 말아요. 당신이 앤드루 아저씨가 이런 짓을 하게 만든 것도 아니고, 프란시스가 날 데려가 유혹하게 만든 것도 아니니까요."

그녀가 건조하게 말했다.

"그래도 내가 만든 상황을 그들이 이용한 거잖아. 당신 아버지는 잔뜩 겁을 먹고 술을 마셨어. 하인들은 다들 약을 먹고 제 정신이 아니었고, 당신은 의식을 잃어 비명조차 지를 수 없었다고."

"그렇다 하더라도 그들이 그 상황을 꼭 이용해야 할 필요는 없었던 거라고요. 점잖은 사람이라면 그러지 않았을 거예요. 모르겠어요?"

그녀는 서류를 펄럭여 보인 뒤 일어서서 방안을 서성거렸다.

"이건 사전에 계획된 범죄예요, 확실하다구요. 이미 만 파운드가 있다는 것을 알고 있었던 거예요, 분명히. 이런 일을 하려면 꽤 오래 전부터 치밀한 준비를 해야 한다고요. 그들은 나에 대해 알고 있었어요. 우연히 당신이 만들어 놓은 상황에 뛰어든 게 아니라구요. 저 편지들도 꽤 오래 전에 써두었던 것이라는 데 난 내 목숨까지 걸 수 있어요. 아저씨는 한순간에 저런 일을 충동적으로 저지르는 사람이 아니라고요."

그녀는 기억을 더듬었다.

"하인들도 마찬가지예요. 뭔가가 이상했어요. 부엌 하녀가…… 내 홍차를 가져왔던 사람은 평소처럼 개브리엘라가 아니라 부엌 하녀였어요. 당신이 오기 전부터 뭔가가 잘못되어가고 있었던 거라고요."

그녀는 눈을 감았다.

"복도에 아빠와 당신, 거한 한 명과 체구가 작고 거무스름한 피부를 가진 남자가 있었어요. 아빠는 짜증을 내셨죠."

그녀는 눈을 뜨고 문가를 바라보았다.

"왜냐면 안토니오가 없었으니까. 안토니오가 없어서 아빠가 직접 현관문을 열어야 했기 때문에."

"그건 그렇군. 나 역시 그때 집에 하인들이 참 없다 싶었지."

"이미 아저씨와 프란시스가 손을 써서 문제를 일으킬 만한 하인들은 다 집 밖으로 꼬여내거나 내보낸 상태였던 거예요. 자신들이 예상치도 못했던 손님이 떠나기만을 기다렸다가 계획을 실행에 옮긴 거죠."

그녀는 그를 돌아다보았다.

"당신 역시 나와 똑같은 결론을 내린 거로군. 당신이 마차에서 정신을 차렸을 때, 보몬트는 당신 아버지가 돌아가셨다고 말했어. 그것을 어떻게 알았을까? 제이슨 말에 의하면 시체가 발견된 건 이틀이나 후였다고 했는데."

"프란시스는 당신의 부하들이 아빠를 데려갔다고 말했어요. 하지만 그건 좀 앞뒤가 맞지 않아요. 설령 당신 부하들이 당신 명령을 거역했다고 쳐도, 그래서 아빠를 죽였다 치더라도, 날 남겨두진 않았을 거예요. 자신들을 직접 목격한 날 남겨두고 갔을 리가 없다고요. 그러니까 아빠를 집 밖으로 데려나가 운하에 빠뜨린 사람은 프란시스와 앤드루 아저씨였을 게 분명해요."

"아, 제이슨이 여기 왔었다면 좋았을 걸 그랬네."

레이디 브렌트머가 내뱉었다.

"두 사람이 얼마나 잘 어울리는지 내가 설명해 줘도 그 애는 믿지 않을 거야."

앤드루 헤리어드 씨는 점심 식사를 마치고 돌아가다가 자신의 사무실 앞에 멈춰 서서 방금 지나간 남자를 흘끗 바라보았다. 랜턴에 개와 우리를 든 남자가 남루한 옷을 입고 지나가고 있었다. 점심을 먹고 난 뒤 쥐잡이꾼을 보니 기분이 별로 좋지 않았다.

일층 사무실로 들어서는 그의 얼굴은 여전히 찡그려져 있었다. 서기인 글리버가 걱정스런 표정을 지으며 그를 바라보았다.

"이번에도 또 파이를 태웠던가요?"

그가 물었다. 헤리어드는 파이는 아주 맛있었지만 쥐잡이꾼을 보고 기분이 상했다고 설명했다.

"또 이 근처에 쥐가 들끓는 건 아닐 테지. 한 집에 쥐가 생기면 금세 주위로 퍼져나가게 된다고. 고객들이 쥐를 보고 좋아할 리 없지. 아주 나쁜 인상을 받을 거라고."

"그런 걱정은 하지 않으셔도 될 겁니다. 쥐잡이꾼이 여기 잠깐 들르긴 했지만, 알고 보니 주소를 잘못 찾아온 거라 하더군요. 이쪽이 아니었답니다. 지하실에 잠깐 내려갔었는데 금세 잘못 찾아온 것 같다고 알아차리더군요. 미안하다며 기왕 여기 온 것, 지난번부터 닫아 두었던 창고도 살펴주더라고요. 쥐새끼 한 마리 없다고 했습니다."

"그 말을 들으니 안심이 되는군."

"가끔씩 쥐 한두 마리쯤은 볼 수 있을 테지만, 걱정하실 필요는 전혀 없답니다."

"그 한두 마리도 안 보였으면 좋겠어. 아예 이참에 내려가서 내 눈으로 한 번 보고 싶네."

30분 뒤, 헤리어드는 사무실 창 앞에 서서 거리를 굽어보고 있었다. 뭔가 일이 벌어졌다는 소름끼치는 생각을 지울 수가 없었다. 건물 소유주가 사무실 지하에 놓아두었던 조그맣고 먼지 덮인 청산 병이 없어졌다.

벌써 몇 주 전에 없어진 걸 수도 있다고, 헤리어드는 스스로를 안심시켰다. 이제 쥐 걱정을 할 필요가 없어졌으니 집주인이 왔다가 치웠을지도 모른다고 스스로에게 말했다.

그는 책상으로 돌아가 서기가 준비해 놓은 서류에 서명을 한 뒤, 스케줄 표를 보며 오늘 할 일을 확인하고는 다음 일을 보기 위해 사무실을 나섰다. 그 다음 번 일 때문에 세인트 폴 서쪽의 그레이트나이트라이더 가(街)에 위치한 민법 박사 회관에 들렀다. 그곳에서도 뭔가 불길한 징후를 읽었다.

"죄송합니다만, 헤리어드 씨."

직원이 말했다.

"오늘까지 서류를 준비해 드리겠다고 약속드린 것은 알지만 무슨 일이 있어서 아주 정신이 없었어요. 퀜틴 경이 콩트 에스몽과 함께 오셔서 무슨 서류를 요구하시길래, 그걸 찾느라고 한 시간 이상을 허비했어요. 그런 걸 찾는 데 한 시간밖에 안 걸린 게 차라리 다행이지요. 십 년도 넘은 유언장이 매매 문서 보관함에 철해져 있는 걸 찾아냈지 뭡니까."

"거참 이상한 일이로군."

"왜 그런 일로 찾아오셔서 저흴 괴롭히신 건지 알다가도 모르겠어요. 헤리어드 씨께 찾아가지 않고 대신 저희를 들들 볶으셨으니, 그래도 헤리어드 씨는 귀찮은 일을 면하셔서 다행이네요."

"그렇게 말하는 걸 보니 내 고객의 유언장을 찾았나 보군. 십 년 전 유언장이라고 했던가?"

"브리지버튼이란 이름이었던 걸로 기억합니다. 아직 원래 자리에 돌려놓지 않았는데 다시 한 번 보시겠어요? 또 혹시 헤리어드 씨를 찾아가 괴롭힐지도 모르니까, 이참에 기억도 되새길 겸 한 번 보시죠."

"그럴 필요는 없네. 그 유언장이라면 기억하고 있으니까."

민법 박사 회관을 떠난 뒤, 헤리어드는 복잡한 런던의 거리를 헤치고 도시 서쪽으로 나아갔다. 침착한 걸음걸이, 쭉 편 어깨, 그의 얼굴은 평소처럼 온화했다. 그는 묘지로 갔다. 철문을 열고 좁은 길을 따라 걸어가 만들어진 지 삼 개월 된 무덤 앞에 멈춰 섰다.

그는 한참 동안 가만히 서서 라일라 보몬트가 주문해 놓은 단순하기 그지없는 묘비를 바라보았다. 흔히 묘비에 많이 새기는 천사도, 수양버들 무늬도 없다. 시적인 비문도 찾아볼 수 없다. 그 이름 앞에는 누구

누구에게 사랑받았던 남편이란 흔한 수식어구조차 없었다. 단순하기
짝이 없는 이름, 생년월일과 사망한 날짜, 1829년 1월 13일.

"이 나쁜 놈."

그리고 그는 고개를 꺾고 울음을 터뜨렸다.

오후가 지나간다. 그림자의 길이가 점점 길어졌다.

그는 한참 동안이나 똑같은 포즈로 서서 눈물을 흘리고 있었다. 경
찰관들이 묘지 군데군데로 흩어져 밖으로 나가는 길을 모두 막아서기
시작했다는 것도, 그 경찰관을 지휘하는 남자가 또 다른 남자와 여자와
함께 몇 미터 떨어지지 않은 곳에 서서 지켜보고 있다는 것조차 알아
채지 못했다.

"모두 각자 위치에 도착했네. 해가 지기 전에 연행하는 게 좋을 것
같군. 보몬트 부인은 마차로 돌아가 계시는 편이 나을 것 같습니다. 순
순히 연행되길 거부한다면 보기 싫은 광경이 연출될지도 모르니까요."

퀜틴이 말했다.

"어차피 지금 이것보다 보기 싫은 광경은 없는 걸요. 그리고 저, 헤
리어드 씨와 얘기하고 싶어요."

그녀가 헤리어드가 서 있는 방향으로 발걸음을 떼어놓았다.

이스말이 그녀의 팔을 잡았다.

"어리석은 짓은 하지 말아요. 천하의 악당들도 울 때가 있는 법이오.
저 사람이 지금 우는 것은 후회가 아니라 앞으로 망가질 자신의 미래
때문일 테니까."

"전 이해하고 싶어요. 옆에 여러분들이 계시면 헤리어드 씨는 절대
입을 열지 않을 거예요."

"그자는 당신의 돈을 훔친 사람이오. 자신이 당신을 조종할 수 있도
록 스스로를 믿지 말라고 가르친 사람이 바로 저자란 말이오. 그런데
이해하고 자시고 할 게 뭐 있단 말이오?"

"모르겠어요. 하지만 분명히 있을 거예요. 헤리어드 씨에게 설명할

기회를 드리고 싶어요. 셔번 백작님에게 그러했듯, 데이비드나 피오나에게 그러했듯 한 번 기회를 드리고 싶어요. 그리고 당신에게 그러했듯이요.”

마지막 말은 이스말의 귀에만 들리게 작은 소리로 말했다.

이스말은 그녀를 놓아주었다.

“하지만 옆에서 내가 감시할 거야. 당신에게 손가락 하나라도 댄다면, 저 인간의 심장을 도려내 줄 거라고.”

이스말이 속삭였다.

“그래 주길 바래요.”

그녀는 무거운 발걸음으로 걸어가 앤드루 아저씨 곁에 섰다.

그녀가 옆에 다가섰는데도 헤리어드는 고개조차 들지 않았다.

“앤드루 아저씨.”

그의 몸이 흠칫 굳어지더니 고개를 돌리고는 손수건을 꺼내 재빨리 얼굴을 훔쳤다.

“날 잡으러 온 건가?”

그가 물었다.

어리석은 바보라 해도 좋다. 너무도 쉽게 속는 멍청이라 해도 좋다. 하지만 그녀는 그 순간 헤리어드가 딱해 가슴이 찢어지는 것만 같았다. 그의 손을 잡지 않으려고 주먹을 불끈 쥐었다.

“네.”

“미안해. 살인범으로 재판을 받느니 차라리 목이라도 매달까, 권총으로 자결하는 편이 낫지 않을까 생각했었어. 청산을 조금 마시는 게 제일 쉬운 방법이겠지. 내게 어울리는 최후라고 생각해. 하지만 에스몽이 청산을 가져갔더군. 이럴 줄 알았으면 차라리 약국에 먼저 들르는 건데…… 그냥 아무 생각 없이 걷기만 했군.”

그는 손수건을 주머니에 넣었다.

“보몬트가 미쳤다는 건 너도 알았겠지. 내겐 선택의 여지가 없었어.”

“프란시스는 화가 난 데다가 절박한 상황이었고, 영국을 떠나지 않으면 안 되었죠. 아마 돈이 필요했을 거예요. 도와주지 않으면 아저씨가 저지른 죄를 공표해 버리겠다고 협박했을 거예요, 제 말이 맞지요?”

“난 사태가 전혀 어떻게 돌아가는 건지 모르고 있었어. 나중에야 랭포드 공작이니 편지니 하는 얘기를 해주더군. 셔번 백작과 그 아내 얘기나, 레티스 우들리 양의 얘기, 에이버리의 얘기도 털어놓더군. 난 상상도 하지 못했었어. 파리에 그자가 만들었던 더러운 매음굴 얘기도 전혀 모르고 있었지. 랭포드 경 일당이 들이닥친 다음날 아침 보몬트가 내 사무실 앞에서 날 기다리고 있었어. 그자와 얘기를 하는 모습을 다른 이들에게 들키기 싫어서 난 보몬트를 지하실로 데려갔지. 그자가 광분하며 떠들어대는 이야기를 들으며, 목을 졸라 죽여버리고 싶다고 생각했어. 그 순간 청산 병을 본 거야. 그때는 뭘 어떻게 할지 정확하게 몰랐지만, 무슨 수를 내야 한다는 것만은 알고 있었지. 내겐 선택의 여지가 없었거든. 광견병에 걸린 미친 개들은 독을 먹여 죽이잖아. 보몬트가 딱 그 꼴이었어.”

“여태껏 보몬트가 무슨 짓을 하고 다니는지 전혀 모르셨다는 건가요? 두 사람이 함께 한 일은 제 아버지를 죽이고 제 지참금을 훔치는 게 전부였다는 말을 믿으라는 건가요? 그러고 나서 서로 갈라섰다는 거예요?”

“십 년 전 그때 우리는 그렇게 할 수밖에 없었어. 라일라의 아버지 때문에 우리 두 사람은 완전히 파산했었으니까. 난 브리지버튼을 믿고 투자한 거였어. 그 사람이 돈을 모조리 날린 후에야 비로소 그가 내 돈을 범죄 집단에 투자했음을 알게 되었지. 당국에서 수사망을 좁히고 있었어. 하마터면 나까지 함께 끌려 들어갈 판이었지. 선택이고 뭐고 할게 없었다구. 그 사람을 죽이고 우리와의 연관 고리를 모두 인멸해 버리는 수밖에.”

“하지만 제 지참금까지 훔칠 필요는 없었잖아요.”

“훔쳤다고 말하긴 힘들지. 어차피 라일라의 지참금은 남편에게로 간 셈이 되니까.”

“그렇군요. 보몬트가 아저씨께 그 반을 드리던가요? 자신을 도운 대가로요?”

그는 얼굴을 찡그렸다.

“나도 최대한 널 보호하려고 노력했었어.”

그가 딱딱하게 말했다.

“맨 처음부터 프란시스에게 말을 했었지. 우리 둘 중 한 사람이 라일라와 결혼하지 않는 이상에야 그 돈을 가로챌 수는 없는 거라고. 아버지도 없는 열일곱 살 먹은 소녀를 길거리로 내칠 수는 없다고 말했어. 단돈 천 파운드밖에 없는 아이를 그 누가 돌봐주겠냐고 했었지.”

그는 라일라를 똑바로 바라보았다.

“보몬트가 네 순결을 가져간 다음에도 난 너와 결혼할 생각이었어, 라일라. 널 버리지 않았을 거야. 처음부터 내가 너와 결혼하는 건데 잘못했다는 생각이 들어. 널—아니, 정확하게 말하자면 보몬트를—좀더 제대로 살피지 못했던 내 자신을 아마 난 절대 용서할 수 없을 거야.”

“아저씨는 그 사람이 날 유혹한 건 모두 제 탓이었다는 식으로 믿게 만들었어요. 여태껏, 지난 십 년간 난 내가…… 창녀라고 생각해 왔었다고요. 타고나길 그렇게 타고난 거라며, 의지력이 약해서 자꾸만 사악한 죄를 짓게 되는 거라고…… 아빠처럼 말이에요. 지난 세월 동안 난 내 자신이 수치스러웠어요.”

그는 마치 배를 얻어맞은 사람처럼 날카롭게 숨을 들이마셨다.

“하나님 맙소사, 난, 아, 라일라. 절대로 그런 뜻으로 했던 말이 아니었어.”

“전 그렇게 믿어 왔어요.”

그의 어깨가 축 늘어졌다.

“그저 널 강하게 만들어 주고 싶었어. 그때의 넌 너무도 순진했으니까. 자신이 남자들에게 어떠한 영향력을 행사하는지 전혀 몰랐지. 난 보몬트가 널 버릴까 봐 두려웠어. 또다시 보몬트 같은 인간에게 당하는 게 아닌가 걱정했어. 그래서 너에게 경계심을 심어주고 싶었지. 또 다른 누군가가 널 상처 입히고 자존심을 꺾지 못하게 하려고. 그게 전부였어. 너에게 상처를 입히려던 뜻은 추호도 없었어. 난 널 너무도 소중하게 생각해, 라일라. 언제나 그래 왔어."

라일라는 창백하게 긴장된 헤리어드의 얼굴을 올려다보았다. 내가 아저씨의 입장이었다면 어땠을까. 몸을 버린 소녀에게 서른두 살짜리 독신남이 무슨 말을 해줄 수 있었을까. 나라면 그때의 앤드루 아저씨보다 나은 말을 해줄 수 있었을까.

새삼스럽게 자신이 참으로 세상 물정을 모르고 살았다는 생각이 들었다. 남자건 사랑이건, 보통의 정상적인 인간이 뭘 바라는지, 이제야 이스말에게 배워 알게 된 것이다. 프란시스에게 속아 자신의 몸이 정상이 아니라는 착각을 하지만 않았던들 그때 아저씨가 하셨던 말의 진의가 무엇인지 깨달을 수 있었으리라.

"아저씨 말을 믿어요."

그녀가 부드럽게 말했다.

"원래부터 잔인하거나 다른 사람들 마음을 조종하길 좋아하는 분이 아니란 건 제가 제일 잘 아니까요. 그건 차라리 프란시스의 재능이었죠. 단지 운이 없어서 프란시스 같은 인간과 얽혀들었다고 해서 아저씨 역시 그와 똑같은 부류란 뜻은 아닐 테니까요."

"그자가 어떤 인간인지 몰랐었어. 알았더라면…… 이제 와서 그때 이렇게 할 걸 저렇게 할 걸 한탄해 봐야 아무런 소용이 없겠지. 몰랐었어. 전혀. 할말은 그것뿐이야."

그녀는 묘비 위에 떨어진 잔가지를 쓸어냈다.

"그 사람과 함께 살았던 저 역시도 거의 최근까지 몰랐던 걸요."

"아마도 에스몽 덕에 알게 된 모양이로군."

그가 등뒤를 흘끗 바라보며 말했다.

"저기 에스몽이 서 있는 모습이 꼭 저승사자 같군. 퀜틴 경도 와 있군 그래."

아주 지친 몸짓으로 어깨를 움츠려 보이고 그는 라일라를 바라보았다.

"브렌트머 부인이 널 돌보신다는 얘기를 듣고부터 뭔가 잘못되었다고 생각했었지. 그분의 아드님인 제이슨이 십 년 전 베니스에 살았거든. 네 아버지와 연관이 있었다는 걸 알지. 게다가 에스몽이 파리에 도착한 게 일년 전, 그리고 한달도 되지 않아 보몬트가 만든 쾌락의 궁전이 산산조각으로 부셔졌으니까. 그것도 아마 에스몽이 한 일이겠군."

"네."

"그래, 그렇겠지. 안 그래도 어딜 가나 에스몽이 따라온다 싶었어. 보몬트가 죽은 직후에도 에스몽이 네 집으로 찾아갔었고, 심리 때도 증인으로 출두해 증언했었지. 그래도 난 그게 다 우연의 일치라고 믿고 싶었어. 에스몽이 너에게 원하는 건 스쳐 지나가는 관계가 전부라고 믿고 싶었지. 난 가만히 기다렸어, 어차피 네가 허락하지 않을 테니 조만간 제풀에 지쳐 나가떨어질 거라고."

"저 사람은 쉽게 포기하질 않아요."

앤드루는 공허한 미소를 지었다.

"내가 오판을 한 거지. 어쩌면 그러길 바랐기 때문에 그런 생각을 했던 것일지도 몰라. 결국 네가 나에게 찾아올 거라고, 우리가 결혼하게 될 거라고 생각해 왔었어. 십 년 전 파리에서 내가 했어야 할 일을 결국엔 하게 될 줄 알았지. 널 돌봐주고 싶었어. 보상을 해주고 싶었지. 다치게 할 생각은 조금도 없었다, 라일라. 너도 그걸 아니까 오늘 내게 다가온 거겠지만."

그녀는 쏟아지려는 눈물을 참았다. 앤드루 아저씨가 딱해서 가슴이 너무도 아팠다. 정말 운도 없게 그녀의 아버지나 프란시스 같은 최악의 악당들과 얽혀버린 선의의 피해자가 아닐 수 없다.

"아저씨도 제게 이런 말씀해 주실 필요 없으셨던 것 아시죠?"

라일라가 울먹이며 물었다.

"고백하실 필요는 없었잖아요, 아무리 그게 저라고 해도요. 어차피 확실한 물증도 없었다고요."

"상관없어. 네가 진실을 알고 있으니까."

"그렇지만 이건 증거가 아니에요."

정말 따지고 보면 증거라고 할 만한 것은 하나도 없었다. 청산이 든 병 하나, 그런 것쯤은 어느 집에서나 찾아볼 수 있다. 위조된 유언장, 그녀의 아버지가 직접 쓴 글이 하나도 남아 있지 않은 지금 상황에서 그것이 위조된 것이라 누가 단언할 수 있을까. 에스몽이라면 앤드루 아저씨가 어떻게 집안으로 들어가 아편제에 독약을 타고 나서도 프랑스행 도버발 정기 여객선 출항 시간에 늦지 않게 맞춰 갈 수 있었는지 아마 설명할 수 있을 것이다. 하지만 앤드루 아저씨를 거기까지 태우고 간 마부는 찾을 수 없다. 설령 찾아낸다 하더라도 아마 아저씨를 기억하지 못할 것이다. 이미 3개월이나 지난 일이고, 그 사이 마부는 수없이 많은 손님들을 실어 날랐을 테니까.

"정황 증거면 충분하지. 어차피 에스몽이란 남자는 현명하니까, 이 정도면 충분히 사건을 해결할 수 있을 거야. 그때까지 기다리고 싶진 않아. 내 평생 누군가에게 쫓겨보기도 처음이군. 유쾌한 경험은 절대 아니었어. 에스몽에게 쫓기고 싶진 않아. 차라리 이쯤에서 포기하는 게 낫지."

그는 헛기침을 했다.

"넌 걱정할 거 하나 없고, 네 친구들도 걱정할 필요 없을 거야. 나도 입다무는 방법쯤은 잘 알고 있거든, 아무래도 변호사다 보니까. 커다란 스캔들이 터진다 하더라도, 너나 네 친구들 이름은 입에 오르내리지 않을 거야."

"아저씨."

그녀가 눈물을 글썽거렸다.

"보몬트가 너와 결혼하겠달 때 결사코 막았어야 했어. 하지만 이제 와서 엎질러진 물을 담을 수는 없는 거지."

그는 장갑 매무새를 바로잡은 뒤 등을 똑바로 폈다.

"이제 기다리는 사람들에게 가야지, 라일라. 시간이 늦어지고 있잖아. 괜히 우리 때문에 저 사람들 티타임 놓칠라."

헤리어드 씨가 자술서를 쓰는 동안 이스말은 퀜틴 경의 사무실 창문 앞에 서 있었다. 헤리어드는 펜을 놓은 뒤 자신이 쓴 글을 두 번 읽어 보고 몇 가지 수정을 한 뒤 퀜틴에게 종이를 건넸고, 퀜틴 경은 자술서를 가볍게 훑어본 뒤 다시 이스말에게 넘겼다.

1월 12일, 보몬트가 헤리어드를 협박한 순간부터의 상황이 고스란히 묘사되어 있었다. 보몬트는 헤리어드가 십 년 전 저지른 죄를 폭로하겠다고 협박했다. 대영제국 군수품을 훔쳐서 빼돌리던 범죄 집단과 연관되어 있었다는 것 역시 온 세상에 알리겠다고 했다. 자신이 영국을 떠나 유럽에 정착하는 것을 돕고 만 파운드의 돈을 내는 것이 침묵의 대가라고 보몬트는 말했다.

그날 저녁 여섯 시, 헤리어드는 보몬트를 데리러 집에 왔다. 보몬트는 완전히 술에 취해 아내 없이는 절대 영국을 떠날 수 없다고 발광을 했다. 헤리어드는 보몬트를 달래 어서 위층으로 올라가 짐을 싸라고 했고, 보몬트는 짐을 싸는 대신 침대에 널브러져 계속 술만 퍼마셨다. 마차 시간에 늦을까 봐 걱정이 된 헤리어드는 보몬트 대신 짐을 싸기 시작했고, 그걸 다 싸기도 전에 보몬트는 취해서 곯아떨어졌다.

이미 프랑스까지 가는 도중 무슨 수를 써서라도 보몬트를 죽이겠노라 결심하고 왔던 헤리어드는 그 순간 계획을 수정한다. 피해자가 자고 있는 동안, 그는 아편제 병에 자신이 가져온 청산을 조금 떨어뜨렸다. 그리고는 짐을 풀고 깨끗하게 방을 정리했다. 아래층으로 내려와 보몬트가 거의 손도 대지 않은 음식을 싼 뒤, 식당과 부엌을 치우고 집에 들어올 때와 마찬가지로 뒷문을 통해 나갔다.

집에서 몇 블록 떨어진 곳에서 역마차를 세운 뒤 마부에게 피카딜리의 장거리 마차 터미널로 데려다 달라고 했다. 도버행 장거리 마차가 떠나기 일보 직전에 도착을 했고, 가는 길에 보몬트의 집에서 싸온 음식으로 식사를 했다고 한다.

그의 자술서에는 라일라의 아버지에 관한 말은 단 한 마디도 들어 있지 않았다. 보몬트에게 들었을 게 분명한, 보몬트에 대한 치밀한 복수 계획을 세웠던 다섯 명의 얘기 역시 언급되지 않았으며, 뱅뜨위뜨에 관한 말도 없었다. 오직 살인사건의 수단과 동기와 방법에 대한 묘사만 있을 뿐이다. 간결하고도 정확하게 묘사되어 있었다. 역시 헤리어드답 게 완벽한 마무리였다. 이 정도 진술서라면 재판도 별 지체 없이 끝날 수 있을 것이며, 아마 재판의 끝에선 교수대로 직행할 것이 뻔했다.

"죄송합니다만, 귀하를 교수형에 처할 수는 없을 것 같군요, 무슈 헤 리어드."

이스말이 말했다.

"굳이 꼭 재판을 받으셔야겠다면 분명히 유죄 판결을 받으실 테지만, 그러고 나면 우리는 국왕 폐하께 특사를 요청해야 할 테죠. 마담은 분명 사면해 주실 것을 청할 테고, 사면을 허가받으려면 저도 어쩔 수 없이 사건의 개요와 경위를 폐하께 설명드려야 할 테지요. 아마 꽤 여러분들 이 발벗고 나서서 폐하께 탄원을 올릴 겁니다. 퀜틴 경이나 랭포드 공작 님, 에이버리 경, 셔번 백작, 레이디 캐롤에 물론 마담 보몬트까지 말입 니다. 결국 살인사건이 온 세상에 알려질 테고, 그렇게 되면 퀜틴 경과 내가 그토록 감추려고 했던 다른 사건마저 백일하에 드러날 겁니다."

"뱅뜨위뜨 일을 말씀하시는 거군요. 하지만 그럴 필요가 전혀……."

"헤리어드 씨께서 아시는지 모르겠지만, 전 보몬트의 범죄를 비밀로 덮어두려고 무던히 애를 썼답니다. 죄 없는 피해자들이 노출되어 다시 한 번 상처 받길 원치는 않았으니까요. 차라리 내 손으로 보몬트를 죽 였더라면 모든 일이 훨씬 더 간단해졌을 텐데, 내가 워낙 암살이니 하 는 것을 혐오하는 편이라서요. 어떻게 생각하면 그자를 영국으로 돌아 오게 만든 것 자체가 실수였던 것일지도 모르겠네요. 내가 저지른 실수 의 뒷감당을 결국 헤리어드 씨가 하시게 된 것이고요. 나만 아니었더라 면 아마 헤리어드 씨는 그런 상황에 빠질 이유도 없었을 겁니다."

"내가 그런 상황에 빠졌던 것은 십 년 전에 저지른 죄의 대가였을 뿐입니다."

"마담 보몬트는 헤리어드 씨가 그 죄의 대가는 지불했다고 생각하던 데요. 지난 십 년간 헤리어드 씨가 자신의 고객들의 일을 양심에 거리낄 것 하나 없이 정성으로 해 왔다는 것은 온 세상이 다 아는 일 아닙니까. 자기 자식 챙기듯 챙겨오셨습니다. 내 눈에도 그 정도면 대가를 치르셨다고 생각합니다.”

“난 보몬트 부인의 연민을 바랐던 게 아닙니다.”

헤리어드가 말했다.

“그저 부인이 난 보몬트와는 다른 인간이란 걸 이해해 주길 바랐던 것뿐이었어요. 지난 십 년간 내가 그자의 공범 역을 해온 것이 아니었다는 걸 알리고 싶었던 겁니다.”

“부인도 이해하셨습니다. 부인은 상당히 너그러운 성품의 소유자랍니다, 무슈. 보몬트 부인은 자신이 이만큼 올바른 사람이 될 수 있었던 것도 다 헤리어드 씨 덕이라고 했습니다. 당신이 자신을 어떻게 꾸짖고 타이르며 보살폈는지, 그 덕에 자신이 얼마나 강해졌는지 다 들었습니다. 당신 덕에 보몬트 부인은 많은 것들을 이룰 수 있었던 겁니다. 헤리어드 씨 덕에 그녀는 용기와 의지를 가질 수 있었고, 그 덕에 보몬트와 함께 살면서도 피해자가 되지 않은 겁니다.”

이스말은 창가에서 물러서서 헤리어드가 쓴 진술서를 내밀었다.

“이걸 쓰셔서 마음이 홀가분해지셨겠지만 보몬트 부인을 위해서라도 이걸 본인 손으로 파기해 주시기 바랍니다, 무슈.”

헤리어드는 꾹 다물어 새하얘진 입술로 종이를 바라보았다.

“백작님은 내 뒤를 쫓았습니다. 그리고 수많은 경찰들을 동원해 나를 이곳까지 연행해 오지 않았습니까? 이런 결말을 원했던 게 아니었나요?”

“우리가 헤리어드 씨의 신변을 확보한 것은 보호 차원에서 그런 것입니다.”

퀜틴 경이 끼어들었다.

“당신이 어떤 심경인지 몰랐으니까요.”

헤리어드는 이스말에게 시선을 맞췄다.

“내가 라일라를 해치기라도 할 거라 생각했던 건가요?”

“나에겐 소중한 사람입니다.”

이스말이 대답했다.

“나 역시 그녀 문제에 관한 한 그 어떤 타협도 하기 싫습니다.”

“소중한 사람이라고요.”

헤리어드는 그 말을 한 뒤 진술서를 받아들고는 딱딱하게 경직된 얼굴로 종이를 반으로 찢었다. 그리곤 또다시 반으로, 또 한 번 반으로. 그는 종이 조각을 책상 위에 내려놓았다.

“이젠 난 뭘 어쩌면 좋은 건가요? 다시 예전의 삶으로 돌아갈 수도 없습니다. 설마 나보고 아무 일도 없었던 듯 살라고 그러는 건 아닐 테지요?”

“아마도 퀜틴 경께서 설명해 주실 겁니다. 전에도 이와 비슷한 문제를 처리해 보신 적이 있으니까요.”

이스말이 책상에서 떨어지며 말했다.

“자, 여러분, 전 이만 실례하겠습니다. 사적인 용무가 있어서요.”

라일라는 아틀리에에서 바쁘게 손을 놀리고 있었다. 사각형 틀에 천을 덧대어 캔버스 만드는 작업을 하고 있었다. 그가 들어오자 그녀는 들고 있던 망치를 내려놓았다.

“어떻게 되었어요?”

“어떻게 되긴, 당신이 해달라는 대로 했지. 내가 언제는 아무리 사소한 것이라도 당신의 청을 거절한 적이 있던가? 난 당신의 노예가 아니었던가?”

그녀는 그의 품에 몸을 던졌다.

“당신 정말 멋진 남자예요. 세상에서 제일 이해심 깊고 현명하고 똑똑하고 인정 많은…….”

“노예지. 그래 봐야 난 당신 노예에 불과하다니까. 정말 서글프기 짝이 없는 노릇이야.”

“그렇지 않아요. 당신도 옳은 일을 했다는 거 알잖아요. 앤드루 아저씨 기분이 어떨지 당신도 잘 알 거예요. 자신이 저지른 실수를 만회하기 위해, 양심의 가책을 덜기 위해 십 년 동안 무던히 노력해 오셨다고요. 프란시스는 아저씨가 그토록 힘들게 일해 일구어 놓은 모든 것을 파괴하겠다고 협박한 거예요. 그런 아저씨를 교수형에 처한다는 것 자체가 범죄라고요."

"마음 상해하지 말아요."

그는 그녀를 꼭 끌어안고 머리카락을 쓰다듬었다.

"퀜틴 경이라면 헤리어드 씨를 유용하게 잘 이용해 먹을 테니까. 내 경우처럼 아마 새 신분을 만들어 주곤 온갖 끔찍한 일들로 영혼과 죄를 씻게 해줄 테지. 혹시 또 알아, 조물주께서도 헤리어드 씨를 딱하게 여겨 용감하고 사랑스런 여인에게로 인도해 주실지? 그도 나처럼 누군가의 노예가 될지도 모를 일이지."

"제발 그런 일이 일어나길 빌어야겠군요. 여태까지 아저씨가 왜 결혼하시지 않는지, 이해를 못했어요. 아저씨가 승낙만 하면 기꺼이 덤벼들 여자들이 몇몇 있었거든요. 하지만 오늘에서야 비로소 그 이유를 들었어요. 아저씨나 보몬트 중 한 명이 나와 결혼해야 했던 거래요. 그러니까 결혼하지 않은 채 사는 것이 나에 대한 앤드루 아저씨만의 보상 방법이었을지도 모르죠. 행여나 프란시스에게 무슨 일이 생기면 대신 날 책임지시려고 그랬던 거예요."

"옆에서 당신을 지켜줄 헤리어드 씨가 없어서 서운하겠네? 이제 당신은 내가 돌봐줄 테니, 당신도 날 잘 돌봐줘야 해."

그녀는 뒤로 살짝 몸을 뺐다.

"난 원래 남편 돌봐주는 데 별로 재능이 없는데. 예술가들은 훌륭한 아내감이 못 된다고요."

"다행이네, 난 별로 손 가는 남자가 아니거든. 혼자서도 잘 놀잖아."

그는 그녀가 만들고 있던 캔버스를 바라보았다.

"이 기회에 캔버스 만드는 거나 배워서 소일거리나 할까 봐."

"뭐예요, 당신도 화가가 돼보려고요?"

“아니. 화가는 한 집안에 한 명이면 족해. 난 차라리 손님을 끌어올
게. 언젠가는 왕실 쪽도 소개해 주도록 하지. 이젠 퀜틴 경과도 작별하
고 이쪽 일에서 은퇴를 할 생각이니까…….”

“설마.”

그녀는 황갈색 눈을 휘둥그레 떴다.

“평범한 일상이 지겨워서 미쳐버릴지도 몰라요.”

“그렇다고 당신이 일을 포기하고 날 따라 온 세상을 떠돌아 줄 것도
아니잖아. 게다가 위험한 임무를 맡으면 당신을 데리고 갈 수도 없다
고. 난 당신 없이는 어디도 가기 싫거든. 별 수 있나, 내가 은퇴를 해야
지. 당신 잊은 건 아니지, 우리 고아들을 입양할 거잖아.”

그는 그녀의 손을 잡고 문 쪽으로 끌고 갔다.

“손님 끌어오랴, 아이 키우랴, 당분간은 내가 무척이나 바쁠 거야.”

“어머, 난 앞으로도 계속 우리가 함께 탐정 일을 할 줄 알았다고요.
아주 재미있었거든요. 흥분도 되고. 그러니까…….”

계단 앞에서 그녀는 걸음을 멈췄다.

“정 심심할 때는 퀜틴 경에게 일거리를 달라고 하죠. 당신도 그 동안
갈고 닦은 솜씨가 녹스는 건 싫지 않아요?”

“일거리라. 그런 건 다 도난에 협박에 살인이 복잡하게 얽힌 것뿐이
라고.”

그녀는 계단을 올라갔다.

“사람들이란 원래 끔찍한 비밀을 품고 사는 법이라고요. 지난 3개월
동안 우리가 밝혀낸 것만 해도 그래요. 셔번 백작 내외, 데이비드와 레
티스, 데이비드와 랭포드 공작님. 그거 아세요, 랭포드 공작님은 자기
형님의 비밀을 지키려고 했던 데이비드를 자랑스러워하신다는 거?”

“고결한 행동이었지. 당신은 앞으로도 계속 선행을 베풀고 싶은 건
가 봐.”

침실 문 앞에 다다랐다. 그녀의 입술이 천천히 곡선을 그렸다.

“꼭 그런 것만은 아니에요. 사람들 앞에선 선행을 베풀고, 단 둘이

있을 때는 온갖 사악한 짓을 다 하면 되잖아요. 보아하니 우리 둘 다 그쪽으론 재능이 있는 것 같은데.”

“그래, ‘우리’.”

그는 문을 열었다.

“그래요, ‘우리’.”

그녀가 방안으로 들어섰다. 그는 그녀 뒤를 따라 들어와 문을 닫았다.

“우린 정말 레이디 브렌트머 말씀대로 서로를 위해 태어난 사람들인가 봐요. 제이슨 브렌트머도 그 말에 동의했다더군요. 아까 당신이 퀜틴 경과 함께 있을 때 잠시 찾아오셨어요. 아내를 데리고요.”

“아아, 성스러운 아라벨라 여사.”

그가 크러뱃을 풀며 말했다.

“당신이 고른 백작 부인이 마음에 든다네요.”

그녀는 침대 맡에 앉아 신발을 벗었다.

“나도 당신 못지 않게 교활하고 성깔 있고 무모한 편이라, 당신이 긴장을 늦출 틈이 없을 거래요.”

“아마 내 머리에 각파를 던진 얘기를 한 모양이지?”

그는 상의를 벗었다.

“얘기를 해서 잘했다는 생각이 드는 걸요. 그래서 당신에게 미안했다는 얘기도 했죠.”

그녀가 흑옥 단추를 풀며 말했다.

“하지만 제이슨 씨 말로는 서로 비긴 셈이니 신경 쓰지 말래요. 내 신뢰를 악용한 당신에게 먼저 잘못이 있었던 거라며. 그러니까 내게 맞아도 싼 거라고요. 앤드루 아저씨께 죄를 인정할 기회를 드린 것이나, 내가 용서를 해드린 것이나 잘한 거라고 하셨어요.”

“제이슨이야 당연히 그렇게 말했겠지. 아마 제이슨이라고 해도 똑같은 행동을 했을 테니까. 십 년 전 제이슨 덕에 그 집안 식구들과 화해할 수 있었다는 말을 해줬지?”

그녀의 드레스가 어깨를 타고 엉덩이 아래로 흘러내리는 모습을 지켜보았다.

"당신도 제이슨과 마찬가지로 먼저 상황을 충분히 이해한 뒤에 옳고 그름을 판단하는 타입이니까. 상황에 따라서 그럴 수밖에 없었다는 판단이 들면 자신의 의견을 굽힐 줄 아는 사람이거든, 당신이나 제이슨이나. 똑똑할 뿐더러 현명하기까지 한 사람들이지. 그런데다가 당신은 여자만의 직감까지 가지고 있지."

그가 말을 하는 동안 그녀의 드레스는 바닥까지 흘러내려 버렸다. 그 뒤를 슈미즈가 잇따랐다.

코르셋이 떨어졌다. 크림빛 곡선이 드러나기 시작한다. 신음을 삼키며, 그는 얼마 남지 않은 자신의 옷을 벗어던지고 그녀의 페티코트를 벗기기 시작했다.

"내 몸이 좋은가 봐요, 당신은."

"아, 나도 결국은 인간에 가깝거든."

그가 탁한 목소리로 말했다.

"잊고 있었네요, 당신 출생이 비범하다는 걸."

그가 비단 속바지를 끌어내렸다. 모양새 좋은 그녀의 다리를 따라 흘러내린 속바지는 서걱거리는 속삭임을 남기고 바닥으로 떨어져 버렸다. 그는 대님을 풀어 옆으로 내던지고는 검정색 스타킹을 벗겨 내렸다.

그녀는 허물어지듯 침대 중앙에 누웠다. 그가 앞으로 기어와 그녀의 양다리 사이에 무릎을 꿇고 앉았다.

"난 당신을 위해 태어난 거야."

그는 몸을 굽혀 그녀에게 키스하며 말했다. 머무르듯 깊디깊은 키스. 그녀는 양팔로 그를 꼭 끌어안았다.

"그래, 날 안아. 날 잡아 줘, 라일라. 당신은 밤이야. 나의 밤. 나의 낮. 나의 행복. 이거 알아줘."

그는 애타듯 사랑스럽게 그녀의 매끄러운 피부를 쓰다듬었다.

"쥬 뗌므(당신을 사랑해)."

"알아요. 그래도 또 말해 줘요. 다시 한 번."

그는 자신이 알고 있는 12개국 언어로 그 말을 반복했다. 그리고 손과 입술로 그 말이 진심임을 증명했다. 마음이 너무도 가벼웠기에, 거리낌없이 행복하게 그녀에게 말할 수 있었다. 두 사람 사이에 이제 남은 비밀은 없다. 온 마음을 다해 그녀를 사랑할 수 있었다. 그녀가 자신의 모든 것을 주었기에, 그 역시 그녀에게 모든 것을 내줄 수 있었다. 낙원으로 가는 길이 바로 이것이라고, 그는 자신을 맞이하는 그녀를 느끼며 생각했다.

한참 뒤, 이스말은 라일라를 팔에 안고 두 사람의 심장 고동이 잦아드는 것을 음미하고 있었다.

"난 내 고국을 사랑했어."

그가 부드러운 음성으로 말했다.

"평생 선행을 쌓은 사람이 천국을 꿈꾸듯 난 항상 내 나라를 꿈꿨지."

"파리에 있었을 때 난 피오나에게 당신이 루시퍼 같다는 얘기를 했었어요."

"아아, 천국에서 쫓겨난 타락천사. 그때도 벌써 감을 잡았었군."

"물론 그 당시엔 그런 것까지는 몰랐죠. 그저 당신은 천사의 얼굴을 한 악마라고 생각했을 뿐이에요. 하지만 말이죠, 내가 원래 루시퍼에게 약한 구석이 있었거든요. 그래서 다시 한 번 기회를 주기로 한 거죠. 루시퍼도 알고 보면 그럴 수밖에 없었던 이유가 있었을 거라고요."

"당신이나 되니까 그 이유에 귀를 기울여 주는 거지."

그는 미소를 머금었다.

"나란 인간의 영혼을 봐준 건 당신뿐이야. 내가 진짜 루시퍼였다면, 당신은 날 때려눕혀서 여기저기 끌고 다니며 어떻게 해서건 내가 선행을 쌓게 만들었을 거야. 그러고 나선 천국의 문을 두드리고 이제 이만하면 되었으니 날 다시 받아주라고 요구했을 여자야."

"최선을 다하자는 게 내 모토죠."

그녀는 그의 머리카락을 쓸어넘겨 주었다.

"나도 당신과 함께 거기로 가고 싶어요."

"천국 얘기야?"

"알바니아 말이에요. 당신과 함께 그곳을 공유하고 싶어요."

"그래, 언젠가는 그러자. 하지만 꼭 그래야 할 필요는 없어. 그냥 당신에게, 그리고 내 자신에게 설명하고 싶었을 뿐이야. 내가 아는 사랑이란 고국에 대한 애정 그것 하나뿐이었다고. 그래서 그토록 사랑이 두려웠나 봐. 난 내 고국을 잃고 십 년을 슬퍼했으니까."

"사랑해요. 당신에게 모든 것을 다 돌려주고 싶어요."

"이미 그렇게 했는걸. 당신의 영혼 속에 모두 다 담겨 있었어. 아마 조물주가 거기에 넣어뒀나 봐. 내가 마음의 준비가 되었을 때 내게 꺼내주라고 말이야. 당신과 함께 있으면 들리고 보이고 냄새까지 맡을 수 있다고. 전나무 숲에서 노래하는 이오니아의 바람, 흘러가는 강물, 바다, 산, 높이 날고 있는 독수리. 당신 안에서 내 고국과 내 동포들을 봐. 자긍심 높고 격하고 용감해. 아마 당신은 전생에 알바니아인이었나 봐. 파리에서 당신을 처음 만났을 때 내 영혼이 그걸 느낀 걸 거야. 당신의 이글이글 타오르는 눈을 본 순간 내 영혼이 당신의 영혼을 불렀어. 쉬피르티 임이라고."

"쉬피르티 임."

그녀가 되풀이했다.

그는 그녀를 끌어당겼다.

"당신 입에서 이렇게 자연스럽게 흘러나오는 걸 보니, 역시 당신은 전생에 알바니아인이었던 거야."

"그런가 봐요. 더 가르쳐 줘요."

"우리말로는,"

"그래요, '우리'."

"알바니아가 아니라 쉬키페리라고 해. 그리고 장차 당신의 남편이 될 난 쉬키프타르야."

"쉬키페리. 쉬키프타르. 장차 당신의 아내가 될 나는요?"

“당신은 마담이지, 나의 레이디. 언제까지나. 원래 그렇게 쓰여 있다
고.”
“키스메트.”
그녀가 속삭였다.
“그래, 키스메트.”
그는 그녀에게 입술을 겹쳤다.
“나의 레이디. 나의 라일라. 나의 아름다운 운명.”

< 끝 >

로맨스 계의 떠오르는 샛별, 수잔 앤더슨

로미오, 나의 로미오

줄리엣이 그녀의 로미오, 보를 만났을 때!

뉴올리언스 경찰 보는 10년 동안 세 여동생을 키우느라 노심초사,
제대로 청춘을 즐겨 본 적이 없었다. 이제 마지막 동생이 독립을 해나가자
독신 남성의 즐거움을 한껏 만끽하겠다고 꿈에 부풀어 있는데……
밉살스런 경찰서장이 상류사회의 거만한 숙녀 줄리엣을 보디가드하라는
명령을 내린다. 애보기는 이제 그만! 보는 줄리엣이 직접 보디가드를 바꿔
달라고 말하게 하려고 이상야릇(?)한 곳으로 데리고 다니는데…….
키스를 한 게 문제다! 가슴도 크지 않은 그녀가 세상에서
가장 섹시해 보이다니.

새침떼기 숙녀 줄리엣 로즈 로웰은 뉴올리언스에 세운 아빠의 새 호텔
개막식에 가는 데 보디가드는 필요 없었다, 특히 더할 나위 없는
마초 경찰 보 듀프리는 절대절대 사절이었다. 그는 너무 크고,
너무 뻔뻔하며, 너무 사내다운 데다…… 어쨌든 그의 전부 다가 너무 크다.
하지만 그의 굶주린 눈길이 그녀의 주의 깊게 갈고 닦은 얼음 같은 태도를
뒤흔들어 놓았다. 그녀의 마음 깊숙한 곳의 반항심을 끌어냈다!

큰나무 신간 안내 — 출간 예정작

로맨스의 여왕, 산드라 브라운

목요일의 아이

목요일의 아이는 길을 떠난다, 사랑을 찾아…….

일란성 쌍둥이임에도 불구하고 앨리슨과 애니는 마치 낮과 밤처럼 달랐다.
쾌활하고 거품처럼 가볍게 톡톡 튀는 애니에 비해
언제나 딱딱하고 고직식한 과학자인 자신이 애니인 척해야 하다니…….
비록 붉은머리에 외양적으로 너무도 닮은 외모지만
그들은 더 이상 다를 수 없을 정도로 달랐다.
그러나 평상화를 끈 얇은 샌들로, 안경은 콘택트 렌즈로, 실험실 가운은
시퐁 드레스로 갈아 입고는, 앨리슨은 최선을 다해 보기로 결심한다.
그녀의 첫번째 도전은 애니의 피앙세와의 저녁 데이트,
그러나 앨리슨은 함께 나온 그의 친구 스펜서에게 마음을 빼앗기고 만다!
누군가와 첫눈에 사랑에 빠진다는 것은 너무도 비논리적이라
절대 있을 수 없는 일이라 생각했던 앨리슨,
하지만 그럼 지금 이 감정은 어떻게 설명해야 할까?
검은머리에 파란 눈의 이 미스터리 맨은
앨리슨의 야성적이면서도 환상적인, 그리고 깊고 깊은 욕망을 자극했다.
그렇지만 그가 내 진짜 정체를 알고 실망하면 어떡하지?

진짜 이야기꾼, 갤런 폴리

The Pirate Prince

**이탈리아의 아름다운 섬, 어세션을 배경으로
해적 왕자와 총독의 딸이 펼치는 파아란 지중해빛 로맨스.**

어세션에는 15년 전 비운의 사건으로 몰살당한 왕가의 마지막 후손
라자 왕세자가 살아 있고 언젠가는 그가 돌아와
복수의 칼날을 휘두를 거라는 전설이 전해오고 있었다.
수도원에서 공부를 마치고 얼마 전에 돌아온 총독의 딸 알레그라는
불쌍한 백성을 보살피는 데 큰 관심을 갖고 있었다.
그녀는 또한 비운의 왕가와 라자 왕세자에게도
은밀한 동경심과 애정을 품고 있었다.
그러던 어느 날, 그녀는 광장에서 자신을 쳐다보는 한 남자의 시선에
기묘한 설레임과 어쩔 수 없는 두려움을 느끼는데…….
그가 바로 라자 왕세자였다!
유명한 해적이 되어 돌아온 라자는 알레그라를 납치해 복수하려고 하지만
거부하려 애쓸수록 둘은 서로에게 운명적인 끌림을 느끼게 된다.
결국 은빛으로 반짝이는 지중해의 달빛 아래 사랑을 속삭이게 되는데…….
그러나 마지막 시련이 그들 앞에 어두운 심연을 드러내고 있다.